山东大学双一流建设『中国古典学术』专项资助项目

山东大学中文专刊

孙昌熙文集

第一册

现代文学研究
当代文学批评
其他作品

社会科学文献出版社
SOCIAL SCIENCES ACADEMIC PRESS (CHINA)

图书在版编目（CIP）数据

孙昌熙文集：全三册/孙昌熙著. —— 北京：社会
科学文献出版社，2022.1
ISBN 978 - 7 -5201 - 9544 - 7

Ⅰ.①孙… Ⅱ.①孙… Ⅲ.①中国文学 - 当代文学 -
作品综合集 Ⅳ.①I217.1

中国版本图书馆 CIP 数据核字（2021）第 264036 号

孙昌熙文集（全三册）

著　　者 / 孙昌熙

出 版 人 / 王利民
组稿编辑 / 梁艳玲
责任编辑 / 徐琳琳　刘同辉
文稿编辑 / 郭锡超　李蓉蓉　汪延平
责任印制 / 王京美

出　　版 / 社会科学文献出版社
　　　　　　地址：北京市北三环中路甲 29 号院华龙大厦　邮编：100029
　　　　　　网址：www. ssap. com. cn
发　　行 / 市场营销中心（010）59367081　59367083
印　　装 / 三河市东方印刷有限公司

规　　格 / 开 本：787mm × 1092mm　1/16
　　　　　　印 张：89.25　插 页：0.5　字 数：1181 千字
版　　次 / 2022 年 1 月第 1 版　2022 年 1 月第 1 次印刷
书　　号 / ISBN 978 - 7 -5201 - 9544 - 7
定　　价 / 480.00 元（全三册）

孙昌熙（1914—1998）

　　山东安丘人。1936年考入北京大学中文系，1941年毕业于西南联大中文系，毕业后留校，担任朱自清先生的助教。1944年到云南大理，任华中大学中文系讲师。1946年赴青岛，在国立山东大学中文系任教，先后任讲师、副教授、教授。曾任山东省第五届人大代表、济南市人大代表、山东省鲁迅研究会会长。著有《怎样阅读<三国演义>》、《鲁迅研究》（与刘泮溪、韩长经合著）、《司空图<诗品>解说二种》、《鲁迅文艺思想新探》、《鲁迅"小说史学"初探》等，主编有《文艺学新论》《杨振声选集》《<故事新编>试析》等，与田仲济合作主编《中国现代文学史》《中国现代小说史》。

孙昌熙部分著作书影（一）

孙昌熙部分著作书影（二）

"山东大学中文专刊"编辑出版说明

"山东大学中文专刊",是山东大学中文学科学者著述的一套丛书,由山东大学文学院主持编辑,邀请有关专家担任编纂工作,请国内有经验的专业出版社分工出版。山东大学中文学科与山东大学的历史同步,在社会巨变中,屡经分合迁转,是国内历史悠久、名家辈出、有较大影响的中文学科之一。1901年山东大学堂创办之初,其课程设置就包括经史子集等文史课程。1926年省立山东大学在济南创办,设立了文学院,有中国哲学、国文学两系。上世纪30年代至40年代,杨振声、闻一多、老舍、洪深、梁实秋、游国恩、王献唐、张煦、丁山、姜叔明、沈从文、明义士、台静农、闻宥、栾调甫、顾颉刚、胡厚宣、黄孝纾等著名学者、作家在国立山东(青岛)大学、齐鲁大学任教,在学术界享有盛誉。中华人民共和国成立后,山东大学中文学科迎来新的发展时期,华岗、成仿吾先后担任校长,陆侃如、冯沅君先后担任副校长,黄孝纾、王统照、吕荧、高亨、高兰、萧涤非、殷孟伦、殷焕先、刘泮溪、孙昌熙、关德栋、蒋维崧等语言文学名家在山东大学任教,是国内中文学科实力雄厚的学术重镇。改革开放以来,中华人民共和国培养的一代学术名家周来祥、袁世硕、董治安、牟世金、张可礼、龚克昌、刘乃昌、朱德才、郭延礼、葛本仪、钱曾怡、曾繁仁、张忠纲等,以深厚的学术功力和开拓创新精神,谱写了山东大学中文学科新的辉煌。总结历史成就,整理出版几代人用心血和智慧凝结而成的著述,是对学术前辈最大的尊敬,也是开拓未来,创造新知,更上一层楼的最好起点。2018年4月16日,山东大学文学院新一届领导班子奉命成立,20日履任。如何在新的阶段为学科发展做一些有益的工作,是摆在面前的首要课题。编辑出版"山东大学中文专刊"是新举措之一。经过一年的紧张工作,一批成果即将问世。其中既有历史成就的总结,也有新时期的新著。相信这是一项长期的任务,而且长江后浪推前浪,在未来的学术界,山东大学中文学科的学人一定能够创造出无愧于前哲,无愧于当代,无愧于后劲的更加辉煌的业绩。

山东大学文学院
2019年10月11日

《孙昌熙文集》 整理说明

《孙昌熙文集》所收著述文章时间跨度较大，行文用语风格及体例格式均带有明显的时代特点和历史印痕，且具有一定的史料价值。鉴于此，本文集所收著述文章一般保持原貌，整理者仅对个别明显笔误、校对错误等处做修改和调整。具体整理规则如下。

1. 语言文字规范方面：仅对明显讹误之处加以修改。需单独说明之处，以"编者注"的方式做注解。

2. 注释等格式体例规范方面：采取单篇统一原则。同一篇文章之内格式、字形等前后不一致的，调整为统一格式。

3. 一般笔画讹舛、字形混同等明显误刻以及繁体字、异体字，径予改正。

4. 标点符号不符合要求、错漏之处等，以现行出版规范要求为准，重新整理。

5. 因报刊、出版社及作者、发表/出版时间等不同而对同一事物、词语有多种写法、译名的，数字用法不同的，全书不做统一处理。一些人名及固定词语等的用法，保持原貌。

本文集的整理方法仍有不足之处，诚请各位研究者、专家批评指正。

2020 年 10 月

总目录

本册目录

当代文学批评

其他作品

孙昌熙先生生平及其学术贡献

张学军

一

孙昌熙，字仲咸（1914—1998），是我国著名的鲁迅研究专家和现代文学史家。他在一生的学术研究中，涉猎到文学理论、古代文学、文学批评史、当代文学批评和现代文学等文学领域的众多方面，具有深厚的学养。

孙昌熙先生 1914 年 10 月 25 日出生于山东安丘县，幼读私塾，1930 年考入青岛铁路中学，1936 年毕业后考入北京大学中文系。1937 年抗日战争全面爆发后，随校南迁长沙，后迁昆明，在昆明北大与清华、南开大学组成西南联合大学。在西南联大读书时，选了杨振声先生的"小说习作"课，奠定了他的创作基础。在杨振声、沈从文先生的帮助下，他开始在昆明的《中央日报》和《云南日报》上发表小说和散文。1941 年毕业后，留校任朱自清先生的助教，仍然热心于创作，常在杨振声、李广田先生主编的《世界学生》（后改为《世界文艺》）上发表创作，但很少写学术论文。后来，在系主任罗常培先生的督促下，才写了一篇论文《元曲中的水浒故事》，发表在 1945 年的《国文月刊》（总第 37 期）上。1944 年，孙昌熙先生到云南大理的华中大学（即今天的华中师范大学的前身）任讲师，教大一国文、文学概

论和中国小说史。孙先生最满意的中篇小说《枇杷园》（发表于
贵阳《文讯》新四号上）就是在此期间创作的。1946 年到青岛
的山东大学任教，讲授大一国文、现代小说散文作品选讲、中国
现代文艺思潮小史、中国小说史等。授课之余，仍热心于文学创
作，与友人办《晚风》副刊，发表了一些散文和抒情小品。在新
中国成立之前他发表了一部中篇小说、十几篇短篇小说和许多散
文小品，并把创作当成自己的第二职业。

　　新中国成立后，文学创作强调工农兵方向，教书生涯与工农
兵生活完全相隔。自己熟悉的生活又不能写，孙先生陷入苦闷之
中。但他并未忘怀于创作。1950 年暑假，他参加了山东省农业调
查团，深入乡村一个多月，收集了一些材料，回校后写了一篇散
文投到《山东文艺》，但不久就退了回来。"旧的不能写，新的又
不要，纯粹当一个教书匠，又不甘心，于是我苦闷彷徨了。我得
感谢王统照先生，他当时主持中文系，他曾为当时的《胶东日
报》（《青岛日报》前身）拉我一篇作品评论稿，我写了一篇
《野草·风筝》评析，发表后，我非常高兴。"① 这是孙昌熙先生
第一篇研究鲁迅的文章，也坚定了他弃创作做研究的信心。王统照
先生的一篇约稿，成为孙昌熙先生教学与专业上的一个转机。1951
年《文史哲》创刊号上，发表了孙先生的《鲁迅与高尔基》，论述
了两者的友谊、鲁迅对高尔基的评论，并对二者进行了比较。

　　1953 年，在华岗校长的指导下，孙昌熙先生与刘泮溪、韩长
经先生开设了"鲁迅研究"课。讲稿经过不断修改，陆续在《文
史哲》杂志上发表，最后结集成书，定名为《鲁迅研究》，1957
年由作家出版社出版。这部书探讨了鲁迅的哲学、政治、科学和
文艺思想的形成和发展，研究了鲁迅小说、杂文、散文、诗歌和
书信的创作特色，论述了鲁迅整理祖国文学遗产和介绍世界文艺

---

① 孙昌熙：《失之东隅，收之桑榆》，山东省文联编《山东文坛纪实》，山东文
　　艺出版社，1989，第 109 页。

的成就。这是新中国成立后系统地研究鲁迅最早的一部书，代表了当时的研究水平。香港波文书局将此书翻印，苏联、捷克的鲁迅研究专家对此书也给予了高度评价。由此，孙昌熙先生走上鲁迅研究的道路。

二

　　孙昌熙先生有着深厚的文艺理论素养。1944 年在云南大理的华中大学教文学概论课程时，得到了李广田先生的帮助。李广田先生当时在西南联大讲授"文学论"，试图以马列文论作为核心建立新型的文学理论。孙先生把李广田先生的讲稿借来，既认真学习，又吸收进课程中，由此接触到普列汉诺夫和高尔基的文学论。1956 年山东大学中文系成立了文艺理论教研组，孙先生转到文艺理论组，担任文学概论、文艺评论、文艺理论专题等课程的教学工作。在此期间，孙昌熙先生主编了一本教材《文艺学新论》，1959 年由山东人民出版社出版后，引起很大反响。中国人民大学的《教学与研究》发表评论，认为这是当时最好的一部教材。1962 年在准备教中国文学批评史课程时，孙昌熙先生在青岛图书馆发现了一本清人孙联奎著的《诗品臆说》，认为这是解说诗品很有独创见解的一部著作，于是与研究生刘淦（当时孙昌熙先生招收的是文艺理论研究生）合作把它和清代杨廷芝著的《廿四诗品浅解》合起来，作了校订和评价工作，题为《司空图〈诗品〉解说二种》，1962 年由山东人民出版社出版。这本书引起学术界的重视，郭绍虞先生给予很高的评价，齐鲁书社 1980 年再版。从事这些教学工作时，孙先生并未忘怀于鲁迅研究，这些积累为他研究鲁迅的文艺思想打下了坚实的基础。

　　孙昌熙先生并不是进行纯文学理论研究，而是密切地关注文坛现实，把文学理论运用到当代文学批评中。在 20 世纪五六十年代他写下了一系列的当代文学评论，深厚的理论学养，使孙先生的文学批评总能精准地抓住作品的艺术真谛，具有深刻的洞察力。

从 1976 年开始，孙昌熙先生主持《鲁迅全集》中《故事新编》注释工作，由此也产生了一个副产品，即主编了《〈故事新编〉试析》，1982 年由福建人民出版社出版。1978 年孙昌熙先生招收了以中国现代文学史为基础、以鲁迅研究为方向的研究生，又重新开始了鲁迅文艺思想这一课题的研究，并作为研究生学位论文的选题范围。当时的鲁迅研究界热心于探索鲁迅小说的特色，或争论《故事新编》是否是历史小说，特别是集中于"油滑"应如何理解时，孙先生发现鲁迅的文艺思想是有待于研究的一个重要领域。如能在这一领域有所收获，不仅能丰富文学概论的教学，而且对于创作和欣赏也有指导意义，还可进一步探索鲁迅的文学观。1983 年天津人民出版社出版了《鲁迅文艺思想新探》，这是孙先生带领四位研究生撰写的一部系统的、新意迭出的学术专著。这部著作论及鲁迅文艺思想的一些基本范畴：浪漫主义、现实主义、悲剧、喜剧、创作、风格、欣赏等。孙昌熙先生写了鲁迅的文艺创作论、风格论和欣赏论，孙宝林、王德禄、王湛和李万庆分别写了鲁迅初期文艺思想的主要倾向、鲁迅前期现实主义的形成和特色、鲁迅的悲剧观和鲁迅的讽刺艺术观。当时的同类著作只有刘再复的《鲁迅美学思想论稿》，两部书各有千秋。刘再复的著作以真善美为纲，以论述的系统性取胜；孙先生的著作则体察精细，对鲁迅的悲剧观、风格论、欣赏论等问题的探讨更为精确和深入。出版后不久，王德林先生在《鲁迅研究》丛刊上发表了《可贵的"新探"》的评论，对孙先生的这部书给予了很高的评价。

孙昌熙先生很注意对新理论、新方法的学习，比较文学新学科启发了他对鲁迅比较文学观的探究。孙昌熙先生的论文《鲁迅的比较文学观及其研治古典文学的成就》（《鲁迅研究》丛刊总第 6 期），从鲁迅全部著述中钩稽出鲁迅的比较文学思想与实践，进行了深入的探讨。孙先生认为鲁迅从事比较文学研究和实践的目的，是发扬自己民族的文学艺术。孙先生指出：鲁迅比较文学观的形成，一是深受勃兰兑斯的《十九世纪文学主流》的影响，二是受到日本比较文学界的影响，三是中国传统的"校雠学"的影响，从校对正误，发展为有益的文学比较。

孙昌熙先生指出，鲁迅运用比较文学的方法研治中国古典小说时，从印度、日本文学与中国文学的关系中，发现了一个东方文学体系。鲁迅认为中国小说受印度佛教思想和故事的影响很大，印度佛教思想和故事传入后，与中国原有的巫风鬼道结合起来，便产生了六朝志怪小说，如"阳羡鹅笼"的故事，就显示出印度的影响，并且中国化了。印度故事对于中国以输入为主，而中国对于日本则主要是输出，据鲁迅所掌握的材料，就是唐传奇中张文成的《游仙窟》、《大唐三藏法师取经诗话》、元刊本《全相平话》等传入日本。这些在中国已散失，而在日本也尘封已久。20世纪20年代，日本新发现了元刊本全相平话五种，于是又返回故国，鲁迅从这一现象中看到了比较文学上的一个"回返影响"规律。

孙昌熙先生指出，鲁迅有着深厚的中国文学素养，后来又阅读了大量的外国文学作品，这就使他的比较文学研究有了雄厚的基础。除了影响研究之外，鲁迅认为，在世界文学中存在着广泛的可比性，没有任何姻缘关系的文学同样可以进行比较研究。这是因为人类总有些共通的东西。在《摩罗诗力说》中，鲁迅就把屈原同从无联系的摩罗诗人进行了比较，开辟了比较文学的新领域——无影响和实证的"平行研究"。在比较中，我们认识到屈原这位诗人的局限：屈原虽然"放言无惮，为前人所不敢言。然中亦多芳菲凄恻之音，而反抗挑战，则终其篇未能见，感动后世，为力非强"。① 中国的刘勰与希腊的亚里士多德没有关系，《文心雕龙》也没有论述戏剧问题，鲁迅却把他们及其作品进行

① 鲁迅：《坟·摩罗诗力说》，《鲁迅全集》第1卷，人民文学出版社，2005，第71页。

了比较，认为两人是古代东西两大文艺理论家，世界上的创作，"而篇章既富，评骘遂生，东则有刘彦和之《文心》，西则有亚理士多德之《诗学》，解析神质，包举洪纤，开源发流，为世楷式"。① 孙昌熙先生认为，这种平行研究的目的，是深入认识本民族的这份文艺理论遗产的价值和在世界上的地位。孙先生还指出，在神话研究上，鲁迅运用平行研究的方法，也取得了重大成就。他广泛阅读了世界各国的神话，从社会发展共同性的角度，理解到小说起源于神话这一世界文化发展的共同规律。他说："但在古代，不问小说或诗歌，其要素总离不开神话，印度，埃及，希腊都如此，中国亦然。"② 并以此结论反驳《汉书·艺文志》上"小说家者流，盖出于稗官"的旧说。他说："稗官采集小说的有无，是另一问题；即使真有，也不过是小说书之起源，不是小说之起源。至于现在一班研究文学史者，却多从小说起源于神话。"③ 从而纠正了中国小说史上统治了很久的一个错误观点。

过去对鲁迅的研究，大都集中于对鲁迅作品与外国文学的比较，还没有出现过对鲁迅的比较文学思想研究的成果，孙先生的这篇文章是研究鲁迅比较文学思想的第一篇论文，被学术界认为是研究鲁迅比较文学思想的引论，从而也确立了鲁迅作为中国比较文学开创者的地位。

三

孙昌熙先生的《鲁迅"小说史学"初探》1989 年由山东教育出版社出版。这是他多年思考积累的结晶，也是第一部系统研

---

① 鲁迅：《集外集拾遗补编·题记一篇》，《鲁迅全集》第 8 卷，人民文学出版社，2005，第 370 页。
② 鲁迅：《中国小说的历史的变迁》，《鲁迅全集》第 9 卷，人民文学出版社，2005，第 313 页。
③ 鲁迅：《中国小说的历史的变迁》，《鲁迅全集》第 9 卷，人民文学出版社，2005，第 312 页。

究鲁迅与中国小说史的学术专著。孙昌熙先生对中国古典小说有着深厚的学养。幼读私塾时，就喜爱中国古典白话小说。1957年，孙昌熙先生出版了一本《怎样阅读〈三国演义〉》。可以说他一直未能忘怀于古典小说。当他将精力转向鲁迅研究之际，鲁迅与古典小说的关系，就成为一个主要的研究方向。孙昌熙先生曾两度开设中国小说史课程，都参考过《中国小说史略》，但未注意研究。从1973年开始收集积累鲁迅有关小说史的一切资料，并注意与鲁迅有关的人士关于这方面的回忆材料。1976年开始，孙昌熙先生主持《鲁迅全集》中《故事新编》注释工作，涉及大量的古典文献，为研究鲁迅的"小说史学"做了资料准备。

《鲁迅"小说史学"初探》共分八章，孙昌熙先生撰写了五章：我对"中国小说史学"的理解、鲁迅与《山海经》、鲁迅与《世说新语》、鲁迅论《聊斋志异》、鲁迅与《儒林外史》；另外三章是由钱振纲、黄健、高旭东研究生论文中的精华部分组成，分别是鲁迅论唐传奇、鲁迅论《三国志演义》、鲁迅论《水浒》。

孙昌熙先生首先提出了鲁迅"小说史学"的概念，这是对鲁迅研究中国小说史所取得的成就最好的概括。鲁迅是中国小说史的开创者，他科学地整理、研究中国古典小说，就是要"从倒行的杂乱的作品里寻出一条进行的线索来"[1]。孙昌熙先生从鲁迅研究小说史的资料准备、科学方法、历史分期、发展规律、评价标准等方面，论述了鲁迅"小说史学"的体系。

在学术研究中，孙昌熙先生非常敬佩鲁迅考据整理资料的功夫。他说："鲁迅研究'中国小说史'，当然需要小说史料，可是由于中国历来不把小说当作文学，因而古代的小说史料就异常缺乏，必须从类书或古书的注释里去挖掘。这已经是一种繁重的披沙拣金的工作了，而汉晋以来的小说虽已较多，但中国文人向来

---

① 鲁迅：《中国小说的历史的变迁》，《鲁迅全集》第9卷，人民文学出版社，2005，第311页。

是喜欢作伪的，也伪造了许多小说，如果不能识别真伪，就会造成严重的错误。"①　鲁迅就指出过许多丛书如《格致丛书》、《历代小史》、《五朝小说》、《唐人说荟》中的许多错谬之处：删削内容、别立名目、乱题撰人、时代错误等等。②　如果不加以考据，而据此材料来写作，将会有损于中国小说史的真实性和科学性。孙先生认为："考订材料的真伪及其所属的时代，不仅是一种繁难的工作，而且也得有古典文学的修养和科学的卓见的。"③　鲁迅就具有深厚的古典文学的修养和科学的卓见史识。在北京大学讲授中国小说史之前，鲁迅就已整理出《古小说钩沉》和《唐宋传奇集》，在讲小说史时，又整理出《小说旧闻钞》。孙先生认为，这是鲁迅为《中国小说史略》所作的"长编"工作。《古小说钩沉》是中国第一部校辑唐代以前小说的著述，从大量的类书中，辑录了唐以前散佚的三十六种小说，是《中国小说史略》第三篇到第七篇的主要史料。《唐宋传奇集》选载了唐宋小说四十五篇，鲁迅不仅校正了文句与作者的一些错误，而且在后面附了两万字的"稗边小缀"，考订了作者，并探究了故事的源流。这是《中国小说史略》第八篇到第十一篇的主要史料。《小说旧闻钞》收集了宋以后小说的四十一种史料，从此书引用的书目上，可知鲁迅参考了九十二种书籍，共一千五百七十五卷，并加了三十四条按语，对史料补缺正误。《中国小说史略》中的第十二篇至第二十八篇的材料，大都出于此书。④

　　孙昌熙先生发现鲁迅在研治中国小说史的时候，就运用了历史唯物主义的科学方法，把作家作品与时代社会相结合，并将其

---

① 刘泮溪、孙昌熙、韩长经：《鲁迅研究》，作家出版社，1957，第304—305页。
② 参见鲁迅《且介亭杂文二集·书的还魂与赶造》，《鲁迅全集》第6卷，人民文学出版社，2005，第238页；《集外集拾遗补编·破〈唐人说荟〉》，《鲁迅全集》第8卷，人民文学出版社，2005，第132页。
③ 刘泮溪、孙昌熙、韩长经：《鲁迅研究》，作家出版社，1957，第305页。
④ 刘泮溪、孙昌熙、韩长经：《鲁迅研究》，作家出版社，1957，第307—309页。

放在社会历史的发展中进行考察，"由于他是一个清醒的战斗的现实主义的作家和批评家，很早就注意了文学和时代社会、政治经济等的密切关系，从而看到了文学发展的基本规律，于是就以这种新的眼光研究了小说的发展与演变，发生和衰歇，解决了许多小说史上的问题"。① 如六朝多产生志怪小说，则主要是受到佛道两教的影响。晋人崇尚清谈，讲标格，因而有记载"畸行隽语"的《世说新语》面世。唐传奇的产生则与干谒名公的"敲门砖"很有关系等。再如《水浒传》的发展，水浒故事经过历代文人的"荟萃取舍"，就使它有了多种代表着各个时代特点的版本，因而也就表现着各种不同的思想性。于是从发展演变上，就可以看出各种版本的社会价值和文学价值。"而清朝的武侠公案小说，则与当时的特殊的政治情势所影响到社会上产生的一种'乐为臣仆'的心理有密切关系。"②

在小说史的分期问题上，孙昌熙先生指出，鲁迅并未拘泥于以朝代为小说史的分期方法。小说史主要是科学地、系统地对历代作家作品作"史"的合理安排和精当的论述。作家的文学观念、思想感情和创作固然会受到当时的社会政治的影响，但是由于各个作家创作个性的不同，其作品就会呈现出不同的风貌，同一朝代也就会出现不同的品类和流派。小说史上的各种品类和流派存在着继承与革新的成长过程，不会与朝代的更替取同一步伐，而是具有长久的生命力，越是优秀的作品，越具有穿越时空的生命力。所以小说的发展具有相对的独立性。当然，鲁迅并不忽视朝代与小说发展的关系，如唐代的传奇至宋衰亡，就在《中国小说史略》中用较多的篇章进行论述。但鲁迅更尊重小说自身发展的规律，有时甚至以作品为篇题，如第七篇《〈世说新语〉及其前后》。"由于一种小说类型的变迁，一个朝代往往概括不

---

① 刘泮溪、孙昌熙、韩长经：《鲁迅研究》，作家出版社，1957，第311页。

② 孙昌熙：《鲁迅"小说史学"初探》，山东教育出版社，1989，第8页。

了，因为它有一个成长期，它的发展往往经历两朝以上者甚多，所以鲁迅就以时代为经，以品类为纬，做经纬交叉之篇题，如第十三篇：《宋元之拟话本》、第十四篇：《元明传来之讲史》。"①鲁迅以时代为经，作品类型为纬的划分法，建立起一个科学的、完整的小说史框架，并把他研究中国小说所寻找出来的许多类型间的有机联系的规律充实到这一框架中，从而形成了他的科学体系。

孙昌熙先生深入探讨了鲁迅对古典小说发展规律的认识。他指出鲁迅认为中国文学由于不断吸收民间文学和外国文学的滋养而不断获得新的生机。"这是鲁迅研究中外文学史，特别是通过自己的创作实践中的一大发现。"②鲁迅通过对小说性质的研究，发现中国有两种性质不同的小说：士大夫创作与民间创作。这两类小说既是对立的，又是相互影响的。民间的话本小说对文人小说创作有着极大的影响，鲁迅在《中国小说的历史的变迁·第四讲宋人之"说话"及其影响》中把这一现象说得很清楚。鲁迅指出："《大宋宣和遗事》……就是《水浒》之先声。"③《聊斋志异》也是由于大量吸收了的民间故事，才盛行不衰。虽然鲁迅在1934年才把它作为规律明确提出，他说民间文学"偶有一点为文人所见，往往倒吃惊，吸入自己的作品中，作为新的养料。旧文学衰颓时，因为摄取民间文学或外国文学而起一个新的转变，这例子是常见于文学史上的"。④但是鲁迅在写作《中国小说史略》时，就明确地意识到这一问题的存在，如文人摄取民间话本改造成长篇白话小说等。并从自己的创作的体验中——如《社戏》、《无常》等就吸取了民间文艺的素材——意识到民间文艺对于文

①　孙昌熙：《鲁迅"小说史学"初探》，山东教育出版社，1989，第7页。
②　孙昌熙：《鲁迅"小说史学"初探》，山东教育出版社，1989，第9页。
③　鲁迅：《中国小说的历史的变迁》，《鲁迅全集》第9卷，人民文学出版社，2005，第331页。
④　鲁迅：《且介亭杂文·门外文谈》，《鲁迅全集》第6卷，人民文学出版社，2005，第97页。

人创作的重要性。

　　孙昌熙先生认为，鲁迅的"小说史学"充分体现出进步的民主思想与落后的理学思想两种创作倾向对立、斗争的历史过程，正是这种对立和斗争推动了中国小说历史的发展。孙昌熙先生指出："每当旧思想一度得胜，杂草丛生，文坛便荒芜起来。小说史也就来到黑暗时代。但总有新的作品破壳而出，进步的新生力量有不可战胜性，像宋之白话小说便冲破了宋传奇之旧壳而显示它的无限生命力，而且在中国小说史上占据主导地位。因为它代表了市民思想战胜了浸透儒家意识的宋传奇。"①鲁迅比较研究了唐宋传奇的区别，指出："唐人大抵描写时事；而宋人则极多讲古事。唐人小说少教训；而宋则多教训。"②唐传奇往往写社会悲剧，人物也有反抗性，如蒋防的《霍小玉传》。而宋传奇则以"团圆"剧取代了悲剧，如秦醇的《谭意歌传》抄袭了《霍小玉传》的故事，把谭意歌描写成一个封建主义命妇的形象。宋代的理学思想影响了传奇的创作，理学家发明了一个调和社会矛盾、具有很大欺骗性的创作手法：以大团圆作结局，为封建统治粉饰太平。所以鲁迅认为，传奇小说到唐亡时就绝了。宋代的士大夫在创作上实在没有什么贡献，"但其时社会上却另有一种平民底小说，代之而兴了。这类作品，不但体裁不同，文章上也起了改革，用的是白话，所以实在是小说史上的一大变迁。因为当时一般士大夫，虽然都讲理学，鄙视小说，而一般人民，是仍要娱乐的；平民的小说之起来，正是无足怪讶的事"。③宋代白话小说以"主在娱心"的鲜明特色，来对抗并取代了"文以载道"的、主劝惩的宋传奇，显示了市民民主思想的胜利。

---

①　孙昌熙：《鲁迅"小说史学"初探》，山东教育出版社，1989，第 13 页。

②　鲁迅：《中国小说的历史的变迁》，《鲁迅全集》第 9 卷，人民文学出版社，2005，第 329 页。

③　鲁迅：《中国小说的历史的变迁》，《鲁迅全集》第 9 卷，人民文学出版社，2005，第 329 ~ 330 页。

　　孙昌熙先生认为，在宋白话小说之后向理学发起第二次冲击的是《红楼梦》。鲁迅多次高度评价《红楼梦》，充分肯定它的历史价值，说它是伟大的作品，冲出了大团圆的重围，写出了社会悲剧，"其要点在敢于如实描写，并无讳饰"，"自有《红楼梦》出来以后，传统的思想和写法都打破了"。① 孙昌熙先生认为民主思想虽然战胜了道学家思想，从而推动了小说史的健康发展，但是旧思想是不甘心灭亡的，"总是千方百计地挣扎和反扑，而且往往是改头换面渗透进新兴小说中来，一旦转化成主导一面时，小说史上便又出现衰落时代。如人情小说之末流，即才子佳人小说的盛行时，新形式的'大团圆'便再度风行：公子落难，佳人爱怜，金榜题名，奉旨成婚"。② 另外，狗尾续貂也是一种反扑，如《红楼梦》自问世以来，续作极多，有《后红楼梦》、《续红楼梦》、《红楼复梦》、《红楼幻梦》、《红楼圆梦》等等，"大概是补其缺陷，结以团圆"，③ 理学重新统治了小说创作。所以鲁迅在谈到中国小说发展的曲折道路时说："有两种很特别的现象：一种是新的来了好久之后而旧的又回复过来，即是反复；一种是新的来了好久之后而旧的并不废去，即是羼杂。然而就并不进化么？那也不然，只是比较的慢，使我们性急的人，有一日三秋之感罢了。文艺，文艺之一的小说，自然也如此。"④ 孙昌熙先生研究了鲁迅对中国小说发展脉络的梳理，认为在中国小说史上存在着"娱心"和写实的小说与"劝惩"的、粉饰的小说，这两种小说的对立发展，构成了中国古典小说进化、发展的规律。

　　孙昌熙先生还深入地论述了鲁迅评价古典小说的标准：反对瞒

① 鲁迅：《中国小说史略》，《鲁迅全集》第 9 卷，人民文学出版社，2005，第348 页。
② 孙昌熙：《鲁迅"小说史学"初探》，山东教育出版社，1989，第 15 页。
③ 鲁迅：《中国小说的历史的变迁》，《鲁迅全集》第 9 卷，人民文学出版社，2005，第 348 页。
④ 鲁迅：《中国小说的历史的变迁》，《鲁迅全集》第 9 卷，人民文学出版社，2005，第 311 页。

和骗之作，肯定反映现实人生的小说；批判投降之作，推崇反抗精神之书；在讽刺小说中，反对"私怀怨毒"，肯定"公心讽世"；在人物塑造上，反对主观臆造的失真和完人，推崇"真的人物"。

《鲁迅"小说史学"初探》在论及鲁迅与古典小说的具体作品时，也提出了一系列的富有创见性的学术观点，使鲁迅小说史学初具规模。广博的知识、深厚的学养，使他在鲁迅研究中总有发前人所未发的独到见解。但孙昌熙先生年事已高，并患有眼疾，未能写出"鲁迅论《西游记》"和"鲁迅与《红楼梦》"两篇，这是孙先生的遗憾。

<h1 style="text-align:center">四</h1>

新中国成立后的前十七年，中国现代文学史的书写忽略了文学的审美特质，把多元形态的新文学史局限为新民主主义革命文学史。孙昌熙先生与田仲济先生共同主编的《中国现代文学史》（山东人民出版社 1979 年 8 月出版）大胆地突破了旧有的文学史写作范式，为新时期文学史写作拨乱反正、恢复重建做出了表率。此著实事求是地面对史实，将一批过去受到忽视的作家如徐志摩、沈从文、庐隐、凌叔华、李金发等写入文学史，并重新评价了过去被贬抑的作家应有的文学史地位，如胡适等。孙昌熙先生说过："我同大家一块，大胆解放思想，冲破禁区，为了把五四的文学革命运动的实际情况搞清楚，实事求是地编写这部文学史，还它以历史真面目，我研究了胡适在这一时期所起的作用，我同人合作写了《试论五四新文学运动中胡适的历史作用》……并把它吸收到《中国现代文学史》中来。"[①] 这篇发表在《文史哲》1979 年第 3 期上的文章从倡导文学革命、提倡白话文学、提

---

① 《孙昌熙自述》，见高增德、丁东《世纪学人自述》第 5 卷，北京十月文艺出版社，2000，第 49~50 页。

出积极的文学主张和创作实践的成就《尝试集》、《终身大事》等方面，充分肯定了胡适在五四新文学运动中的历史作用。文章对胡适"五四"文学观念的本质作了有意义的探讨与重新评价，带来了传统文学史观念的新气象，具有突破性意义。

1984 年，田仲济和孙昌熙先生共同主编的《中国现代小说史》是中国大陆第一部现代小说史专著。这部著作以作品中人物形象发展史为中心来研究小说史，拓宽了文学史研究的视野。正如孙昌熙先生在后记中所说："这部书在写法上，也有一点新的尝试：那就是从史的角度，重点分析和评价新文学运动以来，随着时代的进展，不断出现的各类人物形象。……小说史就是不断创造人物的历史。它一方面是人物形象从粗糙到典型的艺术创新史，另方面则是在各种各样人物形象的变化发展中，反映出时代社会发展史。"①过去的文学史编写，大都将现代文学三十年分为几个阶段来叙述，这就将作家的作品分为几个阶段来分析，显得支离破碎。而这部小说史则避免了这种弊端。最重要的还在于这部小说史突出了"文学是人学"的理念。

1987 年孙昌熙先生与朱德发先生主编的《中国现代文学史新编》由宁夏人民出版社出版。这部新编的文学史"表现出将现代文学史书写由政治范式纳入人本范式的理性自觉；尽管这也是尝试性的积极探索，不过它应是中国现代文学史书写由政治型向人本型转换的重要标志"。它以人本文学史观为主导，努力写成"人性解放的形象史，人生奋斗的形象史，民族解放的形象史，阶级斗争的形象史，现代国人灵魂的衍化史"。"可以说这本书的编写体例完全突破了中国现代文学史书写的框架，自觉地把现代文学史研究与书写纳入了人学的轨道"②，从而显示出文学史写作中人的自觉。

①　田仲济、孙昌熙主编《中国现代小说史》，山东文艺出版社，1984，第 580 页。
②　朱德发：《现代文学史书写的理论探讨》，山东人民出版社，2010，第 35 页。

孙昌熙先生除了主编了上述现代文学史著作之外，还写下了许多研究现代作家作品的论文。他除了写过鲁迅、茅盾、老舍、臧克家等作家的研究论文之外，还写了研究杨振声、闻一多、李广田、沈从文等作家的论文。他说："同时为了弥补现代文学史之缺，或者说为了丰富它的内容，我还注意到五四以来，在文学史上有过贡献的作家作品的研究。我认为这些作家不能因为他们的作品较少，而不写进文学史。如在五四初期即露头角的杨振声的小说创作，就应该给他以应有的历史地位。所以我同别人合作写了《论杨振声的小说创作》（1982 年第 4 期《文史哲》），作为向现代文学史家们的一个积极呼吁。"①他还与张华合编了《杨振声选集》（人民文学出版社 1987 年出版），选编了杨振声的小说、散文和文艺论文 57 篇，集中地反映出杨振声创作的风貌。前有萧乾写的《我的启蒙老师杨振声》为代序，后附有孙先生与张华合写的《杨振声和他的创作》，对杨振声的创作进行了深入的论析，对其在现代文学史上的地位进行了科学的评价。1989 年孙先生又写下了《把中国新文学抬上大学讲坛的人——追忆抗日战争期间接受恩师杨振声教授教诲的日子》，高度评价了杨振声为在大学讲授新文学所作的努力，也满怀深情地回忆了受教于杨振声先生的岁月。

晚年，孙昌熙先生有一种浓重的怀旧情绪，愈加怀念当年在北大、西南联大读书时杨振声、闻一多、朱自清、李广田、沈从文等老师，非常珍惜所结下的师生情谊。孙先生写研究他们的学术论文，也写怀念追忆的文章，都是纪念先师的一种形式。他不仅为杨振声编选集、写文章，高度评价其在文学史上的地位，对当年李广田先生借给他文学论讲义的帮助更是念念不忘，多次写文章谈到李广田先生的帮助，还先后写下了《铮铮铁汉 锦绣文

---

① 《孙昌熙自述》，见高增德、丁东《世纪学人自述》第 5 卷，北京十月文艺出版社，2000，第 50 页。

章——李广田散文特色初探》（《柳泉》1982 年第 4 期）、《论李广田散文的思想和艺术特色》（《文史哲》1984 年第 4 期）、《评李广田散文研究中的一种倾向》（《山东社会科学》1987 年第 2 期）的学术论文，这些文章是对研究界长期忽略的李广田散文研究的一个补充，也对某些文学史认为李广田早期散文"题材狭窄"等的错误说法进行了辩驳。他指出李广田有着深厚的生活积累和艺术功力，其散文具有朴素真诚、沉郁而又清新的风格，在散发着泥土气息的篇章中，无不表现着作者的抗争之情和希望。他还写了《闻一多与〈山海经〉》（《云南师范大学学报》1985 年第 6 期）的学术论文，也写了《拍案而起的闻一多》（《山东文学》1985 年第 10 期）和《两条龙——从图腾到艺术——听闻一多、刘文典先生讲课的几点体会》（《云南师范大学学报》1990 年第 2 期）的忆怀文章。一缕缕的思念之情，织就了一篇篇难忘师恩的文章。这一篇篇文章，既弥补了现代文学史研究之阙，也包含着他为老师生前身后被忽略的处境鸣不平的因素。

1987 年孙昌熙先生退休以后，仍然毫不懈怠，笔耕不辍。但是由于青光眼、白内障等眼疾的折磨，一只眼睛逐渐失明，另一只眼睛后来也仅有 0.01 的视力。1990 年他托人从香港买来一个 15 倍的放大镜，放大镜的前端有一电筒，读书时打开电筒一束光线正好照在书页上，非常方便实用。孙先生经常思考一些学术上的问题，偶有所得就记在纸上，但由于眼疾恶化视力模糊，写的字忽高忽低，还有的重叠在一起。当我们帮先生整理文稿时，看到那字迹都不由得心酸。后来，孙先生用一厚一薄的两块小钢板，把厚的放在稿纸的上方，把薄的放在下面，中间空出一定的距离供写字用，写完一行之后，把厚一点的钢板下移到薄的边沿处，薄钢板再随之下移一定的距离，就再也不用担心写得忽高忽低了。就这样，在眼疾的困扰下孙先生又写出许多论文和怀念恩师的文章。这种对学术事业的执着和坚韧不拔的毅力，不禁令吾辈后学肃然起敬。

孙昌熙自述[*]

　　我于 1914 年 10 月 25 日出生在山东安丘县王家庄的一个小地
主家庭。幼读私塾时，即喜爱古典白话小说。1936 年毕业于山东
青岛铁路中学，同年考入北京大学中文系，始读鲁迅著作。次年
卢沟桥事变，北大、清华和南开三校在长沙成立临时大学，旋迁
云南昆明，改称西南联合大学，我随校读书，并开始发表小说及
散文。1941 年夏毕业，留系做朱自清先生教大一国文的助教。
1944 年秋到云南大理华中大学（今武汉华中师范学院的前身）中
文系任讲师，教大一国文、文学概论及中国小说史等课。课余仍
从事小说、散文创作，研究论文只写过一篇《元曲中的水浒故
事》（发表在 1944 年的《国文月刊》）。1946 年秋，到青岛山东
大学中文系任讲师，教大一国文及中国小说史等课。两次开小说
史课时，都参考过《中国小说史略》，但未注意研究。课余仍从
事创作。

　　1949 年青岛解放后，先后升为副教授、教授。至今仍在山东
大学中文系教书。

　　解放后，在党的领导教育下，我积极学习马列主义、毛泽东
思想，由于我在解放前教过文学概论，曾得到李广田同志的帮
助，多少知道点普列汉诺夫以及高尔基的文学理论，又搞过文艺
创作，因而被指定担任中国现代小说、散文作品选讲和中国现代
文艺思潮小史等课程。

---

　　[*] 原载高增德、丁东编《世纪学人自述》第 5 卷，北京十月文艺出版社，2000。

　　1953 年，在山大校长华岗领导下，我同刘泮溪、韩长经两同志当他的助手，开设了"鲁迅研究"新课。华校长以马列主义观点方法，尤其以毛泽东同志研究鲁迅的方法以及对鲁迅的崇高评价作为准则，在充分肯定鲁迅的革命贡献的同时，探索了鲁迅的哲学、政治、科学、历史以及文艺思想的形成和发展。用科学的比较方法，研究鲁迅小说、杂文、散文等创作特色以及鲁迅在中国现代文学史上的地位和贡献。还将鲁迅在批判继承优良传统和借鉴外国的辉煌成就以及鲁迅从实践中总结出来的研治古代作家作品的理论贡献等等都作为课程内容。这个课程的创立，不但在教学上取得成绩，也培养了我们这群助手。当时全国各大学正开始课程改革，"鲁迅研究"这门课同兄弟院校比较起来，是开设较早的一门新课。并且在内容上，把鲁迅战斗的一生及其宝贵遗产，比较系统地、全面地作为一门学科来进行研究讲授，还是开创性的。

　　山大开设这门课程的目的，不仅要正确认识鲁迅，继承和发扬鲁迅精神，提高教师与学生的思想和业务，而且作为一个中文系的中心研究项目，所以我们几个人决心一生从事研究鲁迅工作，就是从这时开始的。我们把教学与科研统一起来，把讲稿当作研究论文来写。在华校长的指导下，不断修改讲稿，因此保证了教学质量。同时，为了求证于海内鲁迅研究专家，我们把讲稿陆续在《文史哲》杂志上发表，最后结集成册，定名曰《鲁迅研究》，由作家出版社在 1957 年出版。

　　山大中文系根据教学需要，在 1956 年左右成立了文艺理论教研组，我暂时离开"鲁迅研究"教学小组，转到文艺理论组，担任了文学概论、文艺评论、文艺理论专题等课程的讲授。到 1962 年，为了需要，甚至教起"中国文学批评史"课来了。这些年中也偶尔参与一点"鲁迅研究"课的教学。

　　从参加"鲁迅研究"课，取得一个教学与研究相结合的经验，所以，我在讲授一些文艺理论课程时，强调了实践。譬如说，我经常为报刊写新作品评价，还评论古典文学作品。我曾写了一本《怎样阅读〈三国演义〉》（1957年山东人民出版社出版）。根据文艺理论教材的需要，我还主编了一本《文艺学新论》（1959年由山东人民出版社出版），作为向建国十周年的国庆献礼。当担任"中国文学批评史"讲授时，在备课当中，我在青岛市图书馆发现了一本清人孙联奎（星五）著的《诗品臆说》。我认为它是解说司空图《诗品》很有独创见解的一部著作。于是，我同我的研究生刘淦同志合作把它和另一部《廿四诗品浅解》（清·杨廷芝著）合起来，做了校订和评价工作，题为《司空图〈诗品〉解说二种》（1962年由山东人民出版社出版），这是教"中国文学批评史"的副产品，也是培养理论研究生的成果之一。这本书在学术界引起重视，特别是《诗品臆说》，郭绍虞先生也给它以较高的评价。直到今天，研究古代文论的专家们还往往引用《诗品臆说》中的话。因此，山东齐鲁书社于1980年予以再版，并向国外介绍。最近陕西一家出版社还约刘淦和我写一本《司空图及其〈诗品〉》。我们准备在1982年底完成。

从以上可以看出，在1966年以前，我的教学与研究虽是坚持了相统一的原则，但教学范围比较杂，研究兴趣比较广泛：从现代文学到文艺理论，从现代到古典。我甚至在较长时间内没有教"鲁迅研究"课，这对于一个立志研究鲁迅的人说来，是有损失的，因而我总想法尽量不脱离"鲁迅研究"。我不断搜集有关鲁迅的材料，偶尔也写点有关鲁迅的论文，或者偶尔也教点"鲁迅研究"课。当我在粉碎"四人帮"之后，重新回到"鲁迅研究"工作岗位上的时候，就打算开拓研究鲁迅新领域时，我逐步认识到，过去担任过的一些课程以及与之相结合的研究，虽然比较杂，也并不是浪费时间与精力，这对深入和开拓研究鲁迅新领域是有帮助的。

鲁迅治学有两大特点：一是结合现实；一是独创。因此，就应该学习鲁迅的这种治学精神，做鲁迅研究时，要在其丰富遗产里多辟新的途径。当大家还热心于探索鲁迅小说特色（当然这是很必要的），或争论《故事新编》是否是历史小说，特别是集中于"油滑"应如何理解时，我发现鲁迅的文艺思想是等待人们去整理研究的一个重要的广阔领域。这块未开垦的处女地，如果整理研究出来，不仅能丰富文学概论的教学，而且对于创作、欣赏等方面，也是前导和明灯。还可进一步探索鲁迅的美学观。于是，我早在1962年参加讲授"鲁迅研究"课时，试讲了一部分鲁迅文艺思想专题。同时在招收文艺理论研究生时，也让少数人选择了这方面的论文题目。我自己也决心由教"中国文学批评史"慢慢转到"鲁迅研究"的轨道上来。重点研究了鲁迅的文艺创作论、文艺风格论以及文艺欣赏论等。并且在教学、研究过程中，认识到对于自己的文艺思想也是个教育提高过程。例如，在鲁迅的文艺创作论中，他强调了作家首先是个革命人，创作要对读者负责的道德问题。这些光辉的论述都是马列主义文艺理论的核心部分，有些作者在创作上出了这样或那样的问题，主要原因就是脱离了鲁迅所指出的这条康庄大道。

对于鲁迅文艺思想的研究，我在1962年左右虽已注意这个领域，并付诸实践，但工作刚刚开始不久，就来了"文革"。直到1972年工农兵大学生进校，我才被允许教书，但还是绕了一个大圈子：先教了一阵子"写作实习"，然后是"毛泽东文艺思想"，最后才参加了教"鲁迅作品选"课。不久，山大接受了人民文学出版社鲁迅著作编辑室注释《鲁迅全集》的任务，于是调我主持了几年的《故事新编》注释的工作。1978年才基本结束。这一工作也获得一个副产品：由我主编了一本《故事新编》简析，将由福建人民出版社出版。1978年山大开始招收研究生，我招了以中国现代文学史为基础、以鲁迅研究为方向的研究生时，才重新拾起了鲁迅文艺思想这个研究课题，并作为研究生毕业论文的范围。也就是说，这个项目主要由研究生去做了。我想把几年前计划要做的一个较大的研究项目——《鲁迅〈中国小说史略〉研究》认真搞起来。

我为什么要搞这项研究呢？在新中国成立不久，就有人写了这类文章，像郑振铎的《中国小说史家的鲁迅》（1949 年 10 月《人民文学》）引起我的注意，但未决心去研究。只是在写《鲁迅研究·鲁迅整理中国文学遗产的成绩》一章时，稍稍翻读了一下，做了一般的介绍。在 70 年代中期，见有人在报上发表研究鲁迅《中国小说史略》的论文，才引起我研究这部书的浓厚兴趣。过去我曾两次开"中国小说史"课，都参考过《中国小说史略》，但由于自己水平不高，没有认识到这部科学巨著的价值。当我重新披阅时，才睁开了眼睛。同时，这时我正在通读《鲁迅全集》，我发现：鲁迅虽然多少年不讲授小说史了，但他始终未能忘情于小说史的研究，而继续搜集有关的资料，在现实战斗中往往运用了古典小说铸成打击敌人的子弹，更不时阐发了自己的新观点，甚至不惜与《史略》中的论点相抵触。因此，我在 1973年就开始在《鲁迅全集》《鲁迅书信集》《鲁迅日记》等里面，积累鲁迅的有关小说史的一切资料，并注意与鲁迅有关人士的关于这方面的回忆材料。计划把《中国小说史略》、《中国小说的历史的变迁》与鲁迅后期关于小说史的意见，加以整理和消化，想要对《史略》（包括"变迁"）做一综合研究，认识《史略》的科学价值和贡献，然后分别研究，而且研究鲁迅对一些小说名著的评价。希望认识鲁迅研究小说史和评价具体作品的原则、方法和标准。至于鲁迅前后期对某部小说名著（包括作家在内）的不同观点和评价，也予以整理。这样，既可看出鲁迅治小说史的科学思想的发展过程，也能探索鲁迅治学中实事求是的精神。尤其他对于这一学科的开创精神，是值得学习的。

鲁迅留给我们的遗产是极其丰富的。特别是他的杂文，是生活的教科书，是百科全书，是万有宝库，应该勇敢地勘探新矿藏，但要有发现和开掘的新武器，这就是马列主义的观点和方法。鲁迅自己就有宝贵的经验体会，他说："我看了八种科学底文艺论，明白了先前的文学史家们说了一大堆，还是纠缠不清的疑问。"（《三闲集·序言》）又说："马克思主义是最明快的哲学，许多以前认为很纠缠不清的问题，用马克思主义的观点一看，就明白了。"（李霁野：《回忆鲁迅先生》，第38页）这话是经验之谈。从下面的例子可以得到证明：鲁迅曾在《史略》里肯定了纪昀《阅微草堂笔记》的反理学精神，可是当他成为马克思主义者之后，便发现了纪昀的虚伪欺人。鲁迅在《且介亭杂文·买〈小学大全〉记》里指出：纪昀的"特别攻击道学先生"，完全是逢迎"圣意"，"倘以为他秉性平易近人，所以憎恨了道学先生的溪刻，那是一种误解"。因此，只有学习马克思主义，才能从鲁迅的著作中开掘出新的东西。不学习唯物辩证法，就不能在鲁迅的《摩罗诗力说》里发现鲁迅早就有的辩证法思想。过去的研究小说史的人，早就注意到了小说史上的某一故事的演变现象，但由于不懂得历史唯物主义，不知道文艺与现实的关系，便无法去解释这种演变现象的社会原因。

当然，光有马列主义的观点还不够，同时创新也并非轻而易举的，只有具有渊博的知识和对科学的敏感力，又善于总结前人的点滴经验，还得具有除旧布新的胆识，才敢于和能够开拓研究新领域。所以，除学习马列主义学说外，还得学习文学、哲学、历史、社会学、美学、艺术……才能有所发现。

由于我的知识面比较狭窄，而且未学好马列主义，思想糊涂，阅读鲁迅著作有所偏重，譬如说，较长期地忽视外国文学、外来思潮与鲁迅的关系，特别是没有重视对《鲁迅译文集》的学习。因而，我对于这一方面就几乎毫无发现。

那为什么我又较早地注意研究鲁迅的比较文学观呢？

鲁迅从事文学活动是从爱国主义出发，从改造国民性出发的。他的创作成就，首先并且明显地受外国哲学、外国文艺思潮，尤其外国作品的影响，自然他有所改造、创新。但我过去总以为鲁迅译的那些作品是资产阶级的东西，而且早已过时，一向未予重视。既不思索鲁迅当年翻译它的动机以及所起的作用,更忽视了鲁迅写的那么多的译后记。再加上我们多年来不同外国做学术交流,像鲁迅所说的,结果是既聋且哑。因此,就使我更不注意这方面的研究。

粉碎"四人帮"后,翻译活跃起来,特别是引进一些新的文学流派以及一些新的学科。比如说"比较文学"被介绍过来之后,由于有了强调中外文化交流新土壤,它就扎根萌芽,传播开来。我经过学习,便发现了鲁迅在这方面既有理论,又有实践成就,且有自己的独创,贡献很大。于是,我借这把钥匙写了《鲁迅的比较文学观及其研治古典文学的成就》,作为研究鲁迅这一新领域的第一篇论文。于1981年9月参加在北京举行的全国性的纪念鲁迅诞生百周年学术讨论会时,带去了这篇文章,引起与会同志们的重视(《鲁迅研究》第3期将发表)。大家且表示要在鲁迅比较文学观的基础上,创建中国的比较文学学派。

这一事实使我认识到中外文化交流的重要性,引进新学科的重要性。我在1951年《文史哲》创刊号上,曾发表过一篇《鲁迅与高尔基》,论述了两位大文豪的友谊,鲁迅对高尔基的评论,并做了两个人的比较。内容性质是比较文学领域,但我虽然实践了,却并不认识。直到最近北京大学比较文学研究会的第一期通讯上,把它收入中国早期的比较文学研究篇目时,我才恍然。一个新事物的萌芽,开始往往是不认识它的,实践了也往往不认识。得有对新事物的敏感力,得大胆地去探索和总结前人的成果,得有理论做指导。在这门比较文学学科中,有些人也同我的情况一样。他们也注意到了比较鲁迅作品与外国文学作品的关系和区别,但没有认识到这是鲁迅运用比较文学原则方法实践的成果。可见要多多学会自己不懂的学科,才能发现新问题,才能有意识地去实践,而后得成果。因此,不仅要从比较文学角度去读鲁迅杂文书信,更要熟读《鲁迅译文集》,尤其"译后记",才能进一步发掘出鲁迅关于比较文学的丰富理论及其实践的辉煌成就。

　　但我是个教学人员，尽管鲁迅研究是我的主攻方向，可还有些教学任务要承担。比如说，1978 年，我招进以现代文学史为基础、以鲁迅研究为方向的研究生之后，我又参加了山东四高校中文系部分教师编写中国现代文学史的教材工作。我同大家一块，大胆解放思想，冲破禁区，为了把五四的文学革命运动的实际情况搞清楚，实事求是地编写这部文学史，还它以历史真面目，我研究了胡适在这一时期所起的作用，我同人合作写了《试论五四新文学运动中胡适的历史作用》（此文先在《文史哲》1979 年第 3 期发表，后收入《纪念五四运动六十周年学术讨论会论文选》），并把它吸收到《中国现代文学史》中来（这部书在 1980 年由山东人民出版社出版）。同时为了弥补现代文学史之缺，或者说为了丰富它的内容，我还注意到五四以来，在文学史上有过贡献的作家作品研究。我认为这些作家不能因为他们的作品较少，而不写进文学史。如在五四初期即露头角的杨振声的小说创作，就应该给他以应有的历史地位，所以我同别人合写了《论杨振声的小说创作》（《文史哲》1982 年第 4 期），作为向现代文学史家们的一个积极呼吁。我还将继续挖掘类似的一些作家、作品，作为今后文学史上的"补苴"工作。

　　由此看来，我的工作是够杂乱的了。但是水流千转，我还是逐步转向鲁迅研究这一中心上来。并且无论如何在这方面的收获比起我的其他工作来，还是比较大的。譬如说，较早地注意了鲁迅文艺思想的研究，1962 年开了这个专题课。"文革"后招研究生，他们的毕业论文都集中在这一方面。有的探索了鲁迅早期（指留学日本时期）的浪漫主义，有的探索了五四前后的现实主义的形成。有的研究鲁迅的悲剧观，有的研究鲁迅的喜剧观。（第一、三两篇摘要发表在山东人民出版社的纪念鲁迅诞生百周年论文集，第四篇将全文发表在《鲁迅研究》）这四篇论文连同我自己的《鲁迅论文艺创作》（部分已发表在《淮北煤炭师院学报》1981 年第 4 期，题为《鲁迅论生活是创作的源泉》）和《鲁迅文艺风格论》(《文史哲》1980 年第 5 期)以及《鲁迅文艺欣赏论》(发表在 1980 年第 4 期的《中国现代文学研究丛刊》),编成《鲁迅文艺思想新探》,送交天津人民出版社。

再如,《鲁迅〈中国小说史略〉研究》于 1962 年已着手,到目前为止,已完成了《试论鲁迅〈中国小说史略〉的战斗意义》(收入《社会科学战线》编辑部编的《鲁迅研究论丛》一书)、《鲁迅与〈山海经〉》(1975 年第 1 期《吉林师范大学学报》发表)、《鲁迅与〈儒林外史〉》(1980 年第 2 期《吉林师范大学学报》发表)、《鲁迅论〈聊斋志异〉》(已发稿在山东出版的《蒲松龄研究集刊》第 3 辑)。我常常由于临时任务较多,工作不能按原计划进行。我还不善于把我的教学与研究以及社会工作做合理安排。而且我的研究项目也过多,即战线扯得太长。譬如说,当我的《鲁迅〈中国小说史略〉研究》还没有完成时,我又开始了"鲁迅比较文学观的研究"新项目。这就造成了时间少与研究项目多的矛盾,因而不能成系统地出研究成果。同时也说明了鲁迅留下的遗产十分丰富,使我们取之不尽,用之不竭。

我对于伟大的鲁迅认识得还很不够,还得努力学习。而学习的方法就是:不但坚持上述两项研究课目,而且要不断开掘研究鲁迅的新领域。但合理安排我的时间,整顿我的研究项目秩序,是当前我必须考虑的。

1982 年 3 月 29 日

(孙昌熙先生于 1998 年 9 月 18 日逝世)

现代文学研究

试论五四新文学运动中
胡适的历史作用[*]

长期以来，在中国现代文学史中，胡适的历史作用基本上被否定了，并作为反面教员出现，这是不公正的。

毛泽东同志曾经十分明确地指出："在'五四'以前，中国的新文化运动，中国的文化革命，是资产阶级领导的，他们还有领导作用。"在"五四"以后，这个阶级才"无领导作用，至多在革命时期在一定程度上充当一个盟员，至于盟长资格，就不得不落在无产阶级文化思想的肩上"（《新民主主义论》）。我们应该把胡适放到这个特定的历史范畴中，采取历史唯物主义的态度和一分为二的方法，对胡适的历史作用作出正确的评价。

（一）

一　倡导文学革命

文学革命的兴起，决不是偶然的，它是有其深刻的社会历史原因的。辛亥革命推翻了清王朝，但并没有完成资产阶级民主革命的任务，大权落到袁世凯手里。胡适留学国外，同样对袁世凯的复辟倒退不满，认为"袁氏之罪，在于阻止中国二十年之进步"（《藏晖室札记》卷十三）。他幻想建立起一个"统一共和的

*　原载《文史哲》1979 年第 3 期，署名孙昌熙、史若平。

中国"，即资产阶级民主共和国。他反对国内的"飘泊政策"，鼓吹按照国内外的形势，"定下立国大计"。这些大计，无非是兴办教育，开设工厂，坚甲利兵。他也有"收回治外法权"和"收回租借地"的要求（同上）。胡适的这些政治主张，在十月革命以前，同当时大多数资产阶级、小资产阶级知识分子的愿望大体上是一致的，是进步的。随着新的经济、新的政治力量的出现，必然要求在思想上有一个解放运动，来揭露当时还占统治地位的封建道德和封建文化，宣传资产阶级的民主和科学思想。以思想革命为标志的新文化运动，便成为时代的必然趋势。文学革命，正是在这一历史条件下的必然产物。

胡适要求"文学革命"，有他的思想基础和理论根据，并且是经过了一个酝酿实践阶段的。早在美国留学时期，他就已在留学生间论辩文学革命问题，并同国内陈独秀等保持密切联系。他从文学进化观点出发，认为"新时代的要求"文学必须革命。表现新的思想、新的事物，需要新的文字。"文以载道"的旧文学是担负不了这时代的任务的。旧文学只为少数人所私有，用文言文表达新思想不易为"最大多数人"所接受，只有用白话文表达新思想的新文学，才能为"最大多数人都能欣赏"，才能真正做到"雅俗共赏"。直到胡适写《新文学建设理论集·序》时，仍持此观点。他说："文字之功用在于达意，而达意的范围以能达到最大多数人为最成功。"由此可见，他提的"文学革命"口号是有所为的，是基于时代的要求，发动文学的解放运动。

早在一九一六年，胡适在美国的时候，就有在国内发动新文学运动的抱负。这年四月，胡适写了一阕半文半白的《沁园春》，里面写道："为大中华，造新文学，此业吾曹欲让谁？诗材料，有簇新世界，供我驱驰！"同年十月，胡适写信给陈独秀，发表在《新青年》上，第一次提出了"文学革命"的口号。信中说："年来思虑所得，以为今日欲言文学革命，须从八事入手。"一九一七年一月，《新青年》发表了胡适的发难文章：《文学改良刍议》。接着陈独秀就在二月发表了另一篇著名的文章——《文学革命论》，正式举起了文学革命的旗帜。陈独秀说："文学革命之气运，酝酿已非一日，其首举义旗之急先锋，则为吾友胡适。吾甘冒全国学究之敌，高张'文学革命军'大旗，以为吾友之声援。"

胡适的文章，虽没有陈独秀的那样坚定、明确，但是，他对白话文学必将取得正宗地位，还是坚信不移的。他说："白话文学之为中国文学之正宗，又为将来必用之利器，可断言也。"胡适的这一"断言"本身，就是对封建文学的挑战，就是革命。因为，以文言文为工具的封建文学，在当时还占统治地位。胡适敢"断言"白话文学必将取而代之，这在当时是被当权者和复古派视为大逆不道的。由于白话文学具有广泛的群众基础，一旦成为"中国文学之正宗"，封建文学也必然大势已去，只能作垂死挣扎了。

因此，胡适的《文学改良刍议》和陈独秀的《文学革命论》，是文学革命的姊妹篇，它标志着中国新文学运动的开始。胡适和陈独秀，同为首举文学革命义旗的急先锋，对中国的新文学运动作为先驱者所作出的贡献，是客观存在的历史事实。

二　提倡白话文学

文学革命运动不仅要大力破旧，还要积极立新。因此，胡适在五四运动前后，写了大量文章来阐述白话文学，并对什么是白话文学作了探讨、研究和实践，提出了不少新的见解。

但有的同志却认为，胡适提倡的不是白话文学而是白话文，是要把文学革命的范围局限在语言形式上，而并不去触动封建主义的内容，是形式主义的。有的同志还认为，这是胡适搞阴谋，企图把新文学运动引向斜路。对此，还是让事实说话吧。

胡适在一九一六年十月《寄陈独秀》信中，提出的"文学革命，须从八事入手"，是把"须言之有物"放在最后一条的。可是，两个月以后的《文学改良刍议》中，就把"须言之有物"列为第一条了。这说明胡适不但没有忽视内容，并且把它提到了首位。胡适对"言之有物"作了阐述。他说："吾所谓'物'非古人所谓'文以载道'之说也。"胡适所反对的"文以载道"的"道"，正是封建文化宣扬的孔孟之道。早在一九一四年，胡适就反对袁世凯颁布的《尊孔令》。他在十一月十六日《藏晖室札记》中，斥《尊孔令》为"口头谰言，可笑可叹！"一九一八年，胡适在《易卜生主义》一文中，反对把"男盗女娼的社会"说成是"圣贤礼义之邦"；斥责对"赃官污吏的政治"进行"歌功颂德"。胡适所主张的文章要有感情和思想，是针对八股文提出来的，是有具体内容的。胡适在一九一四年《藏晖室札记·论译书寄陈独秀》里，提出了："今日欲为祖国造新文学，宜从输入欧西名著入手。"一九一六年七月，他在《藏晖室札记·觐庄对余新文学主张之非难》里明确提出，《儒林外史》、易卜生、萧伯纳等的作品是"有功世道人心"的文学。胡适还在一九一八年《建设的文学革命论》中，主张把"今日的贫民社会，如工厂之男女工人，人力车夫，内地农家，各处大负贩及小店铺，一切痛苦的情形"，"在文学上占一位置"。也就是作为新文学的内容之一。

这些都说明了，胡适一直提倡的是白话文学，并没有把"文学革命的范围局限在语言形式上"，也没有"不去触动封建主义的内容"。恰恰相反，他是以新思想、新题材取代旧内容的。

当然，胡适是个资产阶级学者，他是用资产阶级的思想内容来取代封建主义的思想内容的，这是显而易见的。但这在当时的历史条件下，是进步的。胡适不反对封建文学的内容的说法是没有根据的。

胡适也是提倡白话文的，但他是从新内容的要求出发的。他看到了文言文这一旧形式束缚新思想，这一认识在当时来说是创新的。一九一九年胡适在《谈新诗》中说："形式和内容有密切关系。形式上的束缚，使精神不能自由发展，使良好的内容不能充分表现。若有一种新内容和新精神，不能不先打破那些束缚精神的枷锁镣铐。""五四"前后当文言文束缚新内容和新精神的时候，提倡白话文，是符合时代要求的，这不能算作形式主义。

由于新文学阵营同封建复古派维护文言文斗争的胜利，由于新文学运动的蓬勃发展，用白话文进行创作的多起来了。到一九二〇年，白话文在全国范围内取代了文言文，成为国语；白话文的胜利，国语的文学才取得了正宗地位。这是新文学运动取得的一个重大胜利，这一胜利具有深远的历史意义。胡适的"断言"实现了。那种把胡适提倡白话文斥为形式主义，并把胡适的《文学改良刍议》列为反面教材，这不仅否定了胡适在新文学运动前期的历史作用，实际上贬低了新文学运动本身的成就。

毛泽东同志在《反对党八股》中指出："五四新文学运动时期，一班新人物反对文言文提倡白话文，反对旧教条，提倡科学与民主，这些都是很对的。在那时，这个运动是生动活泼的，前进的，革命的。"这说明毛泽东同志充分肯定了提倡白话文和提倡科学与民主的成绩，并肯定了这个运动是"前进的，革命的"，而决不象有人说的提倡白话文是形式主义的。

在提倡白话文的"一班新人物"中，胡适是很活跃的一个。正因为有了白话文运动的胜利，新文学才有广泛的群众基础，才得以蓬勃发展。因而，胡适提倡白话文的功绩，在中国现代文学史上是应该充分肯定的。

三　提出积极的文艺主张

胡适在新文学运动前期，有不少文章涉及他对文学的基本看法。有些观点，同封建文学理论相比较，是创新的、革命的，它有助于新文学运动的开端、巩固与发展。

早在一九一六年，胡适在收入《藏晖室札记》的《觐庄对余新文学主张之非难》（按：觐庄即后来成为学衡派之一的梅光迪）一文中说："吾以为文学在今日不当为少数文人之私产，而当以普及最大多数之国人为一大能事。吾又以为文学不当与人事全无关系。凡世界有永久价值之文学，皆尝有大影响于世道人心者也。"虽然是短短三句话，但是，我们认为这是胡适关于文学基本理论方面的重要论述。文学不是"少数文人的私产"，应当普及"最大多数之国人"手中。这一思想不仅过去封建文学理论中不可能有，而且一九一七年陈独秀的《文学革命论》中也只笼统地提及"国民文学"。一九一九年李大钊的《什么是新文学》中，也只提到新文学"不是个人造名的文学"，没有涉及新文学应当普及最大多数人手里的问题。因此，胡适在一九一六年就提出了文学为"最大多数之国人"的问题，在新文学理论上不仅是一创见，而且是提出文学革命的有力根据。胡适认识到文学与社会生活（人事）有关系，而且有它的教育作用，这也说明了他是重视新文学的内容的，不是单纯主张形式革命的。

一九一八年胡适的《建设的文学革命论》，实际上是提倡白话文学近两年的总结。在这篇文章里，胡适还强调了创造新文学的工具和方法。工具是指白话，方法是指收集材料、结构体裁、描写人物和景物等。这实际上是讲的写作知识。不过，在五四运动以前，能突破老八股，比较系统地介绍新的写作方法，强调接触"贫民社会"，主张实地观察，反对闭门造车。这些理论对当时新文学创作都是有指导意义的。因而，这篇文章也引起了较大的反响。

胡适不仅提出了一般的文学主张，还在一九一八、一九一九年，就短篇小说、新诗、戏剧等方面，发表了专题论文。在一九一八年三月的《论短篇小说》中，胡适所论述的短篇小说的特征及繁荣的原因，同鲁迅后来在《近代世界短篇小说集小引》中的论述，是基本一致的。胡适在这篇文章中，还对历史小说提出了自己的见解。他说："凡做历史小说，不可全用历史上的事实，却又不可违背历史上的事实。全用历史事实，……没有真正的小说价值。若违背了历史事实，……却又不能成为'历史的'小说了。最好是能于历史事实之外，造成一些'似历史又非历史'的事实，写到结果又不违背历史事实。"这就是说，历史小说的创作，在历史事实的基础上，允许作者在一定的范围内虚构和艺术加工，但又不违背历史的真实。胡适的这一论述，不仅在一九一八年是新鲜的，在今天看来也还是正确的。

一九一九年胡适发表的《谈新诗》，是我国现代文学中最早的一篇新诗理论方面的文章。文章肯定了当时新诗的成绩，肯定了"诗体解放后诗的内容的进步"，对新旧诗的比较、新诗的音节、新诗的发展趋势，作了一些探讨，提出了一些有益的见解。关于"诗的音节"，胡适认为："新诗大多数的趋势，依我们看来，是朝着一个公共方向走的。那个方向便是'自然的音节'。"朱自清在一九三五年写的《现代诗歌导论》一文中认为，"胡适的《谈新诗》，差不多成为诗的创造和批评的金科玉律了"。评价偏高，但却反映了这篇文章在当时所起的影响。

一九一八年，胡适还发表了《文学进化观念与戏剧改良》，以及另一篇《易卜生主义》。这是他关于戏剧理论方面的两篇重要文章，这也是我国较早的两篇比较系统的现代戏剧理论方面的文章。前一篇文章中，胡适用进化论的观点，论述了中国戏曲的发展变化。他认为："现在中国戏剧有西洋的戏剧可作直接的比较的参考材料，若能有人虚心研究，取人之长，补我之短，扫除种种'遗形物'，采用西洋最近百年来继续发达的新观念，新方法，新形式，如此方才可使中国戏剧有改良进步的希望。"新文学运动初期，胡适介绍西方的戏剧理论和经验，作为发展我国戏剧的借鉴，这是必要的。胡适还介绍了西方的"悲剧的观念"，批判了中国戏曲中"闭眼不肯看天下的悲剧惨剧"，而搞因果报应的"大团圆"结局。他把这种"大团圆"结局比作是"说谎的文学"。他赞扬了《红楼梦》这一悲剧"使人觉悟家庭专制的罪恶，使人对于人生问题和家族社会问题发生一种反省"。他主张"承认世上的人事无时无地没有极悲惨的伤心境地"，把它写进剧本里，"故能发生各种思力深沉，意味深长，感人最烈，发人猛省的文学"。胡适提倡写悲剧，对于和用戏剧形式揭露当时的社会矛盾，暴露社会的黑暗，使之"发人猛省"，毫无疑问，这都是进步的理论，对当时的戏剧运动起了推动作用。胡适的《易卜生主义》一文，分析介绍了挪威著名戏剧家易卜生的创作和理论，并介绍了易卜生的政治主张和写实主义的创作方法。这篇文章的基本倾向是好的，对我国当时的戏剧运动有一定的启蒙作用。

四　大胆尝试的成果——《尝试集》和《终身大事》

胡适不仅鼓吹文学革命，以文艺理论指导和推动创作，他还重视自己去创作实践。

胡适是现代文学中第一个用白话作诗的尝试者。他为了以实践成果去战胜文学革命的反对派，于一九一六年起写白话诗。这一年，胡适在《答叔永信》（《尝试集·自序》）中说："白话之能不能作诗，此一问题全待吾辈解决。解决之法，不在乞怜古人，谓古人之无，今必不可有，而在于吾辈实地试验。一次'完全失败'，何妨再来？若一次失败，便'其以为不可'，此科学之精神所许乎？"这种藐视古人、大胆创新、不怕失败、勇于实践的精神，不只是应该充分肯定，而且有了成果。

胡适的白话诗《尝试集》，一九二○年三月出版，到一九二三年，出了四版。第四版共收集了六十四首诗。这是我国影响较大的第一部新诗集。这部诗集，从内容到形式，都作了新的探索和尝试。正如胡适在《尝试集·代序二》中所说："自古成功在尝试！"

但这个新文学运动的成果之一，多年来，一直遭到粗暴的全盘否定。最近刚刚内部出版的复旦大学的《中国现代文学史》仍然认为："《尝试集》是一本内容反动无聊，形式非驴非马的东西，这个集子五花八门，象垃圾堆一样，名堂繁多，但没有一首是真正的诗，更没有一首是新诗！"

　　事实果真如此吗？否！《尝试集》中，有歌颂革命的。如《沁园春》，歌颂了"俄京革命"。作者"拍手高歌，'新俄万岁'！"经查对，这首诗虽然歌颂的是俄国二月革命，诗的形式也没有完全脱离旧体的束缚，但还是有进步意义的。有揭露进步报刊被反动势力查封，进而歌颂这些报刊在群众中产生深远影响的。如《乐观》，描写《每周评论》（李大钊主编）被查封，虽然象一棵大树那样被砍倒了，但是，大树的许多种子却在春风中发芽了，"好象是说：'我们又来了！'"同一类型的还有一首《一颗遭劫的星》，也写得较好。有怀念陈独秀被捕和歌颂东京工人大罢工的《威权》，诗中喊出了奴隶的呼声："我们要造反了！"有歌颂劳动的《平民学校之歌》。还有悼念辛亥革命烈士黄克强的。这些诗无论在内容和形式上，都是当时真正的诗，而且是新诗！《尝试集》中还有写景抒情的，有歌颂爱情的，有追求光明、寄托希望的，等等。当然，诗集中也有少数写得不健康的诗，如《病中得冬秀书》、《我们的双生日》等。在诗的形式上，虽然是白话诗，但前半部分还留下了旧体诗的痕迹；后半部分则突破了旧体诗的束缚，采用了自由体。

　　这部诗集究竟应当如何评价？让我们再回顾一下历史吧。首先，它的内容在再版时曾经过当时鲁迅等人筛选。《尝试集》出版后，的确引起了相当大的不同反响。封建复古派反对它。学衡派胡先骕用文言写了两万多字的长文：《评〈尝试集〉》。胡先骕说："胡（适）君之《尝试集》，死文学也。其必死必朽也。不以其用活文字之故，而遂得不死不朽也。物之将死，必精神失其常度，言动出于常轨。胡君辈之诗卤莽灭裂趋于极端，正其必死之征耳。"作为复古派代表的胡先骕，首先反对胡适的还不是用白话作诗，而恰恰在其内容"出于常轨"，"趋于极端"。这正说明了《尝试集》同封建复古派是格格不入的。可是，这本《尝试集》却受到了新文学运动和读者的欢迎。且不说有的诗曾被选进了小学语文课本，单就这本诗集的出版也能说明它当时的影响：

它一连出了四版，头两版就发行了一万册，这在当时是空前的。陈炳堃（子展）在《最近三十年中国文学史》中写道："《尝试集》的真正轨范，不在与人以陶醉于其欣赏里的快感，而在与人放胆创造的勇气。"胡适"对于'文学革命'、'诗体解放'的提倡，和他那种'前空千古，下开百世'的先驱者的精神，是不会在一时反对者的舌锋笔锋之下死灭的"。这一评价，同封建复古派形成了鲜明的对照！

胡适的《终身大事》，是新文学运动中出现的第一个独幕话剧。话剧这一剧种是从外国引进的，今天已在我国土地上开花结果。可是在"五四"时期来说，则是别开生面的。《终身大事》批判了"父母之命，媒妁之言"的包办婚姻，批判了封建宗法制度，歌颂了青年男女的自由恋爱，是有明显的反封建倾向的。缺点是次要的。但在当时写一个青年女子敢于冲破父母阻挠，敢于自由结婚，以至当时没有一个女学生敢扮演主角田亚梅，说明它是有进步意义的。鲁迅在一九三一年写的《上海文艺之一瞥》中，对胡适的《终身大事》，在反对鸳鸯蝴蝶派作品的斗争中，客观上所起的重大作用，给予了应有的评价。他说："这时有易卜生的剧本的绍介和胡适之先生的《终身大事》的别一形式的出现，虽然并不是故意的，然而鸳鸯蝴蝶派作为命根的那婚姻问题，却也因而娜拉似的跑掉了。"

这些有较大社会影响的作品，不仅证明了胡适的文学革命不是形式主义的，而且更值得我们注意的是，这些作品在中国现代文学史上的积极意义。胡适在《新文学的建设理论》一文中说："新文学的创作有了一分成功，即是文学革命有了一分成功。'人们要用你的结果来评判你。'"强调用文学创作来检验文学革命的成败，这一观点极为重要，它说明了现代文学史上的一个重大问题。文学革命的成功与否，关键在于有没有成果产生。新文学史，就是因为有了作品的存在，才有了它的主要内容，才显示出它的存在，才有可能总结文学发展规律。胡适正是从这一观点出发，结合他对现实生活的感受去进行创作的结果，产生了《尝试集》和《终身大事》以及小说等作品。从这一角度上看，胡适在现代文学史上是有贡献的。

以上，我们扼要分析、评价了胡适在新文学运动前期，特别是一九一六年到一九一八年这三年间，在理论和实践两方面的积极贡献。事实就是这样。胡适在现代文学史上应有的历史地位，是客观存在。只要坚持历史唯物主义的科学态度，不管在现代文学史上有多么复杂的人物，不管覆盖着多厚的浓雾，在掌握丰富确凿资料的基础上，敢于大胆地、科学地、实事求是地进行具体分析，就能象导航的雷达一样，在荧光屏上显示出历史的本来面貌，从而作出公正的评价。

（二）

在充分肯定胡适在新文学运动初期的历史作用的同时，我们始终认为胡适是个资产阶级知识分子，是个唯心主义者。他是中国资产阶级在文化领域中的一个典型代表，他具有资产阶级的两面性。胡适的世界观，是资产阶级的世界观。他正是以此来看待世界，看待中国，看待新文学运动的。

在"五四"以前，胡适作为资产阶级知识分子的代表，参与了对新文学运动的领导，在反对封建文学的斗争和新文学的建设中，作出了一些积极的贡献，符合历史的潮流。

但是，随着十月革命的胜利，马克思主义在中国传播，特别是五四反帝爱国运动的爆发，揭开了中国新民主主义革命的序幕。胡适就暴露了他的资产阶级反动的一面，他在《我的歧路》中，追叙了五四运动爆发后的心情："国内'新'分子闭口不谈具体的政治问题，却高谈什么无政府主义与马克思主义。我看不过了，忍不住了，——于是发愤要谈政治。"胡适开始在政治上站在新的历史潮流的对立面。

　　一九一九年七月，胡适发表了《多研究些问题，少谈些主义》那篇文章，反对国内革命运动，反对马列主义在中国的传播。胡适先后创办了《读书杂志》和《国学季刊》，鼓吹"整理国故"，挽"古学"于"沦亡"，妄图阻挡历史潮流的前进，引诱青年脱离现实斗争，钻到故纸堆里去。这样，胡适就同封建复古派逐渐合流，同新文学运动背道而驰，最终堕落成为反动派，成为国民党反动派的一名忠实走卒。

　　胡适从新文学运动初期的革命派到后来的反动派，有其深刻的社会历史根源和阶级根源。在半封建半殖民地社会中，中国资产阶级先天不足，历史决定了这个阶级的两重性，它不可能领导中国革命取得胜利。以胡适为代表的资产阶级知识分子，在"五四"以前的新文学运动中，曾经起了领导作用，并作出了贡献。但是，也同样暴露了他政治上的软弱性、妥协性，以及他在新文学运动和文艺理论上的一些错误观点。

　　胡适的《文学改良刍议》，虽然在当时来说是"首举义旗"，但比起陈独秀的《文学革命论》来，其鲜明性、战斗性就要差得多。这一点连胡适自己也是承认的。至于胡适的理论错误，象：关于文艺的内容与形式的关系，胡适虽然也注意了革命的内容，但是他认为中外的文学改革都是先从形式入手，这是一种形而上学观点。关于学习西方和对待传统的问题，胡适同样存在着绝对化的片面观点。胡适在《介绍我自己的思想》中说："我很不客气地指摘我们的东方文明，很热烈地颂扬西洋近代文明。"在中国长期闭关自守的情况下，有选择地介绍一些西方近代文明，作为新文化运动的借鉴，是完全必要的，但是不能全盘西化。同样，在对待中国古代文化遗产上，否定封建性糟粕是必要的，但不应连民主性的精华也不要了。关于文学的一些基本观点，虽然在当时起着积极作用，但也有错误。他在《建设的文学革命论》中说："一切语言文字的作用都是表意达情，达意达得妙，表情表得妙好，便是文学。"胡适这种笼统提法，就为封建文学拥护者提供了理论根据，因为封建文学也有表情达意好的。从这里可以看出，胡适反封建的不彻底性。抽掉了文学内容的性质，把"意"和"情"说成是超越阶级的抽象的东西，这正是资产阶级掩盖阶级矛盾的惯用手法。关于创作方法，胡适还鼓吹自然主义。他在《藏晖室札记》中说："实际主义者，以事物之真实情状为主，以为文者，所以写真、纪实、昭信、状物，而不可苟者也。是故其为文也，即物而状之，即事而纪之；不隐恶而扬善，不取美而遗丑；是则是，非则非，美恶、疾苦、欢乐之境，一本于事物之固然，而不以作者心境之去取，渲染影响之。是实际派文学也。"胡适的自然主义，实际上是他的实用主义在文艺理论上的表现。表面上要求作家如实记载客观事物，反映事物本来面目，象照相机那样准确，实际上否定了作品的倾向性，否定了艺术的典型化；表面上"是则是，非则非"，实际上掩盖了各阶级自己的是非标准；表面上是客观主义，实际上是主观唯心主义，是实用主义。至于胡适在创作内容上所暴露的弱点，已在分析《尝试集》时，予以指出。不过，总的看来，胡适在新文学运动初期的贡献是主要的，这点必须充分加以肯定！

一九七九年四月六日

从《病梅馆记》到《花匠》*

  龚自珍的小品文《病梅馆记》是一篇战斗性较强、脍炙人口的佳作，直到今天它仍然对我们很有教益。提起《病梅馆记》，我们不禁想起和它题材近似、思想相通的另一篇名作——俞平伯的散文《花匠》。这两篇作品分别诞生于不同的历史时代，但是它们在反对封建专制主义、争取个性解放方面，却是一脉相承的。

  龚自珍（1792—1841）是我国清末一位杰出的思想家和文学家。他是一位资产阶级改良主义的先驱。他敢于打破清中叶以来传统文学的腐朽局面，坚决反对传统形式的束缚，具有很大的创造性，因此成为首开近代文学风气的人物。

  龚自珍生活于我国封建社会面临崩溃，走向半殖民地、半封建的时代。"他一生困厄下僚"，是封建统治阶级内部一个桀骜不驯的人物。他大胆揭露了封建专制主义罪恶，提出了一套改良时弊的方案。但是这种挽狂澜于既倒的企图，始终不被当时统治者所赏识，他只能用自己的诗文抒发个人的感慨和抱负。龚自珍的改良主义思想不仅直接为资产阶级立宪派所继承，而且他的某些民主思想也影响资产阶级革命派。梁启超说："晚清思想之解放，自珍确与有功焉。光绪间所谓新学家者，大率人人皆经过崇拜龚氏之一时期。初读《定庵文集》，若受电然。"（《清代学术概论》）由此，不难看出他是康梁变法的思想先驱。在创作上，康有为诗文的奇特想象、文辞的瑰丽也深受龚氏影响。到了民国初

  * 原载《语文教学》1979 年第 4 期，署名孙昌熙、李万庆。

年，属于资产阶级革命派的南社诗人，特别是柳亚子的诗颇受龚自珍的影响，并且称之为"三百年来第一流"的人物。到了现代，甚至鲁迅的诗和散文，也可以看到受龚自珍诗文影响的某些痕迹。因此，我们说龚自珍不愧为我国近代文学的开山。他的思想和作品对近现代文学的影响是很深远的。

《病梅馆记》作于一八三九年，写得短小、精粹，寓意深刻。作者先叙"产梅"，交代出南京、苏杭一带是梅的产地。次写"病梅"，批揭了封建士大夫阶级的文人画士以"曲"、"欹"、"疏"的审美标准，让卖梅者将梅树全部砍削成丧失天然、毫无生气的病梅；并谴责他们造成的祸患已达到"江浙之梅皆病"的严重地步！再写"病梅"。为了疗救这些病梅，使其复得生机，作者买下三百盆病梅，决心解其束缚，让其自然生长，并予期，五年之间这些病梅一定会全部恢复至原来的自然生态。最后表现了作者广收江浙之梅以疗之的强烈愿望。文章借"文人画士"以孤癖之隐摧残天下之梅为喻，深刻揭露了清朝统治者严酷的思想统治和摧残人材、毁灭人材的罪行；并立誓要收集、疗救天下之病梅，以表达作者渴望改革社会病态、解放人材的迫切心情和追求思想自由、个性解放的理想。

龚自珍的笔锋所向，就是要一反那些迫害人材的"王之爪牙"的欣赏趣味——以病为美、以矫为美，实即造就奴才的标准。龚自珍一生深恶痛绝八股取士，主张不拘一格选用人材。那些"王之爪牙"对梅"砍直、删密、锄正"，使生机蓬勃的梅树变成"病梅"，其目的就是磨掉一些才士、才民的反封建锋芒。才士们遭受"戮其能忧心、能愤心、能思虑心、能作为心、能有廉耻心、能无渣滓心"（龚自珍：《乙丙之际著议第九》）的结果，就丧失了刚直的品性、独立的人格，形如槁木，无是无非，个性全无，成为按照反动统治阶级意志行事、一个模子倒出来的官场木偶，这就是封建统治者施展征心术的目的。

龚自珍在该文中，强烈地表现了小品文的"挣扎和战斗"的精神。他不仅揭露和指斥了统治者残摧人材的罪过，而且强烈地提出了作者希望解除封建束缚、解放人材的坚定决心。作者与统治者针锋相对，你缚我纵，你拘我顺，并且干脆毁其盆，悉埋于地，解其棕缚，这是多么无畏的气概与抗争！

　　一个时代有一个时代的历史任务，有一个时代的文学。龚自珍在《病梅馆记》中虽然提出了反对封建专制主义的问题，但是推翻封建专制主义统治是辛亥革命的任务；而辛亥革命后，封建专制主义思想仍然禁锢着人心，要彻底完成反帝反封建的历史任务，来一次思想解放运动，必然要有一场新的革命——"五四"运动。《花匠》正是写于一九一九年的"五四"思想解放运动期间的。这个时期，以鲁迅为代表的革命文学，高举科学和民主的旗帜，向吃人的旧社会礼教和封建家族主义展开猛烈进攻，而核心的问题就是打破封建的思想枷锁，冲破封建道德藩篱，从奴隶争取到"'人'的价格"，这是获得人格独立和个性解放的首要问题。因此，这一思想在当时具有典型和指导意义，俞平伯是当时敢于冲杀的革命文学新军中的一员，是新潮社的重要作家。正如鲁迅所说："他们每作一篇，都是有所为而发，是在用改革社会的器械——虽然也没有设定终极的目标。"俞平伯就是这样自觉地用笔为武器而战斗着。他在《新潮》上发表了许多诗和评论，也写过几篇小说。《花匠》最初发表于《新潮》一卷四号，后经鲁迅选入他所编的《中国新文学大系·小说二集》。俞平伯在《花匠》之后又写了杂文《我的道德谈》，这是两篇发表于同一时期而反映作者同一思想的姊妹篇，可以说后者是对前者主题的阐发。在《我的道德谈》中，作者对封建旧道德进行了猛烈的抨击，并且表达了作者推翻旧道德、建设新道德的坚强信念和战斗勇气。

　　《花匠》通篇不过二千字左右，但由于采取了和《病梅馆记》相同的以花喻人的象征手法，写得蕴藉深刻。此文大致可分两大部分。前一部分写了花与花匠。写"我"在早春参观花厂，看到一个面目好象也还和善、实际奴性十足的花匠，在用剪刀和棕绳修理、捆扎用火烘出来的唐花——榆叶梅。这里，作者写花匠为了讨阔人的欢心，不惜违反花期，用火烘法强使花儿提早开花，又尽悉剪掉枒杈点的花枝，再用绳子把花扎成椭园，致使花儿失去天然风姿，原来繁盛的花，"就短一个死"。后一部分，写一个老绅士与其女儿赏花的场景。那绅士陪其女儿来花厂排遣心中忧闷。那少女被养在深宅大院，锦衣玉食，可是却象笼鸟、瓶中花，毫无个人自由。作者形象地描写了她尽管手指上钻戒闪闪发光，而脸色却"白里带青，一点血色也没有"；她虽然可以陪亲友打牌取乐，但却掩饰不住她被拘囚的内心痛苦：她一声不响，低着头，一步步地挨着走，拿条淡红的丝巾擦眼睛，显得失眠的样子。那老绅士虽处处曲意逢迎女儿，但却象幽灵一样跟随着她。终于赏花反被花恼，从那捆剪的花儿身上，少女触景伤情，很快便郁郁寡欢地离开了花厂。作者通过"我"参观花厂所见所感点染成篇，把花匠与花、绅士与少女联系起来，通过比兴手法，意在写出"人们应该屏绝矫揉造作，任其自然"（鲁迅：《中国新文学大系·小说二集·导言》），反对封建道德束缚，争取做人的权力，争取个性解放的要求。

在《花匠》中我们可以看到对《病梅馆记》的明显的继承性。花就是少女的遭遇，梅就是封建时代才士的遭遇。他们面临的都是绅士、花匠和文人画士这些封建专制主义代表的压制、打击和摧残。但是《花匠》写于"五四"时代，自有其与《病梅馆记》不同的新意。《花匠》站在彻底推倒封建旧道德的立场，写出了在"亲子之爱"掩盖下封建旧道德对青年的腐蚀和毒害。每个阶级都有自己的"亲子之爱"，那么老绅士对女儿的爱的目的何在呢？很明显，就是使她就范于封建礼法，去做旧道德的殉葬品。从《花匠》所描写的少女身上我们看到她已开始觉醒了，因为她对自己被困扼在封建家庭中的现状感到忧闷，感到不自由。但是对封建旧道德"这层障碍，看得破的人未必就打得破"

（《我的道德谈》）。那少女正属于这种类型。她虽然看破封建家长制束缚的不自由，但是却打不破"父女之情"、"亲子之爱"的拘囚。《花匠》通过少女的遭遇提出了必须撕破"亲子之爱"这层红纸包，才能暴露出旧道德这块烂肉的重大社会问题。"五四"时代对旧道德的批判已经使它在社会上很难明目张胆地推行"三纲五常"和"三从四德"，而它唯一的藏身之所，就是"亲子之爱"。这个关系，还能继续庇护着旧道德吞噬青年一代，因此，它所造成的腐蚀和毒害就成为该文所揭露和控诉的重点。而鲁迅把《花匠》选入《中国新文学大系·小说二集》绝不是偶然的，因为这篇作品的确在同革命阵营采取较为一致的步调，做出了新的贡献。当然它比起《病梅馆记》来，从现代文学史角度看来，更是一大发展。

《花匠》对《病梅馆记》中的某些思想和表现形式有所借鉴、有所继承，是因为并且仅仅是因为它们在反对封建专制主义方面是一致的；但是它们毕竟诞生于不同的历史时代，因此《病梅馆记》就必然带着自身不可克服的历史局限性和阶级局限性。首先《病梅馆记》的作者龚自珍尽管猛烈抨击了封建专制主义，并渴望着人材和个性的解放，但他是站在地主阶级的立场上来反对封建专制主义，因而并非反对封建制度本身。龚自珍即使到了晚年仍然抱着"落红不是无情物，化作春泥更护花"的孤忠，妄图通过改良主义来挽救这个制度得免于灭亡。因此，他从个人愿望出发，提出广贮天下之梅以疗之的方案，只能是幻想。其次，《病梅馆记》虽然提出了反对封建专制主义，争取个性解放的思想，但这一思想仅是包含于反对科举制度对人材摧残之中，并不可能象"五四"时代作为时代的核心问题提出来。

《花匠》比《病梅馆记》在思想内容上的发展和新贡献有三点。第一，《花匠》服从于彻底反帝反封建的需要，从资产阶级人道主义的立场出发，提出了冲破封建道德束缚，求得"人"的解放，这样一个时代核心问题。第二，《花匠》在反对封建专制主义和旧道德中，通过艺术形象的感染力量，提出了打破封建的"亲子之爱"，揭露其对青年和妇女腐蚀和毒害的重要性。第三，《花匠》与《病梅馆记》不同，它在反对封建专制主义的基础上，塑造了完全不同于龚自珍那个时代深闺小姐的形象——开始觉醒的资产阶级少女。当然，由于作者当时对革命还没有设定终极的目标，所以这个人物塑造得还比较纤弱，对她的命运也不可能做出明确的回答。

《病梅馆记》与《花匠》的文体不同，风格也不同，在写法上也有很大的不同。《病梅馆记》以精炼和文笔犀利见长。作者立论鲜明，单刀直入直抒胸臆，寓议论于形象，把叙事、议论、抒情相结合，有力地表达了主题。《花匠》虽然继承了《病梅馆记》以花喻人的象征手法，但是作者却集中选材，偏重通过人物去逐步深化主题。文中对花的描写处处是为了烘托后来出现的少女；文中的花匠又是对绅士某些手段和本质的概括。作者用比兴手法，从花的遭遇，进而写了人的遭遇，最后把花和人结合起来，用作者的一段主观感受和抒情大大深化了主题。

今天我们重新阅读这两篇相关的文章，仍然感到有着深刻的教育和警醒作用。《病梅馆记》中文人画士利用卑劣的手段使"江浙之梅皆病"、摧残人材的行径，在"四人帮"时期不是又重演了，而且更加残酷吗？从《花匠》中那被拘囚的少女的形象以及病梅、病花的身上，我们不是可以看到几年前在"四人帮"极左路线毒害下那些被扭曲了灵魂的青少年的影子吗？刘心武《班主任》中的谢惠敏的形象同那个少女和病梅、病花何其相似！虽然时代不同，而其"病"则一。

只要还存在封建专制主义残余，就会有人受害，就会出现《花匠》中的少女、谢惠敏式的被毒害的青年，那么这两篇作品就仍然有其生命力。

张天翼短篇小说创作特色初探[*]

一

一九三一年九月，"左联"机关刊物《北斗》创刊号上刊载了一篇《新人张天翼的作品》的专评，文章指出："张天翼的作品已经表示他要离旧形式的影响，而回到自然主义的路上去。""所谓旧形式，就是感伤主义、个人主义、颓废气氛，甚至于理想主义烧成一炉的浪漫主义的形式；不是观照而是表现、不是观察而是体验的形式，不重结构而重灵感、不重客观而重主观的形式。换句话说，就是非现实主义、非写实主义的形式。"很清楚，文章作者所说的"形式"，即今天我们说的创作方法。他认为张天翼摒弃了不重客观而重主观的感伤、颓废的"非现实主义"，而回到了现实主义（在三十年代前后，文艺理论中"自然主义"与"现实主义"时有混用——笔者注）的道路上来了，因而，作者认为张天翼的作品"非常确实如真"。三十年代的左翼文艺批评工作者包括瞿秋白、钱杏邨等，也都交口称赞张天翼短篇小说的真实性，并把这当作他的短篇小说的主要艺术特色。正是在这个意义上，张天翼当得起左翼文坛的"新人"。

二十年代末直到"左联"成立以后的一段时间，革命文艺阵营内一部分同志的作品存在着"非常浅薄、人物结构——甚至是

---

* 原载《柳泉》1980 年第 2 期，署名孙昌熙、王湛。

题材都还不脱'公式化'的拘束"①的不良倾向。造成这种不良现象的原因，一方面，这些同志"把创作理解为'政治宣传大纲'加公式主义结构或脸谱主义的人物"，另一方面，"最大的病根则在那些题材的来源多半非由亲身体验而由想象"。②这就是说，这种公式化的不良创作倾向，正是由于从理论到实践对现实主义基本原则的背离。不真实的作品是没有生命力的，所以，这些"革命加恋爱"的公式化的作品，有些根本引不起读者的兴趣，有些虽曾流行一时，但很快就被读者抛弃了。人们渴望着能从文学作品中嗅到人间气息，看到生活的无比真实的图画。张天翼正是在这样的时刻，用他那富有浓烈的生活气息的作品给文坛注入了新的生机。张天翼开始创作时，已经具有一定程度的革命理论修养。他不仅有用创作来为革命事业服务的热情，而且比较明确地认识到文艺创作必须服从创作规律。因此，他在"认真地写"的同时，更注意"认真地看世界"。③他既没有写图解革命理论的作品，也没有勉强去写自己不熟悉的"革命斗争"生活，而是坚持从自己熟悉或比较熟悉的生活中去获得主题、选取题材，力图塑造典型环境中的典型性格，以反映现实生活的本质面貌。

　　张天翼一九二六年在北京大学预科辍学后，曾当过小职员、记者、教员，常常受到失业的威胁。他的这一段经历让他尝到了生活的苦果，同时也使他和社会特别是中下层社会有了较广泛的接触，这为他的创作奠定了比较深厚的生活基础。张天翼的短篇小说从丰富多采的现实生活中广泛选取题材，几乎接触到中下层社会的各个角落，从而展现出当时中国社会的一个缩影：喧嚣不安的城市和破产萧条的乡村，黑暗的官场和腐败的军队，用巧克力喂狗的老板、逼奸民女的阔少和被迫卖身的穷家妻女、瑟缩街头的流浪儿，鱼肉乡里的恶霸劣绅和挣扎在死亡线上的破产农民，空虚动摇的知识分子，庸俗的小市民，哗变的士兵，觉醒了的佃农，这一切都生动地再现在张天翼的小说里。从生活之树上采来的叶片是青的，从生活的大河里取来的水是活的。由于张天翼的短篇小说广泛地触及人们熟悉并且普遍关心的现实生活中的种种问题，人们从中嗅到了人间的气息，感到了时代脉搏的跳动，所以觉得耳目一新。这个"新"，是同当时公式化的不良倾向比较出来的，这个"新"，实质上就是恢复并发扬了"五四"以来新文学的现实主义优良传统。

选取什么题材，对于一个作家来说，当然是重要的。但是，现实主义的作家决不能满足于自己作品的题材已经触及社会生活实际，已经触及人们关心的问题，更重要的是对题材作深入的开掘，本质地反映社会生活。唯有这样，他的创作才能真正做到"确实如真"。三十年代张天翼谈到自己遵循现实主义原则进行创作的体会时说："要是对现实不能认识，不能把握，不能深入，即使专写战壕，写轰炸机，写东洋触老打中国人耳光，也仍然是空虚的东西，就跟以农村事件为题材不见得就是反封建的作品，是一样的。"因此，"文艺作品是非深探进复杂的现实社会不可的"。④张天翼的短篇小说在"深探进复杂的现实社会"这方面是作了很大的努力并且取得了成功的。

首先，张天翼的短篇小说反映社会生活注意揭示时代的特点。比如他以农村生活为题材的小说。一方面着力描写军阀混战、连年天灾和帝国主义、封建主义敲骨吸髓的榨取给广大农民带来的空前深重的苦难，突出渲染大批破产农民的惨境：到处是灾民，到处是饿殍，流落到街头的饥民栖宿在泥浆之中，被逼到绝路的人家卖儿卖女……这些令人目不忍睹的惨景，正如鲁迅指出的，"都是太平世界的奇闻，而现在却是极平常的事情"。⑤另一方面着力反映农民在这极其残酷的压迫和剥削下起而反抗和斗争的生活：灾民们有的抗捐，有的夺粮，有的是临时聚成的一伙，有的是有组织的一帮，有的赶走了作威作福的地主老爷，有的则手刃敲骨吸髓的乡村魔王。这就形象地说明，三十年代初，各地农民反抗斗争尽管还很不平衡，但广大农民已经开始觉悟了。因而张天翼小说里的农民形象，一般的都不是逆来顺受、麻木不仁的了，他们已经敢于把压得佝偻的腰直一直，敢于挣扎，有的甚至敢于组织起来用刀和枪向压迫他们的人进行反抗了。张天翼在刻划农村封建势力的代表人物时，也十分注意描写他们怎样镇压农民的反抗斗争，从而揭示他们狡猾、阴险、狠毒和虚弱的本质。这样，张天翼反映农村题材的短篇小说就为我们描绘出一幅幅充满着惨酷的灾难和剧烈的抗争的农村生活的图画。这与鲁迅小说里反映的辛亥革命前后的农村，既有相同的一面，又有不同的一面。这是二十年代末三十年代初的中国农村。其时代特点是异常鲜明的。

其次，张天翼的短篇小说反映社会生活时注意揭示事件的阶级背景和人物的阶级特点。比如写军阀混战，张天翼并不满足于描写不绝的兵燹给人民带来的痛苦和灾难，而是形象地揭示造成这惨绝人寰的灾难的罪魁是军阀们，从而"告诉大众痛苦的来源"。⑥《仇恨》就是写得十分出色的一篇。那一群被战祸弄得家破人亡的难民，在事实教育面前懂得了不应该仇恨被迫当"炮灰"的"兵"，而应该仇恨军阀"大帅"。作者这样描写，阶级分析的思想是很鲜明的。张天翼在他的以兵士生活为题材的短篇小说中，始终把在旧军队里受苦的兵士作为被压迫阶级的一部分来描写，揭示他们受压迫、受迫害的境遇和他们朴素的民族意识、阶级觉悟。《最后列车》里，当兵士们听到被日本侵略者逼得家破人亡的难民的血泪控诉时，他们愤怒地抗议国民党反动政府的逃跑政策，击毙了卖国的军官，就地筑起了工事。"他们紧紧地抓住枪，……静静地等着敌人的列车来。"在三十年代初，长于描写兵士生活的进步作家不乏其人，但是，由于张天翼不是一般地描摹兵士的痛苦，发一声感伤主义的长吁；更不是以猎奇的态度去欣赏兵营里的种种生活，而是用生动的形象去展示兵士的阶级本质，这就使他的这类题材的小说具有了更深刻的意义，产生了比较强烈的反响。

张天翼的短篇小说在"深探进复杂的现实社会"时，不仅注意揭示人物的阶级特征，还努力探索、揭示人物的个性特点。张天翼在谈自己的创作体会时曾强调指出，写人物如果"只写出他的一般性，而没有写出他的特殊性"，是失败的。因此，塑造一个人物，应"分明地画出他的面目来，画出他跟他同伙的差别来"。⑦张天翼的小说中写了不少鱼肉乡民的恶霸劣绅，他们在吞噬贫苦农民这一方面是"同伙"，但由于各人所处环境、性格的差异，就又各有自己的特点。《三太爷与桂生》中的陈三太爷，对造反的乡民阴一套、阳一套，设下圈套活埋了造反的桂生姐弟俩，他不仅凶狠而且奸猾。《笑》中的九爷，倚仗着手里的反动武装，逞凶逞霸。他欺凌发新嫂时，仿佛一头恶狼恣意地戏弄着到手的一只小动物。作者着力刻划他肆无忌惮的狰狞和残忍。《万仞约》里的闵贵林，在无辜的乡民面前是一头凶残的狮子，而在比他更有势力的财主面前却是一只叭儿狗。张天翼在揭露、鞭挞空虚、无聊的知识分子，嘲讽、揶揄庸俗、猥琐的小市民时，也都注意在描写这些人物一般性的同时，写出他们与"同伙"的差别，所以，有不少人物形象给读者留下了深刻的印象。

现实主义从来主张文艺反映生活不是作肤浅的摹仿而是要反映生活的本质的。文艺作品对生活开掘愈深，作品的真实性便愈强烈。在三十年代初，张天翼在创作中就自觉地深探社会现实，努力把握描写对象的阶级特征、时代特征、个性特征；而进行这种探索时，他又要求自己"正确地紧紧地抓住科学的地亚来谛克（Dialectic）（辩证法——引者注）"，⑧比较自觉地运用阶级分析的方法。因此，尽管张天翼的创作从思想到艺术都有不成熟的地方，有一定的缺点，但应该说，从三十年代初开始，张天翼就是在革命现实主义的道路上前进的。当时，他的创作为那在如磐重压下滋长的中国无产阶级文学增添了新的力量。

二

现实主义的道路是宽广的。现实主义作家在反映生活的本质面貌、塑造典型环境中的典型性格时，根据他所熟悉的生活以及自己的创作特长，可以写悲剧，也可以写喜剧；可以歌颂，可以暴露，也可以讽刺。张天翼在他的短篇小说里遵循现实主义的基本原则进行创作，按照生活的面貌着力塑造讽刺形象，从而形成了自己独特的风格。

塑造讽刺形象，在现实主义文学领域中是有优良传统的。讽刺艺术的主要任务是把丑恶的东西撕破给人看，把社会生活中真正龌龊的东西揭露出来，进行嘲讽、鞭挞，间接地表现作家对美好事物的向往。在讽刺作品中，追求的直接艺术效果是"笑"，严肃的富有深刻内容的"笑"。果戈理说："就连那些对一切都无动于衷的恶徒，甚至还有那些天不怕、地不怕的人，也都害怕——笑。"张天翼对讽刺艺术"笑"的力量是有很深刻的认识的。他的《论〈阿Q正传〉》中有这样几句话：

> 可怜的阿Q，自从你一被创造出来，你就一直被我们大家笑着。
>
> 这是用笑来否定那些灵魂上的丑病，并且笑得那么深刻，那么有力。
>
> 于是我想，这样的笑——正是那位艺术家在创造这典型所热烈期望着的吧。

这固然是张天翼在评论阿Q这个讽刺典型的意义，但又何尝不包含着他自己的美学思想？张天翼说："我这么相信：要是一位艺术家不怀着这样大的热情，要是他对人生冷淡，无所善恶，无所爱惜，并不想来洗涤我们的灵魂的话，那他一定写不出这样的作品来。"[9]这样的作品，正是指塑造讽刺典型的艺术作品。

　　张天翼之所以形成这样的美学思想，之所以喜爱并长于运用讽刺艺术，努力在短篇小说中塑造讽刺形象，这是有着客观和主观两方面的条件和原因的。

　　旧中国是一个疮痍满目、脓血淋漓的社会。一个革命作家面对这样的社会不能不愤怒，不能没有讽刺。而且那又是一个白色恐怖的时代，"人们谁高兴做'文字狱'中的主角呢，但倘不死绝，肚子里总还有半口闷气，要借着笑的幌子，哈哈的吐出来"。⑩张天翼正是在这样一个需要讽刺的社会里开始自己的创作的。据他回忆，幼年时代，在家庭的影响下他读了许多文艺书籍。同时，他的家庭颇有诙谐气氛。张天翼说，父亲"是个诙谐的老人，爱说讽刺话"，"第二个姐姐影响我是很大的。她的通信告诉我许多事，指定些书叫我来看。她爱说弯曲的笑话，爱形容人，往往挖到别人心底里去"。⑪这样的气氛熏陶着张天翼，使他从幼年时代就开始爱好文学，对于讽刺文学则有特别的爱好。张天翼青少年时代，爱读吴敬梓的《儒林外史》，爱读果戈理、契诃夫的作品，鲁迅讽刺艺术的珍品，张天翼更是反复阅读、反复揣摩。张天翼自幼随家庭流寓各地，接触到形形色色不同社会背景的人，而他后来对中下层社会更有广泛的接触，对旧社会的黑暗和腐败有更深切的了解，这一切为他在小说里塑造讽刺形象奠定了生活基础。于是，当他走进文学阵地时，便操起了自己喜爱使用的艺术武器，解剖自己熟悉的人生，向黑暗丑恶的旧世界开战。

　　作为一个擅长塑造讽刺形象的现实主义作家，张天翼观察社会，反映生活的侧重点是生活中的喜剧因素。鲁迅说："喜剧将那无价值的撕破给人看，讥讽不过是喜剧变简的一支流。"⑫张天翼从生活中选择、提炼喜剧性的因素，特别注意这样几点。

　　一、他选来作为题材的，必须是生活中实有的，而且是自己熟悉的。他说，自己笔下的讽刺形象，"这些角色——当然都是自己的熟人"，"甚至多半还是些所谓亲故的"。⑬

　　二、这些人物和事件必须是可笑的。这些"可笑的人物，他有可笑的性格、见解、作风等等，做出一些可笑的事情来"。⑭而这种可笑，应该确确实实是人物、事件本身所具备的特征，而不是作者外加上去的。

三、最好这种可笑的人和事，一般的人们还没有认识出它的可笑之处，他们"看到这些真人真事，在当时当场并不觉得他们可笑"。⑮而由自己在作品中用讽刺的艺术手法表现出来，这才使人们发现了可笑之处。比如青年知识分子，在"五四"后疾风暴雨般的阶级斗争的十年中迅速分化，一部分走上了历史的必由之路，也有一部分在斗争面前犹疑、徘徊、动摇、退缩甚至深深陷在追求庸俗的个人享受的泥淖之中。在当时的文学作品中，知识分子甚至包括这些在斗争中消沉、落荒的知识分子，一般都是扮演了悲剧的角色。一些资产阶级、小资产阶级的作家往往将人物的不幸和苦恼加以诉说，有的还陪着作品的主人公一道嗟叹弹泪。但是张天翼却把自己观察生活的镜头对准了这类知识分子庸俗、猥琐的一面，在他的小说中，这类知识分子差不多都成了喜剧的主角，成了嘲笑、讽刺、鞭挞的对象。《三天半的梦》中的"我"，《从空虚到充实》里的李荆野，《移行》里的桑华，他们在生活中找不到出路，或者走上了革命的道路但在从个人主义向集体主义"移行"的过程中，被斗争的艰苦和惨酷而吓退，矛盾惶遽，苦闷彷徨，甚至退缩逃跑。作者对他们鲜明地投下了轻蔑的一瞥。而那些沉湎在个人享乐之中，或者专搞一些无聊下流的恋爱把戏而不自知其丑恶的人物，如《猪肠子的悲哀》中的猪肠子、《稀松的恋爱故事》中的罗缪和朱列等，作者都揪着他们的耳朵，把他们拉到喜剧舞台的中心，在辛辣的嘲笑声中，将他们丑恶的心灵一层层撕破。再比如在张天翼的短篇小说中还剖露了一些生活中受挤压的小市民、小职员以及处于社会最底层的城市贫民的"灵魂的丑病"。他们不甘心自己的可鄙地位，心底燃烧着升官发财、挤进上层社会的欲火，爬上去了洋洋自得，爬不上去则懊恼、沮丧。这"灵魂的丑病"正是这些悲剧人物身上的喜剧因素。张天翼从生活矿床的底层开掘到了这些喜剧因素，将这些人灵魂上的丑病揭出来，希望他们照照镜子，把灵魂中的肮脏的东西清除掉。

四、张天翼特别注意撷取那些与当前的阶级斗争、民族斗争有密切联系的讽刺对象，表现出一个革命作家强烈的责任感和敏锐的政治嗅觉。比如一九三二年一·二八淞沪战争后，民族矛盾日趋尖锐激烈。这时，张天翼写了一系列以民族斗争为题材的讽刺小说。全面抗战爆发后，轰动一时的名篇《华威先生》惟妙惟肖地塑造了一个在抗战初期挂了抗日招牌，干着压制、阻挠、破坏人民抗日的国民党"党老爷"的讽刺典型，从中暴露出国民党奉行"消极抗日、积极反共反人民"的反动方针的真面目。这篇小说写在一九三八年二月，距卢沟桥事变还不到半年时间。这时，作者就尖锐地把抗日统一战线内部斗争问题提到全国人民面前，并且单刀直入的触及作为斗争焦点的领导权问题，这使人不能不佩服作者的政治慧眼。

三

讽刺艺术有它自己的创作规律，有一些为大家普遍采用的表现手法。但是，一个成熟的讽刺艺术家常常运用哪些讽刺手法，他运用这些表现手法时有什么特点，他的讽刺作品又具有什么特殊的艺术效果，这便构成了这位讽刺艺术家的艺术特色或风格。

张天翼塑造讽刺形象常用的艺术表现方法之一是从习见的生活现象中提炼平凡无奇而又富有典型意义的情节，加以合乎逻辑的夸张，以展示人物的性格。《皮带》通过描写邓炳生投亲得职到因亲戚调任而被裁的过程，以讽刺的利刃剖析了人物的灵魂。邓炳生一心企望挂上被他视作荣华富贵象征的军官用的斜皮带，得之则喜而忘形，失之则百般懊丧。这些都是在旧社会的日常生活中很常见的事，作者选来并加以提炼，作为小说的情节，用以表现邓炳生这样一个穷窘落魄而又灵魂猥琐的小知识分子的处境和精神状态，表现得自然、真切，很能促使读者环顾四周，从自己的身边发现相类似的人物。小说中写邓炳生被革职后竟跪倒在斜皮带面前痛哭流涕，显然是夸张的笔法。但这样的描写却更有力地揭示了邓炳生一心想爬上去、渴望升官发财的卑劣性格。

张天翼塑造讽刺形象常用的艺术表现手法之二是捕捉最能体现人物性格特点的某些行为、言语加以重复的描写，从而使人物性格特点表现得非常鲜明。《华威先生》中华威每到一会就向人们表白自己的忙碌和发表抗战"只能有一个领导中心"的演说；《移行》里那个因害怕革命斗争艰苦而当了逃兵的女青年桑华终日对着镜子顾影自怜，作者重复描写了多次；《包氏父子》中包国维用手抹一抹搽了油的头发这个细节，则在小说中反复出现了七次。经过这样的重复描写，人物的性格特点连同这些生动的行为、言语、细节就深深留在读者的印象里了。

张天翼塑造讽刺形象常用的艺术表现手法之三是打开人物的心扉，进行大胆的心理刻划，使人物的内心世界得以充分暴露。张天翼对人物心理刻划最成功的是用夸张的笔墨描写人物的狂想，让讽刺形象在狂想中舞蹈。《包氏父子》写包国维坐在纨袴子弟郭纯家里，对郭家奢华的生活垂涎欲滴，于是他幻想开了：他怎样穿戴豪华、出尽风头、受着女人的青睐……他在现实中渴望得到而不可能得到的一切统统在狂想中得到饱餍似的满足。作者描写包国维的这些狂想不惜笔墨，有时竟长达千余字，而包国维那颗肮脏的灵魂也因此毕露无遗。

张天翼塑造讽刺形象常用的艺术表现手法之四是将人物在不同环境、不同条件下的言行加以鲜明、尖锐的对比，从中揭示人物性格，增强喜剧效果。华威先生在各种会议上高谈抗战，而在自己家中竟对抗日青年破口大骂；包国维在郭公馆对阔少爷郭纯温顺得象一头小绵羊，而回到家中对自己的穷老子则粗声浊气；闵贵林对农民凶神恶煞般地抽手就打，而自己被豪绅蓝四爷劈面打过却连忙巧言陪笑……这一些对比都是那么的强烈，让人物用自己的言行把自己的种种伪装撕碎。

张天翼塑造讽刺形象常用的表现手法之五是通过次要人物来揭发主要人物，拆穿其假面，挖出其卑鄙肮脏的内心。闵贵林的一些劣迹是在九爷家里被九爷的子女揭发出来的。而《儿女们》中的廉大爷想沾手广川伯的女儿小银儿，则是廉大爷的五姨太揭发的。读到这些地方，每每令人想起鲁迅的《肥皂》中四铭的妻点破四铭卑鄙的念头的生动描写。鲁迅的这一艺术经验也为张天翼接受下来并加以发展。

张天翼曾被称作"文字的漫画家"。确实，张天翼的讽刺小说是富有漫画特色的。产生这样的艺术效果与他作品中的夸张大胆、对比鲜明、色调单纯、构图明快等特点是分不开的。在张天翼的短篇小说中，运用大胆的夸张往往使事物发生剧烈的形变，从而突出反映事物的某一特征。同时，对比也是用来强调事物特征的有效表现手法。张天翼的作品中，除了我们上文已经指出的通过人物自身处在不同环境中的不同言行进行对比外，还往往将人物言行不一、心口不一的矛盾情形加以对比，而进行这种对比时，张天翼往往将对比物的色彩都调得浓浓的，然后放在一起，映衬得就格外鲜明。色调单纯，是指张天翼的讽刺短篇往往把镜头对准人物身上的一个毒瘤，对人物某一方面的思想、性格用讽刺的尖刀加以无情的解剖。构图明快是指张天翼的一些讽刺短篇，不喜欢设置曲折奇特的情节，而是常常替人物安排几个关键性的场面，让人物作充分表演，使人物性格得到充分揭示。由于这样几个特点，我们阅读张天翼的讽刺短篇小说，就如同欣赏一幅幅尖锐泼辣、图意显豁、线条明快的讽刺漫画。

张天翼在讽刺艺术表现上的这样一些特点，既使他的作品具有犀利、明快的长处，但也给他的作品带来一些缺点。由于色调单纯，有些作品的人物性格就不够丰满，甚至成了某种性格特征的象征性的图解，并且同类题材的作品有时出现雷同现象。此外，张天翼的讽刺作品由于过于显豁，尤其心理刻划不留余地，往往在掩卷之后禁不起咀嚼，不能较长久地保持使人忍俊不禁的艺术魅力。当然，张天翼在创作中是努力地克服自己的缺点和弱点的，并且不断取得进步，如同鲁迅指出的，是"渐渐地切实起来了"。⑯抗战前后张天翼的一些讽刺小说，如《华威先生》等，努力做到"无一贬辞，而情伪毕现"，⑰渐趋博大深厚，是成功地塑造了一些讽刺典型的。

<h1 style="text-align:center">四</h1>

张天翼小说的语言是得到人们的一致好评的。在一部国外研究中国现代小说史的专著中这样写道："在表现不同阶层人物的语言的准确性和广泛性这方面，没有一个现代作家能超越张天翼。"⑱这固然是一家之言，但却足以说明张天翼小说的语言是怎样受到人们的重视。

鲁迅在一九二六年十一月曾对青年作者提出热切的期望，要他们在语言上"不必更在旧书里讨生活，却将活人的唇舌作为源泉，使文章更加接近语言，更加有生气"。⑲张天翼正是这样做的。他坚持博采社会不同阶层人们的口语，提炼成为当时城市广大群众喜闻乐见的富有自己风格的语言。

张天翼对群众口语的"博采"，面广量大。面广，首先是采集口语的社会阶层面广。张天翼小说中描写的人物，有工人、农民，兵士、军官，教员、学生，店员、商贾，海外的豪富、乡里的劣绅，流浪的乞丐、卖淫的妇女，土匪恶棍、和尚道士，三教九流，色色俱全。张天翼在描写他们的生活时，运用的语言能恰如其份地反映出他们的社会地位、职业特点，可见张天翼是广博采集了社会不同阶层、不同职业的人们的语言的。其次，张天翼小说里的人物背景广阔，有城市，有乡村，有北方，有南方，有沿海，有内地。张天翼是南方出生的作家，他的作品中虽然吸收了不少长江流域的地方语，但主要使用的是很地道的北方话。这一切都说明了张天翼采集口语的地理区域之广。张天翼小说中无论叙述语言或人物语言，语汇都极为丰富，表现人物的职业特点或地方色彩，也并非翻来覆去总是用着几个特定词语；不是捉襟见肘，而是游刃有余。高尔基说："语言虽不是蜜，却粘着万物。"[20]张天翼小说里的语言正如蜜一样地妥贴。这表明作者在采集、吸收群众口语时，不是浅尝辄止，而是作了广泛的采集。

张天翼小说里的人物语言总是力求和说话人的身份、职业、籍贯、性格等方面的特点相契合。我们稍举两例：

> "昌大爷投降了，昌大爷有福享。咱们有什么！"
> "咱们还是活不了。"
> "妈糕操，叫咱们投降了，打自己伙计！"

这是《路》中东北抗日地方武装士兵们的声音。

> "并且叫杨发新晓得我九爷的厉害！杨发新不过是个田夸老，他竟敢到我头上来动土——哼，老实不客气，叫他吃点王法！还叫他老婆也上我的钩！看我姓杨的斗不斗得过他！……"

这是《笑》中一个南方恶霸乡绅的声口。这些人物语言，把说话人的特征表现得显著而且自然，正如鲁迅所说的能"由说话看出人物来"。象这样的例子在张天翼小说中是不胜枚举的。

张天翼小说里的叙述、描写语言总是力求与故事的气氛、人物的情绪相契合。叙述语言在用第三人称写法的小说中，是作者用自己的口气来交代故事、介绍人物描写环境的，通常这种描述、介绍总是比较客观的。但张天翼的小说中，虽是第三人称写法，却往往是摹拟作品中人物的语气来描述。这样，既有对客观事物的介绍，又融进了作品人物的主观感受。比如《皮带》中写邓炳生进了城还未谋到职业，家中来信要钱，有这样一段：

> 日子走得比处长姨爹的汽车还快，炳生先生来这里已经
> 有两个星期了。
>
> 家里来过一封信，两个明片。他的老子以为找事不会比
> 种白薯难，所以叫他马上寄五六块龙洋回去，并注明不要钞
> 票，他以为儿子早做上官了。又告诉他，族上七伯伯，乡里
> 王九太公，对他家里的种种凌辱，轻蔑，嘲笑。他娘气得哭
> 了三天闹着要上吊。最后一个明片上有责备的口吻：娘说再
> 不寄钱来，娘就到城里做老妈子去。

这里是叙述事件，虽是第三人称，却显然摹仿邓炳生的语气。这
种摹仿主人公语气的叙述，既交代了邓炳生窘迫的处境，又抒写
了他在这种处境下怨愤而无可奈何的心情。

为了能准确、生动地表现人物的情绪、故事的气氛，张天翼
还注意句式的选择安排，使作品语言的节奏与故事气氛、人物情
绪相一致。比如《仇恨》中开头写因军阀战祸被迫流离失所的难
民队伍时，有这样一节文字：

> 大家心一跳。大家都饿着，只带了点儿水。他们家里没
> 了吃的；他们的家成了炮灰。他们家里有些什么人给什么讨
> 贼联军拉了去当伕子。他们眼见他们的麦子全给那些军队糟
> 塌完了。

这里用了排比句，句子由短而渐长。为了写军阀混战给农民带来
的灾祸一件惨似一件，作者用了由短渐长的一组句子排迭起来，
这样的语言节奏和内容很合拍，使人每读一句，心就向下一坠，
愈读心情愈沉重，语言的节奏就愈缓慢。每读到这些地方，真可
击节咏诵，令人不能不佩服作者炼句的功夫。

为了收到"笑"的艺术效果，张天翼的讽刺小说的语言是诙

谐的。他常运用一些令人发噱的比喻、夸张、借代、比拟等修辞手法。"日子走得比处长姨爹的汽车还快"，"一身的热血在狂奔，心脏上有三百条蜈蚣在爬着的样子"，"一种有力的，几十万斤重的东西压着炳生先生，压得炳生先生神经都麻木了。最后炳生先生的泪腺里压出了水"。这是从《皮带》一篇中举出的几例，无论是比喻，或者夸张，语言都很新鲜，并且有噱味。为了引人发噱，张天翼有时还故意使人物语言或叙述语言出现不和谐的现象。比如写邓炳生当了军官后，故意在同事们面前卖弄一些时行术语：

吃饭的时候他问薛收发：

"你的政策以为咸鸭蛋的趋势好，还是皮蛋的趋势好？"

在办公厅他问萧书记：

"令爱人真来了么？"

"唔。"

"她来了之后，你的家庭范围还重心不重心？"邓炳生的这些不伦不类地插用政治用语的语言，极不和谐。这固然是揭示人物性格的需要，但这种不和谐的语言本身就引人发笑。

由于张天翼以"活人的唇舌"作源泉，努力使自己作品的语言接近群众的口语，以求大众化，因此，他小说的语言显得明快简捷，熨贴自如，而且变化多姿，诙谐峭利，这正是张天翼短篇小说语言的风格特点。

张天翼从一九二八年到一九三八年，共创作出版了十二个短篇小说集，产量是丰富的。而且，如同我们上文所论述的，这些小说无论在思想或艺术方面，都有自己独到的成就、独特的风格。这同张天翼善于从前人那里学习、借鉴是分不开的。在他的短篇小说创作中，我们可以清楚地看到吴敬梓、果戈理、契诃夫等中外作家对他的影响，而鲁迅对他的影响尤为巨大深刻。"婴儿不吃母乳是长不大的。"[20]张天翼把古今中外优秀作家的作品特别是鲁迅的作品视作哺育自己成长的母亲的乳汁，他是曾经吮吸着这些营养丰富的乳汁成长起来的。张天翼的许多优秀的短篇小说对于今天的青年作者来说，不同样是能滋养自己成长的乳汁吗？

注：

①《关于创作》，见《北斗》一卷一期。

②同①。

③《我怎样写〈清明时节〉的》，见《清明时节》。

④《一点意见》，见《现实文学》1936 年第 1 期。

⑤《叶紫作〈丰收〉序》。

⑥《文艺大众化问题征文》，见《北斗》二卷三、四期。

⑦同③。

⑧《创作不振之原因及其出路》，见《北斗》二卷一期。

⑨《论阿 Q 正传》，见《论阿 Q》。

⑩鲁迅：《从讽刺到幽默》。

⑪《我们幼年》，见《文学杂志》一卷三期。

⑫《再论雷峰塔的倒掉》。

⑬同③。

⑭同③。

⑮同③。

⑯《鲁迅书信集》：《一九三三年二月一日致张天翼》。

⑰《中国小说史略》。

⑱夏志清：《中国近代小说史》，美国耶鲁大学 1961 年英文版，第 212 页。

⑲《写在"坟"后面》。

⑳《和青年作家谈话》。

㉑同⑧。

铮铮铁汉，锦绣文章[*]

——李广田散文特色初探

李广田（一九〇六至一九六八）是位朴实中寓伟大的人。越到晚年，他的思想品质越放光彩。他为维护党的事业战斗到底，他是一条铮铮铁汉！最近，广田的骨灰已被安放在八宝山革命公墓。他生前给我们留下的以散文为主的十六本有益的文艺著作，真实地反映了他的生活道路和创作道路的一致性。他的散文有哪些特色，应该怎样认识与评价呢？

一

李广田的散文是三十年代以来时代变化的镜子，是他思想发展的忠实记录。我想把他的散文创作划分为三个时期：早期包括他抗日战争以前的作品；中期是他在抗战期间到北平解放的创作，自然后来还是有很大的变化的；解放以后的创作则属于第三期。这三个时期的创作，从思想内容到取材以至表现艺术，都各有特色。但有人认为作者早期散文创作"大都是抒个人见闻和感情，缺乏浓重的时代社会的投影"。甚至作者自己也表示："对于这些东西，当然不自满足，……当我关在书房里捉摸自己的感情和文字时，外面的暴风雨却正在进行着。"因而有人就把它的"成就偏重于艺术性方面"。

---

* 原载《柳泉》1982 年第 4 期。

我则认为，如果对广田早期的散文作全面考察，也许会获得不同的认识。

李广田是从一个追求进步的小资产阶级知识分子成长为一个光辉的无产阶级战士的。他的成长道路是有典型性的，他的早期散文多写个人哀乐、童年回忆和对故乡的怀恋也是有代表性的，这几乎是小资产阶级作家早期创作的比较普遍的现象。那个时候的何其芳的早期散文集《画梦录》里，就有近三分之一的内容是忆故乡的。陆蠡早期散文中也有不少篇章是写青年时代的故乡情景。至于被鲁迅称为"乡土文学"家的鲁彦、蹇先艾等人的散文也都是散发着故乡泥土芳香的。

为什么这些作家总是喜欢忆儿时和怀恋故乡呢？

我认为写熟悉的故乡生活，这在创作，特别在散文创作上是个规律。五四新文化运动的主将鲁迅的小说或散文，不正是写的故乡绍兴的山光水色和风俗画吗？广田是在山东邹平农村长大的，是农民的儿子。他不仅熟悉自己故乡的父老，摸透了农民的思想性格和品质，而且他自己就是吸吮着这种乳汁长大的。他总念念不忘地说："我是一个乡下人，我爱乡间并爱乡间的人们。"（《画廊集·题记》）并说："那里的风景人物，风俗人情，固然使我时怀恋念，就是一草一木，也仿佛都系住了我的灵魂。"（《雀蓑记》）因此，他早期的散文（主要以《画廊集》《银狐集》为代表的），取材最多的是在"这个朴野的小天地"（《画廊集·题记》）里，生活着的"一些在旧社会受折磨和没有出路的人"（《散文三十篇》序）。

同时，我们也绝不能责备作者早期散文题材的"狭窄"。广田是个一贯追求进步的作家。随着他的生活道路的不断开阔和深入，他的创作内容会从涓涓细流汇聚成惊涛骇浪。鲁迅教导青年作家们说："现在能写什么，就写什么，不必趋时。"（《二心集·关于小说题材的通信》）这就是强调了创作要写自己熟悉的题材。鲁迅还说，这些"生活状态，当随时代而变更，后来的作者，也许不及看见，随时记载下来，至少也可以作这一时代的记录。所以对于现在以及将来，还是都有意义的"。广田早期散文题材也正是起到了这种作用。何况，这些作品的思想内容也并不完全与时代风雨相隔绝，《记问渠君》就透露着时代的气息，含蕴着作者对时代的感受。问渠君"曾经撞进了革命的队伍，但也终于因而送掉了生命"（《散文三十篇》序）。作者在得悉这个悲剧的当夜，他的心潮不停地随着呼啸的松涛而起伏震荡。

其实，题材并不决定作品的生命。且不说故乡是祖国大地的一角了。只要作家对所选择的题材，认识到它的积极意义，就可以放胆去写。《悲哀的玩具》、《过失》，作者虽写的是个人童年的哀怨，却忧愤深广，反映了农民亲子间的爱与虐杀儿童精神的矛盾。这是作者对生活在旧社会里的农民的思想面貌及其不幸（包括孩子们的）的充分理解与深厚的同情；可见，题材虽小，主题却普遍而深刻。《野店》不仅描绘了农村野店的风光，主要则是集中反映了那个时代，至少是北方农村的人生特色：各种背负着自己秘密故事，具有不同思想、性格的陌生人物，不期而聚会在野店里，开诚相见，倾吐心曲。这浓缩的人生世相，这特殊的人间味，有如醇酒一样的浓烈。而第二天早上就各奔前程。作者是多么熟悉故乡的生活，多么深刻的观察人生，甚至观察得极为寥阔。

而且值得读者注意的是，作者更理解和关心的是别人的命运。他说，他爱自己作品里的人物，甚至在现实中并不爱的人物，"一跑到我的笔下时，或当我已经把那些人物写完时，我才感到我对于我所写的人物已经爱了一场，而且还更加爱惜起来"（《银狐集·题记》）。有爱必有憎，《柳叶桃》通过写一个女艺人被虐待致死的故事，控诉了旧社会的罪行，表达了作者对下层社会不幸的人们以无限的同情和支持。这个女人的故事固然发生在故乡的土地上，但她却象绍兴的祥林嫂一样是典型的。

何况由于作者写出了故乡的特色，以其内容的新鲜，引起广大读者的注意。鲁迅在《中国新文学大系·小说二集》序里，所肯定和赞美的"乡土文学"（包括散文部分）大都是以山明水秀为背景的南方风俗画，而李广田则集中突出地写了山东西部平原的一块小天地里的独特风光：以北方，特别是以邹平为核心的鲁中所特有的风土人情"秋风禾黍，古道鞍马"，"万里好景一望收"而又处处桃杏花香的世界，丰富了"乡土文学"的园地。就因为"有地方色彩的，倒容易成为世界的，即为别国所注意"（《鲁迅书信集·620 致陈烟桥》）。因此，作者不但不因写故乡题材而受"题材狭窄"的批评，相反，倒是以富有鲁中小天地的特色，闯入世界文学画廊中去。在这点上，作者的早期散文的贡献是大的。而在中国现代散文史上是有自己的地位的。

二

还应指出：广田早期散文的重大特点是写人。他以农民的儿子的资格，热爱和怀恋故乡的土地以及生活在这里的受苦人。因此，他即使写故乡的景物，也与其他的作家不同：他故乡景物的最大特色是处处家家有桃园。"我们的野外很可爱，软软的大道上，生着浅草，道旁，遍植了榆柳或青杨。春天来，是满飞着桃花，夏天，到处是桃子的香气。那时，村里的姑娘们多守在她们的桃园里作针黹；男孩子们在草地上牧牛，……"（《画廊集·投荒者》）这完全是故乡春天孩子们的共同欢乐与骄傲。由此可见，广田写桃园的兴衰史，实质上就是写的家乡兴衰史。"因为年头不好，连家乡的桃树也遭了末运。"他的黯然的心情是和农民共同发自内心的浩叹！这就是《桃园杂记》的思想、感情的基础。他写出了故乡农民曾有过的欢乐与希望，更深沉地写出了他们的惆怅。

作者写景物有自己的独特手法：他用视觉、嗅觉和听觉来描写故乡桃园全盛期的无边景色，他用玲珑的心灵去感受桃园的冷落。这种与父老兄弟休戚相关、祸福与共的感情，便决定了作者写故乡景物时，那种强烈感情的跳跃。这绝不同郁达夫的《履痕处处》或叶圣陶的《黄山三天》等那种客观描写风景的散文。他写景总是情溢于景，人在画图中；只有这样，他才认为是美的。

如果说桃园是人创造的，不能不与风俗画结合起来写，因而从它的兴衰史，接触到了时代的脉搏，那么，泰山是自然存在，作者取材泰山的散文里却仍然写了人。泰山自然不属于作者童年生活过的小天地，然而它与邹平相邻，而且作者在泰山脚下生活了很久，"他对泰山的峰峦流水，苍松翠柏，一石一木，都有母子般的深情"（李岫：《画廊、雀巢及其他》）。有人因此把泰山象征作者的性格、品质，誉他为"泰山的儿子"。而作者也把泰山作为自己的故乡。那根据就是，作者把描绘泰山风景的《扇子崖》编入了自己写故乡风物的散文集《银狐集》。

《扇子崖》、《山之子》、《晴》、《雾》等作品都是作者歌颂泰山之美的散文；然而无论写山势之雄伟，还是写雾色之温柔，总是密切联系着人的生活、人的足迹、人的心灵。因为在作者看来：任何风景的美是因为有人。景因人而美或丑，景因人而异。在人懂得征服自然之后，便创造出了许多景色。山不在高，有人则灵。作者说："自然界没人也是不行的"；"艺术家应当爱人，胜于爱自然"（《一个画家》）。你看作者多么重人，多么强调写人啊！这就是他的艺术观、美学观。

由于作者懂得和掌握了这一创作规律，所以，他在泰山探幽寻胜、创作《扇子崖》时，总是通过视觉、听觉，让自己的心灵去接触、深入，从而创作出了刚柔、浓淡意境流动的种种画面，并以巨大的艺术想象力将风俗人情、神话传说镕铸进去，把自然写真、写深、写活。作者之所以热爱故乡的景物，就因为他热爱故乡的人。作者曾对他女儿说："你的奶奶去世了，从此我便失去了故乡的观念。"（李岫：《悼念我的父亲李广田》）因此，构成广田山水小品的第一特点是，渗透进生活美于自然美之中。象作者写于泰山的《雾》。他描写雾的美说："雾如归巢的夜行鸟，雾缘着檐角飞起来了。孩子，你可曾听见吗？雾的翅膀落在青色的瓦上，还仿佛发出一种细致的声音。雾缘着墙壁溜了下来，雾象小猫，悄悄地，伸了个懒腰，就要从窗台上爬进来了。"这里跳跃着作者的一种愉快的感情，雾爬进作者与小孩的生活里来了。作者之所以这样创造他的艺术品，是因为，当他感到美，当他说某山某水美的时候，这山水就已不是纯粹的自然了。它的美是文艺家的发现与创造的。它不仅印染着文艺家的感情色彩，而且体现着他的个性与修养。

自然美由人创造，自然丑也是人的主观感觉：当广田在入川路上，倾听一位穷苦的中年妇人在控诉旧社会的黑暗时，他感到周围全是"穷山荒水"（《忧愁妇人》）。当他因生活的艰难，而又不安全时，四周的山水也变得丑恶了（《乌江渡》）。没有留下过人的足迹的山水，根本无所谓美丑。

第二特点是，主观性强，发出一种冲击读者感情的力量。作者在《银狐集·题记》里虽说过："我觉得我的文章渐渐地由主观抒写变向客观的描写一方面。"但他仍然觉得："这些文章中依然有我的悲哀，我的快乐，或者说这里边就藏着一个整个的'我'。"是的，尽管广田的散文创作因为他的生活变动和艺术修养的提高而逐渐变化，然而他那强烈的抒情却是一贯的。作者不仅善于把自己的浓郁的感情通过笔下的桃园、榆柳，甚至一草一木奔腾而出，而且那从遥远奔流而来的黄河，也被他的感情铸成一张古琴（《回声》），任他弹奏；声发于情，在秋风中颤抖作响的一片枯叶，一应他的心弦会奏出《秋之田野》的新曲（《回声》）。作者以真挚火热的感情铸成一支魔杖，能使山水生美、风土有灵，那种冲击的力量，能使人心开花、生波。

第三特点是，以人传山水之神，或即以山水风物作为写人的背景。广田的山水散文之所以有美的冲击力量，关键在于写人。《扇子崖》，作者固然以"大斧劈"的手法写了它的雄伟壮丽，但却着意于云雾幽深中的风土人情，以及生发神话传说作为《扇子崖》的灵魂。广田散文中的自然，实质上是以人为其反映对象的，而更常常以自然为人的背景：《山之子》，就是以巨幅的山水，甚至包括泰山的绝顶作为"把自己的生命挂在万丈悬崖之上"的哑巴为背景的。任何无人的自然总是荒凉的、寂寞的，就连主张无是非的庄周也感到，"夫逃虚空者，……闻人足音跫然而喜矣"（《庄子·徐无鬼》）。所以作者说："山呀，水呀，树呀，这些东西对于人生究竟有多少关系呢？当人们都已走开时，这里的山水也就变了颜色了。人总是人，没有人的地方总是寒冷的。"（《根》）

正由于作者充分理解人与自然的关系，有自己的美学观点，所以他写故乡田园风光，不仅注意地方特点，而且把人的生活作为风光的灵魂表现出来，而这人就是他的象琴弦一样的心灵和代表了故乡人的性格。

三

广田熟悉故乡农民和小资产阶级知识分子及其生活，尤其熟悉他们受折磨的心灵，因而他的散文大多写的是悲剧。作者在一九五六年总结自己二十年来的散文时说，在题材和思想内容上是基本相似的，"那就是，我写了一些在旧社会里受折磨的人和没有出路的人，我对于那个已经死去的旧中国表示了一些不满的意见"（《散文三十篇》序）。这个特点在他的第一部散文集《画廊集》里已经显示出来了，象《野店》、《投荒者》、《悲哀的玩具》等。

在他的第二部散文集《银狐集》中，控诉旧社会的罪恶，同情和支持被压迫、受剥削的社会底层的人们的文章逐渐多起来。而且在《雀蓑记·路》中，作家且已开始思索如何从社会人生的荆棘丛中开辟道路的问题了。这是个可喜的发展，当然局限性还很大：他只能从一个学生放下知识分子架子，去做一个洗衣匠的道路上，看到了一个"快乐的、光明的"的面孔。

《圈外集》以写异乡情调、社会世相为主，基本上结束了"乡土文学"的创作，向着广阔的天地，冲着时代风雨大踏步前进。也就是说，广田要开始写自己所不熟悉的生活了。他怎样去写呢？在这方面，他给我们留下了宝贵的经验。

作家是"精神界之战士"，是按照自己的道德标准、美学理想来为建筑美的灵魂而战斗的。创作，第一要观察。因而要广泛深入调查研究社会，研究和理解人，尤其人的心灵；特别当他走向新的生活领域时，更得这样做。李广田这种观察人生的才能，早在《画廊集·野店》中就已表现出来，这在前面已经提出来了。抗日战争开始，当他离开故乡，踏上祖国内地陌生的土地，观察了陌生的世界时，他的思想，随着视野的开阔，迅速得到提高。在匆匆的流亡途中，他每到一个地方，总不忘作社会采访。他说："我愿意去访问这些荒山里的村落，我愿意知道每一个地方的建立，兴旺、贫困与衰亡，我愿意知道每一个地名的来源，我猜想那都藏着一个很美的故事……"（《圈外·冷水河》）广田总不肯放过任何一个认识社会的机会，连到茶馆里吃饭的匆促而短暂的时间里，也急急捕捉目标（《西行草》）。他说："我真是一个爱'看'的人，人世间形形色色，随时随地都吸引着我的眼睛。"（《日边随笔》）。他多么渴望知道那些不幸人们的悲惨遭遇，在《悔》里说："我若能知道这些在夜中奔泊者们的故事就好了。"（《回声》）

他由于长期地观察与思考，思想提高得很快，他从探索人生的道路，终于发现了那些阻碍人们前进的反动政治势力。在他那些特写与报导性质的散文中，揭开了形形色色的社会相，尤其下层社会人们的悲剧，过去和刚发生在抗战初期的悲剧。但他并不以更深广地看到黑暗为满足，就是说，他不仅仅是抒愤懑，而是为了"努力从黑暗中寻求那一线光明，并常想怎样才可以把光明来代替黑暗"（《流亡日记》第三册，一九三八年十月十四日）。这光明，就是劳动人民美的心灵闪光和反抗意识的萌芽。于是，他写了劳动者自发的挣扎（《没有太阳的早晨》），写他们对黑暗的认识与悲愤，而更赞美了被压迫、被剥削者们的高尚品质。如《忧愁的妇人》中的主人公，她不但对黑暗势力进行揭发与控诉，而且她更多的是对流亡之群的同情和慷慨支援。这些宝贵的优良传统、民族精神，被长期埋没着。抗战象刀与石的相撞击，使这种火花迸发出来了，作者认为这些乃是抗战精神力量的支柱。

对于劳动人民的高贵的精神品质，作者早就有所认识与歌颂。如《山之子》里的哑巴，被他誉为"泰山的灵魂"（《散文三十篇》序）。作者在这里面不仅寄寓了《捕蛇者说》的思想，而且敬仰这个哑巴的高尚品德：他"把自己的生命挂在万丈高崖之上"，是为了赡养他的老母、他的寡嫂和他的老婆和孩子。作者更以尊敬的心情歌颂了老牧人所珍视的劳动人民不贪的高尚情操：不贪的人有福。有福人"对于一切美丽的东西，宝贵的东西，只是赞赏，却没有一点据为己有的意思，可是美丽的东西，宝贵的东西，却常常叫他遇见。他不要金银，却能看见宝光，他说那宝光美丽极了"（《宝光》）。作者就是这样来挖掘与歌颂劳动人民美的心灵、高尚的情操的。

在这里还应当指出的是，广田散文的另一个重要内容是写出了劳动人民最可贵的一种性格，这就是在长期反压迫、反剥削的战斗中，产生出来的要坚持活下去的斗争性格。这种性格，广田早就有所发现，而且他自己就具有这种性格。我认为他不但是个"硬汉子"，而且是个"铮铮铁汉"！

坚持生活下去，是为了使更多的人能生活下去，是为了给别人开创幸福的路。广田在入川途中，走在劈山而成的公路上，惊讶于工程之艰巨，工人改造世界之伟大力量，感激他们为人类造福的牺牲精神，说："这条难于上青天的蜀道，却是由他们一下一下地打开来。"（《西行草》）

我说过，广田执着于现实，具有要生存下去的坚强意志，是由于他吸吮了农民的乳汁。而后来，则是他不断接受马列主义教育的结果。在《建筑》中，他在赞颂无产阶级创造的同时，发问道："这个巨大而坚固的建筑是为谁而造的呢？"他更有深意地进一步提出：什么时候和怎么做，才能"去为我们自己而建筑呢"？这是阶级革命思想的光辉闪耀！这是受到马列主义理论的影响的结果。这段感想接近于马克思说的，"劳动创造了宫殿，但是给工人创造了贫民窟"（《1844年经济学哲学手稿》，第47页）。然而作者写得极为含蓄。因为那时候只能用"这末一种比较含蓄的方式表示自己的愤懑的"（《散文三十篇》序）。

作者从《路》开始探索人生道路到以后暗示阶级革命，的确在思想上起了一个大的飞跃。他的执着现实，一定要活下去的思想的发展，就是要消灭阶级和为人类开创幸福之路。这在他晚期的创作中已表现得极为清楚了。

四

广田不仅"写了一些在旧社会里受折磨的人和没有出路的人"，他同时也着重创造了一些具有典型性的人物。他说，《或人日记抄》里的父母，"不是一个父亲和一个母亲的形象"（引自一九六七年九月七日的一份资料），而是北方广大农村中旧社会的两个农民典型人物。这足以说明他的散文在艺术上的重大特点和成就。广田是会写小说的，他的《金坛子》就应看作是个短篇小说集。其他散文集中，譬如说《画廊集》中的《投荒者》、《悲哀的玩具》等，就有活的人物和相当完整的情节。但作者却称这类作品为散文。究其原因可能有如下几个方面：譬如说，这是他的创作道德的表现。他的认真、慎重和谦虚地对读者负责的创作态度，在《柳叶桃》里就表示过：它的题材原可以写成一篇结构谨严、客观性强的短篇甚至中篇小说的。但他还是把它写成一篇动人的散文。他说："假如你想把这件事编成一篇小说——如果这材料有编成小说的可能——你必须想种种方法把许多空白填补起来，必须设法使它结构严密，我的意思是说，我这里写的不过是一个简单的报告，而且有些事情是我不能完全知道的，有些情节，就连那个告诉我这事情的人也不清楚，我把这些都留给你的想象去安排了。"

但我猜想，还有另外的原因：广田的散文，多写富有典型意义的真人真事。这有李岫的《画廊·雀蓑及其他》为证。当然，他创作的散文也有虚构的情节，可这并非他散文内容的主要部分。真人真事才是他的重要内容。象《柳叶桃》里的女伶，李岫说："是写我母亲娘家的一个嫂嫂。"作者把这题材写成散文的目的之一，就是不愿凭自己的想象去补充，以确保作品的真实性，并给读者留下想象的余地。

作者喜写散文，并非因为他不善想象，相反，他的想象力和艺术表现力是异常丰富而强大，这恰恰是创作小说的有利条件。但二者相比较，还是散文写起来自由并能广收社会效果。因此，广田经常运用散文这一武器，取得了较高的艺术成就。当然，他在散文创作中，也运用其艺术想象力进行虚构，然而却有自己独特的艺术手法。《山水》这篇散文就充分显示了作者极为丰富的想象力和表现力。作者用比较手法，从山明水秀、草长莺飞的江南景色中，找出了故乡北方坦荡平原的朴野、开阔、刚劲之气，大力生发了关于祖先勤劳兴业的传说。作者以高度想象力描写与歌颂了祖先们的愚公移山的创造精神，他们曾用自己的双手和智慧，经过长期的劳动，在大平原上筑山、开河，从而出现了壮丽奇观，并由以产生的丰收景象。作者说："我的孩提之时，我跟着老祖父到我们的村西，……我那祖父象在梦里似的，指点着深深埋在土里而只露出了顶尖的一块黑色岩石，说道：'这就是老祖宗的山头。'又走到村南村北，见两块稍稍低下的地方，就指点给我说道：'这就是老祖宗的海子'。"（《雀蓑记》）

也许这些惊人的想象力的运用与捕捉下来的艺术成果，使他的散文产生了浪漫主义色彩了吧？但他的散文却更由于巨大的想象力而富有革命现实主义精神，并构成了他散文的主调。因为，他那强大的想象力的眼睛，虽也旋向天边，却总注视着哭泣的大地。如他曾在四川茶馆里看到一个哭泣着的青年女子，引起他的关怀和对于她的悲惨命运的想象，他形象地假设了多种悲剧的情节，从而塑造成这个弱女子的典型形象（《西行草》）。这的确是个极为高明的艺术手段，然而，恰恰为散文所特许，而为广田所独创。我想，这才是他喜爱创作散文的主要原因吧！

论杨振声的小说创作[*]

杨振声（1890—1956）是"五四"新文学运动中有一定影响的小资产阶级作家。他在"五四"以前开始小说创作，是新文学运动初期涌现出的重要小说家之一。杨振声以富有自己特色的小说，丰富了新文学宝库，从而奠定了他在中国现代文学史上的地位。

在旧中国，杨振声走过了一条漫长的探索真理、追求光明的道路。他虽然只是一个民主主义者，但在那个风云变幻的社会中，他始终跟随时代的发展不断前进。尽管他的作品存在着这样或那样的缺点，而那种抨击旧社会的愤怒，同情人民苦难的热情，歌颂中华民族反侵略斗争的激情，却形成了强烈高昂的主旋律。因此，他的作品在客观上基本符合无产阶级在民主革命时期的一定要求，在当时发生了积极的影响。

遗憾的是，我国解放以后出版的《中国现代文学史》，除少数外，很少提及杨振声的小说所取得的成就以及在当时历史条件下所起的作用。我们认为，这对杨振声是不公平的。在文学史上，评价一个作家的标准及确定他（她）的历史地位的依据，主要就是看他（她）的创作有何贡献。鲁迅曾明确指出了评价的方法，他说："文艺家的比较是极容易的，作品就是铁证，没法游移。"[①]我们应当把一个作家的作品放在当时的历史条件下，与同时代的其它作品相比较，看其有何特色和独创性，有何贡献，从

---

* 原载《文史哲》1982 年第 5 期，署名孙昌熙、张华。

而确定一个作家在文学史上的地位。

一

　　杨振声出生于山东蓬莱的一个封建家庭。他的童年和少年时代都是在家乡的农村中度过的。沿海渔民们长年累月奋斗在大海的惊涛骇浪之中，挣扎在残酷的剥削压迫之下。他们的命运，以及他们的思想感情和性格特征，他是比较熟悉的。这种生活经历，使他对黑暗的社会现实留下了深刻的印象，并为他的创作奠定了深厚的基础。在北京大学国文系读书时，他看到了城市下层人民象他所熟悉的渔民一样，也在水深火热的苦难生活中挣扎。他的眼界扩大了，他对社会现实的认识逐渐加深。当时，《新青年》发起的新文化运动和介绍进来的外国进步文艺和思想，促使他觉醒，并把他卷入汹涌澎湃的时代洪流之中。他在《回忆五四》中曾说："在学校接触到资产阶级的文化和思想……更重要的是，象春雷初动一般，《新青年》杂志惊醒了整个时代的青年。他们首先发现了自己是青年，又粗略地认识了自己的时代，心中就生出了叛逆的种子。"[②]他参加了北京大学学生组织的"新潮社"的活动，并积极投身到"五四"爱国运动中，反对北洋军阀政府签订的卖国条约，和同学们一起演讲、游行，火烧赵家楼，曾被捕坐牢两个星期。作为一个站在时代斗争前列的英勇战士，文学便成为他向黑暗社会攻击的武器。

　　当时，新文学在同封建主义旧文学的激烈斗争中，已经取得了辉煌的战果；鲁迅的《狂人日记》，为新文学创作开辟了一条崭新的道路，这对杨振声的创作产生了巨大的推动作用。但是，当时的新文学毕竟还处于初创阶段，"文学革命"的先驱者主要致力于理论的建树，新文学创作还比较少，特别是小说。因此，当时的新文学运动面临着亟须进一步扩大创作成果的任务。正是在当时那种有利的形势下，适应着新文学创作进一步发展的需要，杨振声拿起笔来，投身于新文学运动的前进行列中。

杨振声是"新潮社"的主要成员，也是《新潮》杂志编辑部成员。他从 1919 年 3 月开始，在《新潮》上陆续发表了《渔家》、《一个兵的家》、《贞女》和《磨面的老王》等短篇小说。

杨振声这个时期小说创作的一个突出特色，是"极要描写民间疾苦"。③《渔家》描写了天灾人祸使渔民陷入家破人亡的绝境，《一个兵的家》反映了军阀战争给一个阵亡兵士的家庭所造成的灾难，《磨面的老王》表现了一个雇农的凄凉悲楚的心境。在这些作品中，杨振声怀着强烈的人道主义的愤怒和同情，暴露了社会的黑暗，展现了那些生活于社会底层的人们的悲惨命运。当然，杨振声这时并没有明确的阶级观点，但是由于他怀着深切的同情和关注去表现下层人民的生活命运，那么他对于普遍存在于社会之中的阶级对立现象，便不能熟视无睹。相反，他在作品中已经对这种现象提出了有力的疑问。在《渔家》中，作者通过王茂小女儿的口，提出了一个重大的社会问题："咱们因为什么没有钱？怎么就命不好？"《一个兵的家》也展示了一幅形成鲜明对比的图画：那个阵亡兵士的父亲与儿子终日沿街乞讨，而吮吸兵士鲜血的军官却乘车飞驰而过。这就在一定程度上触及了人民受苦难的社会根源。

因此，较深刻地集中反映下层人民的苦难，正是杨振声不同于《新潮》其他小说家的特点所在。当时，各新文化刊物介绍翻译了大量的具有人道主义倾向的外国进步文学理论和作品，《新潮》的作家们是深受其影响的。他们的共同倾向，是站在人道主义立场上"表现和批评人生"。④但是，"表现和批评"什么样的"人生"？每一个作家却表现出自己的特点。罗家伦主要描写小资产阶级知识分子婚姻不自由的痛苦，如《是爱情还是痛苦》；汪敬熙虽然写了反映城市贫民生活的《雪夜》，但主要表现的还是小资产阶级知识分子的灰色生活，如《谁使为之？》、《一个勤学的学生》；俞平伯则极力追求"可爱的天真，自然的美"，如《花匠》；叶绍钧虽然写了反映农村妇女悲惨一生的《这也是一个人？》，但较多地还是表现"美"和"爱"的主题，如《春游》、《伊和他》。杨振声却始终着力于从正面表现下层劳动人民的非人生活，控诉贫富悬殊的黑暗社会，对那些被侮辱、被损害的人们寄予深切的同情。这就使他的人道主义不同于罗家伦、汪敬熙、俞平伯、叶绍钧等人的人道主义，也远远超过了本时期胡适的诗歌《人力车夫》所表现的贵族老爷布施式的人道主义，而注入了更多的平民主义的内容和较深刻的阶级内容。这说明杨振声对社会现实具有较深刻的认识和独特的见解。杨振声本时期创作的进步倾向性，也主要体现在这一特点上。

杨振声之所以表现出与《新潮》其他作家不同的创作特点，一个很重要的原因在于他们所受外国人道主义文学的影响不同。罗家伦的作品，较明显地受到托尔斯泰"勿抗恶"式人道主义的影响；叶绍钧则较多地受到外国作家如夏目漱石理想的"爱"与"美"式人道主义的影响；杨振声则显然受到陀思妥耶夫斯基那种同情"被侮辱与被损害者"式人道主义的熏陶。当然，这种影响是与杨振声的生活经历以及对社会现实的认识分不开的。

这些反映下层劳动人民悲惨生活的作品，出现于当时的文坛，具有十分重要的意义和作用。1919 年至 1921 年之间，人们的注意力过多地集中于个性解放和婚姻自由等社会问题，大多数小说以表现小资产阶级知识分子的恋爱婚姻和思想感情为主要内容。茅盾在《中国新文学大系·小说一集·导言》中曾引述了他以郎损的笔名写于 1921 年的《评四五六月的创作》的统计材料，认为三个月中间发表的 120 余篇小说"竟可说描写男女恋爱的小说占了全数百分之九十八"，并指出，"大多数创作家对于农村和城市劳动者的生活很疏远，对于全般的社会现象不注意，他们最感兴味还是恋爱，而且个人主义的享乐倾向也很显然"。在这种情况下，杨振声极力描写被压迫者的悲惨生活，揭露出更为尖锐深刻的社会矛盾，使人们看到社会的症结所在，从而引起疗救的注意。这无疑是给当时的文坛吹进了一股新鲜空气，开拓了一个新的潮流。其重要意义，不仅在于给那些热衷于个性解放和婚姻自由的人们以深刻的启发，而且在于坚持了与新民主主义革命的要求相一致的创作方向，即与人民大众的命运和解放相结合的创作方向。这正是人民大众对新文学的发展提出的必然要求。这些作品对于推动"五四"新文学运动沿着正确的道路向前发展，具有不可否认的贡献。鲁迅把《渔家》选入《中国新文学大系·小说二集》，正是看到了这一类作品的重要意义。

杨振声本时期小说创作的另一个内容，是揭露封建礼教对妇女的摧残。《贞女》写一个姑娘因嫁给一个木头牌位而自杀的悲剧。杨振声在《回忆五四》中说："来自全国各地旧家庭的青年们，多少是受过老封建的压迫的，特别是在婚姻问题上。……我们不怕作叛徒了，旧道德变成那个骗娶少女的死鬼牌位了！时代给我们一股新的劲儿，什么也不怕。"⑤由此可见，杨振声正是在时代浪潮的冲击下，抓住这样一个十分典型的题材，深刻地揭露了封建礼教的吃人本质。这就使作品直接有力地配合了《新青年》发起的以反对封建礼教为主要任务的新文化运动，发挥出较大的战斗作用。

鲁迅在评论《新潮》的小说时指出，"然而又有一种共同前进的趋向，是这时的作者们，没有一个以为小说是脱俗的文学，除了为艺术之外，一无所为的。他们每作一篇，都是'有所为'而发，是在用改革社会的器械，——虽然也没有设定终极的目标"。⑥杨振声本时期的小说创作，继承和发扬了现实主义的战斗精神，从不同侧面真实地暴露了旧社会的黑暗与丑恶，从而使文学充分发挥了"改革社会的器械"的战斗作用。这种创作倾向，在当时对于反对旧小说的反现实主义倾向，对于新文学现实主义创作的发展，都是有贡献的。杨振声的创作，在新文学运动初期起了开拓道路的作用，这是我们应当首先充分肯定的。同时，杨振声的创作也为我们提供了一个深刻的启示：在文学创作中，人道主义思想只有与人民大众的生活命运密切结合，才能充分显示出它的力量，发挥出更大的战斗作用。

当然，杨振声本时期的作品也存在着明显的缺陷。他基本上只是描绘了生活的现象，还没有把笔锋向社会生活的深处开掘；他虽然暴露了社会的黑暗，表现出改革社会的强烈愿望，但还找不到实现改革的正确途径。这是当时时代的局限以及杨振声本身的思想局限造成的。

杨振声本时期的作品，在艺术上也初步形成了某些特点。由于杨振声"极要描写民间疾苦"，因此善于选取悲剧题材，就构成了他的小说的一个突出特点。前面提到的他的作品，都是带有浓厚的悲剧色调的。他一反传统的"大团圆"式的写法，严格遵循现实主义的创作原则，从生活中撷取富有典型意义和悲剧色彩的片断，加以艺术的提炼和加工，从而突出表现那些被侮辱、被损害的人们的悲惨命运。如《贞女》，作者抓住年轻姑娘嫁给木头牌位这样一个既具有深刻的典型意义，又富有浓厚的悲剧色彩的题材，有力地揭示了封建礼教给广大妇女造成的悲惨命运。

与前一个特点相适应，善于运用对比、烘托的手法，突出渲染作品的悲剧气氛，便构成了杨振声小说的另一个突出特点。在他的作品中，我们可以看到大量的、多种多样的对比、反衬手法：有生活处境的对比，如《渔家》和《一个兵的家》；有梦境与现实的对比，如《磨面的老王》；还有情与景的对比，如《贞女》。这些对比手法的运用，使作品中人物的处境显得更加凄惨，把作品中的悲剧气氛渲染得异常强烈，从而深刻表现了主题思想。

鲁迅曾经指出过《新潮》的小说所存在的艺术缺点。这些缺点在杨振声这个时期的作品中也是不同程度地存在着的，如《一个兵的家》、《贞女》，都是"平铺直叙，一泻无余"的；而《渔家》则"过于巧合，在一刹时中，在一个人上，会聚集了一切难堪的不幸"。⑦这些作品的共同缺点，是人物缺乏鲜明的个性特征。

杨振声这个时期的小说，尽管还比较幼稚，但在艺术上所取得的成就，都不同程度地显示了新文学运动初期的小说创作所取得的成就，并为新文学小说创作的发展提供了有益的经验，做出了一定的贡献，同时也预示着杨振声的创作此后将会有新的更大的进步。

二

20 年代初期，杨振声曾到美国哥伦比亚大学攻读教育心理学。回国后，他虽然一直长期从事高等教育工作，但仍继续进行小说创作。20 年代中期至末期，是他的创作成熟和丰收的季节。在那个充满血与火的紧张斗争的年代里，他不断在探索中前进，他的生活视野扩大了，对社会现实的认识逐渐深入，他的民主主义和爱国主义思想有了进一步的发展。他的创作有了一个新的变化，即从"极要描写民间疾苦"，转向描写小资产阶级知识分子的反抗、奋斗以及对理想事业的追求。发生这一变化的原因，比较复杂。在客观方面，"五四"以后，新文化运动的统一战线发生分裂，社会矛盾更加尖锐复杂，愈加黑暗的社会现实使许多进步的知识分子在失望中，开始进行深入的思考和新的探索。在主观方面，由于对社会现实的认识逐渐加深，他已经看到，单纯暴露社会的黑暗，并不能真正实现对社会的改革，还应当用作品引导人们寻找新的理想和改革社会的道路。他在 1924 年写的《礼教与艺术》中说："至于艺术，是对于原有的生活方式 Art of living 不满意，原有的表现艺术 Art of Expression 不以为然，所以才用了创造的想象力 Creative Imagination 去开辟新生活。"[8]由于他没有参加实际的革命斗争，因此他理想中的"去开辟新生活"的人物，只能从他所熟悉的小资产阶级知识分子当中去寻找。

1924 年创作的《玉君》，是杨振声的代表作，也是我国现代文学史上继鲁迅的《阿 Q 正传》之后较早出现的中篇小说之一。

它被列为《现代文艺丛书》第一种。1925年2月一出版就轰动一时，一年之内再版两次，以后又多次重印。后来陈源以《新文学运动以来的十部著作》为题，较公正地推荐了《沉沦》、《呐喊》、《女神》、《超人》和《玉君》等作品。

杨振声在《玉君·序言》中说："若有人问玉君是真的，我的回答是没有一个小说家是说实话的。说实话的是历史家，说假话的才是小说家。历史家用的是记忆力，小说家用的是想象力。历史家取的是科学态度，要忠实于客观；小说家取的是艺术态度，要忠实于主观。一言以蔽之，小说家也如艺术家，想把天然艺术化，就是要以他的理想与意志去补天然之缺陷。"对此，鲁迅曾批评说："他'要忠实于主观'，要用人工来制造理想人物。……他先决定了'想把天然艺术化'，唯一的方法是'说假话'，'说假话的才是小说家'。于是依照了这定律，并且博采众议，将《玉君》创造出来了。然而这是一定的：不过一个傀儡，她的降生也就是死亡。"⑨我们认为，鲁迅为了维护现实主义的创作原则，对杨振声"要忠实于主观"的提法提出批评是正确的。但是我们也应看到，杨振声所说的"要忠实于主观"和"说假话"，是在把艺术创作与历史家采用的科学态度和方法相区别的情况下提出来的，意在说明艺术创作与科学研究、形象思维与逻辑思维具有不同的特点。他的错误主要在于论述得不够全面、准确。至于他提出的"想把天然艺术化"和"以他的理想与意志去补天然之缺陷"，也同样存在着不够明确的缺陷。实际上他指的是浪漫主义表现手法。他在《礼教与艺术》中曾说："她（指艺术——引者注）的使命是永远向新的路上走。对于天然不满，所以要改造天工；对于人类不满，所以要另寻桃源……艺术的内容是什么？我放胆说一句，就是人性与礼教之冲突。"⑩由此可见，杨振声正是要求文学创作在与旧社会和封建礼教的斗争中，充分表现美好的理想，引导人们去创造新的生活，推动社会进步。特别值得我们重视的是，杨振声在《玉君·序言》中还指出，"他（指小说家——引者注）是勤苦的工蜂，从花中偷出花蜜，酿成他的蜂蜜。花是天生的，蜜是他酿的，没花他酿不成蜜，但蜜终非花"。这就十分正确地阐明了文学创作与现实生活的关系，也充分说明杨振声的创作主张，是坚持以现实为基础的。

《玉君》是以现实主义为基调的。小说描写的是，20 年代初期小资产阶级知识分子反抗封建家庭和恶势力的压迫，争取婚姻自由和妇女地位平等，走向社会的故事。小说所着力塑造的周玉君和林一存，都是在"五四"运动影响下觉醒过来的富有进步思想和反抗精神的小资产阶级知识分子形象。

纯洁善良的玉君，面对父亲的包办婚姻和封建军阀之子的逼迫，从痛苦绝望中萌发出反抗的决心，终于毅然同旧家庭决裂。她对封建礼教深恶痛绝，特别不满于当时社会中妇女地位的低下。在现实生活的教育下，她逐渐觉悟到，"以后我要离开家庭，跑到社会里，自己去造生活"，并决心要"反对社会的恶制度"。林一存具有进步的民主主义思想，他对当时中国黑暗腐败的政治、以金钱为根本的教育极为不满。他虽然也有苦闷和颓丧，但始终坚信自己的理想，不断思索改革的途径与方法。他坚决反对封建传统和恶势力的压迫，竭尽全力帮助玉君走向新的生活道路。这两个人物体现了作者的进步的民主主义思想，在当时是具有鲜明的时代特点的。"五四"以后，帝国主义和封建残余势力卷土重来，各系军阀混战，工商业萧条，农村破产。许多经受"五四"新思潮冲击，怀着美好希望觉醒过来的小资产阶级知识分子，一方面对黑暗的现实极为失望，另一方面，由于阶级的局限又不可能与人民大众相结合，因而陷入苦闷彷徨之中。但他们并不甘心沉沦，依然热烈向往着光明和进步，便以个人反抗的形式挣扎奋斗，不断追求、探索新的出路。玉君和林一存那种从痛苦颓丧到反抗、追求的过程，正是反映了那个时代许多小资产阶级知识分子的精神面貌。特别是玉君的觉悟与成长过程，在当时不仅是真实的，而且是具有一定的典型性的。这两个人物形象的积极意义正在于此。

在对社会环境的描绘上，《玉君》真实地再现了当时封建传统势力和恶势力的猖獗，并反映了广大农民在苛捐杂税压榨下日趋贫困，盗匪横行的农村生活侧影。这些描写既增强了作品对现实的揭露性，又为作品中人物的活动提供了真实具体的社会环境。

《玉君》中的两个主要人物也带有一定的理想成分，其中林一存较为明显。他主张"人生的乐趣"，"在于'与众乐乐'"。他同情帮助那些遭到不幸的人。在帮助玉君的过程中他尊重别人的爱情，直到玉君和杜平夫决裂以后，仍然继续克制自己对玉君的感情。在这些方面，林一存是一个具有人道主义思想和自我牺牲精神的人物，在他身上体现了作者的理想。应当指出，以林一存的人道主义和道德自我完善来解决社会问题是行不通的。但我们也应看到，他的人道主义和道德自我完善与他反对封建礼教和黑暗现实，要求社会进步的民主主义思想紧密相连。这与当时一部分小资产阶级知识分子的思想是一致的，因而也是具有一定的时代特征的。至于玉君对自由平等和"走向社会"的追求，也明显地体现了作者的理想。但玉君是经历了一个从不觉悟到觉悟的成长过程的，这一成长过程是具有很强的现实性和代表性的。因此，我们与其说她是"理想人物"，不如说她是当时一部分进步女青年的真实写照。由此可见，杨振声对理想的描绘，还是基本上以现实为基础的。

当然，玉君和林一存的思想和人生观是资产阶级的，他们对当时的社会矛盾缺乏深刻、正确的认识，这就使他们的反抗与追求仅仅局限于个人的力量，却看不到人民大众的解放斗争才是改革社会的唯一正确的道路。这也正是杨振声的思想局限性所在。

通过以上的粗略分析可以肯定，《玉君》既不是脱离现实斗争、"为艺术而艺术"的作品，也不是完全靠主观想象而向壁虚构出来的言情小说。尽管它还存在着某些思想缺陷，但它所具有的较深刻的现实内容和进步意义是不可否认的。

　　在《玉君》中，杨振声已经不再象前期那样停留在人道主义立场上，而是表现出一种进步的民主主义思想；他也不再是单纯揭露社会的黑暗，而是开始努力探索改革社会的途径；他也不再是单纯控诉封建礼教所造成的婚姻悲剧，而是把恋爱婚姻问题与妇女走向社会"反对社会的恶制度"联系起来。这是杨振声创作上的一个明显进步。正是这种反封建主题思想的深化，使《玉君》在当时的小说创作中显示出自己的特色。当时，描写处于"五四"以后低潮之中的小资产阶级知识分子苦闷彷徨、忧郁颓废的作品，是占主导倾向的。茅盾曾说："到'五卅'前夜为止，苦闷彷徨的空气支配了整个文坛，即使外形上有冷观苦笑与要求享乐麻醉的分别，但内心是同一苦闷彷徨。"① 如"文研会"作家庐隐的中篇小说《海滨故人》，描写的是在"追求人生意义"的道路上忧伤颓废、苦闷徘徊的小知识分子；王统照的《霜痕》、《沿河的秋夜》等作品，描写的都是一些因理想的破灭而痛苦绝望的青年；"创造社"的郁达夫，较多地表现了青年知识分子在极度苦闷中的变态心理。杨振声却着力反映了进步的小资产阶级知识分子积极奋发的反抗与追求，他的整个作品具有一种乐观的情调，喷发出一股积极向上的热情。这就使它在当时历史条件下，具有较大的进步意义和鼓舞作用。我们认为，《玉君》在反映小资产阶级知识分子的生活与思想方面的这一独到之处，正是它在我国现代文学史上应占有一定地位的重要依据。

　　《玉君》在艺术上也取得了新的成就，这是与它在思想内容方面的进步相辅相成的。小说成功地运用曲折生动的情节展示了人物思想性格的发展。《玉君》以杜平夫出国，林一存受杜之托照顾玉君为情节开端。从玉君的父亲和黄培龢的逼婚，到玉君出逃，从她准备出国，到她与杜平夫决裂，小说随着一系列跌宕起伏的情节发展，真实地表现了玉君性格的发展过程。此外，作者善于写景状物，描绘出一幅幅富有浓厚的山东沿海一带地方色彩的风景画、风俗画，优美生动，意趣盎然。正如鲁迅在评论杨振

声这个时期的小说时所说，"杨振声的文笔，却比《渔家》更加
生发起来"。⑫

<h1 style="text-align:center">三</h1>

杨振声这个时期还创作了一些短篇小说，主要发表在《现代
评论》上。"大革命"前后，中国社会的阶级矛盾和民族矛盾日
趋激化。严酷的社会现实，促使杨振声思想中的民主主义和爱国
主义因素进一步高涨。他的创作有了新的发展，作品的题材扩大
了，主题也更加深化。

以"三·一八惨案"为背景的《阿兰的母亲》，描写与女儿
相依为命的母亲正怀着欢欣的心情期待着女儿放学回家，但她的
女儿却在这一天的惨案中"象一只怯弱的小绵羊，竟被屠杀了"。
杨振声通过这一小家庭的悲剧，再现了"民国以来最黑暗的一
天"，⑬对野蛮的帝国主义走狗——北洋军阀政府发出了愤怒的抗
议，对被摧残的爱国学生寄予深切的同情和大力的支持。这篇小
说直接有力地配合了当时的政治斗争，发挥出极大的战斗作用。
显然，及时反映现实的政治斗争，把反帝、反封建的矛头直接指
向反动政府，正是《阿兰的母亲》不同于杨振声以前的作品的地
方，这是杨振声创作上的一个巨大进步。这篇作品也充分显示出
杨振声敢于正视淋漓的鲜血，时刻与人民大众的斗争紧密结合的
政治立场和创作倾向。

1928 年 5 月 3 日，日本侵略军制造了震惊中外的"济南惨
案"，激起中国人民的极大愤怒。一个多月后，杨振声发表了
《济南城上》。小说真实地再现了日本侵略军犯下的惨绝人寰的罪
行，成功地塑造了皖生和湘生这两个为保卫家乡而浴血奋战的英
雄形象，热情讴歌了中国人民不畏强暴、不甘心做亡国奴的伟大
民族精神，从而及时有力地配合了当时日趋激烈的民族斗争。这
篇作品是当时较早出现的直接表现中国人民反侵略斗争的小说，

后来曾被选为中学语文教材。香港 1968 年编辑出版的《中国新文学大系续集》，把它列为"第二个十年"（即 1928 年至 1937 年）内"表现反侵略的"题材中代表之作的第一篇作品，而选入《小说一集》。

　　还需要指出，当时《阿兰的母亲》和《济南城上》在《现代评论》上发表，是具有一定的特殊意义的。众所周知，《现代评论》是胡适、陈西滢、徐志摩、梁实秋等资产阶级右翼文人创办的，有些文章曾起了为帝国主义和买办资产阶级效劳的作用，如陈西滢在《闲话》中曾诬蔑攻击人民的反帝斗争，"三·一八惨案"发生后他咒骂学生是"自蹈死地"，当时曾受到进步文艺界的有力抨击和揭露。但是《现代评论》在当时也发表了一些反封建、反对军阀统治和帝国主义侵略的评论与文学作品。杨振声的这两篇小说，就是代表，无疑也是对以鲁迅为代表的进步力量的有力支持。从这里我们也可以看到，杨振声在大是大非面前，是立场坚定、旗帜鲜明地站在人民大众一边的。

　　《李松的罪》通过农民李松在贫困绝望的迫使下抢劫路人，被判处五年徒刑的遭遇，深刻地揭示出，李松的"罪"完全是社会的罪恶造成的。

　　《她的第一次爱》成功地塑造了一个法国姑娘露存娜的形象，通过她的悲剧性格和命运，向压抑人的个性、摧残人的爱情的旧传统与旧家庭发出了强烈控诉。小说虽然描写的是发生在法国赛茵河畔的爱情悲剧，但其进攻的矛头显然还是针对着当时中国的黑暗社会，特别是针对着封建礼教的。

　　杨振声本时期的短篇小说，随着内容的深广，在艺术上也走向了高峰。杨振声在艺术上的一个显著特点，是善于运用出奇制胜的手法，以巧妙生动的细节去组织曲折多变的情节，从而深刻鲜明地刻划出人物复杂矛盾的思想性格。如《她的第一次爱》，挽秋与房东太太闹翻以后正准备搬家，忽然发现了挽留他的小纸条，这个小纸条推动了情节的发展。以后他与房东太太一家的关系逐渐亲近起来，但房东太太的女儿露存娜却始终异常冷漠、矜持，仿佛是一个"木雕美人"。在露存娜死后，小说通过挽秋与房东太太的谈话，突然揭开了那个小纸条的秘密，从而鲜明深刻地揭示出露存娜那种外冷内热、聪明善良的性格特征。她在旧家庭的禁锢下，以巧妙的方式表达了内心深处对挽秋的热烈痴情的爱，这就使作品具有十分强烈的艺术感染力。

含蓄深沉，旨微而语婉，是杨振声小说的另一显著特点。他曾说："写情要体贴得深，表现得浅；还要含蓄的多，说尽的少。"⑭《阿兰的母亲》就是如此。作品所要表现的主题思想是对反动军阀政府的愤怒控诉，但作者并未描写军阀屠杀进步学生的场面，也没有直接批判，而是极力描写母亲向来报告噩耗的马太太反复诉说她对女儿体贴入微的爱，使马太太几次欲言又止，始终不忍说出阿兰惨死的消息。小说的描绘，是平淡无奇的，但其中却蕴含着作者强烈深沉的爱与恨，让读者在有余不尽的艺术感受中去深深地思索。

四

30 年代以后，杨振声一直主要致力于教育工作，创作的小说不多。由于立场、观点以及生活环境的限制，他没能参加以"左联"为中心的无产阶级革命文学运动。面对 30 年代以后错综复杂的阶级矛盾和民族矛盾，这样一位缺乏先进思想武装和革命斗争锻炼的小资产阶级作家，必然无法及时、正确地理解和解决历史的巨大变动向每一个人所提出的新的重大问题。于是他沉默了，沉默了很久。但他并没有停止不前，更没有后退，他在思考，在思考中探索前进。30 年代初期，杨振声在任青岛大学校长期间，曾坚决反对国民党企图控制学校的活动，还积极设法营救保释被捕的革命学生，——他的进步的民主主义思想还在继续迸射出火花。可惜的是，这种火花未能反映在他的创作中，但他却把笔触伸入他所熟悉、热爱的下层人民中间，伸入他们的内心深处，挖掘出那些闪光的心灵，创作了《抛锚》和《报复》。抗战开始后，杨振声积极致力于筹建长沙临时大学及其以后的昆明西南联大，并在那里进行抗日反侵略的爱国活动，——他的强烈的爱国主义精神还在继续燃烧烈火。可喜的是，这种烈火喷发在他的创作中，他这个时期创作的《荒岛上的故事》，塑造了比《济南城上》中的皖生和湘生更加高大感人的民族英雄形象。北平解放前夕，国民党反动派多次要杨振声离开北平去南方，但他毅然决然留在北平，迎接解放，——他那种进步的民主主义思想与强烈的爱国主义精神终于爆发出巨大的动力，把他推向光明。

《抛锚》成功地塑造了一个热肠侠骨的江湖好汉穆三的形象。他在恶势力横行的环境中敢于为被欺凌的渔民复仇解难，最后为了解救一个无辜者，毅然献出自己的生命。这个形象的意义和感人之处，在于他充分表现了广大劳动人民在长期的生活斗争中所形成的正直勇敢的可贵品质。

《报复》通过两个渔民由仇变友的故事，着力挖掘了下层劳动人民的美好心灵，使读者透过他们的刚烈粗犷的性格，看到了他们那种正直善良的优秀品质。十分明显，这种深入的描写，不仅来源于作者对那些下层劳动人民生活经历的熟悉，而且来源于他对那些下层劳动人民思想感情的深入了解。

《荒岛上的故事》是一曲高昂悲壮的爱国主义的颂歌。那个在战斗中被俘的女学生，在敌人的军事法庭上，充分显示了中国人民誓同侵略者血战到底的英雄气概，以壮烈的死体现了中华儿女可杀不可辱的崇高民族气节。在她的感召下，那个软弱的渔民武城，凿破了船底，使日军葬身鱼腹。这篇小说在当时国统区的小说创作中，是比较好的作品。抗战后期，在国民党的白色恐怖下，国统区的一部分作家暴露出许多小资产阶级知识分子的弱点，在创作中表现出苦闷彷徨、悲观失望的情绪。茅盾在回顾这一时期的文学创作时指出，有的作品"不能反映出社会中的主要矛盾和主要斗争","在字里行间流露出一些黯淡无力的思想情绪";有的迎合庸俗趣味,"采集些都市生活的小镜头"编织无意义的故事;有的则描写"抗战加恋爱的新式传奇"。[15]杨振声丝毫没有陷入那些不良倾向之中,而是从正面表现和歌颂了中国人民与侵略者展开的英勇斗争,他的作品具有十分悲壮感人的艺术力量,喷射出一股热烈昂扬的战斗精神。那个抗日女英雄,是作者用爱国主义精神的烈火熔铸成的一座焕发着民族豪气的中国人民的伟美巨像;那个渔民从软弱服从到英勇机智地展开斗争的觉醒过程,在当时也是很有典型意义和教育作用的。

以上三篇作品,真实生动地反映了沿海渔民的生活和斗争,成功地塑造了一些性格各异、栩栩如生的渔民形象,这些都体现了杨振声现实主义创作的新成就。

纵观杨振声在新文学运动三十年当中的小说创作,我们可以清楚地看到,他经历的是一条沿着现实主义的方向不断探索前进的道路。这三十年,是我国新民主主义革命从发生、发展到取得胜利的三十年,是一个充满如火如荼的斗争的暴风雨时代。在这期间,杨振声的全部生活都是在学校中度过的。生活圈子以及立场、观点的局限,使他始终只是一个进步的民主主义者,他的作品明显地存在着小资产阶级作家的局限性,他也未能写出象蒋光慈的《咆哮了的土地》和叶紫的《丰收》等具有革命现实主义倾向的作品。但是,杨振声并没有躲进书斋,与现实斗争隔绝起来,他敏锐地感应着时代脉搏的跳动,努力跟随时代的滚滚洪流前进。从开始创作时起,他就继承和发扬了"为人生"的现实主义精神。随着时代的发展,他在现实主义的创作道路上不断地、艰难地向前迈进。反帝反封建,是新文学的基本主题,也是杨振声小说的基本主题。但杨振声却是以具有自己特点的创作表现着这一基本主题的。从初期的人道主义的基本立场,到后来的民主主义和爱国主义的主导倾向,他的思想的发展,使他的创作呈现出不同的特色:前期"极要描写民间疾苦";后期则着力表现小资产阶级知识分子的奋斗与追求，热情歌颂爱国主义的民族英雄，赞美劳动人民的优秀品质。他对现实生活逐渐深入认识的过程，决定了他的现实主义创作不断发展的过程。正是在这条沿着现实主义方向不断探索前进的道路上，杨振声逐渐成为一个具有独特风格的现实主义作家。也正是这条道路使他在新中国成立以后终于走上了新的社会主义现实主义的道路，创作出《华东一级人民英雄刘奎基》、《和平鸽旅行团》等歌颂人民英雄、歌颂社会主义的新作品。

杨振声说："只有在伟大的基础上与伟大的出路上去寻求伟大的创作。任何国家中最伟大的莫过于人民。"[16]反映人民的生活和斗争，可以说贯穿于杨振声创作的全部过程中。他始终植根于人民之中，与人民大众的生活命运和解放斗争保持着密切的联系。从反映他们的疾苦，到表现他们的斗争，从同情他们的不幸，到赞美歌颂他们的优秀品质和英雄行为，所有这一切都是为了一个共同的崇高目标——人民大众的幸福和自由。他始终与人民同呼吸，共命运。——杨振声是属于人民的！

总之，杨振声的小说创作为"五四"新文学运动的发展做出了贡献，因而在中国现代文学史上应占有一定的地位。这就是我们的结论。

注：

① 《集外集拾遗·两封通信》。

②⑤ 《人民文学》1954 年 5 月号第 55 期。

③⑥⑦⑨⑫ 《且介亭杂文二集·中国新文学大系·小说二集·序》。

④ 罗家伦：《什么是文学?》，《新潮》第 1 卷第 2 号。

⑧⑩ 《现代评论》第 1 卷第 8 期。

⑪ 《中国新文学大系·小说一集·导言》。

⑬ 《华盖集续编·无花的蔷薇之二》。

⑭ 《诗经里面的描写》，《现代评论》第二周年纪念增刊。

⑮《中华全国文学工作者代表大会纪念文集·在反动派压迫下斗争和发展的革命文艺》。

⑯《从文化观点上回首五四》,《观察》1950 年第 6 卷第 13 期。

现代文学研究的新收获*

——评朱德发同志的《五四文学初探》

前不久，山东人民出版社出版的《五四文学初探》（朱德发著）（以下简称《初探》），是一部具有较高水平的学术著作。

这本书，是作者集中探索五四文学问题的八篇论文的结集。它们分别探讨了五四文学革命的指导思想、几个代表人物的文学主张和一些在当时产生过重大影响的文学作品。其要旨在于解决五四文学研究中的一些重点和疑点问题。该书的主要价值，正在于它对这些重点和疑点的突破。

一

在五四文学革命的指导思想问题上，《初探》取得了新的研究成果。

三中全会以来，现代文学学术界开始纠正"左"的偏向，对一些过去在"左"的影响下未能解决或根本不曾解决的历史问题，有些同志敢于进行实事求是的研究评价。但总的看来，研究的对象多是一些个别的有争议或被淹没的历史人物和现象；由于许多根本问题没有解决，这些枝节问题也难以真正解决。《初探》作者在研究五四文学时敏锐地抓住了一个最根本的问题——五四

---

* 原载《山东师大学报》（哲学社会科学版）1983 年第 3 期，署名孙昌熙、魏建。

文学革命的指导思想究竟是什么？这个问题抓得好、抓得准。因为指导思想决定这场革命的性质，决定着对许多基本问题如何评价。这一根本问题的理解若有偏颇，就会导致一系列错误的结论。相反，这一问题的正确认识，就为真正恢复五四文学的本来面目，从根本上廓清五四文学研究中"左"的影响奠定基础。

诚然，这是一个相当复杂的问题。五四时期的中国文化界，犹如古今中外各种思想洪流的聚汇口，五光十色的意识形态在这里交错杂陈，斑驳陆离的文艺思潮交织于当时的文坛艺苑。六十多年来，许多人都在寻找这一时代交响曲的主调音乐，但由于种种原因，人们对这场革命的指导思想有着各种各样的认识。不仅国内学术界的看法几经变化，就连海外学者的结论也有很大的分歧。

众所周知，新中国成立后在这个问题上有一个"权威观点"，即五四文学革命的指导思想是马克思主义。多年来，这一观点一直作为定论被阐发、被沿用，并被作为无可辩驳的论据来研究其他问题。但在长时间里，在许多具体问题上却都做不出圆满的解释。《初探》的作者为了维护历史的尊严，不囿成说，以实事求是的精神写下了本书中《试探五四文学革命的指导思想》一文，论证了"权威观点"的不可信，另提出民主主义、人道主义思想在五四文学革命指导思想中占主导地位的自己的结论。

作者对这一问题的探讨，首先是从明确"五四"作为历史范畴的起讫时间入手的。这个问题很重要，以往人们对五四文学革命指导思想的不同理解，往往来源于对这一历史范畴的具体时间有不同理解：长的多达十数年（从1915年《新青年》创刊到1928年"革命文学论争"）；短的则是一日突变（狭隘地从1919年5月4日这一天算起）。《初探》反对"突变说"，也不同意过于宽泛的时间断限。作者依据茅盾的观点，把"五四"理解为：从1917年初胡适、陈独秀正式提倡文学革命到1921年中国共产党成立之前。

　　在确定了这一时间范畴之后，作者对有关的文献、史料进行了重新研究。我们知道，文学史研究是以史料为基础的，然而占有了史料之后更重要的是如何把握它。有些人之所以虽然掌握了大量史料却仍然得出错误的结论，多数是由于不从史料出发，而是从某种先入为主的观念出发，"片面地或者随意地宰割"史料为自己的观点服务。马列主义认为："原则不是研究的出发点，而是它的最终结果"（恩格斯语），"要真正地认识事物，就必须把握、研究它的一切方面、一切联系和'中介'"。①《初探》作者正是运用这一原理的。在书中作者反复强调："从事实的全部总和与事实的联系中去把握事实。"他不仅占有了丰富的五四文学史料，更注意到它们的"总和"和"联系"，因此他对五四文学革命的国际历史背景、舆论阵地、代表人物、理论主张和创作实践等各个方面进行了全面、综合的考察，而且对这诸侧面又做了尽可能全面的探究。例如，作者针对"权威观点"主要以李大钊对十月革命和马克思主义的介绍为论据，重点研究了李大钊（注意：作者又抓住一个要害问题）。但他不是象有些人那样，只注意李大钊当时那几篇有"马克思主义"、"布尔扎维主义"词句的文章，而是多方面地研究了他当时的哲学、政治和文艺思想；对那几篇文章，也不是只研究文章本身，而是考察了文章的写作背景和发表后的影响；对于那些词句，也不是只看表面，而是深入挖掘它们在当时的具体含义。经过如此全面、深入的钻研，作者发现：当时李大钊介绍马克思主义时，常把马克思主义与民主主义、人道主义相提并论，一同宣传；李氏对十月革命精神的理解，也是以"人道"、"自由"等民主主义概念来表述的。总之，在当时李大钊的思想中，民主主义和人道主义占了相当大的比重。这一发现，《初探》作者不仅从根本上动摇了"权威观点"的基础，又为自己的观点增强了论据。

　　还值得一提的是，作者对"权威观点"基础的"根本动摇"，并不是依赖新史料的发现，而不过是对一些为人熟知的旧有史料和观点进行了更深入的开掘和更精细的鉴别。例如：多数现代文学史家都认为，李大钊《新纪元》一文中的"新纪元的曙光"，是指"苏联十月社会主义革命的曙光，是马克思主义真理的曙光"，并以此作为推论五四文学革命的指导思想是马克思主义的论据之一。但《初探》的作者却不如此望文生义，他把它放到更广阔的背景上进行了更深入的分析，以有力的证据对这一词句做出了新的诠释："新世纪的曙光据当时李大钊的解释，不仅含有十月革命的社会主义思想光辉，而且主要是指'欧洲几个先觉'者所大声疾呼 的'公理战胜强权'的民主主义精神。"[②] 而且"新世纪的曙光对中国五四时期所照射的范围开始并不大，而是逐步扩展开来；……更重要的是，新世纪曙光中的社会主义思想光辉对五四时期中国的映射力量远不如'平民主义'思潮"。[③]

综上所述，我们认为，朱德发同志的结论是符合五四历史本来面目的结论。作者的研究特点，是把五四文学革命作为一个历史过程来考察，而不是静止的考察；是全面、联系的研究，而不是片面、孤立的研究；是深入、细致的分析，而不是简单、草率的臆说。

过去有些人之所以不敢承认五四文学革命的指导思想是民主主义、人道主义，还有两个主要原因：一是怕贬低五四文学革命的意义，因为在一些人那里，"人道主义"一直和"资产阶级"、"落后"、"反动"联系着；二是担心这样就得肯定当时力倡民主主义和人道主义的胡适、周作人等人的历史功绩。由于《初探》的作者运用了马克思主义的历史唯物主义观点，实事求是地评价了人道主义在五四反封建运动中的历史进步意义，便解除了这些不必要的"担心"。

总之，《初探》的这一新的结论对于五四文学研究，以至于整个现代文学研究都具有重大的意义。它可以帮助人们正确评价，甚至重新评价五四文学的许多基本问题；可以帮助人们廓清以往对一些重大历史问题、理论问题的误解；还可以帮助人们解决过去因"权威观点"带来的许多难以克服的疑难。

二

对于五四文学革命的指导思想有了正确的认识，这就为进一步正确研究五四文学提供了一把钥匙。《初探》的作者正是在此基础上，解决了五四文学中的一些重要问题，特别表现在几个代表人物的评价方面。过去，在"权威观点"指导下，人们势必要把一些当时鼓吹人道主义而后来堕落或反动了的人物极力贬低，而对另外一些一贯前进的人的思想则予以拔高，以致湮没了历史真实。《初探》的作者依据他的新结论，既然肯定了人道主义，就必然要肯定当时的人道主义倡导者；既然人道主义是指导思想，那么当时主张新文学的任何人都不能摆脱这种影响，即使后来成为共产主义战士的人们也不例外。就这样，《初探》的作者试图对他们都给予实事求是的评价。

回顾我们多年来的文学史研究，之所以不能实事求是，原因之一就是混淆了政治问题和学术问题的分野，更有甚者，则完全以政治仲裁代替了学术研究，致使我们的文学史的真面目被歪曲甚至被颠倒了。现代文学的三十年，是风云变幻的三十年，如此复杂的历史背景必然会造就一些复杂的历史人物，许多人在政治舞台上浮浮沉沉，今是昨非。如果不把政治问题和学术问题区别开来，实难真正把握他们在文学史上的应有地位。在这方面，《初探》的作者的做法是令人钦佩的。他敢于讲真话，敢于秉笔直书，不因某人一生在政治上的褒贬毁誉而影响对他在五四文学史上的科学评价。在这一点上，《初探》的作者表现出了一个在社会主义新时期的文学史工作者应有的探索真理的勇气。

对于一些后来政治上堕落的人物，《初探》一分为二，敢于肯定他们的历史功绩。

胡适，作为五四新文化运动的风云人物，解放后不久却以五四文学革命敌人的面目出现在一系列现代文学研究的著作和文章中。三中全会以来，学术界逐步解放了思想，出现了一些试图正确评价胡适五四历史功绩的论文，但大都扭扭捏捏，肯定过于谨慎，批评则极力苛求，并且抓住尾巴不放。主要纠缠在"胡适在五四时期的白话文学主张究竟是形式主义的'文学改良'，还是具有革命意义的文学改革"问题上。这是决定胡适在五四文坛地位的根本问题之一。正是从前者出发，有人至今坚持否认胡适的历史功绩。《初探》中的《评五四时期胡适的白话文学主张》针对这一复杂而又要害的文学史争端，展开了自己全面而周密的论析，以有力的论据肯定了胡适的白话文学主张是具有革命意义的文学改革。作者提出了许多创见，例如："文学改良说"常常以胡适那篇著名的《文学改良刍议》标题上的"改良"二字作为似乎无可辩驳的证据。《初探》的作者却在胡适当时的一些著述和信件中找到十几条根据，证明："'文学革命'和'文学改良'两个概念，是当时的同义语，并没有质的区别，不但胡适用它们来表述自己的同一文学观，而且其他的文学革命倡导者亦这样用过。……"④因而在对胡适白话文学主张的评价上，《初探》不仅以强有力的论据阐发了自己的观点，还廓清了过去对胡适一些具体问题的混乱认识，否定了一些错误根据，为人们今后科学地评价胡适排除了一些障碍。

对周作人的评价，同样也是现代文学研究中一个比较棘手的问题。

囿于对周作人的政治偏见，在学术界尚少有人正确估价周作人在五四文学革命中的历史作用的时候，《初探》作者就写下了《论五四时期周作人的文学主张》一文。值得注意的是，作者是把周作人放在新文学运动发生、发展的过程中来考察，从而认为：周作人五四时期的文学主张是对胡适、陈独秀文学主张的发挥和补充，周在当时的主要贡献是"他能够根据文学革命形势发展的趋向，及时强调'思想革命'比文字改革是更为重要的一步"⑤，以及怎样进行思想革命，创作什么思想内容的文学。另外，对于一直遭受批判的周作人的"人的文学"和"平民文学"的主张，作者是把它们放在当时的历史环境中进行了重新考察，提出创见：它们既符合当时世界的民主潮流，又体现了五四时代精神，在同封建文化思想的斗争中，是共产主义思想的"盟友"。

对于一些后来成长为共产主义文化战士的人物，《初探》也不囿于成说，而是经过自己劳动，重新进行研究，能够实事求是地评判他们当时的实际贡献。

伟大的鲁迅，在现代中国文学史、中国思想史、中国革命史上开创了光照寰宇的业绩。惟其如此，人们在评价鲁迅时，往往容易掺杂着自己的崇敬之情。或一味拔高，不惜穿凿附会；或为尊者讳，回避其历史局限。难得《初探》的作者把鲁迅作为一个发展的人来看待。他在全面肯定鲁迅五四"为人生"文学观伟大历史意义的同时，还能指出它的一些矛盾之处和时代局限。特别是作者有这样一个观点：五四时期的鲁迅和当时文学革命的领袖人物一样，其"文学观的理论基础是具有时代价值的精神'德莫克拉西'和与之相联系的人道主义文艺思潮"⑥，区别只在于，鲁迅的民主主义具有"彻底性"的特点，人道主义具有"革命性"的色彩。我们觉得，以上这些都是中肯的评述。只有如此认识鲁迅五四时期的文学主张，才能全面了解鲁迅的文艺思想，才能深刻理解他当时的文学创作，才能把握这位时代巨人的成长历程。《初探》中的《论〈狂人日记〉的人道主义思想倾向》就是这样做的。它实事求是地探讨了鲁迅创作这篇小说的主要指导思想，认为不是受了马克思主义影响的阶级论，而是进化论、人道主义。在这个问题上，作者引用马列主义关于发现阶级对立和阶级斗争，并非马克思主义阶级论的基本特征，乃是资产阶级思想家都可以达到的认识高度的观点，纠正了一些人仅以小说中触及阶级对立，便断定这是阶级论的简单化研究。

同样，作者对茅盾在五四时期新文学理论建设上的贡献，也作了实事求是的评论。对于茅公当时文学观的性质,学术界存在一定的分歧。有一种较有影响的观点认为,当时茅盾的文学观中社会主义思想和进化论并存。茅盾逝世后,不知是出于对这位文学巨匠的缅怀,还是由于党中央已经承认茅公是"党的最早的一批党员之一",有的文章认为他当时文学观中社会主义思想占主导倾向。《初探》中《茅盾五四时期新文学观试评》有自己独到的见解。作者能够力排众议,做出了多方面努力:一是摈弃了以作家的社会思想代替文艺思想的做法;二是在具体考察其文艺思想时运用了比较的方法。

对以上历史人物,《初探》不仅实事求是地确定了他们的历史地位,而且找出了他们各自的特点。他们当时的思想虽然都属于民主主义和人道主义范畴,但又有所区别:同样是为人生的文学观,鲁迅侧重于国民性的改造,茅盾则更侧重于进化论;同样主张"进化的文学","胡适根据一时代有一时代文学的历史进化文学观,提出了白话文学主张;陈独秀依据新陈代谢的进化规律,提出了文学革命的'三大主义';周作人本着'从动物进化的人类'的理论,提出了'人的文学'主张。虽然茅盾新文学主张也仍然建立在进化的文学观念上,但是他所说的'进化'……主要是强调发展,强调革命,强调创造,……"⑦

三

当然,《初探》也有它的一些不足之处。

总的来看,这八篇文章都有较高的质量,但不很平衡,比较起最好的第一篇来,个别文章就显得水平一般。另外,由于散篇结集的缘故,给《初探》带来一些难以避免的问题:一是许多观点和论述有明显的重复现象;二是个别观点前后有矛盾之处,例如在研究胡适的那篇文章中彻底否定了认为胡适当时只是主张文学形式改革的论点,而在另一篇文章中却说他"毕竟过分地强调了文学形式的改革，认为文学革命只是文学工具的革命"。⑧

　　然而这只是白璧微瑕而已。应当说，《初探》具有相当高的水平和价值。它的出版，对于现代文学，特别是五四文学，无论是在研究的广度还是深度上，都将是一个极大的促进；对于我们的现代文学教学，更能带来直接的帮助；对于大量渴求全面了解五四文学的文学爱好者，也是一个暂时的满足。所以说"暂时"，因为《初探》虽给五四文学勾勒了一个简要的轮廓，但毕竟只是几个专题的研究。我们殷切期望朱德发同志在《初探》的基础上，尽快完成一部《五四文学史》。我们相信，他完全有能力填补现代文学研究中的这一大空白。

〔注〕

　　①《列宁全集》第 32 卷，第 83—84 页。
　　②③④⑤⑥⑦⑧《五四文学初探》，第 6、7、135、198、84、95、195 页。

古老中国的心声[*]

——读《臧克家文集》第一卷

过去，我们零零散散地读了一些克家的诗，便有这么一种想法：现在某些青年人往往以为艾青、臧克家时代已经过去，他们要创造一种"现代诗"，以"朦胧"与"直说"、"狂喊乱叫"对立；但实际上，他们的诗往往不如艾青、臧克家的"朦胧"。近读山东文艺出版社刚出版的《臧克家文集》第一卷，更加深了这个认识，譬如《螺旋》：

> 象鞭梢下的螺旋——
> 在夜的尖上
> 痛苦抽我
> 滴溜转在这风露的庭院。

> 沉死的夜浪无边——
> 天上的朗月
> 地上的我
> 是宇宙不瞑的两只大眼。

多么含蓄、耐人寻味！倘若某些青年诗人能认真读读老诗人的这些作品，在艺术探索上也许会少走点弯路。

克家的诗在新诗坛上是独树一帜的；要了解克家在新诗坛上

---

* 原载《山东文学》1986 年第 7 期，署名孙昌熙、高旭东。

的地位，还需从新诗的发展说起。中国现代新诗的发展是很耐人寻味的，当代青年诗人所反对的"直说"甚至"狂喊乱叫"，可以溯源于胡适的倡导，即无视艺术技巧，爱怎么说就怎么说。这就使得中国第一批新诗虽然显出一种浅显平易的现实主义倾向，但却比旧诗少诗味。因此，新诗人就陷入这样一种尴尬的境地：一方面反叛旧诗传统，胡适甚至挑尽杜诗的毛病，另一方面却并没有摆脱包括杜诗在内的古典现实主义传统。沿着这条路走下去，新诗的反叛也只是象胡适"炸弹！炸弹！"那样地"狂喊乱叫"。这时，郭沫若已从惠特曼、海涅等诗人那里寻找到了灵感，便乘着浪漫主义的凤凰回国冲击旧诗传统，随后李金发、戴望舒等诗人又乘着象征主义诗神回国，形成了新诗坛的拿来主义时代。由于新诗人大都是南方人，心中总不免有"楚汉浪漫主义"的积淀，而且诗歌本身也拙于再现而是表现的利器，所以当现代小说在描写人民的苦难时，诗坛就潜藏着一种危机。因为中国知识分子无法象欧美（俄国除外）的知识分子那样无所顾忌地伸张个性，强烈的历史使命感使他们总忘不了处于灾难深重中的祖国和人民。当时也并非没有描写农民的诗歌，但是，对于农民那种"死去了的阿Q时代"的肤浅认识，加以知识分子的浓厚情调，使这些诗作还不如刘半农、刘大白的最佳作。就在此刻，克家从北国的泥土中带着痛苦的烙印登上诗坛，艺术地显示出古老中国生锈的灵魂和沉重的命运，于是大家便拍手叫好了。因此，克家的诗可以说是对五四第一批新诗的复归，但又不同于它们的浅显直露，而是吸收了自沫若后新诗技巧上取得的一切成就，以铸造自己的生活经验。

　　克家诗歌是中原文化在苦难的现代中国的典型积淀。克家并不是有意去"寻根"，而是中原文化的根就扎在北方农民的灵魂中，因而克家对北方农民的真切描绘，就无意中显示出"根"来了。因此，克家的诗没有荆楚文化那种超现世的世外之音、浪漫的想象以及轻飘飘的情调，而是固守中原文化的传统，执著于现世，显示出人生的艰难、沉重以及诗人强烈的忧患意识，连克家自己"呼吸都觉得沉重"。楚文化的承担者可以直抒胸臆，但中原文化的承担者直抒胸臆就不那么高明。这并不是说，中原文化的承担者没有感情，恰恰相反，儒家的世界秩序就靠伦理情感来维系，然而情感的抒发必须经过理性的凝视，从而纳入理性的框架中，显得含蓄、冷中透热。克家最好的诗都做到了这一点，透过外表的冷静，可以看到内在的被压抑了的一腔热情。克家说过要"给人间保留一丝天真"，但是克家的第一部诗集《烙印》，就似乎已把人生看透了："人生是个谎"，哭笑也"不值钱"，至少也要用理性的眼睛加以透视，这确是中原文化那种注重实际、少年老成的特点。

把克家与志摩、一多相比就更容易看出这一点。克家受过新月派的影响，还写过《吊志摩先生》，然而在中国诗坛上，象克家诗和志摩诗那样显明的对立还是少见的：一个半截腿陷在泥水中，一个则轻飘飘地想飞。他们诗中出现的词汇也很能说明这种对立。同是抒情诗，志摩《雪花的快乐》中出现的是"翩翩""娟娟""盈盈""飞扬"，克家《烙印》中出现的则是"痛苦""毒火""不幸""苦汁""沉重"。应该说，克家受新月派的影响，主要是闻一多诗歌的影响。你可以在一多与志摩的诗歌中找出种种相似之处，但是一个重大的不同，即在一多诗中找不到志摩诗中那种轻飘飘的和谐情调，所有的是对现实丑恶的疾视以及对祖国命运的忧虑。这样，一多诗歌的沉重感、忧患意识及其现实主义色彩就被克家继承下来，克家好几首诗还留有一多诗歌的影响痕迹。但是，一多对现实丑恶的描绘基本上是总体的、外在的，而克家的描绘则是具体的、内在的。一多诗中奔涌的情感往往突破了感性形式，克家则以理性凝视情感，并外化于感性形式之中。而且克家的诗比一多的显得更沉重，以致一多也说："没有克家的经验，便不知道生活的严重。"（《烙印·序》）如果说志摩飘然地飞在空中想去寻找他那"柔波似的"天仙，一多站在地上以火热的激情想融化现实的冰霜，那么，克家则挣扎在泥水中而哀叹心灵的苦痛。

克家作为中原文化的承担者，又规定了他向中国古典诗歌的认同方向。闻一多曾把克家与孟郊相比，自然，克家有孟郊的力度及其对现实苦难的正视，但是，克家受影响的决不只是孟郊，从《诗经》、汉乐府，到杜甫、白居易，古典现实主义诗歌对克家都有影响。这种影响表现在对人民苦难的描绘和同情，以及风格上的凝炼含蓄等多方面。在炼字方面，克家又受古代苦吟派诗人的影响。不过总的来看，我们觉得克家的风格更近杜甫，甚至包括杜诗的拘谨，而这又与中原文化本身就拘谨、放不开有关。克家的《家，精神的尾闾》，可以说是对杜甫《春望》创造性地扩写。克家对中国古典诗歌的认同，已不象胡适、刘半农、刘大白等第一批现实主义新诗人那样，留有模仿的痕迹，而是把古典诗歌对于现代来说尚有生力的某些要素融汇到自己的诗中。在这方面，把克家誉为中国现代唯一推陈出新而获得成功的诗人，似乎也并不过分。因此，我们今天探索新诗发展的道路，克家的成功经验是不能不重视的。

当然，克家诗歌绝非中原文化古典式的纯然再现，而是打上了近代色彩的。在西方，从浪漫主义开始把丑怪纳入文学，到现实主义之后，丑怪因素已成为近代文学的一个特征。因此，克家对现实丑恶的无情揭露和批判精神，就使他的诗歌具有了近代特色。鲁迅希望出现的"真的进步的美术家的讽刺画"——"上面是一个形如骷髅的月亮，照着荒田；田里一排一排的都是兵的死尸"（勃拉特来：《秋收时之月》，见《热风·四十三》），也在克家《战场夜》中出现了："天空擦亮了冷眼，静瞧着战神睡眠，没有名的僵尸，躲在他怀里，象婴儿，……鸱鸮给他们唱歌，恶犬在身旁叫哭，鬼火照着幽灵跳舞，青蛇到处严密地巡逻，不让一丝生气偷进这黑漆的死窝！"鲁迅厌恶徐志摩的"音乐"，而呼唤"怪鸱的真的恶声"（《集外集·"音乐"?》），也正是克家的审美倾向。自然，较之鲁迅以个性与整体对立的摩罗精神，克家诗歌的近代色调就显得淡了一些。

克家诗歌的近代特色，还表现在历史主义与伦理主义的矛盾中，古代诗人是感受不到这种矛盾的。在中国的农村，苦难、愚昧、人情与田园风味往往是纠缠在一起的。克家的《五月的乡村》："树头在轻风前摆，象柄绿伞朝地下开；把村子摇跑了清醒，没入了舒心的梦。……雄鸡跳上屋顶朝天叫，狗在门前伸个懒腰，还不中用的农家小女，坐在林荫里看蚂蚁上树。"令人想起陶渊明的《归园田居》。于是，克家就陷入了这样的矛盾中：理智上揭示农民的苦难，希望他们从愚昧中觉醒过来，向着有电灯和康拜因机的社会走；情感上却迷恋于那浓重的人情味，"真心爱'带月荷锄归'，真心爱'柳梢上的月明'"（《十年诗选·序》）。而正是后者，导致了近代特色的丧失，导致了"颂"。"历史的经验值得注意"啊！

五四文学一开始就把西方近代各种各样的创作流派"拿来"了，因而用一种主义来概括中国现代作家的创作，是很难的。但大体来看，克家诗歌对农民深重的灾难和不幸命运的真切描绘，以及由此表现出来的凄凉和沉重，可以说是现实主义的；但他的抒情诗，能够用理性凝视感情，并外化于精心捕捉到的意象中，有向象征派发展的趋向。这个结论可能下得太早，我们还等着读文集的以下五卷。因此，我们感谢山东文艺出版社，在侦探、武侠、打斗之类的书蜂出之际，能够赔钱成系统地出版现代文学丛书，除《臧克家文集》外，还出版了《王统照文集》《李广田文集》。这些在中国现代文学史上有影响的小说家、散文家、文论家和诗人文集的出版，不仅有利于中国现代文学研究，而且也将大有益于当代青年作家、诗人的创作：老一辈作家的得我们固然应该发扬光大，他们的失也可以作为我们的前车之鉴。

1986 年 4 月于山大

茅盾早期的比较文学研究*

一九二一年初，茅盾在《〈小说月报〉改革宣言》中说，改革后的《小说月报》，"将于译述西洋名家小说而外，兼介绍世界文学界潮流之趋向，讨论中国文学革进之方法"。实际上，在主持《小说月报》之前，茅盾已经开始以此作为自己文学活动的宗旨和主要内容。同篇还指出："今日谈革新文学非徒事模仿西洋而已，实将创造中国之新文艺，对世界尽贡献之责任：夫将欲取远大之规模尽贡献之责任，则预备研究，愈久愈博愈广，结果愈佳。"这不仅表明了茅盾关于借鉴和创造、取法于外国和贡献于世界的辩证的文艺思想，也显示了一位现代文学巨匠的远大的目光和壮阔的襟怀。在中国新文学运动的第一个十年期间，茅盾本此目标，进行了长期的广博的介绍和研究，对中国新文学的创造和发展，起到了巨大的推动作用，并且在研究工作中创造性地运用了比较文学的原则和方法。

茅盾当时在比较文学研究方面，并不象有的学者那样，把它作为纯学术活动，为比较而比较，而是主要目的在于借此探索中国新文学发展的方向，开拓新的道路。而其中心点又在于如何借鉴优秀传统的经验，以创造适应于新的革命时代要求的为中国人民大众的具有民族特色的现实主义文学。这也就是茅盾的比较文学研究的一个突出特点。正因为这样，一方面，他对比较文学这一学科，提出了不少独到的见解，做出了杰出的贡献；另一方

* 原载《文史哲》1983 年第 5 期，署名孙昌熙、孙慎之。

面，比较文学研究也促进了他的文艺思想的发展，使他借以提出了许多建设中国新文学的真知灼见。目前学术界对此问题尚未予以充分注意。因此，研究和探索茅盾在新文学运动初期在比较文学研究方面的观点和成就，学习他的宝贵经验，对于今天开展比较文学研究，借鉴外国文学成果，以服务于开创富有民族特色的社会主义文学的新局面，具有重要的意义。

（一）

茅盾是在五四新文化运动兴起后，作为一个翻译家、理论家，开始了他的文学生涯的。一九一九年二、三月，茅盾在《学生》杂志六卷二、三号发表了《萧伯纳》，这是他系统评介外国文学家的第一篇文章，其中就研究了萧伯纳所受易卜生的影响，并对二人的创作和思想的同异进行了比较。在分析萧伯纳的早期小说《不可解之结》与《傀儡家庭》的相似之点时，还特意说明萧在写作此小说时，《傀儡家庭》已有英译本。这显然是运用了"影响研究"的原则。同刊同卷四号起连载的《托尔斯泰与今日之俄罗斯》，则有"英法文学与俄国文学之比较"、"俄国文学与古代文学之比较"等专节。此后，在许多指导文学运动的论文和外国文学思潮及作家作品的评介中，在一些《海外文坛消息》和《通信》中，或者运用了比较文学的原则和方法，或者含蕴了比较研究的成分。至于《法国文学对于欧洲文学的影响》（与郑振铎合写）、《人物的研究》，更是"影响研究"的长篇专论。成果累累，难以备述。

茅盾之所以这样早又这么多地从事比较文学的研究，根本原因是时代的要求和由此产生的个人的文学抱负。我们知道，五四时期是中国历史大转折、思想大解放的时代。当时爱国的革命的先进知识分子，大多是立足于彻底地反帝反封建的本国革命的需要，放开眼光，面向世界的。其对待外国的政治文化思潮的态度，是于"拿来"时特别注意比较研究，吸取经验，择善而从。李大钊的《法俄革命之比较观》（其中也包括俄法文学的比较），就是一个突出的例证。茅盾在一九一八年初，就为了祖国能在"文明进化"的二十世纪之时代"立于世界"，坚决反对"抱残守缺、不谋急进"，主张"革新思想"，"创造文明"。①他认为中国既应"随文明潮流而急转"，又"当具自行创造之宏愿"。②就文学方面，他回忆当时有这样的想法："既要借鉴西洋，就必须穷本溯源，不能尝一脔而辄止。"所以对十九世纪以前的欧洲文学作了一番系统的研究。他认为："如此才能取精用宏，吸取他人的精粹化为自己的血肉；这样才能创造划时代的新文学。"③随着对十月革命意义及其与俄罗斯文学的关系的初步探讨，他充分认识到文学对于人生、对于革命的重大作用。所以，他主张要创造划时代的文学，必须根据本国文学现状，从介绍外国文学作品和思潮入手。为此，就需要对外国文学和中外文学进行比较研究，以便总结经验，寻求借鉴，找到前进的方向。

　　西方一些对比较文学有过贡献和研究的文学评论家、学者的观点和论著的影响，当然是茅盾重视比较文学的直接原因。如一九二〇年初，茅盾在谈译介萧伯纳《华伦夫人之职业》应加译序时，曾指出：在译序中"英地 Howe 氏拿此篇和《群鬼》比较的话，最好也说上去"。④他于一九二一年初发表的《脑威写实主义前驱般生》中，曾引用过勃兰兑斯对般生和易卜生剧作的比较分析，可见茅盾当时对勃兰兑斯的著作是熟悉的。而勃兰兑斯，是被法国比较文学专家提格亨（现译为梵第根）称为"切实地给比较文学研究之现在的主要倾向开了先河"⑤的丹麦大批评家。在勃兰兑斯的《十九世纪文学主潮》中，泰纳的关于文学是种族、环境和时代三因素的综合产物的艺术观，得到了生动而又有创见的发挥。而泰纳的上述观点对茅盾早期的影响是众所周知的。我们还应看到，郑振铎先后发表于《小说月报》十二卷一号、十三卷八号的《文艺丛谈》和《文学的统一观》，都曾谈到过"比较文学"，作为编辑的茅盾，对此自然会注意的。更重要的是，据茅盾回忆，为了写《司各特评传》，一九二三年曾阅读了法国洛里哀的《比较文学史》，勃兰兑斯的《十九世纪文学主潮》。⑥我们知道，这都是比较文学的名著。

另外，茅盾自一九一八年起开始研究神话，阅读了欧洲"神话学"者的著作，这些著作以"比较人类学"的观点来探讨神话产生的时代和原因，并比较各民族神话之何以异中有同，同中有异。茅盾在一九二五年一月发表的《中国神话研究》，就这样归纳了其代表人物安德烈·兰和麦根西的观点："神话是原始人民信仰及生活的反映"，"各民族在原始期的思想信仰大致相同，所以他们的神话都有相同处……但又以民族环境不同而各自有其不同的生活经验，所以他们的神话又复同中有异"。文中用这一观点，对中国和其他国家的开辟神话还进行了比较研究。茅盾对人类学派神话学观点的接受和运用，不仅使他成为中国神话研究的开拓者之一，也对他的比较文学研究产生了相当重要的影响。

（二）

由于茅盾着眼于时代潮流的趋向和祖国文学的革新，高瞻远瞩，所见者大，所以在他早期的比较文学研究中，特别重视带有方向性的重要问题；对一般问题，也大都注意突出它的带普遍性的指导意义。一九一九年底，他开始接触马克思主义，逐渐掌握了马克思主义的社会政治观点和哲学观点。所以对西方比较文学的先驱和专家如泰纳等人的观点，能加以批判的吸收和改造，注意摆脱实证论的局限，看到问题的本质，因而着重于总结规律，提出了一些创见。

在影响研究方面，茅盾强调社会历史条件的制约和作家个性、民族性的作用。

茅盾充分肯定民族优秀传统和外国影响对祖国文学创作和文

学发展的作用。他曾尖锐指出："谁能完全离开过去的影响而有所建立呢?"⑦他从不同角度对各个国家、民族之间文学的联系与影响,进行了多方面的研究。从大的方面,他认为一个国家文学革新和发展,外来影响有着重要的作用。他说:"一切文学作品的译本对于新的民族文学的崛起,都是有间接的助力的;俄国、捷克、波兰等国的近代文学史都或多或少的证明了这个例。在我国,也已露了端倪。"⑧从小的方面,他指出过荷兰作家蔼丹(现译蔼覃)的《小约翰》,从思想方面看是作者"想把托尔斯泰主义见之实行"的宣言书;⑨分析了主题同是揭露和讽刺个人主义者的美国辛克拉的《威克的惠林顿先生》和英国梅莱迪司(现译梅瑞狄斯)的《唯我主义者》(现译《利己主义者》)的异同;⑩说明了西班牙伊本纳兹(现译伊巴涅斯)在艺术上"是继左拉和莫泊桑的'遗徽'";⑪肯定了中国新诗对西方自由诗体裁的采用"并非拾取唾余,乃是见善而从"⑫……《文学上的古典主义浪漫主义和写实主义》、《人物的研究》则一方面从纵的方面论述了欧洲文学思潮的递兴和人物描写技巧的发展;一方面从横的方面对它们的影响进行了评介。《法国文学对于欧洲文学的影响》如文题所示,内容更为丰富和广泛。

　　在影响研究中,茅盾不仅指出影响发生的事实联系和具体表现,而且深入探究其原因所在。和一些把文学与社会生活割裂开来的形式主义者不同,他特别强调,文学影响的发生,虽同放送者与接受者的具体情况密切相关,但归根结底,是受着社会历史条件的制约的。例如,他认为卢骚的思想之所以对欧洲各国的浪漫主义作家有很大影响,就是因为他提倡创造、提倡个性的精神,反映了反对封建束缚的时代潮流。他认为,写实主义兴起并风靡欧洲的原因,是工业革命以来,社会上经济组织的剧变,贵族政治的破产,科学长足的进步,劳动运动的萌发,德谟克拉西威权很盛,社会上又惨痛毕露等。他指出,若将《威克的惠林顿先生》和《唯我主义者》相比,"可见时代对于作家的影响"。

尽管两书的主人公"简直是一模一样",但由于辛克拉处于"人类弱点尽情暴露的现代",因而她不可能象梅瑞狄斯那样,"在诙谐的讽刺里,显然含有自信的神气"。他认为自由诗体裁被我国采用,是因为它适应中国思想解放的要求。他还指出,中国旧戏在编排方法上"变换的趋向是摹仿西洋",并指出:"这种变迁改革的动机并不是由于少数新人物的提倡,却是社会生活改变后自然的趋势。"⑬因为物质文明进步的缘故,中国旧戏的固有形式已不能满足现代人的要求。这些意见虽然未必尽当,但这种重视社会历史条件的观点,显然是茅盾力图以马克思主义来改造和发展"影响研究"的原则的尝试。

对一些受到外来影响后而创作出来的作品,茅盾强调作家的环境经历、人格(思想、个性、审美趣味等)和民族特点对创作所起的根本作用。例如他曾指出:"伊本纳兹自初发表著作,便已是左拉莫泊桑的一派。……但是伊本纳兹的思想却仍是他自己的思想。他采莫泊桑描写的技术,取自己乡土的材料,用自己的思想自己的眼光,去研究去观察,然后写出他的小说——正唯其如此,伊本纳兹的作品方有独立的生命而决不是模仿的没生气的作品。"⑭他要求人们注意伊本纳兹"描写景物之美"和"木炭画似的人物写真"的艺术特色。在《人物的研究》中,他尖锐地批评了那些生吞活剥地摹仿《堂吉诃德》的仿作,说他们只拾得了一个空壳;而赞扬菲尔丁"懂得《堂吉诃德》的真精神",在《约瑟·安德路传》中创造了一个英吉利的"堂吉诃德"。所以茅盾主张:"仅仅模仿别国是不行的,而吸取别国文学的精神以滋溉自己,却是可行的;而且由此而成的创作也可以成为杰作。"⑮和法国学派的比较文学研究者把"影响研究"常常搞成严谨的史学性考据不同,茅盾很注意文学内在因素和美学价值的探讨和评价。

茅盾早期从《小说新潮栏宣言》开始,更自觉地把译介外国文学作为反对我国封建文学旧传统以开创新局面的战斗武器。他对"负影响"规律的运用,是他推动新文学发展的重要方法。

　　为了使外国文学翻译更好地发挥其媒介作用，茅盾提出了许多可贵的见解。他认为，昔日林琴南等人的意译本，太和原作的面目差异，太不顾原句的组织法，不足为训。他主张直译，其要求是：不妄改原文的字句，能保留原文的情调与风格。也就是说，要忠实地同时保留原作的"形貌"和"神韵"。在由于文字困难，二者不能两全的时候，他认为"与其失'神韵'而留'形貌'，还不如'形貌'上有些差异而保留了'神韵'"。⑯因为"文学作品最重要的艺术色就是该作品的神韵"。⑰而且"文学的功用在感人，而感人的力量恐怕还是寓于'神韵'的多而寄在'形貌'的少"。同时，他也指出："'形貌'和'神韵'却又是相反而相成的；构成'形貌'要素是'单字''句调'两大端，这两者同时也造成了该篇的'神韵'。"⑱这样的关于翻译的要求，较之过去"信、达、雅"的主张，显然进了一步，更具体地体现了文学的艺术特点和美学要求。其次，茅盾认为："介绍西洋文学的目的，一半果是欲介绍他们的文学艺术来，一半也为的是欲介绍世界的现代思想——而且这应是更注意些的目的。……所以介绍时的选择是第一应得注意的。"⑲为了"足救时弊"和"成就新文学运动"，他甚至认为一些古典名著也暂不必译。这看法虽然看来不够全面，但就五四时期而论，新文学运动开始不久，为了使文字翻译更好地发挥媒介作用，以促使中国新文学迅速"赶上世界文学的步伐"，"大抵以近代为主"⑳的做法，在当时是很有必要的。此外，茅盾还认为，西洋文学变迁之过程有亟须介绍于国人之必要。

　　平行研究在当时外国比较文学研究中还处于酝酿阶段，茅盾对此也作了值得珍视的探讨。

　　关于文学"进化的次序"，古典—浪漫—写实—新浪漫，茅盾在一九二〇年初就提到了，同年又专文介绍，称之为"文学进化之大路线"㉑，一九二一年底，又称为"文学进化的通则"㉒。他认为："文学上某种主义一方面是指出一时期的共同趋势，一方面是指出文艺进化上的一个段落。"㉓其依次递兴的原因"一方是社会背景和时代精神的反映,一方也是对于环境的反映"。㉔并且强调:"凡是思潮等等,只有时间上的关系,没有空间上的分别。"㉕在茅盾看来,文学思潮的依次兴起,不是部分国家产生的偶然现象,也不是单纯外来影响的结果,主要是由各国社会发展类似的历史条件所决定的国际性的有规律的过程。茅盾把它称为"通则"也就可以充分理解了。这一观点,显然和上节谈到的茅盾所受的人类学派的神话学的影响有关,同时,也是和茅盾对马克思主义的唯物史观的初步了解分不开的。这一观点,不仅是茅盾对中西文学发展情况进行比较研究以提出文学革新主张的理论根据,而且是可据以作"平行研究"的理论基础。事实上茅盾也作了"平行研究"的实践。如他曾指出:法国古典主义作家拉辛和布瓦洛的作品,"格调娴雅,章法谨严,词句华赡,而且又多含讽刺的意思,正合得上中国所谓'怨悱而不乱',是'中正'之音"。㉖但到十八世纪后期只是模仿他们,趋重形式,就流而为假古典主义了。茅盾以此和中国的情况比较说:"韩柳欧苏的文,李杜苏黄的诗,他们算得是古典文学,原也有他们的价值,……后来人只学他们的诗文,专一模仿,可就糟了。"㉗他还指出,五四时期象十九世纪初的浪漫派一样,反对的就是这种假古典主义。在《杂感(一)》和《文学界的反动运动》两文中,将犹太民族、希腊以至德、意、法等国,已经和正在进行的"文白之争"进行比较,从中找到一个发展规律,以回击中国反对白话的复古派。他的结论是:"原来'现代人作文须以现代语'这句话,也和民主主义一样,是举世所趋,不可抗的了。"时间有先有后,但斗争是相似的。

顺带着说明一个有趣的问题。茅盾关于文学思潮"只有时间上的关系,没有空间上的分别"的观点,和俄国比较文学的鼻祖维谢洛夫斯基所提出的"阶段论"(Stadilism,或译为"平行回现论")甚为相似。据雷马克解释,这种理论认为:"某些文学潮流会在不同的时间、空间里重现。其条件是相类的历史文化环境。这是平行回转的规律，呈现一以社会条件为根的世界文学底有机的一有规律的发展程序。"[23]无论茅盾是否受过维谢洛夫斯基的影响，这种相似，都是值得重视的。

茅盾对泰纳的观点的改造与发展，也为平行研究提出了理论根据。他在《文学与人生》中指出：由于时代精神的缘故，不同国家而处于同一时代的作家大体"有共同一致的倾向"。说明"环境"除指由物质生活、思想潮流、政治状况、风俗习惯等构成的社会"大环境"外，还指因作家的阶级地位、政治态度以至接触范围等方面的不同情况造成的具体环境。这都对创作有影响。这种新的解释，显然也是对泰纳观点的改造。除民族、环境、时代三因素外，茅盾认为还应加上"作家的人格"（包括思想、爱好、个性等）这一因素，这是很重要、很可贵的发展。较之上述对"环境"的新的解释，它更有力地冲破了泰纳的实证论的机械观点的局限，正确地揭明文学创作是主客观因素统一发挥作用的过程，强调了作家的思想和美学理想对创作的作用，这些观点对于比较文学来说也有重要贡献。照茅盾的观点推论，不同国家甚至不同时代的作家，由于客观环境和主观人格的相似，其作品的某些方面就可能有相似之处，尽管他们事实上并没有联系，也可能有可比性，可以进行平行研究。茅盾在这篇文章中，强调了各民族的不同特点，但并没有象泰纳那样把它看作创作的"主源"。而在《小说月报》的"被损害民族的文学号"的"引言"中，则从被损害民族的"被损害"这一共同点及其产生的后果，找到了它们的文学的可比性。这一看法的理论基础，正是社会历史条件起决定作用的观点。

茅盾对比较文学的理论贡献，还表现在他对当时复古派和无知者的对文学现象谬加比附的批判。

早在一九二〇年初，茅盾就指出：那些把黑幕小说说成是莫泊桑式的自然主义小说，是写实派的人，"是旧也没有根抵，新也仅得皮毛"。并且预计，"将来神秘派、表象派讲的人多了，一定还有人称《封神榜》是神秘派，《镜花缘》、《草木春秋》是表象派呢！"㉙果然，不久就有自诩为懂得西洋文学的人，将《诗经》中的"淫奔之诗"、《石头记》、《儒林外史》这些写实作品，甚至用香草美人作喻的《离骚》、唐诗，都说是表象主义了。这种"不求甚解妄作附会"的论调，茅盾都及时作了批判。

吴宓是研究西洋文学的大学教授，据说后来还曾开过比较文学课程。可是在一九二一年，他却出于偏见，写了《写实小说之流弊》一文，把中国黑幕派小说、礼拜六派小说和俄国写实小说相提并论，统称为"劣作"，并大讲其"流弊"。茅盾从理论上批判了他的错误，也指出他"不过因为竭力反对西洋写实派，定要多找出些'流弊'的凭证，所以便把似是而非的'礼拜六派'小说也拉扯上去"，来"比西洋写实小说"。㉚

到了一九二四年，又有一些复古派"牵强附会，说西洋人的文学观念是中国古书所已有的。故当捧出自己的宝贝来，排斥洋货"。茅盾认为："这一等反动家，头脑陈腐，思想固陋，实在不值一驳。"㉛其危害在于能阻碍一般群众正当的文艺欣赏力的养成。

批判这些谬论，显然也是为了保卫新文学的成果，并推动它沿着正确道路向前发展。

（三）

茅盾后来回顾说："'五四'以来写实文学的真精神就在于它有一定的政治思想为基础，有一定的政治目标为指针。"㉜为了使新文学向着这个方向发展，茅盾进行了不断深入的探索。在探索中，比较文学原则和方法的运用起了很大作用。为论述方便起见，下面从两个方面回顾一下茅盾当年探索的行程。

先谈他对新文学思想方向的探索。

五四运动前夕，《新青年》曾对易卜生非常重视，称他为

"欧洲近代第一文豪"。一九一八年六月出了"易卜生号"。胡适发表了《易卜生主义》，文中说明他的着眼点在于提倡易卜生那种敢于揭露"世间真实形状"，反社会专制的"自由独立的精神"和"发展个人的个性"的思想。这对反对封建主义、引导文学注重社会问题，是有进步作用的。而青年评论家茅盾，在半年之后写的《萧伯纳》却不同凡响，对推崇易卜生表示了异议。文章对萧伯纳和易卜生进行了比较，开始谈了萧伯纳早年创作受易卜生影响的情形，但接着就强调："后此所著曲本，虽亦有故与易卜生相犯者，然其思想已大不相同。"这是就《群鬼》与《华伦夫人之职业》相比较而言的。茅盾认为它们情节有相似之处，而在思想上，则是前者表明易卜生意在写男女道德责任不同，造成家庭不幸；后者表明萧伯纳直接将罪恶归之于英国社会。文章最后又比较说："易卜生之人生观为苦恼的，为龌龊不堪的，而萧氏则反是。"认为萧伯纳对社会腐败的病源，认识彻底，而对将来又抱有社会平等的理想必然实现的希望。总起来看，茅盾认为萧伯纳较易卜生为高。这和鲁迅的看法是基本一致的。鲁迅在《"论语一年"》中对他们进行了比较，指出："萧是和下等人相近的，而也就和上等人相远。"在五四前夕对易卜生的一片推崇声中，茅盾力图让人们把眼光从易卜生转向萧伯纳，这是难能可贵的。

茅盾对以托尔斯泰为代表的俄国文学家更为重视。在《托尔斯泰与今日之俄罗斯》和《俄国近代文学杂谭》中，把它与英法文学作了比较，从而充分肯定了俄国文学的巨大成就。

据茅盾在《我走过的道路》中回忆，他写《托尔斯泰与今日之俄罗斯》一文，是"试图从文学对社会思潮所起的影响的角度"来探讨十月革命的"远因"和"动力"的尝试。所以，文章认为，主张"社会公平"、"除去社会阶级"的托尔斯泰是十月革命的"最初之动力"。虽然这一结论并不确当，但它却一则表明茅盾认识到伟大的文学应对社会革命起到推动作用，二则说明正是由于十月革命胜利才使得茅盾对俄国文学如此重视。也正因为这样，文章着重对俄国文学和英法文学的思想倾向进行了比较。作者也肯定了文艺复兴时代以来，英法两国的新思想、新文学，打破了中古时代的黑暗，而成今日之文明。但同时指出，英法文学家"其理想多少必有几分为社会之旧习惯，旧道德所范围"，而俄国文学家却"敢于众论之外，更标异论，更辟新境"，"敢以举世所斥为无理为可笑者形之笔墨"。如托尔斯泰就"以为真实不欺，实为各种道德之精髓"。所以他敢于描写战争之真相，揭露专制之黑暗，能够认识并揭露阶级制度是"社会之无希望，人类之苦恼"的原因中之原因。与此相关，便是俄国文学对于劳苦人民的同情，其沉痛恳挚的程度，英法等国的文学"莫能与之并"。基于这样的比较，他肯定俄国文学之勃兴，是十九世纪末年欧洲文学界最大之变动。并指出："未及数十年，俄国文学之势力竟直逼欧洲向来之文艺思想而变之，且浸浸欲逼全世界之思想而变之。"不言而喻，其含义包括：中国文学也应顺应这一潮流。

《俄国近代文学杂谭》在首先明确指出"俄国近代文学的特色是平民的呼吁和人道主义的鼓吹"后，着重从表现下层社会方面，与世界现实主义作家的类似作品，作了更为具体的比较，以突出俄国文学家特别富有人道主义色彩。他认为英国文学家如狄更斯"描写到下流社会的苦况"，使人"觉得这是上流人代下流人写的，其故在缺乏真挚浓厚的感情"。而俄国文学家的这类作品则不然，能使人"耳听得他们压在最下层的悲声透上来"。尤其是高尔基，因为出身穷苦，"所以他的话更悲愤慷慨"。他还指出：法国文学家雨果、莫泊桑，写到贫人生活，也痛切得很，但使人感到"悲惨有余，怅叹不足"；而"俄国文学则带股慈气"，更能"博取读者的同情"。茅盾的着眼点在于从立场感情角度进行比较，结论深刻有力。

茅盾还进一步指出，"俄国近世文学全是描摹人生的爱和怜"，从这种对下层社会的真切的爱和怜，"又发生一种改良生活的愿望"，所以形成了俄国近代文学的又一特点，这就是"有社会思想和社会革命观念"。他在比较了美国、俄国文学家在创作上注重点的区别之后，指出："俄人视文学较他国人为重，他们以为文学这东西，不单是怡情之品罢了，实在是民族的'秦镜'，人生的'禹鼎'，不但要表现人生，而且要有用于人生。"这样就把比较研究从文学观的理论高度，挖掘了俄国文学的民族特色。

通过茅盾这些比较研究的实践成果，可以看到茅盾早期"为人生"的文学主张的具体内容是什么，可以看到他提出的著名的"新文学的三要素"的来源和实质了。

为了使新文学真正具有"为平民的"——实质上主要为劳苦大众的思想倾向，具有"社会思想和社会革命观念"，以便起到"表现人生、指导人生"的作用，就必须正视中国文学发展的落后状态，彻底破除封建的传统观念。一九二一年初，茅盾在《文学和人的关系及中国古来对于文学者身分的误认》一文中，又从描写内容和服务对象的角度，通过比较总结中外文学，列出了一种"文学进化已见的阶段"，这就是：

（太古）　（中世）　　（现代）
个人的　帝国贵阀的　民众的

茅盾指出："这上两阶段，他们都曾经过，和我们一样，我们现在是从第二阶段到第三阶段的时期。"也就是说，要从帝王贵阀的文学变为民众的文学，即反封建的民主的文学。这是多么醒目的对比，文艺革命的目标又是多么明确。为了在"极短的时间内赶上去"，他把外国文学家的尊重个性、注意社会、国家和民族问题的文学观念和我国把文学家当作"附属品装饰物"、"把文学当作圣贤的留声机"或"当作消遣品"的传统观念进行了比较，对后者进行了有力的抨击。

为了探索当时中国新文学应有的战斗性质，茅盾在《社会背景与创作》中，又将世界上被迫害的各民族的现代文学进行了比较，说明正是"怨以怒的背景产生怨以怒的文学"。并且指出：

"在乱世的文学作品而能怨以怒的……正证明当时文学家能够尽他的职务！"他大量引进这种文学，他要求中国新文学家也要创作出反映人民苦痛、表现新旧思想冲突的"怨以怒"的作品，从而冲破"怨而不怒"的大团圆的旧的文学框框。这也是茅盾对"负影响"规律的成功的运用。

文学是否应有功利性，是一九二二年中国文坛上争论较大的问题。茅盾在《文学与政治社会》中，从对十九世纪俄国文学与近代匈牙利、挪威、波希米亚和保加利亚等国文学的比较，得出了文学是"趋向于社会的政治的"结论，批判了纯艺术观的谬论，积极主张文艺应具有战斗性、反抗性和爱国主义精神。通过对世界战斗文学的鸟瞰，特别是从文学与政治的关系的研究，茅盾对中国新文学的思想倾向和政治目标，认识逐步深入。也正因为这样，一年多之后，他就赞同恽代英提出的新文学应能"激发国民的精神，使他们从事于民族独立与民主革命的运动"[3]。这显然是对新文学思想方向的更明确的提法。在这前后，茅盾还在《什么是文学》、《"大转变时期"何时来呢?》等文中，通过比较研究，发现并指出当时文坛上泛滥成灾的颓废主义、唯美主义文学虽与外来影响有关，但实际上是"以注意政治现象为卑琐"的中国传统的名士派穿上了洋装，和西洋的颓废派、唯美派的文学并不相同。并进一步强调："文学是有激励人心的积极性的。尤其在我们这时代，我们希望文学能够担当唤醒民众而给他们力量的重大责任。"

再看茅盾对新文学创作方法的探索。

早在一九一九年，他就对托尔斯泰与易卜生的写实主义进行了比较，发现其不同之点是："易卜生言社会之恶，独破其假面具而已，而托尔斯泰则确立救济之法。易卜生多言中等社会之腐败，而托尔斯泰则言其全体也。"可以看出，茅盾当时已感到一般批判现实主义作家的局限，显示出他对适应于新的时代要求的新现实主义的希望：一是在揭露社会黑暗的同时，也要体现出光明的出路；一是应更为深广地反映时代和社会的全貌和实质，揭示出阶级对立的真相和下层人民的痛苦。这可说是他对革命现实主义的初步探索。

一九二〇年初，茅盾对中西文学的发展进行了比较，认为西洋文学已经由浪漫主义进而为写实主义、表象主义、新浪漫主义，而"我国却还是停留在写实以前"，"尚徘徊于'古典''浪漫'的中间"[34]。所以应从介绍入手，"取西洋写实自然的往规，做个榜样，然后自己着手创造"[35]。但是，他在承认"写实主义对于恶社会的腐败病根极力抨击，是一种有实力的革命文学"的同时，也指出"写实文学的缺点，使人心灰，使人失望……"[36]而表象主义是从写实到新浪漫的一个过渡，所以他主张也可以提倡表象主义。看来他这时是认为"应该并时走几条路"[37]，以便促使新文学健康发展的。

同年九月，他在系统地评述了西方文学进化之大路线和各种主义的价值与缺陷之后，和中国文学发展状况进行了比较，权衡利弊，得出了这样的结论："能帮助新思潮的"，"能引我们到真确人生观的文学该是新浪漫的文学，不是自然主义的文学，所以今后的新文学运动该是新浪漫主义的文学"[38]。

我们知道，所谓新浪漫主义是一种复杂的文学现象，当时流行的看法是，它包括象征主义、神秘主义、颓废主义、唯美主义、新理想主义等，思想倾向与创作原则各不相同。而茅盾当时所说的新浪漫主义实际上是指以罗曼·罗兰为代表的新理想主义以及有进步倾向的象征主义作品（如霍普特曼的《沉钟》、包以尔的《人生》等）。当然，在以高尔基为代表的无产阶级文学已经产生的情况下，茅盾这一主张因受历史条件限制而不免有些偏颇。但是就其主要方面来看，却是出于对批判现实主义，特别是自然主义的缺点的不满，出于对中国社会黑暗特甚、崇古思想特甚、缺乏真正的浪漫精神和浪漫文学的认识。他认为："黑格尔说，正反等于合；现在的新浪漫主义与旧浪漫主义和写实主义的关系，正也是如此。"㊴显而易见，他认为新浪漫主义不仅是文学思潮辩证发展的结果，而且也是浪漫主义和写实主义的优点的结合。所以他提倡的新浪漫主义，实际上是提倡一种把浪漫主义和现实主义结合起来的创作方法。其要点是：既有革命的、创造的、解放的浪漫精神，又有批评的、平民化的现实精神；既注重客观描写，又显示主观见解；既能揭露社会的黑暗罪恶，又能表现生活中的真善美，综合地反映现实，并表现理想和前途。这表现了他对革命现实主义的进一步的追求。

　　一九二一年初，他的"在中国提倡自然文学盛行自然文学，其害更甚"㊵的看法有了改变。这主要是因为他看到"以文学为游戏为消遣"的传统文学观念和"但凭想当然，不求实地观察"的传统描写方法，仍未得到克服。因此，他专文介绍福楼拜的严肃的创作态度、客观的描写方法以及由此取得的成就，与上述旧传统进行对照，对它的弊病进行了揭露。同年底，又明确指出："要校正这两个毛病，自然主义的输进似乎是对症药。"㊶半年之后，他写了长篇论文《自然主义与中国现代小说》，把自然主义的文学主张和实践与当时中国旧派小说与新派小说中上述两种旧传统的余毒的表现，进行了深入具体的比较分析。这是运用"负影响"的规律，来促进新文学发展的又一力作。文中还指出："我们要从自然主义者学的，并不是定命论等等，乃是他们的客观描写与实地观察。"而且，正是在这篇文章中，茅盾强调文学家应当有"确定的人生观"和"观察人生的一副深炯眼光和冷静头脑"，认为新文学家要"注意社会问题，同情于第四阶级，爱'被损害者与被侮辱者'"，要注意人的阶级特点，要忠实地口吻毕肖地描写第四阶级的人物。

　　一九二五年茅盾发表了《论无产阶级艺术》，这是他文艺思想发展到新阶段的标志。这篇文章用比较方法，指出了高尔基的作品和爱甘、左拉等描写无产阶级生活的作品以及罗曼·罗兰的"民众艺术"的根本区别，明确提出了文学的阶级性的问题；把无产阶级艺术与"农民艺术""革命的艺术""旧有的社会主义艺术"进行了比较，从而明确了无产阶级艺术是"应以无产阶级精神为中心而创造的一种适应于新世界（就是无产阶级居于治者地位的世界）的艺术"。在此基础上，他写了《文学者的新使命》明确了中国新文学要"有一个将来社会的理想"；"要抓住了被压迫民族与阶级的革命运动的精神，用深刻伟大的文学表现出来"；而且更须认明并确切著明地表现出"无产阶级有怎样不同的思想方式，怎样伟大的创造力和组织力"。

至此，茅盾对新文学的思想方面和革命现实主义的探索，应当说是基本完成了。

仅从我们以上初步的探讨，也可以看到，茅盾早期在比较文学理论方面，在运用比较文学的原则和方法对新文学道路的探索方面，都取得了丰硕的成果，这是他留给我们的一笔宝贵的精神财富，是值得我们深入学习的。

注：

①②《一九一八年之学生》，《学生》杂志 5 卷 1 号。

③⑥《我走过的道路》。

④《对于系统的经济的介绍西洋文学的意见》，1920 年 2 月 4 日《时事新报》副刊《学灯》。

⑤《比较文学论》（傅东华译）。

⑦《独创和因袭》，1922 年 1 月 4 日《时事新报》副刊《学灯》。

⑧《译诗的一些意见》，1922 年 10 月 10 日《时事新报》附刊《文学旬刊》。

⑨《海外文坛消息一四四》，《小说月报》13 卷 10 号。

⑩《海外文坛消息九十八》，《小说月报》12 卷 11 号。

⑪⑭《西班牙写实文学的代表者伊本纳兹》，《小说月报》12 卷 3 号。

⑫《驳反对白话诗者》，1922 年 3 月 11 日《时事新报》附刊《文学旬刊》。

⑬《中国旧戏改良我见》，《戏剧》1 卷 4 期。

⑮《法国文学对于欧洲文学的影响》，《小说月报》15 卷号外。

⑯⑱《译文学书方法的讨论》，《小说月报》12 卷 4 号。

⑰⑲《新文学研究者的责任与努力》，《小说月报》12 卷 2 号。

⑳《通讯》，《小说月报》12 卷 2 号。

㉑㉖㉗㊴《文学上的古典主义浪漫主义和写实主义》，《学生》杂志 7 卷 9 号。

㉒㊶《一年来的感想与明年的计划》，《小说月报》12 卷 12 号。

㉓《通信》，《小说月报》13 卷 2 号。

㉔《未来派文艺之现势》，《小说月报》13 卷 10 号。

㉕㉟《答黄君厚生〈读小说新潮栏宣言的感想〉》，《小说月报》11 卷 4 号。

㉘《比较文学论文选集》45 页（《文学研究动态》增刊）。

㉙《现在文学家的责任是什么?》，《东方杂志》17 卷 1 期。

㉚《"写实文学之流弊"?》，1922 年 11 月 1 日《时事新报》附刊《文学旬刊》。

㉛《文学界的反动运动》，《文学周报》121 期。

㉜《浪漫的与写实的》，《文艺阵地》1 卷 2 期。

㉝《杂感——读代英的〈八股〉》，《文学周报》101 期。

㉞《小说新潮栏宣言》，《小说月报》11 卷 1 号。

㊲㊳《我们现在可以提倡表象主义的文学么?》，《小说月报》11 卷。

㊳㊵《为新文学研究者进一解》，《改造》3 卷 1 号。

论王思玷小说的艺术特色[*]

  王思玷,原名王思璜,一八九五年生于峄县(现属山东枣庄市)东兰陵镇西南圩村。在南京铁道专门学校预科读书时,"接触了《新青年》杂志,阅读了鲁迅的《狂人日记》等小说"(张远芬:《一个被历史淹没的作家——王思玷》,《新文学史料》1982 年第 3 期)。五四运动爆发后,在新文化运动和文学革命的鼓舞下,王思玷放弃了铁道学校的学习,决心走向民间,从事文学创作。他写小说、散文,也写诗歌。从一九二一年九月到一九二四年,在《小说月报》上先后发表了《风雨之下》、《偏枯》、《刘并》、《归来》、《瘟疫》、《一粒子弹》和《几封用 S 署名的信》七篇小说。从王思玷的小说中,我们既能看到鲁迅小说给他的影响,也能看到作家个人在作品内容和艺术技巧上不断探索的足迹。王思玷不是一个钻进艺术之宫为艺术而艺术的人,但这并不是说他忽视作品的艺术性,相反,他不断探索着表现自己思想和情感的恰当形式。在这艺术探索的道路上,他摔倒过,但并不气馁;他获得过成功,但也并不因此满足。这样,就不能不使他的作品在艺术上呈现出多样化,而用几个条目来概括其艺术特点是难以反映出这种多样化面貌的。因此,我们循着王思玷艺术探索的足迹,找出其艺术发展的脉络,或许能对读者理解其小说的艺术性有所帮助吧。

  《风雨之下》在艺术上是粗糙的,但作者在构思上还是下了

---

  * 原载《东岳论丛》1984 年第 3 期,署名孙昌熙、高旭东。

一番工夫的。作者把故事讲叙的地点设置在野外的菜园小屋，把引起这段风雨故事的帷幕拉开，展现出一种无边无际的任暴风雨随意施行强暴的背景，在这广阔的背景下，那小屋显得那么渺小，不堪一击，这不仅给全篇小说定了调子，而且给风雨也染上了某种象征色彩。但作者在构思上用心太过了，又不免失之造作。情节的堆砌，结构的拖沓，不是因其行文太草率，而正是刻意雕琢的结果。小说第一段，描写眼前风雨的发作。接着"我"，又叫张老儿讲"风雨故事"，这"风雨故事"是点题，但点得太露，有伤自然。于是张老儿大讲风雨：元宵节就卜风雨，正月一过，单等风雨时风雨却不来了；麦收之后，一阵暴风雨就把刚冒芽的豆子埋了；卖了麦种买豆种，雨又大一场小一场地下起来，把豆子淹坏了；第二年卖了牛才种上麦，一场冰雹又把丰收在望的麦子打烂了；张老儿只好和儿子出外逃荒，过江时暴风又刮翻了船，把他的一个儿子淹死了。这似乎渲染得还不够，作者不时还让张老儿评论说："这是风吗，雨吗！这是要我们一班人民加倍赔偿的灵魂和赤血。"这语言同人物性格也极不协调。鲁迅曾批评新潮社的某些小说："过于巧合，在一刹时中，在一个人上，会聚了一切难堪的不幸。"（《中国新文学大系·小说二集·导言》）我们认为《风雨之下》也是这样，同时也反映出文学革命初期的一些作品在艺术上的普遍缺点。《风雨之下》艺术上还有一个缺点，就是时间框架和空间框架都很大，是一个长篇题材，作者以短篇来处理，就不能不以叙述来填补这个框架，名为小说，实象故事。可见，王思玷在艺术道路上的起步并不是成功的。但是，这篇小说不仅表明了"作者对于农民生活的熟悉"，而且艺术才华也"已露端倪"，对结构布局的重视，对风雨之前那种沉闷天气的生动描写，都为他艺术上的提高打下了基础。

《偏枯》的问世，不过是在《风雨之下》发表后一年左右，但艺术上明显趋于成熟，是王思玷艺术探索道路上的第一个收获。《偏枯》能够截取生活的横断面来表现人生，注意到了短篇小说以小见大的特点。如果说《风雨之下》着力于以情节取胜，以故事吸引读者，那么《偏枯》已把着眼点放到人物形象的描绘上，以人物的情感、性格和命运去抓读者的心。如果说作者对《风雨之下》中的人物用的是粗线条勾勒的手法，所产生的只是有大体轮廓的速写，那么到了《偏枯》，作者用的则是精细描绘的手法，所产生的是纤细逼真的工笔画；《风雨之下》中的人物往往是群像，在广阔的背景下，我们只能看到他们模糊的身影，《偏枯》中的人物则是活生生的个体，我们不但能看清他们的身影，而且能看到他们愁惨的面容、悲怆的泪水。

　　《风雨之下》和《偏枯》都在构思上下了一番工夫，但《风雨之下》人工雕琢的痕迹是很明显的；《偏枯》却象陶渊明的诗句一样，自然有致，而无斧凿痕。可以说，《风雨之下》犹感构思不足，而《偏枯》开始游刃有余了。《偏枯》一开头，把刘四家破烂不堪的小屋放在壮观的佛寺的背景上，是意味深长的。刘四是泥瓦匠，把好屋盖了给神住，自己住的却是破房子，但是，当刘四得了不治之症——偏枯呼天哀地的时候，神们却并不能帮助他，而和尚却要把他们的孩子买去当奴隶。紧接着，小说以"偏枯"为网结点，引出矛盾冲突来。从刘四妻打苦子到张奶奶的到来，小说一波一浪把情节推向了高潮，给读者展现了刘四因患偏枯而家破人散的悲剧；而前面偶尔一提的离别前给丈夫打苦子和念着和尚来等等，不过是吸引读者的伏笔。这样就造出了"蓦然回首，那人却在灯火阑珊处"的艺术境界。而情节发展过程中有动有静，有抑有扬，虚实相间，不和盘托出，更使小说显得耐人寻味。因此，茅盾给了《偏枯》以很高的艺术评价："这是一个三千字左右的短篇，然而登场人物有六个，这六个人物没有一个不是活生生，——连那还在吃奶的三儿也是要角，不是随手抓来的点缀品。而在六个登场人物以外，还有一个不登场的人物，买了阿大去的和尚，却也是时时要从纸背跃出来似的。"（茅盾《中国新文学大系·小说一集·序》，下不复注）

王思玷的小说到了《偏枯》，是否已达到了他的艺术高峰，止步不前了呢？我们认为，同《偏枯》相比，《刘并》在艺术上显然又有了新的进步。这两篇小说篇幅差不多，但是，《偏枯》中的人物自始至终没有性格的变化，不过是张奶奶一来，人物性格的内在矛盾更加激化而已。而《刘并》中的刘并，从受人欺负能够忍耐到愤而反抗，从对政府坚信不移到发生了怀疑，人物性格是随着环境的变化和情节的发展而有所成长。可见，《刘并》在人物性格的刻划上确实比《偏枯》有所进步。《偏枯》中有成功的景物描写和细节描写，象"最后一个鸡蛋"那样的细节是富有典型意义的。但是，《偏枯》中的景物描写和细节描写大都是为渲染刘四家境的贫困和内心痛苦服务的，到了《刘并》，景物描写和细节描写一变而为刻画人物性格服务。《刘并》开头那段非常精彩的景物描写，看起来是闲笔，但刘并对那样美好的景致都不能以审美的而是以实用的态度观之，这就把刘并爱庄稼犹如爱自己生命的性格写出来了。忠厚的刘并本想饶恕八，但是一看到红大的秫穗又怒火中烧这个细节，不仅把刘并的爱庄稼如命的思想性格写出，而且决定了此后情节的发展。《偏枯》中的心理描写可谓一鳞半爪，而《刘并》中的心理描写却明显增多和深入了。当刘并把八送到保长那里之后，他既怕没有人情保长不给办，又竭力把保长想象成个清官来安慰自己。因此，如果说《偏枯》是人物工笔画，那么《刘并》已把笔锋探掘到人物的心灵深处了。作者一贯注重小说结尾的含蓄性，《偏枯》的结尾，是在凄惨沉郁的阳春落日画里，响起了和尚的脚步声，那恶果是容易想到的；《刘并》的结尾，则并列着两种判断，使人掩卷之后不得不作长久的深思。

《归来》是王思玷在艺术探索道路上的又一次坎坷。《归来》发展了《刘并》展示人物性格发展的长处，对老头既恨儿子又爱儿子、嘴上咒、心里疼的描写也是成功的。但是，《归来》头绪多、结构乱，其原因也不在故事的错综复杂，而在于作者构思主题的不够成熟。《归来》艺术上的另一缺点，是作者进入作品现身说法，诸如"不敢以个人的偏狭的意见去评论"，"这会里我要向读者告罪"，大都是多余之笔，而且它的语言也不及《偏枯》和《刘并》，有的地方甚至陷入晦涩。但是，《归来》艺术上的失败，是探索中的失败。作者在寻求一种突出主观的新形式。尤其在开头一大段里，既有作者直接进入作品的讲话，又有幽默和夸张之笔。譬如有一天老头子受侮弄之后，他立刻回家开了一个"紧急会议"，"他居然主了席"，他的痛苦流涕连猫儿"都被感动"，只不过小说越作越认真，使这种幽默和夸张同后面的描写不和谐罢了。然而这种探索在《瘟疫》中却获得了成功。在《瘟疫》中，幽默和夸张不再象《归来》那样是外加于作品的，而是化成血液流动在作品中。《瘟疫》还汲取了《偏枯》节省时空和《刘并》展示人物性格发展的经验，因而成为王思玷艺术探索道路上的又一个收获。

　　茅盾认为《瘟疫》"太夸张"，"有点象一幅不大近人情的'谑画'"。我们是不同意这种看法的。茅盾受自然主义影响较深，强调客观写实的手法，而《瘟疫》是渗透着作者主观情感的，只不过这种情感被压抑得无可奈何，于是化为幽默。《瘟疫》的幽默风格是以夸张和误会两种手法显示的。大兵到来之前，人们都吓得推说瘟疫流行，而让屠户一人去招待，这是情节的夸张：人们在长期怕兵的心理作用下，兵的到来如同使村民们患了瘟疫。作者对村民惊慌神情的夸张，有似果戈理《外套》对被将军的威严吓昏过去的小官员亚卡基的描写，是"含泪的笑"。《瘟疫》的夸张，还表现在人物性格的刻画上。屠户曾面对着满脸寒气的县大老爷而不惧，然而几千兵的到来却把他吓跑了，这显然是对屠户怕兵心理的夸张。但这是合乎情理的夸张，是"燕山雪花大如席"的夸张。屠户回想自己不怕县大老爷，只是为了镇定自己的神经，其中已潜藏着某种恐惧感了，加之长期怕兵心理对他的影响，所以兵真的来了，他就惊慌失措起来。这同《小公务员的死》中契诃夫对小公务员性格的夸张是有相似之处的：将军的一声"滚出去"就能把小公务员吓死，但正是小公务员有一个长期积累的对地位和权力畏惧的心理过程，所以将军一声喊就导致了小公务员的精神崩溃。《瘟疫》中还有细节描写的夸张："村长的脸上好像在不计年以前，便与笑辞别了。""有的简直木僵了，也不敢活动脚，也不敢去摸耳朵。仿佛他的脚趾，他的耳朵，已失掉了，……"作者抓住生活中传神的一点，加以夸大，就更能显示出大兵到来之前百姓的恐惧心理。这样的语言技巧我们在鲁迅的作品中是常见的。《铸剑》中国王的第九个妃子为了使国王高兴，"撒娇坐在他的御膝上，特别扭了七十多回"。《理水》中鸟头先生为证明禹是一条虫，在"树身上用很小的蝌蚪文写上抹杀阿禹的考据，足足化掉了三九廿七天工夫"。这样就更典型地显示出妃子的撒娇和学者的繁琐。因此，我们是不同意茅盾对《瘟疫》技巧上的否定的。作者以误会法取得幽默的艺术效果，是《瘟疫》的又一特色。在《阿Q正传》中，阿Q被带到堂上和官老爷们一番答非所问的话，阿Q临死前的画圆圈等等，就是误会法的妙用。《瘟疫》的结尾显然是取法于《阿Q正传》的：那屠户越是多给肉，兵士就越发怀疑他是个奸细；屠户越被认为是个奸细，就越害怕，也就越象个奸细，他吓跑了。兵士还自以为警惕高，发现了奸细，并说他的筐里，定然有手枪。描写得越是认真，就越显得幽默，而百姓怕兵的心理就展示得越深刻，从而使这个悲剧的结尾更沉痛。因此，我们认为《瘟疫》是王思玷艺术道路上的新探索；它不是一幅不近人情的谴画，而是悲剧题材做了喜剧的处理，以幽默的笔法写阴惨的事件，令人带着"含泪的笑"看完，即陷人对这个悲剧的思考。

《一粒子弹》没有运用《瘟疫》中试验成功了的艺术技巧，而是对过去的一种回复：在第一人称的运用上，它有点象《风雨之下》，在艺术构思的巧妙上，它有点象《偏枯》，在显示人物性格的发展上，它有点象《刘并》。重要的是，当《一粒子弹》把众美集于一身，加之那富有特色的肖像描写和抒情色调，它又谁也不象，并由此成为王思玷在传统技巧的运用上最完美的一篇小说。

《一粒子弹》在结构的严谨上，颇类《祝福》。《祝福》涉及贺家奥等地的事，但那里发生的一切都是由卫老婆子讲的，地点是鲁镇；《一粒子弹》也涉及学校、军队和土匪集团，但都是由根和根的娘讲叙的，地点就是根的家。串连先后事件的，除了"我"之外，《祝福》中有卫老婆子，《一粒子弹》中则有根的娘。不同的是，《祝福》用的是倒叙法，而《一粒子弹》开头是根病情沉重，通过"我"几个片断的回忆和根的娘的补叙，把先前的事件都联了起来，又回到根的病，结尾才是根的死。时间也更节省，只是一会儿。其次，《一粒子弹》以人物肖像的变化显示人物性格的变化，这一点也象《祝福》。根的第一幅肖像画，上面是"红色的领章"、"二层楼的小帽子"，下面是黑亮的靴子，周身是"跳跃着一个小太阳"的"小明星"，"那华美骄傲的状态，如一只羽毛丰美的雄鸡"，表现出他刚当兵，对前途充满了幻想。根的第二幅肖像画，是没有明星和肩章的军服，"不剪的"、"积满了灰垢的"头发和胡子，加之"土黄的面色"、"因瘦而大的眼睛"，"恰像一个从牢狱里逃出来的俘虏"。反映出幻想已经破灭，他已认识到自己的地位。最后一幅就更可怕了："他干枯如死去的头发，长得比从前更长，趁得头非常的大，不像个人的头脸，便是一具髑髅，只多了两个似动不动——如松香滴成——的眼睛。全脸上骨骼的构造，极显著的现出。"这显然取法于鲁迅人物描写中"画眼睛"的手法，而且与祥林嫂最后一幅肖像也是神似的，反映出精神上的绝望和肉体上的折磨，已彻底把他搞垮了。

王思玷是一个有热情、有思想的青年作家，他所选择的偏于再现的艺术形式——小说——尤其是主人公是农民的小说，就不能不使他的主观表现与客观再现之间造成一定的矛盾。在描写知识分子的小说中，作者可以借用小说主人公的言行以及心理矛盾来表现作者的情感和思想。但在描写农民的小说中，作者如果借着主人公的口说话，往往会造成人物与语言的不统一，以致损害了艺术形象。《风雨之下》就犯了这个错误，有些话是张老儿根本说不出来的，但作者为了抒情硬按在张老儿的嘴上，就不能不对张老儿的形象有所损害。在《偏枯》和《刘并》中，作者所用的基本上是再现的手法，但这并不是说作者对小说中的人物用的是冷观的眼光，而是作者的主观同情与所描写的客观图画融为一体，达到了主客观的统一。但作者已不满于这种表现方法，而在寻求一种突出主观自我的形式。所以到了《归来》，作者直接进入作品说话以及幽默的笔调都出现了，这种探索在《瘟疫》中获得了成功。《瘟疫》中的主观成分是很突出的，明明是一个悲剧故事，如果用再现的手法，表现出来的也该是一个悲剧的故事，但作者却把它喜剧化了，就是说，作者以幽默的笔法，把客观主观化了。在《偏枯》和《刘并》中我们可以感不到作者的存在，但在《瘟疫》中我们却无法感不到作者的存在。《一粒子弹》中的表情也很突出，与上面五篇相比，《一粒子弹》是人情味最浓的一篇。与此相适应，是第一人称的运用和心理描写的增多。固然，《风雨之下》中就已运用了第一人称，但在小说中除了引起故事和点题，几乎没起别的作用，所以在《偏枯》和《刘并》中就被抛弃了。《归来》中作者的直接进入作品说话，是作者又要运用第一人称的信号，所以到了《一粒子弹》，第一人称就被娴熟地运用了。至于心理描写，《风雨之下》和《偏枯》中还是一鳞半爪的，但到了《刘并》就明显增多起来。《瘟疫》中也有一段描写屠户在大兵到来之前自我安慰的心理。到了《一粒子弹》，心理描写就更多了，"我"的心理自不必说；根的心理，"我"也进行了揣测，尤其是根最后的那段狂喊，简直近于意识流手法。不难看出，王思玷是在走一条由客观再现向主观表现转化的艺术之路。在人物性格的刻画上，王思玷的小说是由人物性格的平直发展趋向于人物性格的变化发展。而这些探索在王思玷最后一篇小说《几封用 S 署名的信》中，都获得了充分的发展。《几封用 S 署名的信》为了表现作者对不义战争的实质性认识和愤恨之情，通篇用的是心理独白的手法，这是前六篇小说中所少有的，但又是其合乎情理的发展。这篇小说第一人称的运用也与《一粒子弹》中的不同。《一粒子弹》中的"我"并非小说的主人公，他只是为把主人公的事迹串起来，渲染悲剧气氛，所以主观表现也就不能不受到限制；而《几封用 S 署名的信》中的"我"，一变而成为小说的主人公，而且是知识分子，所以他可以比较自由地驰骋他的心理之马，以表现作者对战争的理性认识和情感态度。因此，《几封用 S 署名的信》给人以理性内容突破感性形式、主观突破客观的感觉。

茅盾曾给以《几封用 S 署名的信》较高的评价，但又认为采用书信体、注重心理描写，是作者不熟悉战争的一种回避。对于后者，我们是不能同意的。迦尔洵当过兵，但他著名的非战小说《四日》和《怯懦的人》都没有直接描写战争。事实上，在短小的篇幅中，直接描写战场上的杀人、流血很可能只展现出血淋淋的图画，毋宁揭示参战的官兵对战争的态度和心理活动，倒更容易流露出作者对战争的理性认识和情感态度。因此，《几封用 S 署名的信》并不去描写具体的战争进行过程或场面，而着重揭示战争进程中人与人之间的关系，以及主人公"我"的心理变化状态，并由此揭示出不义战争的实质，这要比逼真地描绘怎样拼搏更有思想价值和艺术价值。而书信体的运用也最容易避去一些不关要紧的细节以及为了故事的完整而不得不作的叙述，使小说具有"选材严、开掘深"的艺术特色。小说的另一个艺术特色，用鲁迅论陀思妥夫斯基作品的话说，就是能够把主人公"放在万难忍受的境遇里，来试炼它们"（《且介亭杂文二集·陀思妥夫斯基的事》）。小说主人公是富有同情心和正义感的，但作者偏把他放进非正义的残酷的战争环境中，这两者的格格不入，构成了主人公的灵魂冲突。而正是从这灵魂的苦斗中，读者能悟出战争的真谛，并使人与这颗流血的心发生共振，一起去反对不义的战争，这也就实现了作者的艺术目的。

王思玷是善于运用艺术辩证法去处理艺术问题的。在环境描写的艺术处理上，一般对家境贫困的描写往往会突出"少"，诸如，"上无片瓦，下无插针之地"、"贫无立锥，家无长物"、"一贫如洗"等等。但在《偏枯》中，作者对刘四家境贫困的描写却突出了一个"多"！盆、罐子、锄头、镰刀、斗笠、蓑衣……加之一个"乱"和一个"破"，"愈多愈显着不值钱"，愈多愈能把家境贫困的气氛渲染出来。至于作者把这刘四一家的痛苦、绝望的命运的悲剧，有意安排在春意盎然的艳阳天下，着意渲染那"朵朵如花的嫩芽"，那惊醒童心的春燕，正是要写出这家冰结的"冬天"。王思玷还把艺术辩证法应用于对人物和情节的构思中。一般描写家人别离的往往用老婆哭孩子叫的手法，来显示他们的痛苦，但在《偏枯》中，却突出了刘四夫妻的"忍耐"，他们越是忍耐，就越能见出他们内心的痛苦；而越是要显示他们别离的痛苦，就越在描写孩子们的无忧无虑、天真可爱上下功夫。在《几封用S署名的信》中，S的心一天比一天痛苦，希望一天天变成失望，而他的职衔却一级级上升。最后，S陷入绝望的呼喊了，但报纸上却出现了他英勇善战的新闻，且又要升他的官了——多么隔膜而残酷的世界啊！又是多么成功的艺术辩证构思！在《归来》中，老头的性格本身就包含着对立：他因儿子沾染了浪子习气而恨儿子，又因儿子的离去而动了父子之情，思念儿子。就在他痛骂儿子的声音里，已经潜藏着深深的恋子之情。最后他终于倒向了对立的一方——由痛骂倒向了痛哭。《瘟疫》用的也是这种性格对立的辩证法来刻画屠户的。而在《一粒子弹》中，根越到了容貌可怕、希望破灭、命运惨淡、行将死亡的时候，作者却故意再现出他幸福的学生时代的生活细节，把美与丑、纯洁与污浊、可爱与可怕、人与非人鲜明地对立起来，强烈谴责了非人的战争！

　　我们从发展的观点探讨了王思玷的艺术成长历程，不难看出，王思玷确是一个在艺术道路上辛勤耕耘而且收获较大的作家。由技巧的幼稚渐趋圆熟，他的小说是越写越好，倘若不是过早地为革命而牺牲，他的艺术成就会使我们的文学史更加光彩。

诗海一勺[*]

——读臧克家先生《诗与生活》及《学诗断想》札记

　　一九五六年，我与克家先生相识于青岛，此后也常去看望他，也读过他的一些著名诗篇，可谓相熟。但要真正认识他，还得读他的书。《诗与生活》这本回忆录，主要是谈他的诗创作扎根在生活里的真理。为窥探诗人的诗心，又拜读了他的《学诗断想》，这才进一步认识了诗人和他的诗。

　　以上两本书给我最深刻的印象是说透了诗源于生活的真理，连艺术技巧也扎根在生活的泥土里，这得之于诗人对生活的细密观察。

　　《诗与生活》给时代录音，给时代留影，也给诗人的生活道路和创作道路作了生动的写照。这本书虽描写的是诗人自己艰苦的、不平凡的生活经历，但有代表性和概括性。一粒沙里见世界：既可从中看到从大革命、抗战、国内革命战争到新中国的诞生这一漫长阶段里，革命文艺发展变化的一个轮廓；也可以听到诗人从诅咒黑暗到歌唱东方红的声音。我们可以从中认识到许多可贵的东西，但其中心则归结在生活中有诗的真理上。

　　诗从生活中来的真理，并不是所有喜欢诗歌创作的人都肯相信。有的人就以为诗靠"灵感"，可以不要生活。克家先生曾不止一次地反驳这个看法，他说："对生活决定创作这一原则置疑的人是不多的，但在某些写诗的同志心里却存在这样一个想法：

＊　原载《文史哲》1985 年第 5 期。

写诗不需要像小说那样深入生活，只要'感受'一下也可以'触发'诗的'灵感'。"（《学诗断想》第 160 页）克家先生不仅从理论上阐发了生活第一的真理，更以自己的诗创作经验加以验证。这是《诗与生活》的创作目的之一。我觉得最好的诗论家就是老诗人自己。他的理论主要是直接从个人的创作甘苦中总结出来的。它有血有肉，说服力最强。克家先生回忆了自己五十多年的生活与创作道路，在大丰收的季节，他总结了自己的全面创作经验，最根本的一条，不论是《诗与生活》还是《学诗断想》，都深刻说明，他的色香味俱足的累累果实，是从生活的大树上摘下来的。他说："五十多年的写作经验，使我得出一条真理：生活的底子越厚，感受越深，产生的作品就越好。"（《诗与生活》序）他甚至创造性地强调：表现力也从生活中来，"生活越深，表现力就越强"（《诗与生活》序）。他说："离开生活实践的想像，都是纸花。"（《学诗断想》第 118 页）一切好诗都"与对生活的深入有分不开的关系"（《学诗断想》第 122 页）。为了帮助青年诗人不脱离生活土壤，他从正面诱导出发，以自己反映在动乱中的农民的苦痛和挣扎的诗、成功的诗为证："活在我诗里的那些农民形象，几十年来就生活在我的心上；展现在我诗里的那乡村生活图景，几十年来从没有淡忘过。"（《学诗断想》第 161 页）这经验还证明，不是为了写诗去寻觅生活，诗是在长期生活里孕育的结果。他的那些农民形象是他十八岁以前在故乡所见所闻所感而形成的。

没有生活固然没有诗，而生活本身也并不是诗。写诗要靠诗心活动。诗是缘事而发，或触景生情；是外部客观世界触动诗人的心灵，选来的题材经过诗人的艺术构思，改造生发，才镕铸成美的意境，产生好诗。生活锻炼人，人从生活中提炼诗。诗人有创作能动性，诗人有创作自由。但却不能违背生活的规律，诗的生命在于真实。

"我放弃了歌乐山，我永远占有了歌乐山"，这是《歌乐山》

中的名句，是从艺术辩证法的构思中产生。克家先生不仅运用艺术辩证法写诗，而且用辩证思想论诗。他认为：生活虽是诗的土壤，诗为生活所决定，什么样的生活，产生什么样的诗；但生活像海洋，诗人可以自由游泳。他可以从各种新角度去选材来表现自己的独特感受。"写他的全貌写得好，固然很好，写他一个侧影，即小见大，又何尝不好？""生活是广阔的，我们不能用狭窄的眼光，给它作框子。"（均见《学诗断想》第 96 页）"诗人的眼光要像生活一样宽广"（《学诗断想》第 97 页），才能作宏观与微观考察，把注意力集中在某一点上，"深浅聚散，万取一收"。

摹仿生活，并不是艺术创造。诗人根据对生活的深刻感受形成主题后，对生活有选材的自由和改造生发的自由。如山水诗，"诗人写自然景物，并非就耳目所及随便出手，……诗人写的即使是纯粹的自然景物，这种景物一定不是死板板的原型，而是经过严格地选择、剪裁，在心里造成一种意境，然后用优美的词句表现出来。"（《学诗断想》第 137 页）没有这种自由，就没有个全新的东西。这个新的形象里渗透着诗人的主观色彩，诗人的心灵在颤动，但它又体现着所写景物的神髓。

创作听命于诗人自己。这种创作自由，从宏观上来看，已接触到克家先生关于维护精神界"生态平衡"的创作主张了。他不赞成"斗争的火花"唯一论。诗虽从生活中流出，但生活是五彩缤纷、千姿百态的。"人生广阔似海洋，暴风骤雨，波浪滔天，境界固然壮阔动人；风和日丽，波光耀金，气象也自静美悦目。"如果只强调"斗争的火花"，"我们将失去优美动人的爱情诗、田园诗、山水诗，以及抒写离愁别恨、旅途辛苦、友朋赠答、游子思乡的佳作！"（以上均见《学诗断想·"斗争的火花"》）诗坛上应该是"题材丰富，形式多样，花团锦簇，耀人眼目的"。这是"百花齐放"的精神，但首先是保证创作自由，才维持住精神界的"生态平衡"。

任何一株好花的产生，都得有它生长的许多条件。克家先生继续指出，光靠诗人的思想感情喷发，不一定就能写出好诗。生活而外，诗人还得有艺术修养。这是创作活动中的一个极为重要的条件！中国现代文学大家都是从小就在家庭环境里受到古典文学的熏陶。克家先生则特别在诗香世界中长大。他经常念旧诗、写旧诗，和诗友们切磋琢磨旧诗。他说："我的诗受到古典诗歌很深的影响。"（《诗与生活》第92页）新诗是从旧诗的优良传统继承革新而来，所以，新文学运动来了，克家先生高兴地吞食着五四以来的新作品和外国文学名著（《诗与生活》第50页），特别崇拜郭沫若及其诗作（《诗与生活》第52页）。但他继续学习古诗。他熔新旧诗于一炉，用古诗（特别在形式上与技巧上）作为一个建设新诗的有益因素。用旧文学的精华以滋养新文学，这是五四以来许多作家、诗人共同走过的路，并各以自己的特色，共同奠定了新的民族风格。克家先生说："我们谈古诗的表现技巧，也用它衡量新诗，特别在字句锻炼，意境幽深方面。"（《诗与生活》第92页）他的独特的修养不仅形成了他的新诗的特色，而且，在青岛山东大学读书时还受到闻一多先生新诗和新诗论的影响。因此，他的诗有显著的民族风格。

从诗人的一生看来，不但首先要有深厚的生活基础，艺术修养也很重要，而且诗作有个成熟过程。克家先生在青岛大学读书时代，就是他的诗作接近成熟期。这个时期他的诗的源与流得到了高度的融合。他积累了丰富的而又不平凡的生活，他咀嚼着古今中外的文学作品，又在闻先生的亲切指导下，于是他回忆、阅读、观摩和消化，终于像吐丝的春蚕一样，他的诗一发而不可收。这时期产生的名篇，像《炭鬼》、《难民》、《老马》……以独创的风格，见知于前辈诗人。

一首诗也有个成熟期，诗人有了对生活的深刻理解，感情在沸腾，且不必忙于动笔。写诗要有个酝酿到成熟的过程。这个过程是复杂的、艰苦的。把题材和思想感情镕铸成诗的形象——意境，是不容易的。意境是诗人把生活经验高度集中，想像创造的成果。想像把经验综合而溶化之，便是意境，是艰苦构思而得。但什么时候孕育成熟，诗人没法预测。只能耐心等待。而它一旦成熟，如不及时捕捉在纸上，便会溜走，也许永远不再复现。克家先生说："对于一个材料，时时在苦思淘炼，有时为之失眠减食，一种念兹在兹的创作情绪，常常逼着我半夜里拉开电灯，为了匆忙地捉住掠过脑子的字句。"（《学诗断想》第164页）所谓"念兹在兹的创作情绪"就是指酝酿成熟闪光而来的意境，有人叫作"灵感"，可见并不神秘，亦非天外来客。克家先生谓之诗情或诗思。它有不稳定性，所以克家先生一再劝诗人及时将它捕捉住，当"诗思来潮，半夜五更"，也起来"急剧捉笔，恐怕稍一迟疑，诗情跑了"（《学诗断想》第183页）。

但只匆忙把它捕捉在纸上，诗创作还没有完成，那最后一道工序叫做"修改"。这仍然是艰苦的工作。

匆匆捕捉住的意境，一挥而就，文不加点的时候也有，但往往还是粗糙的毛胚，还必须经过字斟句酌地反复修改，最后才能成为一首传诵千古的诗篇或名句。对此，克家先生从他的甘苦经验中总结出"炼字"与"炼意"的辩证统一理论。

一个诗人在自己的独特生活和创作道路上，积累了自己的经验（不断修改即其一），用来写成自己的诗，在文学史上放射异彩。但从世界文学创作和理论上作宏观考察，也往往出现彼此共通之处。说明文学有独创性，也有普遍性。独创性总是不断地充实和发展着普遍性，而自己并不消溶。关于毛胚性的意境的修改问题就是一种共同现象。为了提高自己的创作质量，中外古今作家诗人都重视这最后的一道工序。

克家先生的好友、散文家、诗人李广田先生把它提高到"再创造"的高度来认识和实践。李先生生前曾指出：用恰当的文字，满意地表现自己孕育成功的意境，中外作家、诗人都认为颇不容易。譬如，法国大小说家福楼拜就因此提出了著名的"一语说"。他说："不论我们要说的是什么东西，要将他表现，只有唯一的名词；要说明他的动作，只有唯一的动词；要说明它的性质，只有唯一的形容词。我们要苦心搜索，非发现这个唯一的名词、动词与形容词不可。仅仅发现了这些名词、动词和形容词的相似词，是不能满足的。更不可因为搜索困难便用随便的词句来搪塞了事。"

　　克家先生与古人的"吟成一个字，撚断数根须"有着同甘共苦，他赞美王安石对"春风又绿江南岸"的易字工夫。他认为"再创造"要付出大量的心血的。他说："有的诗七易稿，而后成篇。行行字迹是黑的，灌注的心血是红的。"（《学诗断想》第196页）

　　什么是最恰当的字？为什么会有这种字？这完全是从生活里体验出来的。克家先生举出"红杏枝头春意闹"。他说："如果把这个'闹'字换成任何一个字，都不足以表现春光灿烂，蜂蝶齐来的那个繁盛热闹情景。"（《学诗断想》第97—98页）"每一个字有它的意义、颜色和声音。表现忧郁心情的时候，用字宜于哑暗，反之，快乐的情调，字的颜色一定要鲜明，声音一定要响亮。"（《学诗断想》第98页）这理论比"一语说"具体深厚得多。而克家先生的重要贡献，是提出了"炼字"与"炼意"的辩证统一论。"炼字首先要炼意，前者是为后者服务的。如果意境不高，徒然在字句上下功夫，那只会显现匠气，却不能创造出动人的佳句来。"（同上）克家先生认为："炼字"与"炼意"两者在实质上是一种辩证思维活动过程。"从无数可以备用的字汇里去严格挑选那最合适的一个"（《学诗断想》第165页），是以意境需要为转移的。诗人是为了"努力去逼近事物本质企图把它表现出来"（同上）而炼字，在对意境的逐渐深切、真实理解与试图表现中炼了字。表面上是炼字，实质上是在炼意。炼字"是和内容有着血肉关系的"（同上），所以，克家先生一再强调："一个诗人没有思想情感，没有佳美的意境，推敲不但不能帮助他，反而可能把他引入魔道。"（《学诗断想》第99页）这就归结到创作的根本上来了。

克家先生用自己的《难民》诗头两句的意境修改，说明炼字与炼意的关系：

> 日头坠在鸟巢里，
> 黄昏还没溶尽归鸦的翅膀。

这第二句，"起头是想这样写的：'黄昏扇动着归鸦的翅膀'，后来又改为'黄昏里还辨得出归鸦的翅膀'，最后才写成现在的这个样子"。这样一改，就更接近了景物的真实，使意境愈加充实、流动和完美。从"黄昏到寺蝙蝠飞"，到"枯藤老树昏鸦"，在这些写黄昏的名句的基础上，又创造出黄昏的新意境："黄昏朦胧，归鸦满天，黄昏的颜色一霎一霎的浓，乌鸦的翅膀一霎一霎的淡，最后两者渐不可分，好似乌鸦翅膀的黑色被黄昏溶化了。"真是着一"溶"字而意境全出。克家先生写到这里，郑重提出炼意与炼字的不可分的辩证统一关系：他的炼字决不是为了追求字句的漂亮，"而是心里有了黄昏时分那样一个境界"。克家先生是在这一境界的基础上炼字，为了使这个境界更完美，他"力图使自己的诗句逼真地把它表现出来"（以上引文均见《学诗断想》第165—166页）。

生活如海，则诗情如潮，诗人怎样捕捉它与再创造呢？古人有云："鸳鸯绣出凭君看，不把金针度与人。"现在克家先生不仅把"金针"无保留地度给了中国的青年诗人，且充实和发展了"一语说"，从而丰富了诗论的宝库。

克家先生之著作，浩瀚如海，我只能取一勺饮，探索不深，错误难免，敬请专家读者批评指正。

论李广田散文的思想和艺术特色[*]

　　我对 30 年代作家李广田的散文非常喜欢，尤重其文如其人。但在现代文学史或散文选评等书中，不是说他早期散文"题材狭窄"就是认为"思想比较浅"。针对前者，我写了《铮铮铁汉，锦绣文章》（刊于《柳泉》1982 年第 4 期），提出了不同意见；现在则想同"思想比较浅"的看法作些商榷。本文的重点是探索李广田散文的思想特点和发展过程，同时也要谈一点有关艺术手法和风格方面的问题。

一

　　作家的生活道路，往往就是他的创作道路，我们也能从中看到他思想发展的轨迹。一个作家总是在自己走着的这条生活道路上，在勤于观察、实践和思考中开创艺术事业。而且随着他生活阅历的不断丰富、思想的不断提高与殷勤地开掘生活的含蕴，那植根于生活的艺术之花，就愈开愈盛、愈美。

　　我以为李广田的散文创作道路就是这样，并且它一开始就表现了思想的一定深度，艺术上也有着自己的特点。他绝不单纯礼赞故乡大自然的美，而是把它同探索社会人生的底蕴相结合的，因而他在人生道路上掇拾到了许多智慧。我们把它称为人生哲理自无不可，但李广田则把它比作"也许是一朵野花，也许是一只

---

* 原载《文史哲》1984 年第 4 期。

草叶，也许只是从飘泊者的行囊上落下来的一粒细砂"（《画廊集·道旁的智慧》）。于是当他在写眼前景物或回忆过去生活的刹那感受，或作人物素描时，不论是当前拾来的，还是过去储藏起来的智慧，便都镕铸而成为艺术品，迸发出闪闪智慧之光辉，照耀着读者前进的道路，给人以希望和披荆斩棘的勇气，这就是李广田散文思想内容的一个显著特点。

我愿把这个特点名之曰"道旁的智慧"。这是因为李广田在创作的初期很喜欢英国一位不上文学史的散文家玛尔挺（E. M. Martin），尤其喜欢他的一本散文集《Wayside Wisdom》（《道旁的智慧》）。玛尔挺说：这些智慧是普通人的言语，是他们向生活的真理睁开了眼睛所获得的，是真实的声音。"它们是永不曾被住在皇宫里的人们说起过的。"（《画廊集·道旁的智慧》）这就是说，这是下层人们的智慧。所以《道旁的智慧》被作为农民之子的李广田所理解和喜欢，并从中受到启发，这就不是偶然的了。

智慧要向生活深处开掘。李广田不管在哪里，总是观察、访问和思考，即使在跋涉途中也是如此。作者对社会人生的经验，尤其对人们的内心世界，喜欢加以想象和咀嚼，因而他的作品就富有哲理性。那些警策的语句，有力地打开人的心灵之窗。他的散文多是主题鲜明的生活小品，往往在生活见闻的描述中，爆发出几点火花，使人的心灵受到闪击。这些警句就象作者的性格一样：朴素自然，但意味隽永，有一种发人深省的力量。例如在第一部散文集《画廊集》中的《秋天》里，那种执着于现实，鼓舞人们前进的话语，"深切地感到了'人生的'苦难与欢乐者，是真的意味到了'实在的生存'者"，不仅深刻警辟，而且给在人生道路上的探索者以多大的勇气啊！抗战开始，广田在随校南迁途中，经过一个贫瘠的地方，那里的人们"各家都是低低的茅屋，没有所谓庭院，更没有大门"，然而"远远山上有一座庙宇，顶子是瓦的，墙是红的，显得特别惹眼"，两相对照之下，他在思考中，心里迸发出火花。他说："贫苦的老百姓们，都是建筑了很精美的房子让神们住着，而自己是绳枢瓮牖，这无论走到什么地方都是一样的。"（《圈外·江边夜话》）这短短而又平凡的几句话，内容却无限忧愤深广，它给几千年来就是这样一代又一代地生活着的人点起了一盏明灯，照亮人们的心窗。这几句话正象鲁迅赞美的俄国果戈理的作品一样"以不可见之泪痕悲色振其邦人"（《坟·摩罗诗力说》）。谁说广田散文"思想比较浅"呢？他的散文不但充分提供着"道旁的智慧"，而且他还同读者携手共同前进。从《野店》、《路》，到坚强地《生活》下去，最后以无产阶级思想光辉把人们引向"去为我们自己而建筑居室"（《日边随笔·建筑》）的社会主义革命大道。

二

读万卷书，行万里路，这是古代作家的奢望，而广田却有这种幸遇。他说：我的"鞋子载我踏过了多少江山啊"（《圈外·西行草》）。他在人生旅途的长途跋涉中，始终是勤奋掇拾"智慧"的。而且在提炼艺术过程中继续深入开掘生活，使他的作品具有特具一格的深度。他的"智慧"与艺术融成一体，常常在娓娓叙述中水到渠成地闪光，使整篇作品达到了"石蕴玉而山辉，水怀珠而川媚"（陆机《文赋》）的艺术境界。

随着他生活道路的前进和思想的发展，"道旁的智慧"也就不断变化，从中忠实地记录着作者思想的不断突进。譬如说，作者后期的，特别是作者逐步掌握了马列主义以后所写的散文，其哲理性就愈来愈含蓄有味。如《不服老》里，年逾古稀的老教授喜欢看京剧，但他总是把精彩的后半场让给别人看，他有趣地说，"事情就是这样，前人看坏戏，后人看好戏"（《人民文学》1962 年第 5 期），让人去咀嚼思考。

李广田有着自己独特的生活道路、思想修养、生活态度以及个性品质，因此李广田散文创作内容便呈现了如下几个特色：

第一，主张脚踏现实人生道路，勇往直前。

这是在前面已约略提到，现在需要进一步研究的一个重大特色。李广田是贫苦农民的儿子，吃着农民的鲜乳长大，这就培养和奠定了他征服环境、挣扎着生活下去的坚韧性格。当他遇到人生航程上的风浪或坎坷时，这样的思想性格在其作品里就反映出来，他面对这种残酷的现实，不但不退缩，反而敢于解剖自己，还热情地鼓舞读者共同前进。他早期创作就呈现了这种特色。如《画廊集·寂寞》的结尾，作者找到名缰利锁的羁绊，是令人感到寂寞的原因，于是鼓起勇气，轻装前进。由于作者决不避开人生苦难，而是迎上前去，因而在实践中，掇拾到了许多可贵的"智慧"，对人生的苦与乐，便有了辩证的认识与正确的态度。如在《画廊集·秋天》里，对那些饱餐苦果的人们说：不要消极或逃避，"因为人生就是在道路上啊，真正尝味着人生苦难的人。他才能真正知道人生的苦乐，深切感到这苦难与快乐者，是真的意味到'实在的生存'者"。他这种执着于现实的精神鼓舞着人们（包括作者自己）脚踏实地地前进。他劝告知识分子们：即使"满身是创伤"却要有"满心是花朵"的希望（《雀蓑记·路》）。这是他初期创作表现出来的特点，而在他抗战后期完成、抗战胜利后发表的小说《引力》中，表现得更加深刻。作品在描写主人公梦华处于旅途的结尾又将是新的起点时这样说："她感到人生总是在一种不停地进步中、永远是在一个过程中，偶尔住一次店，那也不过是为了暂时的休息。假如并没有必要非在风里雨里走开不可，人自然可以选择一个最晴朗的日子，再开始那新的旅程，但如果有一种必要，即使是一个暴风雨的早晨，甚至在一个黑暗的深夜，也就要拚当就道的吧。"这也是作者在漫长的人生道路上的生活经验的总结，是他坚持的永远前进的人生态度。这是他从"道旁"拾来的愈来愈丰富的"智慧"，读者享用不尽的"智慧"。

这就不能不使人感到他的作品的思想的深广度，（他即使写的是一草一木，也总是同读者谈的是人生道路问题），感到它富有积极意义。在 30 年代谈论人生问题，而且劝人具有积极面向人生的态度，这依然是可贵的。鲁迅在 1933 年谈作小说时，也还是主张文学要为人生，"而且要改良这人生"（《南腔北调集·我怎样做起小说来》），一生服膺鲁迅的李广田的散文创作就是实践的这一主张。"改良人生"首先要有一种和现实人生斗争的勇气。我认为李广田许多"道旁的智慧"是用这样一条红线贯穿起来的：那就是以现实主义的战斗精神，艰难地前进，执着地生活下去。

他鼓舞人们一定要生活下去，他赞美了那些坚持生活下去的人们，就是生理上有缺陷的人，也要有生活下去的勇气。《银狐集·生活》写的就是一个瞎子。作者从这个人物为买果子而争吵的小事，得到了启示。他说："对于我的瞎朋友能这样固执地生活下去的一件事实，隐隐约约又觉得有些可喜。"他并且批评了那些由于意志薄弱，一遇暂时不能克服的困难便觉得生活毫无意思的人。"固执地生活下去"是"智慧"的核心，是广田散文中反复强调的一个中心主题。这是他对生活的态度，是他从生活中得来并用以教育人的真理。他认为：生活，就是要顽强地生活，还要改造生活，使之美满。广田散文的思想价值就在这里。这也是他一生不变的性格的艺术表现，而且愈是后来的散文反映得愈强烈。正如李岫同志所说：他这种思想性格虽在"文革"的狂涛骇浪的袭击中，他也不动摇（《悼念我的父亲李广田》）。

第二，主张人们的思想必须从封建主义中不断地解放出来。

争取做生活的主人，反对当生活的奴隶，这是李广田的一个坚强的生活信念。然而怎样才能得到这种自由呢？他是摸索着走了一段道路的。他在《回声·一个画家》中，从一个人的生活道路总结出了人的伟大意义和价值。他说画家"曾画了我们的山河，却保不住我们的山河，山河将何以自保，除非有'人'，……"再没有比人更重要的了。

但是，旧社会奴隶太多，清醒的人太少，而不清醒的人是缺少力量的。因此，作者每到一个地方，总要研究"人"，特别是下层社会的"人"。他善于采访，想象和思索社会人生的奥秘。他发现要做生活的主人，就必须使自己的思想不断地得到解放。然而实际上偏偏有许多东西禁锢着人的觉醒。在抗战初期，当李广田在大后方深入生活每个角落，进行调查研究时，他发现一个严重问题，这就是迷信。他发现了几千年来中国封建主义的造神运动不但有过惊人的成功，而且还在继续禁锢着人们的思想。因此，这些"人"为神造堂皇豪华的庙宇，而自己却甘心住着绳枢瓮牖的土房。作者还惊讶地发现劳动人民把自己征服自然的伟大业绩统统归功于神明。作者在《圈外·青城枝叶（四）》里，写他在青城山见到了闻名的"竹索桥"，他惊叹人们的智慧和力量说：它"似一条万丈长龙，这真是一件充分地表现中国特色的工程，一件艺术品"。于是他想起了"李冰，水利，开离碓，斩水妖，架索桥，灌田畴，利交通，……"通过那些传说故事，他既以无限敬仰的心情赞美了李冰等古代脊梁式的历史人物，同时又强烈地批判了被神化了的李冰之类的泥土偶像。他说："中国非不伟大，然而我们总不相信自己的力量，凡伟大事业总把自己的功劳分给神明……"爱国主义作家李广田，多么富有概括力。他的话多么发人深省，象一束阳光劈开了千百年来封建迷信的阴霾，又如一声惊雷，炸碎了神楼殿堂。

广田深知，神权不打倒，人们的思想不从迷信中解放出来，他们就受某些人的统治，就永远贫困，因而抗战就没有力量。所以作者进入四川以后，写的许多散文就成了掷向神明的投枪。他以惊人之笔写了有名的悲剧散文《金坛子·水的裁判》。当两位农民带着无法解决的纠纷，走向江边，双双投入水中，听凭水（神）的裁判时，作者异常感慨地说："他们脚下那些青色石板，那是多年以前，从荒山里采来的，如今已被人们的步履——这文化发展的轨道——磨得平滑又光泽。"这就是说：那记录中国文化发展的青石已经从粗砺变成平滑，可是这里劳动者的思想还是照常愚昧，还是双双投入水中，听凭神的裁判，作者以沉痛抒情之笔对这种极端愚昧的行动，表示了多大的愤慨啊！这样的人能主宰自己的命运吗？他们只能如"一只载重的老渡船无异"，永远被主宰者"任意渡到这边，又渡到那边"（《银狐集·老渡船》）。

在 1933 年，鲁迅针对当时中国的实际情况仍然主张文艺上的启蒙主义，而李广田正是遵循着鲁迅提倡的创作道路前进，并且取得了巨大成绩。作者坚信劳动者是富于聪明智慧的，并且具有无比巨大的力量，只要从迷信的枷锁里解放出来，就会不再任人摆布，能够主宰自己的命运。

第三，歌颂人民的创造力量。

我们前面提到的广田对"竹索桥"的感触，就已说明他对劳动者的力量，特别是创造力的认识。其实，远在抗战以前，他就对此有所认识了。广田所以能够如此，除了事实对他的教育外，一个重要原因在于他是劳动人民的儿子。所以他在《雀蓑记·山水》这篇回忆故乡山水的散文里，就运用想象力，以景仰的心情歌颂了劳动祖先筑山造海，"想用他们自己的力量来改造他们自己的天地"的伟大创造气魄。当广田进入四川以后，进一步认识到，必须团结全民的力量，来挽救多灾多难的中华民族。在《圈外·来呀，大家一齐拉》中，他通过一个象征——大船——鼓舞大家奔向民族解放的道路，这里寄托着对劳动人民的无限信赖。他在四川叙永住下来以后，他仅从一件事就看到劳动人民的力量对民族国家所起的巨大作用。他们把内地货物运到边疆上出口，又把外边的货物运到内地，他们给抗战尽了不少力量（《回声·到橘子林去》）。到了抗战后期，随着他的思想飞跃，他不仅歌颂了建筑工人的创造的力量和他们表现出来的力之美，而且深刻地认识到："从他们身上，从他们的胳膊上，从他们的汗粒中，从他们的声音中，你处处所见的都是一种力量，或者，你所见的都是力的消耗，然而并非消耗，乃是移注，移注入木中，水中，石中，铁中，土地中。"（《日边随笔·建筑》）作者在这里还表现出，他的思想已从要求把劳动者的力量从神的束缚中解放出来，进到了要求把工人的力量从剥削阶级那里解放出来的境界。他含蓄地宣传：建筑工人们"要如何去做自己的工人，去做自己的工程师，去为我们自己而建筑居室"（《建筑》），要以自己的力量来解放自己和其它被压迫被剥削者。由于作者逐步掌握了马列主义，他的散文的智慧和力量便源泉滚滚，取用不竭了。

第四，歌颂劳动人民无私的品德。

反动统治阶级不仅禁锢了人民的智慧和力量，也污染了他们的道德，象生锈的铜鼎，土花斑驳。然而一旦磨擦去铜锈，仍能灿烂发光。广田的一些散文就担负起了擦锈的工作，他发掘并歌颂劳动人民的无私品德。

劳动人民对任何珍贵的东西，从不起贪念，只是欣赏。这是高贵品德，也是劳动人民的一个美学观点，被广田挖掘出来了。作者通过一个老牧人对小孩述说了这样一个故事：在金银峪里，只有无私的人（也是有福的人）才能看见珠宝。"据说古时候有个有福的人，……他就看见有宝光从金银峪里升起，……他看见那峪中遍地黄金，随处珠玉。"但"他对于一切美丽的东西，宝贵的东西，只是赞赏，却没有据为己有的意思，可是美丽的东西，宝贵的东西，却常常叫他遇见。他不要金银，却能看见宝光，他说那宝光美丽极了"（《雀蓑记·宝光》）。在这里使我们想起了为鲁迅所赞同的嵇康的一个观点："若夫郑声，是声音之至妙，妙音感人，犹美色惑志，耽槃荒酒，易以丧业，自非至人，孰能御之。"（《嵇康集·声无哀乐论》）对于珠宝"只是赞赏，却没有据为己有的意思"，是劳动人民，也就是"至人"。

广田的散文里时时升起这种宝光。而李广田自己就是一个无私的人，因而他的作品中放射着集体主义思想光辉。《雀蓑记·荷叶伞》是他早期的散文，它所表现的主题是：在困难的时候，作者想的不是个人的安危，而是那些"在昏暗中冒雨前进"的许多人。他说："我希望我的伞能分做许多伞，如风雨中荷叶满江满湖。"正由于作者具有这样的思想，所以能看见劳动人民身上的宝光。作者曾发现"为一种深沉忧郁所笼罩"的"一个善良而又悲伤的灵魂"，在这位"穿着褴褛的衣裳"的中年妇女的心灵深处，发现了坚强正直无私的性格（《圈外·忧愁妇人》）。

反动统治者是一群贪得无厌的魔鬼，对此，广田曾尖锐而深刻地指出："古代的帝王"，"他们永远自以为聪明而实则愚蠢，他们永远自以为伟大而实则渺小，他们永远狭隘，永远自私，永远残暴专横。譬如他们有了极其广大的土地，他们就会定出一条法律，象古代罗马的法律中所有的：'凡有这土地的，则土地之上高及云霄，土地之下深入黄泉，其间一切都属他'，这结果怎样呢？那就是：没有土地的人，既无地立足，也不能呼吸，死了也无葬身之处。不过这些无地者的劳力都是那些'大人'所必需的，'大人们'需要劳力，而不需要灵魂，需要的尽量榨取，不需要的压迫"。于是劳动者永远受到精神禁锢而愚昧，因而也就永远成为"大人们"的奴隶、活的劳动工具。因此，作者说："这就是我们的历史，这就是我们的世界，而且直到今天，仍如此。"（《日边随笔·他说，这是我的》）作者不仅挖到了劳动者愚昧的根源，而且指出一切国民劣根性，象幸福独享、灾祸分担，也都是从自私的权势者那里派生出来的。于是他指着反动统治者的鼻子说："一人之事如此，国家的事也每每如此。政治不好，怨人，军事不好，也怨人；总之，一切的过错与不幸都要别人分担。"（《日边随笔·分担》）

李广田散文中的"智慧"之花是具有典型性的，具有普遍意义的，因而能上升为哲理性。广田常常从现实生活的一角里发生的一些典型小事拾到智慧，总结出以往的历史是一部剥削和斗争的历史，鼓舞读者共同参加现实革命战斗。这是他参加生活实践的结果，可也是出于他勤苦读书的必然。象《他说，这是我的》一文就受到鲁迅《春末闲谈》的启发，他还从鲁迅描写的阿 Q 的精神胜利法里受到启发，发现了和概括出蒋介石以及包括其政府在内的"分担"（《日边随笔·分担》）。广田是经常从鲁迅"在深夜的街头摆着一个小摊上"（《且介亭杂文·序言》）寻来有用的小钉。他的读书法，是在人生旅途中深入观察的同时，与读书心得结合起来深思，因而能理解社会人生的底蕴。广田所读的书，主要集中在中外进步文学作品和文艺理论方面，以后逐步发展到读马列主义经典著作。因而他的思想不断得到飞跃，他的散文发出无产阶级思想光辉。他的作品在浓郁的生活气息中，时时散发着书味，这便是他的散文的又一特色。比如，作者在讽刺那些坚持愚民政策，实行蒙昧主义的人时说，因为有人对光明的希求太迫切了，而对于黑暗就极为痛恶，于是就被某些人称作是"神经病"。那么怎样的人，才叫做"完人"呢？作者借用了高尔基的题作《再关于恶魔》的文章回答说："魔鬼把一个人的热情、希望、憎恶、愤恨……等等，都陆续地取去了，于是这个人就成了空壳，也就成了一个'完人'。"（《回声·空壳》）这就增强了战斗力和艺术性。

社会人生的一些巨大而复杂的问题，广田之所以能解答或作较深刻的论述，是依靠了马列主义经典著作的。在实践中学习马列主义，使他的"道旁的智慧"不断有了质的变化，逐步放射阶级论的光芒。突出的例子是：广田从对中外历史包括当时（1944年）历史的总结中，认识到这是反动统治者尽量榨取劳动力，无限压迫劳动人民灵魂的历史，广田从探索人生底蕴，到用无产阶级思想去思考生活，这一思想发展的光辉历程，决定了李广田散文思想内容的特色。

三

李广田的散文艺术成就是巨大的，但也有一个发展过程。

散文允许作者自由地或者以至是全篇地发议论，但李广田却主要是从艺术形象之树上，选摘熟透了的果实让读者去品味尝新。从他开始创作，这一特色就表现得比较突出。

作者只有把从生活深处提炼出来的"智慧"（哲理），再注入成功的艺术形象里，这样的作品才具有深刻的教育意义，具有强大的艺术感染力，才经得起咀嚼，收到良好的社会效果。所以李广田在深挖"智慧"的同时，总是采集生活的花朵。他的散文创作常常在提炼与概括艺术形象过程中，归结到真理上来，以指点人生，或指导战斗。特别在类似杂文的作品中常常如此。例如《日边随笔·手的用处》，作者在描述一个人总是把手掩盖脸上的缺陷之后，意味深长地说："手的用处是创造，可不是掩饰，但愿你取下那只手，抬起脸来，望着前面走去。"这真是图穷而匕首现的战斗艺术。这原是人们在生活中常见的现象，可是经作者观察、思考和酝酿之后，就"妙悟"出这样一个真理。他是这样拾来的"智慧"，就这样描写出来，这是一种"卒章显其志"的艺术手法，显得自然明快有力，这是作者继承与发展了我国古代"寓言"的传统手法，因而富于民族艺术特点。

有时作者还使用这样一种艺术表现手法，有点近似中国古典白话小说的开头：他的文章一开始就发表议论，说明一个问题。如《银狐集·老渡船》，开始就说："这人与一只载重的老渡船无异，坚实稳固，而又最适应水面上一切颠颠簸簸，风风雨雨。其实，从这个人眼里看出来的一切事物，都好象在一种风平浪静的情形中一样，他是那样安于他所遇到的一切，无所谓满意，更无所谓不满意，只是天天负了一身别人的重载，耐劳、耐苦、耐一切屈辱，而无一点怨尤，永被一个叫做命运的东西任意摆到这边，又渡到那边。"接着就展开对这人命运的具体描写，最后归结到他的确象一只老渡船。这种表述方法与上面提出的"卒章显其志"的方法恰恰相反，这是先提出结论，而后用艺术形象来"论证"的方法，并用"老渡船"象征了这类人的一生。这类作品在他早期散文中可以《老渡船》为代表。在中期，则有如《来呀，大家一起拉！》等，但思想与情调变了。

这种表现手法，颇有些象征意味，但是读来还是使人感到明快而深刻。也许作者受到西方象征主义手法的影响，当他在现实生活中受到某种启示，产生复杂的思想感情，不愿或不能用明朗之笔抒发他那浓烈的感受时，他便采取象征主义手法，打破时与空的局限去选取题材，以驰骋其新的意象。

这一部分散文的特色，是作者通过他描绘的各式各样的、具体物质的、含蓄的（井、树、雾……）形象，来暗示他所欲表达的某些哲理和复杂的内心活动，多半创造一种迷离或奇诡的幻境，或者梦境。它象散文诗那样深邃、隽永，耐人寻味。有些略嫌朦胧，但大多数还是可以经过思考而能理解，因为它的现实性是较强的。那些比较朦胧的散文，往往以奇特的题材去写现实中不可能实现的幻想和奇谲而怪异的画面，用以象征作者的心灵火花，以启发读者的想象与创造，从而神游于梦幻世界，去接触作者的思想感情。象《井》、《绿》、《树》、《马蹄》等皆是。

《雾》还是比较容易理解的一篇。它包括《蛛丝》、《雾中》、《晴光》三个子题。这是作者在1936年10月9日，回忆与描叙住在泰山的一段生活。他走在山雾迷蒙中发现了许多自然奥秘。《雾》应该是一组小的散文诗，它的主题是歌颂太阳，太阳给世界以光明，包括给人的眼睛以光明，它使世界的一切事物得到幸福。太阳不仅是光源，也是幸福和美的源泉。但阳光同时也给了世界一切事物以阴影。这是作者从自然、人和雾的接触中得到的启示，并且用雾作象征、为母题，说明自然事物和社会生活的辩证规律。作品内容深广，但基本上还是能理解的。

《井》则是一篇较难理解的代表作品。井本身就具有一个深邃的特征，作者借用它象征自己的某种思念。由于它的内容太深广了，我们只能汲取到点滴的理解。作者从一滴"丁当"的水击井底声，感到了"井"的贡献和寂寞。作者说："泉啊，人们天天从你这儿汲取生命的浆液，曾有谁听到过你这寂寞的歌唱呢？"

作者在这里保留着许多潜台词，调子也有点低沉。

《树》是幻境，《马蹄》是梦境，都寄托着作者的积极沉思，给人以无限丰富的暗示。但我最喜欢的还是《通草花》。在这类散文中，我认为它是最成功的一篇。作者通过它，意在阐明艺术特征和艺术生命的长久性的真理。这是篇象征性强又较易理解、富有独创性的散文。

艺术家用通草做了一束鲜花，因为它太象了，就以假混真，骗得蜜蜂来采花粉，也骗得稚气少年说："呀，这花生得真妙呵！象这等颜色真是少见呢！"作者赞美少年们是幸福的，因为他们享受到了艺术的真和美。而对那种明知是假花，却要求它能发出香味的人，作者可怜他们，因为他们不懂艺术。作者通过两种人对通草花的态度，说明了艺术的并不等于现实的，现实的（历史的）不同于艺术的真（它的真是创造的，假中见真），从而阐发了艺术品（通草花）真与美的特征——独创性——"这等颜色真是少见呢！"另外，作者还形象地阐发了反映真实的艺术的相对永久性。现实中有生命的事物（如人或花）往往难于久驻其真与美。这就是人们为什么在热爱名花之外，还要创造艺术的花，因它不仅能捕捉住名花的形与神创造新的花，而且能久驻人间。作者在《通草花》里指出：赠花（通草花）人已物故，而瓶中花却仍在供人欣赏。花瓶上画着唱歌人，作者说："世上的音乐是暂时的，画中的音乐是永久的，它永久与人以幸福。"这是作者所欲表达的，他认为艺术具有比较永久的价值的认识吧！艺术的较永久性，就在于它不仅能给人以较永久的艺术享受，而且能唤起人的艺术想象。由于通草花以及花瓶上正在吹箫和歌舞的美人的真和美，于是欣赏者面对艺术品，"简直闻到了这通草花的清芬，而还听到那画中人的歌曲了呢，而且这些将是永久如此的呀"。人的心灵虽美，却也不能永驻，但永久性的艺术品，却是作家美的心灵创造出来的。美的永久与短暂、艺术的真与假等等，究竟怎样区别和把握呢？作者通过通草花和与之相联系的花瓶（也是艺术品），启示读者去沉思。

这类采用象征主义手法之作，虽依靠描写一个自然景物或人为事物向读者暗示，但由于现实性较强，还是较易理解的，其中朦胧得难理解的是极少数，而且多为战前之作。抗战开始，由于作者生活的变化和思想的不断提高，代替它的是一些直抒胸臆的手法、明快的调子、发人深省的"智慧"、战斗的风格。如1941年的《回声·两种念头》虽也写梦境，写他梦见一条路，"常常来攀登这一段极险的路"，可紧接着就说："就象在我们（指知识分子）的日常生活中要常常经历的那些艰难困危的道路一样。"作者也梦见年老的父亲而想起自己破烂的家园，又看见一个婴儿，他的微笑里显示一个光明世界，而微笑很快又被一块阴影遮住。作者对于这些象征形象立即点破说："我的心里却在说，这就是我们的国家。"

四

由于广田生活道路、创作道路的变化发展，他的散文风格也是多样化的。风格是作家的个性在作品中独特的表现，个性决定作家的总风格，但也由于其他因素的变化，常常显出多样的风格来。在广田的散文中，较多的是浓重沉郁、俊伟雄深之作，如《雀蓑记·山之子》、《雀蓑记·山水》、《银狐集·柳叶桃》等，这是因为作者多写下层人民的悲剧或歌颂祖先为了创造幸福事业而筑山掘海的伟大劳动。有时则"小桥流水"与"大江东去"相合奏（《雀蓑记·回声》），但自然亲切、朴素深厚则是他的总基调。他的风格似是这样变化发展的：从涓涓细流、清新可喜，中间一度奇诡幻异，又趋于剑拔弩张，最后则"春光似海，盛世如花"。

作者早期散文特点是同他的生活、思想分不开的。作者往往通过风物、风俗……传故乡的神韵，多表现清新朴素之美。他从故乡生活中选他认为美的，感受甚深的人和事，倾注真挚感情，经过孕育，用他那性格化的、娓娓动听的语言，描绘出富有地方色彩的艺术形象。他那传神之笔蘸着孺慕之情把故乡父老特有的心曲深刻揭示出来。他最熟悉故乡的父老，他的父亲就是典型的农民，他象其他农民一样，勤劳善良，"想从泥土里去取得一家老幼之所需"。作者在许多散文里描写与他同时的父老兄弟的思想情感，描绘了大量的风俗画。

因此，不仅作品（后期的作品里也总怀念故乡）的内容富有山东地方色彩，特别是带有作者生长的邹平的地方色彩；而且，虽然他的风格多变化，但由于他是农民的儿子，他的"根"总是扎在故乡，他总是不脱农民本色，永远怀念他的出生地。他说："我是一个乡下人，我爱乡间，亦爱住在乡间的人们。"（《画廊集·题记》）"就是一草一木，也仿佛都系住了我的灵魂。"（《雀蓑记》）因此，他的散文总"尚未脱除那点乡下气"。这就是说：为故乡所培养成的他的个性，就决定了他的作品的基本格调——朴实、自然、真挚、亲切、深厚而又刚健清新，是真正山东农民的本色。有的散文虽浓丽精致，甚至以象征主义手法出之的形象，也仍脱离不开"乡下气"。这点作者是深刻知道的。他不仅自豪地指出这一特点，而且在他离开故乡万里，远居云南昆明多年之后，在创作上仍保持这一特点。他说："我大概是一株野草，我始终还没有脱掉我的作为农人子孙的性道。"并题篇名曰《根》（见《日边随笔》）。

评李广田散文研究中的一种倾向

（一）

　　三十年代中期，我国文艺界升起了一颗散文新星——李广田。李广田具有深厚的生活积累和艺术功力，作品朴素、真诚、沉郁，而又清新、隽美，谱写了劳动群众的系列悲歌，那真实生动的现实画面，那洋溢着泥土气息的娓娓篇章，无不表现着作者的抗争感情与希望。然而，在李广田散文研究的领域，却存在着一种无视作家所处的具体历史环境和独特的创作历程，脱离作家创作实际，苛求于作家的倾向。这不仅有碍于公正地评价李广田其人及其作品，而且是文学研究领域必须纠正的一种庸俗社会学倾向。

　　文学创作是作家心灵的歌声。这歌声所以委婉动听，使读者感到一种特有主调，就因为它反映了作者所感受与理解的丰富多彩的生活，具有鲜明的地方色彩。这里的地方色彩，往往是因为作家写了自己的故乡情景和父老乡亲的精神面貌。文学史告诉我们，作家写故乡，写父老乡亲，写乡土文学，乃是个创作的重要规律。鲁迅笔下的水乡风光，郭沫若笔下的峨嵋山景色，周作人描绘的乌篷船，许地山叙述的品尝落花生的情趣，都是描写故乡生活的名篇。故乡的山山水水是养育作家的土壤，而父老乡亲则

　原载《山东社会科学》1987年第2期，署名孙昌熙、韩日新。

是哺育作家的"保姆"。许多作家就是从用笔写自己的故乡，写周围的父老乡亲而开始步入文坛的。因此评论者就应当尊重作家的个人爱好和创造个性，切忌对不同的作家提出千篇一律的要求。

关于题材，鲁迅谈过这样的意见："现在有许多人以为表现国民的艰苦，国民的战斗，这自然并不错的，但如自己并不在这样的旋涡中，实在无法表现。假使以意为之，那就决不能真切、深刻，也就不成为艺术。"[①]这就是说，重大题材固然是重要的，但重大题材并不是人人能写的，更不是人人能写好的，这里就有个从实际出发扬长避短的问题。搞创作要充分发挥自己的优势，否则必然要碰壁。这已经是被无数创作实践所证明了的真理。李广田从事散文创作时，还是个小资产阶级知识分子，更由于当时的环境局限，他不可能广泛地接触劳动群众，而只能依靠自己的生活储存来从事创作。他在北方农村度过了自己的青少年时代，他所熟悉的自然是自己故乡里那些逝去岁月里的人和事。所以他选择自己最熟悉和理解的农村生活来写，也就是理所当然的事情。评论者在这些方面予以过多的指责和限制，对于创作有什么益处呢？

李广田是农民的儿子，他曾把汗水洒在农田里，他在表现自身的苦难生活中所流露的感情是最真实不过的。可以说李广田的许多散文中，在表现黄河沿岸农民子弟那贫困而苦涩的生活时，处处流露着轻微的感伤。但是，这流露着的轻微的感伤与劳动群众的不满情绪是息息相通的。

李广田曾经说过："我的最美的梦，也就是我的童年的故乡之梦了。"[②]《回声》、《悲哀的玩具》、《过失》都是写作者的童年生活，表现了一个好奇的、在生活上有追求的孩子的遭遇。《回声》里的"我"所喜欢的是一张"长琴"：黄河大堤即琴身，堤上的电杆木就是琴柱，电杆木上的电线就是琴弦。这显示了作者多么丰富的想像力。"我"总愿意偷偷地跑到堤上紧紧抱住电杆木，把耳朵靠在电杆上，听那最清楚的嗡嗡声。这可怜的乐趣又给人带来了多么悲痛的感情，然而刺骨的寒风使"我"长了冻疮，整天被关在家里不能外出，而感到非常寂寞。这境况又多么值得人们同情！这时祖母为了安慰"我"，就找来了一个小白瓶，让它代替电杆木发出琴声：

> 她继续忙着。她向几个针线筐里乱翻，她是要找寻一条结实的麻线，她把麻线系住瓶口，又自己搬一把高大的椅子，放在一根晒衣服的高杆下面。唉，这些事情我记得多么清楚啊！她在椅子上摇摇晃晃的样子，现在叫我想起来才觉得心惊，而且那又是在冷风之中。她摇摇晃晃地立在椅子上，伸直了身子，举起了双手，把小白瓶向那晒衣杆上紧系。她把那麻绳一匝，又一匝，结一个纥繨，又一个纥繨，惟恐那小瓶被风吹落，摔碎了祖宗的宝贝。她笑着，我也笑着，却都不曾言语。我们只等把小瓶系牢之后，立刻就听它发出呜呜的响声。老祖母把一条长麻线完全结在上边了，她摇摇晃晃地从椅子上下来，我看出她的疲乏，我听出她的喘哮来了，然而，然而那个小瓶，在风中却没有一点声息。

作者用质朴的文字，选择了具有表现力的日常生活片断，雕塑起了感人的形象。祖母为了安慰"我"而不顾年迈，认真地绑瓶口、系麻绳，艰难地爬上爬下，的确让人为她捏一把汗。从这里人们看到的是老祖母对孙子深沉的爱！这就是北方原野上农民的思想感情！这就是劳动群众的人性美。对于这位可亲可敬的老祖母，我们不是也须要仰视吗！谁能说这样具有艺术魅力的散文没有生命力呢？

《悲哀的玩具》的确让人感到悲哀。童年的"我"从祖母那里得到一只小麻雀作玩具，就找出小竹筐，铺了棉花，放进小麻雀，再蒙上布片，算是为它建了一个窝。可是从野外归来的父亲发现这个麻雀窝后，就愤怒地顺手把小竹筐扔上了屋顶，使"我"急得大哭。"我"当时不理解父亲的严厉，直到后来才谅解了父亲的苦衷，作品所描写的内容与鲁迅的《风筝》有相似的地方。鲁迅通过生活中的一件小事解剖自己、批判自己违反儿童心理，禁止儿童游戏的愚蠢行动，的确写得真实，而且提出了具有普遍意义的儿童教育问题。李广田的《悲哀的玩具》正是沿着鲁迅的方向，再次提出对儿童管教过严、态度粗暴，不利于儿童的身心发展的重大问题。《风筝》从兄长的角度提出问题，《悲哀的玩具》则从家长的角度提出问题，都是以小见大，反映了劳动终年不得温饱的父辈的思想性格，形成了忧愤深广的悲剧。可见李广田这些回首往事的篇章，既不是"把精神的丝缕牵着已经逝去不再来的时光"，也不是为了抒发"对于现实的一种逃避心情"。它不仅向人们提供了作者少年时代的宝贵生活史料，而且表现了作者忧愤浑广的思想感情。评论者不分青红皂白地对李广田回忆往事的散文提出苛求，显然是不妥当的。

（二）

契诃夫说过："作家应当样样都知道，样样都研究，免得出错，免得虚伪。"③这话讲得很严格，但却有道理，因为文学是生活的教科书，作家对于生活总是懂得多一点好，认识得深一点好。契诃夫在成为作家之前做过医生，接触过各种各样的人。高尔基曾经在下层社会的各个领域中生活过。他们是在有了丰富的生活之后才成为作家的。但是契诃夫的话也有其局限性。因为生活是一个浩瀚的大海，作家只能熟悉这个大海中的几滴水，他们只能依靠着自己熟悉的那个"小天地"来进行创作。"生也有涯，知也无涯"，真正要把整个社会的事情样样都知道，样样都研究，那是不可能的。李广田是黄河的儿子，他所熟悉的自然是黄河流域故乡的土地、山水、风俗、人情，这与整个社会来比，自然是个微不足道的小天地。但是这个小天地并不是孤立的，它与整个的旧中国、旧时代既有纵的联系，又有横的联系。作为观察北方农村生活的窗口，这个小天地既有历史感，又有现实感。李广田的散文虽然没有描绘风云的变幻，没有写出高山的怒吼、大海的翻腾，但它象一股涓涓的细流，沿着山涧呜咽地奔流。这个细流作为大江大海的一个分支，与大江大海的联系是非常紧密的。郁达夫认为，散文能够从一粒沙里见世界，半瓣花上说人情。李广田的散文就是社会上的一粒沙、花园里的半瓣花，有着以小见大、以一当十的作用。

李广田说过："我是一个乡下人，我爱乡间，并爱住在乡间的人们，假如我写的东西尚未脱除那点乡下气，那也许是当然的事体吧。"④他的散文以写人著称，这些人往往是在旧社会里受折磨的人和没有出路的人。这里不仅有用麻绳系住小瓶悬在风中让"我"听琴的慈祥的祖母，有把装着麻雀的竹筐扔上屋顶的阴沉而严峻的父亲，有在困境中用生命去开拓生活道路的哥哥和因包办婚姻而感到苦闷的弟弟等身边熟悉的人所组成的人物小画廊，还有在深夜中赶着骡马大车而异常健谈的赶车人，在菜园里度过凄凉晚年的军人，在患难中相濡以沫的老画家夫妇，在风刀霜剑相逼中疯狂而死的女伶，在下层社会中备受摧残的流浪儿，在泰山的悬崖峭壁上采掘野百合花的哑巴等一系列在艰难困苦中挣扎求生存的人所组成的人物大画廊。这里的天地是广阔的，人物是众多的，所反映的生活是真实的，恐怕很难用题材"狭窄"来概括。

（三）

读李广田的散文如品尝橄榄，起初会觉得平淡无奇，尝不出什么味道，因为这里既没有世外桃源，也没有酒绿灯红，可是如果反复阅读这些描写普通人、普通事的篇章，就会感到满口生津，渐入佳境。就以《山之子》为例，这是一曲劳动者的悲愤之歌。作品中的主人公哑巴，是在泰山古涧涧采摘百合花的劳动者。开头写了泰山香客在朝拜完毕下山时，带了许多好看的百合花，让人们见花思人。紧接着就让刚结识的两个小朋友用恐吓的口吻告诫"我"，在泰山要提防毒蛇和山鬼两个凶恶的家伙，而靠着采集百合花谋生的哑巴一家，就是山鬼的受害者。哑巴的父亲最先发现泰山后面的古涧洞生满了百合花，就攀着乱石挖掘，卖给香客，结果在一个浓雾天被山鬼也就是山风吹入深涧。哑巴的哥哥继承父业，又被山风吹下了悬崖。而哑巴到了成年，依然去采摘百合花，并以此奉养老母和寡嫂。"我"在听了哑巴的故事后要告别泰山时，才意外地遇见了哑巴。他的样子很朴实，身世凄苦而不畏艰险，生活困窘而意志坚韧，不愧是泰山的儿子、泰山的灵魂，从他的身上人们不是可以看到北方劳动人民的高尚品德吗？哑巴在悬崖上采摘百合花谋生的经历使人联想到柳宗元《捕蛇者说》里的永州蒋氏。可以说，蒋氏与哑巴都是在生活皮鞭的驱赶下，被迫以生命为赌注，走上了通向死亡道路的。但蒋氏显得懦弱而悲观，哑巴则是个顽强地与命运抗争的人物。哑巴与蒋氏差别，归根结蒂就在于他们是不同时代的劳动者。李广田在这里是用赞叹的口吻向我们描述了一个沉默的、踩着刀尖生活的劳动者的灵魂。他给予人们的是生活的信心，是奋斗的勇气，是战胜困难的力量。可是有的评论者却在批评《山之子》时说："作者所欣赏的是他身上一种原始的力量。"⑤这显然离开了作品的实际。

　　李广田说过："我并不是立志要别人读我的文章，我却愿意向别人介绍我的人物，这是实话。"⑥《花鸟舅爷》向人们介绍了"我"的舅爷。他虽然是住在黄河大堤上贫苦的劳动者，却对花鸟有着浓厚的兴趣。有时他会仰面朝天，呆望着空中飞过的无名小鸟，有时他也会徘徊在荒道上，寻找野生的花草。他住着破屋烂墙，却装点着一个小小的花园。他生活困窘却省俭出米粒饲养鸟的家族，连庭前的榆树上也都筑着鸟巢。这位花鸟舅爷有点出格的所作所为，的确体现着鲜明的个性特征。但是有的评论者竟然批评作品"写一个天真、直率和乐观的劳动者，却没有说出他对生活究竟抱什么态度"。⑦我们认为，文学作品中的倾向应当靠形象的行动自然流露，而不需要生硬地说教。《花鸟舅爷》中的舅爷爱鸟养花不正表现了他对于美的追求吗？他在艰难谋生的同时还竭力美化自己的生活环境，不正是一种积极乐观的生活态度吗？作品通过这一形象表现了劳动者的心灵美，不正是摆脱了干巴巴的生硬说教吗？

王国维说过："大家之作，其言情也必沁人心脾，其写景也必豁人耳目，其词脱口而出，无矫揉装束之态，以其所见者真，所知者深也。"⑧李广田正是因为对旧社会生活"所见者真，所知者深"，所以他的散文才显得格外感人。《柳叶桃》写了一个贫苦女伶的悲剧，据李岫介绍，她"是我母亲娘家的一个嫂嫂"。她因唱头等花衫而知名，后来竟被一富户秦姓少年买去作为继承香烟的工具，从此就沦为奴隶，在冷眼与虐待中生活。她梦寐以求生个儿子来改变自己的地位，结果却总是失望，最后竟疯狂而死。作品题名为《柳叶桃》，不过是个比喻，意思是那个女伶就象柳叶桃似的只能开花不会有果实。可是有的评论者却对《柳叶桃》提出批评："过于强调她渴望着自己能诞生一个婴儿，还终于为此而发了疯，这也降低了作品的社会意义。"⑨这个批评虽然很严厉，但不合情理。作者笔下的女伶是一位尚未觉醒的职业妇女，作者写她没有生出婴儿所受到的虐待和渴望能生个婴儿以改变自己的境况，正是写出了旧时代农村真实生活的一面。女伶的"渴望"，乃是残酷的现实所逼迫的结果，怎么能说是降低了作品的社会意义呢？

李广田在谈到自己的散文时，曾经这样说过："我这些小文章也不过是些丛杂的灌木罢了。灌木是矮矮的生在地面，春来自荣，秋去自枯，没有矗天的枝柯，也不会蔚为丰林，自然也没有舟车栋梁之材，甚至连一树嘉阴也没有，更不必说什么开花与结果，顶多也不过在水边、山崖、道旁、家畔，作一种风景的点缀，可以让倦飞的小鸟暂时栖息，给昆虫们作为住家而已。"⑩李广田把自己的精心之作比作灌木，虽然是他的谦虚，但也有他的道理。灌木是平凡的，却具有顽强的生力，它虽然貌不惊人，却在田野里茁壮地成长，它不仅点缀了大地，还为小鸟、昆虫的栖息提供了方便。在李广田的故乡，灌木更有它的特殊用途，既可以用它来加固黄河长堤，又可以用它来保持水土、改造气候。所以在现代散文的百花园里，李广田的散文也是别具特色的。而我们的某些评论者不考虑时代特点，不考虑作家的具体情况，对作家提出脱离实际的苛求，这显然是不公允的。

另外，应当指出，我们反对某些评论者对李广田的苛求，并不是排斥对重大题材和人民火热斗争生活的艺术反映。在李广田生活的旧时代，社会制度本身限制了作家的社会活动，因而也限制了作家对重大题材的选择。今天，社会主义制度为作家提供了创作的自由天地，改革开放的新形势为作家写重大题材提供了现实可能性。一切有出息的作家应当自觉地深入人民火热的现实生活中去，决不可以"不熟悉"为托辞，囿于个人狭窄的天地。

（作者单位：孙昌熙，山东大学；韩日新，烟台师范学院）

注：

① 鲁迅：《致李桦》。
②④ 李广田：《画廊集·题记》。
③ 契诃夫：《契诃夫论文学》。
⑥ 李广田：《银狐集·题记》。
⑤⑦⑨ 林非：《现代六十家散文札记》。
⑧ 王国维：《人间词话》。
⑩ 李广田：《灌木集·序》。

冯沅君的小说创作和文学研究[*]

冯沅君是一位在"五四"以后文坛上曾经产生过较大影响的作家、文学家。冯沅君创作的小说数量并不多,从一九二三年秋开始从事文学创作到一九二八年七月,共出版了《卷葹》、《劫灰》两本短篇小说集,一本题为《春痕》的中篇小说。一九八三年,山东人民出版社出版了由冯沅君的学生袁世硕编辑的《冯沅君创作译文集》,共收有十四个短篇(其中有七篇未收集在《卷葹》、《劫灰》中),一个中篇,另有诗词遗稿、译文稿。它可以说是至今见到的搜集冯沅君小说创作较为完整的一个版本了。自一九二八年始,直到一九七四年六月十七日病逝,四十余年间,冯沅君一直从事高等学校的教学工作,潜心于中国古典文学,特别是唐宋诗词、元杂剧、明清小说的研究工作,曾编写了《中国文学史简编》(与陆侃如合著)、《南戏拾遗》、《古优解》、《古剧说汇》等有较高学术水平的著作。冯沅君无论在小说创作领域,还是在学术研究领域里,都取得了显著的成绩,曾受到鲁迅先生的赞赏。即使在今天,冯沅君的小说依然能给读者以一定的认识作用和美学享受。

本文谨就冯沅君的小说创作和文学活动作一篇简要的评述。

一

冯沅君,一九〇〇年九月四日生于河南唐河县一个小官僚地

---

* 原载《临沂师专学报》1985 年第 1、2 期合刊,署名孙昌熙、金芹。

主家庭。一九二四年二月以后，她以"淦女士"的笔名，在创造社的刊物《创造季刊》、《创造周报》上接连发表了《隔绝》、《旅行》、《慈母》、《隔绝之后》等短篇小说，以抒情独白和大胆披露内心活动的方式，尽情地呼唤出了郁积在广大青年心中的，对封建婚姻制度、封建道德观念的强烈反抗情绪，从而引起文艺界和广大读者的注意。在"五四"退潮期的一九二四年，她通过这些作品发出的彻底的、不妥协的反封建的战斗呼声，决不是偶然的。它是作者在"五四"新思潮哺育下所焕发出来的战斗精神的结晶，是她的民主主义思想发展的必然结果。

冯沅君的少年时代，是在落后、偏僻的河南农村的封建家庭中度过的。她从小接受封建教育。"五四"新文化运动初期，她从兄长由外地寄来的新书刊中，初步接受了新文化、新思想的影响。一九一七年，她在两位兄长冯友兰、冯景兰远离故乡赴京沪求学的影响下，征得思想比较开明的母亲的支持，孤身一人离乡背井赴京投考新成立的北京女子高等师范学校。冯沅君的这个举动在当时偏僻的河南农村是不多见的。一九一七年至一九二二年，冯沅君就读于北京女高师。在新文化运动发祥地的北京，冯沅君的民主主义思想进一步觉醒。是时，正是五四运动前夕，反帝反封建的学生运动风起云涌。可是，女高师的校长却是一个冥顽不化的老官僚，为了防止学生上街游行，他在校门上加了一把大铁锁。冯沅君和学生们对学校当局的倒行逆施义愤填膺。冯沅君第一个搬起石头，砸烂了这把铁锁，学生们终于破门而出，和其他高等学校学生的游行示威队伍会师。冯沅君的这个壮举，学生们很钦佩。在"五四"新文学运动中，冯沅君的文学才华也得到了初步施展。为配合反封建斗争，冯沅君将《孔雀东南飞》的故事改编成话剧。但是，临到演出时，学生演员中都不肯扮演焦仲卿的母亲，冯沅君毅然上台，扮演了这个众矢之的的反面人物。这两件事情，从不同侧面揭示了青年时代的冯沅君，在"五四"时代精神的熏陶下，已经逐渐形成了她的以反封建的爱国思想和战斗精神为核心的民主主义世界观。

一九二二年夏，冯沅君毕业于女高师，随即入北京大学研究所国学门做研究生，学习、研究中国古典文学。研究所的埋头古籍的书斋生活，诚然预示了她以后将走上学者、教授的生活道路。但是，对于正处于青年时期，又自谓具有"个性浪漫"、"男性很重"、"血气方刚"性格的冯沅君来说，宁静、孤寂的书斋生活的小天地，又怎能禁锢住她那一颗惯于随着时代的脉搏急剧跳跃着的忧国忧民的心灵呢！她在散文《愁》中写道："前三二年的我，也曾为中华前途担过忧，以为这些愁来愁去的文艺，是中国民气消沉的表征，最好是将这一类的作品都拉杂而摧烧之。"这些慷慨激昂的语句，真实地披露了她在一九二二、一九二三年间奋发激进、不满现实的心情。冯沅君在学生、研究生时期，曾阅读了大量新文学作品和进步的外国文学作品，从中吸取了民主主义的思想营养。她特别喜爱郭沫若的作品。郭沫若的那种以火山喷发的方式，直抒胸臆的浪漫主义创作手法，以及渗透在作品中的强烈的反帝反封建的战斗精神，引起了她的共鸣，激发了她对现实不满的反抗情绪。而正当冯沅君身居书斋，心为中华前途担忧的时候，冯沅君的表姐吴天的婚姻悲剧，向她提供了创作素材，她似乎找到了一个直抒胸臆、发泄郁积在内心深处的强烈的反封建情绪的突破口。于是，冯沅君以吴天和她的情人的恋爱经历及其悲剧命运为题材，创作了《隔绝》、《隔绝之后》、《旅行》等三篇短篇小说。对这些作品，鲁迅在《中国新文学大系·小说二集·序言》中曾评价说："《旅行》是提炼了《隔绝》和《隔绝之后》的精粹的名义。"它们"实在是五四运动直后，将毅然和传统战斗，而又怕敢毅然和传统战斗，遂不得不复活其'缠绵悱恻之情'的青年们的真实的写照"。对属于创造社创作流派的作家的作品，鲁迅作出如此推崇的评价，大概冯沅君是第一人吧。

《隔绝》写于一九二三年秋，最初发表于一九二四年二月出版的《创造季刊》，是冯沅君的处女作，也是冯沅君的代表作之一。《隔绝》描写一个女知识青年为寻求母女之爱与情人之爱的调和，冒险回到故乡，来到了母亲的身边，结果被母亲紧锁在小屋里，强迫她与自己的恋人断绝，嫁给另一个她所不爱的土财主，最后女主人公"我"在表妹的帮助下，准备逃离小屋，与情人相会。我们从冯沅君后来写的短篇小说《隔绝之后》中，知道这一对恋人终于没能逃脱封建势力的羁绊，女主人公服毒自杀，她的情人赶来后，也服毒自尽，两人相抱着死在一起。封建势力虽然要"隔绝"他们，然而他俩终于永不分离，相亲相爱地死在一起。《隔绝》所反映的题材，应该说并不新颖，我们在胡适的话剧《终身大事》中曾读过类似的描写。《隔绝之后》的悲剧结尾也并非独创，我们在其他作品中也似曾相识过。然而，《隔绝》、《隔绝之后》却是不同凡响的佳作，自有其震撼人心的巨大力量。这不仅由于作者采用了积极浪漫主义的创作手法，无所顾忌地尽情发抒个人对丑恶现实不满的主观感情：在艺术表现上，将现实与回忆、丑恶与美景进行强烈的对比，以此来表达"我"对理想生活的强烈追求。而且，更在于作者所表达的主题、构思的情节洋溢着不妥协的反封建战斗精神，自有其时代特色。作者把小说矛盾冲突的焦点集中在母女之爱与情人之爱的不可调和上，又把小说主人公塑造为一个曾企图寻求两种人伦之爱相调和的青年，然而，她在母女之爱的光圈中，竟得不到"爱"的庇护，相反的，展现在她面前的竟是封建礼教的一副张开大口要吞噬她与自己情人的狰狞面目，这就幻灭了她的空想，更加激发她"困兽犹斗"的顽强斗志。冯沅君的这种创作构思比较真实地反映了一九二三年前后，处于"五四"低潮时期的一代青年的性格、心理和思想方法。当时的不少青年，他们承继着"五四"革命传统，有挣脱封建势力束缚，奔向光明世界的强烈愿望；然而，在新文化运动统一战线分化瓦解，封建势力卷土重来之际，他们身上固有的封建思想的因袭种因，又诱使他们对封建势力抱有一定的幻想，于是，他们自觉或不自觉地在革命与妥协、理想与现实、理智与感情之间彷徨、踟蹰，有的甚至做了封建势力的俘虏。在当时的一些文学作品中，对处于这种状态的青年有过较多的描写。而冯沅君在自己作品中，通过女主人公之口，终于发出了这样的声音："身命可以牺牲，意志自由不可以牺牲，不得自由我宁死。""我们开了为要求恋爱自由而死的血路。我们应将此路的情形指示给青年们，希望他们成功。"这种反叛的声音发自一个曾经想调和母女之爱与情人之爱的青年人之口，它的涵义就不只是一种反抗，更是一种在更高的思想境界上的觉醒。而且，这种发自肺腑、撕肝裂胆的声音，重响于一九二四年间，传入正处于苦闷、彷徨的青年们之耳，又怎能不在心灵上引起强烈的冲击波呢！

冯沅君继《隔绝》之后，在《创造周报》上发表了《旅行》。这篇小说的发表，更加巩固了冯沅君在现代文学史上的地位。《旅行》写的是一对青年情侣在十天旅行中的生活、心理状况。其创作手法与格调与《隔绝》一脉相承。而在主题思想和人物的思想境界上，它比《隔绝》更为深刻、隽永。如果说，《隔绝》、《隔绝之后》所写的是"我"和恋人与封建家庭、封建礼数的冲突；那么，《旅行》所写的是"我们"与周围社会环境的冲突。如果说，《隔绝》、《隔绝之后》表示了一代青年与封建礼教不共戴天的战斗意志；那么，《旅行》则反映了一代青年与封建传统道德的决裂。作者笔下的这对情侣在强大的社会习惯势力面前，具有勇往直前的战斗气概："别人对于我们这种行为要说闲话，要说贬损我们人格的闲话，我们的家庭知道了要视为大逆不道。我们统统想得到，然而我们只当他们是道旁的荆棘，虽然是能将我们的衣服挂破些，可是不能阻止我们的进行的。"在当时的历史环境中，他们敢于千里迢迢双双出门远游，敢于在众目睽睽之下表达自己的情爱，这种力量的源泉绝非出于盲动或感情用事，而是来源于新时代的青年，对意识到的历史重任的认识：我们"在新旧交替的时期，与其作已经宣告破产的礼法的降服者，不如作个方生的主义真理的牺牲者"。在《旅行》中，展现在读者面前的生活画面，已不再是对以往恋人之间情意绵绵、甜蜜生活的回忆，而是对未来生活的憧憬，以及为了实现这种理想所表现出来的宁死不屈、九死不悔的大无畏反叛精神。《旅行》是作者民主主义思想进一步发展的标志。

冯沅君在创造社的刊物上，接连发表《隔绝》等四篇小说①后，于一九二七年结集出版，作为鲁迅编辑的《乌合丛书》之一。小说集题名为《卷葹》，是"拔心不死"的草名。这个题名高度概括了小说集中主要作品所反映的誓与当时的黑暗现实、封建势力势不两立的强烈的反封建的战斗内容；同时，这个题名也真实地反映了冯沅君在一九二四年前后与封建势力战斗时，所焕发出来的那种坚韧不拔、不折不挠的非凡气概和战斗风格。

二

一九二五年夏，冯沅君于北京大学研究所国学门研究生毕业。一九二六年间，国内革命形势渐趋高涨，北洋军阀政府在北伐军的凌厉攻势之下，已处于摇摇欲坠的境地。但是，此时的冯沅君的思想却渐趋"冷静"，有一个较大幅度的变化。她在《愁》一文中写道："现在不知怎的（也许是得了骸骨迷恋的症候），对于这一类作品（按：即前所谓之'愁来愁去的作艺'），竟同情起来。"由对那些"愁来愁去的作艺"采取"拉杂而摧残之"的态度，变为"竟同情起来"，正暗示了冯沅君当时思想变迁的脉络。形成这种思想变迁的原因，冯沅君谓之"得了骸骨迷恋的症候"，也即钻古书堆，进了研究室，远离了社会现实生活。冯沅君的这个自我剖析是有一定道理的。鲁迅在写于一九二五年二月五日的《青年必读书》中，曾尖锐地指出："我看中国书时，总觉得就沉

---

① 《卷葹》收《隔绝》《隔绝之后》《旅行》《慈母》四篇。

静下去，与实人生离开。"鲁迅的这个观点，看来冯沅君是首肯的。但是，由于冯沅君的业务是从事国学研究，她终于深知自己"得了骸骨迷恋的症候"而不能自拔。这大概也是时代使然吧！中国现代文学史上象冯沅君这样由从事文学创作转而进入研究室、大学堂，后来成为著名的学者、教授者，不乏其人。

一九二五年后，冯沅君没有放弃小说创作。她于一九二五、一九二六年间，接连写了《劫灰》、《缘法》、《贞妇》等短篇小说，后来结集出版，题名《劫灰》。颇有趣味的是，思想发生变迁后的冯沅君的这三篇作品，都发表在由鲁迅等人主编的《语丝》、《莽原》等刊物上，作者的署名也由"淦女士"改为"沅君"。为什么要废弃已为广大青年读者所熟悉的笔名"淦女士"，而另署新名呢？陆侃如在《卷葹·再版后记》里说："现在作者思想变迁，故再版时改署沅君。"冯沅君的思想由激进转为冷静的变迁状况，在她这个时期写的小说的内容、格调上，也有比较明显的反映。从格调上看，《劫灰》等三篇作品，着重于对社会生活、人物心理的客观描写，文笔低沉、悲切，多用第三人称的写法。从内容上讲，反封建的战斗精神诚然还占据着主导地位，作品的题材也稍有开拓；但是，作品所反映的主题，所描写的人物，已经不如《卷葹》中的作品那样具有广泛的社会概括性和典型性了。《劫灰》中的作品，有的严格地说来不象是小说，如《劫灰》、《缘法》。有的作品如《贞妇》，虽然全篇充满着对封建礼教的血泪控诉，对被丈夫遗弃的何姑娘悲惨遭遇的强烈同情，然而，作品对封建礼教的控诉，是以何姑娘乞求吊唁婆婆亡灵的方式表现出来的，最后这种控诉又为婆媳合葬的结局所冲淡，笼罩整篇作品的色彩是比较暗淡的。并且，在《贞妇》中，作者在对何姑娘的前夫慕凤宸的描写上，似乎暗示出作者左右为难的矛盾心理。对慕凤宸的喜新厌旧，遗弃何姑娘的卑劣作为，作者出于对弱女子何姑娘的同情，不能不对他做出正义的批判；但是，从个性解放的立场上去理解、批判慕凤宸的作为，他休了封建包办的旧妻，另觅自由恋爱而结合的新妻，又似乎是无可非议的。作者思想上的这种矛盾状态，直接影响对慕凤宸的性格描写，慕凤宸的面目甚至不如何三奶的清晰。由此看来，冯沅君站在民主主义的立场上，在对封建主义的斗争中，她始终是以一个革命战士的姿态出现的；而当去描写如慕凤宸这类在新思潮影响下成长起来的青年的所作所为，特别是当他们的作为直接危害到象何姑娘之类弱女子的生存，并且在客观上他们与封建势力狼狈为奸地去制造一个弱女子的悲剧命运的时候，作者似乎已缺乏分析、批判这类人物的思想武器，读者仿佛从作品所描绘的形象画面里，听到作者的一声无可奈何的叹息声。这种情况在作者后来写的另外两篇小说：《我已在爱神前犯罪了》《潜悼》中，更有明显的流露。

　　写于一九二六年十二月至一九二七年五月的《春痕》，是由假托一个青年女子写给她的情人的五十封书信组成的一部中篇小说。在《春痕》中，虽然不乏抒情的佳篇，哲理性的警句；时而也迸发出对现实黑暗揭露的语句："我觉得世间人都是'可怜虫'，在不可抗御的大势力之下展转挣扎。我为我自己伤心；更为一切人伤心。""'何必到阴司方有地狱，地狱就在人间！'其实人间地狱何它在啼饥号寒之家，虽丰衣足食而生意如霜后枯草者，亦即地狱中之囚徒。"时而也抒写有对文艺问题的警辟的语句：文艺"以情感为原素"、"诗之大体多成于兴会，而诗之字句不妨加意推敲"等等。可是，正如鲁迅所指出的："就只剩了散文的断片了"（《中国新文学大系·小说二集序言》），这些散文的断片在读者的脑中，构不成一个完整的艺术形象，这既是作者所始料之不及的事，也是读者所感到失望的。值得注意的是，《春痕》和《卷葹》中的作品相比，有许多相似之处：在内容上同是描写一对青年恋人对自由恋爱幸福生活的追求；在表现手法和格调上，同是采取第一人称、直抒胸臆、大胆披露内心的活动的手法。但是，《春痕》于一九二八年十月出版后，竟没有在社会上产生较大的反响。这是为什么呢？其原因是不难寻找的。严格而言，《春痕》是一部"自我"表现的作品，作品中所描写的瑗的喜与愁，仅属于瑗个人的，它缺乏艺术概括力，当然难以在读者中引起共鸣了。这正如别林斯基所指出的："没有一个诗人能够由于自身和依赖自身而伟大，他既不能依赖自己的痛苦，也不能依赖自己的幸福；任何伟大的诗人之所以伟大，是因为他的痛苦和幸福深深植根于社会和历史的土壤里，他从而成为社会、时代以及人类的代表和喉舌。只有渺小的诗人们才由于自身和依赖自身而喜或忧；然而，也只有他们自己才去啼听自己小鸟般的歌唱，那是社会和人类丝毫也不想理会的。"（《别林斯基论文学》）但是，如果我们把《春痕》这部作品视为作者记录自己与陆侃如爱情生活由"爱苗初长"到"定情"的过程的"日记"，那么，《春痕》为我们研究冯沅君的思想与小说创作，倒提供了一些珍贵的史料。

　　《春痕》的出版，宣告了冯沅君文学创作生涯的结束。鲁迅先生对此似乎深表惋惜，而在冯沅君来说，倒是断然采取的扬长避短的决策。生活天地的狭小，创作素材的枯竭，思想情感日趋冷静……这一切都暗示冯沅君切莫再在"以情感为原素"的文艺创作面前逞强，而应改弦易辙，利用现实社会为自己把提供的一切有利条件，从事古典文学研究工作。在《春痕》中，冯沅君似乎已向读者透露出自己将改变志向的信息。她说："纯理性的文字无论何时皆可做，只要时间精神参考书敷用。文艺是生命的象征，在生命之流不到可翻波澜的时期，决成不了可观的东西；纵然勉强成功，也是纸花或喷水池喷的水。"冯沅君虽然在文学创作园地里辍笔止耕，然而，冯沅君的文学才华终究是出类拔萃的。一九二七年后，她在中国古典文学研究领域里充分施展出自己的文学才能。

三

　　冯沅君自北京大学研究所国学门研究生毕业后，便从事高等学校的教学工作。这时期，她偶有兴会，也写有一些短篇小说，如《林先生的信》、《我已在爱神前犯罪了》等，题材皆取材于教师生活。一九二八年间，冯沅君还写有《误点》、《潜悼》等作品。这大概是冯沅君留给我们的最后几篇作品了。

　　一九二九年元月，冯沅君和陆侃如在上海结婚，从此两人同心协力地在中国古典文学领域里辛勤耕耘，著书立说。一九三二年冯陆两人留学法国，一九三五年获巴黎大学文学博士学位，毕业后回到中国。一九三五年后，冯沅君对中国古典文学的研究，由诗词、散曲转移到古代戏剧方面，从事对古剧的整理、发掘、考证、研究工作，以后她终于成为一位在中国古剧的发掘、整理和研究领域中，取得卓越成就，为学术界人士崇敬的女学者、女教授。例如，关于《西厢记》作者王实甫的生平事迹，由于在封建社会中一般小说戏剧不被重视，很难找到可靠的资料。冯沅君从浩如烟海的古籍中，于一九三九年在明人书籍中得到了三项关于王实甫的材料，并对这些材料进行科学的考证，终于使人们对王实甫的生平、思想有了更深一层的了解，对《西厢记》这部伟大的现实主义古典剧作的思想与艺术成就作出比较恰当的评价。冯沅君的这些研究成果，至今还为一些研究古剧的专家的论文引用。如果说，冯沅君在一九二三年后一段时间内，用自己的小说创作为中国新文学运动作出了力所能及的贡献的话；那么，在一九二八年后的中国古典文学研究领域里，她依然坚持现实主义的战斗精神，认真发掘中国古典文学，特别是元杂剧、明清小说中的人民性的优良传统，为新文学的建设提供了必要的借鉴和丰实的营养。冯沅君所从事的这两项工作，虽然内容不同，然而其方向是一致的。正如周扬同志指出的："我们要建设新的、社会主义的文学艺术，就必须对于我们民族的文学艺术遗产给以正确的评价，接受其中一切有用的优良的传统，在新的基础上加以发展。"（《我们必须战斗》）冯沅君在新文学创作领域是一位开拓者；在中国古典文学研究工作中，她仍然是一位开拓者。

新中国成立后，冯沅君的学术研究工作在马列主义、毛泽东思想的指导下，坚持古为今用的原则，有了更为卓著的成就。她和陆侃如合著的《中国文学简史》曾由国家外文出版社译为英文、捷克文，在国外发行。在教学工作中，她为新中国的科学研究队伍和高等学校师资培养出了一批又一批新人。党和人民对于冯沅君的功绩也给予了崇高的评价。冯沅君先后被选为第一、二、三届全国人民代表大会的代表，山东省人民政府委员，山东省文联副主席。自解放后至一九七四年，一直担任山东省妇联副主席。一九六三年国务院任命她为山东大学副校长，被评为一级教授。一九七〇年，冯沅君积劳成疾，不幸患有直肠癌。在省人民医院住院治疗期间，她神志不清，但仍日夜挂念给研究生讲古典文学课程，常常要护士、大夫扶她到病房隔壁的房间去。她一走进屋，便坐下来大声讲课，开始时护士们十分惊讶；后来，当知道冯沅君把这间毗邻于她的病室的护士办公室，误为学校古典文学教研室后，她们被病人的这种为祖国教育事业"鞠躬尽瘁，死而后已"的精神感动得流下了热泪。一九七四年六月十七日上午六时半，冯沅君先生，"五四"后文坛上曾闻名一时的"淦女士"，与世长辞了。冯沅君的骨灰盒存放在济南市英雄山山东革命烈士陵园内。冯沅君将永远受到革命后代的景仰。

闻一多与《山海经》*

闻一多先生虽没写过有关《山海经》的专著。但对《山海经》的研究与运用，取得了巨大成绩。他主要是使用《山海经》所提供的资料，去解决一些先秦两汉古籍中的训诂和神话（仙话）传说问题，目的是深入理解中国古代社会，并从古文化中挖掘新东西，古为中用。

一

一九三二年，闻先生开始研究《楚辞》时，就应该是研究《山海经》的开始。一九三六年，先生在清华大学开"中国古代神话研究"，是他以《山海经》为主要材料研究神话的成果。

一九四〇年，闻先生在联大开"古代神话研究"，《伏羲考》就是内容之一。先生不仅大量运用古籍，特别是《山海经》的神话资料，而且吸取和运用了苗族的神话；他把《山海经》作为一把钥匙打开了汉族古文化和苗族文化源头——神话——的奥秘，使汉、苗同源的假设，得到了充分的证据。

关于《山海经》的成书时代，他的一个基本观点就是《山海经》为汉代典籍。他说：

"伏羲与女娲的名字，都是战国时才开始出现于记载中的。伏羲见于《易·系辞下》传，……女娲见于《楚辞·天问》，

* 原载《云南师范大学学报》（哲学社会科学版）1985 年第 6 期。

《礼记·明堂位》篇,《山海经·大荒西经》,但后二者只能算作汉代的典籍(着重点为引者所加),虽则其中容有先秦的材料。"(《闻一多全集》一,开明书店版,1948,第 3 页甲。此后简称"集")

从上例,说明闻先生善于用比较法,发现先秦两汉古籍(包括《山海经》)中共同保存了古代一些相近似的神话、传说及其他。这个现象反映了各书所记,有一个共同来源,即古代流传着的此类故事等等。

《庄子》是保存古神话传说最多的一部书。闻氏发现其中与《山海经》所载的相类似者较多。把两书比较的结果,闻氏断定《山海经·海内经》的时代不能太晚。

第一论据:他说,"《海内经》据说是《山海经》里最晚出的一部分,甚至有晚到东汉的嫌疑。但传说(按指:延维的传说)同时又见于《庄子·达生篇》。属于《庄子》外篇的《达生》篇,想来再晚也不能晚过西汉(着重点为引者所加),早则自然可以到战国末年"(集一,第 15—16 页甲)。

第二论据:闻氏说,伏羲女娲像,在西汉已成为建筑装饰,可见有关两神的传说更早了。"我们不妨再向稍早的文献(着重点为引者所加)中探探它的消息。"于是举出《山海经·海内经》所记载的苗民之神延维(即伏羲)的故事(集一,第 15 页甲)。

由此可见,闻氏连晚出的《海内经》也认为它最早在战国末年,最晚是西汉,那么《山海经》则是汉代古籍。

二

《山海经》是部什么性质的书?

《山海经》全书虽只三万多字,却是研究我国古代神话、探文化之源以及古代地理历史(带神话性的)与宗教等极其重要的书。由于其内容复杂和奇特,因而对于它的性质,自古迄今仍在争论：有的说它是地理书，有的则视为小说，鲁迅说它是古之巫书。闻氏呢？他似乎重视它的三大内容：神话、地理和历史。他研究与运用《山海经》的着重点在这里，他的一些实践成果也从这里得到。

首先提出的一问题是，闻氏与怀疑论者不同，他认为《山海经》的上述三大内容是著者客观地搜集与记录而成，绝非臆记。在他的研究与运用的实践中也证实了这一观点。

第一，在运用地理材料解决问题的成果方面，可举出：闻氏运用《山海经》作为中心论据，使《诗经》中"习习谷风"的"谷风"得到新义。闻氏说："'习习谷风'传、笺皆谓之'东风'。"义太狭窄。他说："古人以为窍穴井谷之类为风所生。"闻氏除借《庄子·齐物论》、《文选·风赋》等有关材料佐证外，他以《山海经》作为强有力的论据证实他的假设。他引《山海经·南山经》曰："旄山之尾，其南有谷，曰育遗……凯风自是出。"又曰："令丘之山，……其南有谷焉，曰中谷，条风自是出。"乃作结论说，"则明言风出谷中也"。这就是说，"谷风"是泛指"谷中之风"（《诗经通义》集二，第187页乙）。

第二，关于历史问题的考订。

这里先看看闻氏借地理材料以考订颛顼之所居地。闻氏因为《山海经》所记山川地名及位置都是可靠的，并与其他古籍所记载相类或相通，便据以考订历史人物所在位置问题。他说："古代地名空桑的不只一处，但最初颛顼所统治的空桑当在北方。"证据便取自《山海经·北山经》。经曰："空桑之山，无草木，冬夏有雪，空桑之水出焉，东流注于虖沱。"闻氏认为郝懿行说它在赵代之间，大概是对的，并说："我们以为颛顼所居的就是这个空桑。"（集一，第141页甲）

第三，闻氏重视《山海经》这座神话传说宝库。虽然是神话，但因这些神话传说多与先秦两汉诸古籍所载相近似，可以推定是作者对当时所流传的神话，作了客观的搜集和记录，而且在神秘色彩的涂饰中隐藏着科学性（如闻氏解释的"两头蛇"的故事），因此就成了为闻氏所宝贵的神话研究和训诂问题的重要材料。

如闻氏在释"女歧无合，夫焉取九子？"（《天问·释天》）里，就表示了上述的意思。他说："《吕氏春秋·谕大》篇，'地大则有常祥，不庭，歧母……'是也。高（诱）注以歧母兽名，盖九子母，既为神物，则为人为兽，或半人半兽，皆无不可，《山经》所载，泰半如是也。"（集二，第334页乙）这就明指出：诸古籍所记神物往往与《山海经》所记相类。因而研究这类问题时（如《伏羲考》、《神仙考》之类），便广泛使《山海经》材料，不断开掘出新义。

在先秦两汉古籍中，前面已从另一角度上稍稍提过，《庄子》与《山海经》不仅都保存了较多的神话传说，而且多有相类似者，如怕强故事、委蛇故事（后面要详说）……因此，两书在这个角度上性质相似。闻氏曾引《释文叙录》的话阐明两书的关系和性质："《释文叙录》曰：《汉书·艺文志》，《庄子》五十二篇，即司马彪、孟氏所注是也。言多诡诞，或似《山海经》，或类占梦书……"（集二，第239页乙）而闻氏自言："《庄子》之学，本与方士神仙之说相通。"（集二，第241页乙）这就意味着《山海经》也有方士气味了。

由此看来，闻氏似乎认为《山海经》是以神话（仙话）传说为主的，历史（带神话色彩）、地理的客观记载之书。

三

闻氏在研究古代神话传说方面取得显著成绩，当然并非全靠《山海经》。但他所解决的某些问题，却主要依靠了它。至于从它本身发现的问题，如它有些潜神话，却需要以它所提供的材料为主，而以其他古籍为辅了。

　　闻氏发现《山海经》中有些记载是尚未被认识的神话，至少有神话痕迹，可名曰"潜神话"。这是个大发现，虽由于材料不足，尚未能予以解释，但给后来者以无限启示，说明这座神话山的矿藏还很丰富。

　　两龙的故事就是一个潜神话。

　　闻氏发现《山海经》里，凡是讲到龙的故事，往往就是二龙。闻氏把《海外南经》、《海外西经》、《海外北经》和《海外东经》诸经中记载的"乘两龙"的故事集中起来研究之后说："在传说里，在五灵中凤麟虎龟等四灵中，差不多从不听见成双的出现过，唯独龙则不然。除非承认这里有关某种悠久的神话背景，这现象恐怕是难解释的。"（集一，第 24 页甲）

　　闻氏对"乘两龙"未能解释，但由此对龙的研究却有了重大发现并作创造性的解释，还由以解决了一系列重大问题。像朱自清先生所说：探求到"这民族、这文化"的源头。闻氏用民俗学的观点，运用中外有关资料以比较的方法，以《山海经》为主的神话中解释了龙是什么的问题。

　　他说，龙"是一种图腾（Totem），并且是只存在于图腾中而不存在于生物界中的一种虚拟的生物，因为它是由许多不同的图腾糅合成的一种溶合体。因部落的兼并而产生的混合的图腾，古埃及是一个最显著的例证。在我们历史上，五方兽中的北方玄武本是龟蛇二兽，也是一个好例。不同的是，这些是几个图腾单位并存着，各单位的个别形态依然未变，而龙则是许多单位经过融化作用，形成了一个新的大单位，其各小单位已经是不复个别的存在罢了。前者可称为混合式的图腾，后者化合式的图腾。部落既总是强的兼并弱的，大的兼并小的。所以在混合式的图腾中总有一种主要的生物或无生物，作为它的基本的中心单位，同样的在化合式的图腾中，也必然是以一种生物或无生物的形态为其主干，而以其他若干生物或无生物的形态为附加部分。龙图腾，不拘它局部的像马也好，像狗也好，或像鱼，像鸟，像鹿都好，它的主干部分和基本形态却是蛇。这表明在当初那众图腾单位林立的时代，内中以蛇图腾为最强大，众图腾的合并与融化，便是这蛇图腾兼并与同化了许多弱小单位的结果。……龙的基调还是蛇。这种蛇的名字便叫作'龙'。后来有一个以这种大蛇为图腾的团族（Klan）兼并了，吸收了许多别的形形色色的图腾团族，大蛇这才接受了兽类的四脚，马的头、鬣和尾，鹿的角，狗的爪，鱼的鳞和须，……于是便成为我们现在所知道的龙了"（集一，第26页甲）。

基于这一理论，闻氏以《山海经》为主要材料，研究发现了中国许多古代民族是龙族，即以龙为图腾的团族。例如：

"夏为龙族"。他说："传禹自身是龙。《海内经》注引《归藏·启筮篇》：'鲧死三岁不腐，剖之以吴刀，化为黄龙'。""传说夏后氏诸王多乘龙。……《大荒西经》注引《归藏·郑母经》曰，'夏后启筮御飞龙登于天'。《海外西经》《大荒西经》都说启乘两龙。"（集一，第34页甲）

论证了"夏为龙族"之后，闻氏又从《山海经》的有关记载找到了夏后氏与苗族的密切关系。闻氏根据伏羲女娲人首蛇身相交（实即二龙相交）的汉画像和《山海经》对苗民之神（延维）形象性格的描写，以及《庄子》对委蛇形象性格的描写，三者作了比较。

闻氏说："人首蛇身的伏羲女娲像，在画汉初期既已成为建筑装饰的题材，则其传说渊源之古，可想而知。有了这种保证，我们不妨再向稍早的文献中探探它的消息：《山海经·海内经》曰：'南方……有人曰苗民。有神焉，人首蛇身，长如辕，左右有首，衣紫衣，冠旃冠，名曰延维，人主得而飨之：怕天下。'郭璞注说延维即《庄子》所谓委蛇，是对的。委蛇的故事见《庄子·达生》篇（故事主干相同，从略——引者注）关于，'左右有首'，也许需要一点解释，《山海经》等书里凡讲到左右有首，或前后有首，或一身二首的生物时，实有雌雄交配状态之误解或曲解（正看为前后有首，侧看为左右有首。混言之，则为一身二首），综合以上《山海经》和《庄子》二记载，就神的形貌说，那人首蛇身，左右有首，和紫衣朱冠三点，可说完全与画像所表现的相合。"（集一，第14—15页甲）得到了伏羲女娲即延维、即委蛇的结论，并进而证实了芮逸夫的假设：汉苗两族都以伏羲女娲为祖神。

闻氏说："以伏羲女娲为中心的洪水遗民故事，本在苗族中流传最盛，因此芮氏（芮逸夫）疑心它却起源于该族。依芮氏的意想，伏羲女娲本当是苗族的祖神。现在我们既考订了'延维'或'委蛇'者即伏羲女娲，而《山海经》却明说他们是南方苗民之神，这与芮氏的推测，不完全相合了吗？"（集一，第15页甲）

闻氏的巨大贡献是从龙图腾提出了一个假设："伏羲氏与夏后氏既皆与龙有这样密切的关系，我疑心二者最初同属于龙图腾的团族。"（集一，第52—53页甲）

闻氏用《山海经》的神话作为旁证，发现汉苗两族中间有些神话，不仅故事相似，连人物也一样。例如，从汉族的"共工"与苗族的"雷公"的故事相似、肖像一致，推定两者是一个人或一条龙。

闻氏说："在汉籍中发动洪水者是共工，在苗族传说中是雷公，莫非雷公就是共工吗？我们是否能找到一些旁证来支持这个假设呢？较早的载籍中讲到雷公形状的都是龙身人头。《海内东经》'雷泽中有雷神，龙身而人头，鼓其腹则雷。'……共工亦人而蛇身：《大荒西经》注，引《归藏·启筮》'共公人面蛇身朱发'。……《海外北经》'共工臣曰相柳氏，九首人面蛇身而青。'《大荒北经》'共工臣名相繇，九首蛇身自环。'然则共工的形状实与雷神相似，这可算共工雷神的一个有力的旁证。……"（集一，第48—49页甲）

闻氏除论证了汉苗同源、同图腾和同祖之外，还主要依靠《山海经》发现了另一些以龙为图腾的团族，证实了各族原是一家的设想。如楚的始祖祝融是条火龙（集一，第38—41页甲），匈奴的图腾也是龙（集一，第42—43页甲）。闻氏又以《山海经》的两条材料为主，辅以其他古籍材料，充分论证了黄帝也是龙（集一，第41—42页甲）。

至此，闻氏作结曰："由上观之，古代几个主要的华夏和夷狄民族，差不多都是龙图腾的团族。龙在我们历史与文化中的意义，真是太重大了。闻氏从龙图腾角度用以说明各民族之间的关系，反映了《山海经》材料的可贵价值。闻氏并在其他古籍的近似材料的辅助下，论证了许多古代民族既同为龙图腾的团族，其现实意义非常重大；意思就是说，大中华民族的文化是从这龙图腾发源的。因此'东方巨龙'象征和歌颂中华民族，就不是偶然的了。这个研究结论对民族大团结，抵御外侮，发展文化……是起了相当作用的。"

四

《山海经》既记载了神话（产生较早），也保存了仙话（较晚出）。闻氏对其神话的选用成果已如上述；而在仙话方面也获得巨大成果。仙话往往与神话融合在一起，但有自己的特点：主要宣传不死思想，即神仙思想。闻氏挖到了他们的老根，来自西方的羌族。他考证出齐人的老家在羌地。他说："今甘肃新疆一带正是古代羌族的居地。而传说中的不死民，不死之野，不死山，不死树，不死药等⑦也都在这里。很可能齐人的不死观念是当初从西方带进来的。"（集一，第156页甲）

闻氏这个注⑧里集中引用了《山海经》的仙话材料，从而解决了三个重大问题：第一，他考证出这些不死民、山、树等皆在西北羌地。《山海经·海外南经》："不死民……其为人黑色，寿不死。"《海内经》："流沙之东，黑水之间，有山名不死之山。"闻氏考证出这些人和地皆在我国的西北方，即古之羌地。又据

《海内西经》"开明兽……立昆仑上……开明北……有不死树"和《大荒南经》"有不死之国，何姓，甘水是食"，也考证出皆位在西北，亦即羌地。第二问题：闻氏根据《海内西经》所载的昆仑山与仁羿的故事，从郭注"羿请不死之药于西母"，得出结论说："……然则嫦娥窃药故事战国初已流行矣。"从而得出了仙话产生的时代。第三，巫与药的关系及药之产地。闻氏引《海内西经》"开明东有巫彭，巫抵……皆操不死之药……"和《大荒西经》"有灵山，巫咸，巫即……十巫从此升降，百药爰在"，得出巫操不死之药的结论。又引《大荒南经》"有巫山者，西有黄鸟，帝药八斋"，郭注"天帝神仙药在此也"，及该经的"云雨之山……有赤石焉，生栾，黄本赤枝青叶，群帝焉取药"，注"言树花石皆神药"。闻氏说："案此亦据域外言之，仍在中国西北也。"（以上均见集一，第 168 页甲）闻氏认为神仙所居住并有不死药的昆仑山，即今之天山。引《西山经》"又西三百五十里曰天山"为证，恰恰是羌地，是不死观念的发祥地（见集一，第 173 页甲注⑭）。

这种不死观念与齐人有什么关系呢？

闻氏说，春秋时代不死观念不曾产生。战国时才有神仙说；齐国（山东半岛）也并非神仙的发祥地，因之，海与神仙也无因果关系。齐之所以有不死观念，后有神仙说，当于某种族来源中求解决（集一，第 154 页甲）。闻氏这个创见主要根据《山海经》。他说，齐之祖先是羌人，"内徙华化"。《大荒北经》记："有北齐之国，姜姓，使虎豹熊罴。"闻氏说："此齐人之留在夷狄者。"（集一，第 155 页甲）

闻氏认为，羌人的不死思想与火葬有关，而"火葬所代表的不死，与不死民等传说的不死，大有分别，火葬是求灵魂不死。……这与后来不死民等传说灵肉合一，肉体不死即灵魂不死的观念相差太远了"（集一，第 156 页甲）。

什么时候统一起来并传到齐国呢？闻氏以为，齐人将火葬的观念带来东方后，羌人的不死思想又演变为与肉体不死观念相统一，并且再度传到齐国。他说："难道这回神仙传说之出现于燕齐，也是从西方来的吗？对了，这回是西方思想第二度访问中国。神仙的老家是在西方，他的习惯都是西方的"（集一，第157—158页甲）。

似乎闻氏认为《山海经》里已有方士。前面已介绍过：闻氏指出《庄子》在神话传说角度上与《山海经》关系至为密切，而《庄子》有方士气，这就包含着《山海经》在内。而其中操不死之药的神巫应该就是方士。闻氏说，人不是随便就可以成仙的。于是"便产生了各种神仙的方术，从事于这种方术的人便谓之方士"。方士是高级的巫。闻氏说："最低级的方书是符咒祠醮一类的感召巫术，无疑的这些很早就被采用了。这可称为感召派。比感召高一等的是服食派。凡是药物……这些东西都成为仙药了。加之这些东西多生于深山中，山据说为神灵之所在，这些说不定就是神仙的食品，人吃了，自然也能乘空而游，与神一样了。"（集一，第164页甲）所以《山海经》里记载的那些操不死之药的神巫，就不是一般的巫了。闻氏认为方士也来自西方。他说："真正老牌的仙人是西域籍。我们不但知道神仙来自西方，并且知道它是从那条路上来的。六国时，传布神仙学说乃主持求仙运动的方士，据现在可考的，韩赵魏各一人，燕六人，这不是分明指出了神仙说东渐的路线吗？"（集一，第158页甲）

闻氏的这些创见，影响深远。今人袁珂同志就说："神仙不死的思想，闻一多《神仙考》（集一）说是从羌族人死举行火葬祈求灵魂升天的仪式传来，其源自是很古的了。"（《略论〈山海经〉的神话》，见《中华文史论丛》1979年第2辑）还有袁行霈同志提出《山海经》有方士书的性质（《〈山海经〉初探》，《中华文史论丛》1979年第3辑）也是受到闻氏启示的。

五

　　闻氏对于《山海经》，是在研究的基础上使用的，在运用中又继续深入认识了它，并不断发现许多新东西。他发现《山海经》所记载的材料往往出现规律性：如，不但是客观搜集记录，而且材料之间往往有联系，有重复，彼此可以补充、印证。因而能给人以启发，能发现并解决一些新问题。如前面提到过的"潜神话"就是这样发现的。如果说这是《山海经》的内部规律，那么它的外部规律就是，它同先秦两汉诸古籍都保存一些相近似的材料，而又有自己的独特性。因此，闻氏又可得以把群籍中的一些值得研究解决的问题，集中使用相类似的材料比较、补充、论证和判断加以解决。

　　闻氏不仅从神话（仙话）传说专题研究角度选用《山海经》的有关材料，解决问题，取得成果，而且在解决古籍中的训诂问题上，也继承发展了前人研究和运用《山海经》的广阔道路。当然也应指出，闻氏在研究解决训诂问题时，《山海经》提供的材料也只是一个因素，但在有一些问题上，《山海经》的材料却常常是关键性的，其他古籍中的有关材料便处在辅佐地位。

　　在先秦两汉古籍中，有关神话、史地等方面的训诂问题是常存的，而《山海经》在这些方面的材料多而有价值。《山海经》与《庄子》所保存的神话同中有异，因此，《庄子》寓言中存在的神话训诂问题，可以《山海经》为主来解决。例如：

　　闻氏在《古典新义·庄子内篇（应帝王篇）校释》中，提出"南海之帝为儵，北海之帝为忽，中央之帝为浑沌"中的"浑沌"是谁的问题，主要就是以《山海经》有关材料为中心论据的。闻氏说："《左传》文十八年曰：'昔帝鸿氏有不才子……天下之民谓之浑沌'，《神异经》作混沌，《西山经》曰，'天山……有神焉，其状如黄囊，赤如丹火，六足四翼，浑沌无面目，是识歌舞，实维帝汇也.'帝江即帝鸿,《左传》之浑敦,自贾逵、郑玄以下咸谓即驩兜,而驩兜邹汉勋又以为即丹朱,是浑敦亦即丹朱,故《西山经》有'赤如丹火'之说。本书之浑沌即浑敦,亦即驩兜、丹朱也。无七窍与状如黄囊而无面目合。称帝,与《海内北经》言'帝丹朱台'合。"（集二,第274页乙）

又因《山海经》和《庄子》在神话传说方面有这种密切关系,因此闻氏主要联合运用两书有关材料,来解决其他古籍中有关神话人物的训诂问题。如释《楚辞·天问》中"伯强何处? 惠风安在?"中之伯强:

闻氏以为:"伯强者,王夫之以下说者多以为即禺强。禺强之名,见《庄子》、《吕氏春秋》及《山海经》诸书,乃北方神名,或曰北海神。"（集一,第334页乙）下面,闻氏主要用《庄子》与《山海经》的材料加以论证大鸟、风神与禺强之关系曰:"《山海经》三言禺强人面鸟身,明禺强本为鸟。……《逍遥游》篇云'鹏居北冥',郭注,《海外北经》云,'禺强字玄冥,而玄即北方色';是则鹏也者,风神也,其名则曰禺强。禺强为风神,而伯强亦为风神,故伯强禺强,是一非二。"（集二,第336页乙）

《楚辞》,特别是《天问》与《山海经》的关系也很密切,有许多相近似的神话几乎是《天问》出题目,由《山海经》来叙说,像经与传的关系。因而关于《天问》中的训诂问题的解决,《山海经》起着重要作用。兹举一例,闻氏释"虺堆焉处?"句,曰:"丁晏疑'堆'当为'雀',……虺雀者,《山海经·东山经》曰'北号之山……有鸟焉,其状如鸡而白药,鼠足而虎爪,其名曰鬼雀,亦食人.'案丁说是也。柳宗元《天问对》曰:'虺雀在北号,惟人是食.'即以《山海》说此问,盖得之矣。"（集一,第394页乙）

《山海经》所记神话色彩的历史人物也多与《天问》中的有关或相近似,很可能是同一来源,而又同中有异。因此,闻氏多选取以解决《天问》里的有关问题。如释通"舜闵在家,父何以蠠?"句。

闻氏先用其他有关古籍中的材料论证了"父"为"夫"之误，"蠠"为"鳏"之误。而对比较难解的"舜闵在家"却得力于《山海经》。闻氏疑"闵"为"妻"之误。他说：大篆，"妻"与"敏"相似，遂误为"敏"，后又转写作"闵"。闻氏的疑"闵"为"妻"之误，主要就是舜已有妻的启发，而这个启发是从《山海经·海内北经》"舜妻登比氏"得到的。闻氏说："本篇所谓舜妻，当即登比氏也。意者相传舜先娶登比，后娶二女，则二女未降以前，舜已有妻，故有'父何以蠠（闻）'之问也。"（集二，第 398 页乙）

闻氏利用《山海经》与先秦两汉古籍共同保存有关神话、史地等材料的相似或有关联这个规律，解决了许多古籍中的疑难问题。《山海经》的材料给闻氏许多启发，它在闻氏手里被广泛运用着。

《山海经》记载的许多材料，闻氏选用起来，无往而不胜，他有一双点铁成金的妙手。因而闻氏还能以《山海经》所记巫术材料解释古字。如《古典新义·释蘨》三：

闻氏曰："鸟兽为人诱致其异性之同类者，在象曰蘨，……充类言之，则人之以异性相诱者，宜亦得此称。《广雅·释诂》一曰：'蘨，淫也。'是也。《文选》江文通《杂体诗注》引《高唐赋》曰：'昔先王游于高唐，怠而昼寝，梦见一妇人，自云："我帝之季女，名曰瑶姬，未行而亡，封于巫山之台，闻王来游，愿荐枕席。"王因幸之。'案：瑶之为言。瑶也，言以淫行诱人也。今呼妓女为瑶子，是其义。"于是提出《山海经》相似的神话及其所记巫术以论证："《山海经·中山经》曰：'姑瑶之山，帝女死焉，其名曰女尸，化为䔄草，……服之媚于人。'姑瑶山之帝女，即巫山之帝女，是瑶姬字正当作媱。……要而言之，神女之以淫行诱人者谓之瑶姬，草有服之媚于人，传为瑶姬所化者谓之䔄草，男女相诱之歌辞谓之谣。并今人呼妓女曰瑶子，皆蘨

义之引申也。"（集二，第 551—552 页乙）

闻氏对《山海经》取材之广泛，且涉及它所记山川鸟兽、草木虫鱼之名状。用以训诂《尔雅》、《诗经》等有关问题，也取得多项成果。如《尔雅新义》释"狂寝鸟〔鸟〕"，引述了《山海经》的许多材料，论证了"狂寝鸟"，即凤凰。

闻氏在释《诗经·周南》的"于嗟乎驺虞"：以为虎之别名曰驺虞。他说："《海内北经》曰，'林氏国有珍兽，大若虎，五彩毕具，尾长于身，名曰驺吾。'"（集二，第 119 页乙）

六

应该指出：《山海经》虽是一部客观记录、内容丰富之书，使闻氏用以研究专题，并在训诂方面解决了许多疑难问题，闻氏非常重视它在学术研究上的资料价值。但也认为它是一部存在缺点的亟待整理的书。在这方面，以郝懿行为代表的前人，已作了一些工作，但闻一多先生却有自己的独特贡献。闻氏只在运用过程中就发现和解决了它的一些由历代的种种主、客观原因造成的错误。

第一，《山海经》有"窜乱"之处。

闻氏说："汉人著书如《淮南子》《史记》，司马相如及张衡赋，并尝经汉人窜改之书，如《山海经》者，胥如是也。"（集二，第 327 页乙）而窜改的原因之一，闻氏指出就是唯心的宇宙观。自邹衍九州瀛海之说出，一些人就把原山名改为水旁，如把"肠谷"改为"汤谷"之类（出处同上）。

《山海经》中因形似而误者也有，如"鲧腹生禹"误为"鲧复生禹"。因此，运用《山海经》的材料解决有关古籍中的训诂问题，是比较复杂的，要付出巨大的劳动。

如《楚辞校补·天问》释"伯禹愎鲧"句。闻氏以为应是"伯鲧愎（腹）禹"之误。他说："'伯鲧腹禹'者《海内经》注引《归藏·启筮》篇曰'鲧死三岁不腐，剖之以吴刀，化为黄龙。'《初学记》二二，《路史后记》注一二并引作'鲧殛死，三岁不腐，副之以吴刀，是用出禹。'"闻氏通过以上两相近似的故事论证了"鲧生禹"是正确的。然后再引《海内经》作为重要论据，"帝令祝融杀鲧于羽山之郊，鲧复生禹"以证之。但是"复"为"腹"之误的问题，闻氏费了许多校刊功夫（比较了大量的版本）才作出结论："复生即腹生，谓鲧化生禹也。《海内经》之'鲧复生禹'即《天问》之'伯鲧腹禹'矣。"闻氏在这里既用《山海经》的"鲧复生禹"论证了"伯禹愎鲧"系"伯鲧腹禹"之误，又精校出《海内经》的"鲧复生禹"为"鲧腹生禹"之误，才完美地解决了问题（集二，第391—392页乙）。

第二，《山海经》的文字的句读也有错误：《海内西经》"'窫窳'者，蛇身人面，贰负臣所杀也"。闻氏利用《山海经》记载的重复性，作了校刊，指出："此'蛇身人面'四字形容贰负，非形容'窫窳'。《北山经》说窫窳'如牛而赤身人面马足'，《海南经》说它'龙首'……可见窫窳不是蛇身。"（集一，第46页注⑰）

然而《山海经》并不因此而损其声价，而且它自己也不负这个错误之责。它只是因闻一多先生之研究与运用而放光彩，闻先生因它之助，自己的学术大树上结满累累的果实。

从《想北平》看老舍小品散文的特色[*]

  任何优秀的作家，不管他的童年生活是幸福的还是忧郁的，都热爱自己的故乡，甚至对故乡的一草一木、一山一水，都有着特别的依恋。因为他的心扎根在那里，所以在其作品中总是扩散着乡土气息。作家老舍的作品，乡情特别浓烈，而其乡情又和他的个性熔铸起来形成自己的特点。所以老舍说："我之爱北平也近乎爱自己的母亲。"这绝非随便说的。

  老舍（原名舒庆春）是满族人，生于北京的一个贫民家庭里，幼年丧父，由母抚养成人。他非常敬爱自己的母亲。他在北京度过了人生最难忘的少年时代，25岁才出外漂泊。北京象母亲一样爱抚、教育了他，甚至培养了他的性格。他在北京师范毕业后，先在北京教书，后来才任天津南开中学国文教员。他擅长中国古典文学，但更狂热地迎接了五四新文学。自1924年赴英伦敦东方学院任讲师，开始创作新文学以来，一生创作了以《骆驼祥子》为代表的十几部长篇小说、二十几个剧本和二十几篇短篇小说，为我国现代文学做出了巨大贡献。

  从贫苦中成长起来的作家老舍，解放前多写北平下层人民的不幸，表达了自己坚持正义、热爱祖国的思想感情。

  应着重指出：老舍的《想北平》（见上海教育出版社出版的《中国现代文学史参考资料·散文选第二册》）是写的旧北平，与今天的人民的北京截然不同。当共产党领导人民把北京改造成为

---

 * 原载《承德师专学报》1986年第2期。

生产城市，并成为新中国的政治文化中心和举世所敬仰的新中国首都时，老舍举双手赞成。他用自己热爱北京的思想感情，创作了一系列剧本，反映和歌颂了这翻天覆地的变化，获得了"人民艺术家"的光荣称号。

老舍的文学语言以北京纯正口语为基础，形成了个性鲜明、干净利落、生动明快的风格。

老舍的散文创作不多，《想北平》是有代表性的一篇，可以从中窥见作者当时的散文创作特色。

老舍认为越是伟大的事物，越难于作全面的概括描写。何况北平是历史名城，古今多少文学家怀念她、描写她。因此，这篇《想北平》非推陈出新、匠心独运不可。

热爱北平的老舍，1936年正在青岛山东大学任教，由于某种触发，象怀念慈母一样，他想念起了阔别已久的故乡北平。[①]他怀着游子思乡的孺慕之情去写北平，这样就别开生面地发挥他的艺术才能，抒发他的独特感受，从而独创地塑造母亲——北平的艺术形象了。

鲁迅说："要极俭省地画出一个人的特点，最好是画他的眼睛。"老舍继承与发展了晋顾恺之的"阿堵传神"的传统艺术手法，传了母亲——北平的神韵。于是他选写了北平的"整个儿与我的心灵相粘合的一段历史，一大块地方"。这地方记录着他的童年，堆积起他的脚印，是老舍生命扎根发芽的地方。因而其中的"每一小的事件中有个我，我的每一思念中有个北平"。这里是北平的一角，但老舍认为是"最有北平特色的代表的一角，是北平灵魂的窗口"。"野人怀土，小草恋山"，这里的任何一件事物，一旦触动着老舍的心灵，感情的波涛就会汹涌，北平的神韵就在他的笔端跃动而出，读者就会感到作者心灵的颤动。

因此，老舍对于作为北平古城特色之一的城楼、牌楼、宫阙等，还有众多的文物却是惜墨如金，而放眼于北平的山水景物，但又不是一般的风景，而是"从雨后的什刹海的蜻蜓，一直到我梦里的玉泉山的塔影"。就是说只有粘合在他心灵深处的景物，即便是一个曾经使他出神过的蜻蜓，也有资格进入他的画笔，画出北平特有的、重要的一角，显出风神，何况老舍最眷恋的积水滩（潭）。据舒乙同志说：当年的积水潭，"很美，湖中有荷花，有芦苇，岸边有土山，有石头，有垂柳，水下有鱼，有蝌蚪，水面上有蜻蜓，有水蝎，有翠鸟，还有白鹭"。②老舍最喜欢它，曾出现在他的四部小说里。然而它在《想北平》里出现的时候，却与老舍的童年生活相粘合，老舍在这里独享过象母亲一样的爱抚。老舍用他的思想性格与之熔铸成了一幅山情水意画，接触到了老舍的北平的灵魂。鲁迅说："唐朝人早就知道，穷措大想做富贵诗，多用些'金''玉''锦''绮'字面，自以为豪华，而不知适见其寒蠢。真会写富贵景象的，有道：'笙歌归院落，灯火下楼台'。全不用那些字。"③老舍恰恰就是这样来写北京的"富贵"或"豪华"的，并无疑也是运用了"以一目尽传精神"巧艺的成功。

难道老舍只能"小处着眼"，不能"大处落墨"去写北平的俊伟吗？老舍以其千钧笔力，独创地、自豪地把北平举到世界历史名城的比赛台上。这就不仅视北平为母亲，而且看北平为祖国的代表去参加比赛了。在那民族自轻的年代，老舍这样做，真是难能可贵，他的散文因之光芒四射。这真是中国现代文学史上的一次壮举。

任何事物都有性格：巴黎太热闹，北平虽也繁华，却动中有静，静得"使我能摸着——那长着红酸枣的老城墙，面向着积水滩（潭），背后是城墙，坐在石上看水中的小蝌蚪或苇叶上的嫩蜻蜓，我可以快乐地坐一天，心中完全安适，无所求也无可怕，象小儿安睡在摇篮里"，绝不像"巴黎有许多地方使人疲乏，所以咖啡与酒是必要的，以便刺激，在北平，有温和的香片茶就够了"。老舍在这里认识到了两个民族性格的鲜明差异，因此，老舍越发珍贵属于自己的，也是北平的这一能使人心醉的一角小天地。这是热闹的巴黎所无，而为北平所独有的。这一角小天地不仅能使老舍"徜徉自得"，而且这里的一草一木也同他的性格粘合。舒乙同志说："老舍是由北京的小胡同中生长起来的作家，浑身上下带着他固有的特点，就象他多次描写过的长在北京城墙砖缝中的小枣树，土壤、营养都贫乏到极点，可是它依附在母亲——雄伟古城的胸口上，顽强地硬钻了出来，骄傲地长成了树，从而独树一枝，别具风格。"④这就怪不得老舍如此心爱这块地方，以至梦绕魂牵呢！

　　使老舍自豪的还有北平那种富有匀称美的建筑格局。同样是大，但巴黎有些地方太旷，北平的建筑在布局上却独具魅力：北平的建筑疏密相间，环境气氛异常和谐。"既复杂而又有个边际"，"处处有空儿，可以使人自由地喘气"。外国的历史名城巴黎，比起伦敦或罗马来，匀称得多了，但与北平相比，却有些地方旷得使人感到寂寞。

　　建筑格局的匀称、和谐，是中国建筑艺术的优秀传统，而以北平为代表。它的特点是"人为之中显出自然"，而在匀称之中有充实美。中国传统建筑中的"四合院"使北平有了生命力。居住其中的家庭普遍注意到创造自然美，喜欢把自己的庭院用花草打扮起来，丰富自己的生活："墙上的牵牛，墙根的靠山竹与草茉莉，是多么省钱省事而也足以招来蝴蝶呀！"这就是北平传统风俗之一，追求生活的情趣：北平在匀称建筑中得到这种充实的朴素美，能使世界任何名城显得逊色，怪不得老舍说："北平是天下第一！"而这"第一"并不局限在建筑艺术上，老舍把北平同世界历史名城的各个方面作了比较之后，也得到了同样的结论。自然这说法是出于热爱，同时，老舍在对北平的某些感受中，也间或流露出小资产阶级趣味，但老舍基于一种对故乡的热爱，把北平举到世界历史名城的比赛台上，展示它的种种特长，誉为天下第一，却是一个创举，是从爱北平抒发出来的爱国主义自豪感，这是中国每一个作家都应该学习的！

与国际历史名城相比，促使老舍萌生自豪感的，还有北平特有的青菜与水果。虽然这两种商品任何城市都有，但北平的却别有韵味。老舍以美的观点、诗的情思，浓笔重彩地描绘了这两种商品，他不是作商品巡礼，而是艺术写生。世界上任何历史名城的青菜与水果，都没有北平的那种鲜嫩和新熟。只有北平的雨后进城来的"韭菜叶上还往往带着雨时溅起的泥点，青菜摊子上的红红绿绿几乎有诗似的美丽"。至于北平郊外山上来的水果特产，不仅名色繁多，国外罕见，而且"进了城带着一层白霜儿呀"的新熟。这种嫩和新，这种诗美，"哼！美国的橘子包着纸：遇到北平的带霜儿的玉李，还不愧杀！"

而北平人这种得天独厚的双层享受，是为独特的自然地理环境所恩赐。这里没有伦敦那样成天冒烟的工厂，而多的是菜园、园林和农村。这就使人接近了自然。老舍多么热爱这自然美啊！这种镶着自然的北平城，可以让他尽情地享受。老舍喜欢的英国著名小说家狄更斯，他热爱自然，他把伦敦写活了，但他说伦敦"只是一个大垃圾堆"。因而他一有机会总要让他小说的主人公骑马或乘车跑出城去，在那乡间的大道上奔驰，只在那种时候，他才有神来之笔（王佐良：《文学的伦敦，生活的伦敦》）。而老舍却可以坐在北平的四合院里，喝着香片茶，或"采菊东篱下"，抬头就见西山或北山，低头写他的以北平为环境的小说了。

以上老舍这种独特的艺术构思，决定了他散文创作的特点。

第一，他以孺慕之情去选择，抒写他在北平与心灵融合为一的景物进行构思，他的散文是从心底流出来的诗，呈现了丰满的生活情趣、婉约闲雅的意境，真挚而富有感染力。

第二，老舍不仅善于"以少总多"、"以目传神"，而且敢于"大处落墨"，从妩媚中显现俊伟，从而强烈抒发他的爱国主义自豪感。如果没有收万物于笔端的力量，是描不出他心目中的北平风采来的。

第三，老舍善于怀着浓烈的感情，以明快之笔，运用大与小、疏与密、虚与实、浓与淡、动与静……的艺术辩证法画出"天下第一"的北平风貌，使他的散文具有了创新的民族艺术特色。

于是，老舍的散文便有了以形写神、自然流动、淡雅雍容，充满明快的主调。

然而老舍想念的是1936年的北平，当时日本帝国主义加快侵略中国的步伐，华北危机，北平危急，因而作者是以忧愤心情来想北平的。他在文章的开头就说："在我想到他的健康而不放心的时候，我欲流泪。"于文章结尾时又说："好，不再说了吧，要落泪了，真想念北平呀！"因此，他的散文，瘤而实腴，寓隐忧于明快。他的笔越是闲雅从容地展示北平的诗情画意，而他心灵的触须越是颤抖，读者就越能听到鼙鼓咚！咚！

老舍为有一个俊伟而淡雅的北平做母亲，向世界骄傲；又为祖国的危机而"要落泪了"。这就是《想北平》的思想深度吧！

注释：

① 《想北平》发表在1936年第19期《宇宙风》杂志，当时编辑部从爱国出发，发起了"北平特辑"的征文。

②④ 《老舍作品中的北京城》（见《老舍研究论文集》）。

③ 《而已集·革命文学》。

把中国新文学抬上大学讲坛的人 [*]

——追忆在抗日战争期间接受恩师杨振声（今甫）教授教诲的日子

在我一生中，我觉得，辛勤培养我，尤其领我走上创作之路的，有两位老师，第一位就是杨振声先生。1987 年，《杨振声选集》已由北京人民文学出版社出版问世了。先生的以小说创作为主的新文学实绩及其独创性和战斗性特色，这本书都已鲜明的反映出来。书前有萧乾同志的序，后附我和张华同志试写的评传，因而先生在五四时期的革命贡献及其春风化雨的教育事业的累累成果，也基本上面出了一个轮廓。

文如其人，书中有"我"。愿意认识和研究这位五四文坛老将、山东文化界、教育界老前辈的同志还是直接去阅读《杨振声选集》吧！我在这里，只是追忆抗日战争时期，同恩师在昆明相处的日子，在他老人家耳提面命之下，受业的一段学习生活。向已离开人间三十多年的恩师，而又恭逢他老人家开创和亲自讲授"中国现代文学史"课程五十年的日子，供奉一瓣心香。而不是，也绝不可能全面阐发先生的道德学问与业绩，但"一粒沙里见世界"，"一朵花里一个天堂"，学术界和社会上总会有点收益的吧！

一 《贞女》的作者

我受业于先生门下，是在抗日战争爆发，北京大学、清华大

---

* 原载《泰安师专学报》1989 年第 2 期。

学和南开大学三校在昆明成立西南联合大学时期。但我于1930年，在青岛铁路中学读初中一年级时，就已远望过先生的高大身影。

事情是这样：这年先生刚从北京清华大学（当时还是综合大学）教务长调任青岛大学校长。山东大学在这个时期称青岛大学，是私立的。学校办得很不象样子，只有东西两座楼，在今天海洋大学的西北角上。学生只有"数十百人"，连一座楼也使用不了，于是把东楼出租给青岛铁路中学。两楼的正南是大操场，由两校合用，而场西面的小礼堂没有出租，新中国成立后称为"大众礼堂"。操场正东是片大树林。这就是我记忆里的青大或铁中的全景。

有一天下午，我们在操场上也许是踢球吧，掀起一片吵闹声，于是小礼堂里出来人，要求我们安静点。说刚请来一位校长，说话声音低，不要影响他们听讲。（看来那时青岛还没有扩音器，至少青大没有这一设备。那时候，似乎刚刚开始宣传有声电影，但也只上演一只狗吠，或一群鸭子嘎嘎叫着跑。大多数影院还是无声片。当时青岛的电气化进行得迟缓。）

由于好奇心，我跑到小礼堂隔窗望了一下只看见讲坛前立着演说的一位高大身影。这位讲演人就是杨振声（今甫）校长。是青大改为国立大学之后的第一任校长，他负有整顿和发展学校的艰巨任务。

果然，杨校长到职的第二年，铁路中学就迁到四方去，退还大楼。这仅仅是个细节，办好大学第一要延揽著名学者，第二是兴建新校舍。杨校长辟山伐木，兴建起一座现代化的石头楼——科学馆，这在当时的青岛市也是少有的建筑。而更大的贡献是聘请了一批国内外知名的文、理学专家。他的老朋友们——闻一多、丁西林、任之恭……都来帮忙了。当时已颇有名气的沈从文先生大概是位讲师。更值得大写特写的是杨校长亲登讲坛讲授"小说作法"，把五四新文学这朵革命之花手植进青岛大学课堂，把饱满的花种播种在学生的心田里。这是在当时全国各高等学校课程中，最先升起的一颗新星！杨校长重振五四精神，在青岛大学开辟了第一个黄金时代，开设新文学课程就是一颗红色信号弹！

上面这些事，当然是我后来听说的。先生到青大就职演时，我只远望了他一眼，直到后来我读他的著名反封建婚姻的作品——《贞女》，知道作者是杨振声了，但与青大的杨校长还联系不起来。我从来没有想过：一个小说家可以当大学校长。后来听说了，也惊讶过一阵。

我认识先生，首先通过读他的《贞女》。我谈初三时，国文老师孙少梁先生思想比较进步，常常印发一些课外读物，《贞女》就是其中之一。这是中国新文学史上较早的感人力量最大的反封建婚姻的短篇小说。它继承与发展了《儒林外史》王玉辉一手炮制的牺牲无辜女儿的悲剧的战斗精神，而在选材与反抗性上，以新的观点、方法创造了闪耀着时代色彩的惨绝人寰的大悲剧！《贞女》这一深刻意义，在当时虽不理解，但它给我最深刻印象的是新娘嫁给木主（死去的未婚夫的牌位），鼓吹手呜呜咽咽地奏着哀乐在大街上走，以及新娘自缢在新房里的诸情节。我曾见过许多"嫁鸡随鸡"、"嫁狗随狗"的反封建婚姻的宣传画，我却第一次看到活人嫁给死人的婚礼！作者选择了最有战斗力的题材，以辩证的艺术手段，揭示了吃人的礼教，挖出了封建婚姻最残忍的兽性。这自然是我今天的理解，然而这个能使人人悲痛的画面，在我的心头五十多年来的如水时光也没有洗去。我不仅牢牢记住作者的姓名，而且想象作者在写这一作品时，是以万分沉痛的心情、笔底的血泪完成他的愤怒之作的。他是个斗士，善于一击而中！

二　"中国现代文学史"课的创始人

新中国成立，将大学改造成为社会主义新型大学，全国高等学校中文系无一例外地开设了"中国现代文学史"课，而且是主课；以及属于这一家族的选修课程，而且全系课程的设置和研究方向，是厚今薄古。现在的青年大学生大概没有人会想到：在旧社会的高等学府里的讲坛上是不准讲授"中国现代文学史"的。即使是首先发难，高举科学与民主五四新文化大旗的北京大学，直到抗日战争前夕也没有新文学史的地位。即使是新文学运动健将之一的胡适，在课堂讲的竟是最古老的第一段文学史。他的"新"也不过是讲《诗经》时，大胆涉及《水浒传》里王婆大讲的"十分光"论。奇怪吗？一点也不。这个现象只说明，五四新文学运动的冲激波根本没冲动：那纯由古典文学、汉语言文字筑起来的顽固堡垒。1936 年，我读北大中文系一年级，在全系的课程表里没有一门新文学课程，更谈不到总结研究五四新文化运动的发展史了。这意味着新文化运动在高等学府里的受挫。那时的所谓教授的含义就是古典文学或汉语等的专家学者。这个概念新文学史家是打不进去，在 80 年代还有训诂学教授公开说，不识字的才去弄新文学。这种狂言，如果指"鲁、郭、茅"，自然不知天高地厚，但如果指一些学新文学而热衷于批判中国古文化者，则也有一定的根据：的确有人把"仲尼之徒无道桓文之事者"里面的"桓"写"恒"。问之，又茫然不能答。河有源，树有根，新文学没有例外，鲁迅、郭沫若……就是我们的典范，象刚才说的这样"牛犊"，实在无法研究新文学史。

　　题外少谈，言归正传吧！1936 年，北大文学院长胡适仍兼中文系主任，而由语言学家罗常培先生代理。大概是端午节，系主任招待新生吃粽子，让全系教授出席，让新生瞻仰教授阵容。到会者全是古典、汉语专家。当时周作人也开古典课，大概是六朝文学。会上教授们说些什么，记不得了。只有一件打入我的脑际，不得磨灭，而且因此，我遭受了一些灾难，但也有一个决定我一生研究事业的重大收获，这些都留在后面叙述，不要过多的节外生枝。

在会上，仿佛是马裕藻教授说起当年请鲁迅到北大讲演事，因听众多连换三个场地的事。中间怎么提到语言、声韵问题了，他说鲁迅曾经说，搞语言、声韵的是学狗叫（大意）。当时一阵哗笑就过去了。然而我听了大为惊奇，实在没有想到。我当时已或多或少地读过鲁迅的著作，从来没有见到鲁迅这样的话。但我对鲁迅已有所崇敬，我认为既然鲁迅也不喜爱学语言声韵学，对"旁邦并明……"的讽刺的确是天才，大概是不会错的。当时，我对新文学有兴趣，害怕语言、声韵、文字课。加上为我们讲声韵学的教授，令人只想打盹，因此，我觉得鲁迅替我说了心里话。至于鲁迅是否为新文学遭受轻视而反击，我就不知道了。同时我那时也不理解：新旧文学的斗争，语言、声韵、文学与新文学的斗争。但新文学在旧大学里不算学问，新文学上不了讲坛，可是事实；越是名牌、老牌大学，这种现象越严重。清华有一位老教授，因为闻一多先生是新诗人，就说他斗大的字识不了三口袋。

杨校长在到青大之前，是清华大学教务长，是否能开现代文学？我不知道。但他任青大一校之长时，的的确确发动了一场课程内容革新结构调整。他带头开"小说作法"，把新文学课提到了与楚辞研究、诗经研究……同等地位，而且是全中文系课程的中心和先导。真正懂得古典文学的是杨校长，像把妇女从封建婚姻制度中解放出来一样，他把《楚辞》《诗经》从封建主义阐释学中解放出来还给人民。例如他研究《诗经》，你先以新的观点方法批判了为孔子所创建，业已传了几千年的"诗经学"，把纯文学的《诗经》解放出来，恢复了它的文艺价值。而后去分析挖掘《诗经》的艺术贡献，让读者去批判继承与发展这一优秀传统。

以上的改革措施和治学的经验，除了听说之外，《杨振声选集》里的《〈诗经〉里面的描写》就可由一斑略知全豹。

我第一次瞻仰先生的风采，是在1937年七七事变开始后的冬天。那时北京、清华、南开三校在湖南长沙成立临时大学。文学院设在湖南南岳衡山上的"圣经学院"，是教会借给的。我先到长沙报到。当时先生代表教育部任学校校委会委员兼秘书主任。先生在公事丛脞中，在山东形势吃紧，鲁籍学生惶惶不安的时刻，不忘照料他们。爱乡才能爱国，卫国就是保家，培养人才，储备力量，收复失地，我体会这大概就是当时先生的心情。一些有困难因而影响读书的山东学生，或为了谈谈形势的学生常去找先生。我也随着去过，但没说话。时已冬令，先生已穿长棉袍，愈显得高大而风度潇洒。前发稍稀，长方形脸上，目光炯炯，高鼻梁，口含一只大烟斗，多听，多思考，不多讲话，然而即之也温，笑起来极爽朗，是位典型的哲学家和教育家。

这是我初见先生时得到的印象，后来日子久了，接触多了，我又觉得，每逢讨论一个有兴味的问题时，先生又在娓娓而谈中，多幽默风采，使人如坐春风。他也月旦人物，但不露锋，让你自去思索。如对某画家的作品，只说他在国内开画展时，展出的是西洋画，而在外国则展出中国画。先生是有资格评论的。先生的艺术素养极深，书法韵味高妙，都可于《杨振声选集》中略窥一二。如《苏州记游》以及扉页翻印墨宝（1941 年在昆明出杜牧诗赠李恩浩）。

每见先生一次，便在品格上接受一次熏陶，先生的高尚心灵使人纯净升华一次。但先生的渊博的学识，我所得的只是沧海一勺。

散文的特点是自由散漫。它如一道小溪，避了丘陵，顺了河谷曲折前行；行文非常自由，几乎是想到哪里，就说到哪里，没有吸收不了的水流，因此，常常可以把后来的事不知不觉地提前说了。这有如水流动中遇到河底一个深洼，不免要起个旋涡，有些水倒流一下，但很快又正常前进了。我刚才叙述的显然是一个倒转，因此还是赶快话说长沙临大吧。

临大时期，先生并没能去文学院讲课。因为临大刚刚安排好有秩序地上课，北方国土却丧失过多、过快，长沙已受到日寇的严重威胁。临大为安全计，决定南迁昆明改名为昆明西南联合大学，文学院也奉命先集中长沙。先生忙着主持南迁事宜，极其辛劳。我未随校南迁，考进一个警官学校，准备打回老家去。而这个学校却到重庆办学去了。这已使我失望，再加上那种使人无法生活的生活，入伍半年，我就决计想办法脱离，回昆明复学。时已1938年秋天了。这时候，西南联大已在先生的旰食宵衣的操劳下，复课一学期了。

谈到复学，我得再从南岳衡山的临大文学院读书生活说起：旧大学的高等学府是没有新文学立锥之地的，前面已约略指出过。这些大学非常保守，不但不肯迎合新时代思潮而趋向现代化，而且伺机反扑，在五四运动中被打倒的"文选妖孽"又在清华大学中文系复活——有专家教授，回过来嘲笑新文学了。而且同化力极强，譬如说，新文学家进入大学执教，就得放下本行，钻故纸堆，才能站住脚。当年还在五四高潮中，鲁迅到北大兼课。就只能教小说史，而不能开小说创作。后来讲厨川白村的《苦闷的象征》，还是挂小说史的招牌，借用了小说史的时间。但鲁迅并没有投降，他讲小说史是创建一门新学科——小说史学，并作为批判儒家思想的一个阵地。而闻一多进清华只好讲唐诗，朱自清这位著名新诗人、散文家在清华里却也改行担任古典文学批评了。在平时这些大学还可以用保存和发展中国古文化而自傲，可是一遇非常时期，便惊慌失措地背起他们的讲稿陆续南来（我不记得最初有哪些语言文字专家抢先南来），先衡山而后昆明了。钱锺书先生的《围城》似乎反映过。

"弥天血雨，未辍弦歌"是昆明西南联合大学校歌中最精采、最富于战斗力的两句，也完全能反映衡山文学院的读书生活。可是弦诵的是全部古典文学和哲学（语言声调因无教授未开课），即使用新观点、新方法研究出来的成果，也正如当时在饭厅里开会时，一些急烈的学生所说：在人头滚滚、血流成河的民族生死搏斗的时刻，《楚辞》《诗经》……《朱子哲学》《魏晋自然主义》……能保家卫国、收复失地吗？（大意）而学生所盼望的课是鲁迅研究、抗战文艺运动……又无人能开，真是名符其实的"圣经学院"了。于是有的学生下山，走上抗日前线，而有的学生则徘徊在那里听候南迁。

这是一个血的教训，所以昆明西南联合大学开学之后，中文系在课程设置上也有些变化，这便是 1938 年秋，先生破天荒地开创了"中国新文学简史与创作实习"课。根据中国文学的发展规律，适应时代的要求，先生把五四运动这朵革命之花种植到高等学府，把新文学革命实绩抬上讲坛，把五四传统与抗日救亡运动结合起来，把理论与实践结合起来，让学生们在接受五四科学与民主精神的同时，发扬反帝反封建的革命传统，创作抗战文艺，配合全国抗日救亡运动。这就是我体会的先生开创这门新课的意图！

这位五四老将亲自登坛讲授，亲自批改学生的作业，勤勤恳恳，一步一个脚印地来实现他的愿望。多少双战斗的眼睛，多少颗游子的心，转化为救亡工作，中国新文学在战斗里茁壮成长！在大学里总结研究这些累累的果实。当中国新文学发展到一个新阶段的时候，先生创建了"中国新文学史"课。因此，我认为今天的"中国现代文学史"寻根溯源，应该找到 1938 年在西南联大中文系由杨振声教授创始的"中国新文学简史与创作实习"，到现在已整整 50 个年头了，值得我们郑重纪念，应该有人写一部《中国现代文学史》讲授史或发展史。

为了壮大新文学的声势，占领广阔地盘，先生还请沈从文教授在联大师范学院开"中国新小说"课。"泰山遍雨"，更为了普及新文学教育，先生亲自主持全校一年级共同必修课大一国文。自选教材，虽也有古典文学，而绝大部分是新文学作品。像丁西林的《一只马蜂》、徐志摩的《我所知道的康桥》……先生还带一年轻教师合讲，而自教的是新文学部分。当时朱自清先生教古典文学批评，先生也请他带着我去教大一国文，由我担任古典文学部分。在三十年代初即已露头角的散文家、诗人、文论家李广田先生，是先生聘请到联大来的，李先生也担任了大一国文课。李先生还在中文系开"文学理论"（现在香港出版，题名《文学论》），偷偷摸摸地传播马列文论，受到先生的热烈欢迎。当时联大学生组织许多新文学社团，时常举行晚会，以杨先生为首的五四老前辈常去参加。当时新文学在联大大有燎原之势。

五四老将登坛讲授：从五四运动反帝反封建斗争烈火中发源的新文学实绩，已经激动人心了。而先生每讲到精彩处，口说、笔写，目光炯炯如岩下电，把听众卷入青年运动的高潮，使人想像出先生当年战斗的英姿。

五四运动的先驱者们，不是先生的老师，就是同学、战友，因此讲他们的生平与作品，便如数家珍。先生说：五四作家的作品，不是创作，而是战斗。有的同情民间疾苦，有的血泪控诉婚姻不自由，有的抨击社会的不平（大意）。然而先生个人非常谦让，对自己的贡献（如开拓渔家痛苦生活的创作新领域），讲的很少，而对鲁迅的小说极其崇赞。《玉君》受到的过分的批评，绝口不谈。先生对胡适谈的较多而不溢美，虽然师生友谊较深。（有这样一个佳话：先生长青岛大学时，有一次，请胡适来校讲学，船抵青岛而为大风浪所阻，不能靠岸。胡氏打电报给杨氏："宛在水中央。"杨氏复电："盈盈一水间，脉脉不得语。"大家都说这是创造性的艺术电报。真是含蓄贴切，妙语横生。）先生在课堂讲胡适，给我最深记忆的也是胡氏留美考试的"100 分的考据"的故事。

先生授课的时间，距今已五十年了，我当时的笔记已经找不到了。听说先生有一部分书稿已捐赠给吉林大学图书馆。我希望这部分内容丰富而有意义的手稿，有一天还会发现。它在中国现代文学史讲授史上太珍贵了。

听先生讲是五四革命传统的继承，而先生修改学生的创作实习，在某种意义上，可说是发展。因为先生一生没有放下他那支战斗的笔，笔锋是越磨越利，他的思想与艺术经验，通过修改作业，无私地传授给了学生，从而培养起了年青一代。先生和对其他同学一样，对我的作业也给了细心的批改，即使指出我的缺点，我也感动，何况也赞许一些好的地方；而先生为了示范给我修改上去的哪怕一句话，也使我顿悟。我不仅懂了应该这样写，不应该那么写，而我最大的收获是接近了先生高尚的心灵。这是作业修改教育中最本质的东西！

生活是文艺的源泉，这个时期，我在重庆警校的一些生活的魔影还啃噬着我的心。它提供了我不少写作素材。譬如说，有位小队长以骂人为乐，以打人为快，打的不重，却全是侮辱性的，并以自己过去的罪恶为能，从里到外，我对他非常熟悉。于是我第一篇作业就是《小队长的故事》。我把他作模特儿，我以讽刺的笔法描述了他，在某些细节上接触到了他的丑恶心灵的深处，塑造了一个奸险狡猾而又自诩为正派警官的人物。他敲诈勒索的手段，真是神出鬼没。他制造了许多人家的痛苦，却洋洋自得、津津有味地作为"经验"向警校学生们传"道"。

我这时虽读过新、旧小说，但一向未读文艺理论。写这种人物完全出于一种憎恨，我讽刺他，揭他的丑恶，我捉住了一双伸向社会各个角落的罪恶的黑手。怎样创作小说？这时我不知道，我只记住先生的教导，创作就是战斗。我无意中写出了先生认为较好的作业，我自己对它没有认识，如果不是受到先生的启蒙，我根本不知道这就是一篇讽刺小说，我也不知道当时是怎样写出来的。当时只觉得，当写作进行到某些节骨眼上时，有些东西汩汩而出，笔尖闪光，感到痛快。

我这篇作业得到先生的好评，发了第二卷。回到座位上，仔细研究先生的精心批改：先生不仅告诉我应该怎么写，而且把我的作业点石成金。我越揣摩越感动，我决心在先生的指导下，走创作的路。

先生把这篇《小队长的故事》交由沈从文先生，推荐给凤子

先生主编的昆明《中央日报》副刊《平明》发表了，但删掉了
"的故事"三字（可能因为是篇人物素描？），也许是沈先生？他
叫我继续向《平明》副刊投稿。从此我在《平明》上连续发表了
《河边》《长江上》《某夜》等，算是敲开了昆明文艺界的大门。
我把这些不大像样的东西都送到先生家里，请先生继续指点，先
生很高兴，并嘱我多读作品，越是大作家的作品越要揣摩，少读
当时这派、那派的文艺理论，尤其要结合自己的笔性选读与自己
相近的外国名家作品。先生曾为我选借一本英女作家真·奥斯登
的《骄傲与偏见》，是原文的，我的英语基础不够，但在先生的
鼓励下，我还是用一个暑假，多查勤翻各种英文字典，把一本厚
厚小说半懂不懂地啃完了。而他的讽刺味我没有尝到。学文艺创
作，应直接阅读原文书，光靠别人的翻译是不行的，这是我对先
生借外文小说读的体会。但我很自惭，我始终没有把英语学好。

　　先生为了给我更多的练笔的机会，还鼓励我给先生和广田先
生主编的《世界学生》文艺栏写稿，我的习作因而得到不断指
导，因而进步较快。由于先生对我提拔，便得到许多老师的鼓励。
如朱自清先生在百忙中看了我的《河边》，有一天主动面奖我说：
"你的小说很有力。"李广田先生亲自跑到我的宿舍里，对我的小
说《爸爸的骗局》稿，边念边评，给我以创作信心和力量。

　　先生在西南联大为中国新文学披荆斩棘地开辟道路，或者说
"打天下"，是胜利的。那标志，就是新作家群的不断涌现。先生
培养我只是丰收事业中之一粟。先生在抓培养新生力量的同时，
自己的创作始终不懈，积极配合抗日战争；《荒岛上的故事》就
像北伐战争时期，日寇侵入济南屠杀中国人民，先生奋起创作
《济南城上》，歌颂了中华民族反侵略的精神一样，起了广泛的影
响。这就是"弥天血雨，未辍弦歌"的"歌"。

　　先生一向是主张高等学校现代化的。以中文系改革为试点而
以新文学为中心的改革，先生心目中是有蓝图的，只是把新文学
纳入中文系课程表内，不过是个光明的尾巴，整个古典课和语

言、声韵、文字课本身，也得用新观点、方法改造，并且大量吸收外来的好东西作为改革的不断营养，才算是现代化的起步。先生曾于 1944 年发表关于《新文学在大学里》著名评论（见西南联大中文系主办《国文月刊》第 28—30 期，可惜由于《杨振声选集》的出版社责任编辑以性质不合而未能收入）。

　　注：限于篇幅，暂叙述到此，以后如有机会，准备把本篇中已提到和未提到的继续写出。

当代文学批评

苏联青年社会主义建设积极分子的光辉形象[*]

——读《顿巴斯》（戈尔巴托夫著 草婴译
人民文学出版社出版）

在第二次全苏作家代表大会上，阿·苏尔科夫在他的报告（苏联文学的现状和任务）里，论到苏联文学的世界意义时，曾有这样一个结论："只要研究一下外国读者的要求，就可以清楚地看出，每一个国家的读者对于苏联作家某一类作品的浓厚的兴趣，首先是以该国人民现在正在解决的实际任务为转移的。"

现在我们国家正在向社会主义过渡，是掀起了工业化建设高潮的伟大时代；因此，中国广大读者最感兴趣的多是苏联的以社会主义建设为主题的作品。这是因为读这类作品，可以学习苏联劳动人民，特别是青年积极分子，为实现苏联的社会主义工业化计划而斗争的创造精神，以便投身到祖国当前的建设浪潮中，做一个勇敢的战士、杰出的劳动者，去创造欢乐、幸福的新生活。

戈尔巴托夫的《顿巴斯》正是这样一部长篇小说，是"描写三十年代共产主义青年团员生活的书，对培养年轻的共产主义建设者的性格作用很大，在苏联读者中享有普遍的好评"（第4页）。

三十年代，特别是从一九三〇到一九三五年，是苏联经济和苏联工人阶级发生彻底转折的一段时期。这是因为在社会主义工

　* 　原载《文史哲》1955 年第 11 期。

业发展的过程中，成熟了并且爆发了斯达汉诺夫运动。"一九三五年八月三十一日，斯达汉诺夫在一班工作时间内采得一百零二吨煤炭，即超过普通采煤定额十四倍之多，于是这一榜样就肇始了工人和集体农民为提高生产定额，为劳动生产率新高涨而进行的广大群众运动。"（《联共（布）党史简明教程》中文版，莫斯科，1953，第414页）这一运动的出现，好似狂风一样散布到苏联全国各地，使"旧的技术定额、旧的生产标准和旧的生产计划，都被新生的洪流冲洗一清；进步思想战胜了保守观点，新事物向旧事物挑战"（第1页）。斯大林阐明这一运动的巨大意义说："首先就在于它是社会主义竞赛底新高涨，是社会主义竞赛底新的更高的阶段。""斯达汉诺夫工作者是我国工业里的革新家，斯达汉诺夫运动是我国工业未来之花。"（《在第一次全苏联斯达汉诺夫工作者会议上的演说》）

戈尔巴托夫为了教育与鼓舞苏联人民，特别是青年积极分子们从事创造性的劳动，不畏困难勇敢地参加共产主义建设的伟大事业，并尽力帮助他们取得胜利，于是他选择了这个事件，在社会主义建设史上取得了最伟大的胜利之一的事件，作为小说"顿巴斯"的主题；并成功地创造了许多鲜明、光辉的典型形象，来阐发它的巨大意义。

作者所创造的这些典型形象，特别是作为小说中的主角的维克多与安德烈，是普通的青年劳动者，然而他们却是些"新的特殊的人""有文化素养、有技术素养的人物"。就是他们把社会主义竞赛推进到新的更高的阶段，使整个国家的经济达到了一个重要的更高的阶段；同时，也把苏联的整个工人阶级推进到了一个新的更高的阶段。但是，他们的成就和荣誉，却不是随随便便取得的。他们是在社会主义国家里，在党的领导与教育下，经过了一系列的考验，克服了无数的困难，才获得最后的胜利的。

越是善于揭示生活中的矛盾和冲突的作者，越是善于表现新生的东西，而且要尽力帮助它取得胜利的作者，越是把他所心爱的人物放在尖锐的矛盾和冲突中去考验和锻炼的。戈尔巴托夫就是在这一创作原则下，也正是按照社会主义社会生活的发展规律，让他书中的主角的成名经过了一段艰难而曲折的道路，从而展开作品的主题思想，并揭示出他们的精神宝藏和崇高的道德面貌。

小说一开始，作者就向读者介绍了两个形影不离的年青朋友，即本书的主角维克多和安德烈。他们都是勇敢的、快乐的和有理想的青年。他们都打算把自己的一生贡献给祖国。在社会主义社会里，一切事业都是美丽、光荣和理想的，因此，他们竟眼花缭乱甚至烦恼（这是幸福的烦恼，这是社会主义社会快乐生活的反映）起来。是党指给他们应该走的最光荣最幸福的道路：分配他们到顿巴斯的马丽雅矿去当矿工，去争取做工业里的革新家。

但是，青年们对于党给选择好的道路，在这条道路上，他们可以运用自己的力量和智慧来为全体人民创造幸福的深刻意义，并不是马上就理解到的，特别是维克多是不欢迎的。维克多是个自高自大而又富于幻想的青年。他曾想当一个青年航空员在自由的天空里飞，想当一名海军航行在湛蓝的广阔的海洋上，想当一名潜水员工作在海底下，甚至想当一个名演员出现在舞台上。总之，从天空、海洋、水底、北极，他都发生兴趣，都想轻易地一举成名，成为受人尊敬的英雄，但却从未想到到地底下——矿井里——去当一名普通的矿工。所以一听到党的这个决定时，他几乎要含着眼泪喊出来："我不去！你们没有权力的！"可是这位充满了浪漫的幻想的青年为了"我一到矿井，马上就要当一个突击队员""让他们瞧瞧我的本领！"（第47页）又立即答应了党的召唤。但是，矿工的劳动生活和维克多的幻想是有矛盾的。因为这并不是一种使他轻易就可以获得成功的工作，事实上在社会主义社会里根本就没有这样的工作。因此，由于一下子没有征服煤层，没能够立刻成为最优秀的新手而名闻全矿，维克多就对工作失掉兴趣，而消沉下去。而且由于他在现场里睡觉受到大会的批评，竟任性地要离开矿井；如果不是安德烈把他找回来，他几乎犯了不可挽救的错误。

但是，维克多和另外一些为困难所征服，终于当了逃兵的团员（像勃拉特青柯之类）是有着本质的不同的。他虽然有性格上的某些弱点，例如为作者所揭发的：严重的爱面子，喜欢原谅自己并替自己的错误辩护，以及刚愎任性等弱点，但由于他从社会主义社会中，在党、团的教育下，很早就被培养起来的性格中的许多优点：正直、坦白、热情；他爱祖国，爱劳动，他认为一切劳动都是漂亮的；他不怕吃苦，渴望工作，他有充沛的体力和才能……所以，当他的浪漫的幻想在现实生活中碰壁，特别是受到团小组长斯维特里、老党员老矿工列斯尼亚克叔叔，以及矿工全体大会对他所进行的一系列的批评教育，他灵魂中的沉渣开始泛起的同时，他的这些美好的东西就支持着他斗争。而这冲突的高潮就在他要脱离矿井，走出生活的时候，作者曾经拿出相当大的篇幅、展开对于维克多的心理描写，来揭露和批判他那丑恶的一面，同时更以无限热情来揭示和肯定他灵魂中美丽的一面。这也正是作者对于维克多的支持；就是说，作者在与维克多的个人英雄主义倾向作斗争的同时，更以无限的热情来教育他、改造他，使他的集体主义思想得到巩固和发展。

与维克多的性格恰恰相反的安德烈，是作者所创造的苏联广大青年中的另一正面典型人物。作者对于安德烈灵魂中的每一个美妙闪光的赞美与肯定，也正是对于维克多性格中弱点的批判和帮助。安德烈是一个沉着、有毅力、善于思考、热爱新事物、热情而又原则性甚强，可以说是个灵魂中充满美丽的青年。安德烈本来是想念农业学校的，可是当党因为顿巴斯的产煤计划不能完成，把他和维克多以及其他共青团员们作为新生力量，投到这个生产单位中去立功，并征询意见的时候，在大家沉默的一分钟里，当他的好友维克多"委屈"得要流着眼泪高喊"我不去！"的时候，他说："不，我们同意！""这一分钟是伟大的，它会被人记在心里，成为一个值得纪念的日子。"（第44页）但作者在热情地歌颂他的同时，又指出安德烈性格的特点，在他充分了解矿井生活之前，所应有的顾虑。当他和维克多进入现场，在黑暗中爬行，当维克多起了"明天他就要亲自去采煤，他就要给大家颜色瞧！"的幻想时，安德烈却为了要改进这种像蚯蚓一样的爬行，去发明机器。作者对他灵魂中的这一个火花的闪耀不禁热烈地赞美道："这又是安德烈一生里伟大的一分钟。"（第81页）尽管作者这样热爱安德烈，但却正像对待维克多一样，并没有慷慨地立即给他一连串的荣誉。正如作者所提醒的："生活可以给青年人一切东西作为他劳动的奖赏，但决不肯白白给人一丝一毫……"（第163页）的确生活的规律就是这样：谁如果想获得幸福，必得付出应有的劳动，付出的劳动越多，收获的才越大。安德烈从未像维克多那样做过荒诞的英雄梦，他总是脚踏实地地向老师安基波夫学习技术，他满腔热情地工作着，他体会到这种工作的伟大意义："矿工把地下的太阳送到地上。"（第211页）他爱上了矿井。安德烈从劳动中找到了快乐，但也因为不能完成定额而痛苦过，可是他认识到，任何新的工作和生活，在开头总是困难的，困难在集体的帮助下是没有不可以克服的。就是这一种信念，使他战胜了初步的困难。并且由于他理解到劳动不能靠硬拼体力，因此，当某些矿工不肯使用风镐的时候，他能理解到风镐代替手镐去劳动的意义。新事物诱导着安德烈的思想上升，刺激着安德烈的智慧放光，一个新的虽然还是不可捉摸的东西，已经孕育在安德烈的美丽的灵魂深处了。就是这样一位朋友始终关心着、帮助着维克多，并且当维克多坚持错误，跳上火车，准备逃开马丽雅矿走出生活的刹那间，安德烈把他从危险的边沿上拯救了回来。

从这里，我们认识到：人物的性格对于自己的生活和将来的事业的关系是多么重大。而更应强调指出：安德烈对新生活的态度，一方面是由于他的性格，而更重要的则是在党和事实的教育下，他对生活、对工作，对自己所担负着的任务和责任，对祖国伟大的社会主义建设事业的充分理解；对革命事业，美丽的远景的实现充满了信心。因而，安德烈"有生以来第一次感觉到自己是在队伍里——在一个庞大的、总的进攻的队伍里。从白海到黑海，整条链子在展开攻势，而他正是其中的一环。掌子就是他的岗位，手镐就是他的武器"（第138页）。就因为他明白了集体的意义，认识到自己工作和劳动的政治意义，他就能把自己溶化在祖国向建设进攻的大动脉的血液里。因此，在工作中遇到困难，完不成任务的时候，他总是痛恨自己，并且设法从集体汲取支持自己的力量。而维克多正是由于不理解这些，缺乏明确的战斗目标，他的劳动和工作，只是为了满足个人的声誉，满足自己的个人英雄主义，因而一旦遇到困难，就必然缺乏支持而败退下来，等到受尽了惨痛教训之后，才明白过来，才摆脱了个人主义的倾向，走向了集体，从矿井的客人变矿井的主人，站在真正的生活的起点上。

由此可见，人投入到一种新生活中去做主人，如果不在党的教育下，先明确了自己的职业的政治意义（即为革命所需要，是革命事业中有机的不可分割的一环；不是为了自己的兴趣），便不可能热爱它，便不可能产生高度的责任心。并且只有把自己的血汗湿透了自己生活的土壤时，才懂得生活，才能在生活中生根，作为生活的真正的主人，才能为创造新生活而战斗。

自然，作者在他的小说里所要告诉读者的不止这些；作者对于两朋友的期望是殷切而巨大的。作者要写生活中的巨大矛盾和冲突，作者要写新生力量成长为先进工人的复杂而曲折的过程，要让他们从自己身上放射出虹一样的色彩，从而歌颂苏联伟大的三十年代。因此作者在小说的开始，就指出两朋友来到顿巴斯，是被作为改造旧矿为新矿的新生力量派到马丽雅矿井来的。他们的任务是艰巨而光荣的，他们负有向旧事物挑战，而且一定要胜利的战斗任务。

当作者写到党为两朋友选定生活道路的同时，就提出顿巴斯的产煤计划完成不了的问题。顿巴斯是苏联主要产煤区之一，没有煤，机器就不能转，国家就迈不动前进的脚步！矿井为什么欠国家大量的煤呢？作者告诉我们：首先是阶级斗争的残酷，钻进来的敌人在矿井里破坏机器，阴险毒辣地进行各种危害行为。同时这里也进行着前进与落后之间的斗争，保守的矿长和总工程师坚持老一套的工作法，反对新计划。此外还有来到这里想投机发财的"三教九流"人物，"这千万人自由汇合而成的人潮在淹没矿井，捣乱矿井，把矿井变成穿堂院子"（第 136 页）。

这就是为什么企比略基的青年团区委会要响应党的号召，派遣十名最优秀的团员（其中包括着维克多与安德烈）到顿巴斯矿区去参加工作。也就因为这个，矿工干部迎接被动员来的青年团员是那么亲切、那么快乐。可是维克多却几乎走向了绝路。不过，一旦他从生活中取得教训，在党团与群众的教育下，有了新的社会主义的觉悟，走向了集体，成为矿区的主人之后，他的一切优点就成为主导的了；就会爆发出无穷的创造力量，就能"使顿巴斯返老还童，并且在斗争中带来青春的革命火焰"（第 137 页）。

社会主义的劳动竞赛，不是靠拼体力的，而是要掌握与运用新技术。三十年代的头几年，是苏联工业上新技术、新设备突飞猛进的时代。没有新技术，就不可能把社会主义竞赛推到新的更高的阶段。但是，"技术没有精通技术的人材，便是死东西"（斯大林语）。而维克多和安德烈正是精通技术的人材。但他们并不是一下子就成为兼有文化素养和技术素养的人物。首先他们得成为生活真正的主人，热爱自己的职业，而掌握技术的过程也是一个艰苦的考验过程。例如，维克多在学习使用风镐的过程中，就吃过苦头的，他总是驯服不了这匹野马（风镐）。但他坚持学习，向老矿工列斯尼亚克叔叔学习，并且入了技术夜校，最后才成为一个掌握技术和理论的有名的矿工、突击工作者。

但是，"顿巴斯的技术配备虽不断增加，劳动力供应亦逐渐改进，但采煤计划不仅未能完成，煤的开采量不仅没有增加，反而下降……"（第275页）这一现象说明，单纯靠技术还是不行的，英明的斯大林指出："造成此一可耻倒退现象的主要原因，在于煤矿工业方面，至今仍未肃清文牍主义和官僚主义的领导方法。"（第276页）于是，党整顿了组织，派来了新的领导。而且教导青年积极分子，突击工作者们，必须成为一个组织者，善于发动群众、带动群众共同前进的集体主义者。党在解决这一关键的同时，就给新事物铺下了产床。

生活不断前进，新事物要求诞生，这就是维克多觉得在旧的生产条件下，无法发挥他的无穷的潜力。维克多和安德烈有一个新的要求，为了提高矿井的产量，为了给祖国创造更多的财富，他们要开辟出一条在生产上更广阔的道路。因而他们也就不是个人的英雄主义者，相反是活生生的共产主义化身！

在维克多大胆地要求下，在安德烈的智慧头脑的思考下，提出了充分利用技术采用新的采煤工作法的建议，来解决生产中现存的矛盾。但是，由于他们的建议，如果实行了，就会一脚踢翻根深蒂固的老规矩。因而首先就遭遇到矿长的反对。矿长是个平均主义和保守主义者，"以为社会主义可能在贫苦生活基础上，用稍许展平各人物质状况的方法巩固起来"，因而这种小资产阶级的社会主义观，就必然不可能理解这一新事物的深刻而巨大的意义。尽管他是个关心群众的人，但却和群众的落后面结合起来，阻难它的诞生了。他和某些群众一样，以为维克多和安德烈的动机是渴望名利和好强逞能，是为了个人的利益而损害了大家的利益。到底是谁损害了大众的利益呢？到底是谁为了个人的利益而反对呢？作者针对着这种狭隘的保守观点、落后思想，沉痛地指出群众中的确是"有这样的一些人，他们在这个轰动全村的计划里，只提心吊胆地看到一点：从此以后十个采煤工之中，只有一两个可以留在场子里。因此，我也就不得不离开马丽雅矿了。可是我在这儿住了这么多年，已经习惯了。我在这儿有一座菜园，房子周围的小花园，还种着几株樱桃树。……"（第 381 页）对于新事物，光凭这些阻力已经够大的了，何况还有暗藏在革命队伍里的敌人，如马基楚克，正在窥伺机会，进行破坏呢！

然而青年革新家，在这复杂的困难面前是吓不倒的。安德烈知道将要有一场激烈的斗争，他已经做好思想准备，他知道退路是没有的，他也决不后退。这就是安德烈的钢铁的意志与战斗的性格，就是这种可宝贵的性格影响到一度颓丧的维克多坚强起来。但是如果没有群众的支援，特别是党的领导支持，他们就不可能至少不能迅速战胜困难。这是真理，也正是作者始终在他的小说里所强调的一点。特别在反对平均主义及保守主义思想的尖锐的斗争中，作者为了突出党的领导作用的这一绝对真理，就有力地描写了聂察英科（马丽雅矿的党组长）、茹拉符列夫（市委第二书记）等对青年革新家（也就是对新事物）的全力支持，终于得到了一个试验的机会。

这个试验关系着苏维埃国家的整个经济和文化发展到一个新的更高的阶段。因为这个试验，反映着新旧之间的激烈斗争的最高潮，这是个新事物与旧事物斗争的决战，作者热情地激动地用诗一样的语言，雕塑起了这个战斗的场面，同时也是最美丽的劳动画面，在这画面里，作者以全力雕塑出维克多这个青年劳动者的优美形象。这是个既具有美丽灵魂而又富有健美外形的，内容与形式高度统一的社会主义建设者的巨大形象，掌握着文化与技术素养的真正的人民劳动英雄形象，从而歌颂了新事物的不可战胜。

作者整整拿出一章（第二部第十九章）的篇幅来支持这个战斗，歌颂维克多这个美丽的形象。我们不妨引一段在这里，这一段是作者通过偷爱着维克多的达莎的眼睛来写的：

"维克多此刻的确很美。他的每个动作都是又灵活又美观。他那肌肉累累，富有弹性的黑黝黝的身体，盖着一层闪闪发亮的汗珠，也很好看。事实上，人在劳动时的身体都是好看的，都是矫捷而动人的。维克多现在很像一个击剑家：咬紧下唇，拿着风镐翻覆冲击，直刺煤的胸膛；他又像一名机枪手：压紧风镐把手，格格格格地扫射煤层；他又像一名水手：身上矫捷地在支架上爬来爬去，手脚灵活地抓住松木柱子，好像水手在攀缘帆桁一般；但是更像一个舞蹈家：他那半裸的黧黑的身体，始终随着风镐音乐的节拍，在疯狂而有旋律的舞蹈中抖动。维克多工作得很轻松愉快，既不喘息，也不哼叫，使人觉得他并不是在工作，而是在跳矿工舞，对他说来，采煤不是什么辛苦的劳动，而是一种快乐的狂欢。"（第 415—416 页）维克多就这样在一班的时间，采了一百一十五吨煤，成为苏联的矿工英雄。作者就是这样通过对于两朋友在马丽雅矿井斗争生活的描写，形象地细致地表现了斯达汉诺夫运动的诞生过程及其在苏联社会主义建设史上所占的最光荣篇幅之一页！

我们从两朋友所走过来的一段艰难、曲折而光辉的道路上，懂得了更多的真理。我们看到了党给青年人所开辟的生活道路的伟大意义。在党的教育与培养下，所产生出来的共产主义的道德品质。这首先是他们对于劳动的深刻意义的充分了解：劳动创造世界，创造财富；劳动创造了快乐、幸福和荣誉；只有热爱劳动的人，才是最智慧和最勇敢的人，因为他最善于在劳动中创造发明，并为了提高生产敢于和任何保守落后的人作斗争。而这主要决定于他懂得了为集体的利益而劳动，也就是说全心全意为人民的利益而劳动。

当维克多在列斯尼亚克叔叔的指导下，在生产上找到窍门的时候，他"兴奋极了。这并非由于采煤的工作变得轻松了，煤块源源不绝地大量落下来，……而是由于维克多突然觉得他那不由自主地选定的终身职业，现在进入了一个意想不到的新境地，在这个艰苦的、初初看来死板单调的挖煤工作里，现在出现了那么多希奇古怪、神秘莫测、甚至迷恋动人的新东西"（第 266 页）。

当维克多创造的纪录超越了斯达汉诺夫的纪录，被包围在人群里，人们以自己心爱的鲜花向他抛掷时，作者写道："维克多此刻处在人类所能想望的幸福的顶峰，因此他简直有些手足无措。虽然他以前也常常梦想光荣，但从没想到光荣是这么一回事。以前他认为光荣就是名誉、金钱、奖赏和勋章。而此刻他才感到，世界上最大的光荣，就是人民对你的敬爱，就是同志们对你劳动的重视。"（第 425 页）

在这里应该指出：荣誉是维克多的，但也是马丽雅矿的先进矿工们的。因为他们无私地援助了维克多。更因为党和先进的矿工教育、培养了他，他才获得登上世界的最高峰——莫斯科红场——的荣誉。

更应该特别郑重指出的是：维克多的荣誉的获得，是和安德烈的无私援助分不开的；和安德烈对他的真挚的友情是分不开的。社会主义的友情产自共同的劳动之中，而为无产阶级的党性巩固和发展起来。安德烈把自己本来可以获得荣誉的机会，创造一百一十五吨煤炭的世界生产纪录的机会，赠给自己的战友维克多；这种友谊之所以可贵，因为它是从集体主义思想的土壤里生长起来的。这是因为安德烈虽然珍贵荣誉，并且早就打算在取得这崇高的荣誉之后，向自己所秘密爱着的女友达莎求婚，可是对于这样重大关系全矿生产前途的事件，他就不能不抱着冷静的客观态度，对集体负责的态度去思考了。既然维克多比自己更具有充沛的体力与精力，做起来更加有把握，于是他为了支持新事物的诞生，为了对党的事业负责，他就坚持一定要维克多去担任创造新纪录。因此，这就不仅仅是社会主义友谊的最高表现，而是突出地表现安德烈的严格的党性。因此，安德烈的灵魂之所以是最美的，就在于他能创造可贵的共产主义的道德品质！他爱集体的事业，胜过了爱自己的荣誉和爱情。也就因为这样，他才获得比维克多更高的荣誉和奖赏，他代表马丽雅矿全体劳动者去见斯大林！

不过，戈尔巴托夫的小说也并不是没有缺点的。这主要表现在对于反面典型创造的失败上。斯大林曾经指出："与暗害勾当作斗争，为消灭暗害勾当而斗争，制止暗害勾当，是使斯达汉诺夫运动尽量广泛展开的必要条件……"（《论党工作底缺陷和消灭托洛茨基两面分子及其他两面分子的办法》）但在小说"顿巴斯"里，这些必要的条件却没有得到足够的反映。尽管"小说里已经讲到了煤矿的行政方面猛烈反对伏龙科（安德烈）的建议：对市委书记罗亭也花了些篇幅；作者也没有忘记提到破坏压缩空气管的组长马基楚克。但关于这一切都讲得很浮面，只是一种报道的性质，这一切没有有机地组织在小说的艺术结构里。即使把这些穿插从作品里取消，结构和情节也不会受到损害的"（《史高莫洛霍夫：苏联文学中的警惕性主题》，《译文》1955 年 7 月号，第 136 页）。此外，"列宁——斯大林党经常对苏联人民进行教育的那些最可贵的道德政治品质之一，革命的警惕性，在戈尔巴托夫的'顿巴斯'里也没有表现出来，虽然苏联人的其他许多优良的品质：对劳动的热爱，诚实，正直，同志爱等，在小说里是用了艺术上令人信服的手法表现得相当鲜明的"（同上第 137 页）。因而就不能不在一定程度上削弱了小说的教育作用。

但是戈尔巴托夫所创造的维克多和安德烈这两个正面典型的政治意义，还是极其丰富的。并且小说中引人注意的一些特点，也是值得学习的，例如，由于作者掌握了马克思主义的世界观、丰富的现实生活，特别是他对祖国的热爱，就使他在描写两朋友的生活，以及他们对祖国的伟大贡献的同时，始终强调马丽雅矿的奇迹，是和苏联这个社会主义国家结成一个整体。他是以这一个角落的沸腾生活来反映整个苏联国家的日新月异的风貌的。作者就会借聂察英科的口说："顿巴斯是值得骄傲的，它使全苏联温暖。""顿马斯实在迷人，它真是全苏联的锅炉房。"（第 431 页）这就决定了作者创作的一个特色。

作为小说另一特色的：戈尔巴托夫是个散文家，但同时也表现了他的诗人气质；他是以诗的情感，以诗的语言写出了这首劳动的诗篇的，整个作品里充满着抒情诗的气氛，美的画面，音乐的旋律。而这首先是现实生活的诗所决定的。就因为作者的人物是生活在用自己的双手创造出来的欢乐的现实世界里，劳动生活的旋律里，因而他所展开的图画，就不是牧歌中的自然景色，而是大量的描写了社会主义建设者所创造的比自然更加美妙的景色。也只有用这样的景色来映衬劳动者生活中的每个环节，才是真实的、美丽的。远在二十多年前，高尔基在第一次全苏作家代表大会上，批评过苏联作家们"还不善于观察现实。甚至郊野的景色已经剧烈地改变了；那种各色杂凑的贫穷相——一片淡青色的荞麦，旁边一片耕过了的黑土，一带黄金色的裸麦，一带浅绿色的小麦，几片蔓草丛生的荒地——总而言之，那种五光十色的乱七八糟的悲惨景象，已经完全消失了。现在广大的土地上看去是一望无涯而且同一颜色，在乡村和县城里矗立着的不是教堂，而是宏大的公共建筑物，巨大的工厂闪亮着无数的玻璃窗……在文学里还没有这种把我们的土地底面貌剧烈地改变了新的景色"（《苏联的文学》）。而戈尔巴托夫在他的作品里不仅实现了高尔基的期望，并且成为自己作品的特色。而作者的这一特色，正是他时刻不忘劳动创造世界，并对于共产主义远景的向往所决定的。

　　总之，这本小说对于青年社会主义建设积极分子形象的创造是获得成功的。因而，这些鲜明的艺术形象就必然要引起我国青年们的尊敬、热爱和赞扬，成为自己工作、学习与战斗的良好榜样。同时，作者关于选择和表现现实生活中的重大主题，及其艺术特色，也就不能不引起我国作家们的深切注意。

苗康是个典型的个人主义者*

——读徐怀中著《我们播种爱情》札记一则

徐怀中以他特有的充满了诗情画意的笔写出了：在党的民族政策光辉照耀下，青藏高原象一个被晨钟惊醒了的巨人开始了"大跃进"的画卷。他热情地歌颂了在党的领导下，从内地来到这里辛勤播种爱情（多么丰富的爱情内容啊！）的青年团员们：气象员兼小学教师的林媛曾在藏族儿童的心上播种下了对毛主席的爱；当畜牧师倪慧聪的右臂中了匪特的枪弹之后，她勇敢而豪迈地说："即使锯掉了右手，还有左手呢！"而农业技术员雷文竹，由于他不迷信"专家"，大胆试种冬小麦成功，改变了自然面貌，使高空的雁群失去了自己的故乡——多年来栖息惯了的河湾……难道不应该歌颂吗！他（她）们离开了内地城市的舒适和住惯的地方，把自己送到祖国最需要的地方。住在阴暗潮湿并且发着土腥气味的窑洞里，不怕敌人枪弹的威胁；毫无保留地把自己学来的技术贡献给西藏人民。把自己的艰苦劳动去创造人民的幸福。如果没有高度的政治觉悟，没有建设社会主义的决心，能做得到吗！

但是在这群青年中间，并不都是应该歌颂的。也有播种不下爱情，特别是当人民最需要他的时候，经不起考验，从生活的战场上败退下来，开了小差的青年人。一部好的作品是生活与战斗的教科书，它之所以能够教育我们，是因为它所赞美的人物值得

* 原载《文史哲》1958 年第 8 期。

我们学习，能鼓舞我们前进；而它所批判鞭挞的人物则给我们以
反面教材，可以照见自己思想上所存留的一些肮脏东西，从而连
根拔掉它。这本小说所创造的一个反面形象——苗康，就能对读
者起这种作用。

苗康为什么从生活的战场上败退下来？就因为他的灵魂深处
潜藏着严重的个人主义。我认为作者所创造的这个人物是成功
的。作者通过对于苗康的从内心到行动的细致、深刻的刻划，形
象地说明了资产阶级个人主义，在社会主义社会里，是万恶之
源。它既损害了党的事业，也害了自己。因此就成了读者的一面
照彻自己残留在心灵深处的肮脏东西的镜子。

苗康是个学兽医的。这样的人才是祖国农业建设中非常需要
的。但是苗康却不是为了这样一个光荣的目的去学习的。他本来
是学内科的，他之所以改学兽医，是为了满足个人英雄主义。他
说："我忽然想到做兽医是最难不过的。""人，会说话，他可以
把自己的病讲得一清二楚。牲畜呢？那就全要看医生的学识，看
他的经验，看他的能力！"这就是说"笨蛋"是学不了兽医的，
光是兽医这一行业本身，就说明了他的"天才"。个人英雄主义
与名利思想有着血缘关系，就必然要奇货可居，向党和人民要价
钱，要特殊待遇了。因此，当上级分配他到西藏来参加建设时，
他认为起码条件是住楼房的。可是来到以后"农业站的人，无一
例外都住在阴暗潮湿并且发着土腥的窑洞里"。他就"气愤填
胸"，认为这种"破瓦寒窑"简直是对"专家"的一种"侮辱"。
但是一个顽强的名利追求者，是不会仅仅为了这样一点小不愉
快，就拔起腿来走掉的。因为这会丧失他的"大事业"的。原来
"他主动请求到边疆来不是为了别的，只是为了装璜，为了镀金，
为了往自己脸上镀一层金！"（第247页）他想在边疆搞一番"大
事业"呢，因此决不能为了"小不忍"而"乱大谋"的。因此
尽管"提起来就气愤填胸"，可还是忍受下来了。

一个"专家"自然与众不同，因此，苗康到农业站来的第一

件"大事"，或者说为了表现自己是"专家"的第一个"大建设"，就是脱离实际的，不顾农业站实际困难的去建筑讲究的马厩。这个堂皇的马厩简直是个像样的大厅，而人却住在"破瓦寒窑"里。但苗康是有"理由"的："人在任何艰难的环境中都能照顾自己，而牲口，离开了人的照料就只会毁坏自己。"（第12页）这就不仅表示了"专家"的科学的养马方法，而且更加突出了"专家"的"爱马"甚至"超过"了爱护自己。而且"专家"还能"克服"物质困难，他曾对自己的爱人倪慧聪"保证"过："……至于畜病，用不着太担心。我几乎每天都按时检查。一旦发现有什么不好的征候，我会立刻采取行动的。虽说我们农业站医药、器具各方面条件都很差。……"（第186页）苗康这样的"爱马"故事，如果只停留在这里，谁也得承认他是一个"又红又专"的建设祖国的"优秀"人才的。可惜的是：伪装起来的幌子是经不起考验的，在生活的激流里，特别是时间一久，苗康苦心装饰起来的华丽的羽毛就被无情地撕碎了。

我们且撇开苗康的这些事实不谈：例如，当工作队在牧场遭到土匪的偷袭事件以后，苗康就暗暗决定不再轻易进山，不肯去冒生命危险；以及他的一套完整的资产阶级恋爱观点和行为等等。现在我们专就关于苗康的"爱马"故事，特别是苗康和15号马的故事来看看苗康的丑恶的资产阶级的灵魂吧：苗康是自称爱马可以超过爱护自己的人。现在看看他是怎样"爱马"吧：当畜牧师倪慧聪察觉了苗康在爱情上对她不忠实，给了他一个有力的打击之后，苗康不但拒绝了她的请求，不去抢救农民的一条难产的母牛的生命，就是自己直接负责的马群的健康也不问不闻了。而是整天去河边钓鱼，来摆脱他的所谓"苦闷"。当15号马生了鼻疽病而且到了不可挽救的时候，他不是首先检查自己的失职，而是首先推翻了过去自己向倪慧聪所下的保证，把责任完全推给客观原因，说农业站的医疗设备不行。而且居然建议领导把病马卖给当地的农民，并声称，动机是为了农业站的"利益"，因为这样农业站可以弄一点钱，而不致太受"损失"。看看，苗康是多么"关心"农业站的"利益"，是多么富有"集体主义"精神！对于苗康的这种做法，我们不能单纯从他的意图减轻过失，以及损人利己方面来看，我们应该把问题提高到政治原则上来认识个人主义的严重危害性。我们深入地想想：苗康这种嫁祸于人的"建议"不仅使购马的农民上当受损失，而且这种可怕的鼻疽病一旦传染开去，会造成当地农民全部马匹的死亡的！而更严重的是，由于这一事件而产生的严重的政治后果。我们知道，当时的藏民还没有完全相信农业站，汉藏之间还保留着一段距离；而潜伏下来的美蒋特务正苦于找不到破坏党的民族政策的机会。现在苗康的这个"建议"正是直接帮忙了敌人。假如站长陈子璜听了他的话（当然不会，而且当场严厉批评了他的），那招致来的严重的政治后果还能够想象吗！因此，说个人主义是万恶之源，可以成为敌人的得力助手——在这里得到有力的证明。作者通过这一点对苗康的个人主义的丑恶灵魂的揭发，和它对于社会主义革命事业的危害性，可以说已到了深透的境界！

然而苗康的无耻的、腐朽的灵魂还不只此。在作者的笔下是越揭越深刻的。作者对于苗康的丑恶灵魂的鞭挞的确是一鞭一条血，一捆一掌痕的，因而这个形象也就被创造的越发真实而生动，从而给读者的教育也就越大了。当苗康的"建议"遭到站长的严厉批评，最后决定要先杀死这匹马再把它烧掉时，苗康在处理这匹马的现场上是怎样表演的呢？作者告诉过读者（第182页）：15号马不是一匹平常的马，在人民解放战争中它是立过功的；而这匹年青的英骏的青海马最后不得不被杀死和烧掉，是苗康闹情绪，整天在河边钓鱼，对工作的严重不负责任的结果！可是自称爱马的苗康现在是以什么样的态度和心情来亲手杀死这匹马，也就是说来对待自己的错误呢？看吧："苗康用他的白净的手不慌不忙地在马脖根寻找静脉血管的所在""以纯熟的动作将针头插入马体"（第183页）。苗康的一双手在整个处理过程当中，竟是那样沉着老练，果决不疑，未曾表现过丝毫的虚怯。作者在这一段细致的描写里，是透过苗康灵魂的肮脏的一层又有力地揭出了他的新的一面——冷酷而残忍！这就充分证实了林媛对苗康的性格所下的结论："他只爱自己，除了自己他谁也不爱。"（第188页）

个人主义者总认为自己是最聪明（其实是最胡涂）的人。个人英雄主义者总认为自己是很勇敢（其实是最脆弱）的人。当苗康受到团和行政的处分，自己所编织起来的华美的外衣被撕成粉碎，丑恶的灵魂被赤裸地暴露在人们面前时，他不是勇敢地接受组织和行政对自己的教育，承认和正视自己的错误，检查自己的思想，跌倒再爬起来；而是忙着挽救自己的面子。而他认为维持自己的"尊严"或"荣誉"的最好办法，就是赶快离开，以便另在别处，重新建立自己的所谓威信，重新编织掩盖丑恶灵魂的外衣；并寄托着无穷的希望来安慰（其实是欺骗）自己！这种想法和行动已不是苗康自己所独有，而是所有的个人主义者的共同规律。存在着"此处不留爷，自有留爷处"的想法的人，在现实中是不难找到的。但是个人主义者却从来没有想到，在社会主义社会里，这种方法是永远行不通的。个人主义在社会主义社会里是过街老鼠，是命定要到处碰壁的，社会主义社会是扑灭个人主义的一面天罗地网，那里也没有安全地带。因此，如果有人不肯连根挖掉自己的个人主义，就永远要做生活战场上的逃兵，最后把自己引向毁灭！总之，在社会主义社会里，摆在个人主义者面前的只有两条道路：不是放弃个人主义向社会主义的集体主义投降，就是坚持个人主义，最后同它一起灭亡。此外，再也没有第三条道路可走。但是有些个人主义者却往往认识不清这个真理，而自以为很聪明有办法，因此，最后造成悲剧！我认为作者对于苗康这个人物的描写，最能发人深省，对读者最有教育力量的一大段心理描写，就是在这个关键问题上，苗康没有认识到这是两条道路的斗争，从而决定他是悬崖勒马呢，还是任性地堕入错误的深渊？

作者描写苗康走上危险的道路，并不是采用的简单的直线的描述方法的。事实上直线的描写也是不真实的。因为一个个人主义者的心情是复杂的，患得患失的心情本来是资产阶级知识分子所共有的。因此，苗康在离开农业站之前就必然有过一场自我斗争。"苗康把行李收拾停当。但，当他的手握住皮箱提把的时候，却忽然犹豫起来：就这样走开吗？回到内地去，同学、老师、朋友以及所有认识的人看见自己会怎样想呢？……就这样，他空着两只手，象一个逃兵似的回来了……苗康不由得重又坐下来……他甚至想跑去找陈子璜把自己的报告抽回。不过，这种激情没有持续多一会儿。他从动摇中坚定了。还留在这里做什么呢？一个人，特别是一个有过相当威信和声望的人，绝不甘心在失掉庄严，失掉敬仰的境况中……生活下去的，……我要到新的地方去，在那里，我重新开始，……哼！看吧！一切都会好起来，他们还会选我做青年团支委，女孩子们还是跟着我打转转。人们照样还会敬佩我，羡慕我……于是，他提起了皮箱。"（第214—215页）苗康的斗争为什么没有胜利？为什么终于没有在悬崖上勒住马？根据上述的描写，作者告诉我们一个真理，那就是用个人主义来克服个人主义的办法是永远不解决问题的。苗康的内心斗争，并不是社会主义思想和资产阶级思想的斗争！实际上是两种利害的比较：一种是自己脸上还没有镀上金，回到内地去没脸见人。一种是留下来的确抬不起头来。就因为这种"矛盾、斗争"的基础是建立在个人主义上的，再加上自己主观上建立起来的一座个人主义的名利"乐园"在那里诱惑着他。因此，就很容易从动摇中坚定下来。于是，就在农业站最困难的时候，最需要兽医的时候，他留下了唯一的"成绩"——堂皇的大马厩，当了最可耻的逃兵！于是，个人主义在作者的战斗的笔底下，至此也就遭到最为彻底的批判！

生产战线上的英雄，工人阶级的模范[*]

——试谈艾芜著《百炼成钢》中的秦德贵

真实地生动地反映我们丰富多彩的社会主义现实，鲜明深刻地揭示劳动人民的伟大的生产活动、他们的高尚的志愿和目标以及高贵的共产主义道德品质，从而鼓舞广大读者为争取社会主义建设的新成就而奋斗，是我们社会主义文学的最光荣最崇高的社会使命！

艾芜同志的《百炼成钢》所反映的生活，尽管还不象今天在总路线照耀下的全国广大劳动人民那样，以冲天干劲创造了波澜壮阔，瞬息万变的神话般的现实，还只是新中国成立后三四年间的钢铁工业战线上的工人生活；但是那种沸腾的生产斗争生活，工人阶级的征服钢铁的雄伟气魄，却同样使读者感到那种"钢水红似火，能把太阳锁，霞光冲上天，顶住日不落"的工人阶级的无穷力量和冲天干劲！尽管作者写的是生产钢铁的斗争，但却并未以全力来写人们创造发明、技术革新的过程；因为作者愿意告诉读者：人是最宝贵的，只要驾驭钢铁的主人在党的教育下，百炼成了钢，那就解决了生产问题的根本关键！因此，作者所注意的是写人，通过他创造的小说中的主人公秦德贵在激烈的斗争中终于百炼成钢的过程，反映了在党的培养教育下，新的一代工人阶级的崭新的面貌，展示了新中国的辉煌的未来！因此，秦德贵就为我们今天的青年读者树立了学习的榜样，能够鼓舞起我们的

---

* 原载《文史哲》1958 年第 10 期。

冲天干劲，为争取在全面"大跃进"中有更大的成就而斗争！

　　就因为作者企图把秦德贵创造成为一个保尔·柯察金式的人物，新的工人一代的典型，钢铁战线上的尖兵，优秀的共产党员的形象，因此，作者在创造这个人物的全部过程中就付出了最大的力量，作者把"这个真正是火线"的钢铁战线写成了一首"奇异而又美丽"的诗，而这美丽的工厂景色（不论是白天的或是夜晚的）是和生产劳动密切结合起来描写的，而且是把工厂美丽的全景和他所衷心喜爱与歌颂的秦德贵的光辉的形象结合起来，构成一幅庄严的油画。"秦德贵背面那面的天空，正被炼焦厂出焦，映得通红，烟囱水塔、瓦斯库，都一时现了出来，只是被流动的烟云抹去一些轮廓和形象。"（第 294 页）这一创造性的艺术手法就把秦德贵浮雕似的突出出来，从而雕塑起了一个巨人的形象，象征了新的一代工人阶级的那种征服钢铁的冲天干劲的英雄气概和扭转乾坤的力量以及新中国主人的雄姿！

　　秦德贵是在七号平炉的出钢口打不开的紧张关头与读者见面的，作者不仅描写了他的战斗雄姿，创造性地克服困难、驯服钢铁的智慧与力量，而最重要的则是突出了他的为了抢救国家财产，忘记自己危险的工人阶级最宝贵的品质。因此，秦德贵一出场就在读者心目中深深的印上了一个钢铁战线上战无不胜，攻无不克的无产阶级战士的形象！

　　秦德贵并不是天生的英雄，他原是一个在旧社会里受够了地主阶级虐待的放猪娃。是党拯救了他。他是在党的教育培养下，在解放战争的革命大熔炉里逐步被锻炼成一个具有高度阶级觉悟的有勇有智的战士。党领导的解放战争的伟大胜利，不仅彻底推翻了蒋介石反动集团对中国劳动人民的残酷统治，改变了中国社会性质，同时更大批的培养起了新的人物。他们在解放战争中是战斗英雄，而在新中国诞生之后，在和平建设的日子里又担任了各种生产战线上的尖兵。

　　在祖国建设的伟大事业中，任何工作岗位都是艰巨而光荣的，但秦德贵却有着自己性格上的特点。他说："我活动惯了，要出汗才好过，我想到工厂去！"（15页）总之，他不愿意下火线，他只想换一个战场，因此，"随便哪个厂的工作，我都能学会，只是我要问的，到底哪个厂是工业建设的前线，你晓得，我打仗喜欢打冲锋，我就想到前线去"（15页）。这就是他在部队中锻炼出来的优秀的战斗性格，他就是用这种精神去迎接工业战线上的任何困难！

劳动生产是战斗，学习生产技术同样也是战斗。有的人曾经在枪林弹雨中，勇敢而沉着地拿下了敌人的坚固堡垒，可是在和平建设的日子里，在新的生产战线上，新的生活激流里，却为新的困难所吓倒而游不上去。但是一贯喜欢打冲锋专门和困难作对的秦德贵，却立即做了新生活的主人——奴役钢铁的主人。他勤学苦"炼"，钻研技术的结果，不仅迅速地拿下了最新的复杂的炼钢技术的堡垒，而且有了创造。因此，他很快就从一个普通的学徒升为九号平炉的丙班炉长！他把自己所固有的喜欢冲锋陷阵的战斗性格，在工作中凝成一股冲天干劲：

> 这个紫黑脸子的年轻人，宽阔的肩膀，厚实的胸膛，巨大的手掌和一脸快活的笑容，常常使梁景春（厂里的党委书记——引者）一看就愉快起来。梁景春一下车间，就喜欢到九号炉去看他工作。没有一次，不是看见他，精神饱满，高高兴兴的。指挥装料机装料，叫管卷扬机的开炉门，那种用手比的姿势，显得非常英武。一命令工友朝炉内投粘土或莹石，他总是首先带头跑去，抓着铁锹，正如同一个勇敢的旗手在冲锋一般。而最难得的，脸上老是显得愉快。工友们都给他带动了，一个个干的很上劲，脸上露出兴奋的红光。同他说话的时候，他总是愉愉快快地回答。"熔炼好吗？""挺好"。"工作累吗？""不累"。在他语句中很少听见"够呛"、"困难"、"不容易"这类字眼。梁景春老是感觉到，只要看

见秦德贵，自己身上就无形中增加了许多力气，充满了兴奋。（第 68 页）

他不但"简直不晓得累"（第 142 页），而且"就是闲不惯哪"（第 250 页）。"你不晓得，一个人闲不惯的。有气力，总想劳动。有时候一做顺手了，真比玩耍还快乐。"（第 77 页）秦德贵为什么有这种劳动态度？他的冲天干劲从何而生？我们听听他自己的回答吧：

> 我们快乐的，就因为我们是毛泽东时代的炼钢工人。你想想看，志愿军打美帝国主义的炮弹，是咱们的钢做的，全国基本建设使用的钢，也要咱们来炼，多么使人感得骄傲。（第 80 页）

也就因为他认识到他的工作和全国的社会主义建设有着不可分割的血肉联系，和抗美援朝保家卫国的爱国主义、国际主义的伟大事业密切联系起来，就使他不仅工作起来，不觉累、闲不惯，而且一心"想在炼钢方面，创造新纪录"（第 19 页），为国家多生产钢去和时间赛跑。也就因为他具有这样一个美丽的灵魂，高尚的志愿，因此，在炼钢厂里，哪里有困难，他就到哪里去；哪里有危险，他就不顾自己的生命危险首先去抢救！不让国家的财产受到半点损失。秦德贵向来是快乐的，但也有痛心的时候，那就是遇到国家财产受到损失而又无可挽救的时候。

我们永远也不会忘记，当秦德贵去打七号炉出钢口的时候，工作起来，多么勇猛：

> 梁景春看见那个高个子年轻人，烧出钢口，很是卖气力，不象刚才别的工人，烧的时候，铁管子还有一长节，就取出来丢了，他是把铁管更送进去一些，一直要烧到手了，才另外再换一根……"呵哟，烧着手了。"几个工人忍不住

叫了起来，梁景春立刻看见那个高个子年轻人，带在右手的
手套燃了起来，但他并没有取下，只是拿着两根铁管子，猛
力在送，立刻出钢口喷出蓬勃的红云，接着射出金黄的强
光，并溅出耀眼的火花点子。（第 8 页）

"工作的时候，哪还晓得痛！"（第 9 页）这就是秦德贵在抢救
"出了号外刚，那就要损失几亿"（第 10 页）时候的勇猛表现。
他的手被无情的火焰烧红了，他不觉得痛。可是即使国家财产遭
受到一点无可挽救的损失他却是心痛的："你晓得我们今天打不
开出钢口，给国家造成了多大的损失。单是氧气就用了三十多
瓶。算算看。还有，泡坏炉底，耽误出钢时间。"（第 25 页）而
他对人发火的时候，也是由于看到国家财产的遭受损失的时候。
当九号炉乙班炉长张福全值班，炉顶掉了砖，不能完成生产任务的
时候，他就禁不住发了火。就是因为他"看见炉顶烂了，心里就难
过的不得了"（第 140 页）。爱厂如爱家，爱护国家财产超过自己
的生命。个人的欢乐或痛苦反映了工厂生产的指标的升降……这
就是秦德贵的思想情感的特点，这就是秦德贵值得人们学习的最
可宝贵的性格！秦德贵这个特点为作者一再歌颂着，在全部小说
中到处放射着光芒。从秦德贵心灵深处放射出来的这种光彩与热
量，我们可以毫不夸张地说：可以越过"霞光冲上天，顶住日不
落"的钢水的！

　　但是秦德贵还很年轻，他还正在成长，他还迫切需要锻炼。
一句话，他还不够成熟。事实上，一个人永远在成长中，在我们
社会里，活到老、学习到老、锻炼到老，是人生的规律。生活的
本质是矛盾和斗争，象涨满白帆顺利前进的轻舟似的生活是没
有的。

　　秦德贵虽然不象老工人袁廷发那样从旧社会里带来相当沉重
的个人主义的包袱，但在秦德贵身上并不是完全没有缺点的。譬
如说：他还不太关心时事政治，他还不善于正确处理同志之间的

矛盾，他还不能够提高政治警惕性；尤其在他身上还残留着某种程度的个人主义成分。在某些情况下，他还不能够把个人与集体很好地结合起来。

　　作者和读者一样，愈喜爱自己的人物，就对他要求愈高；一个生产模范，不但自己能够创造发明，不断在生产上创造奇迹，而且更应该帮助、团结大家，共同前进，但是秦德贵恰恰在这方面不善于带动大家一块来搞快速炼钢，创造新纪录。因此，当他创造了一炉炼钢的新纪录，由于技术还不够成熟，无意中化了一部分炉顶的事件发生以后，他就和老工人袁廷发、青工张福全发生了矛盾。而他又不善于解决矛盾，因此，就受到袁廷发的很大打击，且因此被扣上了一个喜欢出风头的帽子。事情发展到后来，甚至连厂长赵立明都怀疑他了搞快速炼钢，不老实熔化炉顶（第146页），说他是个爱出风头的人物（第283页）。

　　我们知道，一个爱厂如家，爱护国家财产超过自己生命的优秀工人，特别是一个党员的最优秀的品质就是对党对国家的忠诚，因此，一旦无故遭受到最高行政领导者的怀疑，尽管党委书记是信任他支持他的，但无论如何这个打击是沉重的。然而这个打击并没有影响到他的工作的热情和生产的干劲。这就不仅锻炼了他的韧性而且表现了他的党性。他对社会主义建设的忠心是任何外力所不能动摇的。他是坚强的，是真正的钢铁战士。而他的辨明冤枉不是靠语言而是靠行动。正如他后来和孙玉芬所说的那样："那天报上登的烧结炉底，就比炼钢辛苦的多，一个不对，就会出岔子。第二件事情，爆炸沉渣室，更是危险，那得拿性命去拼。要拿这些事情来出风头，那只有傻瓜才肯干，真正出风头的人，他不会这样干的。"（第295页）

　　使秦德贵忍受最大痛苦、折磨、考验的是爱情的纠葛。秦德贵在解放战争的日子里，是一个不畏枪林弹雨的智勇双全的好战士；在生产战线上，他很快学成为一个优秀的炼钢工人；在火焰喷射的炼钢炉前，为了抢救国家财产，他忘记了烧伤的手；……

但是突然来到他生活里的爱情，却使他忙乱了生活的脚步！这是作者在创造人物上的一个大胆的尝试，也是秦德贵接受的一次残酷的考验。他不仅受尽了痛苦、折磨，而且还暴露了他灵魂深处残留着的某种个人主义的因素。

秦德贵的恋爱并不是一般的平常的事件。它一开始就纠缠在一个三角关系上。他和九号炉乙班炉长张福全共同追求着电修厂女工孙玉芬。于是在这一问题上，秦德贵和张福全就发生了尖锐的矛盾和斗争，并从而相当严重地影响了九号炉的生产。恋爱纠纷给工作上带来的损失概括说来有两个方面：一方面是张福全故意和秦德贵为难造成的；另一方面则是秦德贵自己由于受到爱情的影响而造成的。

现在先从后者谈起：在过去，秦德贵无论在工作时间以内或工作时间以外，他总是把自己的全部精力放在生产上的。但自从爱上孙玉芬以后在某种情况下，"他觉得现在一切都为了孙玉芬"（第108页）。"炼钢时间太长，的确使他苦恼过，但这只是在他工作的时候。但一下了工，出了工厂，他的思想却又萦绕到电修厂，女工宿舍，和工厂区域大门口去了。"（第97页）而他甚至为了多一次和孙玉芳接近的机会，"但愿知道她又回家去，我请假都可以，一定要跟她再走一趟"（第200页）。爱情的烦恼，甚至使他把梁书记委托给他调查化炉顶的问题有时都忘记了（第201页）。就因为秦德贵这样地爱着孙玉芬，因此，他在处理和张福全的矛盾问题上就进一步暴露了他的个人主义。

最初张福全由于秦德贵化了炉顶影响到他拿不化炉顶的奖金，就有意在交班的时候给秦德贵留下一些麻烦，直接影响炼钢时间的延长，而现在为了在爱情上的报复就给秦德贵添的麻烦更多。当秦德贵知道他们两人中间"有些隐秘的问题存在"（第107页）的时候，就暴露了秦德贵在爱情上的自私观点和行动。当他的爱情不如意的时候，他也曾想到："如果真正同孙玉芬感情很好，到了相爱的田地，那引起了工作的损失，自己的确要负责任"的（第 109 页）。"下定决心，……不再到孙玉芬那里去了。"可是一旦爱情有了进展，特别是答应了孙玉芬和他们的九号炉的生产竞赛要求以后，他怎样对待和张福全的矛盾呢？秦德贵对于交接班的要求一向就是认真严肃的，例如袁廷发接他的班"就感到一切齐全，做起来非常顺手"（第 115 页）。因此过去他接张福全的班要求也极认真："只要你那点做的不到家，他就会脸红脖子粗，跟你吵起来。"（第 53 页）可是现在"秦德贵抱着这样一种态度，无论他张福全怎样不满，生气，他都要忍受下去，不同他争执。同时接班的时候，可以尽量放松一些，不去吹毛求疵。如果又丢下工作没有作呢，那自己多出一把力，作就是了。自己的工友是会生气的，他决定用心说服他们"（第 112 页）。这和过去还不知道张福全为了恋爱纠纷有意在工作上和自己为难，而是为了搞好工作主动地尽量团结张福全，提前上班，帮助张福全工作，并且当工友们对张福全拆烂污的做法不满时，他"劝大家看在社会主义的建设工作上面，多花一些气力，没有什么关系，只要炉体没有受到损害，国家的财产没有受到损失"（第 106 页）的态度比较起来，已经起了质的变化！个人主义是个最肮脏的东西，光明磊落的集体主义一为它所沾染便会失掉光彩的，当读者读到这里的时候，真是触目惊心啊！而且秦德贵这种做法是企图达到张福全参加和孙玉芬竞赛的目的的，事实上是完全做不到的，正如袁廷发所指出："你看，我们怎样能应战呢？在人事方面，你们两班又不团结。"（第 116—117 页）由此可见：人一有了个人利益的打算，即使一点点，他就会幼稚甚至糊涂起来的。

秦德贵自从认识到他和张福全的矛盾冲突的根源在于爱情的纠葛，为了使工作不受损失［由于张福全有意在工作上和他为难，不仅延长了炼钢的时间，而且曾使他熔化过一次炉顶（第 168—169 页）］唯一的办法是从爱的角逐场上赶快收兵，但是秦德贵却只能认识到而做不到。而且是在爱的角逐上越胜利就越难做到，只有当他在爱情上受到挫折时，他才觉得"应该好好地搞我的工作"（第 122 页）。他才"把心完全放在工作方面，而工作本身也的确给他安慰"（第 125 页）。

爱情的顺利进展或受到挫折，几乎成了秦德贵工作上的风雨表。作者通过这个恋爱纠纷，的确给了秦德贵很大的严酷的考验。秦德贵的确在这个问题上受尽了痛苦与折磨。作者并且有些夸大地在暴露秦德贵个人成分的同时，显示了秦德贵身上最美好的东西。尽管秦德贵的爱情纠纷对他的工作有了不良的影响，但他却并未消极下来。相反，在爱情上受到折磨的时候，他是更加勇敢地工作，而且能在工作上找到安慰！因此，我们完全可以说个人主义尽管是秦德贵身上的污点，可并未损伤到他作为一个英雄人物的本质。一个英雄人物在性格上的某些缺点，以及日常工作中的过失或偏差和他的政治品质、道德品质的缺陷是要加以根本区别的。他既没有做过袁廷发那种有意损害炉顶而创造炼钢新纪录（第 63—65 页），在良心受到折磨的事，更没有象张福全那样由于私人爱情的纠纷而在工作上报复，有意给国家制造损失。而且秦德贵深深体会到征服爱情上的痛苦"只有工作才能把他拉出网来"（第 162 页）。而且秦德贵也并非不想和张福全解决矛盾的。他曾经主动去和张福全团结，做不到，他又几次要求领导把他从九号炉调开，尽管这些做法和想法，都不能根本解决问题，而根本解决的办法是下决心不和孙玉芬来往，虽然秦德贵下过多少次决心没有做到，但我们不能不说秦德贵是始终在两条道路上作残酷的斗争的。

作者郑重指出：秦德贵的集体主义在斗争中的最后胜利，是由于党的及时的深刻的启发与教育力量！"秦德贵虽然早已感到，同时也从袁廷发嘴里听到，张福全对他的生气与乎不断地制造纠纷，的确是由于孙玉芬的原故，只是他还怕这样的承认。"（第 205 页）可是当梁书记正式揭开他的疮疤之后，并且指出把他从九号炉调开并不解决问题，特别是"九号炉过去是一面旗帜，现在正在扶它，……你怎么能走开？"（第206页）并问他个人的利益和集体的利益发生冲突的时候，应该怎么办的时候，他身上出了汗，并且激动地回答："个人的利益是要服从集体的利益的。"（第206页）最后梁书记还告诉他：征服钢铁要靠冲天干劲，创造新纪录要依靠自己的无穷智慧的追求，但"最好的爱情，不是追来的，而是她自己走来的"（第206页）。这一切都给了他最有力的启发。他一旦心里明亮起来，认识到什么是最宝贵的东西的时候，他就产生最大的斗争力量！他的美丽的灵魂就能冲破自私的乌云开始放射出万丈光芒。照亮了他自己，也照亮了一切曾经在这个问题上解不开、摆不脱，因而糊涂起来的人们的心灵：

> 他忽然记起先前打游击的时候，曾在一座较远的山上，偷偷地望过这个城市和它邻近的工厂区域，那时是国民党统治着的，……他当时望见这个城市的时候，心里曾引起极其强烈的热望："我们得拿下这个地方，赶走那些混蛋。"现在不只是拿下这个地方，而且做了全中国的主人，梦想全变成了事实，同先前日夜奔走，除了一支枪几个手榴弹，就什么也没有了。广大的原野是别人的。山林中的住宿，都只一夜而已，明天又不属于自己的了，现在却是多么地富有！全中国，除了台湾那一海岛而外，还有哪一个角落，敢有一个国民党匪徒挺身站出来说："这是我们的"。建设新中国的伟大事业，正出现在自己的面前，比较起来，属于个人的一些私事，真是太渺小了。自己亲身参加建设新中国的伟大事业，可以因为自己一点私事，来糟蹋吗？……秦德贵摇一摇头，仿佛要摇掉什么东西似的，接着捏紧了拳头又挺一挺胸口，望着山下的原野、城市、乡村，热冲冲地想："我是你忠实的儿子，我是最爱你的，为你流过血，现在还是要为你牺牲一切！"（第208页）

这是一首诗，也是秦德贵内心的一场最尖锐最激烈的战斗！当从个人利益锁枷下解放出来，一切为了社会主义伟大建设事业，把心献给党，而不是"一切都为了孙玉芬"的时候，才产生冲天干劲，在工作上才有大勇大智，他才提出爆炸沉渣室的合理化建议（第241页）并且亲身胜利的执行了这个危险的爆炸任务（第249页）。他并且勇敢地接受了一次最大的考验：他抢救了整个炼钢厂的毁灭性的爆炸，拯救了全厂工作人员的最可宝贵的生命，而他自己则负了重伤。（第311—314页）

当梁书记给他以最高荣誉说"我应该代表国家和人民来感谢你"（第327页）的时候，他回答了一句多么平凡而又多么使人感动的话："这只是一个共产党员应做的工作。"（第327页）这不仅说明秦德贵的崇高品质，他灵魂深处最美的闪光，同时更是百炼成钢的证明！

"最好的爱情，不是追来的"；最高的奖赏，是党和人民赠与的！"生产战线上的英雄，工人阶级的模范"（第345页）是经过千锤百炼而成的；英雄与模范并不仅仅是个炼钢能手（袁廷发不是比秦德贵更加高明吗?），而是具有政治灵魂，把一切献给党，为实现社会主义——共产主义的伟大的理想甘愿献出生命的人！这就是秦德贵之所以成为值得学习的榜样！

什么是人生最大的幸福*

——读茹志鹃的《如愿》

　　细腻的笔触，特别善于运用细节反映重大主题，同时灌注了作者的深厚情感，凝聚起一种浓郁的抒情调子，这恐怕是茹志鹃同志的短篇小说的特点。作者的小说，我读的不多，然而它给我的总印象的确是如此。每读完作者的一篇小说，总使人好象饮了一杯醇酒，长久地思索着、回味着。在《如愿》（见《文艺月报》1959年第5期）里，特别有这种感觉。

　　我们的新社会是个新的有机的整体，劳动人民是新社会的主人，是新社会关系的总和。在创作中，固然应该而且必须首先选取生活中重大题材，但描写人民生活中任何具有教育意义的典型的一角（特别是按照短篇小说的特点），那也可以从一斑而窥全豹，从日常生活的脉搏中，感到大事件的心脏的跳动。这就单看你怎样认识生活和怎样作艺术的剪裁和提炼了。《如愿》写的是城市中的一个普通劳动人民的家庭（新中国城市中有多少这样的家庭啊！）中的琐事，特别是家庭妇女何大妈在一个早晨的活动。但由于作者在这一角上突出、集中和深入创造，不仅塑造成功了何大妈这个既平凡而又不平常的新人物，而且把街道生产组、街道托儿所、街道食堂、街道扫盲与文化翻身、五一节日大游行（生产战线上的缩影）……都集中在何大妈的身上，成为何大妈生活中的有机组成部分，并且和她的思想感情联系起来，这就相

　　*　原载《文艺月报》1959年第8期。

当深刻而广阔地反映了新社会建设的新面貌，使人听到了中国人民在党的领导下坚实前进的脚步声！

从《百合花》、《高高的白杨树》和《如愿》三篇看来，在短短的一段创作过程里，作者在创作上确有了很大的进展：作品中的人物愈来愈丰满了。着重于人物内部世界——精神面貌的直接揭示，这是作者在《如愿》中运用的新的艺术手段。何大妈这个形象之所以被创造得相当成功，当然首先决定于作者对生活的深入理解和思想水平的不断提高，但这与从这新基础上上升起来的新手法也是分不开的。从前两篇作品看来，作者似乎比较喜欢使用第一人称的描述方法。这当然也与作者所获得的题材有关，并且第一人称（"我"）的写法也的确有些好处，譬如说，在描述上有很大的自由，作者也有权利尽情抒发自己的思想情感；可是，这一方法的最大缺点是，不能象第三身的描述方法那样，可以任意打开人物的心扉，直接展示人物心灵深处的奥秘，如果硬这样做，就会使人有不真实的感觉，就会影响到艺术的说服力。因此，在这种限制下，无论是《百合花》里的小通讯员、新媳妇，或是《高高的白杨树》里的老少张爱珍的精神面貌，就都不如何大妈的来得丰满深厚。因为只靠着"我"的表面观察和体会等方法，总不能深刻提示人物的全部精神世界。但是，人物精神世界的深刻揭示却是创造人物性格的关键。也许作者已经感到这点了吧？于是在《如愿》里，改用了第三身的写法，施展了直接描写心理的手段，直探人物的内心，因而何大妈这个人物就如愿地屹立在读者的面前。

何大妈是旧社会里被剥削阶级奴役的千百万受苦人之一。解放后她翻身做主人了。她的儿子媳妇都是工人，还有一个聪明懂事的小孙女。生活很宽裕，儿子很孝顺，为了让这位受了半辈子苦的妈妈享点福，还特地买了部收音机给她解闷。这是一个多么美满、幸福的家庭，何大妈是个多么有福的老太太；但她却不以此为幸福，相反，感到寂寞。因为她觉得她还不是真正国家的主人，而是个可有可无的人！在新社会里，对于一个仅仅五十岁，还能劳动的人说来，真正的幸福和快乐不是闲在家里坐吃懒做，而是劳动生产、工作。当她第一个参加了街道生产组工作，并做了玩具小组组长之后，于是她"第一次感觉到自己不是一个可有可无的人，自己做好做坏，和大家，甚至和国家都有了关系"。这是她对于国家主人翁意义的真正认识，这是集体主义思想的萌芽，是她美丽灵魂的闪光，是她性格中最可宝贵的部分。我们常常听到一些忙人喊叫工作太多压得喘不过气来，可是何大妈却最喜欢忙，谁要是说她忙，这是她最高兴的事了。因为她从生活里深刻感受和体会到：越是当工作忙得喘不过气来或压得抬不起头来的时候，也就是大家最需要她的时候。相反，闲的意义是寂寞和空虚，是可有可无。她没有参加生产组的时候，是尝过闲的滋味的："当儿子、媳妇星期天在家休息，有时厂里会有人急急的骑了脚踏车，赶到家里来叫儿子到厂里去商量一件什么要紧事情；有时半夜里来敲门，要媳妇去完成一件什么工作，每当这时，儿子或媳妇匆匆的走了以后，何大妈心里又觉得骄傲，但又会有一种空空荡荡的感觉。她觉得从来没有人这样紧张的来找过自己，也没人找自己商量过什么要紧的事情，自己象被人忘掉一样。"作者对何大妈的灵魂挖掘得如此细致深刻，因而也就揭示出一个真理：在建设社会主义的沸腾生活中，闲是最可怕的东西。"象被人忘掉一样"是人生最痛苦的事情！那么，什么是最幸福的呢？那就是何大妈参加了工作以后所深刻感觉到的："使何大妈最高兴的一件事，就是也常常有人会站在后门口，或是走到楼梯上，急匆匆的来叫自己。也有好几次，自己在弄堂口给人拦住了商量事情……总之，问题是各种各样的，有叫她高兴的，也有叫她苦恼的，但是这一切汇总起来，却使何大妈感到幸福。"为什么感到幸福？因为参加了工作，和伟大的社会主义建设融成一体，"自己所做的事，不管怎么说，也是国家那把大算盘上的一颗算珠"。不过，只是参加工作，甚至忙得不可开交，如果对自己的劳动生活还没有深刻的认识或感觉，还不就意味着已经幸福了。只有象何大妈对自己的工作有了这样高度的原则性的认识：把自己的位置摆正了，也就是说摆到真正新国家新社会的主人公的地位上，成为革命机器中的一个螺丝钉，而不再是可有可无的地位上时，才会感到这是人生真正的最大的幸福！这也就是何大妈把参加生产组看作是"自己生活中，发生了这么大的一件事"的根本原因。

何大妈这个人物的确是丰满的，而这是由于作者深刻地揭示了她的精神面貌，她的伟大理想与抱负的缘故。正是由于她的灵魂深处放射出了建设社会主义理想的光辉，当我们看到了社会主义建设的无穷潜力从这里爆发出来的时候，她才离开纸面，走入我们的生活，成为我们学习的榜样！何大妈代表了新中国千百万普遍劳动妇女的理想和要求，然而她却有自己特殊的经历、特殊的生活、特殊的性格。这是作者使用自己擅长的特殊艺术手法——细节的描写创造出来的。短篇小说这一特殊艺术形式不允许也来不及从容地写人物的传记，因此，作者从何大妈这个新旧社会的见证人的生活史中，选择她铭刻难忘的关键性的两件大事：一件是，在她无数仇恨、痛苦汇成的长河中，沉痛打击她的一个洪峰（她抛家舍子，给资本家苦干了二十八天活，没拿到一文薪水），一件是，在新社会幸福生活的巨流中，发生的第一件大事（她参加了里弄生产组后，第一次自己挣得了薪水）。作者通过盛薪水的红色封套所引起的她的笑里面含着的眼泪，把两件大事有机地集中起来，突出地刻划了支持她从旧社会奋斗过来的战斗性格，社会主义的高度觉悟，有力地控诉了旧社会，热情地歌颂了新社会。

作者用一个红封套触动了何大妈从旧社会带来的永远忘不掉的伤疤，显示了她所以热爱新社会，积极参加社会主义建设的根本原因。但在揭示她的崇高的灵魂的同时，也提出了这个幸福家庭里母子间的"矛盾"：何大妈这种崇高的理想与行动，并不为儿子所理解。儿子没有把爱妈妈和爱新社会的情感联系起来，没有把妈妈的参加社会劳动生产和整个社会主义建设联系起来；而是把旧社会里的母子关系、旧社会的狭隘的孝的观点，和妈妈的社会主义的觉悟、理想和行动对立起来，因而就必然不理解和不支持妈妈，从而产生了"矛盾"，这种"矛盾"是有一定典型性的。这个"矛盾"的提出不仅刻划了母亲的性格（她热爱自己的儿子，理解自己的儿子，但对于儿子反对自己参加工作这件事上，她坚决不向错误观点投降，她批评、教育自己的儿子，争取自己的儿子向她的理想投降），而且是富有教育意义的。作者是怎样解决这个"矛盾"的呢？只有时刻忘不掉过去痛苦的人，才能永远热爱着新社会的一切，才能珍重着新社会给与自己的一切。只有认识到新社会的巩固与发展，是个人和家庭的幸福的唯一保证，认识到社会主义大花园，建设得越好，个人家庭才越美满，才能把自己、家庭和社会融成一个有机的整体，才能真正建立起社会主义家庭新的关系，才能发现母子间真正的爱与孝。作者用一颗又红又大又香的苹果更深一层地揭开了何大妈的伤疤，特别是当她把大苹果（"这是妈妈用自己的钱买来的礼物，这是二十五年前的诺言，这是一颗火热的母亲的心"）送到儿子的手上，再一次从儿子的心上展开在旧社会里，母子们的悲惨生活的画图时，何大妈的精神世界就更加深广和光辉起来，它照亮了儿子的心，提高和深化了他的灵魂；当母子们把思想提高到同一水平上的时候，才能互相理解，共同前进。当我们听到"妈妈，你带我们一起走，一起来建设祖国的大花园吧！"的声音时，这个家庭也就升起了真正的幸福光芒！也就愈加爆发出建设社会主义的无穷力量！由此可见，把人物的灵魂开掘的越深，人物的形象也就愈加高大，作品的教育意义也就愈加普遍而深刻。这就是这篇小说所具有的最深刻最本质的意义。这也正说明了：作者对新社会新人物最深刻的理解和深挚的爱。作者从这个家庭母子间共同跳动的脉搏中接触着了大事件（社会主义伟大建设）的心脏的跳动。

歌颂新人新事和对旧社会的控诉、鞭挞有机地结合起来，通过平凡的甚至是家庭琐事（"矛盾"）反映社会主义"大跃进"，运用细节表现重大的主题思想，运用细节组织复杂的题材（例如小绒狗使用了三次——首、中、尾），题材在不同的角度上重复使用构成作品的情节的特有的旋律等，都是作者的独有风格，然而构成作者风格的还不只此，在叙述与描写的过程中，作者的感情不断跳跃在笔端，使作品充满着诗情画意，因而艺术感染力特别深沉而强烈。特别应该指出来的是，在严格要求客观的第三身的描叙方法中，作者能够"从心所欲不逾矩"地保持了她固有的抒情调子，因而《如愿》的确是她的一个成功的尝试，新风格的创造！

这篇作品的成功之处是很多的，并提供了许多新的经验，但严格要求起来也并非无瑕可指。第一，何大妈是个成功的艺术形象，但她为什么有那样高度的政治觉悟？尽管作者给了一些条件，例如她儿子和媳妇在工作上给她的影响，她在弄堂口也看过五一节大游行，但却不是决定性的有力的因素，虽然作者写她从痛苦的回忆里感到在新社会参加工作的可贵，但却并未充分地写出她渴望参加工作的最初的主要动力，因而或多或少的减损这个形象的光辉。第二，在情节的结构上，在某些地方似乎还缺乏逻辑的发展。那就是，当何大妈给阿英买了小绒狗，在回家的路上，才偶然在水果店发现了大苹果，而没有隔年下种，预作伏线。因而，我们希望作者再运用一番匠心，把她的创作琢磨得更加出色！

写熟悉的和本质的*

——读农民高禄厚的几篇小说

青年农民作者高禄厚同志，一九五七年发表了处女作《果园风雨》（山东人民出版社同年十二月出版），去年又连续在《前哨》上发表了《中秋夜》（国庆献礼专号）和《家》（十二月号），它以独特的色香在我们的百花园里与群芳争艳了。

三篇小说都是写的当前果区农民的生活。作者以充满着诗情画意的笔触，不独描绘出了花果乡人民的充满着革命的浪漫主义气息的生活：在党的领导下，劳动人民从互助合作跃进到人民公社，改变了自然的面貌，获得了说不尽的幸福。但同时也写出了"满园里散发着一种甜蜜的清香。看果园的人都给熏透了，走到哪里香到哪里。正当社员们欢欣庆幸的时候，彦农老汉反而蔫头搭脑、闷闷不乐起来"（《果园风雨》），一心想退社了。而且每当社会前进一步，生活愈加美好的时候，就有人越感觉到"这个社会真走不了！"（《家》）这说明了充满着诗意的山村并不是平静的，还有着两条道路的矛盾和斗争。正如支书长际所指出："一条是社会主义人人过好日子的光明大道；另一条，就是过去我们向它革命的臭烘烘的资本主义道路。"（《家》）作者通过《果园风雨》和《家》，歌颂了我们无比优越的社会制度，生动地反映出：想在臭烘烘的道路上挣扎前进的人，在事实的面前，只有惭愧地说："我，我该死，我该死！"（《果园风雨》）而且最后

* 原载《山东文学》1960 年第 1 期。

他不得不向着人人过好日子的光明大道——社会主义，"撒开两腿往前追去"。（《家》）生活的本质是矛盾和斗争，人们在征服大自然，让它好好为自己服务的同时，还得不断解决人民内部矛盾（这两者是常常结合在一起的），为光辉前景开辟广阔的道路，这就是农村生活前进的规律。人民文学首先应当写这一重大主题。

读了高禄厚同志的三篇小说，首先而且突出地给我们的第一个印象，就是他写自己最熟悉的生活，而且善于反映生活的本质。就因为作者最熟悉自己的生活，而且有政治作他创作的灵魂，所以他能认识到和反映出生活的本质，作者的创作方向是正确的。这也正是一切从劳动人民群众中来的作者所共有的特色。虽然作者只发表了几篇创作，却已呈现了他的独特之处。

初学创作的一般情况，往往喜欢使用"我"（第一身）来写。但高禄厚同志却采取了"他"（第三身）的叙述方法，这就使他能够比较深入地去挖掘他所创造的落后人物的肮脏思想——想走臭烘烘的资本主义道路，更好地为作品的主题思想服务。作者所创造的两个人物：彦农老汉（《果园风雨》）和青波老汉（《家》）是相当成功的。这除了一般描绘人物的手法（如肖像描写——这一方法似乎作者最喜欢使用、特殊爱好——嗜酒、细节等）以外，作者能够从社会环境来创造人物，他把人物置身在与社会环境的矛盾冲突中，和先进人物面对面的冲突中，来揭露他的丑恶的灵魂，创造人物性格。因此，无论是彦农或青波就能从外貌到内心给人以相当深刻的印象。而且作者对于他的人物的态度和处理也是掌握了分寸的，如在《家》里面，他狠狠地鞭挞人物的肮脏的思想，讽刺人物的可耻行为，但又不断苦口婆心地对人物进行教育，把人物推上社会主义大道，去追赶光明。这不仅说明作者能够正确反映人民内部矛盾，而且同时也歌颂了我们社会主义制度的优越性，及其教育改造落后人物的无比威力。

劳动人民对事物的创造，永远是辛勤的、认真的灌注了自己的强烈的感情的；这种光辉的传统为高禄厚同志继承下来并且在他的创作中体现出来了。除了刚才提到的对人物的创造外，在情节的创造上也付出了极大的心血，结果使他的情节在某些场面中具有了戏剧性。在平常的故事里而时时出现生动、活泼矛盾冲突的戏剧场面，当然这与题材有关，但是如果不经过作者精心的雕塑、修饰、润色等的辛勤劳动是做不到的。人物的性格决定着情节的发展，而通过情节的发展变化又刻划了性格，从而反映现实，这就是作者精心提炼他的情节的原因。作者在《果园风雨》中，着力描写了彦农老汉和女青年技术员玉英的矛盾冲突，在这个充满了戏剧性的场面里，特别通过个性化的语言，不仅使读者见到了那么鲜明的一对不同的性格：自私者的丑恶灵魂和他的无赖行为；先进人物的美的精神世界和倔强性格。而且形象地使读者看见了两条道路的斗争是严重的。在《家》里面，作者也严肃地安排了一场尖锐斗争的场面，然而这个场面与前一个场面有着不同的形式，是和风细雨、摆事实、讲道理的；但由于作者苦心地组织安排，仍然具有戏剧性：在支书和青波老汉的辩论中，青大娘时时插进来辩论，而青波老汉的儿子也是有动作的。因此不仅使青波老汉全面陷入孤立，而且使斗争增加了尖锐性，使辩论会的内容更加丰富和深入，而且在艺术上也取得了一定的成功：那就是所有在场的人物都有戏做，使场面活了起来。

但使读者在作品中，特别感兴趣的，是作者对于山村景物描写的深刻表现力。在阅读过程中时时感到一种抒情诗的气息，并且突出地感到作者对景物描写是具有自己的特色的。

劳动人民对景物描写的最大特色，是把景物和自己的生活密切结合起来。自古以来就形成了这种优秀传统。而且应该特别指出：劳动人民用自己的双手征服了自然，改变了自然的面貌，使它成为锦绣江山；因此，劳动人民把这种新的自然面貌，渗透着自己劳动血汗的自然看作是自己生活的一部分，因此欣赏、热爱和歌唱的就是这样的景色："一片青来一片黄，黄是麦子青是秧。是谁绣出花世界，劳动人民手一双。"（《红旗歌谣》，一〇五页）

因此，与其说是歌颂自然美景，不如说是在歌颂自己的创造新世界的劳动。这就是社会主义文学写风景的最大特色。高尔基早些年曾经指出社会主义文学应该写这样的景色。他说："我们还不善于观察现实。甚至郊野的景色已经剧烈地改变了；那种各色杂凑的贫穷相——一片淡青色的荞麦，旁边一片耕过了的黑土，一带金黄色的裸麦，一带浅绿色的小麦，几片蔓草丛生的荒地——总而言之，那种五光十色的乱七八糟的悲惨景象，已经完全消失了。现在广大的土地上看去是一望无涯而且同一颜色……在文学里还没有这种把我们的土地底面貌剧烈地改变了新的景色。"（《苏联的文学》）我们认为高禄厚同志的作品无论《果园风雨》或《家》还是《中秋夜》都是突出地体现了这个特点的，他所歌颂的不是风花雪月，而是果农在党的领导下，用集体的力量和智慧，以科学的方法，把大片的苹果和梨树园林，改造得非常听话，开云样的花，结累累的果。作者写的风景不仅歌颂了我们新的社会制度而且在社会主义改造的急剧的变化中，在花美果香的山村里，通过人们对景物的两种不同的思想情感和态度，就反映了两条道路的尖锐斗争。看吧：

"秋天，果园里热闹起来了：'国光'、'红玉'苹果满身搽上了一层红郁郁的香粉；'秋风蜜'红了半边脸；大鸭梨穿上了一身金黄色的服装。满园里散发着一种甜蜜的清香。看果园的人都给熏透了，走到哪里香到哪里。正当社员们欢欣庆幸的时候，彦农老汉反而蔫头搭脑、闷闷不乐起来。"（《果园风雨》）

这是真正的景物描写，也是最本质的生活描写，因而也就能最深刻地教育读者。

作者是否也曾离开了人民用双手创造的花团锦簇的园林，去描写云和月呢？写了的，譬如：

"中秋节的晚上，天空飘着几朵白云，又圆又亮的明月泻下万道银光，照着千家万户圆月的人们。"（《中秋夜》）但是在旧社会里的圆月曾经照着占最大多数的劳动人家团圆来吗？所以王大爷颇有感触地说:"新社会的月亮也比往年格外明媚,天也比往年格外高。"这就是在新社会里,劳动人民对自然景色的理解和欣赏,实质上是反映了对党的感激和热爱!"月亮钻进一块棉絮似的白云,天顿时朦胧起来。'寒穷'虫叫着叫人听了身上生寒的小曲,掠过头顶,落到南墙跟的刺梅丛里。墙角下的'拆拆洗洗'也叫起来,和'寒穷'互相呼应着,象是对没有棉衣的人们提出警告似的。唉!过去听到'拆拆洗洗'一叫,就愁过冬的棉衣。'拆拆洗洗'你今年叫晚了,棉衣早锁到箱子里去了!'……"(《中秋夜》) 如果不理解新的农民对景物思想感情的变化,就不可能把自然景色和人民的生活有机地结合起来,从而反映人民生活的变化和人民高度的政治觉悟。

作者描写景物,不仅善于结合人民的思想、情感,抒人民之情,而且也就因为如此,就必然地产生了另一特点,那就是把景物描写和情节的发展密切结合起来。为了节省篇幅就不再举例。但我们必须指出:作者为什么能够把景物提到社会和政治的高度来描写?这一方面是作者对生活的熟悉,对劳动人民思想感情的深刻理解,而且也说明了自己对新生活的态度。也正因为如此,他才能继承与发扬劳动人民的——把改造过的自然景色看作是自己生活的一部分,把自然景色和生活密切结合起来描写的——创作传统。因此,高禄厚同志的这一创作特色的产生就不是偶然的了。

关于高禄厚同志创作的成功之处,我们先谈这些。现在要说的是他的创作如何提高的问题。当我们读了他的作品之后,觉得在塑造反面人物的时候,有两点值得作者充分注意。象《果园风雨》里的彦农或《家》里的青波老汉的自发的资本主义思想和不良行为,是有产生它的旧社会根源和独特的道路的,不然就没法理解为什么广大贫雇农出身的农民那样热烈拥护合作化和人民公社,独独彦农、青波等却感到"完全绝望"了。其次,无论如何,彦农或青波的思想性格中是有优点的,或者说,是有促使他们转变的因素的。不然他就不可能在内心上引起矛盾和斗争,不会接受同志们的帮助，赶上前去。只有比较多的注意这些方面的描写，人物才会更加真实和丰满，给读者的教育也就更大。

另外，我们觉得作者手里的人物似乎还不太多，譬如说：彦农和青波老汉，相近得几乎成了一个人。不用说他们都怀有肮脏思想，而在外貌上也都是光头，且都嗜酒，连生起气来的时候也都一样，喜欢踢打小花猫。而其他人物如彦大娘（《果园风雨》）、王大娘（《中秋夜》）、青大娘（《家》）性格也都差不多，甚至在某些细节（如都"正在石榴树下刷碗"）上也没有改变。因此，希望作者把生活面再宽阔些，更多地接触现实人物，使手里储藏的人物更多些，特别是新人物的孕育（作者写的玉英还是不错的），希望更加努力。只有如此，才能进一步创造出典型性格，从而更深广地反映生活。当然这不是很快就能解决了的问题，就是在一些老作家的作品中也往往找到某些相近似的人物，不过值得作者注意的是：尽管暂时手里还不可能储藏起更多的人物来，但手头里现有的人物也应该使他有所发展，这不仅指的是把人物提到典型的高度，而且应该让他的思想性格有所变化。假如，我们认为《家》是《果园风雨》的续篇的话，我们应注意青波的思想比起彦农来应有所发展了。在统购统销、互助合作问题上，他的思想已经基本解决，把问题集中在人民公社和他的搬家上，这样不仅使他具有了更广的代表性，而且通过家的问题的解决会更突出地反映当前的现实，否则青波这个老汉的思想包袱也未免过于沉重，因而丢起来就不太容易，特别在短篇小说里更不容易处理。

此外，作者在人物创造上，虽已注意到了揭示人物的内部世界，并且取得了一定的成就，例如，在《果园风雨》中，当彦农老汉看到苹果、鸭梨丰收想出社的时候，作者描写他的内心活动，但没能够深入挖掘下去，尤其当他在果园里偷听了玉英父女的对话受到感动，跑回家去，出社的思想开始动摇的时候，他内心上应该有尖锐的矛盾斗争，这正是作者刻划人物，塑造性格，感动读者，向读者进行教育的好时机，但作者却没有进一步去揭开彦农的复杂的秘密世界，虽然也安排了一些让他转变的条件，但总不够有力，因而这个人物也就没能够真正地站了起来。再如《家》里面的青波老汉，作者用了很大力量细腻地描写了他舍不得那个家的场面，但却没有透过行动深入到他的灵魂深处。不错，青波舍不得他的家的主要原因是由于恋财，但这是个巨大的社会变革，老汉的思想情感应该更加复杂些吧！作者对他的人物是熟悉的，应该充分运用想象力去完成他的艺术创造。也只有如此，人民公社问题才能获得更深刻的反映。

至于在提炼情节方面，我们曾经提到作者的才能和努力，他不仅善于把它戏剧化，而且喜欢运用景物来滋润情节，在许多地方取得了成功，但在个别地方也招致了失败。例如，在《家》里面，写青波老汉在窗外偷听支书和自己的老伴、儿子说话的时候，作者没有借机会展开老汉的内心活动，却为了活泼他的场面，插入了一个猫捕宿雀的细节，细节是美的，但不是有机的。因为并没有和人物的思想感情结合起来，也没有帮助情节的发展（譬如说，因此惊动屋里的人，使青波躲之不及）。因此，这个细节就显得有些孤零零的了。此外作者在组织他的材料、安排他的情节上，有时还嫌不够妥当，譬如彦农或青波老汉的过去历史，以及产生他的自发的资本主义思想和无赖行为的社会根源等完全可以利用戏剧的手法（即人物的对话）或借内心的矛盾回忆过去的机会交代出来的。这不仅在字面上经济，而且活泼了情节。有时作者也还对素材剪裁不够，譬如在《中秋夜》里，在解决王大爷和王大娘的误会时，是用不着牛他爹和小牛出场的。因为主题并不需要他们。

高禄厚同志在创作上是有才能的，他不仅坚持写他所熟悉的生活，善于本质地反映当前现实，而且一开始创作就呈现了他的艺术特色。尽管他的花还有待修剪枝叶，他的果实还孵在绿叶底下，然而继续努力下去，很快就会泛红、放香和累累满树。至于我们对他的创作的感觉，也不过只是感觉而已，鲁迅说过：对于自己的创作，"譬如饮水，冷暖自知"。

巧与波澜[*]

—— 读茹志鹃《百合花》札记之三

　　创造小说的情节，首先要求它具有丰富的内容，能够深刻地反映生活。但是怎样组织安排得更好，使它强烈地激起读者心头的浪花，从而获得更大的教育效果，也非常必要。因此，情节的"巧"与"波澜"就不能不为作者所注意。

　　《百合花》里面有"一条里外全新的新花被子，被面是假洋缎的，枣红底，上面撒满白色百合花"。它是一位出嫁才几天的农村新妇的唯一嫁妆。她非常珍爱自己的被子，但最后终于献给了一位在紧急关头，为抢救几十条生命而牺牲了的小通讯员。作者通过这条被子创造作品的情节，塑造人物性格，体现了作品的重大的主题思想：军民的血肉关系——我们永远战胜敌人的伟大力量。被子在作品里占有非常重要的地位，如果没有它，可能就产生不出这样一个情节，当然更谈不到运用来体现作品的主题思想了。

　　这个情节包括两件事：一是小通讯员为了包扎所的需要，向农村新妇借被子。一是小通讯员的勇敢牺牲。这两件事本来是各自发展，各有起讫的。完全可以各自独立起来写成短篇，体现主题思想。譬如，刚出嫁几天的农村新妇舍得把自己最珍爱的花被借给伤员使用，这不完全可以体现劳动人民高度的政治觉悟和军民之间的血肉关系吗！小通讯员为了抢救几十条生命，勇敢牺牲

---

　　* 原载《山东文学》1961 年第 7 期。

自己年青的生命，不就可以体现解放军战斗员的高贵品质和军民的血肉关系了吗！

然而作者却不肯随便或者说轻易使用她的材料，而是采用了另外一种手法，把两者结合起来体现更为深广的主题思想。作者怎样把两件联系不大的事件概括、提炼成一个典型的情节？这条被子怎样有机会献给为解放事业而捐躯的小通讯员？关键就是上面所提到的"巧"与"波澜"。

所谓"巧"，我们是指的，为什么这条被子不被其他伤员所使用，而恰恰为小通讯员所使用，使农村新妇有机会把它献给小通讯员，最后完成了这个情节？如果回答说：因为被子恰恰"铺在外面屋檐下的一块门板上"，恰恰小通讯员负重伤下来，"屋里铺位都满了"，因而"就把这位重伤员安排在屋檐下的那块门板上"的缘故。这样来理解"巧"，那就未免太不理解作者构思的甘苦。我们认为这个"巧"，绝不是生拼硬凑起来的，作者为了让它更好地为主题思想服务，不知道付出了多大的劳动，才提炼成功这个不见斧凿痕迹的、使人信服的、符合生活逻辑的"巧"。如果我们从小通讯员负重伤下来，恰巧使用了这条被子的角度来看，真是太巧了，是偶然性的。但我们如果从另外一个角度或者说另外一条线索上来看，这个"巧"就有它一定的必然性，或者说是合理的。

作者在作品开始不久，就按照生活规律，有计划地安排了这个"巧"的必然性。作者一再描写这条花被的可珍贵之处。新妇之所以异常珍爱它，不只因为它是自己的唯一的嫁妆。而主要是因为"她为了这条被子，在做姑娘时，不知起早熬夜，多干了多少零活积起来的钱，或许她曾为了这条花被，睡不着觉呢"。因此，它在她生活史上，不仅是最有纪念性的，而且凝结着她的为了自己的希望、快乐和幸福而辛勤劳动的生活。也正因为如此，她才最初舍不得出借。而出借了之后，她还无限珍爱地把它"铺在外面屋檐下的一块门板上"，这是完全可以理解的。也正因为如此，最后负重伤下来的小通讯员才恰好用着了这条花被。因此，这个偶然性的"巧"，从这一角度上看来，是有着必然性的，是有足够的理由令人信服的。而且保证了作者得以从容创造"波澜"的时间。

"文似看山不喜平"，作者是善于在她的情节发展中，推波助澜的。文章忌平铺直叙，也不欢迎老套子，如果一个情节，让读者看见头就猜着尾，是不会拉紧人们的心弦的，当然也就降低了艺术效果。创造"波澜"并不仅仅是为了情节的跌宕有势，出奇制胜，在艺术效果上取得丰收，而主要还是为了可以概括更多的题材，丰富作品的内容，和更深刻地刻划人物性格，完美地体现作品的思想性。但"波澜"却不是任意主观制造的，而是因风行水上而起，是为生活本身所决定的，因此必须符合生活规律。

在《百合花》情节中，有许多大小的"波澜"，但有如惊涛骇浪，扣人心弦的一个接着一个的大"波澜"，在艺术上获得出色成就的，是关于小通讯员的意外牺牲的一段。"我"对小通讯员的情感随着情节的发展，经过了许多次变化，读者和"我"一样，终于"已从心底爱上了这个傻呼呼的小同乡"了。也正因为如此，就不能不在吃月饼的时候想起了他，而在对敌开始攻击以后，就更加关怀他。这是同志间宝贵的阶级感情。因此，当"断断续续的有几个伤员下来"，从重伤员中忽然发现一个通讯员时，故事可以在大家的沉痛中结束了的。但这却是作者的一个故作惊人之笔，仅仅使人饱受了一场虚惊。作者并未让读者放下心来，相反，在战斗愈来愈激烈，伤员下来的愈来愈多时，就更使读者高悬起自己的心，可是直到战斗胜利结束，他却没有下来，当读者放下心来为他的胜利祝福，谁也没想到又下来的一个重伤员就是他，并且由于屋里铺位已满，把他"安排在屋檐下那块门板上"意外地发现就是他的时候，是一个多么惊人的意外啊！是一个多高的"波澜"啊！作者的笔力有多么沉重啊！

作者为什么着意制造个"波澜"？在激荡读者的情感上是：

愈加意外，就愈加沉痛。在对小通讯员性格创造上，可以作更加丰富而突出的刻划，不写他牺牲在战斗进行中，而写他在胜利之后，为了抢救几十个担架员的生命，勇敢地献出了自己宝贵的年轻的生命。什么叫英雄品质？什么叫高大而无比尊严的形象？小通讯员就是这样一个永远值得我们怀念和学习的英雄人物！这个"波澜"不仅为作者完成了上述的意图的任务，而在情节结构上，则更见匠心：它把两件事捏合起来——小通讯员必须使用那条花被——完成和深化了作品主题思想的巨大任务。为情节的"巧"提供了充分的条件，使"巧"与"波澜"形成了互为因果的关系。

　　如果战斗一开始，小通讯员就负重伤下来，那就不但失去了情节的"波澜"，不能更深地刻划人物性格，不仅用不到铺在门外的花被，两件事捏合不起来，而且也掀不起下一个"波澜"：那就是谁也想不到的，原是那样珍爱自己被子的新妇，忽然把自己最宝贵的东西献给了为自己所尊敬的英雄！爱的愈深，则献出的意义愈加深刻。就是这一个新的"波澜"，刻划了新妇在战斗里、在英雄的教育下迅速地成长起来的，代表了广大农村妇女的革命性格。并且使作者利用这个波澜，得以在作品的结尾，以浓郁的千钧的笔力最后完满地绘出了她的主题，完成了她的富有教育意义的佳篇。

胸有丘壑，笔有藏锋*

——略论肖鸣《村哥》的艺术处理

读了肖鸣的小说《村哥》（《山东文学》1961 年第 10 期），使我想起了曹雪芹借了宝钗之口论画大观园图的一段话："如今画这园子，非离了肚子里头有些丘壑的，如何成画！这园子却象画儿一般：山石树木，楼阁房屋，远近疏密，也不多，也不少，恰恰的就是这样。你若照样儿往纸上画，是必不能讨好的。这要看纸的地步远近，该多该少，分主分宾；该添的要添，该藏该减的要藏要减，该露的要露；这一起了稿子，再端详斟酌；方成一幅图样。"（《红楼梦》第 42 回）

这段话说明了这样一个问题：现实生活里常有典型人物和完整故事，但如果照样儿写出来，未必就能讨好。现实生活只是毛坯，加了工的才是文学艺术品。要想把艺术品做到既忠于生活又高于生活，就必须"外师造化，中法心源"。因此，就非肚子里有些丘壑不可了。只有如此，才善于在生活的基础上"该添的要添，该藏该减的要藏要减，该露的要露"；才能以咫尺之幅，收千里之景；才能创造出一幅千岩万壑，异峰突起，自成格局的画图来。我觉得肖鸣的《村哥》在人物与情节的艺术处理上，就是善于让生活开花，从而表现了他胸有丘壑，笔有藏锋的特点。

文章要求含蓄，要求波澜。"倾向应当是不要特别地说出，而要让它自己从场面和情节中流露出来"（《恩格斯给明娜·考茨

基的信》）。这是在思想上要求含蓄，而在情节的创造上也要求深不可测，笔有藏锋，如果一开头便露了尾，就连贾母也不要听（《红楼梦》第 54 回）。《村哥》的主题思想人物故事是单纯的，然而作者匠心独运，采取了传奇笔法，深藏大露，异峰突起地完成了故事的叙述，就始终有力地抓紧了读者的心弦，给人以格外的喜悦。

作者采用的这个手法，并非为了新奇或卖弄他的技巧，而是为了刻划人物。他的具有独创性的情节，是为处在特殊时代环境里的人物性格及其活动所决定的；或者说，是人物在特殊的时代环境里接受考验的必然结果。

创造人物的重要方法之一，是把他放在残酷或困难的环境里接受考验。其实这仍然是个人物与环境的关系问题。只是把人物描写得具有生动的个性，甚至达到了共性和个性相统一的程度，如果不是生活在典型环境中，就不得谓之典型性格。《村哥》的最大特点之一，就是作者在创造人物、提炼情节上，始终抓住了必须正确处理人物与时代、环境的关系的原则。由于人物生活在特殊的时代环境里，必须有特殊的活动方式，就完全有可能产生一个奇特的情节。

村哥生活与活动的时代环境有什么特殊性呢？在抗日战争时代，他因为在风雪的夜里爬山越岭跌伤了腿，被迫在敌占区里的一个并非堡垒户里医疗。在这样一个特殊环境里，他就得转入地下，深深地把自己掩藏起来。这就给作者开辟了一个广阔、自由的编织故事，刻划人物的领域。然而作者却还得有"酌奇而不失其真，玩华而不坠其实"（《文心雕龙·辨骚》）的本领。因为在具体处理人物和情节上显然还存在着许多困难，譬如说，村哥和韩三大爷一家人仅仅是一个卖买药品的关系，为什么村哥敢于到他家里去养伤？他虽然必须掩藏住自己的革命者的身分，但是能否掩藏得住，而且能否长久地不暴露，这都是些困难问题。然而作者是有克服困难的本领的。作者不但善于让他的人物有理由安居在陌生人家里养伤，而且善于掩藏自己，从买冻疮药到韩三大爷进山，在一个长久的时间里始终撒着漫天大谎深深隐瞒起自己的身分，从而决定了人物情节的传奇性，而且让情节合乎逻辑地向着一个喜剧性的道路发展，并且让情节发展到高潮，似乎非结束不可的时候，忽然异峰突起，酣畅淋漓地完成了人物的最后雕塑，圆满地表达了小说的主题思想。

作者安排村哥到韩三大爷家去医疗腿伤，是煞费了苦心的。村哥是以一个穷苦的孩子身分出场的，他居然买那样贵的药，又买的那么多，而且那样勤，这就引起韩三大爷的好奇心，等他知道了孩子的家庭情况并且肯定孩子是一个孝子的时候，他由怀疑好奇，进而同情关怀起来了，人们的亲近莫过于思想感情上的相遇，这就给村哥打好了前来养伤的基础，也奠定了传奇情节的基础，而且作者借村哥养伤的机会展开了人物的描写。作者通过村哥睡在草棚里描写了他的道德品质；通过修拐杖，描写了他的慧心；通过拾干柴，描写了他的爱劳动习惯……这一连串的活动，村哥不仅团结了韩三大爷一家人，而且使韩家从对他的同情、怜爱、起敬发展到要招赘他为养老女婿的打算。作者描写人物的方法不是孤立的，是结合着情节的进展来进行的。他真正做到人物、情节的有机统一，上面的那些人物描写看起来是散漫的，然而却是连珠式地贯串起来，为情节走向喜剧的道路作了充分准备。作者描写人物在这里使用的是明暗两法：作者一方面利用村哥作为一个穷苦孩子的身分，进行了公开的性格描写，同时又用虚笔和藏笔描写了他夜葬张建国的惊人行动，表现了他的勇敢、无畏。在轻松愉快而又如此从容地描写着一个喜剧的暗暗进行的同时，却交织进来一场暴风雨式的对敌斗争，这就不仅增加了情节的传奇性与复杂性，而且在读者的情感上弹奏起音乐的旋律。

也许有人说，夜葬张建国这一事件虽然有如此妙用，但还是可有可无的，不错，表面看起来似乎是有些多余，殊不知这正是作者的匠心独运胸有丘壑之处。《村哥》的情节，仔细分析起来，是分一明一暗，一实一虚，两条线索来进行的：一条明线并且采用实写的是，村哥深深地掩藏住自己的身分之后，由于掩藏得好，表现得好，极自然地产生了一个韩家打算招亲的喜剧；另一条暗线并且采用虚写的是，村哥时时不忘他的"家"，不忘对敌人作斗争，甚至在睡梦中也喊出："冲哪！上哪！"这两条线直到韩三大爷进山求亲，才汇聚在一起。人物才在长久的深藏中大露。而村哥的夜葬张建国，则是把两条线汇聚起来（如果没有它，韩三大爷就不会那样急着进山）的一个重要契机。而它最重要的任务，则是迫使那个为作者久已安排好的管领一切的奇峰的必然出现。如果没有这件事，村哥的腿本来已经养好了，当韩大爷进山揭开谜底，喜剧已达高潮，并且结束以后，村哥应该回山了。然而情节是不能这样结束的，招亲虽能使情节传奇化、喜剧化，文章也因之跌宕生姿，然而它不但完不成为小说主题思想服务的根本任务，而且会毁灭了整个作品的。因而夜葬张建国就显得特别重要了。说因为作者伏下了这一笔，才使村哥已经快要长好了的腿，必须重新敲断，这才使作者有机会把村哥最后创造成为一个高大的永远值得生活在新社会里的人物，特别是青年人学习的艺术形象。也就因为有了这一笔，才使人感到《村哥》的情节有重峦叠嶂，异峰突起之妙！

《村哥》没有其他优点了吗？有的，譬如说，它的"楔子"就具有独创性。但是缺点也是有的。虽然不是主要的。譬如，它首先使人感到不满足的是文繁且过于华美，作者既然借韩三大爷的口来描人叙事，韩三大爷既不是个作家，文笔就应该朴实一些，力求口语化。其次，在情节上，郝寨既是敌人占领下的村镇，韩三大爷家里忽然来了一个陌生人，敌人却丝毫也不注意，因而我觉得村哥所生活的环境未免过于安全了，他一点也没受到这方面的考验。至于那个"土黄色的布袋"，虽然作者一再要读者注意，然而在情节中，这个细节却未起大作用。最后，在人物创造上，创造英雄人物应该尽量提示人物美的灵魂，挖掘的越深，则艺术形象越高大，越发挥教育人的作用。作者所创造的村哥，既符合了人物所处的时代环境，也符合了人物性格发展的逻辑，这是优点；但对人物的精神世界却还挖掘的不够深，我们只看到了他的钢铁性格，却看不到他的伟大理想。至于是否一定得让村哥牺牲才能教育春晴，也值得讨论。

　　总之，《村哥》的艺术处理是成功的并且是有特点的，但也时露斧凿痕。我们希望随着作者的继续努力，他的创作会出现一个新的高峰！

农业战线上的新人物[*]

——读 1962 年部分反映农村生活的短篇小说

"强烈而鲜明的革命性和战斗性是我们的文艺的最显著的特色。"（周扬）我们的文艺，向来是紧密配合党的政治任务，为无产阶级革命事业服务的。1962 年的短篇小说创作更以它那独特的"轻骑兵"的文艺样式，及时地发挥了迅速反映生活动向、推动生活前进的战斗作用，并且取得了应有的成绩。

近几年来，我国农村遭受到巨大的自然灾害，给人民生活带来不少的困难。但是，我们英雄的人民，并没有在困难面前低头，他们在党的领导下，在三面红旗的光辉照耀下，以坚忍不拔的革命意志，顽强地战胜了这些困难。一贯忠实于工农兵方向的作家们也深入农村，积极参加了建设新生活的斗争，在提高自己的思想的同时，以革命的激情，歌颂了劳动人民在克服困难过程中所表现的革命精神，揭示了当前农村中各种不同性质的斗争；透过这些斗争，我们看到了党的政策的实质和力量，看到了农村中正在发生着的惊人变化。同时，作家们在创作上也显示出了新的成就，标志着社会主义文学创作又前进了一步。

在这些作品中，最明显的一个收获是：创造出了各具特色的农村领导干部形象。根据几年来人民公社工作的经验，党制定了一系列关于农村工作的具体政策。这些政策是我们战胜各种困难、巩固和发展农业集体化、调动广大社员积极性、发展农业生

---

* 原载《文史哲》1963 年第 2 期。署名孙昌熙、徐文斗、孟广来。

产的最有力的武器。但是政策能否全面地贯彻下去，能否融进群众思想，产生巨大的物质力量，关键在于广大的农村工作干部。

许多来自群众的农村基层干部，他们和群众有着血肉相连的关系，他们和群众同甘苦、共呼吸，深知群众的疾苦；在工作中，则是勤勤恳恳，热爱集体，依靠群众，根据党所提出的民主办社、勤俭办社的原则，领导群众战胜了种种自然灾害，改变了某些生产队落后和贫困的面貌。

塑造光辉的领导形象和英雄形象，向来是我们文学的一个重要课题，也是作家们不断追求的目标。在 1962 年的短篇小说中，就有许多作品是描写农村基层干部的。从这些作品中，可以看出作家们在这方面的努力。这些作品无论在数量或质量上，都占一个相当重要的位置。如方之的《出山》①，刘澍德的《卖梨》②，高缨的《大河涨水》③，吉学霈的《三个书记》④，浩然的《彩霞》⑤，马烽的《五万苗红薯秧》⑥，等等。这些作品从不同的角度塑造了各种不同的形象。这些人物大都以崇高的理想、优秀的品质、精明的才干和鲜明的性格特点，给读者留下了深刻的印象。

方之的《出山》写得比较深厚。它取材别致，人物性格鲜明动人，是一篇优秀的作品。

作者并没有去写生产队长王如海"出山"后的工作，也没有写他惊人的创举，而只是截取了他"出山"前的一个片断，向读者打开了人物的精神世界。当王如海得知大家选他当生产队长时，他三天没有表示态度。但这并不是犹豫，也不是胆怯，而是在考虑怎样挑起这副沉重的担子，怎样使他的家乡彻底改变贫困

---

① 载《上海文学》1962 年第 8 期。
② 载《文艺红旗》1962 年第 4 期。
③ 载《上海文学》1962 年第 9 期。
④ 载《人民日报》1962 年 8 月 6 日。
⑤ 载《人民文学》1962 年第 2 期。
⑥ 载《火花》1962 年第 2 期。

的面貌。他进行了周密的研究，为的是要摸清各方面的底子：既要摸透生产的底子，也要摸透社员以至家庭成员的底子，以便找出关键问题，抓住它，突破它。

这种认真细致的研究，既是出于他的踏实深入的工作作风，也是出于他彻底摘掉小王庄的穷帽子的决心。他知道这副担子很重，但不管怎么重，他一定要挑起来，他不惜连自己和整个家都投上去。正如他自己所说："不下这个狠心，趁早别拍胸口。"

王如海的性格特点，是通过他的"家庭会议"突出地表现出来。作者让人物在自己的父亲、子女和爱人面前倾吐自己的心声，谈论自己的打算；同时，更向自己的家人首先提出严格的要求。在这里，我们不仅看到他的慎重踏实，深入实际，更看到他的大公无私和对群众的负责态度。他知道，要摘掉穷帽子，就必须引导群众鼓足干劲，发挥集体主义精神，而这一点，首先要从干部本身和自己的家庭开始。他给自己家庭的每个成员都分配了任务，谆谆告诫他们处处走在头里，吃苦在先，干活在先，用自己的行动来团结和带领全村投入这场斗争。他明知他们后院的两棵槐树是他妻子为她失去父母的姨侄女积存的嫁妆，但为了解决村子里生产工具不足的困难，特别是要从自己家庭做出榜样出发，使大家都为集体着想，他仍然动员妻子把它献出来。虽然引起了妻子的伤心，他自己心头也感到有些沉重，但他所想到的比这更远、更深。如他自己所说："我也不是图你那两棵树，是要你那一片心！小王庄翻身不容易啊，你以为有了你那两棵树料就行了么？不，难处多着哩！""前年，去年，我们村子年成都不好；今年呢？别看眼下麦苗好，'庄稼庄稼，到口才算到家'，万一今年又是荒年怎么办？一口气好争，百日饥难熬！到时候，不要怨，不要叫，不要往外跑，不要把粪光对自留地上倒——莫怪我找话讲，今天不把难处说透、说绝、说明，日后就会为难！告诉你：要当好这个队长，不要说那两棵树，连我们整个家都要投出去，……下了这种狠心，一家如此，家家如此，一季两季，一年两年，哪怕小王庄再穷……"

　　这就是王如海的精神世界的秘密之处，他想的不是那两棵树，而是家里人集体主义的心，是整个生产队集体主义的心；他看到的不是眼前，而是更远的将来；他不仅看到有利条件，也看到不利条件；他不仅看到当前的困难，更想到还有一系列等着去克服的困难。这样，这位稳扎稳打、一步一个脚印的新生产队长，就逐渐站立起来了。

　　高缨的《大河涨水》也和《出山》相类似，只写了一位下放到灾区去的区委副书记陈海民到任前的一个序曲，但所塑造的人物却独具一格。如果说《出山》是表现领导干部的大公无私，为了办好公社不怕牺牲自己一切的集体主义精神，那末《大河涨水》则是塑造了一个富有领导才能的干部形象。

　　陈海民象一团炽烈的火种，随时都在散热、发光，他照亮了每个人的眼睛，点燃了每个人战胜天灾的希望、鼓舞了每个人的力量。他的这种光和热，不是凭空而来的，而是他相信群众、依靠群众的结果。

　　陈海民在工作中从不放过任何一个调查研究的好机会，当他"赴任"途中因雨被阻在河边渡口的一个小草屋里时，他也细心地听取了各种人物的不同意见，并从中看出一些问题：他既从油头滑脑的杨老六那里看到他对救灾毫无信心，只想干投机买卖，也从莽莽撞撞、对生产极为关心的石莽子口中了解到灾情的严重，看到了灾区干部面临的艰巨任务，也看到了一部分干部在严重灾害打击下产生的急躁情绪和信心不足的情况，更从"过大爷"身上看到了群众对战胜自然灾害的决心和力量。这也加强了他自己对灾区工作的信心。

　　渡口上的这次对话，只是人们生活中的一件偶然事件，但透过它，我们却看到一位紧紧依靠群众、虚心向群众学习而又引导群众前进的优秀的领导干部形象。他还没有到达工作地点，就做了许多工作，从紊乱的事物中，烛微抉隐，找到了解决困难的关键，提出了有效的办法。至于过河以后的救灾工作，那种人与天争的轰轰烈烈的战斗场面，就让读者自己去想象吧！

刘澍德的《卖梨》也写了一个基层领导干部，但表现的角度和方法却又完全不同于上两篇。它是通过几个生活场景，从多方面描写了主人公左国丰富的思想性格。如果说王如海的个性特点是深沉的，陈海民是机敏的，那末左国就是坚毅的。小说所雕塑的是一个具有共产主义风格的人物。

在卖梨前，小杨替左国拔除脚上的刺这件事情，表现了左国对小杨的全面了解和严格要求。这个作为卖梨伏线的场面，使我们一开始就看到左国的坚韧、顽强、关心群众的特点。他为了不使年青的医生为难，忍受住刺骨的痛疼；为了青年人健康地成长，对他们的缺点毫不放松。从这一件事情上，就足以看到他对社员们的关心教育，看到他的整个心灵。

在卖梨事件的前后，作者让人物在一段较为曲折的经历中去接受生活的考验。这一事件，自始至终，都是围绕着左国的性格展开的。他的每一个行动，都是出于关心生产、关心群众的真诚愿望；但几乎每次都给他带来一些"麻烦"。他从有利于生产出发，因反对邻社从他们一丘好田上开水渠，而落了一个"风格不高"的名声；为了照顾邻社社员吃上鲜梨，并应他们的热烈要求而卖给他们一车梨，又让对他怀有成见的周全抓住"把柄"，给他加上了一个私下买卖的"罪名"，既扣梨又不给钱。他为了不致引起两个公社间的矛盾，情愿自己借钱垫上这笔账。

对于这些"吃亏"的事情，左国并不在乎。他不是只看到眼前的一点得失，而是看到更远更大的方面。他相信，时间会作出回答、事实会证实一切，真理一定会胜利。

果然，整风运动揭开了事情的真相，原来趾高气扬、自以为已经抓住了左国"小辫子"的周全，却恰恰暴露了他自己的浮夸、狭隘、目光短浅的弱点；真正具有共产主义风格的不是周全，而是左国。

作品的结尾把左国的性格又提高了一步。当周全发现了自己的错处，觉得一无是处而陷入消极、绝望的境地时，占了真理上风的左国，依然向他伸出了援助的手，并向他挑战，使他树立了信心，重新振作起来，投入新的战斗。周全最后向左国说："我说那句话，你也别伤心，我向你道歉，收回我那个：'风格不高'！"这是周全的肺腑之言，也是这场冲突的必然结果。这个结尾加深了作品的思想意义，也增强了左国的思想光辉。

此外象把便利让给别人，把困难留给自己的韩根生[①]，关心社员疾苦、勤勤恳恳，把队里的钱"都穿在肋条骨上"的生产队长[②]……限于篇幅就不再去分析了。但从以上几篇作品的简单分析比较中，可以看到我们党几年来在广大农村中已培养出一批优秀的领导骨干，因此，作家们才能塑造出各种各样的领导干部形象：其中有县委书记、区委书记、生产队长、生产委员等等，而以生产队长为最多。这也是很自然的。因为生产队是人民公社的基层单位，生产队的好坏，直接影响到生产的好坏。而作为生产队的主要当家人——生产队长，在这里面又起着重要的作用。他们参加生产最多，和群众的联系最直接、最紧密。群众都在看着他们，学着他们。他们的一举一动，都会在群众中产生强烈的影响。因此，塑造这样一些值得学习的干部形象，就成为作家们的一项战斗任务。作家们已经写出的这些成功形象，正表明了作家们具有强烈的政治责任感。

自然，我们并不满足于这些。我们希望能出现更多更好的生产队长的形象，同时也希望出现更多更好的各级领导干部形象。

作家们写的这些干部，都没有什么缺点，也没有故意去写他们在困难面前的犹豫动摇，但他们的精神世界却非常丰富。这些形象都有着不同程度的感人力量，使我们受到鼓舞和启发，取得

---

① 《五万苗红薯秧》。

② 《彩霞》。

力量。这固然和作家努力提高艺术技巧有关，但最根本的原因是作家在坚持深入生活中，提高了思想，真正认识了新的英雄人物，透过他们伟大的行动深入到他们的精神世界，从他们丰富的精神世界观察到他们性格之间的差异，这才能运用自己的生花妙笔，通过个性的精雕细镂，揭示出他们深邃的思想情感，概括地反映出新的时代精神。

与此有关的第二个创作收获是：创造了一些普通社员的形象。

领导干部不是从天而降的，是从群众中来的，正如《大河涨水》中过大爷所说的，他能从区委副书记陈海民身上看出，他"也是做过庄稼的"。因为陈海民的"腿上是筋包包肉疙瘩"。这个细节有力地说明了领导干部是在长期的斗争中被群众所推举出来的。他们之所以有力量，最根本的原因之一是有无数的革命群众在支持着他们。因此，作家们在塑造领导干部形象的同时，就不能不去写普通群众中的先进人物，表现他们的革命激情。《出山》中王如海全家老少的那种热气腾腾的革命朝气，《彩霞》中彩霞和《大河涨水》中"过大爷"的那种共产主义风格，曲延坤的《孙二牛的故事》[①]中孙二牛的那种"穷棒子"干劲，都是值得学习的。

《彩霞》中的彩霞，只不过是一个普普通通的农村妇女，一个生产队长的妻子。她没有担负任何职务，但她却是生活中的自觉的主人。在这个普通的农村妇女身上，具有强烈的主人公感，鲜明的共产主义风格。她好说好笑，大吵大嚷，心直口快。对一切侵犯公共利益的事，她都不能容忍。

小说一开始，先给我们留下了这样一个表面的印象，那就是"说话硬梆梆的，象石头一样"朝人"扔过来"，既看不出对人的热情，也不讲究什么礼貌，对来访的生人则是"直挺着胸脯，冲冲地脚步，紧绷着脸孔"，好象要把人立刻赶走似的。

[①] 载《山东文学》1962年第2期。

但随着小说的进展，作者却越来越深地挖掘出了人物深藏着的美丽的灵魂。

作者采取了几个侧面的描写，逐渐使我们看到这个性格的全貌。象补牲口套包这个体现勤俭办社的场面，就写得很出色。她一方面大声吵嚷着"不管"，嫌它又脏又臭；而实际上她却悄悄地用自己的布给补了起来。她与领导老太太的那段对话，写得更是绘声绘色。她一面补着套包，一面对老太太说：

"不管，不管，坚决不管，就是不管！"那老太太听着听着，早忍不住笑起来了："彩霞啊，你满嘴嚷着不管，你那两只手干什么呢呀？"

"要不我就说他手腕绝了！他摸准我的性子了！"彩霞说着，也放怀大笑。"你说不管行不行，下午真要出车，牲口没套包，误了生产怎么办？"

两人的笑声掺在一起，笑得那么响。

她满口骂她丈夫心太"尖"，"手腕绝"，然而她的行动却使我们看出，这对夫妇是那样的互相了解、互相信任。生产队长准知道他的妻子会把这几个破套包补得好好的；彩霞对自己丈夫勤勤恳恳，把"队里的钱，都穿在他的肋条骨上"那种一心一意为集体的笃厚性格是那样自豪。而她的心和手也正是毫无保留地献给了生产队。

她只是因为丈夫是队长，就敢在队里当家作主么？不，完全不是，她是凭了一个光荣的社员资格的。她对队里一切事情的关心，主动地去帮助解决，完全是从一种自觉的主人公的立场出发的。正如她自己所说："生产队这天下是大伙的，队长手大遮不过天来，他不在家，咱们大伙就该当家嘛！"因此，她才对损害公共利益的现象进行斗争，对社员们进行真诚的帮助，对队里的工作勇于负责。当一个小组长来请示队长能不能去锄地而队长不在时，她直截了当地回答："那地在西地段，该你们小组管呀，你看着该锄不该锄呢?"只要该锄就必须去锄,假如锄出错来,一切责任由她来负。

彩霞这个人物,虽然只是一个普普通通的农村妇女,但透过这个形象,我们看到了生活中真正的主人。

《大河涨水》中的过大爷也是一个写得比较出色的人物。他和彩霞一样,都是普普通通的社员,同时他们又都是关心集体的具有共产主义风格的人。但过大爷与彩霞有所不同。如果说在彩霞身上表现得最明鲜最突出的是她对生产队、对集体的自觉的责任感,那末在过大爷身上却具有更多的智慧。

过大爷的智慧是从丰富的生活中得来的。这是一位饱经风霜的老人。长期的艰苦生活,不仅使他痛恨旧社会,热爱新社会,对新社会有一种衷心的热爱;同时也使他有一双锐利的眼睛,能够看到一些事物的本质,洞察到人们心灵的深处。凭他的经验,他能从陈海民满是"筋包包肉疙瘩"的腿上看出他是"做过庄稼"的人,同时也从陈海民的谈话中嗅到了"党的正气"。他对关心生产但情绪急躁、对战胜灾害缺乏信心的石荞子,象对待自己的孩子一样,关怀得那么深,批评得那么严,对他的毛病又看得那么准。他的每一句话不仅增加了这个年青干部的信心,也给他指出了明确的道路和解决困难的具体办法。与此同时,他还看穿了杨老六的自私自利的本质,一句话便揭出了这个投机商人的丑恶行为,使杨老六在这位正直的老人面前不能不低下头来。

过大爷一生的辛勤劳动,使他在大风大浪里镇定自如,正如他自己所说:"行船走水,眼睛要盯得远,特别是过滩的时候,你就不要眨眼,死盯着前面,要不然,眼一花,手一闪,就要出事……"这就是他从一生在风浪里劳动得来的最宝贵的人生经验,也是最可贵的性格。因此他才不会在困难面前退缩动摇,也不会在失败的打击上失去信心,迷失方向。

作者对这个人物的描写特别饶有风趣而又血肉丰满。表面看来他似乎是一个处在这场斗争圈外的第三者,只要他每天照常把行人渡过河去，就算是完成了他的任务。然而这个倔强的老人却自觉地把自己的工作同当前的斗争和整个社会主义事业联系起来。他对陈海民得意地说："不是我自吹，你说，哪一个工作干部不是我推过河，哪一条党的政策不是我渡过去？"这是他对自己工作最深刻的理解，也是他自己精神世界的最好的写照。

我们在前面曾提到《出山》中的王如海是一个优秀的从群众中涌现出的好干部，也是一个成功的形象，但花儿虽好，还得绿叶扶持；如果没有全队人的热烈拥护，首先是他的全家人们的积极支持，他就不会有那样大的信心和力量。《大河涨水》里的陈海民也是一样，如果没有群众，他在困难面前就拿不出办法来。他之所以敢于下灾区，就因为他有这样一个坚定的信念：有了群众，天塌下来也不怕。

但总的来看，这一年的短篇小说对社员群众的精神面貌，还表现得不够，挖掘得不深。几年来，广大的社员群众，在党的领导下，向自然灾害进行了艰苦顽强的搏斗，赢得了巨大的胜利。在这场斗争中，他们坚信党的领导，不动摇，不妥协，表现了高度的组织性和纪律性。他们创造了许多动人的英雄事迹。党的八届十中全会对我国人民作了最高的评价："我们的人民不愧为伟大的人民。"这也是对战斗在农业战线上广大社员的最高、最光荣的评价。但这些英雄人物，在我们的短篇小说中，还没有得到充分的反映。我们希望在富有战斗性的短篇小说中，看到更多的英雄形象，看到他们更光辉的道德品质，从而受到更大的教育。

干部下放，是我们党的一项重要政策，它对充实基础领导、促进农业生产以及干部本身的提高，都有着巨大的作用。党的这一政策贯彻下去以后，很快就产生了良好的效果。在 1962 年的短篇小说中，有相当一部分从各个不同的角度反映了这个问题。其中有领导干部的下放，如谷斯范的《晚间来客》①，前面提到的

---

① 载《上海文学》1962 年第 11 期。

《大河涨水》。有青年知识分子参加农业生产，如赵树理的《互作鉴定》①，管桦的《雾》②，宋词的《落霞一青年》③。还有写干部家属还乡生产的，如林音频的《丹丹》④。

谷斯范的《晚间来客》，写一位老干部回到山区领导农业生产的事情。作者也是用了侧面描写的手法，着重渲染了这位干部到来之前，群众准备热烈欢迎的情况，从而表现干部和群众之间的血肉关系。原来这位老干部，在解放前艰苦的斗争岁月里，曾领导过这个地区的革命斗争。但作者也没有用多少笔墨去回叙这些，而用主要篇幅写群众因为他的即将到来而引起的热烈情绪。他们要为他准备全村最新的、新媳妇用的被子给他盖，给他做了他最喜欢的菜肴，并到二里多路以外去迎接他。从这里使我们看到这位老干部和群众的深厚的战斗友谊；这种友谊是在长期的斗争中，在最艰苦的年代里，以他们的血汗凝结起来的。而这也正是我们广大革命干部最主要的共同点，也是他们最突出的优秀品质之一。在这篇小说的最后，这位老干部说的几句话，画龙点睛地进一步突出了他的这一特点。他说："把我当十二年前的老赵看待吧，我不是客！"短短几句话，给人很深的印象。

但由于这篇小说主要是侧面描写，没有写这位老干部到来后所引起的变化，因而这个形象还不够丰满，也影响了作品的深度。

近几年来，有许多青年知识分子参加了工农业生产劳动。大部分青年在劳动中兢兢业业，踏踏实实，愿意把自己的青春和科学知识献给祖国的社会主义建设事业。这些青年在生产劳动中，不但锻炼提高了政治觉悟，学会了生产技能，同时也为工农业生产作出了贡献。但也还有少部分青年不安心农业生产，他们认为只有在城市里才能发挥他们的作用，在农村就无用武之地，就是

---

① 载《人民文学》1962 年第 10 期。
② 载《人民文学》1962 年第 9 期。
③ 载《人民文学》1962 年第 11 期。
④ 载《山东文学》1962 年第 10 期。

"大材小用"。他们对自己既没有正确的估计，对农业建设也没有正确的认识。因此，对这部分青年进行教育，也是一个重要的问题。赵树理的《互作鉴定》，正是这样一篇小说。

这篇小说和赵树理的其它作品一样，风趣盎然而思想锐利。它是从一个不安心农业劳动的中学生刘正给县委书记的一封信开始的。刘正在信里申诉了自己的"不幸"，把他的周围环境说成是"一个冷酷无情的角落"，处处受到排挤、打击；可是刘正这封信却恰恰暴露了他自己思想上的缺点。他编造的每一件事都变成他自己轻视劳动、不安心农业生产的最有力的证明。作者运用"以子之矛，攻子之盾"的手法，把刘正这种不健康的思想一层层地剥露出来。

刘正刚刚初中毕业，就自以为了不起，应该干一番"英雄的事业"；而他所谓的"英雄的事业"，也就是离开农村、离开生产劳动，去干轻松的工作，这种想法，在知识分子中是相当普遍的。如果不及时给予帮助教育，对他们自己，对整个工作，都是不利的。刘正向县委呼吁赶快把他从那个"黄蜂窝"里救出去，党果然向他伸出了爱护的手，但不是让他脱离开这个锻炼人、改造人的农业战线，而是把他从个人主义的泥坑里拉了出来，使他走向健康的道路。

赵树理的笔锋是锐利而准确的。他深刻地挖掘出了刘正最隐蔽的个人主义的内心活动。象公社党委书记来到生产队后刘正的种种猜测，书记约定要和他谈话后他那种坐卧不宁而又自以为聪明地想出种种"争取主动"的"对策"的可笑行为，都逼真地表现出了这个知识青年个人主义思想的活动情况。

小说在表现人物的内心活动时，并不是依靠作者抽象的描述，而是透过人物本身的行动让这些"隐秘"自然地流露出来，这就使作品具有更强的说服力。

作者批评刘正错误思想虽然深刻，但始终对他抱着关怀、爱护的态度，整个作品充满了一种亲切的热情，因而特别富有生活气息，它的教育作用也就更加有力。

管桦的《雾》，也写了一个中学生参加农业生产的故事。但它是从正面描写高中毕业生雷烟海在农村落户扎根的动人事迹。

雷烟海在课堂上，在课外活动中，并没有被人重视，但他"在田里的劳动中，在菜园里，在他对乡里人尊敬的态度里，在他深夜为领导找鸭子时，跳进没胸的河水里，在他最疲累时有人求他写信，他答应的爽快声调里……他在众目之下鲜明地显现出来了"。作者所写的这个刚刚走出课堂、踏上生活道路的青年，在广阔的农村中找到了真正能够发挥自己全部才能的天地；也是在这里，他才第一次体验到生活的意义。因此，他对自己的工作有着深厚的感情。他把自己做的每一桩工作，都看作是世界上"顶神圣的工作"。因此，他才能把自己的青春献给伟大的农业劳动。作者给我们创造了一个朴实肯干、富有理想的青年知识分子形象。

林音频的《丹丹》，是写军属参加农业生产的。但却与一般写干部下放或干部家属参加生产的作品不同。作者在这篇作品里没有把自己的眼光仅仅局限在下放者本身，而是在较深的程度上写出了这件事情的意义。我们知道，干部或干部家属下放，对他们本人的锻炼和提高，当然有着巨大的意义。但如果仅仅写到这里，还是不够的。我们应该看到它更为深远的意义。《丹丹》也写了主人公丹丹自己返乡后的提高，但更主要的是描绘了她还乡后，对她的家庭以及整个村庄所起的影响。她的到来，有如一场及时春雨洒落在返青的麦苗上，使她全家和全村都活跃起来。

丹丹爱人的祖父秦老爹，在生产上、工作上都是一位值得尊敬的老人。但他也有自己的弱点，那就是还残存着某些封建意识。在家庭里他的话就是法令，任何人都不能更改。但他有些做法却是跟不上时代的要求了。他只让孙媳妇在家里干活，不让她参加生产，也不让她去学习。但丹丹到来后，却以自己的行动说服了他，使他改变了过去的态度。因此，可以说，丹丹的回家，在他们家引起了一个小小的革命变化。

问题还在于丹丹使整个村庄都活跃起来了。她不但使全村的文化生活丰富起来，更使生产队的生产劲头高涨起来。她的到来，使整个村子增加了一种热气腾腾的气氛。这样一来，就使我们看到党的这一方针政策贯彻下去以后所产生的影响，因而整个作品的思想意义也就随着提高了。

丹丹为什么会有这样大的影响，这当然是她的实际行动的结果；而她这种行动，又和她所经受的革命锻炼有关。革命的风暴，使她锻炼成一个经得起大风浪吹打的坚强性格。在这里，作者巧妙地插入了一段革命斗争的小故事。这个小故事，一方面结束了情节，最后完成人物的雕塑，同时也是把现实生活和过去的革命斗争联系起来，使我们受到革命传统的教育。

以上仅就我们的阅读所及，简单地分析了一下反映农村生活的一部分作品。这自然是很不全面的。但就这些作品，已经可以看到作家们强烈的政治责任感，敏锐的观察力。他们都有为无产阶级服务的决心，并且敏锐地发现了生活中的重大的富有现实意义的问题，及时地反映到作品中来，从而发挥它的鼓舞战斗作用。在艺术上也可以说是百花齐放，各有特点。

首先，作家们都注意到抓生活的本质，并从各方面提炼作品的主题，加深作品的思想意义。

提高作品的主题思想，无疑是作家们的一项重大任务。这既与作家的思想深度、生活基础有关，也与作者的观察能力和表现能力有关。过去有些作品虽然也反映了生活的某些方面，但我们总感到有些表面化，不深。我们上面谈到的那些作品，都有一定的深度。也就是说，这些作品，所描写的虽只是生活中的一些片断，一个插曲；然而却通过一点，反映了更多的东西；作者没有把自己的眼光仅仅限制在事物的表面上，而是挖掘到了更深的东西。所以许多作品让你读后不能不引起深思，从中得到种种启发。《出山》中的王如海，作者虽然没写他出山后的情形，但却使你深信他是一个踏实能干的好队长，在他领导下，小王庄的穷帽子是能摘掉的。《互作鉴定》对于当前的知识青年有很大的教育意义。赵树理用他那巧妙的笔，给刘正作了一次思想解剖，展览给读者看，同时也是在读者面前摆了一面镜子，使你不自觉地也要去照一照自己，引起自己的思想警惕。《彩霞》和《大河涨水》则从正面给人们树立了一种如何对待生活的榜样，当你被这些具有共产主义风格的人们的优秀品质所感染的时候，你会感到自己的思想境界也被提高了。《丹丹》的思想深度则是通过对丹丹的多方面的描写，向读者较深刻地揭示了家属还乡这一措施的深远意义。

其次，这一时期的作品，较普遍地重视了对人物性格的刻划，而较少仅仅停留在故事的叙述上。小说的思想内容主要是通过人物表现出来。人物塑造的成功与否，是作品成败的关键。由于作家们对农村生活熟悉，在描写人物方面，一般都能赋予人物以鲜明的个性。人物不是抽象概念的演绎，不是政策的解说员，而是血肉丰满的生活的创造者。象王如海和左国，都有一种倔强深沉的特点，但左国的开阔胸襟和顾全大局的气魄又完全不同于王如海那种破釜沉舟的猛劲。《雾》中的雷烟海和《落霞一青年》中的何明，都是投身到农业战线上的优秀青年。他们都是富于理想，热爱自己所从事的工作的优秀青年，在工作上都表现了令人钦佩的创造精神。但他们也有各自的特点，一个是从里到外，都把自己浸沉在"神圣的事业"之中，对待工作和生活都是那样严肃认真，对自己要求极为严格。另一个却是把自己的严肃埋藏在心里，使人不易察觉。他表面的活泼、随便，似乎与担任的那种要求细致、精确的工作不协调，实际上这正是他的富有朝气、热情充沛、工作上富于创造性的另一种表现形式。

在塑造人物的手法上，作者也有些新的创造，如《出山》和《大河涨水》都仅仅写了主要人物在战斗前的一个序曲，或者说一场紧张的战斗部署，便戛然而止；然而不仅写活了人物，而且具有一种含蓄力量。当然，也不能说这就是最好的方法，而把那种让人物参加矛盾冲突的正面描写舍弃了。恰恰相反，这一方法倒是塑造人物、反映农村火热斗争生活的重要方法，仍然是应该大力提倡的。象《卖梨》那样以抒情的笔触，展开富有地方色彩的云南农村生活环境，把人物放到矛盾冲突中去表现，也同样很成功。左国这个人物的鲜明性格和作品的深刻的思想意义，也是突出的。《落霞一青年》在塑造人物上所采用的抑扬手法，固然是好的，而《雾》则是老老实实、按部就班地描叙，也同样一笔一彩、一刀一痕地雕塑起雷烟海这个青年知识分子的形象。

总之，1962 年这一部分反映农村生活的短篇小说，无论在反映生活的深度、思想高度和艺术技巧方面，都取得了一些新成就。但这一年的短篇小说，也使人看到一些缺点，有待作家们努力提高。

作家们大都注意了歌颂新人新事，这是完全应该的；但对当前农村的另一个重要方面，即以各种形式表现出来的两条道路斗争的问题，反映得还不够。有的作品刚一接触到这个问题，就马上又避开了。有的也主要是写先进社员和落后社员的斗争，而落后社员也仅仅是贪点小便宜。至于更深刻、更复杂、更激烈的阶级斗争，反映的就较少了。对于当前农村现实生活中这一更富有斗争意义的重要方面，还有待于作家们进一步深入地给予有力的反映。因为在农村中，也仍然存在着激烈的阶级斗争。不仅一部分未被改造好的地、富、反、坏分子，总是企图乘机进行破坏活动。同时还有一部分存在着自发的资本主义倾向的人，他们一有机会，也总是企图走资本主义道路。现在的阶级斗争不是象以前那样的暴风骤雨式，而是更曲折、更深入了。把这种错综复杂的阶级斗争表现出来，有利于提高群众的革命警惕性，有利于社会主义建设事业。

我们在前面说过，积极贯彻执行党关于农村工作的一系列政策，是我们战胜各种困难、调动广大社员积极性、发展人民公社集体经济的最有力的保证，这是当前农村工作中的首要任务。但我们的文学作品对这方面的反映也很少。有的作品虽然也接触到一些，但写得不深；有的仅仅是解说政策，而人物则是干巴巴的，缺少生气。

还有的作品思想角度不高，解决矛盾过于容易，给读者一种不真实的感觉。如有的作品写爱占小便宜的社员，由于发现自己的一些做法，不但没占到便宜，反而吃了大亏。从而"觉悟"到不应该占小便宜，因而也就积极起来。用这种思想去教育这些人，即使他们一时改变了做法，也是不巩固的。因为作者没有从更高的思想角度去教育他们，而仍然是以他们自己的利害关系去教育他们。这样一来，当他们在以后的劳动中，又"吃了亏"的时候，他们仍然会回到原来的做法上去。因此，如何以集体主义、共产主义思想去教育群众，仍然是一个值得注意的问题。

这些问题，和作家的艺术表现能力有关，但根本的问题还是继续深入生活，更好地学习毛泽东思想的问题。只有这样，才能看得深，抓得准，才能把轰轰烈烈的农村生活，更全面、更深刻地反映出来，才能使自己的作品更好地起到打击敌人、教育人民、团结人民、鼓舞人民的作用。

　　　　　　　　　　　　　　　　　1963 年 2 月于济南

更好地反映当前农村的火热斗争[*]

——谈一年来《山东文学》反映农村生活的短篇小说

近几年来，《山东文学》在配合党的方针政策、积极发挥文学的战斗性方面，起了很大的作用：在为农业服务、面向广大农民群众方面，更是有了显著的进步。以一九六二年一月份到今年三月份的短篇小说来看，这十五期共发表了三十三篇，其中直接描写农村生活的，就有十七篇之多，占半数以上。尽管这些作品的质量高低不同，也都或多或少地存在着一些有待改进的问题；但这种努力为农民服务的方向是正确的，作家们积极表现农民、歌颂农民的热情是可贵的；而且在这些小说中，有许多篇的水平较高，它们反映的生活面比以前广阔，也提出一些耐人寻味、发人深思的问题，在人物塑造和语言等方面，也都取得了可喜的成就。这些都是作家们积极深入生活、努力提高政治思想水平、刻苦磨砺艺术技巧的结果。我们想结合这些作品的优缺点，简单地谈几个有关创作的问题。

一

近几年来，领导上又进一步提出了作品题材的多样化问题。这对促进文学事业的发展，起了重大的作用。但有些作家对于这个问题却作了片面的理解。他们误认为，既然提倡题材的多样

---

　*　原载《文史哲》1963 年第 3 期。署名孙昌熙、徐文斗、孟广来。

化，似乎题材就没有大小之分，重要和次要之分，可以不必去写重大题材，不必再深入工农生活去熟悉自己所不熟悉的东西，只要写自己熟悉的身边琐事就可以了。于是，出现了一部分描写毫无意义的生活琐事的作品；有的写比较严肃的题材，也要穿插上一些不健康的趣味，增加一些无聊的噱头。

其实，提倡题材的多样化，并不等于就不要重大题材了；相反地，还是要求首先反映生活中的重大问题，描绘当前生活中的火热斗争，特别是农村中两条道路的斗争。那种认为题材的大小，对作品的思想意义无关紧要的看法，是不正确的。有意义的日常生活固然可以写，但应该分清主次，注意先后，不能同等对待。茅盾同志曾这样说过："蝶戏花丛，翩翩多姿，固然可以悦目忘劳，但何如鹰击长空，不但悦目忘劳，还令人心胸开阔，精神振发？斜阳、古道、寒鸦，使人有穷途衰飒之感，而旭日、洪波、海燕，却引起我们的昂扬慷慨的情绪。"① 茅盾同志在这里正是形象地说明了题材在创作上的作用。

可喜的是，在近一年多的《山东文学》上，我们没有发现那种醉心于描写生活琐事的小说。在这十七篇作品中，作家们大都能根据党的方针政策，从不同的角度描绘了农村生活和斗争的几个重要方面。把这些作品联系起来，大体上可以看到一幅色彩比较鲜明的农村生活的巨幅画卷。这可以说是它的第一个特色。

有些作品反映了农村基层干部的远大理想和共产主义风格，他们怎样以身作则地带领广大群众改变了农村的落后面貌。曲延坤的《孙二牛的故事》② 就是这样一篇较优秀的作品。孙二牛以顽强的战斗精神和坚决改变本村落后面貌的雄心壮志，带领青年们战胜碱地的威胁，终于给"无树庄"披上"新装"，使它成为"树成林，河水亮"的美丽村庄。这篇小说主要表现劳动人民

---

① 茅盾：《反映社会主义跃进的时代，推动社会主义时代的跃进》。
② 《山东文学》1962 年第 2 期。

在党的领导下，向大自然进军的胜利。向东的《一夜春风》① 则为我们描绘了一幅民主生活的图画。当然，这篇小说仅仅写了一次整风会前后的片断，还不能更深刻地揭示出民主办社的全部意义；但由于作者的努力概括，通过一个开渠事件，生动地显示出党所提出的民主办社原则，是贯彻党的阶级路线、群众路线的一个重大措施，也是密切干部和群众的关系、发挥群众积极性的最主要的工作方法。正是这种工作方法，使干部们找到了打通渠道的钥匙。默津的《苗》②，直接描写了干部之间的两条路线、两种思想的斗争。队长刘长庚和支书刘刚，表面看来都是为社员打算，但实际上刘长庚只着眼在本小队的利益上，根本不考虑兄弟队的困难，而且单纯从营利观点出发，不顾集体生产，想采取个体分散经营的办法；刘刚却完全不同，他看得更深更远，他不但始终坚持维护集体经济，并且把大集体的利益放在小集体之上，以共产主义的协作精神，首先帮助兄弟队解决困难。他们两个的不同思想，实际上是个人主义思想和集体主义思想的矛盾。作者把这两种思想作了明显的对比，并批判了那种只顾自己一个小单位的个人主义思想。牟崇光的《在大路上》③，批评了一个青年队长把生产看得过于简单，把前进道路看得过于平坦，以至于在取得一点胜利后，就骄傲自满、不愿帮落后生产队的思想。作者通过这位青年队长在大路上同女支书和铁队长的一段对话，揭示了一个真理：在任何情况下，领导干部都必须紧紧地注视着将来，兢兢业业、踏踏实实地前进；即使取得一些成绩，也不能有丝毫自满情绪，否则就要落在后面。

民主办社，勤俭办社；艰苦奋斗，自力更生；共同协作，互相帮助；这些都是我们办好人民公社、发展农业生产的重要问

---

① 《山东文学》1962 年第 7 期。
② 《山东文学》1962 年第 1 期。
③ 《山东文学》1963 年第 1 期。

题。这些问题在上面提到的作品中得到不同程度的反映。但这些问题如何处理得好，关键在于提高广大社员的社会主义觉悟，发扬集体主义思想。这些作品都没有单纯地去写某个事件的过程，而是通过各种事件反映了人们思想面貌的不同变化，向广大社员进行了社会主义思想教育。从这个角度来看，这些作品都有较强的现实意义。

我们之所以能战胜几年来严重的自然灾害，人民公社之所以愈来愈巩固和发展，除了干部积极贯彻执行党的方针政策外，还有一个根本的原因，就是广大觉悟了的社员，都以主人公的态度去迎接困难、战胜困难，去对待公社的一切工作。而人民公社的巩固和发展，又使得更多的新人涌现出来。《山东文学》发表了几篇描写社员积极性的作品。浩然的《妻子》①，郭澄清的《"社迷"续传》②，就比较优秀。

这两篇作品里的人物，都是普普通通的劳动者，他们都没有担任什么特别的职务，也没有什么令人惊奇的惊天动地的行为；他们都是在踏踏实实地为集体工作着，他们所做的看来都是平凡的但对革命和集体却有深刻意义的工作。从这些工作中，我们看到他们高度的社会主义思想觉悟。妻子在工作中不声不响，只知默默地劳动；"社迷"是非分明，爱社如家，对生产队的一切事情都要操劳费心，为集体利益而坚决斗争。这两个形象虽然还不十分高大，但他们那种社会主义觉悟，却反映了广大社员精神世界的主要方面；也正是这些基本群众，在党的领导下，克服了前进道路上的种种阻碍，正在信心百倍地改造着我国农村的落后面貌。

一方面，社员中的新人大量涌现；另一方面，城市人口也来到农村安家落户。新的生活，新的人物，给作家们提供了新的题

---

① 《山东文学》1962 年第 1 期。
② 《山东文学》1963 年第 3 期。

材，新的主题。梁兴晨的《婚礼》①，表现了知识分子和劳动人民的结合，这个题材十分新颖而且富有现实意义。这篇小说一方面反映了"知识下乡"对农业发展有很大意义；另一方面也表明了知识分子只有与劳动结合、与劳动人民结合，才能彻底改造自己，也才能充分发挥他的才能。

值得提出的是林音频的《丹丹》②。在这篇作品里，作者写了一个军官家属回乡生产的故事。它比较细致深刻地描绘了农村中新旧思想的斗争和新思想的胜利。丹丹象革命的火种，点燃了山村群众的热情，使得这个山村变得热气腾腾；甚至连那位比较保守的老爷爷，也从丹丹身上受到启示，思想提高了一步。这样一来，这篇作品就很好地表现了党的干部下放和家属还乡政策的巨大意义。

以上的简单介绍，自然是不够全面的，但从这里也可以看到《山东文学》在反映农村生活方面是有成就的。

但从这些作品中也可以看出：比起丰富多彩、蓬勃发展的农村现实生活来，我们的创作还是落在后面的。

从反映现实的广度来看，当前农村中还有许多重大问题没有得到反映或反映得很不够。我们知道，党提出的关于农村工作的各项具体政策，是我国农村迅速向前发展的根本原因，是我们战胜困难、调动广大农民群众积极性的最有力的武器。作家们有责任通过各种形式，从各方面反映在贯彻党的政策后所出现的新气象。但反映这方面的作品还太少，有的作品虽然从某个角度接触到这一问题，但开掘得还不够深广。

和这个问题有关的，是反映各种敌我斗争和人民内部矛盾的作品也不多。在我们建设社会主义的过程中，阶级敌人是不甘心于自己的灭亡，不甘心于我们进行建设的，他们经常利用我们暂

---

① 《山东文学》1962 年第 1 期。
② 《山东文学》1962 年第 10 期。

时遇到的困难和工作中的缺点，进行破坏活动。作家们有责任磨砺手中的武器，随时给阶级敌人以无情的揭露，以此来打击敌人，教育群众，提高群众的革命警惕性。另方面，在我们人民内部也还存在着各种矛盾。党的政策贯彻执行的过程，也是不断和各种错误思想、错误方法进行斗争的过程。在当前，反映两条道路的斗争，大力宣传集体经济的优越性，向群众进行共产主义思想教育，批判资本主义自发势力和各种形式的资产阶级思想，更是一项十分重要的任务。党的八届十中全会向我们提出："在无产阶级革命和无产阶级专政的整个历史时期，在由资本主义过渡到共产主义的整个历史时期（这个时期需要几十年，甚至更多的时间）存在着无产阶级和资产阶级之间的阶级斗争，存在着社会主义和资本主义这两条道路的斗争。被推翻的反动统治阶级不甘心于灭亡，他们总是企图复辟。同时，社会上还存在着资产阶级的影响和旧社会的习惯势力，存在着一部分小生产者的自发的资本主义倾向，因此，在人民中，还有一些没有受到社会主义改造的人，他们人数不多，只占人口的百分之几，但一有机会，就企图离开社会主义道路，走资本主义道路。在这些情况下，阶级斗争是不可避免的。"这个指示是对全国人民发出的，也是党对文艺工作者提出的光荣的战斗任务。我们有必要通过富有战斗性的短篇小说，更多、更快、更好地反映当前生活中各种各样的火热斗争。

　　作家掌握了重大的题材之后，在创作过程中如何对这些题材进行提炼，使题材更充分地发挥它的作用，使作品的主题思想更深厚，更有意义，这也是创作上的一个重要问题。

　　我们前面提到的那些作品，大都注意到主题思想的提炼。但也有些作品，虽然提出了富有现实意义的主题，却未能通过尖锐的性格冲突去进一步深化它；有的作品触及到了生活中的一些重要问题，但由于矛盾解决得过于简单，收束得过于匆促，就不能不影响作品的深度。我们前面说过，《苗》是一篇比较好的作品。

它触及到当前干部中两种思想、两种矛盾的斗争，主题是有现实意义的。生产队长刘长庚的想法和作法，是与社会主义思想背道而驰的，他儿子、党支部书记刘刚也指出他的错误："这明明是自发资本主义思想嘛！要都跟你这样，干脆，咱人民公社吹灯。"作者在这里提出的问题是尖锐而明确的，但对这个矛盾的解决，却失去了它原有的准确性，老队长的转变缺乏力量。因为结局所表现的是共产主义协作精神，这种协作精神虽然对老队长有教育作用，但他那种自发的资本主义思想并没有得到有力的批判。这就使作品在问题的提出和解决之间，存在着一段距离。

产生这种情况的原因是多方面的。这里有作者的艺术概括能力问题和情节的提炼等问题。但更主要的还是作者对矛盾的认识不深，掌握不准。作者从生活中发现了有意义的问题，但还没有深钻下去，还没有准确地把握住矛盾现象的内在本质，因而表现在作品中，就必然缺乏深度。

也有的作者选取了一个较好的题材，但表现在作品中的主题却模糊不清。在一篇题为《鱼》①的小说里，就比较明显地表现了这种情况。作者似乎要通过吃鱼的故事来对比新旧社会生活的变化，也想把人们相互间的关系作些对比：在旧社会里，两个人为了抢鱼吃互相打起来，并结成人"仇人"；到了新社会，他们不再抢鱼而是请吃鱼，他们也由"仇人"而成了好朋友。但这个意图不但没能得到充分、准确的表现，甚至有些地方还引起读者的误解。第一，在困难的生活情况下，为争一点"碎鱼崽子"而打了起来，以至于结成"仇人"，这就有损于心地纯洁的守敬这个人物；在生活富裕的情况下请"仇人"吃鱼，这个行动无助于人物性格的提高。因为在困难中最能考验人物的品质，可是他们没经得起"考验"；在生活富裕的情况下相互请客，不过是日常生活中的一种无足轻重的礼尚往来而已。第二，由此也会使人感

---

① 《山东文学》1962年第1期。

到，似乎人们之间的关系仅仅是由生活中的物质条件决定的。过去生活困难，结为"仇人"，今天生活富裕，"仇人"又变成"密友"。这就必然要损害人物性格，从而也损害了主题的积极意义。另外，作者还想用吃鱼来说明水库的优越性，来批判过去的保守派，所以用了不少篇幅去描写水库和鱼。但这样写也同样无力。因为水库的主要作用并不在这里。造成这些缺点的原因，主要是对题材所可能包含的主题思想没有充分的理解，因而也就不能深入而准确地挖掘它的思想意义。

此外，不少比较成功的作品，也还有待于继续深化它的主题。象《丹丹》，就完全可以继续加深冲突，使人物性格更加丰富，主题思想更深一些。我们在下面还将谈到这方面的问题，这里不再多谈。

二

反映我们的时代，表现当前农村的火热斗争，很重要的一点就是塑造我们时代的新人，歌颂战斗在农业战线上的英雄人物。英雄人物，这是时代精神的结晶，是新生活的创造者，在他们身上最能表现出时代精神来。因此，写英雄人物是作家的光荣任务。

塑造英雄形象，首先要求作家熟悉他们的工作情况和思想感情，只有掌握了他们的精神世界，才有可能创造出有血有肉的艺术形象来。

作家们由于生活情况、艺术修养、思想性格等各方面的不同，他们塑造人物的手法也各有特点；就是同一作家，在塑造各种不同的人物时，也有不同的方法。但这并不是说没有共同的规律。我们从这些作品中，也还是可以看到一些基本的共同点。

在这些作品中，作家们在塑造人物时，总是根据人物性格的特点和他们的特殊境遇而分别采用不同的手法。固然，同一人物也可以用不同的手法去表现，但其中只有某些基本的手法最适合

于某一特定的性格。浩然的《妻子》和他的另一篇《彩霞》①，
都是写农村普通妇女中的先进人物。林树珍（《妻子》）和彩霞都
是没有担任什么职务的干部家属，她们都以主人公的态度，自觉
地承担起种种社会义务，都是那样热情地关怀集体、关怀群众，
但她们的性格却是那样不同。彩霞是刚健、粗犷，大说大笑、豪
放爽朗，坦率得象水晶，使人一眼就看到她的内心；林树珍就是
温柔、恬静、深沉、蕴藉，她的优美是深深藏在内心。从她们的
不同特点出发，作家采取了情趣迥异的手法。前者是从动态中突
出人物粗犷的性格，后者则是从静中探索人物的内心美；前者多
用富有戏剧性的场面，后者更多的是用抒情的叙述；前者只选取
了一个集中突出的生活片断，让人物性格直接突现在读者面前，
后者则从性格发展的历史中，从容地去精雕细琢。这样，同一作
者笔下两个不同性格的妇女形象，都鲜明地呈现在读者面前。

　　任何艺术手法都必须符合生活的客观规律，适应作品的思想
内容。塑造人物性格，只有当艺术手法服从于人物性格的需要
时，它才能充分发挥反映生活、体现思想的作用。这些优秀的作
品，又一次证明了这一点。

　　既然艺术手法要符合生活的客观规律，那末，我们的现实生
活是什么样的呢？我们的社会主义建设事业不是一帆风顺的，我
们的生活也不是风平浪静的。在我们前进的道路上，还存在着种
种困难和障碍。我们时代的英雄，正是在同各种困难的斗争中成
长起来的。因此，紧紧扣住人物和环境的关系，通过错综复杂的
矛盾斗争来塑造英雄人物，是由现实生活决定的。许多优秀的作
品大都注意到这一点，为我们提供了一些有益的经验。

　　林音频同志在塑造丹丹这个形象时，就是通过几个人物思想
感情的几番波动，使他们之间的矛盾逐渐加深，性格逐渐鲜明。
当丹丹回到山区，秦老爹第一次看到这个孙媳妇在自己面前无拘

---

① 《人民文学》1962 年第 2 期。

无束地笑出声时，他感到一种不高兴；可是丹丹轻轻地把一只柳条箱扛在肩上时，这位劳动了一生、对劳动有深厚感情的老人，第一次感到喜悦。几天后，丹丹送走爱人而毫无"离愁"之感，他又有点不快；但她要下地割豆子，又使他衷心称赞；可是他的教诲还没完，丹丹就飞一样跑下山去，又引起老人的叹息。秦老爹思想上的矛盾，正孕育着他和丹丹的冲突。我们透过这个矛盾，也看到丹丹的天真纯洁、热情直爽和对劳动的热爱。但这还只是矛盾的起点，人物性格的初步显露。直到丹丹大胆地打破了老人建立起来的家规，把一家人都鼓捣出了大门，使矛盾达到顶点时，这个形象才逐渐站立起来。但是，由于作者对这个"家庭革命"没有大胆放手去写，因而丹丹这个形象还不够丰满，她所掀起的那场"家庭革命"的声势也就不够大。

矛盾对立的双方，只有在势均力敌、甚至旧势力暂时占上风时，新生力量的最后胜利才具有更大的鼓舞作用。许多优秀的作品常常把人物放到最艰巨、最困难的环境中去，放到最尖锐、最复杂的斗争中去，原因就在这里。人物在突破重重难关过程中，也就表现了他们的英雄性格。在这方面，《孙二牛的故事》是值得注意的。

在这篇小说中，人物矛盾的对立面主要是极其艰苦的自然环境。在作品的开始，作者就尽力地渲染了环境的恶劣、困难。这就首先给读者一个强烈的印象：战胜这个对手，改变它的面貌，要经过艰苦的斗争，付出巨大的劳动。这并不是任何人都能做得到的。以后，甚至连孙二牛也几乎离开这块土地，就不是偶然的了。但作品没有停留在这里，在孙二牛每一次遭到失败后，党的领导都给他燃起新的希望，而新的希望又受到更沉重的打击。在一次次的沉重打击之下，跌倒，爬起，又跌倒，又爬起，最后终于取得了胜利，改变了孙家庄的落后面貌。孙二牛的勇敢顽强、坚韧不拔的性格，也充分地显示出来，深深地感染了读者。

短篇小说受到篇幅的限制，不可能容纳过多的内容。这就决

定了它在塑造人物时，情节要高度集中和迅速发展；作品的主要
人物也就要始终处于矛盾的尖端，一刻不能离开矛盾的焦点。
《孙二牛的故事》就是这样。因此，它的人物性格一直在发展着、
丰富着。但《一夜春风》和《婚礼》，却因为在这方面处理得不
好而受到影响。在《一夜春风》中，作者是要写生产队长赵拴柱
的民主精神，但对他的描写过少，特别是没有很好地揭示出他的
内心活动，因而这个人物的性格就比较平淡。那个陪衬人物赵德
广，由于作者始终把他放在矛盾的尖端展示他的内心活动，写得
比较丰满。主要人物没有写好，就不能不影响到作品主题思想的
深度。在《婚礼》中，作者把主要力量放在对婚礼的描写上，对
两个主要人物的活动和他们结合的过程，只从侧面去写，因而他
们的性格都没有给我们留下深刻的印象；作品的思想内容，也就
未能很好地表现出来。

　　根据人物性格的特点和作品的中心思想，对情节进行充分的
选择和提炼，是深化人物性格和反映现实生活的一个重要问题。
通过人物的行动，从人物和人物之间的相互关系中，直接展示他
们的精神世界，这就是情节提炼的意义。在这方面，《丹丹》和
《"社迷"续传》写得较好。作者没有过多地去罗列生活现象，而
是选择了几个有意义的情节加以描绘。象《丹丹》中丹丹和秦老
爹的几次谈话，和她嫂子的谈话，她的劳动等，《"社迷"续传》
中"社迷"所做的几件事情，在表现人物性格方面，都起了良好
的作用。

　　有的作者把不同性格的人物，放置在同一个特殊的环境中，
通过他们不同的思想和行动来对比和映衬，从而突现出英雄人物
高尚的精神世界。在《孙二牛的故事》中，有许多地方处理得较
好。孙二牛跳汽车那个场面，就很出色。孙二牛和几个青年都表
示过坚决不离开贫困的家乡，但接二连三的打击，使他们也产生
了动摇，他们怀着沉痛的心情决定出走。但是当他们乘坐的汽车
开到中途，遇到党支书等人劝阻时，孙二牛不顾一切危险，跳下

了正在飞驰着的汽车。应该说，另外几个青年也都是好青年，但在最严重的时刻却失去了信心。孙二牛则战胜了自己的动摇，终于留下了。这就显示出他更加顽强、坚韧。这个场面也表明了党的领导干部对孙二牛的关心。当他处在十字路口犹豫不决的时候，几个领导干部的出现，增强了他的力量，鼓舞了他的信心，使他毅然留下。由此可见，好的情节能起到多方面的作用。

《丹丹》的结尾，显示了作者构思的新颖。在作品前部分通过丹丹的一些活动和影响，已经表现出她的作用；但在结尾处，作者又别出心裁地安排了支书讲故事的场面。它既是作为解决矛盾的手段，也是从历史的发展上进一步丰富丹丹的性格，使她的行动有了更充分的根据；这个场面在艺术上也收到了出奇制胜的效果。真是一举数得！

一个场面选择得好，提炼得深，可以使整个情节生辉，但是，如果对情节处理不当，即使有一处败笔，也会损害人物性格的完整。《"社迷"续传》就有这样的情况。如在选模会上有人没有选"社迷"，他就去问人家为什么不选他，他"哪儿不够条件"。对方误以为他是来找麻烦，他自己不但不加解释，反而说"以后咱们'骑着驴看小说——走着瞧'吧！"虽然他是想要多了解一些自己的缺点，以便改正，但这种做法使人感到很不自然。这在一定程度上影响了人物的塑造。

三

这一时期《山东文学》的短篇小说，在语言艺术上，也同样表现了一些特色。

这些作品大都注意了语言的性格化。人物的特点，不仅表现在他的行动里，也渗透在他的语言里。作家应该让他的人物一开口，就能使读者听到他的心声。性格化的语言，是从现实生活中人物的语言提炼来的。在生活中，各种不同的人，各有其独特的语言习惯，作家必须充分熟悉和掌握他们的语言特色，并加以精心提炼，才能在作品中写出有色彩、有生命的人物语言。鲁迅说过："如果删除了不必要之点，只摘出各人的有特色的谈话来，我想，就可以使别人从谈话里推见每个说话的人物。"①

秦老爹是个老年人，他一张口就显出了山区老农民的本色。从他几句话里就会看到这个"一家之主"所特有的质朴、固执、权威的性格。象他在村外遇到孙子和孙媳妇丹丹时的一段对话：

> "你家里的叫啥大号？"秦老爹似乎有些不相信自己的耳朵，尊严地询问孙子。
>
> "爷爷，她叫丹丹。"青年人稍微把声音提高了些。
>
> 秦老爹不满意地啧啧嘴：
>
> "多蹊跷的名：登登，登登！咱山里人可没人叫这号名！"
>
> 孙子试图纠正，温和地说：
>
> "爷爷，是丹丹，不是登登！是丹凤朝阳的丹。"
>
> "反正别扭、拗嘴。——唔，净在这捻站着干啥，还不家走！家贵，把你铺盖发给我。"爷爷老当益壮毫不示弱地拍拍肩膀。

秦老爹满怀欣喜地去迎接孙子和孙媳妇，但这个在山区里生活了一辈子的老人，对于外地人却怀着疑虑和戒心。丹丹的笑声触犯了老人的尊严，更使他相信自己的顾虑不是多余的。他甚至连"丹丹"这个名字也觉得不顺耳，认为"山里人"无人叫这种名字，孙媳妇也不应该有这种"别扭、拗嘴"的名。至于"你家里的""大号"等词句，都很能表现他的特点。这段对话表现力很强，它充分表达了秦老爹在年青人面前保持自己的尊严的口气，也揭示了他的一些偏见。

对于小说来说，具有性格特征的对话，还只是塑造人物的一

---

① 《鲁迅全集》第5卷，第429页。

个方面，在许多情况下，小说还要借助于作者的描绘，也就是用叙述、描写的语言去塑造人物。在上述作品中，也有一些较成功的人物描绘。

属于人物外形描绘的，孙二牛第一次的出场就写得很好。他刚进门时，身上的雪象铠甲一样，直到小吴给他扫掉雪后，人们才看到他的模样、衣着："年纪十八九，紫红脸，粗眉大眼，是个挺憨厚、挺浑实的小伙子。他穿的衣服的确很新，但在这件新的蓝制服褂子里面，是一件破得露着棉絮的小袄头子。……他的嘴唇冻得青紫，露在短袖外面的一双大手，冻肿得象两只气蛤蟆。"这段描写，虽然没有什么惊人之笔，但它一开始就把人物的主要特征突现出来。他刚从大雪里钻进屋子时，虽然还没有露出面目，但已使我们感受到这是一个憨厚、坚韧、能吃苦耐劳的人。他的衣着，显示了他对领导的尊重和对工作的认真严肃态度。

所谓外形描写，并不仅仅限于对人物声音笑貌和衣着，它还包括了人物的某些富有特征的行动和神态。这种写法运用得好，更能揭示人物的内心世界。《妻子》中有一段对妻子的介绍，就很精采：

> 老杜要进城开会，老杜整理东西，她坐在一旁闷声不语地看着。老杜刚要迈门槛，她说："里屋来，我跟你说句话儿。"老杜跟她进去了，等他出来再看，浑身上下打扮得干干净净，整整齐齐，连帽子、腿带都是新洗过的……老杜晚上出去工作，她坐在灯下补衣服或是学写字儿，给老杜压着热被窝，老杜回来多晚她等多晚，多晚到家也有热茶喝。客人们感动了："老杜哇，你真是修来的福！"妻子听人家夸，只笑不语；她活儿干得多，话儿说得少，她的理想和乐趣，都是逐渐地显示在她那朴朴实实的行动里。

作者在这里虽然没写人物的外貌，但从这段富有抒情气息的介绍里，从妻子的那句"里屋来，我跟你说句话儿"，使我们直接感受到她对丈夫的亲切关怀，她的周到细致；甚至那句"只笑不语"，也蕴藏着人物的内心美，引起读者对人物内心世界的丰富想象。

属于人物内心刻划的，在林音频的《生命》①中，有几处写得相当深刻。杨天祥这个勤俭刻苦了一生，终于爬上了中农的地位的人，在就要死去时的一段内心活动；他当初与郝荣亮为打畦埂发生争吵时那种自私心理，都成功地揭示出中农的特点。他在医院里的复杂心情，更写得准确细致。他刚刚从死亡的边缘上挣扎过来，感到生活比任何时候都更加美好，更有希望；但是当他听到救了他这条生命的却是过去的"对头"郝荣亮时，他又感到一种无形的压力。就这样，他一会儿兴奋，一会儿又沉重。在这种思想情感的剧烈起伏中，作者揭开了人物内心的秘密，使我们看到他思想的变化过程。

有的作者也善于创造诗的气氛，借着景物来抒发人物的内心活动。在《一夜春风》中，赵老汉怀着十分满意的心情欣赏着儿子为生产队辛勤工作的成绩，他满以为在整风会上会听到许多对他儿子的赞扬，但人们提出了那么多尖锐的意见时，他感到了委屈、不公平。在愤怒之下，走出了会场。接着作者写他在不见一个人影的空荡荡的村子里，孤独地走着，在场园里，他看到"一个接一个的地瓜蔓垛，谷草垛，如同一座座小山似的，星光下，显得分外巍峨高大"，这时，高大的草垛变成了对儿子领导成绩的有力见证，他多么想让"这些无言的见证，去为儿子申诉、辩护？"当他走到一片篱笆前，又踟蹰起来。"篱笆内黑洞洞的窗眼里，不时地传出孩子睡梦中哑奶的声音。"这又使他联想起儿子过去为抢救一位难产的妇女，怎样顶着大雨，冒着生命的危险，背着医生泅水渡过波涛汹涌的白沙河的情景。那时节人们对他儿子曾发出过多少夸赞、感激的话语啊！"他想到这里，一股怒火

_____

① 《山东文学》1963 年第 3 期。

直冲前胸。他想大喊一声，叫醒福山媳妇，不，把所有没到会的人都叫醒，请全村老老少少说句公道话：我的儿子赵拴柱，是不是个好队长？该不该朝他鸡一嘴、鸭一嘴地乱批评？"通过对赵老汉这几番触景生情的描写，既写出了他自己那种"含冤待伸"，处处想要找人支持儿子的心情，同时也从侧面表现了他儿子赵拴柱平时勤勤恳恳工作的作风。

作者针对某些事件或某些人物，直接出来抒发自己的感情或发表议论，也是深化作品主题思想、塑造人物的手法之一。这种手法也是多种多样的，有时是作者自己直接出面讲话，有时借助于作品中人物的嘴去讲，有时则把这两者糅合在一起，很难分清究竟是作者讲的还是作品中的人物讲的。可惜这种写法在这些作品中还不多见。但在牟崇光的《在大路上》的结尾处，作者抒发了一段令人深思的议论。这篇作品写一个青年队长在取得了一些成绩后，不但骄傲自满起来，而且产生了一种只顾本队、不管其他队的不健康思想。一次，他在进城的路上，遇到另一个穷队的女支部书记，在谈话中，他受到很多启发。作品将结束时，是这样写的："时间并不长。在人生的战斗道路上，这只是一刹那。但刚才女支部书记神神秘秘地到来，和出其不意地回走，却在这个青年生产队长的心海里触起一波风浪。特别是她那尖尖利利的话，就象在他那热烘烘的心炉上喷射了一些清凉剂，唤起了他那么多清醒的、新鲜的感觉。明年！在这个秋收还未结束的时刻，他这还是第一次听到谈起明年！至于他，这位今年居于全社首位的生产队长，对于这个字眼更是渺茫！……然而，这一步，却被一个女人——一个女支部书记想到了，这不能不是对赵建明的一个向上的、积极的挑战！就连铁队长，对他也是个脚跟脚的威胁者了……这些，都迫使赵建明要重新估量一下自己了……哟！警惕呀！年轻的队长！"这种议论，实际上也是一种描写，而且是人物的心理描写，只不过作者的主观色彩较浓而已。

自然，在语言方面也都还存在着一些问题。最主要的是加工提炼不够，一些自然形态的语言在作品中经常可以看到，有的语言比较陈旧，有的不符合人物的性格，有的运用了过多的方言土语。这些，都在一定程度上影响了作品的艺术力量。

总的看来，一年来的《山东文学》，在面向农村、为广大农民服务方面，成绩是显著的。我们希望作家们坚持深入生活，提高思想水平，磨炼艺术技巧，把农村的火热斗争，把农村的新人描绘得更深刻，更完美！

1963 年 4 月

用社会主义思想教育青年的好作品 *

——简评短篇小说《二遇周泰》、《家庭问题》、《路考》

对劳动人民、特别是对青年积极地进行阶级教育和社会主义思想教育，是无产阶级文学的一项重要任务。

在新社会成长起来的青年，他们受的旧影响少，积极热情，比较容易接受社会主义、共产主义的教育；但另方面，他们大都没有经过大的风浪，缺少阶级斗争的锻炼，有的也缺少劳动锻炼，对资产阶级思想和其他反动思想的抵抗力弱，因而也容易受到它们的侵蚀。有些青年遇到困难和挫折就束手无策，不知怎样处理；有的取得一点成绩，受到一些表扬，就产生骄傲自满情绪；有的在工资收入逐步提高、生活越来越好的情况下，往往把自己的精力过多地放在个人生活方面，而较少注意生产问题……这虽然只是部分青年的情况，有的也并不十分严重；但在今天社会上的阶级斗争形势更为复杂深入的情况下，在资产阶级竭力同无产阶级争夺青年一代的情况下，如果长期放任下去，他们就会有脱离社会主义轨道、走上错误道路的危险。因此，对青年及时地、积极地、经常地进行阶级教育和社会主义思想教育，就显得特别重要了。

最近，许多作家都注意到了这个问题，并以此为主题，写出了许多独具特色的战斗性很强、教育意义很大的优秀作品。在这

* 原载《文史哲》1963 年第 4 期。署名孙昌熙、徐文斗。

些作品中，陆文夫的《二遇周泰》①，胡万春的《家庭问题》②，张天民的《路考》③，是特别值得注意的。

这三篇小说题材相似，都是写工人生活的；内容相近，都接触到教育青年一代的问题；每篇都有两个或三个主要人物，这些人物的关系又都是父子或师徒；但由于现实生活的丰富和复杂，青年们的生活经历和思想情况的各异，产生的问题不同，也就决定了作家们酝酿主题、选取题材的多样。因此，这三篇小说表现问题的角度很不相同，在艺术上也各有特点。

作家不但应该敏锐地发现生活中的新问题，还应该及时地把这些新问题反映出来，并给予正确的回答。这三篇小说的可贵之处，正在于它们都及时而准确地提出了生活中的重大问题，并且正确而艺术地回答了问题。它们不仅主题新颖，风格独特，而且对读者、特别是对青年读者，具有深刻的现实教育意义。应该说这是一种新的、成功的尝试，是值得欢迎的。

今天，在党的领导下，在三面红旗的光辉照耀下，我们的生活越来越好，日子越来越幸福，社会主义的优越性越来越明显了。但对广大青年来说，如何正确认识并以什么样的态度来对待今天的幸福，怎样理解社会主义的幸福，却是个极其严肃的课题。是单纯追求个人生活的提高，而不关心工作、不关心生产呢，还是把全部精力放在工作和生产上，在搞好工作、提高生产的基础上提高生活水平？这实际上也是个怎样对待集体的问题，是怎样处理集体利益和个人利益的问题。《二遇周泰》所提出的正是这个问题。

青年工人二宝，在旧社会受过很重的压迫，生活非常痛苦；解放后，他的痛苦生活结束了，随之而来的是幸福美满的生活。

---

① 载《人民文学》1963 年第 1 期。
② 载《上海文学》1963 年第 4 期。
③ 载《人民文学》1963 年第 3 期。

他结了婚，并"创了偌大个家当"，认为生活好就"什么都不愁了"。他对今天的生活很满意；可是他所在工厂的"生产情况不大好"。他只顾为了自己小家庭的幸福而东奔西跑，对生产问题很少关心；他只注意对个人生活的追求，而机器的好坏就不大过问；他仅仅满足于目前的情况，而不大去想想将来；总之，他过多地注意了自己，而过少地注意到生产和集体。自己建立一个美满的小家庭，生活得美满，这就是他对社会主义幸福的理解，他也正在按照他的这个理解去做。他不知道，当他陶醉于自己的生活小圈子时，资产阶级思想正在侵蚀着他。如果无人及时提醒他，让这种思想发展下去，那是很危险的。

在这时，二宝过去的师傅——老工人周泰，给了他当头一棒，向他指出："一个人要是只把眼睛看住自己，当心点，你的脚前就伏着一条毒蛇！"他为了教育二宝不要忘记在旧社会受的痛苦，就把二宝送给他的皮鞋又还给他，并对他说："你今后穿上它，不要光顾护住脚后跟上那个钉疤。要想想，世界上还有好多赤脚的兄弟！"这样，二宝认识到自己思想上存在的问题，并懂得了今后应该怎样做。周泰最后还带二宝到他们厂去参加检修机器，从而以老工人们的实际行动教育二宝，使他亲眼看到应该怎样对待生产，怎样爱护机器。

在解放前，周泰和二宝是师徒关系，但实际上他们之间更多的是患难兄弟的关系。因为他们除了授受技术之外，更多的是在生活上的互相照顾。周泰把二宝从困境中救了出来，给他找到了工作，并经常教育他怎样"做人"；在以后周泰生活困难的日子里，二宝也是尽自己的力量去帮助他。解放后，他们又进一步形成了更亲密的同志关系。周泰又从政治思想的更高角度去要求二宝，教育二宝，努力使他成为一个先进工人。

这篇作品告诉我们：青年同志不要只看到今天的幸福，还要想想过去的苦难生活；不要只看到眼前，更要把眼光放远一些，要看到将来；不要只顾安排自己的生活，更重要的是把全部精力放到工作和生产上去；不要只顾自己的幸福生活，更重要的是为支援世界上更多的贫苦弟兄的解放而斗争。只有这样，才是一个具有远大理想的无产阶级的革命战士。这篇作品，对于帮助青年正确理解社会主义的幸福，发扬艰苦奋斗的思想，都是有意义的。

在生活中常常有这样的情况：有的同志工作很好，也能在各方面帮助其他同志进步；但他们却忽视了对子女的教育，有的甚至到子女犯了错误之后，才发现问题的严重性。但这时再进行教育，就已经晚了些。因此，在平时就抓紧对子女进行教育，使他们健康地成长，这对所有的家长来说，都是一个很重要的问题。因为这不仅仅是某一家庭的问题，而是一个重大的社会问题。胡万春的《家庭问题》正是从这个角度提出了工人家庭教育子女的问题。

如果说，二宝所代表的是一部分把社会主义幸福单纯理解为个人生活的美满，而忽视了集体、忽视了革命的青年，那末，《家庭问题》里的福民，则代表了另一类型的青年：他们缺乏对旧社会的了解，不清楚剥削阶级是怎样剥削劳动人民的，劳动人民的生活是怎样的痛苦；他们既缺乏阶级斗争的锻炼，又缺乏生产劳动的锻炼。他们是在和平幸福的环境中成长起来的。这也就使他们缺乏工人阶级的思想感情，容易滋长一些不健康的思想。

十九岁的福民，出身于工人家庭，他是在解放以后成长起来的。有人说，这样的青年不会发生什么问题，但事实并不这样简单。就在福民身上，恰恰是发生了问题。他在学校里学习的过程中，愿意钻研业务，却很少参加劳动。他对社会实际情况了解得很少，因而在中等技术学校毕业以后，就自以为了不起，滋长了一种轻视劳动、轻视劳动人民的思想，甚至对他的当工人的哥哥也有点看不起，认为他哥哥没有知识，不如他自己；在生活方式上，不喜欢工人阶级的艰苦朴素的生活，而沾染上一些虚荣、浮夸、不艰苦的不良习气；随之而来的，忽视集体的思想也逐渐产生了。很显然，福民在思想和行动上所表现出来的这些东西，说明他已经受到资产阶级思想比较严重的侵蚀。

以上是《家庭问题》提出的一个问题，针对这个问题，作者紧接着又提出了一个更为尖锐、更为深刻的问题，那就是怎样教育子女的问题。福民的母亲曾说过这样一句话："做爹娘的，哪有不'望子成龙'的？"这句话很值得深思。的确，做父母的，都希望自己的子女"成龙"，但究竟成为什么样的"龙"，怎样使他们"成龙"，这里面却有许多不同的看法和做法。有的希望子女成为"高人一等"的人，因此就只鼓励他们钻研业务，不愿他们参加劳动；有的是溺爱子女，对他们的缺点不但不严厉批评，反而百般袒护。他们对子女的爱护，往往仅限于满足他们的生活要求，对子女的思想教育，就很少过问。有的是不闻不问，放任自流。这都是不对的。正确的做法是对子女有严格的要求，既鼓励他们的优点，也严肃地指出他们的缺点；既督促他们努力学习，更注意对他们进行思想教育，使他们健康地成长为共产主义的接班人。

当福民的缺点越来越明显时，他父母对他的态度也产生了分歧。这个分歧反映了新旧教育思想的斗争。杜师傅对福民提出了严格的要求。他一发现儿子身上缺少了"一个工人的朴实"以后，立刻想办法去教育：他不让福民蹲办公室，而让他先做工人，在实际劳动中锻炼提高，使他认识到劳动的意义，并向劳动人民学习，从而逐渐消灭一切非无产阶级的思想。福民的母亲没有发现儿子思想上的问题，她认为儿子的一切都是正确的，都是无可指责的。因此，当她看到老伴对儿子的严格要求，就认为他不爱儿子，认为让儿子参加劳动不但成不了"龙"，反而会成为"虫"。因而她哭哭啼啼，要老伴给儿子找点轻松的活干。福民母亲的看法代表了一部分做父母的心理。她也爱自己的子女，但由于思想认识的错误，却反而害了子女，使他们误入歧途。事实证明，杜师傅的做法是正确的，福民在劳动中，在实际工作中，在父兄的帮助下，终于成了一个无产阶级的技术员。

　　这篇小说虽题为《家庭问题》，但它的主题思想要深广得多。它也从侧面反映了学校培养人才，必须抓紧贯彻培养有社会主义觉悟有文化的劳动者的教育方针。同时指出，青年要不断地接受社会主义思想教育，接受劳动锻炼。家庭，特别是工厂和农村，更是教育青年的重要学校。对青年来说，应该参加实际斗争，参加生产劳动；只有在劳动和斗争中，在向劳动人民的学习过程中，才能逐渐克服自己的缺点，抵抗住各种非无产阶级思想的侵蚀。由此可见，"家庭问题"，实际上包含着更广的社会意义；《家庭问题》所反映的，是一个重大的社会问题。

　　二宝的糊涂思想及其做法，应该及时批评教育和纠正；脱离劳动、轻视劳动人民的福民更应该加强教育，加强劳动锻炼；那末，一些精明能干，勤学好问，碰到什么困难问题一学就会，在工作上勤勤恳恳，也愿意帮助同志的青年，是否就不必进行教育了呢？回答是否定的。对任何青年都要抓紧教育。这样的青年当然是好的，但是，他们由于缺乏各方面的严格锻炼，往往经不起失败或胜利的考验。失败时往往灰心丧气，胜利时又容易骄傲自满。谦虚使人进步，骄傲使人落后。因此，如何教育青年戒骄戒躁，经常严格要求自己，在任何情况下，都保持清醒的头脑，也是一个重要的问题。《路考》正是从这个角度提出了教育青年的问题。

　　《路考》中的小梁，就是这样一个好青年。小梁是个汽车司机助手，他通过了困难重重的"路考"，终于达到了渴望已久的心愿，领到了驾驶员执照，成为正式司机。在这种情况下，他的高兴劲是可想而知的。他感到"浑身轻松"，"走起道儿来都带弹性"。他情绪高，工作也更积极了。但是，就在这个时候，他"越出生活的轨道"，翘起尾巴来了。他为了"象个司机的样子"，不但买副黑眼镜戴上，还"吹着口哨，'吃'地一声把车开跑了。从此，小梁的喇叭就从县城东头响到西头，象救火车似地穿过人群马群车群"。人们因此就送给他"拼命三郎"、"云里飞"、"梁大胆儿"等外号。果然不久，他就闯了一次祸——把农民家养的一头猪压死了。虽然挨了一顿批评，但他仍然没有觉察到自己缺点的严重性。直到他父亲把他狠狠地训了一顿之后，他才如梦初醒，真正认识到自己的思想问题。当他一旦认识到自己的缺点后，不但很快纠正了它，而且做出了舍己为人的动人事迹。

由此可见，对于小梁这样的好青年，如果放任自流，不经常对他们进行教育，及时提醒他们正视自己的缺点，他们也会受到非无产阶级思想的侵蚀，甚至会发展得很严重。有人认为对于出身好、工作也积极的青年，不必要求过严。这种看法是不正确的。任何人都不是生活在真空里，他们都要受到社会上各种思想的影响，也会产生各种缺点。当青年的缺点刚刚产生时，如果及时给他们指出，并向他们提出严格的要求，他们就会很快地克服缺点，以饱满的政治热情永不停息地前进，甚至会做出惊天动地的事情。

自然，对青年的优点也应该表扬。《路考》的作者就以满腔热情表扬了小梁的聪明能干，好帮助人，特别是对他的自我牺牲精神，更是着力歌颂了的。但对他的缺点，即使是很小的缺点，也不放松，也要严格批评。因为目前看来是小缺点，但它可能发展成为一个致命的毒瘤。作者不仅善于批评，而且更善于赞美人物纠正缺点的决心，并极力歌颂了他改正缺点之后做出的舍己救人的光辉事迹。这也就表明了教育的巨大作用。

作者借老梁的口，点明了"司机的路考是一辈子的事"这一主题思想。这句话颇有哲理性。它不仅是对司机提出的，对所有的人，都有深刻的教育意义。我们在任何时候，对待任何工作，都应该认真负责，随时准备接受生活中的一切考验；对青年的要求，更要严格，更要长期坚持对他们的教育。

这三篇小说的主题思想有共同之处：它们指出了对青年进行阶级教育和劳动教育的迫切性，强调了老一辈的工人在对青年进行教育方面所负的重大责任，指出了师徒、父子之间的无产阶级爱的本质意义，青年们勇于认识错误、接受教育的可贵精神，也指出了什么是人生最大的幸福等等。但这几篇作品又各有特点。它们不仅选取主题、题材的角度不同，而且表现方法也很不一样，从而创造出来的艺术形象也各有特点。《二遇周泰》写的是在旧社会受过摧残的二宝，他产生了某些忘本思想。他对社会主义的理解就是个人的幸福，个人的享受。作者着重写了他在旧社会的遭遇，由此对比出新社会的幸福；但更重要的是尖锐地指出应该怎样对待今天的幸福。这篇作品在情节上并没有什么大的波澜，但由于人物思想上的波澜，也就不仅使人感到情节上的出奇制胜，而且使人在思想上受到强烈的震撼，受到深刻的教育。周泰和二宝这两个人物也使人久久不能忘怀！

　　《路考》里的小梁主要是在胜利中产生某些自满情绪。作者主要是写了他当前生活中几个小的片断，而没有涉及他的过去。在情节上，这篇作品是出奇制胜的。一开始，作者就给小梁安排了一个极其复杂的环境，使读者为他的处境捏一把汗。但尤为曲折的是第三节小梁的"事故"。我们起初以为小梁撞伤了人，或他自己受了重伤。作者用了许多篇幅一步紧一步地渲染这个"事故"的情景，我们越来越感到小梁一定是惹了大祸，甚至可能牺牲。但小说的结尾却出人意料地表明小梁只是受了点轻伤，老梁和读者都放了心。但作者并没有匆忙地结束他的故事，而是重新掀起了一个新的波澜：小梁说这是个"责任事故"！这样，我们以为小梁的执照是保不住了，可是作者笔锋一转，通过汽车队长把真相说出，原来小梁为了救十几个人的生命，自己冒着粉身碎骨的危险，调转方向盘，向山崖撞去。至此，小梁的性格，不仅得到充分的表现，而且也使读者得到意外的欢喜，从而爱上这个青年。同时，也引起我们的深思：老年人对他的严格要求是多么重要，这个要求在他身上发生了多么深刻的影响！老梁这个人物引起了读者多么崇高的敬意！小梁未来的路程还很远，他的"路考"还不能算考完；但我们也相信，在老梁不断的教育下，他会经得起考验，他会越来越坚强，放出更多的异彩。

《家庭问题》比起前两篇来，在写法上是平铺直叙的。作者并没有写什么曲折的事情，只是抓住生活中几件看似平凡、实际含义很深的事件，细细地加以描绘。作者从一顶帽子表现了福民和他哥哥两种不同的思想意识，接着又通过一件又一件的事情，层层深入地揭示了福民思想的变化过程，表现了老工人对青年严格教育的重要性、劳动锻炼对青年的意义。因此它的主题思想具有更深远的教育意义。它的动人之处，在于福民是否能经受得住一关又一关的考验，也就自然形成波澜，在引人入胜的同时，也完成了福民这一形象的塑造。

由此可见，题材和主题是不怕重复的。问题在于作者对生活是否理解得透，对主题思想是否挖掘得深，在艺术上是不是有独创性。

这几篇作品中的老工人形象，是值得注意的。这几个老工人的共同特点是阶级觉悟高，热爱党，热爱社会主义事业；在工作中勤勤恳恳，从不计较个人的得失；对青年都有严格的要求。这些特点，和他们的社会经历有密切关系。他们在旧社会都有一段悲惨的历史。他们吃过苦，受过罪，对旧社会、旧制度有着刻骨的阶级仇恨，因而一旦获得解放，在党的教育下，他们就会对党、对新社会产生由衷的热爱。正因为他们理解新旧社会的本质不同，所以他们就不会鼠目寸光地仅仅满足于自己眼前的生活。在党的教育下，他们看得比青年远些。正象周泰所说的："世界上还有好多的赤脚的弟兄！"为了这些"赤脚的弟兄"，他们不仅兢兢业业地工作，而且自觉地以自己的经历，自己的行动去教育年青的一代，使他们懂得今天的幸福是怎样来的，应该怎样认识社会主义幸福的深远意义，应该怎样对待自己的工作。

这三篇小说对三个老工人的性格塑造也是相当成功的，写法也各有不同。周泰比较粗犷、直率，作者对他的历史介绍得较多，但对他在新社会的情况却使用了简笔。这是为了作品主题思想的需要而采用的一种手法。他的阶级觉悟一直比较高，在旧社会就对资产阶级进行过激烈的反抗斗争，并且向背叛无产阶级而爬上资产阶级地位的师兄弟作过斗争。这是最可宝贵的性格。就是在这种思想基础上，经过党的引导，就会发出光辉的力量，并且自然而然地把他在旧社会一贯热爱青年工人的传统，以新的思想高度来教育年青的一代。《路考》中老梁的性格是严肃、认真、细致，他的阶级觉悟是逐渐提高的。作者虽然也写了他的过去，但主要是写他现在的生活。他对儿子的严格要求，既是出于对儿子的爱，也是出于一种对社会主义事业的责任心。《家庭问题》则全是写现在。杜师傅对儿子也作严格的要求，他也是让儿子在实际劳动中得到锻炼；但他起初对儿子的教育有些忽略；发现儿子的缺点时，又有一定程度的急躁。这是他性格的一面；但他发现问题后，坚持以无产阶级革命战士的标准来教育儿子，并不惜与老伴的落后思想作斗争，这是他光辉的性格表现。

写老工人的思想性格的美，可以从各个不同的角度去表现。从新中国成立后写老工人的作品中可以看到这种情况：新中国成立初期，多写老工人在旧社会的悲惨生活，写他们对统治阶级的英勇斗争；以后又多写老工人在生产上的积极性，写他们在技术上对青年工人的帮助；最近，则有较多的作品描写老工人对青年工人的思想教育和严格要求。这几种写法各有特点，都是我们所需要的。而且在许多情况下，这几方面往往是扭结在一起去写。这后一种是近来一个新的尝试，而且得到相当的成功。就当前的情况来看，它对青年更有深远的教育意义。因此可以说这是一个可喜的收获！

1963 年 6 月于济南

《红嫂》是本好选集[*]

　　《红嫂》是近两三年来，山东新老作家以反映现实生活为主的创作选集。从纵的方面看：从革命历史斗争写到社会主义建设；从横的方面看：它反映了最近各个战线上的各种斗争生活。作家还创造出了各具特色的工农兵英雄群像：从这些人物的对敌斗争中，勾勒出了山东人民光荣的战斗传统；从这些人物的忘我劳动中，描绘出社会主义建设的灿烂图景；从这些人物的思想感情的活动中，概括地反映出了伟大时代的人民的精神面貌——时代精神。这个选集不仅内容丰富多样，富于地方色彩，而且由于作家们以充沛的革命热情和自己所擅长的艺术手段，写出了自己所最熟悉、最理解的人和事，就使这本选集呈现了多样化的风格：雄健浑厚如《红嫂》、细腻浓郁如《碧水红菊》、含蓄奇特如《村哥》、柔美轻快如《南瓜王》、浑厚如《一夜春风》……使人如入五月的香花圃，目不暇接。

一

　　迅速反映当前现实的火热斗争生活，是作家的也是短篇小说的首要任务。但是描绘出过去革命人民，在党的领导下粉碎和消灭一切敌人的英勇斗争的悲壮画卷，向读者进行革命传统教育，也是作家的一项重要任务。

---

* 原载《山东文学》1963 年第 4 期。

伟大的山东人民在抗日战争和解放战争中，无论在直接拿枪消灭敌人或支援前线、拥军优属等等方面，都有过卓越的贡献。那些感人的故事，杰出的英雄，直到今天仍然有力地鼓舞着我们、教育着我们。红嫂（《红嫂》）就是其中的一个。在沂蒙山区的一个小村落里，当我军暂时作了战略退却之后，蒋匪军、还乡团就立刻统治了它。就在这时，红嫂用自己的奶汁救活了一个重伤员，并把他掩护起来。在敌人血腥统治的环境里，担负这一工作已经不容易了，红嫂却遇上了更多更严重的困难：她一方面没有吃的，同时还有一个胆小怕事而又满脑子封建意识的落后丈夫。尤其严重的是有一个还乡团小队长刁鬼时时在打她的坏主意。然而红嫂不但未被困难所吓倒，相反，采取了主动。她教育争取了丈夫吴二，并且勇敢机智地消灭了万恶的刁鬼，出色地完成了她的革命工作。

我们的英雄是各种各样、各有光彩的，如果说红嫂是一位勇敢机智的女英雄，那么村哥（《村哥》）则是一位沉着坚毅的小游击队员。为了能够永远"跟着革命队伍狠狠地跑"，他不怕再度敲断自己已经长好的腿腕，把它重新接起来。英雄的事故，只是引起读者的钦敬吗？作者通过医生韩三大爷的口回答说："你很年轻，还欠坚强，要很好地向村哥学习，把自己和革命整体联系在一起，用最大的毅力来战胜一切困难。村哥他们给咱们打下了江山，下一步，就要靠你们年轻人去建设共产主义大楼喽。"

人民欢迎作家多多创造这样的英雄人物，以便从他们身上吸取战斗力量；但是人民更欢迎作家运用被称为"轻骑兵"的短篇小说，反映当前的火热斗争，特别是描写克服生活中的矛盾和困难的斗争，获得认识生活、改造生活和推动生活前进的力量。几年来，山东的作家们和全国的一样，都热烈响应党的伟大号召，深入到工农兵群众的火热斗争中去，同群众共同克服困难。这不仅使他们提高了思想，而且掌握了丰富的写作素材；因而写出了为工农兵群众所欢迎的短篇。在这本选集中，反映农村火热斗争生活的短篇，占了相当大的比例。作家们从各种角度创造出各式各样的具有鲜明个性的新人物，反映了山东农村劳动人民克服各种矛盾和困难的胜利，并描绘了克服困难后的新面貌。

孙二牛（《孙二牛的故事》）就是一个不畏困难、勇于克服困难的人物。孙家庄原是个"无树庄，光秃秃，人无避荫处，飞鸟歇土墙"的地方。可是经过孙二牛和群众的共同努力，最后"树成林，河水亮，光头孙家穿新装"了。孙二牛之所以能使光头孙家摆脱了多少年来威胁着它的土碱地，成为有树、有花、有果还有遍野庄稼的幸福村，并不是单靠了拼命硬干，他的顽强的战斗性格表现在他善于思索、善于从失败中总结经验教训上。由于他不断开动脑筋，终于摸透了土地的性格，找到了征服自然的钥匙。然而他性格的光彩之处还在于：他有一颗坚决服从上级的领导和接受教育的心。作为一个团支书的他，还善于发动群众，把伟大理想和克服困难的顽强意志化成群众思想意识的有机部分，从而产生出巨大的物质力量。

丰富多彩的农村生活决定了作品题材的多样：如果说《孙二牛的故事》主要是塑造一位农业战线上的理想英雄，那么《出差》就是热情歌颂集体力量，歌颂穷队立志变成富队的穷棒子精神。作者通过一个富队（红叶）的青年干部王满喜，怀着施舍、恩赐穷人的心情到一个有名的穷队（牛尾）出差的机会，描出了一幅穷队要赶上富队的新气象。然而作者并不满足于"春消息"的描绘，而是巧妙地向读者揭示产生这个新气象的原动力——从队长到社员、从老人到小孩心灵深处的一种美的东西，亦即王满喜在牛尾碰到的使他心动的"钉子"：当王满喜"带有一种恩赐和施舍的气派"要对牛尾支援的时候，就"挨了个小小的没趣"，当他来到瓜炕惊讶瓜芽"好得很"的时候，一个管瓜炕的老人告诉他：任何事情也不能光靠人家支援，"毛主席他老人家说，要不受穷就得有股子干劲"。当他问石头（给他带路的七八岁的孩子）"咱公社顶数哪个大队棒？"时，小家伙毫不含糊地回答：

"牛尾！"这种充满信心的自豪感，以及全队扭成一股绳似的默默苦干的精神，使他"意识到一种他从未发觉到的人的意志的力量"。

《一夜春风》也是一篇反映农村生活的好小说，但与《出差》却有显著的不同：《出差》写的是集体向上的奋斗精神，《一夜春风》描绘的则是一幅生动的民主生活的画面；《出差》纯以虚笔或者说"不着一字，尽得风流"的手段烘托出一个善抓思想教育的优秀的领导干部赵其祥，《一夜春风》则是以虚实相生的笔法创造了一个勤勤恳恳、勇于接受群众批评的队长赵拴柱；《出差》是以写事为主，而《一夜春风》则重在写人；《出差》所回答的问题是穷队怎样可以变富？《一夜春风》所显示的则是：民主办社的优越性。

社会主义农业生产的根本法则是集体化，只有集体化了，机械化的大生产才有可能。在新的生产规模上，固有的技术显然不够用了，这就必须走土洋结合的道路。因此，广大农村欢迎科学技术下乡，欢迎知识分子参加农业生产；同时农村就不仅是知识分子改造思想情感的熔炉，也是为农业服务，进行科学研究的理论与实际相结合的广阔天地。《婚礼》恰恰就是抓住了这样一个重大而新颖的主题，作者不仅写了农业技术的土洋结合给生产带来了巨大变化，而且写了大学生和一个土生土长的农村小伙子结了婚，他还塑造了一个新型的高级知识分子的形象，这的确是一个大胆的尝试，并且取得了一定的成就；可惜作者在艺术构思上用力不足，因而艺术感染力较差。它的缺点是全靠作者的叙述，人物自己缺少活动。和这一主题相近似的还有《南瓜王》和《瓜熟了》，可见作家们开始重视这一主题了，并且从各种不同角度上去开垦这块园地了，虽然都还没有取得艺术上的较大成就，但可以预料得到：这朵待开的鲜花，将会结出累累的果实。

农村生活是复杂的，既有生产也有斗争，既有阶级斗争，也有思想斗争；既有新与旧的斗争，也有先进与落后的斗争，以至两条道路的斗争。《铁旦和侯坤》就鲜明地反映了个人主义与集体主义的矛盾斗争。当然这样的主题，在选集里还不够多，尤其缺乏反映阶级关系的、反映各个阶层相互关系以及它们之间的矛盾冲突的作品，因而在一定程度削弱了这本选集的战斗性；但就作家们已从生活的树上采来的几朵，已经能使人"借一斑而略窥全豹"了。尤其使我们高兴的是，这些反映农村生活的作品，还往往散发出乡土气息，作品里所描写的山光水色，乡俗土产，特别是人物的语言，都较鲜明地反映出地方色彩。而作品所描写的在新社会里成长起来的新的思想性格、人与人之间的新关系，以及生活中的一切崭新变化，更足以表现山东的特色。文学作品带有乡土气息，就象人物必须具有鲜明的个性一样，越具有自己特色的，就越具有全国性，当然这些作品的乡土气息还不够十分浓郁，还有待作家进一步的努力。

二

我们要求文艺深刻地反映生活，目的在于通过感人的艺术形象去教育读者。因此，一篇作品的价值，在于它有思想的深度，能发人深省。这个"深"其实就是"新"。在现实生活中，有些感人的事实以及相当普遍存在的问题，人们虽然看见了却不注意，或者由于司空见惯反而觉得很平淡，在一篇作品里透过艺术形象被集中、强烈地提出来了，于是读者在思想上立刻受到意外的震撼。这就是读者所感到的"新"，亦即作者所挖掘的"深"。因此，作家必须善于感应时代生活的脉搏，特别能于人的精神世界的机微之处，既敏感到新的征兆，也能洞察出某点灰尘，从而选择题材，酝酿主题，并用自己最满意的形式表现出来，这作品就能在深刻反映生活的同时含蕴着新的思想。《出差》所描绘的牛尾大队的一幅朝气勃勃的生产图意在指出：使生活发生本质变化的关键是社会主义思想的胜利。这我们在前面已说过了，它同时也指出了一个有关领导思想的重要问题：如果领导干部有了自满情绪，哪怕只是一点苗头，也必须立即拔掉。骄傲使人落后，在思想上必须不断革命。作者对于某些富队的容易为胜利冲昏头脑的小伙子们的及时警告，是富有现实意义的。《出差》的确是一篇有思想深度和广度的作品，但是作者虽着意揭示出牛尾大队变化的根源是毛泽东思想的胜利，却还没有反映出这个穷队为什么穷？"要不受穷就得有股子穷干劲"的思想是怎样在广大群众心上扎根的？这恰恰是读者急于想知道的一个比较重要的问题。

这本选集中，在思想内容上能使读者受到震撼的作品，个人认为《红·绿·青》是有代表性的。它通过艺术形象表现了工业战线上集体主义和个人主义两种思想的斗争。这本来是常见的主题，然而由于作者对生活观察得入微和理解得深刻，就能匠心独运，提炼出新的东西，使他的作品具有一定的哲理性，从而放出光彩。《铁旦和侯坤》的主题也是农业战线上的个人主义与集体主义的矛盾冲突。由于作者把工票价值与集体生产的规律，通过生动鲜明的艺术形象流露出来，亦即把它融化成铁旦思想的核心，成为铁旦生活、劳动以及同个人主义矛盾冲突的力量源泉，就成为思想性较强、教育效果较大的作品。这两篇作品给我们这样一个启示：具有时代重大意义的主题、在生活中占主导地位的主题，是从来不怕重复的，而且应该成为创作的中心或主流；这样不会千篇一律吗？不！这一方面由于现实生活的发展永远不会重复，在题材选择上，它永远是一个取之不尽，用之不竭的源泉。同时如果作家能做到象高尔基所说的那样："善于提炼自己个人的——主观的——印象，从其中找出具有普遍意义的——客观的——东西，他并且善于用自己的形式表现自己的观念"（《文学书简》中译本上卷第 426 页），那么他对主题的每一次重复，就会给它注入新的生命，给人以新的思想震撼。

题目的新或旧并不保证作品的思想深度。重要的问题是"选材要严，开掘要深"（《关于短篇小说题材的通信》）。这是鲁迅教导我们创作小说的重要原则，鲁迅曾说过自己的有关这个问题的经验："有了小感触，就写些短文，……得到较整齐的材料，则还是做短篇小说。"（《自选集》自序）所谓"整齐的材料"，既是指的必须在现实生活中选择到足够的具有典型意义的题材，同时还要加以充分的酝酿，开掘思想深度，绝"不看到一点就写"（《答北斗杂志社问》）。如果在生活中，见有一时感动人的材料，就忙着写下来，未必就经得起咀嚼，未必就有较长的生命，当然由于作家的生活特点和自己的爱好，完全有选材的自由，而且我们也提倡题材多样；但鲁迅所指出的上述原则，却必须严格遵守；只有这样，才能保证作品的思想深度。在本选集中，《瓜熟了》写一个知识分子同一位老菜农在思想上从对立到相通的问题，是有一定的现实意义的，但却使人觉得是一篇一时感触之作。

三

人们对于一部描写现代题材的好小说，常喜欢称赞它富有生活气息、时代精神。前者，其实就是指的它能艺术地、真实地和深刻地反映现实生活。后者，其实就是指的它能概括地反映出了伟大时代的人民的精神面貌。而两者不仅有机地联系着，而且决定于人物创造的成功。毛主席不是说过吗："革命的文艺，应当根据实际生活创造出各种各样的人物来，帮助群众推动历史的前进。"（《在延安文艺座谈会上的讲话》）如果说：具有较浓的生活气息和较深的思想内容是本选集的第一个特色，那么，第二个特色就是它拥有成功或比较成功的能够较强地反映时代精神的英雄人物群像。除了在前面已提到过的红嫂、村哥、孙二牛之外，还有海上长城李菊红（《碧水红菊》）、金不换的铁旦（《铁旦与侯坤》）和富有领导艺术才能的姜连长（《海歌》）。在为数仅有十五篇的选集里，有五六个站得起来的人物，应该说是丰收。

这些人物是怎样创造成功的？首先是我们作家长期深入生

活，了解人、熟悉人的结果。他们既从外貌的观察熟悉到内心世界，也从同中比较出异；既从性格特点上找到社会、阶级烙印，也从人与人之间的矛盾冲突看到思想斗争、阶级斗争，……然后才进入集中概括、刻划典型的过程，作家塑造人物的艺术手段是各有特长的，就是同一作家在刻划各色人物时，也有其独特本领，但也并非找不到一些共同的原则，在本选集中就明显地看出如下两个共同特点。

第一，许多作家注意了深入挖掘人物的精神世界，我们的英雄人物都有一个伟大的美的灵魂，在支配着他们的行动；伟大的毛主席的好战士雷锋的一切感人的行动，共产主义的风格，就可以在《雷锋日记》里找到它的源泉。在创造人物上深入挖掘人物的心灵，并不仅仅是个艺术手段问题，还标志着一个作家对英雄理解的深度。《铁旦和侯坤》是比较突出的一篇，这是一个人物不多，情节单纯，且用粗线条勾勒而成的短篇，但作者却能通过两个劳动场面展开了两个人物之间的矛盾冲突，深入挖掘人物精神世界，塑造了一个具有集体主义思想、共产主义道德品质的铁旦。在一次决定个人基本工分的开荒劳动中，个人主义者侯坤由于完不成任务，担心评不上所希望的基本工分，要铁旦牺牲自己的利益和他换换地场时，铁旦"心下想道：坤哥乍干活不习惯兴许是真的，要是不给他搭把手儿，今天他准是完不成了；一个人完不成，闹的全队就得拖着个尾巴，想着，便笑脸对着侯坤说：'坤哥，来，咱换换地场吧！'"这是多么可贵的思想行动，怪不得"侯坤有点儿不相信自己耳朵"了。然而作者的笔并不停留在这里，他认为把人物美的灵魂挖掘得越深，形象就越是高大，反面人物就会越加渺小，灵魂就愈显得肮脏，就使作品收到更大的教育效果，于是又在一个送肥的场面里，把这两个人物的灵魂作了进一步的对比。当侯坤在这一次劳动中偷工赚工票，还讥笑铁旦是个傻子时，铁旦说："你想想，这工分是纸做的，要是咱队里不打粮食，或者是减了产，那阵儿，你我死攥住一大把纸票票，它能当饭吃么！人常说：大河无水小河干哪，依我说，倒是你是傻子了！"铁旦对于如何计算个人工分，是向来不去计较，总是信任领导的，但是唯独对这一真理，他却比谁也明白，并且把它化成自己的行动，他的心灵之所以美就在这里；可惜作者一开始就给了他一个憨厚的不能对坏人坏事作斗争的个性，在许多矛盾冲突的场面里，也不让他发展，因而在一定程度上削弱了作品的战斗性。

挖掘人物的内心世界要有时机，而最好的时机，往往在人物参加激烈的矛盾冲突的时候。因此，第二种方法"设关卡，解疙瘩"就非常需要了。所谓"卡"就是作者根据情节发展的需要，并且合乎逻辑地为人物设立的一个或几个矛盾冲突的焦点，或者说人物所处的特殊的、尖锐的环境，让人物的思想感情强烈地活动起来，让人物充分行动起来，从而考验人物的立场、思想和性格。从来没有风平浪静的生活，生活的本质是矛盾与斗争，就是对人进行一连串考验。但敢于面对现实的人，总是在不断战胜和改造生活的同时，发展了自己的性格。这就是作家设关卡与解疙瘩的客观根据。当然这并非创造人物的唯一手段，但却是一种为作家常用的好的方法。在这本选集中，在雕塑人物、提炼情节上获得成功或比较成功的作品，就是常常得力于运用这一方法。

《红嫂》的作者是善于为人物设"卡"，从而挖掘人物心灵的作家。他为红嫂一连设立了许多"关卡"，因而不仅作品的情节随之波澜起伏，激起惊涛，而且由于人物接二连三地出色地突破难关，她的立场、思想和勇敢机智的性格就突出地表现出来了。这种善于"设关卡，解疙瘩"的艺术手段是值得学习的。特别是"喂奶"、"侦察"、"请客"三"关"，尤见匠心。对于红嫂的英雄性格的塑造，这三"关"起了决定性的作用。就看"喂奶"这一"卡"吧：作者给了她多少困难啊！在通过"卡"的时候，作者对她精神世界挖掘得有多深啊！但从情节的提炼和逻辑发展的角度上，读者似乎还应向作者提出更高的要求。设"卡"，其实也正是一个提炼情节的问题，当然情节是为性格服务的。因此，

"卡"是情节逻辑发展的重要的有机构成部分。每一"卡"的设立，不仅要有足够的条件和伏线，而且每当人物胜利突破一个"卡"，在性格上获得一定发展的同时，又孕育下了第二个新"卡"，把情节向前发展或推向高峰，现在"请客"这个"卡"，毫无疑问是《红嫂》整个情节的最高峰，同时也是胜利完成红嫂性格的最后塑造的"卡"，但它与"喂奶"、"侦察"，三者似乎缺乏必然的联系，也就是说还没有做到天衣无缝的地步。为了做到情节发展的有机统一，为了更严格地考验红嫂的勇敢、机智的性格，或者说，让这个性格更加放出异彩，是否可以让坚壁伤员的事件最后暴露在刁鬼手里，从而为红嫂设立起一个更复杂、更尖锐、更难突破的"关卡"？然后"柳暗花明"绝处逢生，不仅在情节上可以获得出奇制胜的艺术效果，而且红嫂这个人物也获得了更广阔的用武之地。

此外，还有相当多的作品，都是水到渠成地设了"卡"，并且独创性地予以突破，如《碧水红菊》通过"红灯"这个"卡"，作者雕塑起一个海上长城式的巨人李菊红。这是一个相当优秀的短篇。尽管开头时，作者以抒情的笔触过多地描绘了菊花岛的山容水态，使人略感沉闷，但由于作者紧紧抓住了景物与人的关系，就使读者愈读下去愈感兴趣了。作者不仅用它描绘出李菊红伟大理想的实现——人战胜惊涛骇浪、化石山为良田，而且主要就是用它来组织情节，特别是设立"关卡"塑造英雄的。第一个"卡"：海风吹折灯杆的支架时，他不顾自己的危险，抢救住"我"的生命；而随着这一"卡"就孕育出了第二"卡"——"红灯"。虽然由于作者采用了第一身的描叙方式，不允许直接挖掘人物内心的活动，但作者却有了极大的抒情自由，运用巨大的想象力去倾诉自己的强烈的感受。于是当作者对这个"卡"作了全面的逼真的描绘，特别是描写了人物的出人意料的行动突破"关卡"以后，这个人物就象作者所歌颂的"他的纯真的感情，他的美丽的青春，化成了这红色的光芒；在菊花岛上闪耀着，照亮了夜空，照亮了大海"那样，巨人似的屹立在我们面前了。作者写到这里仍然遏止不住他那革命浪漫主义的豪情，继续运用他的艺术想象力，把红灯指引着海上夜航的雄伟奇观，把飘扬在社会主义祖国的红旗，节日的欢乐……来展示人物的力量，镕铸成了这位"魁梧高大的战士形象"。这的确是一首壮美的抒情诗，一幅思想深邃，情感豪迈，调子高昂，着色庄严、浓郁而鲜明的英雄图。这篇作品不愧为这个选集的歌颂战士、雕塑战士的代表作。然而如果不是作者善于设"卡"和突破的出色，他的笔底下就开不了花，也掀不起读者心头的波涛。

可见："玉不琢，不成器。"题材虽好，还要精雕细镂，可是在本选集中，有的作品恰恰是有待于艺术加工，前面已提到《婚礼》了，现在我们谈谈《南瓜王》：老承德本来可以塑造成一个血肉饱满的形象，就因为作者没有设"卡"，失去一个挖掘精神世界的时机，就没有真正活了起来，其实作者已经为他准备下了足够的设"卡"的条件。譬如：他为了获得培种"倒罐梁"的技术和种子，曾经付出了很大的代价；在旧社会苦难的岁月中，"倒罐梁"养活了他的全家。解放后"倒罐梁"仍然是他的传家宝："这份传家的武艺，无论如何得传下去呀！"……就是这些条件已足够使老承德在公开传授"倒罐梁"的技术时产生巨大的思想矛盾了，可惜这个水到渠成的"卡"终未设立，因而揭示人物内心世界的时机也就失去。因而作者的主要收获只是，歌颂了农业生产技术上土洋结合的优越性，在情节上取得了出奇制胜的效果。

《红嫂》无论在思想性和艺术性上，是一部经得起分析的书，因而也是一部值得阅读的书。它给了我许多可贵的东西，可惜自己的水平不够，不但做不到全面深入的分析，而且一定会有很多不妥当之处。这除了请原作者和读者予以指正批评外，请允许我向作家们表示谢意，并盼望在山东人民更高地举起三面红旗奋勇前进的今年，作家们在深入生活的基础上，把创作更提高一步，写出更好、更多的短篇，特别是反映人民公社的火热斗争的短篇。

深刻的主题，光辉的形象[*]

——简评话剧《丰收之后》

从去年以来，我国的话剧创作和演出，得到了蓬勃的发展，一个大力反映当前现实生活、用社会主义思想教育广大观众的话剧创作演出热潮，已经掀起来了。仅仅一年多的时间，就涌现了许多为广大观众热烈欢迎的优秀作品！

这些作品都抓住了现实生活中具有重大意义的问题，从不同的生活领域、不同角度，以新的艺术手段，集中、突出地反映了生活的本质和时代精神。它们的深刻意义，在于透过一些看来似乎平常的事件，揭示出了尖锐复杂的阶级斗争，提出了发人深思的问题，因而具有极其普遍和深远的教育意义。蓝澄同志的《丰收之后》就是这样一部优秀作品。

《丰收之后》的作者，以阶级和阶级斗争的观点，敏锐地抓住了我国农村中一个十分重要的问题，这就是如何正确处理国家、集体和个人三者的关系问题。这是一个具有重大意义的主题，它涉及到农村中的每一个干部和社员，是农村中经常遇到并且要求人们用实际行动作出回答的问题；而剧本所表现出的深刻意义远远超出了农村的范围，它对各个工作岗位上的人都有深刻的启发和教育。如何对待国家、集体和个人三者的关系，是检验一个革命干部的重要标准。只有坚决服从集体利益和国家利益，只有把个人与集体、国家融为一体的人，才是一个真正的无产阶

＊ 原载《文史哲》1964 年第 2 期。署名孙昌熙、孟广来。

级革命战士，才有可能为社会主义事业作出重大贡献。《丰收之后》的作者没有仅仅满足于提出这个问题，而是把它提高到阶级斗争的观点上去进行考察，通过尖锐的戏剧冲突进一步揭示出：人们对待这一问题的不同态度、不同回答，正是两条道路、两种思想尖锐斗争的具体反映。

作者通过一个生产队在获得丰收之后来展开这场斗争，更深化了作品的主题思想。它说明了今天两条道路斗争的深入和复杂。在我们遇到困难、受到挫折时，固然要经受斗争的考验，而当我们获得丰收、赢得胜利时，也并非风平浪静，也会有各种各样的斗争来考验我们。如果放松思想警惕，也有可能在胜利的考验中犯错误，给工作带来损失。

剧本通过靠山庄大队关于如何处理余粮的问题，展开了两种不同的矛盾斗争。一种是以赵五婶为代表的社会主义力量与王学孔、王老四等坏人坏事的斗争；一种是赵五婶与赵大川、王宝山等大队党员干部间两种思想的斗争。这两种矛盾相互扭结，使冲突尖锐而又复杂。在处理这两种矛盾时，作者以干部内部的思想矛盾为主，把坏分子的煽惑和投机盗窃行为作为斗争的外部环境，来突出干部间的思想斗争。这个正确的处理方法使作品的主题思想进一步得到了深化。我们的敌人和一切坏分子，总是千方百计地利用革命干部的某些错误来进行破坏或违法活动。如果干部思想健康、警惕性高，就会堵塞漏洞，敌人进行破坏活动的机会便会大大减少；否则就有可能被坏分子所利用，所包围，甚至被拖下水去。王学孔他们之所以能够进行盗窃和投机活动，正是利用了赵大川、王宝山的本位主义、自私观念、阶级斗争观念薄弱等错误思想。剧本在这方面给我们以深刻的教育。

从这件事情可以看到，每一个革命干部都必须充分作好思想准备，必须树立起不断革命的思想，树立起阶级和阶级斗争的观点，坚决听党的话，坚决依靠群众，并保持高度的革命警惕性，随时与各种各样的不良现象和错误思想进行斗争。只有这样才能使自己永远站在革命斗争的最前列。作者塑造的赵五婶这一形象，给我们树立了光辉的学习榜样。她始终自觉地迎着生活的波浪前进：在民主革命时期她曾进行了艰苦的斗争，到今天的社会主义革命时代，她仍然以高昂的革命激情，站在斗争的前列，为社会主义事业积极贡献自己的力量。这是一个永不褪色的革命战士形象。王宝山这个人物却给我们对照了另外一种情况：他是个民主革命斗争时期的好战士，但革命胜利后，他的思想开始走下坡路，结果就在不自觉中渐渐和王学孔以及一些富裕中农从思想上接近起来，有了共同语言。如果不是受到赵五婶及时的耐心的教育，他会沿着这条邪路走得更远。

赵五婶是一个光彩照人的农村党支部书记形象，也是我国当代话剧舞台上最杰出的时代英雄形象之一。正如有些同志所说的，谈到赵五婶，很容易使我们联想到郭大娘（《槐树庄》）、李双双等为广大观众所熟悉所热爱的英雄人物。然而，无论从形象的塑造上，还是从英雄人物的性格上看，赵五婶却有着独自的特点。如果说，《槐树庄》主要描写了郭大娘从土改到建立人民公社在阶级斗争的锻炼中不断成长的过程，《李双双》着重刻画了李双双从一个家庭妇女成长为一个自觉的革命战士的情形，那么赵五婶一开始就是作为一个成熟的、具有高度党性原则的基层党的干部形象，高高地耸立在我们面前的。赵五婶这个形象的出现，对我们今天说来更具有深刻的现实意义和教育意义，而作为一个出色的农村党支部书记形象，对我国话剧创作说来，也具有开创意义。

赵五婶有着鲜明而丰富的性格特征。她爱憎分明，是非分明，阶级界限严明。她眼光远大，革命的目的是：国家富强、支援世界革命。在原则问题上坚决斗争，绝不让步，在生活上却处处关心别人，热爱群众。她既是群众的好领导，又是群众的知心人。她对自己要求严格，处处以身作则，对有错误的同志耐心帮助，对阶级敌人则毫不容情，给予严厉的打击。作者在这个人物身上充分表现了农村中党的基层干部的优秀品质。人物的政治水平高，并不就等于艺术形象的成就高，这一个新的光辉的形象，是通过艺术实践创造出来的。

如何创造党的领导者的光辉形象，是作家们长期思考和探索的一个问题。赵五婶这一形象塑造的成功，在这方面提供了一些有益的经验。

首先，我们的英雄不是天生的，而是在党的长期培养教育下成长起来的，是在各种斗争中成长起来的。因此，一个英雄的完美性格，也只有在矛盾斗争中，在与各种各样困难的搏斗中，才能得到最充分、最完美的表现，《丰收之后》的作者在塑造赵五婶时，紧紧抓住了这一重要原则，他没有回避现实生活中存在的种种矛盾和困难，更没有把赵五婶放在斗争的漩涡之外，而是始终把她放在尖锐的、复杂的阶级斗争和思想斗争的尖端，让她迎着困难前进。试看，围绕在赵五婶周围有多少不同性质的矛盾：既有坏分子的煽风点火，又有投机分子的偷盗行为；既有干部之间的思想矛盾，又有落后群众的闹分粮……总之，贯串全剧的外部和内部矛盾所构成的复杂现实，迫切要求她迅速作出准确的判断和坚决的行动。在这重重困难的包围中，赵五婶勇敢地冲了上去，采取主动，节节胜利，令人信服地显示了她坚定的阶级立场和党性原则，高度的群众观点和顽强的斗争意志以及惊人的智慧！例如，她刚刚从县委党校学习回来后，和大家一样沉浸在丰收的喜悦中；但当她听到爱人赵大川想用余粮去买牲口时，就立刻提醒赵大川："越是在丰收的情况下，越得考虑的周到"，不能走"邪门歪道"。当王学孔他们把赵大川和王宝山拉到王老四家去喝酒时，她敏锐地嗅出："这酒不比平常，怕里面掺了什么糊涂药。"当她刚刚带领群众截回了投机倒把的粮食后，又发现场上的粮食被盗，而富有斗争经验的赵五婶她并没有在这接二连三的事件面前惊慌失措，而是从中看到了这场斗争的复杂性，冷静地要求大家不要声张，并组织群众对歪风邪气进行了有力的反击……她每一次斗争的胜利，都闪耀出她思想的光辉，都给观众以巨大的教育和鼓舞。因此，我们认为：赵五婶这一形象的成功塑造，有力地证明了英雄人物必须放在尖锐矛盾中去表现。无论从现实生活出发还是从人物性格的塑造出发，都说明这是一个有益的经验。只有这样，才能有力地歌颂社会主义新事物，才能深刻地反映我们的时代精神！从而更好地向观众进行社会主义教育。

在作品中，作者特别把赵五婶与她的主要对立面赵大川处理成为夫妻关系，使得这场思想斗争更加复杂和尖锐。在这里，作者把她放在公与私、党性原则与个人感情的交界线上来描绘她，从而更深地打开了她光明磊落、公私严明的精神世界。她与赵大川有着二十多年的夫妻感情，她们共过患难，有过共同战斗、共同生活的长期经历。赵大川也是一个忠心耿耿、一心为群众的好党员好干部。在这种情况下，最容易放松思想警惕，模糊是非界限，用私人情感代替党性原则。事实上王学孔也正是企图利用他们这种夫妻关系，迫使赵五婶放弃原则，向赵大川的错误思想让步。然而，当赵五婶发现赵大川受了坏分子的怂恿，走上了邪路时，她却是寸步不让，与赵大川展开了不调和的斗争，并且明确地向他指出："要说两口子的事，什么都能让，这可不行。我不能光为了顾全你那个面子，看着你从这里滑下去。"所以当赵大川想派泥瓦匠去给驴贩子王老四修房时，她不顾赵大川的个人"情面"，坚决制止了这种错误决定，执行了公社党委的指示；当赵大川等人到场上来拉粮食时，她带领群众，义正词严地斥责了赵大川的错误行为；当赵大川想以丈夫的身份压服她，甚至想动手打她时，她挺身向前大声喝道："你还象个共产党员吗？"并且向民兵队长下令："没有贫下中农委员会的意见和全体社员的通过，粮食一粒也不准动！"赵五婶在这里表现了多么坚强的党性原则，她的声音是多么响亮而有力，这是一位多么威严的把关（社会主义关）猛将！然而她和赵大川除了是老同志、老战友之外，还有夫妻关系。因此当赵大川在群众的批评下觉悟过来之后，由衷地向她检查自己的错误时，作者通过一个挂草帽辫的细节和一个喜剧的场面，雪消冰解了夫妻间的矛盾，使家庭充满了快活的空气；于是观众又看到了赵五婶心灵的另一方面，她的性格又是那样风趣和洒脱！这就不仅更加完整地塑造了赵五婶的个性，而且使情节产生了音乐般的旋律，收到了"寒冰破热，凉风扫尘"的艺术效果。

作为英雄的赵五婶，不仅勇于对损害党和群众利益的人作坚决的斗争，还善于把犯错误的同志教育过来。王宝山的错误使她愤怒，但也使她痛心：宝山是她的老同志、老战友，有过光荣历史的人，可是现在向邪道上滑去了！基于阶级的友爱和同情，尤其作为一个党的领导者，更有责任把他从泥淖中抢救出来。然而宝山的性格是倔强的，并且自己筑起了一堵墙把自己和赵五婶隔开了；因此，怎样推倒这堵墙，也是对她的一个不小的考验。赵五婶是有知人、知面、知心的本领的，譬如说，她对富裕中农王富山和王老四妻的教育中，就表现了她对各种人物的深刻了解，因此，每一句话都打动了他们的思想深处。赵五婶尤善于用什么钥匙去开什么锁，为了党的工作，她不怕碰王宝山的任何钉子，她主动地忍耐着王宝山的冷言冷语，循循善诱地把他过去的光荣战斗历史，以及他的爱人为革命事业光荣牺牲的英雄事迹，充分地摆出来，积极地启发他的阶级觉悟，这是多么善于打动人心的有力语言，她是多么了解宝山的性格，结果她的话有如一场及时的春雨，终于洗净了宝山思想上的灰尘，冲开了那堵墙。第四幕赵五婶与王宝山隔墙交心的这场戏，表现出她是一个善于做人的工作，善于抓活的思想的好支部书记。当王宝山重新投入战斗的时候，我们看到党通过赵五婶展现出来的无穷力量，是真金就不怕火炼，赵五婶在反复的考验中，愈益放出惊人的光彩。

其次，剧本在塑造这个人物时，还有一条经验值得我们重视，这就是作者在正确地解决了英雄人物与群众的关系问题的同时，成功地创造出这一光辉的形象。过去有的作品，为了突出英雄人物，常常有意无意间贬低或者忽略了群众，结果英雄人物也被神化了。《丰收之后》在处理赵五婶时，却处处把她放在群众之中，在她与群众水乳交融的亲密关系中来突出她的英雄性格。作者为了突出她与群众的这种亲密关系，安排了许多细节描写，使她的性格丰富起来。第一幕赵五婶未出场以前，作者就通过虚写，充分地作好了铺垫工作。她到县委党校学习去了，群众对她是那样的怀念，盼望着她早些回来。当她从县里回来后，还没有进家门，就参加到群众的麦收劳动中去。因此，她还没有和观众见面，就已给观众留下了广阔的想象余地，观众已经感受到这是一个多么亲切的好当家人。当她出场后的几个细节，更生动、具体地表现了她对群众的关怀和爱护。许多青年肩膀压肿了，她用自己节省下来的钱给大家买来了垫肩。她从县里徒步走回家来，把省下的汽车钱给看场的徐大叔买来了手电筒，给五保户王爷爷买来了一双新鞋。看来这都是一些小事，然而正是在这些日常的小事中，渗透着她对集体事业的热爱，表现了她对群众无微不至的关怀，以及群众与她的亲密无间。因而就给观众造成极其深刻的印象，这的确是一个新的手法。

赵五婶高度的群众观点，是建立在明确的阶级观点上的，是建立在她对广大贫下中农深厚的阶级感情上的。作者一方面突出地表现她处处关心群众，处处从群众的利益出发，另一方面又明确地使我们看到，她的力量正是来自贫下中农群众，是这些党的基本群众从内心对她支持的结果。这就使英雄人物行动的出发点和力量的源泉都得到了正确的表现。它还使我们看到，党性原则越高，阶级观点越明确，群众观点也就越强，人物也就越能获得力量。因为党的原则是和群众的最高利益永远一致的。例如赵大川想用余粮去换牲口，他自以为也是从本单位群众利益出发的，但由于他把本单位小集体的利益和国家的整体利益对立起来，把群众的眼前利益和长远利益对立起来，结果既违反了党的原则，也违反了群众的意愿，并给投机分子开了后门，遭到群众的反对；而赵五婶由于了解贫下中农群众的要求，真正代表了群众的意见，因此受到了群众的爱戴和支持。她所以有力量，正是由于有广大群众作她的后盾。象第三幕护粮那一场斗争，就突出地表现了她与群众的这种鱼水关系。赵大川虽然气势汹汹，却是那样孤立，赵五婶虽然十分平静，却使人感到正气凛然，不可侵犯。作者在这里，既塑造了赵五婶，也揭示了广大贫下中农群众的高度的社会主义觉悟，从而歌颂了社会主义力量的无比强大！

作者在戏剧中，树立对立面人物，固然由于主题思想的要求，而从塑造英雄人物的角度上看，也是一个重要艺术手段。对立面人物创造得越成功，越能显示出英雄人物的光辉。在和赵五婶相对立的人物中，作者相当成功地塑造了赵大川的形象。这个人物虽不象赵五婶那样光彩照人，但也有很大的教育作用。在革命战争的年代里，我们的英雄大多是在战场上或是敌人的监狱、刑场上去经受考验的。他们在枪林弹雨中，在和敌人面对面的生死搏斗中表现了他们的英雄性格。在今天社会主义革命时代虽与过去不同了，但斗争却更加复杂了。我们的革命战士必须要百倍警惕地和那些不拿枪的敌人斗争，去和各式各样的资产阶级思想斗争，还要和存留在自己脑子里的旧思想进行斗争。因此说，严峻的考验更加深入到现实中来。在这种情况下，有些曾经经受过革命战场考验的同志，在新的时代里，在新的情况下，由于放松了思想警惕而走上了错误道路，给革命造成损失。赵大川和王宝山就都是这样的人物。只是赵大川的思想毛病才刚刚露头，王宝山比他走得更远了一些。赵大川也有过光荣的革命斗争经历，经受过民主革命战斗的洗礼。现在他也仍然在勤勤恳恳地担任着生产队的领导工作。他对工作忠诚负责，对群众也很关心。看到队里丰收，他感到高兴，但看到队里缺乏牲口，青年们肩膀被压肿了，他感到心痛。因此他一心想要买上牲口减轻一些社员的负担。这一切想法都是无可指责的。但由于他政治眼光短浅，缺乏全局观点，当他一心为本生产队打算时，就不自觉地把小集体的利益和大集体的利益对立了起来，把眼前利益和长远利益对立了起来，结果他的这种思想被坏分子所利用，在工作路线上犯了错误，险些造成严重损失。

另外，我们从赵大川的错误中还可以看到，阶级斗争是无所不在的，资产阶级思想象水银洒地一样无孔不入。思想上的任何一点麻痹，阶级界限上的任何一些模糊，都可能被别有用心的人所利用，被坏思想所沾染。赵大川的阶级感情不能说不强烈，在某些重大问题上不能说不明确，所以王宝山主张把余粮分给社员时，他坚决反对这种作法；当王老四临走时他也曾再三叮咛不要搞投机生意。但正是由于他思想上裂了缝，就使王学孔等人有隙可乘。幸亏赵五婶教育的及时，才使他及早地觉悟过来。作者在这里把赵大川和赵五婶作了鲜明的对比，在批判本位主义思想同时，有力地歌颂了以整体利益、国家利益为重的赵五婶。

这出戏，剧本写得成功，演出也很成功。许多观众称赞它是"四好戏"——剧本好、演员好、导演好、舞台设计好，应该说是当之无愧的。为什么能获得这么大的成就呢？通过这次的创作和演出，有许多经验值得学习，我们觉得有两条最重要的经验特别应该重视。

第一条，《丰收之后》是三结合的产物，它的成就是贯彻"三结合"精神的结果。首先应该指出，这个剧本是在党的直接领导和具体帮助下创作出来的。正如作者蓝澄同志所说的："没有党的领导就没有这个剧本；没有党的支持和关怀，这个戏就不能参加华东区话剧观摩演出；没有党的领导和帮助就没有现在的水平。"这些话是作者在整个创作过程中最深刻最宝贵的体验。事实确是如此，在创作中，从作家开始深入生活、选取题材到明确主题和塑造人物；从讨论提纲、修改剧本到演员排练，都是在省委领导同志具体指导下进行的。另外，山东省话剧团的同志们与作家紧密配合，对提高剧本也起了很大作用。他们通过反复的讨论和排练，充分发挥了集体的智慧，使剧本不断地得到了丰富和提高。

写现代戏，反映我们当前现实生活中的重大问题，这要求作家必须站在我们时代的高峰，具有较高的马克思主义思想水平。只有这样，才能正确而深刻地认识现实，生动地反映出生活斗争发展的趋向。因此我们的剧作家必须认真学习马克思列宁主义，学习毛泽东思想，不断提高思想水平，并且要争取党的领导，虚心地听取和认真地学习党的指示。这才能使我们永远保持明确的方向、冷静的头脑，也才能创作出有助于推动我们生活斗争的好作品来。

第二条，作家和演员深入生活。在这出戏的创作和排练中，作家和演员都深入到农村中去体验生活。他们创造这个好支部书记形象，与深刻理解栖霞县小庄公社路家沟大队女支部书记栾志香同志分不开。他们不但了解了她许多动人的事迹，而且被她那种对党的事业赤胆忠心，为群众办事全心全意、不辞劳苦、不要报酬的优秀品质所感动。因此作者才能在她的基础上概括出赵五婶这样血肉丰满的形象来。我们从这里可以得到一个重要的启示：没有对现实生活深刻的认识，没有对现实英雄人物从行动到内心世界深入的理解和感受，怎么可能正确地反映出现实生活中英雄人物的真实面貌来呢？演赵五婶的王玉梅同志说得好："如果说今天舞台上的赵五婶还能感染观众的话，这是我向栾志香学习的结果。今天舞台上的赵五婶，她的很多方面就是现实生活中的栾志香，如果我不认识栾志香就演不出赵五婶。"事实正是这样，假如作者不了解生活中许许多多的栾志香，就写不出剧本中的赵五婶，假如演员不了解不学习栾志香们，在舞台上怎么可能表现出这个光彩照人的时代英雄形象来呢？

总之，《丰收之后》的成就是很大的。它不仅作为一部优秀的现代戏，使我们五彩缤纷的话剧舞台更加生辉，而且它在创作方法方面，在如何反映我们当前现实生活方面，在创造我们的时代英雄方面，都提供了十分宝贵的经验。这些经验还有待于我们今后进行更深入更细致的总结和学习。

喜看新人创新篇*

——读刘光进的《老马师傅》和《曹大炮》

社会主义文学要写社会主义时代的火热的斗争生活，因而就必然与阶级斗争、生产斗争、科学实验三大革命运动紧紧结合着。它要求作者塑造社会主义时代的英雄人物，以社会主义思想来教育广大读者。青年工人业余作者刘光进的《老马师傅》（《山东文学》本年五月号）就是这样一篇小说。作者以满腔的热情创造了一个老工人形象，表现了劳动人民新的思想感情，是颇有教育意义的。

刘光进同志动笔写作虽然不久，却也发表过几篇作品，如在《山东文学》本年的一月号上，就有他的《曹大炮》。他的作品不仅有一般工农作者的优点（有较强的现实性和战斗性，以及较浓的生活气息），而且显出了自己的特色，就是善于创造老工人形象。老工人是有自己的特色的，譬如说：从不忘本，热爱党，阶级觉悟高，技术高超，生产积极，尤其善于以新、旧社会对比，通过身教、言教把革命火把传给年青一代。

老工人有共同之处，但也各有特色，因而不仅可以概括、塑造出不同形象，写法也必然多样。曹大炮是一个善于动脑筋的生产能手；而老马师傅的特色，则是在盛暑酷夏牺牲休息时间为厂里捡废铜烂铁，在分配任务时专门要别人不愿干的工作，厂里评他们组为先进组，他却偏偏提出自己组的缺点，检验员对产品质

---

　　* 原载《山东文学》1964 年第 7 期。

量降格以求的时候，他却硬是要全部返工。这是多么宝贵的性格，这是多么崇高的行动，然而在充满了自私自利个人主义思想的老宋眼里看来，却是做了些"傻事"和"不光采"的事！

毛主席教导我们：勤俭经营，是一切经济事业的方针。增产节约是社会主义经济的基本原则之一。老马师傅就是听党和毛主席的话，深刻懂得节约的伟大意义，才来干这种"傻事"的。他不仅为国家节约，自己的生活也是异常节俭的。他的个人节俭也是不忘本的具体表现。

老马师傅的小组被评为先进集体时，他却偏偏提自己组的缺点，而在老宋看来是不爱自己的小组，其实，谁都没有老马师傅爱得深切。"虚心使人进步，骄傲使人落后"，他提自己小组的缺点，是为了提高工作，戒骄戒躁，在工作中遇到困难的时候，要看到成绩，看到光明，从而鼓起勇气；在工作有成绩的时候，最容易为胜利冲昏头脑，所以更要看到缺点。这是继续前进的根本保证。

所以当小组已被评为先进组，得到了荣誉，检验员对产品质量降格以求的时候，他却硬是要全部返工。这在老宋看来是跟着他"倒霉"，称他"傻老爷"，说他"不知好歹"时，老马师傅说："咱不能为了得奖金，挣荣誉，就昧着良心这样干！"又对组员说："大伙好好想想，活件返工，只不过是咱们自己的事儿；要是活件入了库，就是车间的问题；产品出了厂，就成了厂子的问题；要是发到国外，就要挂咱们国家的号了！"老马不爱小组的荣誉吗？爱的，但他爱的是真正的荣誉，是老老实实、勤勤恳恳挣来的荣誉。他爱小组的荣誉，但更爱全厂特别是国家在世界上的荣誉。

老马师傅是个具有先进思想的老工人形象，他反映了我国工人阶级的时代精神，是我们学习的榜样。

作者写曹大炮是采取了另一种手法，如：靠近春节了，接到一批火急支援农业的订货，必须在节前交货，组内因此发生了点矛盾。摆在曹大炮面前的困难真是不少，但是矛盾未能充分地展开，解决得又过于容易，因而这个形象就没有站起来。比较起来，不如老马师傅写得好。

作者学习创作虽然刚刚开始，然而苗头是好的，希望他也象老马师傅那样勤勤恳恳，不骄不躁，在社会主义文艺园地上努力耕耘！

美的心灵探索[*]

——读《卖蟹》

在滨海某小城的一个集市早晨，三个人物为了蟹的交易，引起了一场小小风波，在美德战胜丑行的斗争中，展示出了三个鲜明的性格。这就是王润滋的小说《卖蟹》给我们打开的一幅富有地方色彩的风俗画。它洋溢着生活气息，闪耀出时代的光彩。

可以把它看作讽刺短篇：因为作者用了精炼的，有些艺术夸张的笔墨，写出了一个名号叫"过滤嘴"的人的真实面目。这样的人物及其特殊行为在许多场合中会见到，大而"关系学"小而排队买东西。他派头十足，横行如蟹；抢先，插队，嘴甜心辣，损人利己……除了占便宜，是什么也不干的社会寄生虫。这样的人和事，人们看得多了，都习以为常了。现在作者画出它的形象来，就引起了人们的注意。现在这个"过滤嘴"来到了蟹市上。作者当场抓住了这个"绅士"，通过蟹的交易纠纷，撕破他的外表，把他的丑恶灵魂示众。他吸过滤嘴香烟不到半根就随意抛掉，而向劳动人民买蟹，却出奇的吝啬。他想从卖蟹小姑娘那里压价买好货，就奴颜媚骨，而对用不着的"旱烟袋"却摆出"绅士"面孔。他对于这位善良的老汉的苦恼，不仅幸灾乐祸，而且落井投石……作者塑造的这个形象是成功的，真实的。

但是这篇作品却不同于一般讽刺小说。尽管"过滤嘴"自始至终在跳踉，作者借机会以较多的笔墨将这个"无价值的撕破给

---

*　原载《山东文学》1981 年第 6 期。

人看"，但却并非作者创作的主要目的。只是把他作为另一颗美好心灵的反衬角色。"过滤嘴"既是卖蟹小姑娘出场前的铺垫，又是她出场后的斗争对象。因此，这篇作品与其看作是讽刺小说，不如称它为卖蟹姑娘的颂诗。《故事新编》中的《理水》，鲁迅不正是以较大的篇幅描写了文化山上的"学者"、视察灾区的大员们的种种无耻嘴脸和肮脏灵魂来铺垫大禹的出场吗！当然小姑娘是不能同中国古代脊梁式的人物大禹并肩的，她只是社会主义劳动渔民新的年轻一代。但作者却用与《理水》近似的艺术构思谱写了一曲社会主义新人的颂歌。

　　一般讽刺作品，总是依靠作者的审美理想来照出和否定现实的丑恶事物。而《卖蟹》却是直接让现实中已涌现出来的新人的美的闪光来照彻丑角的嘴脸。因而着意雕塑小姑娘的美的形象，才是作者写这篇小说的主要动机。作者曾说过："我希望用另一种力量打动人：美好的人性，高尚的情操。我写出了……卖蟹小姑娘。他们身上都带着我所熟悉的影子，也寄托着我全部的心愿。他们有传统美德的闪光。"（《人民文学》1981 年第 4 期）《卖蟹》基本上是休现了作者的部分心愿的。

　　作者怀着革命理想与愿望，以爱憎分明的立场态度，根据塑造人物的需要，决定了他描写什么性格，采用什么方法的艺术原则：他漫画化了"过滤嘴"，主要从外形、动作，使人物的丑恶灵魂无所逃匿，从而寄寓了作者的憎恶之情。同"过滤嘴"对比非常鲜明的"旱烟袋"老汉：他一生勤劳，一生付出的多，从来不打自己的小算盘。他总觉得自己的贡献不够，总是热爱和钦佩别人的劳动。他不止一次地赞美小姑娘下海的劳动。他从不向别人要求什么。只有他的苦了一辈子的老伴病危，只想吃点蟹肉时，才到集上买两只蟹；他请求别人帮他买到两只蟹，是为了安慰垂危的病人。老汉那从传统美德熔铸起来的勤劳、纯厚、善良的性格，作者使用了传神的写意画的手法，寥寥几笔就勾勒了出来。

对于小姑娘的描写，作者把自己精心创造的字、词和句全用上了。简直是心香一瓣地在画工笔画了。作者把她的美常常和她的劳动成果结合起来，本来劳动创造美嘛！她的声音："又脆又甜，听着，你就会觉得她筐里的蟹一定又鲜又美。"于是赶集的人一下子扑上去，围起她来，七嘴八舌，赞她的劳动，求着她卖蟹。她感到海上劳动真有意义，生活多美好呵！作者在捕捉住这个生动活跃的场面作了速写的同时，又趁机为她做了一幅肖像："小姑娘至多不过十五、六岁，通体都洋溢着少女的健美……"作者在这里紧紧抓住了她产生美的环境：海上劳动生活，培养了她那海样的性格，海雾和海风，滋润和吹拂得"她象是一朵晨光下的花骨朵"。

然而作者着意刻划的还是她那品质高尚而内慧的境界，以及她那"带有一股诱人的野气"，敢于同丑恶作智斗的美的心灵。在小蟹市的小小速写场面中，有以"过滤嘴"或以"旱烟袋"为代表的各种各样的人物都有求于卖蟹小姑娘，却怀着不同的心情。这场卖蟹交易是复杂的，也是对她的一个严峻考验。蟹市的交易，展示了她的内美和敢于以及善于斗争的性格。

她同"旱烟袋"的交易，使小姑娘的心灵发出了道德的美的闪光。这才是《卖蟹》主题思想的主要部分。"旱烟袋""买"回去的已经不是蟹，是社会主义的爱，道德的象征。商品价值的蟹在小姑娘手里所变成的道德象征，是一颗社会主义雨露滋润起来的善的、美的、真的心。

而这颗崇高的心也是在同"过滤嘴"斗争中显示出来的：小姑娘最初还只是厌恶"过滤嘴"的油滑和市侩气。紧接着"过滤嘴"就在买蟹上同"旱烟袋"产生了不调和的矛盾：蟹子这时完全掌握在"过滤嘴"手里。尽管"旱烟袋"急切需要两只蟹，可是"过滤嘴"连半只也不让。怎样解决这一矛盾？小姑娘从阶级友爱出发，为了满足"旱烟袋"的愿望，她根据"过滤嘴"贪婪性格，设下了一个锦囊妙计。这是一个能使"过滤嘴"上钩，能使读者意想不到的富有斗争艺术的设计，也是一个出奇制胜的情节。情节展示性格，这恰恰是小姑娘智慧的闪光。卖蟹小姑娘的美战胜了丑，小姑娘对"过滤嘴"的嘲弄，使人产生舒心的笑。

当然作者在艺术上也有不够成熟之处，如"过滤嘴"一出场就带着一白鼻子之类，但却无损于作品形象鲜明，意境幽远，风格刚健而清新。

一篇别开生面的传记[*]

——读马瑞芳同志的《祖父》

鲁迅说："到五四运动的时候，……散文小品的成功，几乎在小说戏曲和诗歌之上。"（《南腔北调集·小品文的危机》）然而几十年发展起来的这朵花，却遭受到"文化革命"的摧残。直到粉碎"四人帮"后，特别是近几年来，才又得复苏，并且随着品种的多样化，而出现了一代新人。以富有幽默风趣的语言，善于描写人物反映时代风雨为特色的小品散文作者——马瑞芳同志就是一位文苑新秀。由于她创作严肃认真，对读者负责，作品虽尚不太多，却已受到文坛的重视了。如《煎饼花儿》荣获全国少数民族文学创作散文一等奖。而《祖父》（《山东文学》1981年第11期）也以其独有光彩，于今年《山东文学》评奖中获散文奖。

马瑞芳同志的散文，不但以写人为主，且有自己的特点：她总是以真挚的感情，用活泼生动、幽默风趣之笔，去再现生活在时代风雨中的真人真事。因而她的写人的散文是具有传记文学性质的。她不事虚构，言必有据，她的主人公不仅是真实的，就是有关人物和发生的事件也是真实的。真人真事要写得生动感人，就要有新颖的艺术构思，就必须严于选材，精心剪裁。作者深深知道文学作品的本质是美与真挚情感的有机结合，必须以敬爱的感情去写她的祖父。可是作者却出人意料的，开头第一句就是："我从小就恨祖父。"这是故作惊人语吗？是的；但却真实可信。

---

* 原载《山东文学》1982年第9期。

作者从一个天真稚气的三岁小姑娘眼中，展现了一个丧事的场面，让全家人都出场。并且在一片哭声中，小姑娘对刚刚故去的祖父表示了自己真挚的感情：起初是，由于自己获得了玩耍的自由而感到快乐，继而由于祖父重男轻女的思想，竟忍心断了她的母乳，这就不能不恨。又由于祖父偏偏在中秋日去世，使得她全家不过团圆节，这又不能不恨。写小儿女心理逼真如画。第三恨则是她成为大学生之后，由于故去的祖父在"文化革命"中被打成"土豪劣绅"，因而自己受株连之苦。

写爱反而写恨，这很明显是采用了艺术辩证规律里的先抑后扬法。即用先恨后爱的真挚情感为纲，把祖父的行状编织起来，成功地塑造起了祖父"这一个"。然而作者却有自己的独创：这恨的寓意极为深广。试把第一恨的内容剥开来看，作者虽表现了祖父的封建意识，但这里面，却深藏着祖父对国民党对少数民族歧视、压迫的反抗。第二恨深刻揭示一家人对祖父的尊敬与怀念。第三恨是对"文化革命"的批判、讽刺。这是作者胸有丘壑，笔有藏锋之处。等到读者怀着悬猜的心理，兴味极浓地读完全篇时，不仅理解了作者的恨，而且从作品蕴含的时代风雨、历史脉搏中，终于理解了作者的恨与爱，认识了这位高风亮节的老人，不禁肃然起敬。这的确是作者的匠心独运。

作者的描写，使读者觉得"恨"是有道理的，但"爱"却是本篇的主脑。那么作者用什么样的艺术魔杖，把两种对立的感情有机统一起来的呢？或者说由恨转成爱的基因是什么呢？答曰：仍然是"爱"，"恨"的本身就孕育着"爱"。小孙女恨祖父，固由于三岁小小孩的稚气，就是成长为大学生的恨，主要还是由于对具有高尚品质的祖父不够理解。当作者慢慢长大，愈来愈深地理解了老祖父及其死后哀荣，泽及后代时，爱就逐步走向情感的高峰。这种理解的过程，是组织史料的过程，正是作者塑造祖父光辉形象的绝妙的艺术处理的过程。祖父愈高大，作者愈仰视，爱的也愈深。因此，恨就转化成爱。我觉得作者在运用这一艺术手法时，曾受到鲁迅的《一件小事》、朱自清的《背影》的影响（不管她自觉还是不自觉）而推故出新。

运用什么样的艺术手段，要看写什么样的人，要看作者和人物的生活情况，以及写作意图等等。作者写《祖父》使用的手段同《女学究轶闻》《名士风采录》等作品不同。后二者是以幽默风趣之笔，较多地使用了被看作艺术生命细胞的细节。而《煎饼花儿》更是如此，且以细节"煎饼花儿"命名她的这一名篇。但是《祖父》则主要是选取了祖父一生里面响当当的事件。这些事直接与时代风雨相联系，有些甚至是经过老人作了生命的搏斗留下来的。而且抒情成分也较少，象一个史家一样"直书其事"。以事写人，以行写心。作者为什么这样写？我猜想，这作品具有严肃的主题。同时作者在三岁时，祖父去世，失去了同祖父相处的可留恋的日子，没有可拾的朝花。因而文章虽仍然从幽默风趣开始，却在叙述祖父光辉的一生中，特别是叙述到那些与时代相搏击因而迸发出火花的行动时，作者的笔锋也愈来愈严肃、虔敬；她以至性镕铸起了她的至文。

本篇还有一个颇值得注意的特色：作者歌颂爷爷的心灵美，她遵循传记文学写作纪律，没有使用打开人物的心扉法，除了记录行动外主要是大量采用了人物富有思想个性的口语。她不仅大量运用祖父的个性化的口语，而且由于祖父是位古文底子很厚的老中医，说话喜欢文白夹杂，因而作者为了保持人物的音容神态，深刻揭示人物的心灵深处，就创造了接近文言的个性化的语言，因而能充分表现人物的时代特征，使人感到不说这种话，便不是她的爷爷。这的确是个艺术上的胜利。

前面说过：《祖父》的写法是客观的。对祖父的生平思想性格，作者象一个历史家那样庄严地"秉笔直书"。她写了祖父的缺点，当然更多的是写了优点，不仅是高贵品质，重要的是祖父的革命行动。作者就是通过这些描述深刻揭示出祖父真善美的心灵。尽管作者和祖父接触不多，甚至一度有恨，但当她彻底理解了爷爷，便由恨转化为爱，使她的文章充满了浓郁的诗情，但这诗情却深埋在几乎是通篇的客观叙描当中，不过随着祖父光辉形象须仰视才见的时候，作者的情感便愈来愈浓烈，以至不可抑止，终于汩汩奔涌而出："祖父，封建家长的祖父，您曾经何等绝情？竟忍心虐待嫡亲孙女！可是，您一定懂得爱，在艰苦泥泞的人生道路上，您钟爱为人类造福的中医事业；在风雨如晦的年月里，您热爱古老文明的祖国。祖父哦，断我母乳的祖父，我爱您！"

这段话寓有极浓烈的感情、最高的尊敬、极大的赞美。这是全篇的浓缩！"铭诔尚实"（《典论·论文》），"美终则诔发"（《文选》序）。这是一篇发自内心，出于至诚，使读者回肠荡气的名"诔"！

淘尽黄沙始到金[*]

——论曹庆文《“光协主任”辞职记》的语言特色

不论任何形式的喜剧作品，要想取得成功，须具备以下两方面：一要有生动别致、引人入胜的故事情节，二要有新鲜活泼、幽默风趣的语言特色，二者缺一便无喜剧效果可言。观近几年喜剧作品中，以前者取胜的可谓不乏其例，而以后者见长的却委实不多。《“光协主任”辞职记》（见《鹿鸣》今年一月号）的作者，却在这方面进行了成功的尝试。

小说写的是鲁北平原的杨树屯，在主人公郑大宝的带领下，青年们奋发图强、两年改变旧面貌的事迹。作品中，作者并没有去具体地写他们如何干这个琐碎的过程，而是以敏锐的艺术眼光，捕捉住杨树屯变化前后人们在婚姻问题上的不同境遇这一极富戏剧性的情节，进行了妙趣横生、逗人捧腹的描写。作者从追求喜剧的美学效果出发，以极富创造性的生动幽默的语言特色，使读者发出不同的笑：有对光棍汉们悲惨遭遇的含泪的笑，有对青年们幸福美满生活的欣慰的笑，还有对制造农村贫穷的“四人帮”一伙的轻蔑的笑。从而使读者在笑声中净化了灵魂，受到了教育，提高了审美情趣。

首先，作者幽默诙谐，生动风趣的语言，是从他所熟悉的生活中经过沙里淘金提炼而来的，是对群众口语的创造性的吸收和消化。如“俺村的姑娘象砂锅炒豆，熟一个，崩一个”之类的语

---

* 原载《鹿鸣》1982 年第 8 期。

言，概括力大极了。如果说，光棍多反映了杨树屯的穷气，而姑娘们的"熟崩"，更反映出了杨树屯的大悲剧！再如，"俺村货真价实的光棍，成两路纵队行进，能从村东的大砖井排到村西的水沟崖"。这语言岂止是生动、逼真，简直可以谓之"含泪的微笑"了。由于作者对生他养他的鲁北故乡，怀着深厚的感情，所以，其语言不论是描写叙述，还是人物对话，始终散发着浓郁的生活气息，真实的故乡色调。使鲁北农村的生活习惯，风土人情，随着作者热爱故乡的土地、热爱故乡的人民的真实感情而跃然纸上，活画出一幅鲁北农村的风俗画。利用群众的口语，刻划出人物独特的个性，这也是作者在驾驭语言方面的独到之处。你听："俺媳妇肥头大耳，穿小黑皮鞋，两瓣儿的，披黑呢子大衣，两排纽扣，只是嗓子粗了点。"这话决不会出自"语言比金子还贵"的绰号叫零点五的小伙子之口，而必然出于幽默成性而又小有才华的五百度的口中。善于夸张的作者接着写到，这风趣的"话一落音，笑声起来了。那笑声，简直要把屋子抬上天去！"这不仅有力地渲染了幽默感和增添了快活空气，而且使人读起来非常亲切。这种夸张的语言的专利权是属于农民的，也是鲁北农民所喜欢的。这和作者写的等将来"日子过好了，甭说本村的姑娘不走，外村的姑娘也会给你拱下门来"的夸张语言一样，是农村一般农民所喜闻乐见的，并与农民的生活血肉相连，具有无穷的韵味。作者在刻划人物内心矛盾冲突时，也离不开"祖祖辈辈劳动过的土地"和极富特色的语言，因而，人物的那种乡土感情总是浓烈而芬芳。当主人公郑大宝以热爱故乡、忠于祖国作为解决是否出国之关键时，作者描写道："连平常那闻一闻，咸三天的碱场地，今天刮来的风也是甜丝丝的。"这显然是主观的，夸张的，然而却是活生生的艺术的真实。作者由于对故乡的人物的心灵接触得深刻，所以才能弃芜集萃，寻幽索微，写出这种金子般闪光的语言。

　　其次，作者在语言的运用上，采取了多种多样的艺术手法，从不同角度、不同侧面来运用各具特色的语言，使之天衣无缝地融合在一起，使语言真实生动而丰富多彩，使行文如汩汩小溪不时遇到小石块，激起一朵朵飞溅的浪花。另外，作者还善于运用故乡的谚语和歇后语。谚语和歇后语是劳动人民生活经验和智慧的结晶，因而最能反映其思想感情和语言风格。如"没有梧桐树，引不了凤凰来"，"狗不嫌家贫，孩子不嫌娘丑"等，前者形象地说明了想找媳妇，先要有条件；后者则非常贴切地形容了一个真正的农民挚爱祖国的真实情感。再如"李双双守寡，没希望（喜旺）了"等歇后语，用最俭省的语言，说出了人物要说的话，却又极富生动性，形象性。作者还善于用点化法，创造性地运用成语典故，收到了良好的效果。象"才华横溢"的成语，在作者笔下成了"才华横溢竖淌""混水摸鱼"的成语，则变为"混水摸媳妇"，诸如此类，决无滥造成语之嫌。作者只易其中数字，再以之状物、描写，使之既通俗易懂，又能与作品中的环境有机地结合起来。如此之笔，虽不能誉之谓点铁成金之妙，却也不无妙笔生花之感。在行文中，作者还创造性地运用了中国古代小说美学的评点术，在括号内，时时对人物、场面、对话……作风趣幽默、恰如其分的评论，使平静的文思中荡起一个个涟漪，使作品平添不少风趣。值得注意的是，作者在提炼农民的语言时，又大胆地、创造性地吸收新词、新典："她们的对象扫描器根本不冲这个方向！""咱咋了？不是一个猿猴变的？"这反映出农村生活起了变化，农民语言中也输入了新的成分，同时也说明这些青年是有知识的农民，是农村中新的一代。语言实朴而不粗俗，简明而不浅露，也是作者所刻意追求的。作者很少写故乡的景色，但在节骨眼上浓墨重彩描绘一番，却创造出深邃、含蓄的诗的意境，使整篇小说活了起来。当郑大宝决心不出国，要向金枝姑娘表白爱情时："大宝掏出大爷的来信，包一块石头投进水里，调皮的水波立刻恶作剧地把两人的面影，一会儿叠在一起，一会儿又拉开。"真是大巧若拙！这里没什么巧妙的比喻，也不用抒情，

更无一般小说里那种俗不可耐的爱情描写，而是朴实地画个素
描，便完成了作者的神来之笔，达到了"清水出芙蓉，天然去雕
饰"的境界。

　　从作者的语言特色中，我们不难看出，作者的语言修养，不
仅得益于俄国作家契诃夫和我国古代作家吴敬梓的《儒林外史》，
而且对鲁迅的《阿Q正传》和老舍的语言风格也不无继承之处，
但是，又不拘于其中。而是从自己的文学素养、审美观点和个性
出发，创造性地运用了鲁北方言中的精华，形成了自己崭新的语
言风格。他以讲故事的形式，面向读者娓娓而谈，所以，对人物
有评点的自由，对情节有欣赏的自由，对某些场面还有抒情的自
由……终于以酣畅、幽默、风趣之笔，画出了那些栩栩如生的青
年群像，淋漓尽致地反映了党的新农村经济政策的强大威力。这
的确是一篇别开生面的好小说。

《回来吧，哥哥》 简析[*]

这篇小说通过一个浪子回头的故事，反映了新时期精神教育的伟大力量。作者较新颖的艺术构思，使熟题材有了新意境。

这个题目其实可以叫做《归来》，一个洗心革面的新人的归来。但作者并不这样平铺直叙，首先，突兀不平的开端，就使一个原本平常的故事有了波澜。作者还以家庭人物复杂情感（有恨、有爱、有怜）为经，运用悬猜和出奇制胜的手法组织起情节。作者给读者这样的悬念："哥哥"为什么只穿一件旧毛衣？为什么脸色苍白，浑身象失去了支撑力？当"我"在车站找到哥哥，如问明情由，立即领其回家，情节到此，本可以结束了。但这样做文章未免过于平淡，而且人物既没塑造起来，主题也不深刻。于是作者借兄妹相逢，把情节再次荡了开去。通过人物行动、对话，把回头浪子的精神美质揭示了出来。但此时作者还没有把悬念揭开，直至让"我"偶然地听到哥哥救人的细节，才完成了"荣归"的主题。

但是，这篇作品总的说来还是不够丰腴，尤其塑造的人物还有些单薄。如：作者让主人公出场时，为了取得出奇制胜的效果，只强调了他萎靡狼狈的表面，对他心灵深处埋藏的新机，丝毫未加暗示。作者为什么不画他的眼睛呢？作者画"父亲"的眼睛就很成功。

其次，作者写主人公思想性格的变化，没有尽可能借助于形

* 原载《山东青年》1983 年第 10 期。

象，尽量保存含蓄，而是近于说教。这也削弱了作品的感染力。

　　至于一些细节，也还有待推敲。如，一个陌生人能在一般夜间当了火车站的搬运工？他在农场的表现，提前释放等，家里竟一无所知？

　　希望作者继续努力，迈向文学之路。

改革中的一盏路灯[*]

——读《前面一串路灯》

　　我们的社会需要改革，我们的文坛需要反映改革的作品。而在当前的文艺创作中，反映农村经济改革的作品较多，反映城市企业管理改革的作品则较少。从这个角度讲，石径同志的中篇小说《前面一串路灯》（见《柳泉》1984 年第 3 期，后简称《路灯》）是值得重视的。因为它不但针砭了企业管理中的混乱、落后以及吃大锅饭等现象，而且提出了一种富有尝试意义的改革方案，并把改革同知识分子个人的命运联系起来，召唤知识分子走改革之路，把自己的才智和力量献给祖国的"四化"建设。值得注意的是，作为一曲改革的颂歌，小说又反映了改革中的矛盾和斗争；既对知识分子在企业管理中的重要性有恰当的认识，又尖锐提出了基层组织落实知识分子政策时存在的问题。因此，小说就象改革途中的一盏路灯，给改革者以勇气和力量。

　　改革，是一场深刻的革命，必然会遇到阻力。向汉斌，《路灯》中的改革者形象，他个人的命运就同我国企业管理上的改革紧密相连。"文革"前，他大学毕业进入工厂，就发现我国的企业结构不合理和管理落后等弊端，然而他的企业改革的理想在"文革"中竟成了他的罪状：崇洋媚外。后来，他为了救助老印尼而被搞得家破人散。但是，意志坚强的向汉斌，并没有被个人的痛苦和不幸所摧垮，在党的知识分子政策落实之后，他又勇于

---

　　* 《柳泉》1985 年第 2 期。署名孙昌熙、高旭东。

挑起了时代所赋予的改革重任。他具体分析了炼染厂管理混乱的现状，提出了一整套的改革方案。他认为，经济改革不单是体制变更，人事调动，更根本的是要关心人的价值、人的利益和人的发展。而问题的关键，在于要"使在其位的都有必谋其政的责任心，使大家从切身的物质利益上对我们的目标发生兴趣"。要加强这种责任心，仅靠道德上的约束是不够的，必须有一个制度，使每一个干部都有职、有权、有责。只有打破大家都负责而实际上谁也不负责的大锅饭局面，人的能力的开发才能成为现实。向汉斌的改革，使炼染一厂的面貌焕然一新，产值大大超过了同类企业。虽然他的改革给自己带来了冷言冷语和独子的被刺，但也获得了全厂大多数干部职工对他的信赖，带来了家庭的破镜重圆。这样，作为一个有良知的知识分子，他的痛苦和幸福就与祖国建设事业的灾难和兴旺连在了一起。

然而，如果向汉斌只是上述行动的扮演者，那么这个形象还不免苍白。因此，作者还往向汉斌之所以勇于改革的心灵深处进行了挖掘。小说刚开头，作者就借方素欣的怀疑暗示了这一点："就他的知识结构和才智，在今日的改革上要搞点什么名堂，素欣毫不觉得奇怪。但，他还敢么？当年的苦头还没有吃够么？"是的，他还敢：当他听到，我们的祖先踏出了丝绸之路，把这门技艺传到了西方，而今洋人却拿出他们染的真丝绸让我们中国人"开开眼"，作为炎黄子孙，他难道就只顾个人的得失而蒙受这民族的羞辱吗？当他看到，我们的祖国要在世界民族之林立于不败之地需要现代化，而现代化的实现则需要社会的改革，作为一个富有才智和专长的知识分子，难道他能只顾抚摸自己的伤痛而对改革事业袖手旁观吗？所以，向汉斌在企业管理上口口声声向日本人学习，不顾被某些人称之为"崇洋媚外"，顶住了无数的打击和迫害；这是因为做了向汉斌精神支支柱的却是他强烈的爱国心。这不禁使我们想起，"五四"爱国运动之所以同盲目排外的义和团爱国运动严格区别开来，以致标志着我们民族的觉醒，就是把爱国同认识到自己的落后从而勇于学习西方联系起来了。同是爱国，却有愚昧、落后和自觉、进步之分，而落后就要挨打，因此，向汉斌坚持"拿来主义"，学习日本先进的管理方法，正是为了使我们的祖国早日强盛起来。

在《路灯》中，作者对改革的歌颂同对不改革的暴露形成了鲜明的对比。方素欣所在的工厂由于干部的职责不明，管理落后，致使她到了琴港，厂里还打长途电话请示这个远在九百六十华里之外的厂长：电业局要检修线路，厂里是停休呢，还是组织学习，若要学习，职工的工资怎么发？甚至连水泥应该前院卸还是后院卸也要她电示。大刘的厂子通过大刘的白日梦反映了管理上的混乱：一千多人，缠成一团，彼此推搡，相互拉拽，你怨他，他怨你，谁也不让谁，谁也超不了谁，大家都冲不出去，都在原地团团转。这样，无论大刘是怎样的善于拉关系、搞外交，他的炼染二厂的产值也上不去。小说告诉我们，改革势在必需，不改革就无以在社会主义的企业竞争中立于不败之地，更不可能打出中国，走向世界。

现代化的企业改革离不开知识分子，这是小说所揭示的，但小说同时又尖锐地提出了基层组织在落实知识分子政策上存在的问题。落实知识分子政策，就是要让知识分子人尽其才，象向汉斌那样的既有专业知识又有组织领导才能的知识分子，理应提拔到领导岗位上去。但是，知识分子当中也有只具备专业知识，却缺乏组织领导才能的，让这样的人到领导岗位上，不仅不会把企业搞好，而且还牺牲了他个人的专长。象小说中的方素欣，是那样出色的专业人才，但却带有女性的软弱，缺乏魄力，因而在领导岗位就不如在技术岗位更能发挥她的才能。尤其是大刘，既缺乏专业知识（在华纺他是靠递"小抄"毕业的），又无组织领导才能，连他自己也认为不是当厂长的"料"，只因为他有大学生的牌子，又开得一手好车，博得了厅长的赏识，于是一跃而升为厂长，结果把炼染二厂搞得一塌糊涂。小说暗示给我们，只靠知识分子的标签，或者道德上的约束，都不能保证企业管理的正确无误。关键在于要建立一套比较完善的领导体制，使能够胜任者继任下去，不能胜任者就赶快下台。

在小说中，向汉斌、方素欣和大刘的性格是在对比中塑造的。向汉斌和方素欣是同学，也是夫妻，然而前者是典型的"阳刚"，后者则是典型的"阴柔"。当政治风云突变时，向汉斌正直、刚勇，决不向恶势力低头；方素欣却软弱、妥协，经受不住恶势力的重压。当向汉斌向恶势力苦斗的时候，方素欣为了自己和孩子，向恶势力屈服了。她打了丈夫一个耳光，却并非刚勇的表现，而恰恰是内心虚弱的掩饰。虽然向汉斌和方素欣的性格有对立的一面，但却又有共同的一面，正是这共同的一面使他们能够破镜重圆：这就是他们都未丧失人间的正气。仅凭这一点就使他们与大刘区别开来。因此，具有浩然正气的主人公的艰难的人生道路和命运的悲喜剧，理应是极其动人心魄的，尤其是十三年后他们的重逢。此刻，素欣虽然认识到在人生的关键时刻迈错了步子，但他又难以对汉斌表白自己的内心。她知道，在汉斌最需要家庭的温暖和亲人的鼓励的时候，得到的却是她给予的冷酷和离弃，尽管这一切可以解释成历史造成的误会。最后，素欣以忏悔的泪水渐渐愈合了汉斌心灵的创伤，使汉斌那种强者扶弱的性格得到了集中的表现。而素欣期望对汉斌表白内心又怕得不到谅解，急于与孩子团圆又悔恨自己未尽做母亲的责任，出现在小说的开头，就更容易抓住读者的心：读者既想知道十三年前发生了怎样的命运悲剧，又想知道这一悲剧的结果。尽管许多作品已采用过这种命运悲喜剧为题材，但《路灯》的作者仍可采取，因为生活不可能完全重复，而对于近似的生活现象人们的感受和经验也不会相同，只要作者以独到的感受力把这种命运悲喜剧深切地表现出来，就能创新，就能打动一般人的心。但遗憾的是，作者未能向人物心灵的更深处挖掘，表现出他们在人生问题上更深沉的思索，并由此产生的种种复杂情感，使这两个人物形象，尤其是向汉斌，更具有艺术感染力。相比之下，大刘的性格倒栩栩如生，呼之欲出。向汉斌、方素欣在专业上是聪明的，而在人情世故上则显出笨拙，大刘却相反，在专业学习上是愚笨的，而在人情世故上却显得巧滑，惯耍小聪明。向汉斌的性格几乎是定型的，没有变化发展，并且有抽象化的缺点；而大刘的性格则显得活生生的，并由浅直的粗鲁到世故的粗鲁，可以看出历史的变动在人们心灵里留下的阴影：桌上摆着马列著作，实际上却在拉关系，谋私利。大刘的悲剧在于，虽然他已失去了人间的正气，但他却以为惟有自己得了做人的正道，而汉斌等人都是傻瓜。他也想把厂子搞好，然而他的目光却不在大处，而在机运、拉关系、耍小聪明上面。当产值的下降表明了他领导的失败时，他却并不认为自己在领导方法上有什么不对。歪风邪气而以正气的面目出现，领导上的低能而以手段运用得无懈可击出现，使大刘的形象颇具滑稽色彩。当然，大刘的性格并非只象我们概述得这么简单，而具有较为成功的艺术形象所必具的丰富性和生动性，譬如他虽然以耍小手腕、贪小便宜为得计，但有时又颇带些为同学甘打抱不平的江湖义气。可见，作者能够辩证地处理大刘性格要素的组合，使大刘的形象没有流入简单化——只写成汉斌的配角，而是以富有生气的笔调真实地再现出社会上一种人的色相来。

内容决定形式。作为一个中篇，既要表现企业管理上的改革，又要表现与之相联系的家庭的破裂与重圆；既要涉及十三年前后的事件，又要描叙眼前的事件，而且小说中的人物大都是善于思索的知识分子，因此，要表现上述内容，刻划人物的心理，只运用传统的手法是比较困难的。然而小说又没有否定传统，故意打乱时序，让读者自己去整理材料，这样，小说中梦幻、联想、时序颠倒的运用就都是理性控制的，且是作者为引起读者的兴趣而精心安排的：与对当前事件的顺叙方法不同，十三年前后的事件是通过联想的手法，一个镜头一个镜头地由后向前推去的。出现在方素欣脑海中的十三年前的第一个镜头，是她和汉斌的最后别离，小瑜的淡紫色的绒线小帽的被辗，暗示着她美好东西的丧失。而出现在汉斌脑海中的十三年前的第二个镜头，则是汉斌在审讯室想对素欣解释，但却挨了她一记实实落落的耳光。第三个镜头是素欣对汉斌的不理解，她的哭肿了的眼睛。第四个镜头是汉斌救助老印尼，大祸从天降。这四个镜头穿插在现在事件的顺叙中，不仅能够反映出回忆者的心理状态以及对往事的情感态度，而且能够造成悬念，引人入胜。小说这种安排情节的方法，使其结构也颇有特色。改革的主线和家庭破镜重圆的主线交织在一起，十三年前后的事件与现在的事件交织在一起，使这个中篇的结构错综复杂，但又并不给人紊乱的感觉。这除了对电影剪辑的蒙太奇手法借鉴得巧妙之外，还得力于对中国古典小说的借鉴："花开两朵，各表一枝。"小说一节表方素欣及其对往事的回忆，另一节就表向汉斌及其对过去的追想，这样错综交叉，最后才是俩人的和好。这就使读者在读方素欣一节时惦着向汉斌，而读向汉斌一节时惦着方素欣，大刘则是两者的中介。而当这种悬念解除时，小说也结束了。然而使我们感到不足的是，上述四个镜头对读者来说是熟悉的，如果作者能以人生的锐眼在读者熟悉的镜头里照出更深刻的东西来，那就会取得更好的艺术效果。

　　小说为了加强艺术效果，还运用了象征手法。大海，作为方素欣的"淡紫色世界"，与小瑜的淡紫色绒线小帽交融在一起，象征着方素欣曾拥有幸福的过去，而今她又将得到它。海滩上那只寄居蟹，它的看似机敏而透着的不可救药的惰性，恰恰是大刘性格的象征。而大刘的那个梦，那厂里的一千多人的越野赛跑，他在慌促中开了发令枪后那种越挤越乱的情形，则象征了他的炼染二厂的实际状况。这种象征手法在小说中的运用虽不多见，但却避免了许多与艺术不相容的抽象议论，给小说增添了不少色彩。这与作者受我国古典诗词的熏陶是有关系的。希望作者在今后的创作中，努力发掘传统艺术中潜在的生力因素，汇融到现代作品中来，使作品既具有民族风格，又具有自己的独特个性。

小说在语言的运用上也是得失互见。小说中不乏诗一样的语言，铸起诗的意境："她（方素欣）总觉得，波涛的声响，是种语言，述说着一个无尽头的故事，而沙滩和礁石或疏或密的纹理，就是种文字，书写着一部不可知的历史。"这表面上是在写大海，实际上是借大海抒写人物的心境，并为全篇故事作了铺垫。在方素欣眼里，大海不仅具有哲理色彩，而且也是她曾有过的美好生活的见证人："早晨的霞光，总是带着大海湿漉漉的水珠照到汉斌的两颊上，洒在瑜瑜和玮玮的小床的床头……沉没了的往事，被记忆涌上来，象顽强的海涛，直叩她心的岸崖。"在这里，大海与浩渺的往事、素欣心潮的波动交融在一起，铸起动人的诗境，颇有艺术感染力。然而可惜的是，尽管小说运用了象征手法，也不乏动人的细节和具象化、哲理化的语言，但因为议论太多，尤其是在叙述改革的文字中，这不能不影响小说的艺术性。甚至有些议论还与人物性格有脱节的现象。如方素欣到大刘家，作者以方素欣为视点议论道："夫人在哪里？刚好象在家里召开厂务会。大概做了厂长的人，就必然会有这种通病。做了厂长就没有自己的家，自己的生活了么？是这样，再高几级的领导干部就该不食人间烟火了！"这种议论的口气只可出自一个对厂长生活很隔膜的人，而发自同是厂长的方素欣口里就显得不真实，而且议论的对象是大刘，并非一个公而忘私的人，因此就更显得多余。

小说在语言的节奏上较之传统小说也明显加快了，有些地方快得象短促的鼓点："眼前跳动的是海面上的阳光。是海面在跳，还是阳光在跳？好象都在跳。跳动的海面，跳动的阳光，跳动的音乐，跳动的车厢，跳动的神经，跳动的心。"有些地方快得让读者的眼睛也跟不上："让你在这激烈的气氛中得以充分享受的，是琴港方言的主旋律，是那些变得陌生了的熟悉的东西，是沉睡和苏醒，是毁损和复苏，是冬和春的更迭，是当地人人的装束比上海还洋气，是八十年代，琴港。"这种语言节奏本身就让我们闻到一股现代生活的变动、嘈杂的气息。小说的前半部分基本上是这种快节奏的语言，但后半部分那些关于改革的议论以及对向汉斌和方素欣相见前后的描写，节奏明显缓慢了，以致给人一种节奏失调的感觉。这实乃出于必然，因为小说前半部分对火车、大海、城市等生活表面现象描叙较多，而后半部分则把笔触探据到人物的内心，尤其是表现向汉斌和方素欣初次重逢的微妙心理，快节奏的语言几乎是无法用上的，即使用上也难免与人物的心理显得不和谐，甚至破坏了那种相持的气氛。因此，我们想提醒作者，作为记录快节奏的现代生活的外表，快节奏的语言是有相当用场的，但是，如果把笔触探到人物的内心，表现他们对人生的哲理思考和情感态度，这种快节奏的语言是否适应？而后者显然比前者更有艺术价值。

其他作品

枇杷园[*]

　　护城河的西岸，有一座花园，凡是来玩过的人都带着真的满意走回家去。这里面有：胡桃树，老杏，柿子，樱花，白梅，茶花，一株衰老的木瓜，还有石榴和古柏，另外是一株像孔雀尾似的树，最后是枇杷果了。这里小草反而不多，倒不是由于树的枝叶扶疏遮隔了阳光的缘故，更不要相信这是一座森林或庞大的果园，不是，完全不是，因为树类虽多，每种却只有几棵，而且这些树多喜在春夏开花，一旦秋入园林，便萧条不堪，只剩一些黄色的果实累累欲坠了，此时只有园中东南角上七八棵老枇杷果树在感谢自己的"忍耐"而不凋。这里既不乏阳光，土壤又松软可喜，何以没有芳草呢？诸君！这里住着人，有七八个家庭在这里过日子，提到家庭会使人立刻想起挂鼻涕的孩子和扶杖的老太婆、喜欢搽粉的大姑娘，这些人物的脚会踏光了小草。是的，这里确有这种人，然而可并不太威胁小草的生长，而是你没想到的年轻的主妇们最喜欢的一手：养鸡、养鸭、养鹅，还要养一些黑山羊，于是这花园——唉！——就变成动物园了。这些小动物从上帝那里领来一张好吃的嘴，自然小草要丧失生命，就是那些略为低垂的树叶和那片根本没法长高的竹子都遭了殃，于是这园里成天有白鹅引颈长鸣，使人仿佛置身黄昏的海滨，觉此宇宙充满了水意，黑羊羔摇头哀鸣一声，此茫茫大地便有驮不动的痛苦。够了，够了，关于这花园中的一些滑稽或可悲的故事，我能知道

　　* 原载《文讯》月刊第 4 期，1946 年。署名仲咸。

几许呢。一定会招惹那个老头子的嗤笑的。

你看：北楼前面，松树下那个老头子，他正捻着白硬的胡须，戴一顶黑帽，在温暖的阳光里眯起眼睛呢。他生活在花园里已有七八个年头了，他最熟悉这个世界，他可能告诉你：一个穿高筒皮靴的军官为了丢东西的问题，在拼命地骂一个穿西服的大学生；或一对老夫妻成天把四个男孩子打得鬼哭；或者一个花白头发的妇人，用一根手指指着一个年轻的小伙子骂"小酱油瓶！"同时用一双小巧玲珑的脚跺地。……

这个老头子姓潘，可是你不能够就喊他"潘老官"，因为这是给他的一种侮辱，他会装聋不理你。老年人有许多特权：就是装聋，装瞎，更会装病。他利用年老的弱点欺负了你，是没办法争辩的，要想维持自己的尊严，最好只是喊他"老官"吧！你一定要问"为什么？"这问题，也许还是直接问他自己的好，他会告诉你一个《水浒传》中最动人的、最香艳的故事：翠屏山上被杀的不是有个潘巧云么，这个风流寡妇的老爹就叫"潘老官"。你该记得，潘巧云的父亲是个屠户，而这个老头子当年是放荡江湖的人：内战时代，既曾为疆场上的百战功臣，也因英雄落魄杀过猪。我们的老英雄喜在茶馆泡茶，尤其喜欢泡围鼓茶，说书人说到石秀用一把朴刀捅进潘巧云的肚子，最使老英雄感动，甚至不自觉地挥几滴英雄泪，把几枚黄澄澄的铜子飞进瞽者的怀里，可是他也心里难过，恨自己的爸爸为什么也姓潘！自己前生不烧好香，为什么偏偏杀起猪来！虽然目前还没生下个像潘巧云那样狐媚子的女儿，然而自己一向喜欢接近女人的那个老毛病，总没法修改，送生娘娘是慈悲的，谁知道他会不会有一个女儿呢！于是他改听《钟情传》，可是那书一开头所描写的女人又姓潘，她和西门庆杀了武大。唉，像一匹臭虫爬进了他的心，他默默地退出了茶馆，他悔恨曾告诉人家他姓潘，谁喊他"潘老官"就等于骂他的祖宗！

酒，女人，无情的岁月，使他的头发很早就变成雪，那时人家还送给一个可爱的绰号——"梨花"，可是现在只剩下如雪的长胡须了。假如在外国，在圣诞节的夜，谁不热烈地欢迎这位慈祥的老人呢？可惜他没有出过洋，在中国他活到了六十多，也从来未受过洗礼，他完全不知道上帝特别赐予的这种伟大的光荣，反而像一个慈善的人，故意掩藏起了自己的美点：头上戴一顶黑色的绒圆帽，在能够使人晕倒下去的热天里，也从没有见到他摘去过。

他有一个不喜欢和别人说话的脾气，仿佛怕别人采访着他曾经住过这样的一个地方：

在××市的北郊，那个十足荒凉的地方：是坟场也是刑场。自从有了警报以来，这地方才时常光荣地被留下一些穷人和富人的足迹，平常只有些晚归的马群，驮着笨重的货物爬过山头去，总之这是给人印象最坏的地方，只有长嘴的乌老鸦和野狗才舍不得离开它呢！一条铁道划分了两个世界——活人放纵的都市，抛弃了记忆的坟场。在坟场的边缘，铁道的旁边，当铁轮停止了转动之后不久，便发现了一个茅庵，这是老头子的家，似乎不用着描写了，它简单得像一个牛肝菌。

老人从人生战斗的队伍中，有如一只孤雁似的败退了下来，他背着文明的外衣，选择了这个地方，本来人是从山谷的深林里走了出来的，如今他又隐约地听见了野性的呼唤。晚上，野火在这里燃烧起来，他安静地睡在古洞穴气息的茅庵里，晴天的阳光，是他唯一的黄棉袄子。

他招来了一群：瞎了眼睛的女人，残废的小孩子，还有因为犯罪或做工而失去双脚的中年人，有时也会有婴儿的哭声，那是早晨从都市里拾来的私生子。不同的年龄，异样的面孔，高贵的或卑贱的血统，各自怀藏着一个离奇的故事的人群，拥挤在这茅庵里。他们养了一大群狗，也偷来几口小猪，让它自生自灭，在风雨的日子里，他们就想起祖先在往古的森林中用火的方法，活烧了乳犬和乳猪。天晴的日子，有的爬到行人最多的大街上，用一把刀拍着自己的胸膛，伸出污秽的手来向人哭着。瞎眼睛的女人半裸着身子，背着别人的婴儿跪在大街上啜泣着，那残疾的小孩子们——饥饿使他们变成了艺术家——就拿一串用泥和鸡翎作成的小泥人、小泥鸟，沿街吹起可悲的笛子去卖给有钱的都市孩子们。

老头子却很少出门，在晚上，这茅庵中拥满人了，并且烧炙起肉来的时候，他专门吹嘘他那些过去的光荣的日子，像一个年老的酋长，披着高贵的鹿皮外衣，升了宝座，让那些专门会歌唱的侏儒们赞美他的权力，让人记忆他年轻时代：在森林里，射杀过独角兽；在河面上，驾着独木舟，捕过大鳄鱼，并且曾经俘虏过多少奴隶！然而他毕竟是老了，日子一久，没有谁肯再饿着肚皮献给他半碗残羹，他们骂他懒、好吃、自私。有这么一夜，两个人喝醉了，其中一个缚住了老头子的双臂，一个人拿一把菜刀放在他那枯木似的脖子上大声说：

"宰了你这条老狗！"

老头子立刻缩成一团，拼命地躲闪，终于刀刃晃动在他的鼻子上了，他才喘息着说：

"好爸爸！请你高抬了手腕，饶了这条狗命吧！"

酒味喷在他的鼻子上，他连打两个喷嚏：

"是！老爷，我……呃，呃……去……去……"

这夜他在外面睡，从此他失去了尊严，成了别人的奴隶！

于是老头子在阳光里觉得很温暖的时候，他背着那一片孤寂的坟场，面向那耸立云霄的大烟囱的都市忏悔了：他抹着眼泪，像向一个已经不理他的女人，述说他们那些可爱的记忆，请求她的饶恕一样！虽然都市曾让他学会吃大烟，让他在孩子时代就学会了摸别人口袋里的东西，撒谎，嘲笑比自己还软弱的孩子，都市更强迫他的老婆卖淫，他则每天喝醉了酒去帮忙别人打架，再赚几个钱……这一切他愿意忘个净光，他只怀念都市崇高的赐与。是的，他确实阔气过，吃过烧鸭，听过京戏，在赌窟里听过金钱的撞击声，和最风骚的女人睡过觉……他现在要回去，哪怕每天坐在牢狱里，他都愿意回去，一个希望在他的面前升高了起来。

茅庵里起了集团的鼾声，他背着那简单的从文明都市负来的纪念品，爬出了门：白杨萧萧，冷月荒坟，像一个幽灵，他脱离了洪荒时代的黑暗奔向了文明！

这是他的第×个家！古城边的小森林，护城河崖上，他走入了一个茅庵，靠着花园东墙筑起的茅庵。不几天之前，这茅庵曾有过哭声，一个浮肿着脸的中年妇人，带着一个瘦孩子，埋葬了一个跛足的皮鞋匠。这一夜，老人在颤抖的月光下，松鼠在松树枝上叫着的夏之夜里，带着他那顶无比光荣的黑圆帽，作了第六次新郎。

他开始了劳动：夜里敲着梆子来保护这个世界和平安宁，白天给人家担水或者在挑那无数离人的行李。他知道大西门外的石板街旁有多少人家——幸福的和不幸的家庭。他熟悉那一条街上的石板是高是低，滑和涩。在狂风吹着颤抖的电线发出了尖锐的鬼啸的深夜，他看见楼上，在电灯的辉耀下，人们疯狂似的赌博。也听见织布机旁边，睡在母亲脚下的孩子的哭声……老人厌倦这种生活了，他后悔的厉害，他怀念起原始生活的愉快：温暖的阳光，他坐在坟场上，听清明节年轻女人的哭声，紫色的小花朵在没有人祭扫的坟顶上摇摆，他一点都不劳动，更不为任何事情操心，他闲得在夜里睡不着偷听狼嗥。真的，他厌倦了。在劳动里，在繁华的大街上，他感到了寂寞。犹如一位狂歌热舞后的年青绅士，想偷偷地驾着车驶向天边，去寻找一个无垠的沙漠或无尽的森林，生起野火，单独地、孤寂地睡上几夜，他渴望那种舒服的宁静地卧在阳光里的生活。于是他放弃了他的职业，整日的慵懒的怀着几文剩余的钱睡在茅庵里，像一只年老的猫头鹰，鼾睡在一棵古树的洞穴里去逃避白天一样。

的确，老人也做过甜蜜的梦。他仿佛曾到过这样的一个地方：一个常绿的山谷，茅草长得像一床俄国毛毯，永远有温暖的阳光，人沐浴在阳光里，岸上生满了金苹果树，云雀在庆云中快乐地歌唱，风都是美妙的音乐，"自由"和"快乐"用不着劳动去获得，就永远存在着。可是等他醒了就立刻消失，他还是卧在茅庵里。

渐渐，他怀里仅有的一点钱花光了，他已经再没有富裕的猪肝、咸鱼和白米饭了，他的老婆孩子已经因为吃不到东西，脸上开始浮肿起来没有力气出门。有一天早晨，他爬出门来晒阳光，好一个美的河上的初夏，乳鸭在试泳，孩子们唱着歌把山羊送来芳草地，浅水上遮满了红萍，白头翁之类的小鸟，栖止在肥大的草叶上，翅膀快乐地扇动着，老头子卷起了门帘让阳光爬进去，他笑得眯起眼睛，真想大声歌唱了。就在此时，几个青年的男女远远地从一条小径上走来，很少有人踏上这枯河崖，老头子警觉地站了起来，像一匹猴子，由于一群猎人的冲入，他想爬上树去。

三个男的都拿着手杖，把茅庵包围了，让两个女的爬进去，一个在翻检他那唯一的一口死去的皮鞋匠留在世上的破箱子，一个则摸索他老婆的身子，孩子吓得扯着母亲的衣服——那一扯就破的衣服，大哭起来。一床快掉净了毛的狗皮和两领灯草席子被抛得老远老远的。

"你姓什么？"一个男人向老头子举起了手杖。

"我……我姓潘……"他惊吓地忘记了他的忌讳。

"哪样职业？"

"我——闲着，我老了……"老头子想起他的职业，他在风雨的夜里保障这世界安宁，然而他早就丢掉这职业，为了安息的缘故！

"那不成，你得搬开，为了大家的安宁，你非立刻搬走不可！听着，明天我来撕你的草棚子！"

他开始感到问题的严重，他领着女人和孩子跪着：

"老爷们，小姐们，放条老命，我没有地方去！"

那群人没说话，一个人踢了他一脚。

"不成，要搬，明天搬家——狗东西，坏蛋！"

他望着那群人的背影，心里想："几次了，他们向我要钱，这次，我没有了，一文钱都没有了！"他也踢了那肿着脸的女人一脚。

偌大的宇宙：森林，原野，都市……都没有他存在的一份，眼前就只明白地摆着一条路——他得退出这个世界去！树林，月光，一个幽灵徘徊在枯河岸上，像初来时一样，是一个美丽得惊人的夜：松树在软枝上跳舞，河底下蝼蝈鸣，那夜，他新婚，在温暖的茅庵里，两枝洋烛摇红，烛影里，一切都美丽，他望着新娘羞怯的眼睛，他大胆地扑上去，心里猛烈地跳着，他的手颤抖，当去探索那个女人——现在由于过度饥饿，已不能行动的女人——的软绵绵的前胸。他仿佛闻到了初次在一家小旅馆里和一个风骚的女人结婚时那些奇异的香味，他完全忘记了那和月光一样白而颤抖的胡须，他年青，每结婚一次，他都要年轻一次，宇宙里只有春夜，时间为他而倒流！从那夜之后，他一天天把茅庵上所披的草席加厚，牵牛花把茅庵严密遮盖住，那上面有一个鹊巢，喜鹊迎着朝阳向他府上报佳音，他把爬树掏鹊子的孩子打哭回家去，他是个王子，他管领着这个新世界。可是他现在完了，那茅庵到明天将被撕裂成粉碎，像一只饿狼去撕裂一个包着刚死不久的孩子的草席一样地碎了。他没有家，这世界的每个角落都是他的家，然而他哪儿都不能久待。一句话，现在这世界上不再允许他居住了。他曾经控制过这个世界，更嘲笑过这个世界，最后他失败了，又投降过，在夜里他敲着梆子或锣保护过这个世界，可是，这个世界过了这一夜，就要一脚把他踢了出去。

月照树影婆娑，低垂的树枝，松鼠在上面玩过捉迷藏的松枝，高不过他的肩膀，风一吹枝子就轻拍着自己的肩膀，抚摸他的感觉迟钝的脸，他记起了铁道那边的坟场，在阳光里没有人祭扫的坟头上的小野花的摇头，他又听见了战场上的炮声，惊魂的叫喊声，一排排亲爱的弟兄们躺下去，鲜血染在黄沙上……他笑了，脸上挂了两行干枯的泪，月光紧随着这个幽灵，他在选择一处美好的松枝，向西伸长去的枝子，像母亲的手臂握他送向西天，他抬起感谢的眼睛：

一缕强烈的电灯光落在了墙外，花园里飘荡着歌声，一个少女在花园里，在月光下领着一群快乐的孩子跳舞，她禁不住爱的燃烧，正唱着《蓝色的眼睛》。

花园，这个人间乐园，树结满了果实，人也结了果实，有的正在开花，园主人还没有睡，正躺在钢丝床上抽烟，那奇异的香味，像一匹轻纱笼罩了这个花园。生机，欢欣，这里没有别的！

"唉!"他叹了一口气，这可怜的幽灵，感到死是一种羞耻。他听到生的召唤！这世界还需要他！他还年青，他也能挑水，他能够……墙的那边，是他老婆常提着一个铁罐去的一家，花枝从粉墙上探出头来，他似乎感到一种无上光荣的安慰，花园主人慈善的面孔，驼背，穿一双有花的拖鞋……他起了个奇异的想头，像偿还了一大笔积年累起来的旧债一样，他轻松地微笑着。

花园的早晨美丽得像一个初醒的孩子，绿叶深沉如海，枇杷果黄了，柿子在肥叶底下偷偷地开起丑小的花朵，润泽得快要滴下露水来了！一对鹅在院里跑着叫着，频频扇起肥大的白翅膀，主人今天起得特别的早，衔着粗大的雪茄烟，监督一个黑脸的小厮扫院子。

一个老人，雪白的胡子，头戴一顶黑的帽子，挂一根棍，肩上披一领席子，颤巍巍地从大门口走了进来，院里寂静得可以听清楚他那"拉踏"的脚步声，阳光一片片落在地上，把老人瘦长的影子铺在地上，他胆怯地前进，一双饥饿的恳求的眼睛，在人前，他落下无助的眼泪，他很艰难地张开口：

"×老爷！慈悲的老爷啊……"

"干什么，潘老官？"

老爷用沉重的油渍的礼帽檐遮住了好奇的眼睛，在揣度老人的来意，不过显然他已经猜中了八九分。穷人来到他的眼前，总是怀有恶意的，他担心着他金钱上的损失，他心里在想："这个可恶的老流氓，不只是来麻烦我一次了，无论如何，这次我不能给他很多，我得赶快唤我的狗……"

老人怀着不敢过奢要求的心情，第二次说话了：

"老爷，你的花园里，果子真多！杏子，枇杷……嗳！真是树树黄金……"

老爷笑了，心想："这个疯老头子，馋嘴的东西，要想摘我的果子呢……"不过他脸上立刻又严肃起来，他没有说话，此时，老头子觉得自己的藐小，快缩做一团了，活像一个滑稽的侏儒，伏在主人的脚下打滚。

"老爷，你很明白，天旱，果木树得勤快着浇水，……果子也会有人偷，一个就是一只洋……"

话到了唇边，偏偏说不出来，两只蒙眬的眼睛，活像一只猴子在瞅住主人的烟圈子。然而，这几句话却有力地打动了主人的心，用眼睛扫射了一下这个园子：那宫殿式的绿楼，那些花木是蓊郁可爱。这是他一生的杰作，几乎每一棵树，都可以引起他一个甜蜜的或苦味的记忆。譬如：那株每到春来就变成晓霞的樱花，是他在日本时代——士官学校的时代——为了不忘记一个"名古屋"的少女双颊，而特地浮海爬山把它移栽到自己的家来；再就是那棵老杏，暮春天气，杏花瓣正铺遍了春末的土壤，太阳一晒，都绉了起来，园主人哀伤地拾几瓣在手掌上，每瓣都对他非常之熟悉，他会喃喃地喊出它的名字："唉！这是'曼娜'的小手帕……"那里一棵腊梅，它是他对小侄子的忏悔，在一个冬天，带着小侄子坐汽车到西山区，当经过一座牌坊时，那顽皮的孩子把头伸出窗外，于是碰伤了脑子死去了。现在我该特别介绍那片欢喜结很多果子的枇杷树了，这是在一种迷信中孽有诗意的心理状态中生长起来的：每生一个姑娘，他种一棵；每生一个男孩子，则种上三两棵……总之，这座花园就被他这样手栽了起来。他越年老，这花园就越显得美颜，他像爱自己的儿女一样去珍贵这个花园，这花园是他在这世界上生命的结晶，在走入墓道之前，他舍不得花园里每一个叶子的损伤。然而偏偏有一群孩子，他们在花园里打架，用花枝做秋千架，又往往爬上树去掏雀子，顺便把熟透了的果子摘放在口袋中。当柿子变了橙色赤裸地被挑在枝头时，那些可恶的喜鹊飞来，柿子就有一大半被啄坏，还有那些贼样狡猾的松鼠，在秋天常常抱着胡桃在河崖上野餐——主人常为这些事情所缠扰，因而深深地悲哀着，这不仅是在金钱上一种意外的损失，我已经说过，这花园就是他自己的血肉和灵魂，孩子、喜鹊、松鼠，简直是些微菌侵入了他的身体，在破坏他的血球，催他赶快走入墓道，尤其楼前那株老木瓜，因为受不住夏来的长花毛虫子的咀嚼，几年了，已经没有肥绿的叶子，自然少开花，就是偶然结几个果实，不到几天也就凄惨地落在地上。他曾把一只死狗埋在根底，没有用，于是他感到需要寻一个专人来管理这个花园。是的，哪一个婴儿离得了母亲呢。

这似乎用不着我再说了吧，这可怜的老头子带着女人和孩子，又找着了归宿，他得到一份职事，说得好听一点，他做了一名老园丁！从此花园的东北角上，那一片枇杷果底下，发现了一个茅庵，很矮，狗可以在上面撒尿，这便是老人的新居，他从来没有想到过，这新居竟是这样的舒适和温暖，是的，在花与人融洽在一起的世界里，它美丽起来。正如一幅染色的山水画，只有把它放进去的时候，才显出一点灵性。

老头子第一次发现人世间并非完全是冷酷的！虽然这是个自私的世界，人类往往为自私的缘故蒙蔽了自己的良心，而完全走错了路子。常常是滥用了最可宝贵的情感，更常是误会了温暖……可是，只要努力去发掘，就可以获得温暖的援手！他努力他的职务，他准备在这花园里复苏。他妨碍了孩子们的游戏。他每天像个守财奴样地看守着这个花园，像在深夜里数自己的钱一样，频频地数着叶底的果实，可是孩子们烦恼了，他们受不了这种束缚，他们常常远远地跟在他的后面，偷用一根细长的竹竿挑走他的帽子，然后大家一齐欢欣地拍手叫喊：

"秃驴，野和尚，电灯泡……你的头发呢？哈……"

老头子大声吆喝着追上来，于是他们就抛石头打他，把帽子挂在树枝上，大笑着跑下河去了。

在一个深夜里，风吹送着花香入了茅庵，这是腊梅的暗香，只有在旧历除夕的前几天，才有幸福闻到这种香味，老头子卧在席子上，一股霉杂着霉味的稻草香刺激着他。他抚摸着还没有入睡的孩子的头发，这孩子五岁多了，生有一对美丽的眼睛，没有裤子，时常穿一只大人的破鞋，这孩子能够知道很多的事情，能够敏锐地嗅着新年的气味。这花园里许多人家都准备过年了：红色的蜡烛，大块的猪肉，饵〔饵〕像银山似的被堆在案头，嫩松柏使房里变成和谐的绿色。这孩子忽然发现他爸爸的脸上带有快乐的光辉，就喊道：

"爸爸！过年我要戴一顶新帽子！我要放爆竹！"

"好的，孩子！我快有钱了，等我给你买一辆小汽车，小飞机，一匹马——"

老头子在花园里快有一年了，已经有一点富裕的钱，像一棵老树，在这松软的土壤里还苗了，苗出了紫色的芽子。过年，他预备割半斤猪肉，一斤豆腐，半斤烧酒，他快乐地喊醒他的老婆，要告诉她一个远大的计划，他说：

"明年，我要和你回家……"

他老婆揉搓着干涩的眼睛，怀疑他在做梦：

"家！在哪里？这不就是我们的家！……"她用手拍拍潮湿的席子。他骄傲地捻起胡须，几乎不屑地去回答她了：

"你——傻家伙！很远很远地，在北方，那是我的家！三间房子全堆着拖车和犁耙呢！……"仿佛第一次向她求婚似的说那些富有诱惑性的话，高兴使他完全迷乱起来。

"我们得快赶回家，那三亩地完全荒了……我得让孩子放牛，我喂猪，你，你养几个母鸡，……我喝酒……炒鸡蛋……唉，养蚕，数不过来的蚕茧……"

她喜极了，紧紧地搂着孩子，孩子睁大了眼睛，因为向来没听过这样一个动听的故事，也不免插进嘴去：

"不，不，我不放牛，我怕那对大角，我要放爆竹……"

她笑着轻轻地击他一掌！

一阵冷风搅动了花园的树——"沙沙……"

"你听！"

像一窝兔子，都竖起了耳朵，远处起了凄惨的哭声，阴森像坟场的狼嗥。渐渐飘近了茅庵，突然，一阵急雨似的沙土落在头顶上。老人一口吹熄唯一的一点灯火，他们畏缩了，大家喘着粗气，老头子慌张地抑制不住他的咳嗽一样，他觉得自己的头发——只剩下耳朵后面的头发和汗毛都耸立起了。嗳！大年节下的几夜里是诸神下界的夜，谁在年轻的时候不荒唐呢，他想起那些有冤报冤、有仇报仇的鬼怪的故事。他跪下，含起忏悔的眼泪，把"合掌"放在胸前，在虔诚地哀求过往的神灵！

天亮了，老园丁带着那只剩下一张粗皮包着的脸，胆怯地从茅庵里爬了出来，孩子也像一匹小猴似的爬出来，这孩子眼尖，看见茅庵上撒满了嫩绿的松枝，大朵的红茶花匀散散地被插在上面，小孩子喜得跳跃着，喊他妈妈，又拉着他爸爸的手说：

"你看，爸爸！我们的家是一座大花轿，哈哈！……"

老头子没有说话，他迷惘了，他望着憔悴的园子：枝叶满地。他跑到老爷窗外的两株大茶花底下去，昨晚刚刚怒放的花朵不见了，叶子被蹂躏得七零八落，一块大石头坠着他下沉，沉，沉在"但丁"所游过的第九层地狱，那个魔鬼所居住的冰霜世界。他心想：完了，什么都完了。他无力地抚摸着受伤的树，呆子似的呆望着他的茅庵——那个挂满了花圈的坟墓。然而他没有哭，他所储蓄的眼泪只有几颗——那仅仅用在永远闭起眼睛不看这个世界时，必须要流出来的几颗！

当花园里的孩子，爬出温暖的被窝，揉搓着眼睛，站得远远地用满足的神情瞅着他和孩子、老婆时，大家很清楚，他失业了。

恐怕谁都可以想象得出：当朝阳把这花园镀上一层黄金，园主人起身之后，所要爆发的那一场"雷霆"吧！更有谁不深深地同情着老人的不幸，而急着探询当老人背负着那驮不动的痛苦，踉跄地退出了这座园林之后，到底到哪儿去了呢？会不会又像那一晚上一样，他要选择幸福的一枝？还是……

不是，完全不是！真得感谢这个世界，只要你不想和它绝缘，还肯努力的话，它是不肯遗弃你的！这世界还可以找出"正义的同情"来，它总不给人以完全的绝望。他仍旧生活在这座花园里，他作了一群在这里作客的青年人的老仆，他反而生活得更优裕。多少年了，他总睡在茅庵里，现在他和他的家眷有了一间小屋，石灰污墙，有门和窗，还有一盏电灯，他的工作松闲得要命，每天就是上市买一次菜蔬，把工作完全分配给老婆：她挑水，弄菜，洗锅，刷碗……他却成天坐在阳光里眯起眼睛做好梦。冬天，他亲热地搂抱着一个红泥小火炉；有时出街作点小生意，或者赌，晚上从围鼓茶园里回来，带着一捆干小鱼，上锅炸了下酒。他懒得像一匹蜘蛛，就是上街买菜，他都要揩油，最初是因为偶然输了钱，稍久，尝着这种甜头而视为定例了。一句话，他故态复萌了！几乎完全忘掉这世界所曾给逼他的惩罚！他骄傲，绝不吃主人们所剩下的东西，连破衬衫，他都不屑得接受呢。他骂孩子们和他在胡桃树下一起抢胡桃，甚至无理地对付主人，主人走了，他一点都不觉得难过，在他心上，"离别"二字又占几何分量呢。他像送走车站上那些快乐的或悲惨的人物一样，可以趁他们的忧愁压抑住了悭吝的时候，多索几文钱喝酒——嗳！什么不好干呢，自然他很快地忘掉了这些人的面孔和声音，他只记住这个花园，八次了，他看见杏树结了果子。一年年他更衰老下去，非常爱好在阳光里坐地，落雨天，卧在床上装病，晴天，他又回到阳光里，又一次他病了，成天地打着呵欠扶一根竹杖在花园里慢慢地走着。晚上，小屋里常常喷出香甜的味道，整夜他不肯熄灭那个电灯。

这种香味使他卖掉了本来就不多的物品，最后从他老婆的眼泪和颤抖的手里，抢来那唯一的一床破被窝，送到"夜市"上去，他渐渐地有点疯狂，常常打那个可怜的永远脸上带有浮肿的矮女人，这个女人平常是很少说话的，总是机械地工作着，有时也笑一笑，特别显出她少了几个心眼。近来她已经没有权利回到小屋去睡，幽灵似的在院里徘徊一阵——谁知道她拭着眼泪没有呢！就瑟缩在那半间肮脏的灶房里熬过了黑夜，不知道为什么她的孩子却幸福地睡在爸爸的怀里。

有一天，老头子带着孩子出去了一天，她就快活了一天，因为脱免了挨打。晚上，老头子带着眼泪走回家来，说是孩子在街上"打失了"！这消息很使人悲伤和惋惜。是那么一个伶俐的乖孩子。可是她——这一只可恨的哑鸟，却只跑到河崖上，那孩子诞出的地方，那个茅庵废墟上，痛苦了一场就完了！有些人说她根本记不得孩子的亲爸爸，更有个长得像猪样的丫鬟坚决地愿意证明：那个孩子是拾来的，因为向来没有看见她的肚子膨胀过。可是这晚上，当老头子在床上忙着吞吐沁人心脾的香味时，她借来几文钱，买了些香纸燃烧着，她跪下来喃喃地祷告了一番，就又抽搐起来。

第二天，照样她又被打了，脸上带着伤痕又默默地切起菜来。她健忘，她从没怨恨过谁，她失掉了乳房上的孩子不止一次了。她从没有嫁到过一个真正爱她的人，都是先把她占有之后，又打她，最后把她赶走了。她似乎得感谢自己的"健忘"才是。可是终于她病在床上了，那是猪丫鬟给她一个人们从未听见过的消息——也许是假的——可是她吓病了。丫鬟为了使她的消息增加正确性，总是从院里拉来一个挂鼻涕的孩子向着花园里一些好探新闻的主妇们说：

"真的，那个老头子把那个孩子卖了！"她急忙把证人拉倒身边小声地问：

"你不是看见他被一个生人领着走了，又用手按着口不让哭出来？"那孩子撇着嘴应声虫似的并且装出害怕的样子回答：

"是的！那个人的脸真吓人啊……"不等说完他就用手蒙起了眼睛，然后跑在她的身后藏起来。

"听哪！你看他（指老头子）那个穷样子还要抽大烟，不卖孩子哪来的钱——嗳！那孩子真可惜呀……"突然她收住尖声的叹息，像白昼见鬼似的把嘴插到一个女人的耳朵里：

"那孩子早就死了！你想还活着……"你几乎可以看到她的泪珠在滚着。

"唉！这年头，哪里还有呆瓜肯去花上几千，买一个孩子当自家的儿女呢！那孩子是被人家买去装鸦片的……"

这句话真真有力量，所有的人都伸出了舌头，几乎都想立刻跑回家去看看自己的孩子。

"怕人呀！剖开肚子，摘出肠子来，再填进满满的烟土去……"有些母亲吓得掩起耳朵，可是还露出一点缝去听她所举的那些例证。

然而没有谁在那只"哑鸟"的面前，证明丫鬟那个消息的可靠，所以，她永远不相信这个世界上会真有这种离奇的故事，于是她又好了，又想到厨房里去切菜去了。

可是她在老头子的床上，有一天早晨她发现了另外一个陌生女人在酣睡着。

"啊呀！"像踏着一个尸体，她惊喊起来。

这是一个寡妇，在"哑鸟"的病期里，老人不知又从哪个茅庵里领来了一个比"哑鸟"略微年轻而一点也不风骚的女人。当老头子声明这是他第七个太太，而立刻要她滚蛋的时候，她披散着头发在地上滚着号咷大哭了，除此之外，她还能作些什么呢，并且这时老头用那根竹竿敲击着她。我已经没有方法描写她此时是否还能记忆这座花园的美丽和小屋的温暖，结婚的夜的羞涩！更不知道她会不会想起生产时的呻吟，以及那个被卖掉的小孩子，会不会将来做了军官来迎接她，她又怎样怀恨新来的女人，因而听到死的呼唤……总之，这花园不再那么轻松——有人保证说，他的确在夜里听到过夜莺的歌曲——而是一团混乱了！整日都有一群人——老婆和孩子——围着一个老头子和两个女人，像在北方的元宵节日围观傀儡戏或耍猴一样地发生极浓厚的兴趣。

　　不久，这花园里便又安静了。当一天早晨，老人背起了自私和罪恶的小包裹，领着两个女人走出了大门，一大群孩子追在后面喊：

　　"老秃驴！老妖精！老不要脸，你的头发呢？……"

　　这花园里才获得了温柔。

民国三十四年一月八日晚写于大慈寺

元曲中的水浒故事[*]

自从金圣叹批改贯华堂原本《水浒传》问世以后，家喻户晓，它已成为通俗文学中的宝星。这部伟大作品之诞生，在文学史上占了极重要的地位。它不像托尔斯泰的《战争与和平》，或肖洛霍夫的《静静的顿河》，虽然作者费了几十年的心血创造了它们出来，终究只能反映着一个时代的人类活动，而我们的《水浒传》则是几个时代的孕育、生长、苗壮、结实起来的作品。从这故事的演变的痕迹上，可以显明地看出它代表了几个时代的文学——宋人话本里有它，元曲里有它，甚至明传奇里也有它。正如胡适之先生在《水浒传考证》里所说：

> 《水浒传》不是青天白日里从半空中掉下来的，水浒乃是从南宋初年（西历十二世纪初年）到明朝中叶（十五世纪末年）这四百年的"梁山泊故事"的结晶……

所以说它在文学史上，尤其是在近代文学史上占了极重要的地位，我们研究这个问题的目的也就在这里：想从正史的记载起，来看它怎样成功了今日的面目——定型。因为它是经过长期孕育出来的东西，我们没法确实断定什么时候开始来试写《水浒传》了，然而它最后的完成，我们并不敢希望太早。我们研究这个问题的目的既如上述，何以会取"元曲中的水浒故事"作标题呢？郑振铎先生在他的《佝偻集》里说过："杂剧《十段锦》壬

* 原载《国文月刊》第37期，1945年8月。

集《豹子和尚自还俗》一剧，即写他的家庭人物很详细，他有妻有子，有年老的母亲……那时，水浒的故事，还没有成为现在的固定的式样；那时雄视一切而足以消灭那许多附庸的歧异的故事，如太阳之照射于朝露似的《水浒传》，还没有出来，所以杂剧家不妨每个人任意的写他的所要写的英雄，任意的写他的所创造的故事；他爱怎么创造，便可怎么创造，他爱怎么描写，便可怎么描写，不像后来作家之有一部《水浒传》横梗在心上也……"既是这故事发展的黄金时代在元代，所以我们研究的中心也在这里。

现在预备把水浒故事的发展史，分成三个时期来探讨。

一　水浒故事的萌芽

A　水浒故事轮廓的画成

这个轮廓的画成是经过三个步骤的。第一，我们先从历史上的记载来探索，意在挖掘产生《水浒传》的那粒种子，表示故事的肇始并没有脱离史实，然而也并非纯是演义！就是说：借了历史里的人物和那点星星的史实，作者便创造了一些生龙活虎的人物，活跃在动人的故事里。

《宋史》卷二十二《徽宗本纪》："（宣和三年二月）甲戌，降诏招抚方腊。……是月，方腊陷处州。淮南盗宋江等犯淮阳军，遣将讨捕，又犯京东、江北，入楚海州界，命知州张叔夜招降之。"

《宋史》卷三百五十三《张叔夜传》："宋江起河朔，转略（掠）十郡，官军莫敢撄其锋。声言将至海州，张叔夜使间者觇所向，贼径趋海濒，劫钜舟十余，载掳获。于是募死士得千人，设伏近城，而出轻兵距海，诱之战；先匿壮卒海旁，伺兵合，举火焚其舟，贼闻之皆无斗志，伏兵乘之，擒其副贼；江乃降。"（近人余嘉锡先生谓金圣叹因《水浒传》言卢俊义坐第二把交椅，遂影射此事，改第七十一回为"英雄惊恶梦"——《宋江三十六人考实》。)

《宋史》卷三百五十一《侯蒙传》："宋江寇^①京东，蒙上书言：'江以三十六人横行齐、魏，官军数万无敢抗者，其才必过人，今青溪盗起，不若赦江，使讨方腊以自赎。'"

从上面三条《宋史》史料来看，我们可以相信，《水浒传》里的（一）宋江等三十六人横行（二）后受招安，这个大的轮廓已是在这里画下了。此后又有些史书给《水浒传》故事添了一些线条：

《三朝北盟会编》卷五十二引《中兴姓氏奸邪录》："宣和二年，方腊反睦州，陷温、台、婺、处、杭、秀等州，东南震动，以贯为江浙宣抚使，领刘延庆、刘光世、辛企宗、宋江等军二十余万往讨之。"

杨仲良《续资治通鉴长编纪事本末》^②卷百四十一："宣和三年四月戊子，初，童贯与王禀刘镇两路预约，会于睦歙间……刘镇将中军，杨可世^③将后军，王涣统领马公直并裨将赵明、赵许、宋江，既次洞后……庚寅，王禀、辛兴宗、杨惟^④忠生擒方腊于帮源山东北隅石洞中……"

《十朝纲要》卷十八："六月辛丑，辛兴宗、宋江破贼上苑洞。"

现在我们可以说：《水浒传》所依照的轮廓，至此已经完全成功，无论水浒故事怎样地变化出奇，总逃不出这三点：（一）宋江与其党徒三十六人扰乱宋室（淮南河朔一带地），（二）张叔夜招降了他们，（三）投降以后征讨过方腊。

至于宋江这三十六人姓名见于史书的，有近人余嘉锡先生的考证最详。他在《宋江三十六人考实》里说道："按宋江三十六人，史不言其姓名，仅《建炎以来系年要录》有一史斌为宋江之

① 原文作"冠"，据《宋史》改。
② 当为《皇宋通鉴长编纪事本末》。
③ 原文作"此"，据书改。
④ 原文作"维"，据书改。

党，余皆不可考。”不过他也利用《三朝北盟会编》、《宋会要》、《宋史》、李心传《建炎以来系年要录》、杜大珪《名臣碑传琬琰集》、张纲《华阳集》、《金史》、《光绪山东通志》、无名氏《守城录》、许景衡《横塘集》、熊克《中兴小纪》、《挥麈①后录》、《建炎以来朝野杂记》、《景定建康志》、《建炎以来年表》，诸史书及笔记小说考得三十六人中只有十五人［宋江、杨志、李俊（一作李海）、史进（余氏谓即史斌）、张顺、关胜（一作关必胜）、李逵、董平、王雄（一作杨雄）、孙立、张青（一作张清）、燕青、呼延绰（呼延灼）、张横（张岑）、一丈青在史乘中有过记载，而且那些事实又多半与水浒故事不相吻合］，由是可知《水浒传》当初在史乘上所依据的那个轮廓，是多么可怜了。然而民间所盛传的那些活鲜鲜的浪漫故事，却给了《水浒传》以最丰富的材料。

现在我们看流行在民间的那些传说吧。宋江等三十六人声势的浩大，官军数万都“莫敢撄其锋”，自然他们就成为民间所崇拜的草泽英雄了。于是口传的水浒故事也就广大地流传在民间，好奇的老百姓们的确喜欢如此，尤其是妇女们更是这些水浒故事的创造者，“张辽威震逍遥津”，小儿尚不敢夜哭，何况与老百姓更接近的杀人不眨眼或替天行道的宋江三十六人呢！我们看看明清人的笔记小说吧：

明郎瑛《七修类稿》卷二十五：“史称宋江三十六人横行齐魏，官军莫抗，而侯蒙举讨方腊。周公谨载其名赞于《癸辛杂志》，罗贯中演为小说，有替天行道之言。今扬子济宁之地，皆为立庙。”

清王士祯《居易录》卷二十四：“宋张忠文公叔夜《招安梁山泺榜文》云：‘有赤身为国，不避凶锋，拿获宋江者，赏钱万万贯，双执花红。拿获李进义者，赏钱百万贯，双花红，拿获关

---

①　原文作“尘”，当改。

胜，呼延绰，柴进，武松，张清等者，赏钱十万贯，花红。拿获董平，李进者，赏钱五万贯有差。'今斗叶子戏有万万贯，千万贯，百万贯，花红，递降等采，用叔夜榜文中语也……"

清梁章钜《浪迹丛谈》卷六："陆次云《湖壖杂记》谓六和塔下旧有鲁智深像。"

梁玉绳《瞥记》卷六："吾杭清泰门有时迁祠，行窃者祀之。石屋岭又有杨雄石秀庙，其妄政同。"又同卷"涌金门外金华将军庙①，人以为即张顺归神，非是"。

民间的传说变成了神话后，才为之立庙，使这些被他们崇拜到极点的英雄们享受人间香火。虽然这种立庙的记载仅见于明清人的笔记，但可也正暗示给我们宋元以来民间传说水浒故事之盛之广！所以我们相信近人鲁迅先生和胡适先生的话：

鲁迅《中国小说史略》第十五篇《元明传奇之讲史（下）》："《水浒》故事亦为南宋以来流行之传说，宋江亦实有其人。……然宋江等啸聚梁山泺时，其势实甚盛……于是自有奇闻异说，生于民间，辗转繁变，以成故事，复经好事者掇拾粉饰，而文籍以出。宋遗民龚圣与作《宋江三十六人赞》，自序已云'宋江事见于街谈巷语，不足采著，虽有高如李嵩辈传写，士大夫亦不见黜'。"

《胡适文存》一集卷三《水浒传考证》："……宋江等三十六人都是历史上的人物，是北宋末年的大盗，以及其在当时的威名，这种威名传播远近，流传在民间越传越神奇，遂成一种'梁山泊神话'。……"

第三是文人的传写，当水浒故事在民间口传盛行以后，不久便有文人来传写它了。这几乎成了中国文学史上的通例，不管那种文体都是这样演变的，所以水浒故事也逃不了文人的手。我们尤其要注意的是，这时宋江这班人在民众的眼里已不是抢州掠县、杀人放火的大盗了，而是替天行道的忠义英雄。就是士大夫

---

① 清嘉庆刻清白士集本作"涌金门金华将军"。

们对他们也颇有好感，因此更大大地帮助了故事的传播。如：

宋龚圣予："余尝以江之所为，不得自齿，然其识性超卓，有过人者。立号既不僭侈，名称俨然，犹循轨辙……"复替宋江作赞道："不假称王，而呼保义，岂若狂卓，专犯忌讳。"

宋江等三十六人姓名第一次出现是在宋周密《癸辛杂识·续集上》："龚圣予（与）作《宋江三十六赞并序》曰：'宋江事见于街谈巷语，不足采著①，虽有高如李嵩辈传写士大夫亦不见黜，余年少时，壮其人，欲存之画赞。以未见信书载事实，不敢轻为，及异时见《东都事略》中载侍郎侯蒙传有书一篇陈制贼之计云："宋江以三十六人横行河朔，京东官军数万无敢抗者，其才必有过人，不若赦过招降，使讨方腊，以此自赎，或可平东南之乱。"余然后知江辈真有闻于时者，于是即三十六人，人为一赞，而箴体在焉。'"（赞不录）

明郎瑛《七修类稿》卷二十五："史称宋江三十六人横行齐魏，官军莫抗，而侯蒙举讨方腊，周公谨载其名赞于《癸辛杂志（识）》，罗贯中演为小说，②但贯中欲成其书，以三十六为天罡，添地煞七十二人之名，又易尺八腿为赤发鬼，一直撞为双枪将，以至淫辞诡行，饰诈眩巧，耸动人之耳目，是虽足以溺人，而传久失其实也多矣。今特书其当时之名三十六于左。"（略姓名）

此外《诚斋乐府》里也有这三十六人的名字，不过又与以上记所录姓名微有差异。其实凡是有名的故事，一经传播而时间经久，因为口传的乖讹和好事者的创造，自然姓名和故事的穿插往往有些不同，这是很自然的发展，无足惊异的。

B 水浒故事的出现

水浒故事初经民间的口传，再经文人士大夫的传写，自然一

---

① 原文作"者"，据书改。
② 省去"有替天行道之言，今扬子济宁之地，皆为立庙，据是逆料当时非礼之礼，非义之义，江必有之自亦异于他贼也"。

天比一天地扩大起来，这时正值平话流行，当然这些生动的脍炙人口的水浒故事，马上就为"说话人"所采用了。

明钱希言《戏瑕》："文待诏诸公，暇日喜听人说宋江，先讲摊头半日，功父犹及与闻。"是证明不仅宋人有说宋江话本，至明犹盛不衰。可惜今已全佚，那唯一保存水浒故事的书只有《宣和遗事》了。鲁迅先生在他的《中国小说史略》第十二篇《宋之话本》里说：

> 宋人通俗小说……实出于杂剧中之"说话"，说话者，谓口说古今惊听之事……南宋之杂剧消歇，说话遂不复行，然话本盖颇有存者，后人目染，仿以为书，虽已非口谈，而犹存曩体。

王国维《宋元戏曲史》第三章宋之小说杂戏："今日所传之《五代评话》殆演史之遗，《宣和遗事》殆小说之遗也……"

从这里我们可以知道《宣和遗事》是后人根据"说话"话本"仿以为书"的一部最宝贵的小说。它是唯一保留宋代说话人口说水浒故事的书。但是我们要确定地说把水浒故事第一次写成白话小说是在《宣和遗事》里，还有考订它产生时代的必要。

《百川书志》五部传记、《宣和遗事》二卷载徽钦二帝北狩二百七十余事，虽宋人所记，辞近瞽史，颇伤不文。明郎瑛《七修类稿》卷七十六载："宋徽钦北掳事迹，刊本则有《宣和遗事》，抄本则有《窃愤录》……二书皆无著书人名，且遗事虽以宣和为名，而上集乃北宋之事，下集则被掳之事，首起如小说院本之流，是盖当时之人著者也……"

以上是明人对《宣和遗事》时代的断定，都认为是宋人的作品。近人讨论者则有：

《胡适文存》卷三《水浒传考证》："……书中记宋徽宗钦宗二帝被虏后的事，记载非常详细，显然是种族之痛最深的产物。书中采用的材料大都是南宋人的笔记和小说，采的诗也没有刘后村以后的诗歌，故我们可以断定《宣和遗事》记的梁山泊三十六人的故事一定是南宋时代民间通行的小说。"

　　鲁迅《中国小说史略》第十三①篇《宋元之拟话本》："说话既盛行，则当时若干著作，自亦蒙话本之影响。北宋时，刘斧秀才杂辑古今稗说为《青琐高议》及《青琐摭遗》，文辞虽拙俗，然尚非话本，而文题之下，已各系以七言，如：

《流红记》（红叶题诗娶韩氏）

《赵飞燕外传》（别传叙飞燕本末）

《韩魏公》（不罪碎盏烧须人）

《王榭》（风涛飘入乌衣国）

皆一题一解，甚类元人剧本结末之'题目'与'正名'。因疑汴京说话标题体裁或亦如是，习俗浸润乃及文章。至于全体被其变易者，则今尚有《大唐三藏法师取经记》，及《大宋宣和遗事》二书流传。皆首尾与诗相始终，中间以诗词为点缀，辞句多俚。顾与话本又不同，近讲史而非口谈，似小说而无捏合，……盖《宣和遗事》虽亦有词有说，而非全出于说话人，乃由作者掇拾故书，益以小说，补缀联属，勉成一书，故形式仅存而精采遂逊，文辞又多非己出，不足以云创作也，《取经记》尤苟简。惟说话消亡，而话本终蜕为著作，则又赖此等为其枢纽而已。"

　　关于《宣和遗事》的产生时代，明人只是武断地说它产生在宋代，并未说出理由，胡适之先生则根据《宣和遗事》的体裁所出较晚，当在南宋末。鲁迅先生又说，"惟说话消亡，而话本终蜕为著作，则又赖此等为其枢纽而已"。这很清楚地认为《宣和遗事》是话本与章回小说中间的过渡物。换句话说就是，《宣和遗事》是章回小说之祖。实在我们翻开《宣和遗事》的目录看，也的确已具了章回小说的雏形，只不过未曾将目录分回排入书

---

① 原作"三"，据原书改。

内，在结构上有些芜杂罢了。

王国维《观堂外集·庚辛之间读书记·元人〈隔江斗智〉杂剧》："且今所行章回小说，虽至鄙陋者，殆无不萌芽于宋元。"这更给了我们一个最有力的证据。可惜此书的主题在讲述宋代的兴亡及二帝北狩等民族痛史，所以提到宋江等三十六人的作乱，也只给了几个简短的水浒故事，作为宋室紊乱的一个例子而已。否则就是宋末的水浒故事还不太多，不然这小说性质的《宣和遗事》，一定不会把这样宝贵的故事遗漏！总之，水浒故事到元代才大盛，此前诸书所记，自然幼稚简陋，这也就更可证明《宣和遗事》是宋末的产物，是最早的白话小说，是保存宋代传说的水浒故事最早、最完全的一部书。因为话本既不能算是小说而文人高李辈所传写之书又是文言。

现在我们看看《宣和遗事》里的水浒故事吧，在此书前集目录里有：

　　杨志等押花石纲违限配卫州　　孙立等夺杨志往太行山落草
　　宋江因杀阎婆惜往寻晁盖　　宋江得天书三十六将名
　　宋江三十六将共反　　张叔夜招宋江三十六将降

胡适之先生把《宣和遗事》中所写的水浒故事，总括了六段。

（1）杨志、李进义、林冲、王雄、花荣、柴进、张青、徐宁、李应、穆横、关胜、孙立等十二个押送"花石纲"的制使，结义为兄弟。后来杨志在颍州阻雪，缺少旅费，将一口宝刀出卖，遇着一个恶少，口角厮争。杨志杀了那人，判决配卫州军城。路上被李进义、林冲等十一人救出去，同上太行山落草。

（2）北京留守梁师宝差县尉马安国押送十万贯的金珠珍宝上京，为蔡太师上寿，路上被晁盖、吴加亮、刘唐、秦明、阮进、阮通、阮小七、燕青等八人用麻药醉倒，抢去生日礼物。

（3）"生辰纲"的案子，因酒桶上有"酒海花家"的字样，追究到晁盖等八人。幸得郓城县押司宋江报信与晁盖等，使他们连夜逃走。这八人连结了杨志等十二人，同上梁山泊落草为寇。

（4）晁盖感激宋江的恩义，使刘唐带金钗①去酬谢他。宋江把金钗交给娼妓阎婆惜收了，不料被阎婆惜得知来历，那妇人本与吴伟往来，现在更不避宋江，宋江怒起，杀了他们，题诗在壁上，出门跑了。

（5）官兵来捉宋江，宋江躲在九天玄女庙里。官兵退后，香案上，一声响亮，忽有一本天书，上写着三十六人姓名。这三十六人除上文已见二十人之外有杜丁、张岑、索超、董平都已先上梁山泊了；宋江又带了朱仝、雷横、李逵、戴宗、李海等人上山，那时晁盖已死，吴加亮与李进义为首领。宋江带了天书上山，吴加亮等遂共推宋江为首领。此外还有公孙胜、张顺、武松、呼延绰、鲁智深、史进、石秀等人，共成三十六员。

（6）宋江等既满三十六人之数，"朝廷无其奈何"，只得出榜招安。后有张叔夜"招诱宋江和那三十六人归顺宋朝，各受武功大夫诰敕，分注诸路巡检使去也"。因此三路之寇悉得平定，后遣宋江收方腊，有功，封节度使。

还是根据了前面画定的那个水浒故事轮廓，第一次的发展而出现在小说里，现在看看流行的《水浒传》里是否完全采用了它。

在金圣叹贯华堂七十一回本里，第十一回到二十回，以及第四十一回，所叙故事大体上同于《宣和遗事》所载。所以我同意胡适之先生说的《宣和遗事》中的水浒故事是后来《水浒传》的缩影。因为它已占了《水浒传》的七分之一的数量，而且都是重要的部分。因此《宣和遗事》保存宋代所流行的水浒故事的功绩是不可埋没了。虽然只有寥寥的几个，可是在宋代白话文学刚在萌芽的时候，对每个故事的描写，已经很够细腻的了，除了征方腊一段外（详下），大部已为《水浒传》所采用，占了《水浒

---

① 似当作"镏"。

传》全部内容的七分之一。

其次再看看一百二十回《水浒传》罢：这个本子是最完全的，差不多所有流行的水浒故事都包括在里头。其前七十回差不多同于金圣叹贯华堂本，而贯华堂本所没有的宋江投降和征方腊两端故事，这个本子却给补足了起来。可惜《宣和遗事》里所记宋江等三十六人东岳烧香赛还心愿一事，这个本子里也未叙述。这本子的第一百一十回到第一百十九回是写的宋江投降后讨方腊成功的一段。所本材料，除了《宣和遗事》所载水浒故事外，书中记童贯征方腊一段也被采用。我每一次看这一百二十回的本子，便疑惑它是从《宣和遗事》里蜕化而出的一部最早的章回小说。实在这两部书的联系太密切了，它不仅用的《宣和遗事》里童贯征方腊一段来渲染宋江，就是道君皇帝幸李师师家的一段故事，也拿来和宋江拉在一起了。就是在体裁上，我们根据明胡应麟《少室山房笔丛》所说（二十年前所见《水浒传》本尚极足寻味，十数载来，为闽中坊贾刊落，止录事实，中间游词余韵[①]，神情寄寓处，一概删之），也得到一个极大的帮助。

这是宋代水浒故事的面目，直到元代，它才开放了灿烂的花朵！

二　水浒故事发展的黄金时代

（一）发展的原因

我想第一个原因，应该是基于时代的背景。《金批水浒传》第六十四回，浪里白条水上报冤："老丈道：他山上宋头领不劫来往客人，又不杀害人性命，只是替天行道。张顺道：宋头领专以忠义为主，不害良民，只怪滥官污吏。老丈道：老汉听得说，

---

① 原作"游词韵语"，据原书改。

宋江这伙端的仁义，只是救贫济老，那里似我这里草贼。若得他来，这里百姓都快活，不吃这伙滥污官吏薅恼。"

　　这一段最足以代表一般被压迫的民众对梁山泊的英雄们的期望的心理。这种心理，从北宋末年经过了元代直到明初，它一直占住了一般人的心。等到金圣叹和《荡寇志》的作者俞仲华才起而大声疾呼，想矫正这个错误。在北宋末还是"自治衣冠之族"，被剥削压迫的老百姓似乎已经希望这些草泽英雄出来替天行道了，何况金元入主中原以后，又加上民族间的歧视和压迫，当然更渴望草泽英雄起义，推翻"异族"政府，解民于倒悬了。宋周密《癸辛杂识续集》：

　　　　龚圣与作宋江三十六赞并序曰……余尝以江之所为，虽不得自齿，然其识性超卓，有过人者。立号既不僭侈，名称俨然，犹循轨辙……古称柳盗跖为盗贼之圣，以其守壹至于①极处，能出类而拔萃。若江者其殆庶几乎。

　　再看《宣和遗事》写宋江得到玄女娘娘所赐天书以后叙道：
　　"宋江看了人名木后有一行字写道：天书付天罡院三十六员猛将，使呼保义宋江为帅，广行忠义，殄灭奸邪②。"又说宋江以后，抱天书点名，少了四人，吴加亮向宋江道："是哥哥晁盖临终时分道与俺，他从正和年间朝东岳烧香得一梦，见寨上会中合得三十六数，若果应数，须是助行忠义，卫护国家"。
　　臧晋叔《元曲选》，争报恩三虎下山，楔子云：

　　　　【关胜云】我不是歹人，我是梁山上宋江哥哥手下第十一个头领大刀关胜的便是。【正旦云】你不是歹人，正是贼的阿公哩。【背云】这济州是贴近梁山泊的，我一向闻得宋

---

　　① 原无"于"，据原书改。
　　② 原作"奸"，据原书改。

江一伙，只杀滥官污吏①，并不杀孝子节妇，以此天下驰名，都叫他做呼保义宋公明。

从这些例子里，很清楚地看出来，这种思想发展到了元代，"忠义的梁山泊"已为大家所公认。所以我们说：水浒故事之所以越传越远，并进而大量的创造着，这完全为时代背景所促成，被压迫的民众想寻求解放，想找条出路的渴望，完全在这里表现出来。

因此，我们从元曲二十八种水浒戏里面，所注意的一个特殊现象：就是李逵戏特别多（存目中有十种，现存的五种里的主角，也有三本是李逵了。山东戏作家高文秀氏甚至一气写了八种关于李逵的戏）的问题，也得以在此而得到了回答。李逵戏之多，这是说明了这个英雄在元代一般人的眼中所占的地位。一般人都喜欢他，都希望世间真有这样的一个英雄。我想除了因为高文秀和李逵是同乡，关于李逵的逸事知道得详细，易于采择戏剧题材而外，就是李逵这个人物太可爱了。一般被压迫者尤其喜欢他的"路见不平，拔刀相助"。这一点影响后来很大：他的惯打人间不平事，杀人留血书的侠义心肠，给了后世通俗侠客小说的作者很大的启示。所以他是代表被压迫者的一种反动力。我们看《还牢末》《双献功》诸戏里的李逵，都是他和官府作对的。当读《还牢末》的第一折【后庭花】告你个掌王法的党太尉，告你个葫芦提的包待制。又《燕青博鱼》第二折【六国朝】我不向梁山泊里东路，我则拖你去开封府的南衙。从这看来，元曲作家把梁山泊的地位看得很高，竟可以同开封府的南衙相比。当时我就猜测：大概在元代的被压迫者，在那地狱似的世界里，尚有两盏明灯——希望，就是盼望在朝里有一个专门和滥官污吏作对的包待制，替他们申冤报仇。但又因一个包待制救不了那么多的被压迫

① 原作"史"，据原书改。

者，即使拼命地私访，也只手遮不过南天来，所以就找出一个李逵专门在民间抱不平来弥补这个缺陷。因此元曲里为什么包公戏有十七种（仅存目者亦包括在内），水浒戏有二十八种，两者加起来占了元曲的大部的问题也得解答了。后来看到了近人朱东润的《说衙内》，里面有这样的几句话：

> 元代的戏剧作家，取着歪曲史实的方法，把蒙古兵官的危害，搬上舞台，那么他们指示的出路在那？除了《望江亭》一剧靠着女人的机智和诱惑，解决当前的难以外，其余止有两条路：第一条路是希望出一个专和权豪势要作对的清官，像包拯这样的人物。因此我们有陈州粜米，生金阁，鲁斋郎，蝴蝶梦，这一类的杂剧。……第二条路是希望绿林好汉——专名——为民除害，因此我们有双献功，燕青博鱼，争报恩，这一类的杂剧。晁盖宋江所树的替天行道的大旗，此时有了特殊的意义，一般民众的称道托塔天王及时雨，也许和现代称道老北风，天下好，一样。元杂剧里初期的作品对梁山泊这群好汉，都给与热忱的希冀，到了三期作品，才来了相当的贬斥，热忱过了长时期以后，渐渐地冷却，这是必然的结果。

朱氏的说法虽然是在《说衙内》，却正好给我的猜测加深了正确性。

那发展的第二个原因，应该是元代戏剧的发达。文学史家向来对于元曲的产生，认为有两个理由：第一是文学的进化；第二是说，元代废除了科举制度，一般文人无有出路就在元曲这个地上发泄他们的才学。这只是解释了一部分，最重要的动力，还是反抗"异族"政府和黑暗的社会。这是世界各民族文学史上的定律。我们知道文学不能为它自己而存在，只有在帮忙人们，讲解人们的生活时，才有效力，也只有这样才能有艺术的存在。社会政治的斗争被束缚而绝望，文学便深沉而更强烈。而表现这种反动最恰当合适的，也只有戏剧这一门。自从元曲发达之后，这些动人而又富于反抗性的民间流行的水浒故事，当然被视为舞台上最可宝贵的材料，同时因为极端的需要，便大量地创造着。所以我们说水浒故事，从老百姓的口传，经过"说话人"的口说，再写成书，到搬上了舞台，已经是第四步的发展。

（二）元曲与水浒故事

王国维《宋元戏曲史》第三章，宋之小说杂戏："今日所传之《五代话》，实演史之遗；《宣和遗事》，殆小说之遗也。此种说话，以叙事为主，与滑稽剧之但托故事者迥异。其发达之迹，虽略与戏平行；而后世戏剧之题目，多取诸此，其结构亦多依仿为之，以资戏剧之发达者，实不少也。"这是说小说影响到了戏剧。鲁迅先生也有同样主张。

鲁迅《中国小说史略》第十二篇《宋之话本》：然据现存宋人通俗小说观之，则与唐末之主劝惩者稍殊，而实出于杂剧中之"说话"。说话者，谓口说古今惊听之事。

又第十三①篇《宋元之拟话本》：说话既盛行，则当时若干著作，自亦蒙话本之影响。北宋时，刘斧秀才杂辑古今稗说为《青琐高议》及《青琐摭遗》，文辞虽拙俗，然尚非话本，而文题之下，已各系以七言。如：《流红记》（红叶题诗娶韩氏）等，皆一题一解，甚类元人剧本结末之"题目"与"正名"，因疑汴京说话标题体裁或亦如是，习俗浸润，乃及文章。

上面所引，意在说明戏剧和小说的发达是有密切关系的。说元曲和小说均从宋杂剧演进而来，而元曲却受了小说的影响，是以摹仿小说的结构等以为戏剧。不过在内容方面则多半是创造的。（胡适之先生的《水浒传考证》，郑振铎先生的《佝偻集》说得最明白。）

---

① 原文作"第三编"，据原书改。

高文秀所作八种：1.《黑旋风双献功》（《双献头》）；2.《黑旋风乔教学》；3.《黑旋风借尸还魂》；4. 又《黑旋风斗鸡会》；5. 又《黑旋风诗酒丽春园》；6. 又《黑旋风穷风月》；7. 又《黑旋风大闹牡丹园①》；8.《黑旋风敷演刘耍和》（4—8 五种，《正音谱》皆无"黑旋风"三字，今以《录鬼簿》为准）。

杨显之所作一种：《黑旋风乔断案》。

康进之所作两种：1.《梁山泊黑旋风负荆》；2. 又《黑旋风老收心》。

红字李二所著三种：1.《病杨雄》；2.《板踏儿黑旋风》（《正音谱》无下三字）；3.《折担儿武松打虎》。

李文蔚所作二种：1.《同乐院燕青博鱼》（《录鬼簿》上三字作《报冤台》，"博"字作"扑"，今据《元曲选》）；2.《燕青射雁》。

李致远所作一种：《都孔目风雨还牢末》。

无名氏所作十种：1.《争报恩三虎下山》；2.《张顺水里报怨》；3.《鲁智深喜赏黄花谷》；4.《梁山泊五虎大劫牢》；5.《梁山七虎闹铜台》；6.《宋公明排九宫八卦阵》；7.《王矮虎大闹东平府》；8.《小李广大闹元宵夜》；9.《宋公明劫法场》；10.《宋公明喜赏新春会》。

我们所根据的这个存目，是贺昌群的《元曲概论》和赵景深的《读曲随笔》。赵先生在他的《贺昌群的元曲概论》一文里说：

> 关于元曲与《水浒》《三国》题材相同的方面，贺先生似乎漏列了不少。我也趁此机会略加补充，高文秀所作水浒杂剧，还有一种《双献头武松大报仇》……无名氏所作还有八种，见《也是园书目》，王国维云为元无名氏所作恐不甚可靠，姑录其名于后：（一）鲁智深喜赏黄花谷……这八种

---

① 原文作"大斗牡丹亭"，据原书改。

《水浒》……如果不是元人所作，那就一定是明人所作的了。

关于元曲里为什么有这么多水浒戏的问题，除了我在前面所说的理由外，胡适先生在他的《水浒传考证》里也说过：

> 当元人的杂剧盛行时，许多剧曲家从各方面搜集编曲的材料，于是有高文秀等人采用民间盛行的梁山泊故事……

其实主要的原因还是：水浒故事盛行在北方，那产生在北方的元曲，既是为了大众而艺术，当然要把人民所最崇拜的英雄——梁山好汉——复活在老百姓的眼前。总之水浒故事到元代是大大发展了，比起《宣和遗事》里那几个可怜的故事，是大量地增多了。不过我认为元曲中的水浒故事，大半是创造的，很少向民间去搜集民间故事，因为那些故事（《宣和遗事》中所有者）太老了，只配做宋江出场时的独白，不能够作搬在舞台上使人兴奋的新鲜戏了，所以非创造不可。可惜我们的书籍太少，如果去读全部的宋金元人的笔记小说和诗，那从北宋末一直到元代，为元曲所不屑用的水浒故事，不知被保存了多少呢！

水浒故事不但到了元代大量地增加，就是梁山泊的好汉也由三十六人增写为一百零八将了。

《元曲选》，黑旋风双献功，宋江云："某聚三十六大伙，七十二小伙，半垓来小偻偻。"（按：《元曲选》燕青博鱼，已有卷毛虎燕顺。）

杨慎升庵《词品》拾遗：《瓮天脞语》又载，宋江潜至李师师家题一词于壁云："天南地北，问乾坤何处可容狂客？借得山东烟水寨，来买凤城春色。翠袖围香，鲛绡笼玉，一笑千金值。神仙体态，薄幸如何销得。想芦叶滩头，蓼花汀畔，皓月空凝碧①，六六雁行连八九，只待金鸡消息，义胆包天，忠肝盖地，

---

① 原文作"当空碧"，据原书改。

四海无人识。闲愁万种，醉乡一夜头白。"小词盛于宋，而剧贼亦工如此。

余嘉锡《宋江三十六人考实序》：宋江之徒三十六人而已，至宋末，有伪撰江题壁词者，造为"六六雁行连八九"之语，是为一百八人之说所由起，当亦出于说话人之手。元人杂剧颇欋演梁山泊故事，至元末明初《水浒传》出，于一百八人铺叙尤详。

我认为水浒故事的发展情形，可用两种眼光来看：就是横的与纵的两种方式。关于前者，就是说，每个时代有每个时代的水浒故事，在那时代，各地有相传的水浒故事，由于相传的错误，或有意的改编和创造，乃成功了许多不尽相同的故事。此种发展情形以元代最为显明。也可以说水浒故事横的发展的鼎盛时代是在元代，有许多不同的水浒小说，也有水浒戏。而纵的发展则是水浒故事历史的演变：从北宋末的萌芽一直到后来成为定型——《水浒传》。

目前元曲中仅存的五本水浒戏是：

A 黑旋风双献功（世界书局出版《元曲选》，上页六八七）

主角：黑旋风李逵。

剧中人物：宋江，李逵，吴学究，戴宗，孙孔目（名荣，郓城县把笔司吏），郭念儿（孙荣浑家），白衙内（白赤交，官拜衙内之职。郭的情人）。

本事：第一折：孙孔目还愿求护臂，黑旋风责令下梁山。

楔子：白衙内密约郭念儿，孙孔目火炉店失妻。

第三折：孙孔目入死囚牢，黑旋风探监劫牢。

第四折：杀冤仇李逵留血书，双献功梁山庆喜筵。

B 梁山泊李逵负荆（《元曲选》下页一五一八，《曲海总目提要》作"杏花庄"）

主角：李逵。

剧中人物：宋江，吴学究，鲁智深，李逵，老王林（杏花庄酒店老板），满堂娇（王林女），宋刚（盗，冒名宋江），鲁智恩

（盗，冒名鲁智深）。

本事：第一折：假冒名二贼抢多娇，黑旋风吃酒遇王林。

宋江李逵赌头，辨真假同赴杏花庄。

明真象李逵服输，假宋江杏花庄认亲。

梁山泊李逵负荆，拿二贼王林重团聚。

C 同乐院燕青博鱼（《元曲选》上页二二九）

主角：燕青。

剧中人物：宋江，吴学究，燕青，燕顺（按：与《水浒传》所写稍异，这里描写他，生得须发蓬松，只因性子粗糙，众人起他一个混名叫做卷毛虎），燕大（汴梁人氏，唤作燕和，燕顺之兄），王腊梅（燕大后妻），杨衙内（花花太岁，腊梅情人）。

本事：楔子：燕青被逐下山，脊杖感气瞎眼。

第一折：燕和娶后妻，燕顺怒离家。燕大夫妻同乐院吃酒，杨衙内寻找王腊梅。燕青长街叫化，燕顺医好瞎眼。

第二折：夫妻行乐，燕青博鱼。再殴斗衙内吃打，识好汉燕青拜兄嫂。

第三折：衙内腊梅花园私会，燕青燕和黑夜捉奸。杀人未成，捉入囚牢。

第四折：兄弟二人双反牢，燕顺请假下梁山。奸夫淫妇被捉，梁山泊大团圆。

D 都孔目风雨还牢末（《元曲选》下页一〇六八）

主角：李逵。

剧中人物：宋江，刘唐，史进，阮小五，李进，尹亨（东平府府尹），李孔目（名荣祖，东平府把笔六案都孔目），赵氏（李孔目妻），萧娥（孔目次妻），僧住（孔目子），赛娘（李孔目女），赵金史（东平府典史）。

本事（按：《酷寒亭》与此同一"母题"）：

楔子：李逵请刘唐史进，杀人充配沙门岛，孔目一言救李逵，被打刘唐怨孔目。

第一折：李逵有意赠金环，萧娥赴法堂首告。刘唐捉拿李孔目，屈招打入死囚牢。孔目大嫂病死，儿女拜托萧娥。

第二折：小儿女囚牢送饭，恶刘唐吊死孔目。

第三折：李孔目雨里庆复活，恶刘唐两番拖入狱。

第四折：李逵下山救孔目，阮小五招降史刘。救孔目五人相见，勒儿女奸人被捉。李孔目雪仇报恨，梁山泊准备喜筵。

E 争报恩三虎下山（《元曲选》上页一五六）

主角：李千娇。

剧中人物：宋江，大刀关胜，金枪教手徐宁，弓手花荣，吴学究，赵通判（名谦士，济州通判），李千娇（通判大夫人），王腊梅（通判二夫人），丁都营（腊梅情人），金郎（千娇子），玉姐（千娇女），郑公弼（济州知府）。

本事：楔子：三虎打探东平府，通判留眷权家店。丁都管勾搭腊梅，李千娇结拜关胜。

第一折：徐宁稍房被捉，千娇结义放好汉。

第二折：千娇夜花园烧香，小李广结拜闺房。赵通判捉奸伤臂，大夫人下济州狱。

第三折：争报恩三虎下山，劫法场佳人进寨。

第四折：义宋江下令杀仇人，归田园一家庆团圆。

兹统计元曲中的水浒戏：存目者二十三种（如再加郑振铎先生所说《豹子和尚自还俗》一本，当是二十四种），尚存者五种，共为二十八种。这些丰富的材料，到底有多少为《水浒传》所采用了呢？

（甲）关于梁山泊的形势，《元曲选·双献功》里描写得最为宏壮：

寨名水浒，泊号梁山，纵横河港一千条，四下方圆八百里，东连大海，西接济阳，南通巨野金乡，北靠青齐兖郓，有七十二道深河港，屯数百只战舰艨艟……

我们看《金批水浒》第十和第十七两回所描写的梁山泊，正是如此。余嘉锡先生在他的《宋江三十六人考实》里也这样主张：

> 文秀籍隶东平（见《录簿》），梁山泊即在境内，盖得之目验，证以传闻。故其词有"寨名水浒，泊号梁山，纵横河港一千条，四下方圆八百里"之语，《水浒传》因而袭之，原非虚构也。

（乙）活的语言：元曲里活的语言极多，直到现在还没有死，在创造"文学的国语"时，是主要的来源。现在只不过举了几个例子：

《燕青博鱼》第三折：【搽旦云】奸夫在那里？姓张姓李？姓赵姓王？可是长也矮，瘦也胖，被你拿住了来？天气暄热，我来这里歇凉，那里讨的奸夫来。常言道捉贼见赃，捉奸见双！燕大，你既要拿奸，如今还我奸夫来便罢，若没奸夫，怎把这样好小事儿赃诬着我。我是个拳头上站的人，胳膊上走的马，不带头巾男子汉，丁丁当当响的老婆！燕大，我与你要见一个明白！

这只是寥寥的几句话，可是已把个泼辣货活画了出来。关于这样活的语言，在《水浒传》里很容易找着。金批本第二十三回："那妇人被武松说了这一遍，一点红从耳朵边起，紫涨了面皮，指着武大便骂道：你这个腌臜混沌有甚么言语在外人处说来，欺负老娘！我是一个不带头巾男子汉，叮叮当当的婆娘！拳头上立得人，胳膊上走得马，人面上行的人，不是那等搠不出的鳖老婆！"

（丙）故事：自从《宣和遗事》里那六个水浒故事，给后来的水浒故事固定了一个缩影之后，创造力极大的元曲和《水浒传》作者，都只能在这个圈子以内活动了。而原来的这六个简单的故事，在元曲里都作了宋江出场时的道白。现在只把元曲里另创造的水浒故事和《水浒传》作一比较：

元曲	《水浒传》
黑旋风乔教学	李逵寿张乔坐衙(一百二十回本,第七十四回)
双献头武松大报仇	供人头武二设祭(七十回本,第二十五回)
黑旋风乔断案	李逵寿张乔坐衙(一百二十回本,第七十四回)
梁山泊黑旋风负荆	梁山泊双献头(一百二十回本,第七十三回)
折担儿武松打虎	景阳冈武松打虎(七十回本,第二十三回)
燕青射雁	燕青秋林渡射雁(一百二十回本,第百十回)
张顺水里报冤	浪里白条水上报冤(七十回本,第六十九回)
宋公明排九宫八卦阵	宋公明破阵成功(一百二十回本,第八十九回)
小李广大闹元宵夜	花荣大闹清风寨(七十回本,第三十二回)

　　这只是粗略地对比一下,其他如病杨雄、宋公明劫法场等水浒戏,因为过于笼统,无法比较。此外《水浒传》里的鲁智深醉打山门一段故事,不见元曲,不过在《元曲选》梁山泊李逵负荆第二折,李逵骂鲁智深道:"谁不知你是镇关西,离五台才落草。"可见这个故事在当时一定盛传。武松杀嫂和打虎的故事既已见元曲存目,则此故事在当时亦必搬上舞台,元曲原多散佚,此故事想亦不幸丧失了。元曲里往往有这种现象:就是这本戏里常常引用那本戏里有名的故事作典故。这更可证明元曲里确曾有过鲁智深三拳打死镇关西,逃往五台,复因醉打山门,乱了清

规，被逐出佛门，不得已才落草的戏。总之，元曲里的水浒戏与后来的《水浒传》关系太密切了，无疑的，它是供给了《水浒传》许多贵重的材料。

三 水浒故事的长成——《水浒传》的产生

一部代表了几个时代的作品产生之难，正如呱呱落地的婴儿，使人闻声而想起了孕育他的痛苦。一部现今通行的《西游记》，如果不是唐太宗命玄奘法师取经，因而产生了《佛国记》《大唐西域记》《三藏取经》的宋人平话，元曲里的三藏取经戏以及《西游记》，绝不会诞生今日长数十万言的章回小说《西游记》。惟其经过了几个时代的孕育，所以才诞生了这部伟大的作品。同样，那《三国演义》《七侠五义》等伟大作品的产生，自然也脱不了这蜕变的痕迹，而以《三国演义》为尤显。王国维先生在《观堂外集·庚辛之间读书记·元人〈隔江斗智〉杂剧》下也说道：

俗传《三国演义》，胡元瑞《笔丛》以为元人罗贯中本所撰，其实宋时此种小说颇多，如《宣和遗事》《五代平话》等皆是。但不如《演义》之错综变化耳。宋人小说种类颇繁……而小说之中，又以三国事为最著。高承《事物纪原》（九）：仁宗时，市人有能谈三国事者，或采其说加缘饰作影人，始为魏蜀吴三分战争之象。……由此观之，宋时不独有三国小说，且其书亦右刘而左曹，与今所传演义同。元无名氏《隔江斗智》《连环计》二剧，其关目亦略似今所传演义。此必取诸当时小说，然则宋元之间必早有此种书，贯中不过取而整齐缘饰之耳。

复曰：

日本符野博士（直喜①）作《水浒传考》，谓《水浒传》前已有无数小水浒传。其言甚确，若《三国演义》则尤其明证……

所以我们经过前面一二两章的检讨后，觉得《水浒传》的产生是宋元两代水浒故事演变下来的结果。我们并且说过：水浒故事的发展是应该从横纵两个方面去看。就是每个时代的水浒故事，由于地域及传播的错误或有意的改造，在大的轮廓之下有了小小的歧异，所以《宣和遗事》里三十六人的姓名及绰号便和龚圣予（与）的《宋江三十六人赞》有些不同，然而我们绝不能就因为这点小小的差异，便断定不是后来《水浒传》的蓝本（或材料），像余嘉锡先生所说：

> 元人杂剧颇蠢演梁山泊故事，至元末明初《水浒传》出，于一百八人铺叙尤详，其实宋江等事与《宣和》有合有不合，盖《遗事》所据者三十六人话本，杂剧及《水浒传》所据者百零八人话本，又各以己意有所增饰，故不尽同。（《三十六人考实序录》）

至于水浒英雄们在后出的《水浒传》里，变更了他们的地位，这应该是与时代的背景有关。在宋代的梁山泊三十六人，也许还被人看作大盗，而在元代则被看作替天行道的义士了，于是按着爱与憎的心理，提高了或压抑了他们在梁山泊里的地位，而这也正是水浒故事发展的结果，当然三十六人的地位，便不同于那些蓝本了。因此我们可以说：水浒故事好像一棵花，宋代的水浒故事是花的种子或根。而《水浒传》则好比花瓣落后，绿叶孵出来的果实，绝不能因为根的粗糙，便否定它结成的甜果。这棵花到了元代便枝叶茂密而开花：作家们根据旧的水浒故事，大量

---

① 原作"善"，据原书改。

创造出新的作品来。根据戏剧与小说平行发展的文学史上的进化律，我们愿意推测在元代，不仅创造了大批的水浒戏出来，就是章回小说式的水浒故事也出了世，宋末既已有《宣和遗事》那种新小说形式——章回小说，写水浒小说的人，自有摹仿这种新形式的可能。因此，元代该是有了韵文与散文的两种水浒故事，同时在发展着而且在相互影响着。我们不是看到《水浒传》已经产生了之后，还有人在改编水浒故事作戏曲——明沈璟作《义侠记》即是一例，而现在山东一带的说书人口里还编①造着风格较低的水浒故事吗！所以我们说自从宋末以来到《水浒传》诞生之前，不知道有多少散文和韵文的水浒故事，这一切都是《水浒传》所承受的遗产。那么《水浒传》所根据的材料既如此之丰，著者当然要有一番取舍了，留着好的，去了坏的，并再予以补充与渲染，当然会既不完全与《宣和遗事》相合，也不完全与元曲冲突。因为作者拿了宋元两代所有关于水浒的故事，经过了一番剪裁功夫，以明代已成熟的表现技巧，凭了自己的天才，依据当时背景来创造了这部有血有肉的书——七十回本《水浒传》。所以我们说它是宋末以来水浒故事的结晶，成为俗文学中伟大的作品。

---

①　原文作"偏"。

复活了的山大图书馆[*]

图书馆是大学里的心脏，停摆了八年的山大图书馆，又跳动了快两个月了。

有人说：山大复校工作的困难，难于创办一个新的大学；那么山大图书馆在这种困难中复活，无疑的它是亟待灌溉和栽培的！然而它却有过去的一段

光荣史

这是值得骄傲，而且应当根据这个目标去努力恢复，更进而超越过去的。

根据十月二十五日的本校开学典礼校长致词，我们知道本校的前身：是省立法、农、工、商、矿、医六个专门学校合并为省立山东大学。待北伐成功，国民政府改省立山东大学及私立青岛大学为国立青岛大学，民国十八年正式成立，当然本校图书馆也就诞生了！在宋春舫主任领导之下，一方面承继了六个专门学校，两个大学的遗产，同时大量地搜集国内外的新旧图书。又因为宋先生是戏曲家，所以图书馆藏的关于这一类的书籍也最全。宋先生之后是皮高品先生，他是武昌文华图书专科毕业的，他知道一个大学里应当采购一些甚么样的书，于是山大图书馆各方面的书都相当完备。等到梁实秋教授兼图书馆馆长的时候，因为他是研究莎士比亚的专家，于是所收藏的有关莎翁的著作不仅最多而且版本俱全。有人推崇此项收藏在远东为第一。等到民国二十

* 原载《国立山东大学校刊》第 7、8 期，1946 年。

一年，本校奉命改称为国立山东大学，图书馆主任是黄星辉先生，他是文华图书馆专科学校的毕业生，他继续为山大图书馆搜集多方面的图书，从此万年山下的那座图书馆大楼，所藏已是汗牛充栋，颇具规模了！可是紧接着它的

厄运

来了！"七七"抗战开始了，民国二十六年冬天本校奉令内迁，图书馆把所有善本书及各系必须参考的图书杂志装作七十六箱运往西安。紧接着又抢运第二批约四百箱到了南京浦口，因交通困难未能及时运往西安，是年十二月十日敌人攻下我首都，这批书也就是山大多少年来好容易搜集起来的图书杂志便完全陷入敌手了！二十七年三月山大奉令并入中央大学，于是这岿然独存的七十六箱图书杂志大部点交渝国立中央图书代管作为渝市民众的读物了。其中生物系的参考书和杂志奉令借与贵阳医学院使用，又不幸惨遭火焚于海棠溪，而存于中央图书馆的一批书，八年中借阅的结果，有久假不归的，有找不着下落的（最近中央图书馆尚来函称发现本校图书多种）。于是所谓岿然独存者，乃十去其七八，残余的西文书叁仟叁佰玖拾捌本，线装书伍仟壹佰陆拾陆册，于本年十月中旬随着本校驻渝办事处

复员了

这区区不到壹万册的图书中，还略觉安慰的是，在中文方面全是善本书，西文方面全是各系目前急用的参考书，而最感觉高兴的是莎士比亚全集居然还有十九本回来。紧接着本馆在十月二十二日奉校长命

正式成立

当时馆内惟一的财产是这不到壹万本的图书，没有办公室，没有书库，没有书架，总而言之一句话，什么都没有，办公职员只有三人，就在这万分困难中赤手空拳地开始了这个艰难的工作：设计制作书桌、书架、报架、卡片，搜求中西编目法……添购新书，接收敌伪产业处理局移交来的德日文书，同时关心山大

的社会人士，也前后捐赠了不少的书。（已见各期校刊赠书志谢）

目前山大图书馆的现况

是：（1）期刊室已有三个，设立在鱼山路校本部、先修班和工学院。但抱歉的是限于经费，报章杂志不能立刻就充实起来，目前只有中西日文新旧杂志约四千册。

（2）书库藏书。

（a）接收敌伪产业处理局移交来的德日文书籍总计陆仟陆佰柒拾肆册；

（b）代管中国工程师学会日文书籍约伍仟叁佰肆拾玖册；

（c）复员图书共捌仟肆佰陆拾肆本；

（d）经济部及其他机关，私人赠本校书约贰仟册；

（e）新购到中西文图书捌仟叁佰贰拾壹本。

（3）家具。

阅览桌大部到校；

书架已到一部；

目录柜、报架、杂志架即将到校。

日前本馆只有九位同仁，整日忙于登记编目，准备先把本校上课后急用的参考书能够早日借阅，并希望不久可以开放书库和阅览室，尽量供给本校师生所迫切需要的精神食粮。

"谨防假冒"[*]

登广告、撒传单、发卖假药、唯利是图、不顾人民生命的安全，原是奸商们一贯的不法行为，本在严厉揭发、取缔、惩治之例。而把"知识"当商品的"学者们"，都是在与"三反"运动相结的思想改造运动轰轰烈烈展开之后，才发现他们也同样做着类似的勾当。而且竟已有人公开声明：大学的系主任是老板，自己是店员；所差的只是尚不肯把合伙发售资产阶级毒药的事实坦白承认罢了。现在就我们学校所发生的情况看来，比较严重的有两类。

第一类是：由于他的货色已经发霉并且有毒，因而失掉了主顾，就急忙改装和换个商标。譬如说，上街买回一些马列文献，摆满书架，于是马克思主义者的头衔挂起来了，自然也就有了开一门主要课程的权利，就大卖其在课程中"贯彻爱国主义教育"的货色。那就是宣传唯心论的东西：说什么"'O'型血的人，就是领导人物"。货当然是发卖出去了，结果呢？有少数学生不大读书了，终日忙着到医院检查血型，以便作司马懿那样的"领导人物"。

另一类是：为了维持祖传老牌的"光荣"，竟连商标也不换，公然明目张胆地硬说马列主义和自己从资产阶级那里贩来的反动唯心论"科学"完全一样，照常兜售。但是，这种方法施行起来比较困难的，得换换商店的；并且事先找"老板"代为张贴广

---

* 原载《文史哲》1952 年第 3 期。署名仲咸。

告，以便利用"远来的和尚会念经"的一般顾主心理，造成"先声夺人"的有利条件。然后再找捧场人物（一定要"马列主义专家"），一切停当之后，就当场试验：以连自己都懂不透彻的爱因斯坦"相对论"来讲授"辩证唯物论"了。于是捧场者就大声欢叫起"好啊！好啊！"来。自然学生们就飘飘然坐起飞机来，自己也就衔起教授烟斗来，睥睨一切了。

但不幸的是：马列主义是无产阶级的革命武器，谁也混乱不了，谁也夺不去的，不管你使用明抢或暗夺的方法！用来当商标，当挡箭牌都好，它只会起一种作用——照妖镜的作用，使你原形毕露地（被）甩下台来的！被甩下来，当然是很重的，这就会发生以下几种情况。第一种是：跳脚发怒，矢口否认。第二种是：故作镇静，以待"纠偏"。第三种是：当时"深自痛悔"，事后"故态复萌"。以上三种，在方式上虽有所不同，而本质则都是意图"过关"，继续发售毒药的。只有第四种：本着斯大林所指示的对待批评的精神，正视自己的错误，认真作公开检讨，不再作思想懒汉，不再迷恋骸骨；立意"脱胎换骨"，进行"挖心"工作，全心全意接受改造的教师们，才终会成为真正的马克思主义者。否则，不论你"大吵大闹"也好，"故作镇静"也好，终不免走上新民主主义社会里的孔乙己之路。

《鲁迅文艺思想新探》后记[*]

怎样才能建设富有我们中华民族特色的马克思主义文艺理论体系，这个问题今天正引起文艺界、学术界愈来愈多的同志的思考和关注。要建设，就得有继承、有借鉴，在这一点上是众口一辞的。我国古代文艺历史悠久，理论遗产丰富而璀璨，应该好好总结、继承，但我们不应该忽视现代文学的三十年。这三十年，出现了许多伟大的作家和理论家，为我国的文学创作开创了一个新纪元，文艺理论、文艺思想的建设也步入了一个新的历史时期。特别值得我们注意的是，在这三十年里，先驱者们已经开始探索建设适合我们中国国情、富有民族特色的新文艺理论体系之路。他们的道路虽是曲折的，成绩却是斐然可观的；他们有成功的经验，也有失败的教训。这一切，都和我们今天相距很近，很近——这里所说的"近"，决不只是指时间上的距离。因此，我们应该在继承古代文艺思想宝贵遗产的同时，高度重视现代文艺思想这一份同样珍贵的遗产。

鲁迅作为我国新文学的伟大旗手，他的文艺思想尤其值得我们珍视。首先，鲁迅对文艺的一系列问题都有精辟、深刻、富有独创性的见解，因而，鲁迅博大精深的文艺思想完全可以作为我们今天文艺理论建设的一块巨大的基石。其次，鲁迅文艺思想的形成与发展同样值得我们重视。鲁迅立足于解决本民族现实斗争和文艺事业发展中提出的问题，以宏大的气魄和卓越的眼光采取"拿来主义"，

---

[*]　原载《鲁迅文艺思想新探》，天津人民出版社，1983。

既对我国古代进步文艺思想有所师承，又对外国进步文艺思想有所吸取。鲁迅的文艺思想，融合古今，兼通中外，更富有时代气息，富有民族特色，富有独创性。他开拓了一条建设富有本民族特色的文艺理论体系的成功之路和走向世界去的伟大理想。今天的文艺工作者更应该认真总结鲁迅的经验，自觉追寻他的足迹。

我个人开始较为系统地学习鲁迅的文艺思想，是在 50 年代初，至今已有 30 年了。时间不能算短，个人感到获益也很大。但惭愧的是，将自己的心得整理出来作为研究成果公之于世的却不多。1978 年秋开始，四位研究生和我一起学习鲁迅。我们也正是从如何使鲁迅研究促进今天社会主义文艺事业的发展这一基本任务出发，将教学内容的重点确定为鲁迅的文艺思想，他们毕业论文的选题自然也围绕这一中心。当时选题的指导思想是希望能探讨鲁迅文艺思想研究中一些应该注意而尚未被人们注意的课题，或者对研究者们已发表过较多意见的问题提出一点新的看法。四位研究生分别写成了《鲁迅初期文艺思想的主要倾向》（孙宝林撰写）、《鲁迅前期现实主义的形成和特色》（王德禄撰写）、《鲁迅的悲剧观》（王湛撰写）、《鲁迅的讽刺艺术观》（李万庆撰写），就是这个集子里的前四篇。这四篇论文加上我自己所写的《鲁迅的文艺创作论》《鲁迅的文艺风格论》《鲁迅的文艺欣赏论》，各从一个侧面探索、阐述了鲁迅的文艺思想。这七篇文章虽各自单独成篇，但集合起来，却具有一定的系统性，涉及鲁迅文艺思想的一些基本范畴：浪漫主义、现实主义、悲剧、喜剧、创作、风格、欣赏等。这几篇论文都完成于 1981 年 10 月前，这也是我们奉献给鲁迅诞生百周年的一份菲薄的礼物。题名"新探"，只是表明了我们的愿望而已。其中错误和不当之处，亟望广大读者和鲁迅研究工作者指正。

孙昌熙

1982 年 11 月于山东大学

《中国现代小说史》后记[*]

读毕这部长达 40 万字的书稿，第一个感觉就是：自从鲁迅先生写出了第一部中国古典小说史，开创了中国小说史这门学科之后，又过了 60 年不平常的岁月，才有了这部不成熟的《中国现代小说史》。

自然，前不久，也有人写过《现代中国小说史》，但那不是中国人自己写的。中国学术界试图运用马列主义文艺理论，对五四以来的小说史料进行研究，写出来自己的小说史，这是第一部。

这部书在写法上，也有一点新的尝试：那就是从史的角度，重点分析和评价新文学运动以来，随着时代的进展，不断出现的各类人物形象。

小说家的任务是在自己的作品里塑造新的典型人物。通过这样的人物同其周围有关系的人物的矛盾斗争，向读者展示广阔或局部的时代社会本质。因而小说史就是不断创造人物的历史。它一方面是人物形象从粗糙到典型的艺术创新史，另一方面则是在各种各样人物形象的变化发展中，反映出时代社会发展史。

小说作品只要有站得起来、经得起分析的人物形象，就给小说史输进新血液，增强绵绵延续的生命力。本书作者试图分析、评价在现代历史长河中，不断涌现出来的各种崭新人物形象，让读者的视野得以逐步开阔，审美享受愈来愈满足，对前进中的时代社会认识得愈来愈深刻。譬如说，早期出现的小说只有

———————
　＊　原载《中国现代小说史》，山东文艺出版社，1984。

情节生动（有的也"平铺直叙，一泻无余；或者过于巧合，在一刹那中，在一个人上，会聚集了一切难堪的不幸"），而人物形象则比较模糊。有的人物形象明显地受到外来的影响，但能逐步摆脱，形成自己的风格。还可看到：每个历史阶段，在浪漫主义和现实主义作家笔底诞生的人物中，总有几个比较成功的人物出现。有的已经完成了历史使命，有的则仍然放射着不灭的光辉。也看到每当一位新的小说作者进入文坛，总以其新的人物家族，给小说史带来新的生命力，出现新的创作高峰等。总之，写一部五四以来小说人物形象的萌芽、苗壮、开花的历史，便是本书编写动机，并希望能够达到目的。

　　文学史（小说史）是创作上不断继承与创新的历史，但也并不是直线上升，而是螺旋式的前进，古典小说的进程是这样，五四以来的小说史也是如此。对古代小说发展史，鲁迅已发现了这一轨迹。他对五四以来的小说创作史也有这种认识。他说："这是新的小说的开始时候。技术是不能和现在（按：1935 年）的好作家相比较的，但把时代记在心里，就知道那时倒很少有随随便便的作品。内容当然更和现在不同了，但奇怪的是二十年后的现在的有些作品，却仍然赶不上那时候的。后来，小说的地位提高了，作品也大进步，只是同时也孪生了一个兄弟，叫作滥造。"（《集外集拾遗补编》）其实何止滥造人物，更有一种逆来袭击，使小说史出现了创作低潮。当然这并不可怕，小说史的奔流谁也阻挡不住，"真的、善的、美的东西总是在同假的、恶的、丑的东西相比较而存在，相斗争而发展的"（毛泽东：《关于正确处理人民内部矛盾的问题》）。但是这个规律在本书里是体现不够的。也没有对一些坏书，特别是其中有些污染社会的人物形象加以分析批判。

　　小说史告诉我们：某种人物形象的产生，固由于时代的要求，但更是作家的产品。本书对人物产生的时代背景是作了充分注意的，但对于孕育和分娩它的作家本身却研究分析不够。众所周知，中国现代小说史，只有短短三十年。较多的作家在这一时期内始终是努力创作的。因而我们的小说史概括着许多小说家的创作道路。因而人物形象发展史就往往在同一作家的创作生涯中体现出来。因而对小说家的成长：他（她）的创作经验的积累，理论、美学修养的深度等，就不能不予以充分注意。只有这样，才能找到某一时代所产生的某种人物形象的直接原因。由于我们在本书中对此努力不够，就难于找出人物形象的创作动机，以及含蕴其中的作者的个性，不能挖掘多层次的人物形象的心灵深处。而且作家个性和创作倾向也是有变化的，这就不能不影响到他所创造的人物，从而决定了小说人物形象史的变化。自然，这是个艰巨的工作，一时还难以克服。

本书对各时期的各类人物形象作了较详尽的、深入的分析论述，是优点也是特点。但必要的综合性的研究不足。全书充分体现了各时期的人物画廊史，但有时个别地方还存在情节的叙述湮没了人物形象分析的情况。

由于以上某些薄弱环节，一定程度地影响到这部小说史的时代感与历史感。当然，在最后通稿时，还是用最大的力量予以补救的。如，标明了某些比较成功的形象出现的具体时间，强调指出了那些有影响的人物所概括的富有时代色彩的主题思想。还把一些比较成功的形象作了各种比较，以展示其继承与创新的渐进之迹，从而突出其承前启后的历史地位等。并且还专门写了一篇概述压了阵脚。当然这些努力，还有待它的客观效果来作结论的。

作为一部中国现代小说史，不仅要有强烈的历史感，而且从整体看应该贯穿着一根民族内容与形式相结合的红线。自然，现代小说是在伟大革命时代诞生的，应该有不同于旧时代的新色彩，但民族性却是一脉相承的。中国的小说史，按史的顺序陈列展出的人物画廊中，尽管具有不同时代的风貌，尤其个性上也存在巨大差异，但却都具有中华民族的民族风采。而且正是这些富有自己个性的中国脊梁式的璀璨群星，才凝聚成中华民族的硬骨头精神！

　　五四时期的文学革命，担负着反帝反封建的战斗任务，有一段时期较多地引进了外国优秀的、进步的思潮和作品作为武器，较大地影响了我们的文学创作。但也没有切断传统小说的红线。它"往往留存着旧小说上的写法和语调"（鲁迅：《〈中国新文学大系〉小说二集序》），并且仍然概括着自己的革命内容。众所周知，鲁迅的《狂人日记》比起果戈理的来"忧愤深广"。以鲁迅为代表的创作也逐步"脱离了外国作家的影响，技巧稍为圆熟，刻画也稍加深切，如《肥皂》、《离婚》等"（鲁迅：《〈中国新文学大系〉小说二集序》）。早期的茅盾也曾说过：五四开始的"人的文学"的文学家"就他本国而言，便是发展本国的国民文学，民族的文学"（《文学和人的关系及中国古来对于文学者身分的误认》，《小说月报》第12卷第1期）。

　　本书不但注意探索人物形象的民族色彩，而且还力图写出一部充分民族化的中国小说史来。通过人物形象的艺术创新过程，描述出了各类人物在各个时代波澜中，有的在战斗里成长的历史，有的走着解放的路，有的衰亡了，以及各类人物在时代洪流中，从各自阶级生活出发，合演出来的现代史，就是这部中国现代小说所能完成的任务。它从艺术创作角度，让读者较真实、全面地认识了中国现代小说史的一个轮廓。这就是本书编著者的共同愿望，当然还只是一个愿望。

　　本书由山东大学王长水（第四章），山东师范大学韩之友（第二章）、蒋心焕（第三、七章及附录），聊城师范学院韩立群（第一、五、六、八章）等四人执笔编写。

　　本书既然是合力而成，风格就较难一致，必然会存在各种的不平衡。尤其在人物形象的性质分类上，也会有不同看法（如阿Q是什么性质的形象，就存在分歧），最后是采取了服从多数意见的办法基本统一起来的。但毕竟由于人物形象的多重性，在选取与分析过程中，仍时有或多或少的重复现象。

　　又由于本书是个草创，虽有筚路蓝缕之功，却只是团爝火，迫切期望炬火的出现。在它发着小光时，还希望不断获得读者、专家们的批评、指教。

1983 年 3 月 20 日

孙昌熙教授的来信[*]

编辑同志：

您好！

改革和调整后的第七期《山东文学》上的重点文章基本上拜读了，的确有改革气息，发表的多是为建设社会主义精神文明而战斗的文章。我和你一样，感到非常高兴！《黑马》不独心理描写好，而且批评性、讽刺性强，是篇好文章。但三排长居然荣升，使人感情上过不去。我以为《对抗》写得最好，应列首条。此篇批判战斗性强，作者是如此大胆地揭出了问题，而结尾又是那样有力。其他小说，有爱情（这是永恒的主题）而无斗打，也是特色。至于那篇理论文章《谈艺术创作的审美诱性》，题目新而内容旧，只不过说了创作与欣赏（含蓄与想象）的关系而已。创作的真正诱导，我看还是王朝闻那篇《你还保他呀——讽刺艺术谈》（《文艺研究》1979年第1期）可为代表。王氏论到范进吃大虾丸子的客观描写，之所以完成他的社会讽刺效果，主要是由于作者所设的诱导条件的成功。

这期也有两点小的不足：

（一）封面设计太花哨："山东文学"四个字，四种颜色。有一天有位学生来，看见说："东文学。"后来才找到"山"字，笑了。

（二）为了经济利益，可以登商业广告，但最好文图相连，即把广告与文字报道结合起来。

---

[*] 原载《山东文学》1985 年第 9 期。

　　《山东文学》和我是老关系了。看到它的奋飞，就高兴地写了一些感想，供您参考。

　　此致
敬礼

孙昌熙敬贺

1985 年 7 月 20 日

《李广田传论》序言[*]

　　《李广田传论》是当前关于李广田研究的第一部专著。它的成功，给文坛增添了一朵新花。我读后，非常激动，正如李广田生前常说的："心里热乎乎的！"暂不说书的召唤力，我想先说说"我与李广田"。我和李广田虽都在昆明西南联合大学教书，是同事，而实际上，他是我的老师。本书所展述的李广田创作与教书育人的一段不平凡的生活中，就有我同他相处的日子：他指点我的创作，他向我传授马列主义文论之道，因而我的的确确是他的受业弟子。因此，我想借为本书作序的机会，谈点往事，既向李先生表尊敬之心，也希望能为本书添几笔色彩。

　　李广田是诗人、散文家（也写过小说）和文艺理论家。而现代文学史家通常封他为散文家，这是对的，有他的著作为证，但他的文论对读者的影响也很大，譬如我就是一个。他也更是一位受尊敬的革命家。

　　他一生辛勤著作和战斗，却从未离开过讲坛，他从小学教师到大学校长，始终教书育人。真是著作等身，桃李满门。他拿起粉笔来，是理想的专家教授、教育家；而拿起笔杆来，就是著名的作家。

　　他的创作是生活、革命生活与心灵相撞而迸出的火花，"光芒万丈长"。字字来自生活，语语从肺腑中流出。他的文论主要是他创作经验的成熟和升华。

　　* 原载《李广田传论》，山东文艺出版社，1989。

他的散文感人至深，价值之高，影响之大，真不愧是三十年代就已著名的散文家。

伟大的作家都主张和实践现实主义与浪漫主义相结合的创作方法。他的创作是时代的镜子，生活战鼓，远景召唤。他教导我们：文学能帮助读者认识人生、鼓舞人生和改造人生。他自己就是这样实践的。因而他的作品自诞生到今天，始终产生巨大影响。譬如，新华社名记者赵淮青同志新出版的《通讯特写选》一书中就两度引用了《花潮》中的名句"春光似海，盛世如花"。淮青同志写的《莲花池畔》表现了对李先生无限钦敬与哀悼之情！广田先生的长篇小说《引力》还远走日本，流行在日本青年手中，让他们看见了日本侵略军在中国的暴行实录。

这样一位革命作家，都长期没有一部评传，致使广大读者只读其书，而不知其人。因而李少群同志《李广田传论》的出版，不仅是应广大读者的需求，而其丰富的内容和成功的评传艺术，就不能不引起读者的注意，争购一册，以满足长期的渴望了。

《李广田传论》的价值，并不仅仅由于它是可喜创举，而且在于可贵的成功的尝试，从而补起现代文学研究中这一空白，使李广田全部著作有了主宰。读书知人，对读者大有裨益！其中注满了作者多年的辛苦劳动，标志着她对广田同志崇高的尊敬和热爱，是她的心血结晶。

本书著者李少群同志素好李广田散文，随着李广田著作的全部占有，乃决定研究李广田，并发表不少研究论文，决心作李广田传论，研究他怎样从"灌木"（按：李广田有《灌木集》）成长为"蓊郁的树"。经过实地调查和收集资料，尤其与李氏家人为师友，并访问其亲友，她获得许多宝贵资料。她采取和坚持研究传记人物的"知人论世"原则，对作品用"以意送志"的方法。在对李广田有了全面深入的认识，并掌握性格及其发展变化规律之后，才以史论相结合的原则方法进行撰述。穷数载之力，屡易其稿，乃成今日的规模。

为著者所掌握的李广田的性格，犹如一只在暴风雨里追光明的海燕。在昆明时期，他曾走在游行示威队伍的最前面，冲开一条生路，这是他的"冲"。与此相联系的是"韧"。文如其人，书中有"我"。可以说，整个广田著作集中体现了这种精神。李广田追求无产阶级革命犹如鲁迅所塑造的"过客"（《野草·过客》），不管前面有多少困难，他总是听从革命的召唤，锲而不舍，永远前进。这在广田每个时期的著作里，都有所"记录"（不同的奇异的光彩），体现广田先生这种"过客精神"的是他的长篇小说《引力》。

一冲二追，蓊郁之树年轮增加、果实累累，光明终于来临了，这就是新中国的诞生。于是他写了最大象征——散文《花潮》，其中"春光似海，盛世如花"成为名句。于是发现、表现和评论李广田的性格就成为撰述的着力点之一。

于是本书作者以忠于史实为主，艺术为翼，以李广田的"过客精神"为核心，调动全部资料，以李广田生活时代为经，以著作为纬，生动地、全面系统地展述与论析李广田生平、著作道路和文学业绩。并深入揭示其心灵历程，追寻其独特性格文学风格的形成与发展，从而塑造成功一个活生生的李广田。从艺术视角上看，他是个典型人物；从修养视角上看，他的道德文章永远不朽，始终鼓舞着读者前进。这是本书作者足踏李广田足迹，追逐其心灵纵观的成功。

而尤为可喜的是，作者还强调了比较的方法。比较是寻找特色的好方子。在现代文学史上，散文家、诗人、理论家灿若群星，在同辈同行中谁是佼佼者呢？这就非从各个方面客观地进行横的比较不可了。于是著者不仅找到特色，证明自己结论的正确性，而且在纵横交叉的联系中找到了李广田在中国现代文学史上的坐标！从而澄清了某些文学史家对李广田误解、不公平的评价。这是著者的又一贡献，同时也给传记文学领域吹进了一股新风。

李广田生前常说"风格即人格"，他的著作证实了他的话。

譬如说，纯朴是他的天性。本书作者找到李广田的个性并加以赞美，但她并不否认李广田的性格是多样而复杂的。譬如说，李广田的文章对敌斗争，敢于怒向刀丛觅小诗，对朋友则谦虚、谨慎，而对自己则作严格要求。这些与纯朴也是分不开的。这不妨以《灌木集》为例：《灌木集》里的文章就表现了这种复杂性，而李广田对它的处理也表现出了谦虚与苛求。《灌木集》本身是选集，是他的散文的精华（"文章千古事，得失寸心知"），它不仅是李广田散文的代表，而且是创作的回顾与小结。我同意李少群的说法，把它看成"蓊郁的树"的标本之一，但李广田却名之曰《灌木》，其实也并非自卑，它标志着自己的创作要逐步蔚为大树。同时要开拓新的园地：应青年作者的要求，他要注意文艺理论，指导他们创作了。他出版了一些论文集，但他更要写文论专著，这也是一种战斗，庄严的战斗。当时西南联大中文系和国文系全部是古典文学，以杨振声为首的新文学派并不占优势。李广田看到光讲作品是不行的，不用大炮是轰不开新局面的。于是应学生的请求，开设了以马列文论为核心、容古今中外的文论精华于其中的新型"文学论"课，受到学生欢迎，反应极为强烈。当时地下党领导的文艺运动蓬勃开展，他就用这部讲稿作基础，指导许多文艺团体。他对于同事也热情帮助，我就是其中的一个。革命者向来无私，他把自己这本心血结晶之一，热情地送给我学习之后，到另一大学教课。我本来是只搞创作，不重视文论的，而这本讲稿给我打下了坚实的基础。这本讲稿有两大特点：马列主义的创作论和文艺作品的社会价值论。《李广田传论》的作者李少群同志对《文学论》（"文革"后在香港出版）很有研究，对于她研究现代文学以及当代文学是一把利器，因此在本书特辟专门章节进行阐发。并且就用这本书的理论探索评析了李广田的全部创作，所以能直探李广田心灵过程，取得深刻科学的结论。因而本书不仅铸造了李广田这位革命的铮铮铁汉，深刻研究和阐发了李广田的全部著作，固将有益于《李广田文集》的广大读者群，兴"高山仰止"之情思，且能帮助读过《李广田文集》和没有读到过的青年。

1989 年 10 月

夏娃与女娲[*]

——《中国现代女作家论》序

　　《圣经·旧约·创世纪》中讲了这么一个故事，上帝耶和华在伊甸园中安置了人类的始祖亚当和夏娃，并吩咐说：园中各样的果子可以随意吃，只是知识之树上的果子不可以吃，因为吃的时候必定死。但是，人类的第一个女人夏娃却在蛇的引诱下，偷吃了禁果，并分给亚当吃。于是，人类有了知识，但同时也有了罪恶、灾难、死亡……耶和华对夏娃说："我必多多增你怀胎的苦楚，你生产儿女也必多受苦楚。你必恋慕你丈夫，你丈夫必管辖你。"于是，女人似乎成了罪恶的象征、魔鬼的使者，"是无理智的罪恶世界，是罪孽的东西，是强盗出没的山林，是肮脏的一堆……"基督教的神学家把古代以来所有最权威的思想家贬低女人的话，都收集起来诅咒妇女。在他们看来，如果没有女人，人类就不致因为堕落而被赶出伊甸园，就不致因为犯下原罪而死亡。总之，女人是祸水。

　　比较而言，女人在中国古代的地位要高一些。男人是阳、太阳、天、乾，女人是阴、月亮、地、坤。至少，女人被看成了宇宙的一半，而不象亚里士多德以及托马斯·阿奎那所断言的那样，"大自然从来都力图创造男人，而只是出于力不从心，或者由于偶然的原因，才造出了女人"。按照《易》的观念，女较之

　　* 原载《泰安师专学报》1989 年第 1 期。

男是基础的一半，是抚育万物的大地："乾道成男，坤道成女。乾知大始，坤作成物。"（《易·系辞上》）而注重事物基础一端的老子，就"贵柔守雌"，认为只要居于雌性的地位，就能够战无不胜："牝常以静胜牡。"（《老子》第 61 章）这也就是所谓的"以柔克刚"。然而，按照中国古代的观念，基础的一面也就是低贱的一面，就是被统治、受压迫的一面，所以属于儒学的《易》又说："天尊地卑，乾坤定矣。"由此就顺理成章地推演出"男尊女卑"。而《论语》就公开把"女人"与"小人"相提并论。而愈到后来，尤其理学统治思想以后，套在女人头上的枷锁就愈多，"夫为妇纲""三从四德""饿死事小，失节事大"……于是，中国的女性就象压在大石头底下的小草一样，默默地生长。

有压迫就有反抗。女性的解放要经过新文化运动，这是个规律。女性反抗的火种首先在西方点燃了。经过文艺复兴和宗教改革，妇女的地位大大提高了。然而，当西方的个性解放和女权主义运动轰轰烈烈进行着的时候，中国的女性却还在"三从四德"的大石下，被迫去做缠足，以泯灭人性的"美"、夫死不嫁的"节"和遇暴不屈而丧掉生命的"烈"，换取道学家们称赞、玩赏……是狂飙突进的五四新文化运动，唤醒了中国的知识女性，使她们从几千年的枷锁中挣脱出来，为自己独立自由的人格和人生理想而奋斗。中国的知识女性再也不是甘愿被人骂为堕落之祸水的夏娃，再也不是供才子们玩赏品味的尤物，而是富有创造力和主体性的女娲！女娲造人补天，女人是半边天，女娲补的就是这个半边天！

在人类的一切有意义的活动中，文学创作是最富有美的创造性和战斗性的，因此，涌现出一批精神界之战斗女性，就不是偶然的了。本书对五四以来的著名女作家的研究，能够充分表现中国知识女性作为复活了的女娲，在觉醒之后所表现出来的生命冲动和创造美的活力，"足为中国女子的勇毅，虽遭阴谋秘计，压抑至数千年，而终于没有消亡的明证了"（鲁迅：《华盖集续编·记念刘和珍君》）。所以，本书不仅具有中国现代文学研究的学科之内的意义，而且展示了在中西文化撞击的大背景下，中国觉醒了的知识女性的心灵奥秘、人生追求，以及为争得"人"的权利而做的种种努力。本书的两位作者，诚如书的副标题所昭示的，就成为"女性美的探索者"。

本书概论"女性与文学"，就是一个很有意思的研究课题。女性富有想象力和真挚情感，具有笼统模糊直观的思维特点，而这一切与艺术的特性正相吻合，所以歌德在《浮士德》中说："女人的天性就接近艺术。"作者从这里出发，粗线条地勾勒出中国自古以来才女们所遭受到的压抑，认为"中国的女性作家，作为一个群体，能和男性作家并肩前进"，这个现象是从五四新文化运动开始之后出现的。而本书作为专题论述选择的女作家冰心、庐隐、冯沅君、丁玲、萧红、郁茹，基本上是富有代表性的。作者以审美心理学去审视她们的全部创作，着力于探索由作品表现出来的"女性美"，而且基本上显示了现代女性文学史的轮廓。特别难能可贵的是，作者认为丁玲刚到延安的一些作品，"成为干预生活的作品的先驱"，这就把现代文学与当代文学联系起来了，并着力于发掘现代文学的当代意义。

女作家与男作家是不同的，而女作家与女作家也各有属于自己的艺术世界。冰心有冰心的艺术世界，这个世界是那么的和谐、清丽温柔、含而不露，又是那么充满了母爱、童心和皎洁的白云，就象把你置于皎月的西子湖畔，透过柔软的垂柳而欣赏湖光山色。庐隐有庐隐的艺术世界，这个世界是那么的动荡、不安、苦闷彷徨，但又充满了一个知识女性的追求。萧红的艺术世界显然要比前者更深刻，她在铁和血的搏斗和奋进之中，又充满了缕缕的乡愁，这乡愁透过哀怨凄切的艺术画面，显得那么美丽动人。本书作者对这些千姿百态、各呈异彩的"诗"，云蒸霞蔚，炼成了被女人触掉的那半边天！你要深刻领略和掌握这各个不同的艺术世界，被要披读本书。

值的指出的是：合作得有相近的理论基础和共同的爱好以及

类似的性格。我认为两位作家的共同点，最鲜明的是：凡是现代
文学研究领域的冷门，他们就来充实提高，《高兰评传》就充实
了朗诵诗部分的不足；而热门课题，他们就来独辟蹊径，这部
《中国现代女作家论》就是在当前女性主义文学研究高潮中，别
开生面、独放异彩的一枝鲜花。著者独探女作家们心灵深处复杂
的历程，并采取微观与宏观相结合的方法，总结其创作经验，分
析在时代风雨中产生女性文学的历史条件，探求东方女性美的特
色，的确是部有深度而又深入浅出、雅俗共赏的新著。

　　特别值得一提的是，本书的两位作者，既是冯沅君先生的学
生，又与有的女作家有深交。因此，"附录"之中张杰的《忆沅
君师》和陆文采的《我所知道的丁玲》，由于知之深，就写得情
真意切，催人泪下。这两篇文章，不仅是研究这两位女作家的第
一手资料，而且真实地反映了这两位五四新文化运动孕育出来的
新女性，在"文革"中的悲惨遭遇。我本人也是冯先生悲惨遭遇
的目睹者和难友，读了张杰的文章，一段不堪回首的辛酸往事又
历历如在目前。

　　陆文采和张杰是同学，而我是他们的老师。对于他们的合
作，我是非常支持的。希二人继续携手合作，在中国现代文学研
究中辛勤耕耘。岁岁"穰穰满家"（《花子》）。

1988 年 12 月于山东大学

《高兰评传》序[*]

伟大的抗日战争时代，迫切要求战斗的文艺武器，高兰先生的朗诵诗便应运而生。人以诗立，于是高兰便名播海内外，成为朗诵诗的开创者、著名诗人和诗论家，领袖诗坛一角者亘六十年。诗人老去名诗在，流波绵绵无绝期！

他经历了三个伟大时代，诗的内容各异，诗风变化多彩。他的抗战诗篇象嘹亮的号角，鼓舞着中华儿女爱国的激情，团结起来向敌人英勇进击！他的朗诵诗又象千万颗复仇的子弹射入敌人的胸膛！解放战争的大时代来了，他的朗诵诗成为反内战、反饥饿的战斗口号，成为打击蒋家王朝而进军的咚咚战鼓！请问哪一位热血青年没有朗诵过《哭亡女苏菲》！社会主义的新中国诞生了。他以快乐的调子把春深似海、盛世如花的象征献给新中国，一迭声欢唱《我的生活，好！好！好！》。

总之，诗人的一生，与前进的时代同步，他的诗笔绘出了时代的主要面貌，他的诗笛吹奏出时代的节奏。

旧社会有一个创作规律，"诗穷而后工"。纵观诗人的一生，在其生活中，尽管有过生活的花朵，也有过甜蜜的短暂，但崎岖或坎坷则是其生活的主调。然而党和人民永不忘诗人的革命功绩，不断给他以光荣。在诗人的晚年争取到了最高荣誉——中国共产党员。正当他放开喉咙大声歌唱新时期时，却象一棵结满累

* 原载《泰安师专学报》1989 年第 3、4 期合刊。

累累果实的佳树不幸飘零。但诗人却名垂中国现代、当代文学史，在朗诵诗之章，他的名作永放光芒！

这是我陆续阅读《高兰评传》书稿所得到的第一个收获。它深刻描绘出朗诵诗独创者活生生的形象、传记人物的真实形象。它指出了中国朗诵诗的特点和对诗坛尤其是广大社会群众的影响。它也是传记文学的新成果。象这样一部完整的评传，在中国现当代文学史上是个创举。作者对诗人的一生事迹，虽细大不捐，但又选择典型性的题材，经过艺术加工，便献给读者一个独特而丰满的艺术形象。内涵丰富，诗情洋溢，使人读之欲醉。而个性鲜明，永驻当年风范。《高兰评传》还指出：诗人虽独占了中国朗诵诗坛，然而泰山遍雨，桃李满神州，举世闻名。

第二，写传记文学最忌夸张，其首要条件就是要深刻理解写作对象。《高兰评传》的作者张杰、陆文采两位，恰恰是高兰先生的大弟子，"知师莫若弟"，他们沐浴在化雨春风中，颇得高兰先生的朗诵诗心，而且各有自己的诗笔，"耳提面命偏厚我"，"两家各占一枝春"。因而，能各有所长，合力探索恩师的诗心深处。而写起《高兰评传》，合力坚持"能入能出"的方法。所谓"能出"，便是作者能站在客观立场上，评论"出于公心"，越是这样，越显先生之崇高深远。所谓"能入"，便是在写作过程中，兴起一种孺慕之情，记起耳提面命之恩，充溢笔端。因之，使广大读者在阅读《高兰评传》过程中，不仅能触及先生之精神风貌，而且能闻到先生胸中浓烈的诗味和作者的笔香。从而觉得撰写《高兰评传》，非张、陆合作莫属！

因而这部《高兰评传》是本好书，不仅可读性很强，而且由于作者选材严谨、资料充实和整理研究方法科学，以及评叙客观，感情充沛、感人肺腑，就不能不是当前研究诗人高兰的第一部重要参考书。它也补起了中国现当代文学史诗朗诵章久缺的空白。不仅如此，《高兰评传》将沉甸甸的学术性与独创的艺术性相结合，这就同时在传记文学领域，亮起了一颗明星！

　　高兰的诗拥有广大读者群。"读其书，不知其人可乎！"（《孟子·万章》）在这里，我郑重向读者推荐《高兰评传》！

怀往古之遗香　撷现代之精英[*]

——关于《赵淮青通讯特写选》的通信

淮青同志：

收到你从遥远的云南寄来你的《通讯特写选》时间不短了。你大概想不到吧，这本书题材与艺术相结合的诱导力竟如此使我心潮涌动，不能平静。只是我的视力很坏，需要用放大镜才能勉强看清，读得下去。这样只能断断续续地读，一些想法也只能断断续续记在纸上，供你参考吧。

你写昭通，写下关，写青海湖，你的游记文字有个特色，总是怀往古之遗香，撷现代之精英。辩证的艺术，对立而统一。神奇与现实相对照，金戈铁马与盛世如花相对照。所有这些，你写得那么多变而神奇，但神奇不在于青海湖海心山上的龙驹，不在于昆明海鸥展翅蓝天，而在于人，人改造客观世界，化苦难为幸福，化仇杀为相亲。你融历史、地理、名胜于胸中，写出的文字自有一种主体感，令人荡气回肠，看来也得益于你足迹遍及全国的辛劳。

《边城雨蒙蒙》这篇特写选材极严，开掘也深。可以说是古调盎然、新色崛起。边城昭通，自古闻名于世，但有一段时间，却荒凉得象"一个历尽坎坷的老妇人的泪眼"。象这样一些诗一般的语言，倾注了作者真挚的思想情感，读起来不仅有味而且令

＊　原载《中国记者》1990 年第 9 期。

人深思。如今边城变成了崭新的工商业城市。你写它时，把握了生活的本质，写出了美的意境。

文中写石板路上几寸深的马蹄痕，令人想到杜甫《北征》中的诗句"菊垂今秋花，石载古车辙"。这不就是艺术的辩证法吗？从山林中走出来的彝族同胞与现代的工人作对比，写出了民族地区的变化，具有鲜明的时代色彩。

一开始读《下关的风》，我就想起《文赋》"观古今于须臾，抚四海于一瞬"这两句话。写历史名城，又是游览胜地，记者站在今天各族人民团结欢乐建设社会主义的角度来吊古，同时批判了历代统治者民族压迫的罪行。《下关的风》充分运用了联想，初读即感气势宏伟，使读者愈见其真实的地方色彩。你在地理、历史、文学上的功夫，增强了文章的深度，写景抒情汪洋恣肆。你引用的那些后人凭吊的诗句，不仅表现了事物（历史）的本质，而且使读者在艺术上得到了享受。

这篇游记使用了现实主义与浪漫主义相结合的艺术表现手法，把神话与现实有机地结合起来，以变幻无穷的苍山彩云驰骋你的魔幻之思，然而你又没有一霎脱离开现实。总之，这是一篇写得很精彩的游记。

王国维论写景，有隔与不隔之说。你的《登临虎跳峡》使读者感到身临其境。你写的右江（《碧水悠悠》）是柔美，写"虎跳"是壮美。

真情实感，自真山真水中产生。而自然美，不经过感情与想象的涂抹，便成不了艺术美。

陆机《文赋》中有"石韫玉而山辉，水怀珠而川媚"。你写虎跳峡，却用"天苍苍，野茫茫，风吹草低见牛羊"的景象来衬托，又起思古之幽情，犹人诵吟《商山早行》中之名句。信手拈来，使全篇显现出"辉"与"媚"来。你写了山高峡深，写了千年冰、万年雪，更重要的是写了人，写了人征服自然的气魄。有了人，山水才有灵，才能活了起来。

"虎跳"咆哮了千百万年，但作者的描写给人更丰富的启示：自然毕竟不是人类的主宰。登上"中流砥柱"鸟瞰"虎跳"全景，便是一种征服。而更大的征服则是利用科学使之为人类服务。客观人人有份，贵在作者独到的感受。

"文章千古事，得失寸心知。"你在写人物的篇章中，也注意到根据人物的特点写出独特的意境来。

周总理功盖新中国，是世界伟人之一。你把他的丰功伟绩，以及燮理阴阳的胸襟让给历史学家去写，自己却仿佛用绣花针在周总理生活大海里选取几朵典型的浪花来绣。你使读者从"一朵花里见世界"。你是善于妙化传统的画眼睛的艺术手段的，即鲁迅所说的，"以一目尽传精神"。

对于陶铸，则是全面展开来写。因有事实作根据，说服力很强。有人说陶铸是松树的风格，这还不够，陶氏是钢铁性格，更是打虎英雄。江青在当时，谁敢碰一碰，而陶铸为了人民的利益，曾予以猛击，尽管因此受到残酷迫害，而他猛志如山，真是疾风知劲草，烈火炼真金。

《时代歌者的墓碑》文字简洁，清新可喜。一开始便抓住两个特征，基地设计象一把琴，碑上是郭沫若的墨迹和赞词。这样来扣住音乐家的形象，启发人们的想象，拨动人们的心弦，象征性极强。

站在西山美人峰上遥想聂耳当年，看似写烟雨中的西山、滇池，其实绝无闲笔，你是在追踪聂耳成长的路，做到情与景会，行云流水，似有天助。我说这是一篇精心雕镂的艺术品，并不过分。

我觉得还有重要的一点是，文章说明了《义勇军进行曲》的老根深深扎在昆明地方以及少数民族的文化中，充分说明这支不朽名曲的民族风格的脉络。

《莲花池畔》从游圆通山公园写起，联想到李广田《花潮》曾在你梦中导游，艺术构思独特，李广田以"反革命"罪被迫害致死。而他恰恰是最爱新中国，最盼望新中国早日诞生的人。

你善于运用典型的细节或戏剧性的小道具来抒发感情。你选择了李广田居住过的古老的楼和一条李广田走过的路，对他的死表达了无限的惋惜、愤怒和悲伤。而且用了两个时代的尖锐对比：旧时代李广田走在游行队伍的最前列，在这条路上走过，而在"文革"中，他仍然在这条路上走过，走向莲花池，却"再也没有回来……"这就构成了典型的意境。

《夜行司机》等篇章使人想起《世说新语》的传统技法：用残酷的环境考验人物性格。然而你既写了"水流湍急"，又写了"月明风清"，既写了心硬似铁，又写了似水柔情，写出了辩证法和节奏感。

通读全书，觉得你善于写人物，也善于写景物。宇宙之大，花朵之微，都能自成其美好的意境。写春草萌动、青水绿波，令人感到淑气催人，写风雪交加，让人觉得寒气逼人，写飞沙走石，使人如闻怒号之声，……只有得事物的精髓，在真实地再现自然时又融进了当时体验身受的思想感情，才能形成这样一种艺术功力。

社会主义的或无产阶级的新闻与资本主义国家的新闻之所以不同，就在其思想性，象无产阶级的文艺一样，让广大读者"认识人生、鼓舞人生、改造人生"，我认为你这本小书是起了这种作用的。

它无论是擂战鼓（如《戈壁似锦》），还是弹小夜曲（如《长街月溶溶》），都有一种乐观的情怀。你书中精神上的鼓舞力与艺术上的召唤力都极强。

孙昌熙

（孙昌熙：现年76岁。山东大学中文系教授。中国比较文学会理事，中国鲁迅研究会名誉理事，中国现代文学研究会名誉理事，山东鲁迅研究会会长。著有《鲁迅研究》等多种著作。）

治学漫谈 [*]

　　研究生入校，希望我谈谈学习方法，为此谈了一点意见。《文史哲》编辑同志一再催索治学方面的文章，推却不过，只得请钱振纲同志根据笔记整理如下，不当处殷盼同志们指正。

　　我们今天讲治学，也要注意讲点辩证的方法，注意防止某种片面性。矛盾是普遍存在的，治学也不例外，如博与专、学与思、学与用等都是治学中的对立统一关系。这些关系处理不当，就难以取得好的效果，如能根据不同情况，自觉地维持这些关系的合理平衡，尽可能找出调节这些矛盾关系的黄金分割点，大家就肯定会节约时间和精力，提高治学效率。如何理解和处理这些关系，我们不妨分别来谈一谈。

专而不博则困　　博而不专则平

　　做学问必须有博学的基础，否则就不会有大成就。可以说，历来的大学者没有一个不是学识渊博的。中国如孔丘、荀况、顾炎武、王国维，西方如柏拉图、亚里士多德、康德、黑格尔，都是如此。这是因为，只有阅历丰富、知识广博，考察事物才容易把握整体，深入内部，研究问题才可能神思畅达，左右逢源，有所独创。反之，孤陋寡闻，就必然思路闭塞，不仅难以发现新问题、开辟新的研究领域，即使想解决一个小问题，也不会得心应

　　* 原载《文史哲》1983 年第 1 期。

手。我们是研究鲁迅的，不妨以此为例。鲁迅博大精深，知识面极广，真正堪称学贯中西，博古通今。他不仅熟知中国古代的文史哲著作，而且精通几国文字，广泛吸收了外来的思想文化。仅以他前期的民主主义思想而言，就是一方面上承屈原、嵇康、陶潜、范缜、罗隐、袁宏道、龚自珍等的民主主义思想因素，一方面外融亚里士多德的科学思想和哲学思想、达尔文的进化论、易卜生的个性解放思想、果戈理对小人物的同情，以及许多摩罗诗人如拜伦等的爱国主义与反抗精神形成的。试想，倘若我们对这些所知甚少，又怎么谈得上研究鲁迅呢？再就"比较文学"来说，人们过去往往对它重视不够，但如果你对这门学科一无所知，你就发现不了鲁迅的比较文学观及其实践贡献，"鲁迅研究"的这个新领域就得不到开辟。这些都足以说明博学在治学中的重要意义。

但问题还有另一方面，只博不行，还要有专精致力的方面。因为治学的目的是以创造精神去发现和解决问题，发展精神文明，为社会服务，而不是贮书满腹，自炫博学。而且知识无涯，各门学科的书籍汗牛充栋、浩如烟海，"知识爆炸"，日甚一日，如果有谁还想等读尽天下书再来搞研究，他就只能淹没于卷帙浩繁的知识海洋中。再则，毫无节制地随意浏览，漫无边际地吸取知识，没有明确的治学目标，所学的知识也就没有统帅，不能发挥作用，势必成为治学中的"闲置资本"，难出成果。这实在是治学之一大忌。

桅杆式的专不行，甲板式的博也不行。专而不博则困，博而不专则平。困，就是思路闭塞，难出成果；平，就是"梧鼠五技"，无所成就。这是广博与专精对立的一面。但它们又是统一的，只要辩证地加以调节，它们就会互相促进，相得益彰。这就需要时时注意二者的关系。一般地说，广博为三军，专精是主帅，胸中有了明确的治学目标，然后扫外围、攻关隘，长驱直入，以迂求直，都无所不可。虽然就一个人治学的总趋势说来，是愈来愈向专的方向发展，但这并不是凝固不变的，在不同阶段上，根据治学自身的客观规律，侧重点是可以有所不同的。但这些变化始终要遵循一条总原则，即博学而守约。这好象建造金字塔一样，奠定雄厚广阔的基础当如博学，始终有塔的顶端在心当如守约。这样就能做到博而不杂、有的放矢，专而不单、后继有力了。

学而不思则罔　思而不学则殆

学与思是治学中一个很重要的关系，必须充分予以重视。《论语》中有"学而不思则罔，思而不学则殆"的话，我看是说出了它们之间的辩证关系的。先来谈"学"，例如我们研究鲁迅，"学"就应包括（除鲁迅的译著外）这样一些内容：（一）学习和掌握有关知识，如掌握马列主义，学习美学、文艺理论、历史、哲学、比较文学等学科；（二）了解研究动态，及时吸收他人的研究新成果；（三）搜集并掌握与研究对象有关的一切资料。荀子在《劝学》中曾说："吾尝终日而思矣，不如须臾之所学也。"这是有他的道理的。人类社会所以能够不断地向前发展，就是因为人们可以通过语言、书籍等不断地传授知识、交流和发展学问。鲁迅说过这样一句话："我有一件事要感谢创造社的，是他们'挤'我看了几种科学底文艺论，明白了先前的文学史家们说了一大堆，还是纠缠不清的疑问。"[①] 这句话充分说明了"学"的重要性。文学史家之所以"说了一大堆，还是纠缠不清"，就是因为他们没有掌握马列主义的文艺理论。我们不去认真地学习马列主义的哲学认识论、方法论，我们的研究工作就难以深入进行。了解研究动态也是一种很重要的"学"。试想，如果一个问题别人已经解决了，我们由于没有掌握学术情报而仍去"呕心沥血"，那将造成多大的浪费。再就搜集和掌握材料来谈。学术研究的起点是从搜集和掌握材料开始的。良厨难为无米之炊，没有掌握充分而可靠的材料，研究就成空谈。搜集材料要力求详尽，第一手材料、第二手材料和正反面材料，都要收集，韩信将兵，多多益善。鲁迅在这方面同样堪称楷模。在我国开创了小说史这门学科的《中国小说史略》，就是他在"废寝辍食，锐意穷搜"②大量史料如《古小说钩沉》《唐宋传奇集》《小说旧闻钞》等之后撰写而成的。以上都说明了"学"在治学中的重要性。

但是，只注重"学"而忽视"思"也是不行的。这里所说的"思"，就是辨疑、求是，就是分析、综合、判断、推理等。如果一个人仅仅满足于"学富五车"，而不善于思考，那他还只是一个"两脚书橱"。研究学问需要思索，搜集材料只是研究工作的准备，并不是研究工作的目的。文学史著作不应是资料长编，它要求有自己的创见和新体系，应在纷纭的文学现象的描绘中披露出文学发展的必然性，而这就需要深思熟虑。鲁迅曾批评过某某写的文学史是部资料长编，而他自己的《汉文学史纲要》就是一部有自己独特体系的、有自己独创性见解的直到今天仍为文学史家奉为圭臬的研究著作。这就是鲁迅善于对已占有的资料运用他广博的知识进行思考的结果。所以，我们决不可以轻视思考在治学中的关键作用。

可见，学而不思，死记硬背是没有出息的；而思而不学，向壁虚构也同样作不出成绩。只有思与学密切结合，在不同的学习阶段上恰如其分地掌握它们之间的关系、比重，治学才有丰收。

用而不学则匮　学而不用则腐

学与用也是一对比较重要的治学范畴。它反映了知识、理论与技能之间的辩证关系。"学"在这里主要指阅读，"用"在这里主要指写作。英国培根在《谈读书》中有这样两句话："阅读使人充实……作文使人准确。"应该说是比较恰当地说明了学与用在治学中的不同作用的。我以为，治学应首先重视"学"，闭目塞听、不学无术，就要著书立说，只能是枵腹空谈。要想"下笔如有神"，就得"读书破万卷"。鲁迅所以能写出那么多高质量的作品来，是与他博览群书、兼采众长分不开的。如果他不吃"草"，"牛奶"是挤不出来的。这个道理很清楚，无须多谈。

　　人们往往重视"学"而忽视"用"，因此我们这里更应强调一下"用"。我们不能等一切都学会了再"用"，好象"用"仅仅是"学"的简单结果。毛泽东同志说过："读书是学习，使用也是学习，而且是更重要的学习。"这话很深刻。就治学来说，"读书破万卷"的人，未必就能"下笔如有神"。有许多人读书不可谓不多，但一旦提笔为文，则窘态百出，原因就在于平时忽视写文章这个应用技能的训练。刘勰说："方其搦管，气倍辞前，暨乎篇成，半折心始。何则，意翻空而易奇，言征实而难巧也。"③说明了作文过程中构思与传达的距离。陆机也说："恒患意不称物，文不逮意，盖非知之难，能之难也。"④则看出了知识与技能之间的差距。古人的这些经验告诉我们，练笔在治学中是非常重要的。我以为，"用"在学术研究中是一个重要的研究过程，包括调动材料和独创思维，以及用文字去捕捉住创新意见。大家在读书思考时，常常会有些很有价值的感想、体会，但却往往模糊、粗糙，不够清晰，因为它们这时还未形成文字，还是内部语言。如果你把这些心得、体会以札记的形式记录下来，这种内部语言转化为外部语言的写作过程，往往会促进你去深入思考，你的感想体会就会更趋于成熟。如果你不断把这些札记围绕研究中心分门别类，加以积累整理，继续深入思考就可以形成一篇论文。另一方面，经常练笔，还能增强表达能力，促进全面学习。大家知道，一个人认识的字比他能写出的字多得多，一个人能懂得的词也比他能运用的词多得多，这一差距只能靠经常练笔来缩小。只有经常写作，谋篇布局方可灵活自如，遣词造句才能信手拈来，方能使"始踯躅于燥吻"的东西，"终流离于濡翰"。⑤同时，如果经常练笔，你在读别人文章时，就不会只注意其内容，而对其形式技巧熟视无睹了。对此，许多学者是深有体会的。朱光潜先生就认为，他在大学期间写作一些美学论文对他的美学研究是很有帮助的。⑥如此看来，治学是决不应该忽视"用"的，没有"用"，治学就难出成果。

根据上面的分析，我认为，必须辩证地处理"学"与"用"之间的关系，两者不可偏废。因此，读书时，不仅要做文摘卡片，还要多写读书心得，从小处起手，经常写点文章，如作品赏析之类。当然应根据自己具体情况，或多读一些，或多写一些。

我们前面所讲博与专、学与思、学与用这些对立的方面，从抽象意义上才能分别来谈，在实际治学中，它们是很难严格分开的。例如纯粹的"学而不思"或纯粹的"思而不学"都是不存在的，所以只是相对而言。这些矛盾关系在不同的学习层次上都存在。如学与用，就人的一生来说存在这种关系，在学校学习期间侧重于"学"，走上工作岗位则侧重于"用"；就某一学习阶段来说也存在这种关系，如研究生学习阶段，前两年侧重于"学"，最后一年侧重于"用"。其他一些关系也是如此。所以说，在治学实践中，这些关系往往是错综复杂的，还必须统筹安排、综合平衡，方可取得最佳效果。这就犹如经济计划一样，微观计划必须与宏观计划结合起来，才能避免浪费。

注：

①鲁迅：《三闲集·序言》。
②鲁迅：《小说旧闻钞》，再版序言。
③刘勰：《文心雕龙·神思》。
④⑤陆机：《文赋》。
⑥参见《美学向导·美学家寄语》，北京大学出版社，1982年1月第1版。

1982 年 11 月 28 日

勤勤耕耘五十年[*]

　　我于 1914 年 10 月 25 日出生于山东安丘县景芝镇王家庄的一个小地主家庭里。幼在私塾读孔孟之书，我不懂，却偏爱中国古典白话小说如《三国演义》《西游记》及弹词小说如《天雨花》等。只上了一年小学，便于 1930 年考入青岛铁路中学读初一。其间虽爱读新小说，但鲁迅小说却读得不多。1936 年考入北京大学中文系后，才读鲁迅的小说集和瞿秋白编的《鲁迅杂感选集》，序言看不懂，杂文只觉得好笑有趣。

　　"芦沟桥事变"，北大、清华、南开三校在长沙成立临时大学，旋迁昆明，改名西南联合大学。我随校迁徙。昆明读书期间，选杨振声先生的小说习作课，奠定了我的创作基础。得杨先生及沈从文先生之力，在昆明《中央日报》《云南日报》上发表我一生最喜爱的文体：小说及散文。《小队长》是处女作。1941 年毕业，留系做朱自清先生助教。这期间杨振声、李广田两先生主编《世界学生》（后改名《世界文艺》），我常在该刊发表创作，但很少写研究论文，只在 1944 年的《国文月刊》上发过一篇《元曲中的水浒故事》以应付系主任的催逼。

　　1944 年到云南大理华中大学任讲师，教大一国文、文学概论及中国小说史课。文学概论学生反映好。这是由于李广田先生的无私援助。他当时在西南联大讲授文学论，试图以马列文论作核心建立新型文学概论（此稿近由香港昭明出版社出版）。我把这

---

　　* 原载《山东画报》1987 年第 9 期。

部讲稿借来，既学习，又大量吸收进课程中。从此，我有了文艺理论基础，并有效地指导自己创作。我自认为满意的中篇小说《枇杷园》（在贵阳《文讯》新4号发表），可能是个例证。

1946年到青岛山东大学仍教大一国文、中国小说史课，曾与友人办《晚风》副刊，发表一些抒情小品。

1949年青岛解放，继续在山大教书至今，先后晋升为副教授、教授。当初我教了一套新课：现代小说散文作品选讲和中国现代文艺思潮小史。由于缺乏工农兵生活，我的创作生涯从此结束，后来虽然题材放宽，但我的笔锈了。"北海虽赊，扶摇可接"，我获得了社会科学研究和文艺批评的广阔天地。

1953年在校长华岗指导下，我同刘泮溪、韩长经两先生开了鲁迅研究课，作为一门新学科来研究讲授。研究成果几经修改定稿后，于1956年由作家出版社出版。这是新中国成立后系统研究鲁迅最早的一部书，代表了当时的研究水平。

1956年建立文艺理论教研组，我改教文学概论、文艺评论、文艺专题等课，为了需要，我又参加了《中国文学批评史》的教学，并常为《山东文学》写文艺评论，有时也评论古典小说，曾写《怎样阅读〈三国演义〉》，1957年由山东人民出版社出版。还主编了一本教材《文艺学新论》，1959年由山东人民出版社出版，作为国庆十周年献礼，被学术界认为是60年代国内较好的教材。为了准备开设《中国文学批评史》课，在青岛图书馆查书时发现清人孙联奎著《诗品臆说》，乃与刘淦同志合作，把它同清人杨廷芝的《二十四诗品浅解》合为《司空图〈诗品〉解说二种》，作了校订和评介，1962年由山东人民出版社出版。前辈先生郭绍虞教授给孙著很高评价。

从以上自述，可看出我的教学与研究有点"杂"，但对我综合研究鲁迅也有用。尽管"杂"，我却始终没有脱离鲁迅研究这一中心。除了写研究鲁迅的文章外，也偶尔参加一些鲁迅课的教学。从1976年开始，我主持完成了《鲁迅全集》中《故事新编》

的注释工作。粉碎"四人帮"后，我全力从事鲁迅研究，并带了以现代文学为基础、以鲁迅研究为方向的研究生。我以开拓与创新的精神同研究生合作，完成了《鲁迅文艺思想新探》（天津人民出版社，1984），其中的"悲剧观""欣赏论"具有开创性。我密切注意当前的新理论、新方法，比较文学新学科启发我开掘出鲁迅的比较文学观。我向1981年举行的全国纪念鲁迅诞生100周年学术大会提交了《鲁迅的比较文学观及其研治古典文学的成就》论文，1982年在《鲁迅研究》丛刊总6期发表后，被学术界认为是用比较方法研究鲁迅的引论。

近年来，我除了培养研究生和写一些文章外，还主编了一些专著，如同田仲济教授主编了《中国现代文学史》（山东人民出版社1979年初版，山东文艺出版社于1985年出修订本）和《中国现代小说史》（山东文艺出版社，1984），主编《〈故事新编〉试析》（福建文艺出版社，1982）。另外，我还注意了现代文学史中，特别是鲁籍作家的研究，如李广田的散文、臧克家的诗论，我都有专文论及。再如同张华同志合作编选了《杨振声选集》，将由人民文学出版社出版。

我还担任了一些社会工作，如山东省和济南市人大代表、《文史哲》编委、中国鲁迅研究学会名誉理事、中国比较文学学会理事、中国闻一多研究学会理事、中国作协会员和作协山东分会理事、山东省鲁迅研究会会长等。

读书漫谈*

年轻人要通过刻苦学习迅速成长，才能为社会主义事业服务，可是"读书无用论"这股逆流至今还泛滥在一些高等学府里，影响到不少同学。它有多种表现，譬如，不少学生迷上了喝酒、下棋、玩扑克，对学习十分冷淡……这样下去，会使我们整个民族回到创造神话的时代；对个人来说，可能成为新时代的孔乙己。

读书可以获得学识，读书越多，本领越大。且不说为人民服务这个大题目，就是为了自己，博学多能，还怕英雄无用武之地？"开卷有益"，读书是不会无用的。

一　书是人生的向导

书是知识的宝库，是宇宙人生的经验结晶，是智慧的源泉。因而，它不但是人生的向导，而且是使我们不断获得战斗的精神力量。

我们要生活在这个世界上，就必须观察生活、理解生活，进而改造生活、改造人生。从这个意义上讲，世界上只有一部书是永远读不完的，那就是生活这部大书。只要我们想生存发展，就要永远读下去。但要直接读懂"生活"，谈何容易。我们生下来就读，读懂了多少呢？我们需要"捷径"，需要前人的指引，需

* 原载《临沂师专学报》1993 年第 4 期。孙昌熙讲，张云龙整理。

要了解前辈人、同时代人对生活的探索，最重要的途径就是读书。对于青年学生来说，尤其如此。

书是前人智慧、经验的结晶，是长期交流积累而来的，甚至是历尽艰险，牺牲无数生命换来的。多读书，可使我们尽快掌握前人的成果，少走弯路，尽快踏上创造知识财富、把握人生规律的境界。现在，我们都知道螃蟹很好吃，却很难意识到这是前人留给我们的美味佳肴，看看螃蟹那横行霸道的狰狞面目，我们可以体会到第一位吃螃蟹者伟大的勇气，所以鲁迅说：第一个吃螃蟹的人就很大胆，不怕死。最初，人同鸟一样在大树上营巢，经过漫长的生存斗争，取得经验，一代代不断继承创造，现在我们可以住高楼大厦，用冰箱彩电，甚至可以上天入地……这正是人类一代代聪明智慧创造的结果。这些成果，有很多就是靠书本传给后人的。

现代图书馆为我们提供了取之不尽、用之不竭的智慧宝藏。面对茫茫书海，我们难免要慨叹"生也有涯，知也无涯"，但只要我们懂得书籍是人生的向导，紧密联系宇宙、人生、读书，我们就能把书读活，在有限的生命中有所贡献。

二　怎样读书

几乎人人都在读书，可不一定人人懂得怎样读书。不同目的的人读书，自然要采取不同的方法。有随便翻翻，消愁解闷的；有洞幽烛微，进行深入研究的。大学中文系的学生应取后一法。对于我们来说，读书是求知，是工作，不是消遣。因此，养成独立思考的能力和习惯是特别重要的。要做到这一点，我以为应注意加强理论修养，因为文艺理论是解剖文学作品的利器，是发现和研究问题的法宝。

最近几年，文艺理论发展很快，一个引人注目的现象是西方种种文艺理论的大量引进，为中国马克思主义文艺学输入新鲜血液，其中比较文学和接受美学为我们解决文学研究中的许多问题提供了新的方法、新的角度。

1. 解决外国文学如何影响中国文学，中国文学又如何民族化的问题。

2. 解决文学作品的理解、欣赏、阐释、评价，以及社会影响问题。

下面，我主要谈谈接受美学对文学研究的作用。

接受美学要解决的，不是一般的读书问题，而是文学作品的欣赏与批评。比之理论，创作更复杂，更难以理解，分歧也更大，有时甚至莫衷一是。它只是描写了一个丰富复杂的艺术世界，作者寄托什么思想并不说明，而且思想越隐蔽越好。它以现实生活为素材，发挥作家的想象力、创造性，加以适当变形，而创造出艺术的典型世界，在似与不似之间，蕴含着独特的韵味。它比现实生活更高、更集中、更丰富、更突出，它的"底"含蕴无穷，有时连作者自己也难以说清，这就需要批评家给以阐释。所以有人说，文学作品像灯谜或密码，要猜、要破译、要解释：为什么对同一部作品，分歧如此之大？这些理解都合理吗？为什么？

接受美学认为，文学是读者和作者共同创造的。读者的欣赏不是被动的接受，而是能动的创造。作品如果无人阅读，就只是一堆印有符号的纸张，但当它一和读者接触，就借语言文字向读者传递信息，经过读者大脑的复杂活动，形成读者心中的艺术形象，进而感染读者，如茅坤所说"读《史记·游侠传》即欲轻生，读《庄周传》即欲遗世……"有时，读者的理解可能与作家相去甚远，更富有创造性，鲁迅曾说，现代人心中的林黛玉，很可能是一位穿印度绸衫的摩登女郎。当然，读者的创造决不会完全脱离作品，不管你有多强的想象力，你心中的林黛玉，决不会是个女运动员，也不是个穷丫头，而是个体弱多病、多愁善感、经常以泪洗面的富家小姐。

有的读者由于个人经历与作品人物相近，又感情丰富、想象力强，往往能进入角色，与人物同忧乐，这在欣赏理论上，谓之"能入"。但也要"能出"，从艺术世界中走出来，站在相对客观的立场，对自己创造性的艺术感受加以分析，对作品进行创造性开掘，由感性认识上升到理性认识，这才是创造性的欣赏。

使欣赏成为创造性活动，当然依赖很多条件，不可一概而论，但也有其普遍规律，这就是勤于思考。外国人强调三个"W"：What，Where，Why。譬如读《阿Q正传》，要问其中有些什么人，发生了什么事件（What）；发生在什么时代，什么地方（Where）；作家为什么写这些，有什么目的（Why）。如果我们在阅读中经常思考这些问题，对作品的理解就会深入一些。

深刻的思考应具备四个条件：

1. 要有灵活的、敏锐的头脑，善于从各个方面、各个角度发现和提出问题，而后思考问题。如郁达夫的《沉沦》，由于描写了青年人的性的苦闷，刚发表时被许多卫道士目为淫书，不少新文学家也不理解，而郭沫若则从个性解放的角度提出：正是这种大胆的自我暴露，使道学家感到了做假困难。

2. 要有丰富的生活经验。无论多么复杂的文学典型，都可找到其生活的依据。《阿Q正传》最初发表时，有人认为是作者骂人，后来有人联系现实生活，发现许多人都有阿Q的某些性格，于是认识到他是个典型人物，后来经过许多人的深入思考，进一步认识到阿Q是国民劣根性的典型。在他身上，鲁迅寄予了自己对中国历史和现状的深刻思考。

3. 要多读书，多掌握材料，多掌握新理论，只有这样，阐发论证起来，才能见解新颖，才能调动材料，有根有据，富有说服力。鲁迅对各民族文学之间的影响关系论述甚多，我也掌握了不少材料，后来又学习了比较文学理论，我便写成了一篇见解比较新颖的关于鲁迅比较文学观的论文。

4. 要掌握正确的思考方法，"知人论世"。孟子说："读其书，不知其人可乎，是以论其世也。"不"论世"无以"知人"，而"论世",首先要掌握大量材料,了解作家所处的时代背景,同时也需要敏捷的思考。鲁迅对《阅微草堂笔记》的反道学思想,最初评价很高,研究了他的时代环境及其思想后,才明白他是奉旨批判(《买〈小学大全〉记》)。又向秀的挽嵇康文,刚开头就煞了尾,鲁迅初读时不理解,后来,鲁迅在写作《为了忘却的记念》时,真正理解了。鲁迅与向秀一样,在政治高压下悼念那些被害者,因此不得不欲言又止,长话短说。

总之,接受美学的"阅读即创造"的观点,应该是我们文学欣赏与批评的座右铭,独创性、主观能动性应在文学欣赏中给以特别的重视。否则,只能是人云亦云,没有价值。

三 必须学有专攻

中文系学习研究的领域十分广阔,包括语言文学及其各个分支:古代汉语、现代汉语、语言学理论、文学理论及古今中外的文学史。涉及的学科更多,如哲学、伦理学、逻辑学、心理学等。而一个人的精力是十分有限的,如果在这么多课程中平均用力而不专精,到头来还是成不了专家,只能一知半解,样样通,样样松,所以必须博中求约,学有专攻,根据自己的能力、兴趣,选择一个专业或一个专题作为主攻方向,作为学习中心。这可在二年级末或三年级初确定,头两年应该摸底打基础。一旦确定下来,其余的课程就应从各种角度为此中心服务了。譬如,你决定学中国现代文学,那么,在学习古典文学和外国文学时,就应特别注意它们对现代文学的影响,从而加深对现代文学的理解。如龚自珍的《病梅馆记》与俞平伯的《花匠》,都表现了崇尚自然、反对人工雕琢的思想,有明显的影响继承关系。鲁迅的"画眼睛"说,得自顾恺之,外国的"易卜生主义",对五四个性解放、婚姻自由的创作思潮有极大的催化作用……通过这种由约而博、由博而约的往复研究,我们对现代文学的理解深化了、扎实了。不少同学喜欢跑野马，无目标，无计划，想到哪儿，学到哪儿，最终往往一事无成。这样的教训太多了，希望同学们特别注意。

四　一定要写读书笔记

为学问而读书与为消遣读书不同，必须做到眼勤、脑勤、手勤，边读、边想、边记，离开了笔记，往往如深入宝山，空手而归，即使偶有所获，天长日久，也会如传说中的狗熊掰棒子，掰一个，丢一个。

记什么呢？我以为应记以下三方面内容：

1. 摘抄将来有用的原著的精彩段落。最好用卡片，详记出处，以备将来随时查用。

2. 读别人有关著作而受的启发。

3. 阅读心得即思考所得的创见。

你在阅读思考时，会时时产生思想的火花和灵感，它们往往如昙花一现，稍纵即逝。因此，一旦有灵感，即使躺下了，也要赶快披衣提笔，记录下来。一些有成就的文人学者往往有这样的习惯。茅盾临睡前往往预备下纸和笔，偶有所感，就开灯记下；郭沫若的《凤凰涅槃》后半段就是在被窝里写成的。这样日久天长就能积少成多，成为宝贵的科研财富，整理成有价值的学术论文。比如，郑振铎说，阿Q不可能革命，而鲁迅则说，中国若不发生革命，阿Q便不革命；如果发生革命，阿Q肯定会参加。但鲁迅始终没理解"为什么"。我经过思考，认为原因有二：第一，鲁迅向来对农民革命评价不高；第二，根据阿Q对革命的理解，阿Q的革命也只能是阿Q式的革命，具有很大的盲目性和破坏性。我把想法记录下来，经过反复思考，与一位青年朋友合写出一篇短文，很受编辑重视。

又如，我在注释《故事新编》时，发现了它与《山海经》的

关系，就去阅读有关的书，写了大量的读书笔记，最后写成《鲁
迅与〈山海经〉》。

　　学会写读书笔记并不困难，关键要勤于思考，勤于动笔。譬
如，鲁迅在《我怎么做起小说来》中说，他创造人物常用画眼睛
一法，你在《祝福》中发现鲁迅的确画了四次祥林嫂的眼睛，在
《伤逝》中也画了子君的眼睛，你就应赶快记下来。鲁迅还说阅
读研究作家的原稿，会学会创作的很多东西，如果你去读《聊斋
志异》那半部原稿，就发现蒲松龄有很多修改，如果你记下来，
并分析他为什么修改，这就是心得，是笔记。

　　写笔记不是抄书，而是为写论文做准备，最有价值的笔记应
充满独创性观点。研究《阿Q正传》《文心雕龙》的文章成百上
千，如果你的笔记毫无创见，还有什么必要呢？有些见解精辟的
读书笔记，只要稍加整理，就成为有价值的论文或专著，如茅盾
的《夜读偶记》，最近三联书店出版的叶灵凤的《读书随笔》，这
应成为我们的笔记典范。

　　有时，你记下的问题，不一定马上解决，由于材料不足思路
不通，往往百思不得其解。你把问题放在头脑中，它就象磁铁一
样，随时吸引有关的材料，激发你思考，积累多了，便会豁然开
朗。柯云路的《新星》，一出版就成为畅销书，不久，又有人批
判其中的"清官意识"。到底应该怎样评价呢？我记下疑问，经
过思考，认为：在官僚主义盛行的时候，"清官意识"仍不失其
一定的积极意义。

　　总之，读书一定要做笔记。把阅读中遇到的有价值的材料、
观点和想法记录下来，它会使你受益无穷。

五　读书要掌握情报

　　这一点看似老生常谈，实际上非常重要。一般说来，科研是
独立的甚至是寂寞的精神劳动，它需要研究者排除一切干扰，全

身投入。但这不是说可以闭门造车，做成井底之蛙。一定要掌握本专业、本专题的新成果、新动态。改革开放以来，学术界空前活跃，新观点、新见解层出不穷，学术禁区不断被突破，新的学术领域不断被开拓，国外的新理论也不断被介绍进来，如果我们对此茫无所知，就会被人抛在后面。

如近几年摆脱了学术研究中政治唯一的观念，对胡适、梁实秋、林语堂等人开始重新评价，有关他们的论文一天比一天多。纪念五四六十周年时，我曾写了一篇论述胡适对新文化运动贡献的文章，那就是得了上海的情报、受到启发写成的，

因情报不灵而导致的思路闭塞自不必说，造成的浪费研究也不少见。有的学者经过精细研究思考，认为鲁迅《自题小像》中的"灵台"，是"轩辕台"，殊不知，数年以前，日本学者已得出了这一结论。当然，这是考证性的，理论研究的局限较小，如果读了别人的论文，有新的观点，完全可以写。但也不可忽略情报的掌握。

要掌握最新信息，除了翻阅新出的研究资料、目录专著外，最重要的是了解各种报刊资料索引、汇编，我们可以从中获得信息，受到启发。只有这样，我们才能站在时代的高度，站在学术前沿，写出高质量的学术论文。

失之东隅，收之桑榆[*]

当我们庆祝新中国诞生四十周年、社会主义文艺创作四十周年之际，我想提出几个问题来漫谈我的认识与感想。我认为写什么，是个重大问题。

我认为社会主义文艺仍然是写人，写社会主义社会的人。因此"文学是人学"这个原则在本质上并没有改变，既然这样，写作的对象（反映的对象）应该要宽，工农兵的生活、思想感情局限不住作家的笔，更不能要求作家单写阶级斗争、政治运动或经济运动。这些固然是重大的主题，但仅写这些，作家那支写社会主义社会人和事（生活）的笔仍然展不开。应该怎么办呢？我觉得几十年前，鲁迅的创作主张还是值得重新研究、继承和发扬的。

鲁迅在 1931 年《关于小说题材的通信》中指出："现在能写什么，就写什么，不必趋时。"1933 年在谈自己创作经验时，仍然"以为必须是'为人生'"（《南腔北调集·我怎么做起小说来》）。鲁迅一生为革命而创作，他说他的小说就是为革命而呐喊，所以他的第一本小说集题为《呐喊》。在鲁迅小说中直接写革命题材的并不多，也就是《药》《长明灯》等几篇。但他认为创作题材不能太狭窄，就是直接写革命题材的也必须"选材要严，开掘要深"（《二心集·关于小说题材的通信》），不能作茧自缚。他决不反对文艺为革命服务，但不能抛弃自己所熟悉的生活。作茧自缚固然不好，而邯郸学步反而对革命有害。所以他认

---

* 原载山东省文联编《山东文坛纪事》，山东文艺出版社，1989。

为第一要当革命人，第二要写自己熟悉的。

鲁迅认为狭义的革命题材（重大题材）是范围不住作家的笔的，只要是革命作家，写什么题材都于革命有益。文学是以艺术形象反映人的生活的，生活的本质是矛盾和斗争，文艺家只要忠实地反映出来，就能起到促进或改革人生的作用。作家并不是革命家的笔，他有自己的观察、思考和写作动机，但他必须是革命人，这样通过写人生就可以反映革命、反映政治运动。鲁迅提出文艺要为人生，并且向不幸的下层社会去选材，目的是引起疗救的注意，其实就是为革命指出了方向，同样是有益于革命的。所以鲁迅认为革命文学家的"打打打，杀杀杀，革革革，命命命"，并不能算作革命文学。

"写人生"的创作主张和作品并没有过时，谌容的《人到中年》是典型的写人生的作品，它不仅在问世之初引起了轰动，对此后的创作也产生了深远的影响。古华的《芙蓉镇》、路遥的《人生》、阿城的《棋王》等都是写人生的佳作，具有长久的生命力。而某些写运动、写中心之作，只能轰动一时，而难有久远的艺术生命。改革文学的提出，固然是想为改革事业服务，但并不仅仅是展现农村或工厂由穷变富、扭亏为盈的过程就是为改革服务，就是改革文学。写出普通人生在改革进程中的酸甜苦辣，同样能为改革大业做出贡献。写人生的主题是广袤无垠的。伟大的作品《红楼梦》的主题仍尚待多多挖掘，曹雪芹不也说只是写一些性格各异的女孩子吗？美国电影《乱世佳人》（或译作《飘》）之所以不朽，也是因为它广泛地反映了人生。

我想还可以拿老舍来说明"写人生"的丰富和长寿，单拿解放后的一段来看：老舍写人生，但也热心写革命。《方珍珠》《龙须沟》是歌颂新中国之作，是通过方珍珠、程疯子这些普通人物的遭遇经历，反映出时代的变迁和作者的爱憎。《无名高地有了名》直接歌颂了兵（志愿军），但这些对象和主题局限不住他那支如椽大笔。他观察新社会、新的人生，他发现了官僚主义的苗头，写出《西望长安》讽刺官僚主义。《茶馆》也是典型的写人生之作，只有这些才内容丰富而生命长久。

以上是我40年来在文学领域中经过酸甜苦辣的实践，而对写什么的认识。

青岛解放前，我虽然一直在大学里教书，但我是个业余作者。著作固然一般，数量也不多，但我始终把创作看作我的第二职业，并且认为自己是个批判现实主义者。我的处女作《小队长》就是讽刺了一个无耻的警官。我也写过《没有坟墓的人》，写一位老教授死后得不到埋葬。直到解放前夕，我还发表过《大学路》，写今天属于海洋大学的校舍的一部分，而当年为美国侵略者作为军营的靠近登州路一面的那条路，一边是美军的兵营，一边则是住有不少花枝招展的"民宅"，反映了当时作为殖民地的青岛的特色。

解放以后，学习了《在延安文艺座谈会上的讲话》，它强调创作的唯一道路——工农兵方向。这对我来说完全是陌生的。但我并没有失望。新型的人民的山东大学第一个暑假，我参加山东省农业调查团，深入乡村一个多月，我向农民学习，并访问他们的新事迹，收集了一些材料，回校后写成了一篇散文投到《山东文艺》，当时的主编大概是骆宾基，不久就退了回来。旧的不能写，新的又不要，纯粹当一个教书匠又不甘心，于是我苦闷彷徨了。

我得感谢王统照先生，他当时主持中文系，他曾为当时的《胶东日报》（《青岛日报》前身）拉我一篇作品评论稿。我写了一篇《野草·风筝》评析，发表后，我非常惊喜：一喜我的稿子能刊登在党报上，二喜我虽搞创作，也教过文艺理论课，却从来没有写过作品评论，现在居然发表了，我想我还有些用处。我决定搞文艺理论，便接着又发了几篇，于是坚定了我弃创作而学文艺批评的道路。没有想到，王统照先生的一次约稿，竟成了我在教学上、专业上的重大契机。

文论专题自然也是我的业务，但是新作品评论则是我经常的
理论实践。几十年来我在《山东文学》（从《前哨》到《山东文
学》）发表的文章几乎全是新人新作的评论。我固然对山东培养
新作家起了点微末的作用，但培养我几十年的却又是《山东文
学》，更恰当地说是山东文联、作协通过这个刊物培养了我。我
敬向这两个文艺领导团体表示由衷的感谢！

　　既然搞文艺理论了就不能不教这门课，而创作论文又是其中
主要的内容之一。我便常常思考：专歌颂工农兵是否创作领域太
窄？而且工农兵一成为知识分子便又不能写了，这有多大的损失
呵！此外，40年来，知识分子成堆的地方，也有许多贡献，也有
许多矛盾冲突，有生与死，爱与恨，可是很少甚至没有人去写
他们。

　　我教现代文学史和鲁迅研究，也着重思考他们的文艺思想和
创作。我觉得鲁迅《关于小说题材的通信》是正确的，但在解放
初期却理解不了。鲁迅不仅主张只要有一颗革命的心，现在有什
么生活，就写什么生活，而且主张文艺要写人生，以广大人生为
创作（反映）的对象，创造反映人生矛盾冲突的各种艺术典型。
我觉得老舍是个伟大的作家，他不仅在旧社会是个伟大的作家，
在新社会也是伟大的作家。解放后他的创作和主张就是体现了鲁
迅为人生的主张。因此，我坚信就是在社会主义新时期，创作也
要写人生。从40年来我的文艺道路，特别是搞文艺理论的路途
中，从一些比较熟的著作的鸟瞰中，我认为文艺还是得写人生。

我的生活无限好，高楼频倚望群芳[*]

——山大生活四十年记

　　在本文的开头，想简述一下我的一段历史，以便看出我以后思想、学习、研究的轨迹。

　　我于1914年10月25日出生于山东安丘县景芝镇王家庄的一个小地主家庭里。童年在私塾读孔孟之书，我不懂，却偏爱中国古典通俗小说如《三国演义》《西游记》以及弹词小说如《天雨花》等。只上了一年小学，便于1930年考入青岛铁路中学读初中。其间虽爱读五四以来新小说，但鲁迅的小说却读得不多。1936年考入北京大学中文系后，才读鲁迅的小说集以及瞿秋白编选的《鲁迅杂感选集》，其序言看不太懂，鲁迅的杂文读起来只觉得好笑和有趣。这是当新生（Freshman）的时候。

　　"芦沟桥事变"之初，北大、清华及南开三校即在湖南长沙成立临时大学，旋迁昆明，改名西南联合大学。我在昆明读书期间，由于爱好创作，选读了杨振声教授的小说习作课，从而奠定了我的创作基础。得杨先生和沈从文教授推荐之力，我常在《中央日报》的由戏剧家凤子先生主编的《平明》副刊上发表小说和散文。小说《小队长》是我的处女作。

　　我于1941年毕业，留系做朱自清先生的助教，教一年级国文课。这期间杨振声、李广田两先生主编《世界学生》（后改名《世界文艺》，成为纯文艺刊物），我常在该刊发表创作，却不喜

　　* 原载王玉成、曲凤官编《山东大学（青岛）人物志》，海洋出版社，1991。

写理论文章。只在 1944 年的《国文月刊》（当时由西南联大中文系主办）上发表过一篇《元曲中的水浒故事》，这算是我的研究论文处女作。但如果没有系主任罗常培先生的催逼，我是不会主动写论文的。我从来也没想到吃文艺理论研究的饭。可是就在这年秋天，我讲授起文学概论课来。

　　1944 年暑假后，我到云南大理华中大学当中文系讲师。两年间我开过：大一国文、文学概论和中国小说史等课。文学概论课，学生反映讲得好。这是李广田先生给的无私帮助的结果。当时李先生在西南联大中文系讲授文学论课，他以马列文论为核心，吸收古今中外文论精华建立起了中国新型的《文学论》讲稿（先生去世后，此稿在香港出版，后收入山东文艺出版社出版的《李广田文集》）。我把这部讲稿借来，首先是学习，然后增入很少材料，便用作我的讲稿了。我这样做，事先是取得李先生欣然同意的，他知道我没有文论修养。从此，我才有了比较坚实的文艺理论基础，但却仍不写理论文章，不过自有了它，自己的创作质量却不断提高。在我的创作中，我比较满意的中篇小说《枇杷园》（在贵阳《讯》新 4 号发表），可能是文论指导创作的例证。

　　抗日战争胜利之次年，即 1946 年，我辞别了大理喜洲的洱海月、苍山雪，来到绿树红楼、碧海青山的青岛，在山东大学中文系仍当讲师（兼校图书馆主任）。仍教大一国文、中国小说史等课。课余，与同事在《青岛晚报》上办文艺副刊《晚风》，发表不少抒情小品。同时在青岛其他报纸上发表散文，如在《民言报》的《文艺》副刊，发表了《拜访》《大学路》等。在米珠薪桂的年头，光靠工资与创作救不了一家人的饥渴，只好到青岛女中兼课，整天手拿粉笔头，创作的钢笔尖快生锈了。得以安慰的是：培养的一批学生解放后考入了山大中文系和外文系。

　　叙述至此，似应做一小结了：我从大学生时代开始创作，到 36 岁，在 10 年间，大约写了三四十篇散文及小说。只写过一篇评论，那就是应一个电影评论小组之请，评论了在青岛放映比较叫座的国产片《万象回春》，发在一家小报上，它的名字现在也忘记了。1949年青岛解放后，我同创作告别，走上了文艺理论研究的道路。还曾蹒跚在历代文论的古道上，有两年多。

1949年，青岛解放，我继续在山大教书。解放初期，根据需要，我担任新文学课程：如现代小说、现代散文，以及现代文艺思潮史等。前两门课是我的拿手戏，而后一门课程却很吃力，因为过去对理论发展史，还是注意不够，只偏爱创作。解放后，我仍想创作，像李广田先生在他的《花潮》中所说"春光似海，盛世如花"的世界，我怎不想创作呢！然而，工农兵方向是创作的唯一方向。我过去只写知识分子生活，对于新型的工农兵及其生活根本陌生。只好读工农作家的作品，慢慢熟悉他们，也曾随农学院师生下乡住过一个时期，回来也试写了一篇散文，投给《山东文艺》却被退稿，从此我的创作绝笔了。万万没有想到，在40多年后的今天，即1990年元宵节刚过，我的小外孙忽然在一个松树盆景中发现一簇嫩草，我心有所动，便写了一篇小品《寸草泄春光》，3月底《青岛日报》发表后，颇引起注意，报上还发了读者称誉的短评，我高兴地落下眼泪。这首先得感谢伟大的邓小平同志，是他提出了文艺为人民服务的政策，救活了我的创作生命！这是后话，暂且不提，现在先说说我的"失之东隅，收之桑榆"的故事。当我结束了创作生涯感到苦闷时，恰好系主任王统照先生约我为青岛《胶东日报》赏析鲁迅的《风筝》，很快就发表了。这个偶然事件给了我很大的启示：我可以转向文艺理论批评。从此，我在该报上连续发表了许多新作品的评论，第一部就是《保卫延安》。而领我进入社会科学研究和文艺理论研究广阔天地的则是华岗校长。

1953年，在华岗校长亲自指导下，我同同事刘泮溪、韩长经两先生开设了鲁迅研究课，是作为一门新学科来研究讲授的。研究成果先在本校《文史哲》陆续发表，《新华月报》曾转载过其中小说与杂文两章。全部稿子又几经修改才作为定稿，于1956年交由北京作家出版社出版。这是新中国成立后，比较全面系统深入地研究鲁迅的第一部书，代表着当时鲁迅研究的水平，引起了学术界的注意，牵动了兄弟院校中文系开鲁迅研究课的热潮。"文化大革命"期间，香港波文书局翻印此书，销行海外。

1956年，中文系建立文艺理论教研组（后改为室），我任组长。虽未完全脱离鲁迅研究课，属现代文学组，但主要教学任务却是文论课了。许多年来，我教过文学概论、文艺理论专题等课，都能胜任。这是由于解放以来，我从创作转向理论研究，我就在李广田《文学论》基础上，大量阅读文艺理论名著，逐渐形成自己的文艺观，认识到文艺理论是分析研究古今的作品，并从而总结理论问题以及进行教育等的重要利器。因此，我研究鲁迅以其文艺思想为中心。研究古典文论，也依靠马列文论这把钥匙，所以我曾大胆试开《文心雕龙》，后来又参加《中国文学批评史》的编写，而且是主编，还领导教学。我也研究中国古典小说，1957年曾写通俗读物《怎样阅读〈三国演义〉》，山东人民出版社出版后，有相当影响，竟连续三次印刷，销行5万多册。

当然，我还是以现代文艺理论的研究与运用为中心，除了为《青岛日报》写新小说评论外，还给济南山东作协的刊物《前哨》（后改名《山东文学》）写有关创作问题，也参加文艺思想论争。此后不久，被选为该会理事。

1958年，为了教学需要，我还主编并参加编写一本《文艺学新论》，经成仿吾校长审阅后，交由山东人民出版社出版，该社作为国庆十周年献礼之书。中国人民大学的《教学与研究》上发表评论，认为是当时第一流著作。有的兄弟院校采用为教材。这时山东大学已迁来济南一年多了。

在济南成立小组编写《中国文学批评史》教材，到青岛市图书馆查阅资料时，发现了清人孙联奎（兴五）所著（司空图）《诗品臆说》，多创见，极为珍贵。前辈文学批评史专家郭绍虞先生都不知道此书。我乃与刘淦同志合作，作了校刊评介，并配上清人杨廷芝的《二十四诗品浅解》合为《司空图〈诗品〉解说二种》，1962 年由山东人民出版社出版，影响较大，郭绍虞教授在其所著《诗品汇解》中多引用《臆论》，许多美学著作中也往往引证孙联奎的话。因应学术界的需要，山东文艺出版社又予以再版。

从以上的自述中，可以看出我的学习与研究是有点"杂"，大范围却是文艺理论，而且始终没有脱离鲁迅研究，但中心是钻探鲁迅的文艺思想。还独自开过以此为内容的鲁迅研究课，从而形成了我的一个学术观点，"博中求精"。我虽在文论领域做出了一点成果，由此被认为是文艺理论家。我却只把文论作为研究学问的武器，主要是用作研究中国现代文学，特别是研究鲁迅的武器。由于在这方面也出了点成绩，也被认为是鲁迅研究专家。我被吸收为中国作家协会的会员，却并非因解放前我曾创作了 10 年。有关的旧报刊上还存留我的几篇不成熟的文章。

从 1976 年到 1978 年，我主持并完成了北京人民文学出版社出版的《鲁迅全集·故事新编》的注释工作。粉碎"四人帮"后，我全力从事鲁迅研究。开始带以现代文学为基础、鲁迅研究为方向的硕士研究生。培养计划的重要内容之一，就是以开拓与创新精神与研究生合力完成《鲁迅文艺思想新探》，1984 年由天津人民出版社出版。把研究生的毕业论文纳入我的研究计划，并取得成功，这是我培养研究生的首创经验。书是成功的，其中的"悲剧观""欣赏论"以及提出鲁迅在日本留学时代，其思想即超越了同辈人的看法，都是开创性的，所以出版不久，即有王德林同志在北京《鲁迅研究》丛刊上发表题为《可贵的"新探"》的评论。利用这种培养研究生的新经验，我取得了第二次成功，那就是出版了《鲁迅"小说史家"初探》。

　　前面说过，我一向主张：像"文贵独创"一样，研究学问也要集众家之长，独辟蹊径。没有独创的作品，便没有文学史，没有不断开辟的研究成果和建设性的理论，便没有文学批评史。我一向主张研究学问，取得新成果，是要掌握文论武器的。而这把利刀磨砺得越锋利，那新成果就越多。所以"文革"之后引入的新学科，就得批判改造吸收，作为自己文论的营养。譬如，比较文学这学科在 70 年代再度输入和勃兴的时候，给了我很大的启发，使我认识到鲁迅一生辛勤从事的"拿来主义"，就是实践的他的比较文学观！于是我钻探并写出了论文《鲁迅的比较文学观及其研治古典文学的成就》，于 1981 年在北京举行的国际性的纪念鲁迅诞生 100 周年学术大会上，我提交了这篇论文，并在大会上作了提要宣读。当时就引起注意，而在 1982 年的《鲁迅研究》丛刊总 6 期上发表后，在下期的丛刊上，在综述上一年鲁迅研究成果时，这篇论文被学术界认为是用比较文学新方法研究鲁迅的引论。1986 年出版的刘中树著的《鲁迅的文艺观》，便增辟了"鲁迅的比较文学观"一章。

　　70 年代末以前的近 20 年里，我的学术生涯是个冰封时期。以后，我才有了科学的春天。除了上述的著作之外，80 年代才是我的比较丰收的季节：撰写和主编了一些专著，还写了一些比较重要的论文。我主编了《〈故事新篇〉试析》（1982 年福建人民出版社出版，得山东省社联二等奖），与田仲济教授共同主编了《中国现代文学史》（1979 年山东人民出版社初版，1985 年由山东文艺出版社出修订本，获山东教育厅头等奖），以及《中国现代小说史》（1984 年由山东文艺出版社出版），同张华合作选编了《杨振声选集》（1987 年由人民出版社出版）。还与朱德发教授共同主编了《中国现代文学史新编》（1987 年由宁夏人民出版社出版，获山东省社联二等奖）。1989 年山东教育出版社出版了我的《鲁迅"小说史学"初探》。此书的出版说来话长，不妨先发表点感想：我认为认识一个事物或学术问题，没有长期理论学习与实践功夫，是难以认清它的。譬如说，30 年代比较文学这门学科就已传入，由于条件不足，未引起学术界注意，因此商务印书馆出版的《比较文学论》被尘封在图书馆里几十年。新中国成立初期，我在山大《文史哲》创刊号上发表的一篇论文《鲁迅与高尔基》是属于比较文学范畴的，但我根本没有意识到。它的性质是在 70 年代比较文学再度引进而勃兴时，由专家们指出来的。我能看出《中国小说史略》具有世界意义，是由于我基本掌握了比较文学的原理、方法。而我发现鲁迅的"小说史学"，则是长期研究的结果。前面说过，我在 40 年代，就开过中国小说史这门课程。在青岛解放前夕，我又在山大中文系开这门课，主要参考书就是《中国小说史略》。解放之后，虽转入现代文学课程的教学，却并未忘情于这部书，还是时断时续地去翻阅，在《鲁迅全集》中去积累有关这部书的材料。在注释《故事新编》时，就曾写过《鲁迅与〈山海经〉》。如果说，这是对《中国小说史略》的微观钻探，那本《鲁迅小说史略的战斗精神》则是宏观研究。当 1983 年招收第二批硕士研究生时，我开始全面系统研究并为他们讲授这部书，并且为研究生定培养计划时，把他们的毕业论文纳入计划，共同深入钻探，宏观考察，才逐步认识到《中国小说史略》乃是鲁迅"小说史学"的实践产物。而且不断修正充实，付出了一生心血，于是师生合作，以数年之力，写出了《鲁迅"小说史学"初探》，1989 年由山东教育出版社出版。北京鲁迅博物馆、鲁迅研究室认为此书是开山之作，在 1990 年《鲁迅研究》月刊第 5 期上头条报道了它的出版，并决定在第 10 期上发表李思乐的重要评论。现在此书已由山东大学送山东省教育厅申请学术奖。这是我的第一本书。

　　这几年我也写了些论文。譬如，学习了"接受美学"新学科后，受到启发，写出了《论作品的艺术功能及其社会作用》，发在山东《文学评论家》上。由于《李广田选集》及《李广田文集》的出版，我集中写了好几篇研究文章发表在《人民日报》和

《柳泉》（山东刊物）及《文史哲》等上，其中《铮铮铁汉，锦绣文章》已收入李岫编的《李广田研究资料》（宁夏出版社出版）。《臧克家文集》开始由山东文艺出版社陆续出版时，我较多地读了其中的诗作和讨论，写了《诗泡一勺》发在《文史哲》上。老诗人看后说，探触到了他的心灵。我也与研究生合写并发表对沈从文的《边城》、张天翼的小说评论。而最多的论文，自然是研究鲁迅方面的，而且得了奖，如《茅盾论〈阿 Q 正传〉》得过山东社联的三等奖，余从略。

众所周知，"四人帮"被彻底粉碎后，兴起了一个新文艺复兴时代，学术团体纷纷成立，如中国鲁迅研究学会、中国现代文学学会、中国比较文学会等，我都参加，并被选为理事。山东省相应的一些学会都参加也被选为理事。如今因年事已高，退而为名誉职。目前还担任着山东省鲁迅研究会会长和山东省中国现代文学学会副会长职。

前面已经说过，除教学之外，我曾兼任过图书馆主任，山大、华大合并后，我又担任了校刊室主任，担任过青岛市教育工会宣传部部长和校教育工会副主席。我还当了几十年的济南市人大代表，以及第六届省人大代表，为济南市尤其山东大学师生做了一些应当做的事，其荦荦大者，如在校内设立邮政局、校门口设立公共汽车站等。我还担任过多年的省文化厅评级委员会副主任，如今也因年老退了下来。

我于 1987 年退休，1988 年暑假前送走了最后一班研究生，我告别了讲坛，进入社会大课堂。我手拿十倍的放大镜阅读中青年的著作稿，为之作书序，这是个费力的工作，但内心愉快。每当他们的一本书出版，作者把样本送给我时，我觉得就像自己的书出版时，同样快乐！几年来，书序写得不少，但自己也写研究论文，可惜眼病大大妨碍了我写作，一篇四五千字的小论文，也得两个月的时间。每遇到万字以上的大型论文，就得请青年教师合作。这就是我退休后自己创造的生活轮廓。写两句诗作结吧：

> 我的生活无限好，
> 高楼频倚望群芳。

1990 年 10 月 18 日

《讲话》指引我走向文艺评论的道路*

　　1949 年 6 月 2 日青岛解放，山东大学成为人民的大学。我第一次学习了毛泽东同志的《在延安文艺座谈会上的讲话》，这部中国化的马克思主义文艺理论著作几十年来指引着我在文艺评论的道路上不断前进。

　　我国的古典文艺批评理论中有一种占优势的观点，认为创作来自书本，杜甫就说："读书破万卷，下笔如有神。"（《奉赠韦左丞丈二十二韵》），这种观点成为作家的指导思想。毛泽东同志第一次提出，古典文学不是源而是流，现实生活是创作的唯一源泉，推翻了书本是创作之源的观点。生活是创作唯一源泉的真理，使我猛省，在心头震撼之后，找平心静气地作了反复的思考。

　　什么是文艺作品？我对它的理解是：它是现实生活在作家头脑中的艺术反映，或者说作家对现实生活有所感受，产生了特定的思想感情，从生活中选取题材，通过艺术手段熔铸而成的艺术典型。《红楼梦》就是一部伟大的艺术典型，有人说它是曹雪芹的家传，自然是错误的，但曹雪芹如果没有那种丰富的生活经验，就不可能写出这一鸿篇巨制。主张"读书破万卷"的杜甫如果没有亲身体验到那种痛苦生活，也难以创作出《茅屋为秋风所破歌》。南朝文学家江淹，晚年诗文无佳句，创作衰竭，有人说"江郎才尽"，其实是生活空虚所致。文学创作来源于现实生活是创作的一个规律，从古至今所有的作家都在自觉或不自觉地实践

　　* 原载中共山东省委宣传部文艺处编《春华秋实》，山东文艺出版社，1992。

这一规律。我想结合自己的一段创作实践,来谈谈对这一问题的认识和体会。抗日战争初期,我还在昆明西南联大读书,由于爱好创作,杨振声教授扶助我走上文坛。那时我有一段较为丰富的生活,所以接连发表了一些小说和散文。但后来我写东西少了,因为学校生活比较平淡。在大学里,我爱读中外古今小说,但文学作品并不能代替现实生活,使我很难产生创作冲动。当我读作品越来越多的时候,我的创作却愈来愈少了。当时我不明白其中的原因,有点夸张地误认为是"江郎才尽"。后来学习了《讲话》才知道是由于单调的学校生活难以触发创作欲望所致。1945年,我在大理的一所大学教书,有一个老教授贫困死去,家属买不起坟地埋葬,更无力千里扶柩还乡,只好在棺材上堆上木柴火化,子女围着哭,火光映着泪花。我心里非常难受,当晚写了一篇散文《没有坟墓的人》,在《云南日报》上发表。这段创作经历,使我深刻地体会到生活是创作的唯一源泉是一颠扑不破的真理。

这样说是否就贬低了古典文学作品呢?是否就要象抗战初期的一些中文系大学生那样要"把《楚辞》和《诗经》丢进茅厕里"呢?不!辩证唯物主义者的毛泽东同志从来就是尊重中华民族文化、高度评价优秀文化遗产的。但为了澄清某些糊涂认识,才着重强调现实生活是创作的唯一源泉,过去的作品是流。从而激励作家深入火热的斗争生活,这样文学就有了永不枯竭的最丰富的源泉,作家个人就能从根本上摆脱"江郎才尽"的困境。强调现实生活是创作的源泉,并不意味着否认优秀的文学遗产。重视文学遗产,吸收古典文学有益的艺术经验,对于社会主义文学的发展有着不可低估的作用。例如有人研究《太阳照在桑干河上》,就发现它受到《三国演义》的影响。《世说新语》中在残酷的生死关头来突现和刻划人物性格的手法也为解放区的文学所接受。毛泽东同志在《讲话》中就指出,"必须继承一切优秀的文学艺术遗产"。人民的文艺并不拒绝过去的关心人民疾苦、同情劳动人民的先进思想。前面提到的《茅屋为秋风所破歌》里,

"安得广厦千万间，大庇天下寒士俱欢颜！风雨不动安如山。呜呼！何时眼前突兀见此屋，吾庐独破受冻死亦足！"我认为这是一种古典人道主义思想，或理想的社会主义思想，完全可以吸收、充实到社会主义文艺作品中来。

生活是创作的唯一源泉的真理，鼓舞了我的创作勇气，我想实践《讲话》所提出的要求，去为人民服务。我如饥似渴地学习《讲话》，并贪婪地阅读解放区的文艺作品。一有机会我就去接近工农大众。除了进工厂外，1950 年暑假，我参加了农林厅的农业调查，深入乡村一个多月，接触了农民群众，回来后写了一篇散文。作品投给《山东文艺》后，没被采用。这说明我学习《讲话》考试不及格。我反复思考，我的工作是教书，不可能象专业文艺工作者那样可以长期深入工农兵，实践《讲话》提出的几个条件有困难，看来我得暂时放下这支笔。

我再次深入细致地学习《讲话》，我觉得《讲话》不仅是指导社会主义文艺创作的经典，同时也是一座文艺理论宝库，尤其是能指导我怎样学习马克思主义理论。于是我眼前出现了一片光明。我除了精心阅读解放区文艺作品，间接熟悉工农大众的生活之外，还认真学习马克思主义经典著作，尤其是文艺理论，我还参考从解放区来的知名的理论家学习马列文论心得的专著，还以鲁迅的创作和理论来帮助学习《讲话》，颇有收获。如文艺的功利问题，鲁迅就作了许多阐发，他在《二心集·〈艺术论〉译本序》中说："在一切人类所以为美的东西，就是于他有用——于为了生存而和自然以及别的社会人生的斗争上有着意义的东西。……美底愉乐的根柢里，倘不伏着功用，那事物也就不见得美了。"鲁迅也指出文学是战斗的，从小说到杂文用他那支"金不换"战斗了一生，也恰恰阐明了《讲话》的根本精神之一。

一个偶然的机会决定了我的文艺理论道路，当时的《胶东日报》（《青岛日报》的前身）发表了我的《野草·风筝》的评析，1954 年《保卫延安》出版后，又发表了一篇评介文章。我还参加了文艺思想斗争，批判黄色书刊，在课堂上我教现代文艺思潮史。这时，我觉得从文艺理论的角度学习《讲话》，我考试及格了。

　　不久我参加了文学概论的讲授。当时周扬同志主持举办了一个全国性的大学文艺理论讲习班，请苏联专家毕达可夫列出一个提纲，并由他担任主讲，后来讲稿修订成书，在全国影响很大。但是，我们在讲授过程中觉得外国气味太重。这时社会主义新中国诞生已近 10 年，在《讲话》的指引下，全国的创作和理论已有长足的发展，我们需要有自己特色的文艺理论教材。我和文艺理论教研室的吕慧娟、狄其骢、蒋茂礼等同志，共同拟出一个以《讲话》为核心的文艺理论提纲，吸收、总结了新中国成立近 10 年来创作、理论的新成就，用一年多的时间全力写出一部《文艺学新论》教材，并幸运地得到前辈文艺理论家成仿吾校长的审查，由山东人民出版社作为国庆 10 年献礼之书。出版后引起很大反响，中国人民大学的《教学与研究》发表了评论，认为这是当时最好的一部书，兄弟院校多有采用为教材者。

　　最后，我还有个不太成熟的认识，我觉得《讲话》具有无穷的活力，它不仅在今天还指导着作家去创作社会主义的文学作品，而且与日俱新，不断发展，如在创作与阅读的关系上就阐发了卓越的观点，对当今接受美学的研究就有很大的指导作用。《讲话》是万古常新的。

化短暂为永久[*]

——序张杰著《春风桃李忆吾师》

人非生而知之者，必有师。张杰同志向以尊师著称，为同辈同行率。

张杰同志把他这几年来陆续写成的（有的已经发表）、怀念已故恩师的回忆文章汇结成集，名之曰：《春风桃李忆吾师》。凭一己之努力，独铸先师诸像于巍峨学术殿堂，供读者礼拜，这恐怕是学界难得之举。

我对作者所怀念的老师比较熟悉：有的是我的同辈，有的还是我的老师。因而在付印之前，让我先读，并为之序。这一光荣使我很激动：一方面，逝者的光辉再度照耀了我；同时，我想借此机会发点由衷之言，我想这也许能给这本吸引力极强的书增添几笔色彩吧！

这是本回忆录，但有自己的特点。作者所怀念的是学府名流，而且是作者化雨春风的座师，因而不仅情感浓烈，而且书味生香，真如陆机所说："石韫玉而山辉，水怀珠而川媚。"（《文赋》）

这就有必要寻根到作者的母校。张杰同志是中国现代文学史家，毕业于山东大学中文系。因而他所回忆的主要是母校的名家教授。应当着重指出，这些专家是全国名流之汇集。因为青岛山

---

* 原载《文史哲》1990 年第 3 期。

东大学在抗日战争期间曾经停办。胜利后，在复校过程中，他们才受聘，从国内著名大学里陆续来到山大，山大因而复活。象为作者所钦敬的冯沅君教授，就是那时从东北大学来的。青岛解放后，党派来一批革命家兼学者的优秀人物来领导学校，使山东大学成为真正的新型的人民大学。象为作者所尊崇的华岗校长就是。不久，山大奉命与华东大学合校，于是优秀的革命老干部、名教授云集。象教育专家为作者所敬爱的余修教务长，为作者所敬服的高兰教授，就是这时候来的。由于山大荟萃全国人才之精英，因而单从文科来看，她在全国高校中，就富有典型性，从而写这本回忆录也就具有较大的概括性。张杰同志躬逢山大的盛世，在名师指导下受业，实在是一种幸福。所以他写起回忆来，就思如泉涌，笔底生花。瓣香静对座师的面影，恍如昨日耳提面命之时！课堂听讲，固是泰山遍雨，而家庭问课，更是一刻千金！

这批学者名流，基本上是五四运动中成长起来的。他们各自在革命大道上，创出一条属于自己的学术新路。在他们中间，有的是老布尔什维克、马列主义者、无产阶级革命文化战士。象华岗校长、余修教务长。有的则在"七七"事变前，即已秘密阅读马克思主义经典著作，而在抗战的大后方，即已秘密接触解放区文艺运动文献资料。象刘泮溪教授在昆明教书时，秘读《在延安文艺座谈会上的讲话》，并通过教学与写文章，偷偷引用，大胆宣传。而多数教师则是在解放前后接触革命文献，狂热阅读，提高教学水平。更重要的是在马列主义指导下，研究学问，创建学派，传授弟子，形成学术传统，百家争鸣，以繁荣学术。譬如华岗校长在全国高校中第一个以马列主义为武器，以实事求是的科学态度，全面系统地精心研究和讲授鲁迅研究，巩固地建立了这门新学科。重点开发鲁迅文艺思想，尤其是比较文学观，影响甚大。这个学统至今红旗飘飘。再如高兰教授创建朗诵诗派并积建而成朗诵诗论，教授弟子，风行久远。但在本校有待重振。张杰同志和陆文采两大弟子合写《高兰评传》，高度评价朗诵诗的价值，就存有这个热切的希望。又如刘泮溪教授的以马列主义毛泽东文艺思想为灵魂的文学概论，在旧山大开讲时，即受学生欢迎，反应极为强烈。至今中文系开设的文学概论课也继承与发展着这个源头。因此，他当华岗校长的助手，以至于成为鲁迅研究的权威，就绝非偶然了。至于冯沅君教授，其明清戏曲小说研究固早已名闻遐迩，而其孜孜不倦于现当代文学之阅读，则欲通古今之变。桃李遍天下，并非过誉。

人才荟萃，济济多士，多执中外学术之牛耳，这是名牌大学的标志之一。张杰同志既有如此众多名师，也就标志着山大已发展到黄金时代，也就必然成新中国盛世的一朵名花。

"夕阳无限好，只是近黄昏。"上述诸师多已先后离开人间，巨星的陨落使作者无限悲痛，在伤怀中却认识到一个真理：人生是短暂的，文艺及其学术研究是永久的。张杰同志认为，最有价值的悼念莫过于化短暂为永久。于是他化悲痛为力量，往往从先师的追悼会上回来，便兀坐案前，弹起心弦，作深沉的回忆，构思一旦成熟，便满含眼泪，奋笔疾书。然后不断补充修改，直到成为一篇传记文学的佳品，他才觉得无愧于先师的在天之灵！

回忆录当然要叙述先师一生走过的崎岖道路，这是历史的真实，不能不写先师生前尝过的酸甜苦辣的人生滋味，不能不忠实于人物的思想感情。但更必须写他们忠于党、忠于社会主义祖国的赤心。这是他们灵魂中最宝贵的东西：是生的信仰，工作的动力！更要写他们经得起任何残酷考验的高贵品质。他们愈挫愈加心红志强，美的心灵愈加闪光！华岗校长就是代表，其形象之高大，须仰视才见。作者在叙写的同时，显示出学习的决心。

他们中的每一位都可写成数万言的评传，这却非一朝一夕之功，作者也许要安排这浩大的工程（他已经出版了长篇《高兰评传》）。现在他集中多数人，主要用特写的形式快速地向世界报道：在他和恩师相处的日子里产生的师生革命感情，在欢乐或忧郁中的心灵相通。漫谈人生和处世之道，自然还是"受业""解惑"的时候多。作者写先生治学经验，尤其那种震撼人心的治学精神。作者写先生的教诲如何使他深刻领悟了为学之道与革命、人生的关系。

天长日久地接触，尤其阅读先生的著作，便渐能掌握先生的整体和性格，那么怎样表现先生的内涵和品德呢？这便是运用特写的形式与"阿堵传神"方法。如果说，特写是放大镜头，"阿堵传神"便是画眼睛。

"一粒沙里见世界""从一斑里窥全豹"，这便是鲁迅所说的"画眼睛"法。张杰同志运用了这个传统的、优秀的艺术方法。他描写在受业的过程中，先生的一段谈话，一个提问，一个暗示，甚至一片笑颜，就可以窥其堂奥，得其神髓，正是成功地运用了这个艺术方法，因而不仅能显示全体，而且能让读者撷英。这种"以一目尽传精神"的艺术手段，使作者建筑起艺术长廊，列先师群像于其中，千古永恒地活在一代又一代读者心中，永远激荡着他们的心灵。

悲歌慷慨读《高兰》，朗诵诗留天地间；《哭女》一声"反饥饿"，诗成《好、好》庆新天。其诗情激荡，使人起舞。

读到刘泮溪传，则感其温文尔雅，循循善诱人心。其书卷气沁人心脾。惊讶其《鲁迅整理世界文学之成绩》启开鲁迅与比较文学之门，而欲在学术领域立开拓之志。

叱咤其表，仁爱其内；望之俨然，即之也温。推教改之猛士，抓思想之圣手。培育新人，愿尽得天下英才而教之。推荐贤能，唯恐失之。

读余修传，其爽朗风格，使人胸襟为之开阔，愿毕生献身教育事业。

读冯沅君传，即欲师其：为学，博古通今；治学，精益求精，一丝不苟；教学，以育人为目的，严格贯彻培养计划，鞠躬尽瘁的爱人精神！

读华岗传，巍峨形象，须仰视才见，却又春风化雨，诲人不倦，使人乐而忘返。他含冤负屈，身陷缧绁之中，却把生命负托给党。为追求自然与人生之真谛，他孜孜于美学之研究并取得伟大成果。这一行动的本身，就是一种壮美！其崇高的治学观和攻坚的毅力，使人心灵净化。真是，闻华岗之风者，贪夫廉，懦夫有立志！

……

总之，读本书，巡礼张杰同志用心血建起来的师座长廊中，使人感触万端，徘徊在座师像，不能遽去。而座师虽风采各异，贡献有殊，却都是为社会主义教育事业而献身。其感人力量，正从这里喷薄而出。而作者张杰同志则祝愿其先师千古永恒，学统绵绵，不要出现"断层"！

1990 年 2 月 9 日于山东大学

让真情长留人间[*]

——序张杰著《翘首东海忆故人》

　　张杰是一个非常重感情的人。读过他的散文集《春风桃李忆吾师》的人，一定会有这种印象。你若再读了他的这本《翘首东海忆故人》，这一印象会更深。他不仅这样说，这样写，更重要的是他一直这样做。从我认识他到现在，四十多年的沧桑巨变，他从一个青年学生变成一位离休的教授，而始终不变的是他的道德准则——尊师、敬老、重友情。可现在，象他这样的人是比较难得的。

　　从五四新文化运动时起，我们就一直在提倡"新道德"。七十多年过去了，谁能说得清什么是不同于传统的，并且获得了公认的"新道德"呢？从理论上说，任何"新"的事物都不是凭空产生的。许多"新"的东西往往是来源于传统的。"传统"不仅是指过去了的事物，它还包括由过去联结着现在和未来的一种相对共通的文化积淀和心理定式。这也就是说，"与传统施行最彻底的决裂"是不应该的，也是难以做到的。任何一种东西一经成为"传统"，就不是随便能"扫进历史垃圾箱"的。"传统"既是一种历史的包袱，又是一种遗产式的财富。中国传统的伦理原则经过现代化观念的批判继承，就能够"创造性的转化"为民族化的新道德。这里所说的"批判继承"，是取中国传统道德思想中

　　* 原载《泰安师专学报》1995 年第 3 期。

民族性的精华，剔除中国旧道德中的封建主义的糟粕。在这方面，张杰同志做得非常好。他尊敬前辈，但不盲目；他真情交友，又不失原则。滴水之恩，他以涌泉相还；乐于助人，他却不图有报。他是在马克思主义伦理思想指导下，实践并光大着中国人特有的"善"。

张杰的这种美德，首先表现为尊师。他的回忆散文集《春风桃李忆吾师》便是明证。在这本回忆散文集《翘首东海忆故人》中，他又最充分地表达了对萧涤非、高亨、臧云远、金诗伯等前辈师长的尊敬，并让他们的道德文章永留人间。张杰有这些好老师，这些老师难以被学生忘怀。这些老师更有张杰这位好学生，这位学生使得这些老师们精神永生。

这本散文集中所写的其他七个人，也都与我相识、相知多年。尽管他们年龄都比我小，而且多是我的学生，但是我一直把他们视为朋友。

韩长经大学一毕业就与刘泮溪和我同在华岗老校长的带领下，共同开设全国首创的"鲁迅研究"课程。我们几人的讲稿先是在《文史哲》杂志上发表，后结集为《鲁迅研究》一书由作家出版社出版。长经的人品和学问都非常好，他在鲁迅研究等方面取得了很大的成绩，但他从不炫耀自己。他的忠厚、他的谦逊、他的乐于助人给所有熟悉他的人都留下了深刻的印象。

孟广来多才多艺，在学业上也取得了多方面的成绩。他不仅是中国古代戏剧史研究的专家，还对现代戏剧和老舍研究有很大贡献，而且编纂了一些现代作家研究资料。另外，孟广来和徐文斗与我三人曾经多次合作撰写论文。这些文章是我们友谊的直接体现。

徐文斗多年从事中国现当代文学研究和教学工作。他四十多年的默默耕耘，有许多扎扎实实的收获。再加上他宽厚、正直的人品，使得他在山东省中国现代文学界有较高威望。他长期主持《齐鲁学刊》的编辑工作。他为这个学术刊物呕心沥血，做出了很大贡献，办出了影响、办出了特色。

包子衍毕业于山东大学历史系，我原本跟他不熟。知道他的大名，主要是他对《鲁迅日记》研究有很高的权威性。我还知道他的权威性来自他忠于历史、忠于真理的胆识。

邢福崇和佟锦华同志，由于隔行的关系，我们接触较少。但他们二人在编辑出版界和藏学研究方面的成绩我是常常听到的。也常听说，他们也都是多情重义的好人。

可是，就是这些好人们却大都在如日中天的有为之年匆匆离去了。每次得悉噩耗，我都为死者的年龄惊异和痛心。韩长经年仅五十一岁，包子衍五十六岁，佟锦华刚刚六十岁，徐文斗、孟广来和邢福崇也不过六十岁出头嘛！他们都过早地离去了！

呜呼！这些年轻于我的朋友们！

呜呼！在另一个世界的好人们！

读完这本散文集，我突出的感受是真情永恒。是真情把死者和生者联结在一起。张杰用自己对死者的真挚、深厚的感情，把死者的学业贡献联结在一起，把死者的高尚品德联结在一起，把人间最真诚的友谊联结在一起，使这些死去的人虽死犹生，永远活在读者的心底。

可以告慰死者的是书中这些感人的辞句："尽管星移斗转，时光流逝，我对他思念将与日俱增，永远也不会消失！"（忆徐文斗）"老孟走了，带着满腹经纶；带着累累的精神创伤；带着对人生、对祖国、对妻子女儿、对老师朋友们的无限眷恋；带着对未竟事业的深深的遗憾；他轻轻的走了。"（忆孟广来）"秋雨，淅淅沥沥，下个不停……今夜特别长……我感到无限的悲哀，无限的寂寞！"（忆包子衍）"半年来我曾几次拿起笔来想写点回忆文章，却总因悲痛难忍，不能成文。现值先生逝世半年祭，我终于熬着苦痛写成这篇短文，以慰先生的不朽英灵，以表弟子对先生的一瓣敬心。"（忆萧涤非）

从以上文字可以看出，张杰是用眼泪甚至用生命写成的这些文章。它们是友情的结晶，是心血的结晶。他凝聚了人间真、善、美。它让美好的真情永驻人间。

　　最后，我要感谢张杰同志的是，他给了我这样一个机会，使我借此表达对这些亡故的朋友们的深切悼念。

（魏建整理）

怀念山大鲁迅研究的开拓者华岗同志[*]

在"四人帮"横行的日子，目睹一所好端端的社会主义的山东大学被糟蹋得凋敝不堪，许多在山大工作多年的同志常常情不自禁地想起山大曾经有过的欣欣向荣的岁月，想起对山大的建设作出过卓越贡献的校长华岗同志。当然，这种怀念只能是珍藏在人们的心底。那时，每当我想起华岗同志，不由要默诵鲁迅悼念革命志士的名篇《为了忘却的记念》的结语："但我知道，即使不是我，将来总会有记起他们，再说他们的时候的。……"今天，党的三中全会、五中全会的精神，党的实事求是的路线，使华岗同志的 25 载沉冤得以昭雪，使我们山大的师生员工终于有了怀着崇敬的心情再说起华岗同志对革命事业、对山大的卓越贡献的时候，真使人感到莫大的欣慰。在这篇短文里，我想追忆一下华岗同志领导我们学习鲁迅、研究鲁迅的业绩，以示对华岗同志的纪念。

诚如大家知道的，华岗同志不但是一位革命家，而且是一位学识渊博的学者。他本人在鲁迅的思想和著作的研究方面有很深的造诣。《鲁迅思想的逻辑发展》一书，便是他在新中国成立后的最初年月里，在繁忙的工作之余写下的研究鲁迅的思想和著作的长著。书中各文章在 1951 年陆续写成，并在《文史哲》创刊后的第 1 至第 5 期上连续发表。1953 年由上海新文艺出版社结集出版。这本书开宗明义提出"鲁迅是谁"的问题，努力运用历史

* 原载《山东大学学报》1980 年 5 月 28 日。

唯物主义的观点，一扫以前鲁迅评论中的种种阴霾，坚定、热情地宣传了党中央和毛泽东同志对鲁迅的科学评价。这对于刚刚从黑暗的旧中国解放出来的人民，对于受旧文化影响甚深的知识分子，是堪称起了发聋振聩的作用的。同时，这本书中努力阐述、宣传鲁迅向封建主义、帝国主义进行不妥协战斗的革命精神，对于当时在政治、经济、思想领域里反帝反封建的斗争起了有力的配合作用。

华岗同志不但自己致力于鲁迅研究，而且他也是山大鲁迅研究课程的倡导者和鲁迅研究工作的奠基人。1952 年，华岗同志提出在山大中文系开设鲁迅研究课，这在当时确实是一个创举。他亲自召集中文系的刘泮溪、韩长经二同志和我开座谈会，讨论开设鲁迅研究课的工作。他向我们谈了开设这门课的意义，并且谆谆告诫我们要运用历史唯物主义研究鲁迅。他指出："马克思主义理论的绝对要求，就是在分析任何一个社会问题时都要把问题提到一定的历史范围之内。"研究鲁迅我们也应遵循列宁的这一指示。这在今天看来，似乎已是常识范围里的东西，但在新中国成立的初期，对我们这些从旧策。由于旧社会的腐败，许多知识分子不问政治，只专心业务，因而解放后对党和社会主义还都缺乏起码的认识。华岗同志代表党组织，给予山大人以可贵的启蒙教育和正确引导。在他的启发教育下，大家学习着，工作着，自觉地改造着自己的世界观，也改造着客观世界。

华岗同志是那样认真正确地贯彻党的知识分子政策，力图排除"左"右干扰。记得在"三反""五反"运动时，他对一起未查明实据，也未经他批准，有人随意隔离一位著名专家最终致死的事件，极为气愤。曾在全校党员大会上教育大家要爱护知识分子，他说损失几万元也抵不了损失一个专家重要，几万元买不了一个专家。也是在同一时期，有一个单位要对另一个涉嫌经济问题的教授进行批判时，他把大会横幅的口号一改再改，使局限于思想范围，力图缓和会议气氛，避免"左"的影响。事后证明，他的做法是正确的。这些事例，给了许多同志以深刻的政策教育。

华岗同志诲人不倦的精神，更使一些人深受感动。他热切鼓励大家学习革命理论，提倡读书写文章。许多同学和教师经常把文章送给他看，他不仅认真地提出意见，还亲自动手修改。有些教师特别是青年教师和学生后来的成就，便益于他的培养与扶掖。

华岗同志对山大文科的建树，成绩卓著。解放不久，山大即得列入全国重点高校之林，文科尤为驰名，这与华岗同志的重视和指导是分不开的。他开高等学校风气之先，十分重视对近现代史的研究。他亲自讲授中国近代史、五四运动史、鲁迅研究等课，为我校文史两系后来开设这些课程打下了良好的基础，也培养了该学科中一批新生力量。

华岗同志非常重视报刊的作用。他亲自创办《文史哲》杂志，组织各种专题讨论，颇得国内学术界好评。对校刊《山大生活》，每期文章他也全部过目，使之真正成为党在山大的喉舌，起着指导全校工作的作用。

然而不幸的是，正是这样一个好的领导同志，却过早地失去了工作的权利，以至含恨离开人间，这是我们山东大学的一个重大损失。

华岗同志的一生，是战斗的一生，光荣的一生。在人生最艰难的岁月里，华岗同志经受了严峻的考验。在"四人帮"烟销尘灭、大地重光的今天，华岗同志的名字闪烁着真理的光辉，伴随着山大人奔向"四化"的前程。

华岗同志，党中央了解您！山大人怀念您！在这可以放声大哭的日子里，我们只能向您献上自己的一抔衷情、缕缕哀思，我们只能向您致以最崇高的敬意，最深切的悼念！

两条龙：从图腾到艺术[*]

——听闻一多、刘文典两先生讲课的几点体会

去年是龙年，举国上下颇轰动了一阵；今年是蛇年，似乎很少有人道及了。

当年刘文典（叔雅）先生在西南联大开过三门课："庄子"、"文选"和"温（飞卿）李（商隐）诗"。时隔数十年，具体情况，已经忘记了，但有两段话却铭刻在心：一个是汉字有三种美——音乐、图画和整齐；另一个是题外的话，反而偏偏记牢，说到艺术的创造，大意是即使有天才的想像，也离不开现实（生活与自然），现实没有的就无法创造。

譬如"龙"是天才的想像，是最惊人的创造，是凭空臆造、无中生有的。然而您想想，他身上哪一部分不是大自然所有所提供的，他的头是牛头，角是从鹿那里借来的，利爪是鹰的，身体是蛇的，……而且他是按自然规律组织起来的，头在前，尾在后，四爪在下支持着身体，而不是生在背上，不然就不能行动，也不像个生物——爬虫。

听了很觉新奇，其实是真理，是艺术真实，于是恍然大悟，便牢记在心。

然而，随之也产生了一个疑问：我们的祖先为什么创造龙？在初民时代能凭空想像，无中生有吗？

---

* 原载《云南师范大学学报》（哲学社会科学版）1990 年第 2 期。署名孙昌熙、李思楽。

后来听闻一多先生的课（古代神话），讲到伏羲时，才解答了这个问题，关于龙的想像、创造是有事实根据的，不是凭空想像，而且产生的很具体，可以说龙的肌体无一处无来历。

刘叔雅先生的那段话没有写成文字，只铭记在我心中，囿于口头流传，而闻先生却写成《伏羲考》传世，有文献可考。闻先生当年上课，不论是上古文学史，还是古代神话，都是从文化人类学的角变来阐发古代文化现象的，当时听起来，实在是非常新鲜的。

然则龙究竟是个什么东西呢？

据闻先生考证，龙是一种图腾（Totem），而且是只存在于图腾中而不存在于生物界中的一种虚拟的生物，因为它是由许多不同的图腾糅合成的一种综合体。

由于部落的兼并而产生的混合体的图腾，古埃及有最显著的例子。在我国历史上，五方兽中的北方玄武，本是龟、蛇二兽，也是一个好例。不同的是，这些是几个不同的图腾单位并存着的，各个单位的不同形态依然未变，而龙则是许多单位经过兼并、融合后，形成了一个新的大的单位的标志，其余的小单位，已经是不复个别的存在罢了。前者可称为混合式的图腾，后者可称为化合式的图腾。部落间总是强的兼并弱的，大的兼并小的，所以在混合式的图腾中，总存在一种主要的生物或无生物作为它的基本的中心单位。同样的在化合式的图腾中，也必然是以一种生物或无生物的形态为其主干，而以其他若干生物或无生物的形态为附加部分。龙图腾，不拘它的局部像牛也好，像马也好，像狗也好，或像鹿、像鱼、像鸟都好，而它的主干部分、基本形态却是蛇。这表明，在当初那众图腾单位林立的时代，其间的蛇图腾部族为最强大，众图腾的合并与融化，便是这蛇图腾的兼并与同化了许多弱小单位的结果。

这是两条龙吗？是的，一条是艺术的龙，一条是原始社会的图腾、部族的象征。然而又是一条龙。图腾部族的兼并融化过程，不能不说也是一个艺术创造的过程。龙图腾部族在美化、完善龙图腾的全部过程中，谁能说不是一种了不起的艺术创造呢？

我们的先民为什么无中生有地创造了龙？为什么无一部分无来历？为什么能想像出这样一个形象？这是很不容易的。

关于龙的产生，闻先生在《伏羲考》与《龙凤》中，都作了解答，一切都来自现实生活，来自原始部族的斗争生活。由此更加强了我们对艺术离不开生活这个规律的认识，龙的产生也不能例外。

龙是中华民族祖先创造的，最先是图腾，是民族的象征，是美而神圣的。龙创造出来之后，便产生了许多关于龙的神话。闻一多先生说《山海经》记载龙的地方最多，其中含蕴着许多关于龙的神话，而神话传说正是艺术的滥觞，这就又发展了两条龙：一条是神秘的龙，为封建制度所利用；一条是艺术的龙，为人民群众所接受。而艺术的龙一旦为人民群众所接受，便以龙为中心进行了种种创造，不论是神话、传说、小说、戏剧、诗歌、绘画、建筑……龙的题材，广为历代作家所利用，创造出许多脍炙人口的作品，丰富了中华民族的文化宝藏。

我们从与龙有关的民俗与许多文学、艺术作品中，也不难看出文艺发展的一条重要规律，凡是人民群众喜闻乐见的，不论是什么样形式的作品，都具有强大的生命力，反之，不管封建统治者如何自我强化，如什么"真龙天子"之类的"神话"，人民群众是决不认账的，两千多年以前的陈涉不就发出过"王侯将相宁有种乎"的抗议吗！

《太平御览》中收集了大量与龙有关的资料，因其大多数带有封建迷信色彩，所以只能长期"睡"在图书馆中，有待古籍整理者去研究。而元代作家尚仲贤据唐人传奇小说《柳毅传》创作的杂剧《洞庭湖柳毅传书》，据《武林旧事》和《南词叙录》记载，宋杂剧便有《柳毅大圣乐》，南戏也有《柳毅洞庭龙女》。明代有《龙绡记》《橘浦记》。清代则有《蜃中楼》《乘龙佳话》等戏曲。演变到今天，便有了各种地方戏中的《龙女牧羊》。人们长期以来对《柳毅传书》的故事，所以津津乐道，就是因为这个故事具有反封建的浪漫主义神话色彩。难怪新中国成立后把这个故事拍成了彩色电影。

另一出与龙有关的古代戏剧，是元人李好古的《沙门岛张生煮海》，即现今许多地方剧种保留的剧目《张羽煮海》。这个美丽的神话，和《柳毅传书》一样，也是赞扬青年男女反对封建势力的斗争精神的。

从《柳毅传书》和《张羽煮海》这两个神话传说中，我们可以看到一个重要的问题，与龙有关的文艺作品已经与平民百姓又发生了不可分割的关系，这些作品中反映的男女爱情，竟是平民与龙的结合，龙还那么圣洁吗？龙女竟成为一个普通男人的娄子！这比起什么《龙凤呈祥》《游龙戏凤》来，不知要好到什么程度。龙与凤，原是封建帝王与后妃的代称，一个皇天，一个后土，真是天作之合，天生的一对！正如闻一多先生在《龙凤》中所说："有了一姓，便相对的产生了百姓，一姓尊荣，便天然的决定了百姓的苦难。"然而苦难的百姓，从来就不承认龙是一姓的"帝德"与"天威"的标记。抗日战争时期，刘泮溪先生在云南收集到的一首民歌就足以说明问题，一位女性唱道：

> 哥是天上一条龙，妹是地上花一蓬。
> 龙不翻身不下雨，雨不洒花花不红。

这位女性对"帝德""天威"的藐视以及对爱情大胆、泼辣、恣肆的态度，简直达到了令人瞠惑的地步。

闻一多先生晚年对龙凤是帝王后妃的"瑞符"的观念，十分厌恶。1944 年 7 月，闻先生在昆明的西南联大接到当时的一个新兴刊物——《龙凤》负责人的征稿信，对刊物的命名和《缘起》十分反感，于是写了《龙凤》一文，他气愤地说道：

图腾式的民族社会早已变成了国家，而封建王国又早日变成了大一统的帝国，这时一个图腾生物已经不是全体族员的共同祖先，而只是最高统治者一姓的祖先，所以我们记忆中的龙凤，只是帝王与后妃的瑞符和他们及他们官室服舆装饰的"母题"，一言以蔽之，它们只是"帝德"与"天威"的标记。……你记得复辟与龙旗的不可分离性，你便会原谅我看见"龙凤"二字而不禁怵目惊心的苦衷了。我是不同意"天王圣明，臣罪当诛"的。在我国封建社会的历史上，是什么人、什么时间，把帝王和后妃与龙凤融为一体，一时尚难作出精确的答案。然而对这个问题，却完全有必要花气力研究一番，因为就是那些"真龙天子"毒害了我们几千年。

现有的史料表明，最早把帝王当作龙种、龙子者不是别人，正是千百年来被人们所敬仰的太史公司马迁，他在《史记》中两次渲染过这一问题。他先在《秦始皇本纪》中说：

（三十六年）秋，使者从关东夜过华阴平舒道，有人持璧遮使者曰："为吾遗滈池君。"因言曰："今年祖龙死。"使者问其故，因忽不见，置其璧去。使者奉璧具以问。始皇默然良久，曰："山鬼固不过知一岁事也。"退言曰："祖龙者，人之先也。"使御府视璧，乃二十八年行渡江所沉璧也。

司马迁在写《高祖本纪》时，大概因为只称秦始皇帝为"祖龙"，还嫌不够味儿，干脆替刘邦捏造了一个"龙子"的神话，他说：

高祖，沛丰邑高阳里人，姓刘氏，字季。父曰太公，母刘媪。其先刘媪尝息大泽之陂，梦与神遇，是时雷电晦冥，太公往视，则见蛟龙于其上。已而有身，遂产高祖。

司马迁作《史记》时，恐怕万万没有意料到这个神话的恶劣后果，秦始皇帝是"祖龙"、刘邦是"龙子"这个骗人的神话，被后来千百年的帝王所承袭，并借以施行专制。天子是龙种，天子的子孙当然是龙子龙孙，只有龙子龙孙才能当皇帝，平民百姓哪有份儿？百姓只能"甘当"天子的奴隶。不幸的是，在"真龙天子"与平民百姓之间，还有一些奴才，在不断地制造着"真龙天子"的故事。难怪闻一多先生当年见到"龙凤"二字，那样的愤慨了——"三千年的惨痛记忆，教我们面对这意味深长的'龙凤'二字，怎能不怵目惊心的呢！"

中国历史上早就有过一些敢于藐视"龙子龙孙"骗局的有识之士，最好的例子是明人李东阳和杨升庵，他们相继地发出"龙生九子不成龙"的呼声。这在他们生活的那个时代，不能不说是冒着灭族危险的。

明徐应秋《玉芝堂谈荟》引李东阳《怀麓堂集》说：

> 龙生九子不成龙，……囚牛，平生好音乐，今胡琴头上刻兽，是其遗像；睚眦，平生好杀，金刀柄上龙吞口是其遗像；嘲风，平生好险，今殿角走兽，是其遗像；蒲牢，平生好鸣，今钟上兽钮，是其遗像；霸下，平生好负重，今碑座兽，是其遗像；狴犴，平生好讼，今狱门上狮子头，是其遗像；负屭，平生好文，今碑两旁文龙，是其遗像；螭吻，平生好吞，今殿脊兽头，是其遗像。

《升庵外集》亦载有"龙生九子不成龙"事，但与《玉芝堂谈荟》所载的蒲牢、狴犴、睚眦三名完全相同者外有：

> 屭屭（字或作贔屭、屭贔），形似龟，好负重，今石碑下龟趺是也；螭吻，形似兽，性好望，今屋上兽头是也；饕餮，好食，故立于鼎盖；蚣蝮，性好水，故立于桥柱；金猊，形似狮，好烟火，故立于香炉；椒图，形似螺蚌，性好闭，故立门首。

　　尽管李东阳与杨升庵所述"龙生九子"名字互有异同，然而龙生的九子却都不是龙，是什么？既不是"神"，也不是"鬼"，谁能说这不是九个怪物呢？这在原始社会发展到产生了"真龙天子"和奴隶及奴才的时代，真是胆大妄为！

　　好在今天谁也不相信人世间还有龙，更不相信什么"真龙天子"那一套谎言了。

　　然而，毕竟由于我们的祖先为我们留下了许许多多关于龙的文化遗产，闻一多先生讲的一条图腾龙和刘文典先生讲的一条艺术龙，这两条龙都属于中华民族的文化范畴。如今，那些关于龙的文化，早已向艺术专向发展了，龙已经成为富有民族特色的艺术典型了。

难忘恩师李广田*

在现代文学史上，有我终生永难忘怀的两位恩师：一位是杨振声先生；一位是曾得他提拔过的李广田先生。我在这里主要想谈谈我与李广田的一些交往。以前我也曾写过回忆李广田的文章，但大都是有关学术方面的，对于他对我一生道路的影响，在生活上对我的关心照顾，以及尽管名义上是同事，而实际上我却接受了他如师长一般的绵绵的恩情的这些事，却是第一次在这里提及。

当回忆的触角伸展开来，沿着岁月之河缓缓上溯的时候，首先浮现在我脑中的便是在西南联大第一次见他的情景。当时的李广田由于思想的进步与行动的异常活跃，被国立六中解聘，杨振声此时正在西南联大的叙永分校担任领导，听说后立即把李广田要到了叙永分校去。李广田从齐鲁大地的齐东县（今邹平县）走出来，在济南省立第一师范学校就读后，又考入北京大学英文系学习了 6 年，这许多年吸收的新知识已经使他从一棵贫瘠土壤里的"灌木"成长为一棵挺拔的"蓊郁的树"。1936 年 3 月，与卞之琳、何其芳合著的诗集《汉园集》及他的散文集《画廊集》都作为文学研究会的合作丛书出版，在当时引起很热烈的反响，李广田也因此被誉为"汉园三杰"之一。《汉园集》收李广田《行云集》诗 17 首，《画廊集》收散文 23 篇。从这些篇章中，可以看出李广田如一个风信子一样感受到四面八方的气候，但却更深地向泥土的深处扎根，向民族生活的内部挺进，这位"生自土

* 原载《山东教育学院学报》1996 年第 1 期。

中，来自田间"的作家，以他本性的自然质朴显示了他作品的独特的个性。不久，叙永分校又搬回昆明，而这时的我正在联大任助教，听说李广田来联大的消息后我非常兴奋，因为我一直爱好写作而且与李广田又同是山东老乡，因此决定拜访他。一天晚上，约了刘泮溪（也是山东同乡）一起来到李广田家中。李广田十分和蔼可亲，圆脸稍有些发红，个子不高，穿了一件灰色长袍，我们谈话进行得非常愉快，我表示希望他以后在创作上多多帮助和培养我，他很爽快地便答应了。

　　这后这久，在杨振声开的现代文学和小说写作课上我写的一篇作业《小队长的故事》，经沈从文推荐后，在《中央日报》的文艺副刊《平明》上发表。在这种鼓舞下，我又一股气发表了《河边》《长江上》等好几篇小说。我把这几篇小说拿去给李广田，希望得到他的指教。没想到，一天晚上，他拿着我的文章来到我的宿舍，对我大加鼓励了一番，说我很有前途，并把《河边》里描写老长工的那一段拿来大声地朗诵，说写得很好。

　　他对我只是鼓励很少批评，还把我的创作介绍出去发表，小说《枇杷园》就是他推荐在贵州的《文讯》上发表的。后来李广田主编《世界学生》，我的稿子也常在那发表。在李广田的影响下，我的思想也开始激进，《高尔基的门徒》就是写一个同学如何称赞高尔基的；散文《山居》被李广田先生评论为"很有艺术表现力"。正是在李先生的这种鼓励之下，我写下了生平我认为最得意的一篇悲剧小说《爸爸的骗局》。这个故事写的是由于迷信而产生的大悲剧：我的伯父有一个儿子，准备娶媳妇，可一查日子发现过年的日子不宜结婚，为了破"黑道"日，按当地的习俗，要在新婚之日让儿子准备好一切下关东，然后在新娘的窗户下问三声"留客不留客"，如果答应的话，即可入洞房成婚，但如果没有回答的话，则应立刻背上行李下关东。而这个新娘由于羞怯，没有回答，从此之后，我伯父的儿子便断了音讯，不知是死了，还是已另外安家，总之，是再也没有回来过。可是，这家为了安慰媳妇，也是为了两个老人老有所养，便每年造一封假信，骗着媳妇在这里一年又一年地待下去，以至最后老在这个家里。李广田看完这篇小说后，连声说好。他也写过一篇类似的小说，叫《生活在谎话里的人们》，可他却说："你的比我的好。"自古都是"文人相轻"，可他却对一个初习创作的人说出如此鼓励的话来，令我十分感动。他把这篇小说寄到重庆去，未发表之前便给了我最高的稿费。十分不幸的是，这个稿子后来让日本的飞机轰炸了，我又没留底稿，已无法再恢复这篇小说的原貌了，它永远地失去了与读者见面的机会。然而，由李广田先生的鼓励所激发起来的这股旺盛的创作力，却值得我一生去珍惜。

李广田先生不仅在创作上给了我无私的帮助和照顾，而且对我以后生活道路的选择也有密切的关系。我后来从事文学理论研究和鲁迅研究也是与李广田先生分不开的，是李广田先生给我奠定了文学理论的基础，并扶着我一步步走上这条路的。

李广田到西南联大后，开始教授文学概论课，这在联大是第一次有这个课，而且资料非常匮乏，于是，李广田着手《文学论》讲义的编写。这个课在当时联大引起了很大的轰动，我也就是从这个时候开始接触文艺理论的。在这份讲义的基础上，1946年李广田完成了《文学论》的初稿，然而李广田对这部《文学论》的态度十分审慎，他要不断地修改和补充以便使它更加完善和系统化。1948年出版的《文学枝叶》和《创作论》都只是从这棵未成形的大树上裁下来的零散枝叶。这部书最终于1982年在香港出版时，只剩了"总论"部分，第二、三卷已经遗失。然而，即使就这"总论"部分，也可看出这部书在经历了风风雨雨的考验之后，也仍然有它重要的价值。在这部书中，李广田以马克思主义的辩证唯物史观为指导，以多年来作为诗人和散文家的创作经验为基础，从文学的整体观出发，颇有特色地阐明了文学的价值、社会功用以及作家的生活与思想和创作的关系等一系列基本问题。尽管这本书是文艺理论研究起步时的著作，然而时隔这么多年，它对现代文艺理论的建设，仍有着不可低估的价值。

正是这部皇皇巨著当初的雏形《文学论》讲义，改变了我整整一生的命运。我在西南联大从当学生起，就因为与系主任之间有一点宿怨，一直不受他欢迎。我在中文系当了三年助教后，是应该提为教员了，但他却不提我。我在华中大学的一个同学拉我去他们学校，当时他们学校的李何林教授辞职，剩下文学概论课没人上。但这对我来说，却存在一个极大的困难，那就是我对文学理论知道得太少了，以我当时的水平是没法挑起这个大梁的。这时，我想起李广田先生的这部《文学论》讲义来了，便去向他借。老实说，我心里并没有抱很大的希望：一个教授的讲义怎么会轻易借给别人用呢？意外的是，李广田先生却很慷慨地把它给了我，我于是利用一个暑假一字一字地抄下来，碰到有不明白的地方，就去向他请教。后来他又极详细地看了一遍，补充了一些材料，让我拿着它去华中大学上课去了。

正是凭了这份讲义，我得以提为讲师在华中大学教文学概论课，这个课在那也一样受到欢迎，这都是这份讲义的缘故，我只不过是充当了一个扬声器而已。也正是因为有了这份讲义，有了讲师的职称，我才得以在 1946 年山东大学在青岛复校时回到了山东，因为我既不想随西南联大留在昆明，也不想随华中大学迁往武昌，我之所以能回到故乡山东，全是这份讲义的功劳。当初李广田先生慷慨地给我这份讲义的时候，也许没有想到它后来会发生如此大的作用，然而这并不能抹掉我在心底里珍藏着的对他的深深的感激之情。

我在华中大学任教期间，李广田先生继续给我发表稿子。抗战胜利后，西南联大解散，李广田去往天津南开大学任教。我在青岛主编《中兴周刊》时，曾向李广田约稿，他给我寄来了《新诗的道路》一文，对刊物的名字也提出了自己中肯的意见。

解放以后，我曾一度想离开山东大学，臧克家打算介绍我去西北大学，正在这时，李广田写信来，告诉我将有一个重要的人物要来山大当校长，要我不要走，留下来帮助他。于是，我便又留在了山东大学。后来华岗来做了山大校长，在他的带领下，我和刘泮溪等一起合著了《鲁迅研究》一书，在全国树了一面鲁迅研究的旗帜，而这都是当时李广田规劝的结果。如今，我在山东大学已经待了50年，半个世纪的风风雨雨、沧海桑田，其间我做出了一些成绩，也经历了一些波折。当年事渐高，回忆往昔岁月的时候，这个曾影响了我一生生活道路与选择的恩师的形象，油然在心头愈来愈鲜明起来：他永远是那样一幅脱不掉农民习性的诚实而朴挚的样子，终年的一身灰长袍，拎了一个又大又沉的包，匆匆的总在忙碌之中。

后来，李广田被调往云南大学当校长，收揽重用人才是他办学的方针，不过，一次我差点把他手下的一员大将、我的一位老同学给拉了出来，这说来是很不应该的，有些对不起他。即使在当校长的百忙之中，李广田仍然坚持创作，写了不少的散文歌颂新中国的诞生，《花潮》中就有这样的一个名句："春光似海，盛世如花。"用生机勃勃的春天来象征祖国欣欣向荣的事业。解放以后，我主要从事文艺理论研究和鲁迅研究，已经不搞创作了，因而与李广田的联系也就很少了，但我有空就找来他的文章读，就好象是面谈一样，感到异常亲切。

"文化大革命"结束以后，李广田先生被恢复了名誉，《人民日报》曾专门写文纪念过他，他的挚友们也纷纷以各种形式追忆他、悼念他。著名诗人卞之琳、臧克家、冯至，著名批评家李健吾等，都曾洒泪挥笔，称他为"中华民族引为骄傲的'地之子'"。他的著作也陆续得到了再版或出版，昆明出版了《李广田选集》，山东出版了六大本的《李广田文集》。我也曾写了好几篇文章纪念他，但在我看来，我永远也道不尽我对恩师的感激之情，让我再一次以这篇文章奉献于他高洁的灵前。

（黎卉芳整理）

拍案而起的闻一多[*]

1946 年，国民党为镇压民主运动，在昆明制造了震惊全国的"李闻血案"，利用卑鄙的手段暗杀了爱国民主人士——西南联大教授李公朴、闻一多先生。一时间，阴霾密布，血雨腥风，白色恐怖笼罩了整个国统区。悠悠岁月，斗转星移，近半个世纪过去了，闻先生那孜孜以求、一丝不苟的学者风范和渴求真理、宁死不屈的高风亮节却在我的记忆中越来越鲜明。

初识闻先生是在湖南南岳圣经学院，那正是抗战烽火风起云涌的 1937 年秋天，其时闻先生在那里讲授《诗经》《楚辞》。不久，学校迁到昆明，改称西南联合大学。闻先生作为步行团的唯一一名教授，也随校自长沙徒步走到云南的蒙自。而我由于个人原因到了其他地方。这次和闻先生接触不多，对他的印象较淡，现在只隐约记得那时闻先生身穿灰布长袍，挂着手杖，嘴里叼着大烟斗，身边时时有青烟缭绕。

1938 年，秋天的春城，风光秀丽，景色宜人。我就在此时到了昆明，这次有幸师从闻先生，听他讲授中国先秦文学史——从神话传说到《诗经》《楚辞》。随着接触增多，师生情谊日进，我对闻先生的了解也日益加深。

始听闻先生讲课，我不胜惊奇，他并不像我在北大听胡适讲文学史那样单纯地讲授《诗经》《楚辞》，而是对它们产生的历史背景，反映的社会政治、经济情况细细讲解，而且有时还和时局

---

* 原载《山东文学》1995 年第 10 期。

紧密结合。联系到以前闻先生的讲课，我很快意识到发生变化的不仅是闻先生的讲课内容，而且也有他的思想。

我于是回忆起在南岳圣经学院的一次时事座谈会上发生的一件事，激进的爱国学生强烈反对无视现实的文学史讲授，提出古典文学作品的讲解应为现实服务。有的甚至主张把《诗经》《楚辞》丢到茅厕坑里去。这种情绪在当时是可以理解的，但现在看来却过激和可怕，敌人还没有来得及，我们自己却抢先要把祖国的文化遗产消灭掉，这怎么行呢？所以深深眷恋着优秀民族文化的闻一多先生，依然满腔热情地讲授《诗经》和《楚辞》，只是在内容上不断深化，开始向现实领域拓展。这主要来自两种深入。

一种深入是闻先生在从长沙到蒙自的漫漫三千里"长征"中，途经许多荒凉偏僻的苗彝居住区时，他怀着浓厚的兴趣和严谨的精神，对这些地区自远古流传下来的神话传说做了大量调查研究，并写出了许多具有高度学术性、科学性和现实性的论著。可以说，注重实地考察研究，从书屋转向现实是闻先生讲课内容的第一个深入。另一个深入是，闻先生喜欢和青年人在一起，同甘共苦，谈天说地。如在"长征"途中闻先生就始终和青年学生待在一起，交流看法，不断接受新观念，思想不断进步。这时闻先生还受到了中国共产党的影响。如在途经贵州时，闻先生就耳闻了大量红军长征时感人至深的事迹，同时又目睹了当时一潭死水的中国在国民党统治下灾难深重、民生日艰的悲惨现实。两相对比，闻先生为之动容，无限感慨。此后不久，他就途中发现的许多古代遗留下来的功德碑，组织了一次题目为"口碑和石碑"的时政座谈会。会上他慷慨陈词，颂扬了红军的感人事迹，无情地揭露了国民党的黑暗统治，谴责了他们的无耻罪行，使广大学生受到了一次进步的政治思想教育。这时的闻先生显然在中国共产党的影响下，已逐渐形成引人注目的激进民主思想。这也是他讲课内容的另一个深入。

针对传统的古典文学的陈腐研究，他高屋建瓴地提出了对古典文学研究的革命，主张古典文学作品研究应密切联系作品实际和社会现实，既要恢复作品的本来面目，又要在研究中提出个人创见。他强调说《诗经》中《硕鼠》和《伐檀》就是描写了被压迫者的不平、反抗和理想追求。他还认为《关雎》和《溱洧》就是描写了当时青年的男女之恋，而不是御用文人所说的是歌颂后妃之德。后来闻先生讲授唐诗时更是密切联系实际，深入浅出，听者无不动容。

闻先生讲课尤其重视与现实斗争中的革命文学相结合，在讲授《诗经》中几首带有反抗性和战斗性的诗歌时，他就和革命诗人田间的街头诗联系起来作了比较。闻先生高度赞扬了田间的街头诗，肯定了它的战斗性和积极作用，说从中都可以听出"咚咚"的战鼓声，犹如时代的鼓点。因此，闻先生称田间是"时代的鼓手"。

渊博的学识加上进步的思想，使闻先生的课总是座无虚席，有时甚至连门外、窗外都站满了人。有不少热血青年正是从听闻先生的课开始，踏上了反抗暴政、追求真理的革命道路。可以说，闻先生是在以课堂为战场，以他的口和笔作为武器，进行着另一种形式的战斗。后来联大校歌中有"弥天血雨、未辍弦歌"，就包含了闻先生的革命教学活动。

闻先生不仅讲课独具特色，令人耳目一新，在考试和研究中也是别出心裁，与众不同。例如在考试时他会挑出《诗经》中的部分诗歌让学生自己分析理解。学生可以对老师的讲课内容进行发挥，或者发表自己的见解，甚至还可以反驳自己的老师，只要有理有据。有时他也让学生整理古典文献。如他发现《楚辞》有错简，就让学生加以整理，从而使学生得到独立治学的锻炼。我在毕业时曾以沈德潜的《古诗源》为毕业论文研究对象，闻先生在指导时就严格要求我只有读过沈的全部著作，明确了其选文的目的和标准后才可加以深入研究。

闻先生是著名诗人、学者，更是一名激进的爱国民主人士、无畏的战斗猛士、对敌斗争的闯将。他猛烈地抨击国民党一党专政和法西斯独裁统治，积极要求人民民主和自由权利，并为之进行了不屈不挠的斗争。

30 年代闻先生就积极参加过各种爱国政治活动，40 年代，由于受到华岗宣传的马克思主义的影响，其思想更加激进，以极大热情投入各种争取民主和自由的政治斗争中去。尤其是抗战胜利后，面对日益加深的法西斯白色恐怖，闻先生心中燃烧着愤怒的火焰，以大无畏的革命精神向反动派声讨，同时号召人们积极行动起来，为争取民主和自由而英勇斗争。

闻先生和李公朴先生等人曾一起组织过民主政团同盟。抗战胜利后改为中国民主同盟，并以《民盟周刊》作为革命斗争的基地，对国民党进行口诛笔伐，展开猛烈的攻击。抗战胜利后，闻先生等人又创办《自由论坛》，为争取民主和自由而大声疾呼："我们需要什么？第一是自由！第二是自由！！第三还是自由！！！"他们的宣传活动深入人心，受到群众的热烈欢迎和拥护。同时也引起了国民党反动派的极大震惊和恐慌，他们多次对民盟活动和《民盟周刊》的出版进行阻挠和破坏，并对李、闻等人进行卑劣的恐吓及人身威胁，后来还妄图用金钱拉拢和收买。这里要说明的是，抗战后的昆明，人们生活极端困苦，由于通货膨胀，物价飞涨。这时联大的一些自命清高、"不过问政治"的教授却接受了反动权贵的"捐款"，甘为五斗米折腰。闻先生对此嗤之以鼻。就是在《民盟周刊》印刷费用极为紧缺，家人生活极端困难的情况下，他宁愿亲自动手替别人刻图章，让闻师母带着小女儿和老保姆到西门摆摊卖旧衣物以贴补家用和民盟经费，也不肯向反动权贵们摧眉折腰，接受施舍。

面对"富贵不能淫，贫贱不能移，威武不能屈"的闻先生，国民党反动派黔驴技穷，无计可施。他们于惊恐羞恼之余，像跳墙的疯狗，将闻先生等人列入暗杀黑名单，必欲除之而后快。经过密谋策划之后，丧心病狂的反动特务们趁 1946 年联大放暑假、学生分散回家之际，伸出了他们罪恶的黑手，于 7 月 11 日和 15 日先后卑鄙地暗杀了李公朴先生和闻一多先生。

在李公朴先生遇难的第二天凌晨，闻先生的大弟子何善周就赶到闻先生家中，力劝他到美国领事馆避一避。先生却慷慨激昂地说："李公朴先生血迹未干，我必须追悼他，安葬他，方对得起死难的同志。事已至此，我不能走。"当其时，先生意志坚决，气贯斗牛。

深知反动特务的枪口已瞄向自己，闻先生却依旧不顾朋友和家人的反对，坚持参加 15 日李先生的追悼大会。只是在李先生的家属和朋友的反复请求下方答应不在会上发言。然而反动特务的肆意破坏却使会场大乱，以致追悼会根本无法进行。闻先生一时义愤填膺，怒不可遏，拍案而起，对着特务们厉声斥骂："今天，这里有没有特务？你站出来！是好汉站出来！你出来讲，凭什么要杀害李先生！"闻先生的怒骂酣畅淋漓，大快人心，激起与会群众的热烈响应。面对浩然正气、凛然不可侵犯的闻先生和义愤填膺、怒形于色的群众，特务们像挨了打的狗一样，垂下了脑袋，夹起尾巴，灰溜溜地躲了起来，连大气也不敢喘一下。

李公朴先生的追悼会顺利地进行了下去，闻一多先生却因暴露了目标，在回家的路上被罪恶的子弹夺去了生命，时年 48 岁。随行的长子立鹤也因救护父亲而身负重伤，虽一时治愈，后终因枪伤复发而逝。正是革命烈士必有孝子，闻立鹤在去世的时候，还对家人千嘱咐、万叮咛，让他们无论如何也不能把自己去世的消息告诉年高体弱的母亲。

闻先生虽然牺牲了，但他那种高贵的革命气节和为民主、自由而不畏强暴、勇于牺牲的崇高精神却永远激励着中国人民继续战斗。闻先生的光辉行动实现了他在李公朴先生的追悼大会上所说的："我前脚跨出大门，后脚就不准备再跨进大门。"毛泽东主席在《别了，司徒雷登》一文中就高度赞扬了闻先生的革命精神和高贵气节，说他面对敌人的枪口拍案而起，宁肯倒下去，也不向反动派屈服。闻先生用他的一腔热血和一颗赤子之心，谱写了一曲从《红烛》到《火炬》，从温文尔雅的教授到拍案而起对敌斗争的猛士的辉煌壮丽的革命乐章。闻先生这种高贵的民族气节和革命精神与中华民族同在。

作为革命战士和诗人、学者的闻一多先生，其影响是极为深远的。国外很多人极为仰慕闻先生，对他进行研究，如日本东京大学就专门开设了闻一多研究课。在国内，闻先生的影响就更不用说了。新中国成立以来，光《闻一多全集》就出版过两次，北大的季镇淮和东北师大的何善周都曾致力于闻一多研究并多有著述。武汉大学中文系还由陆耀乐领导成立了闻一多研究室，并以此为基础成立了全国闻一多研究会。至今在闻一多先生教过课的青岛山东大学（现在的青岛海洋大学），仍有以闻先生命名的"闻一多楼"，而且还塑有闻一多像，寄托着人们无尽的崇仰和怀念。

杨振声小传[*]

　　杨振声，字今（金）甫，发表作品一般用真姓名。1890 年农历十一月廿四日，诞生于山东蓬莱县水城村，1956 年 3 月 7 日在北京逝世，终年 66 岁。

　　他在家乡度过了少年、青年时代，饱餐了山光水色之美。沿海渔民的悲惨生活以及他们的勇敢战斗性格也深刻印在他的脑海里。他在不满旧社会黑暗的同时，产生了对劳动人民的敬爱之心。这就打下了后来创作小说的主调。

　　他在北京大学攻读中国文学时，受新思想的影响，积极参加五四运动，与许德珩等同学参加火烧赵家楼的爱国行动。曾因反对北洋军阀卖国条约而被捕入狱一周。

　　他在五四以前即爱好新文学，以创作短篇白话小说为主。受《新青年》的影响，与同学发起著名的北大新潮社，创办《新潮》杂志，并参加编辑工作。刊物在鲁迅爱护、支持和指导下与《新青年》并肩战斗。他于 1919 年 3 月在《新潮》发表了处女作《渔家》，这是五四前夕较早反映渔民生活的短篇小说。接着发表了同类题材的短篇小说多篇。因此，鲁迅称赞他是"极要描写民间疾苦的"小说家。并把他的作品选入《新文学大系小说二集》，作为现代文学史上第一个文学流派（"新潮派"）的小说代表作。在他创作的反封建礼教小说中，《贞女》题材典型，主题思想深

---

* 原载山东省蓬莱市政协文史资料委员会编《蓬莱文史》第 15 辑《杨氏三杰》，1998。

沉，是战斗力较强的一篇，在当时及其以后影响较大。他自己也很重视这篇小说，在晚年回忆五四时，几次提到它。

北大毕业后，他于 1920 年赴美哥伦比亚大学学教育。这个时期，他仍不忘祖国苦难的劳动人民和日益发展的新文学，《磨面的老王》（按年代推算）就是从美国寄给《新潮》的一篇佳作。

他回国后长期致力于教育工作，抗战前历任中山大学、武汉大学、燕京大学、清华大学教授，兼清华大学文学院院长和教务长。在公事丛脞中，仍努力于新文学事业。1925 年出版了中篇小说《玉君》。因为表现了强烈的要求妇女社会地位平等的进步思想，引起广泛的影响，并被推为他的代表作。

这时期，祖国危难，民生涂炭，他的爱国主义思想愈益高涨，他以文艺为武器积极进行反帝、反封建的斗争，1926 年，北京发生了"三一八"惨案，他立即发表小说《阿兰的母亲》向屠杀爱国青年学生的军阀提出了强烈的抗议。1928 年 5 月 3 日，日本侵略军到济南屠杀我爱国同胞，惨案发生后的次日，他就发表了《济南城上》这一号召人民起来打击侵略者的名篇。后来被选入中学课本，作为爱国主义教材。他的早期创作多发表在《新潮》、《现代评论》、天津《大公报·文艺副刊》上。大革命后，主要写文学评论。"七七"事变前，常为天津《大公报·星期评论》写特约稿，也为《文学杂志》《新月》撰稿。

作为教育家、文学家、教授，他经常关心儿童教育，热爱青年。青年们不管有什么困难，只要找到他，他总是大力帮助。著名诗人臧云远同志，年青时代就受过先生的教诲与帮助。

他高身材，生一副使人一见可亲的长方脸，常常口叼大烟斗，接见青年时，平易近人，使人如坐春风。他对文艺青年总是关怀备至，热心培养，不仅向各报刊推荐他们的作品，自己也创办文学刊物（如 1933 年与余上沅等筹办《学文》月刊）为青年提供写作园地，且也为他们谋求职业，如国内外著名报人、老作家萧乾同志就是他的高足。

提倡新文学，必须培养生力军，这是他的战略也是毕生的事业。在任青岛大学校长期间，除了聘请众多的著名诗人、作家、学者任教而外，他还不辞辛劳，开小说作法课。他的作品，内容上是战斗的，而艺术上以情节见长，他是通过巧妙生动撰写细腻的情节展示人物的性格及其内心世界。因此，这门课的开设，既是他的创作经验传授，又是五四新文学战斗精神的播种。他从来都是亲自修改作业而且那么严肃认真，一旦发现有可造之才便如获至宝，栽培不遗余力，因而许多青年在文坛上得以崭露头角。

1932 年，他辞去青岛大学校长职务，到北京致力于儿童教育工作，实现了多年的夙愿。曾编选适合少年儿童的语文教材，还亲自任教。大学校长教小学，这是中国教育界破天荒的奇迹。他在教学实践中检验修改教材，最后编写成《实验小学国文教科书》，为儿童造福。

抗战时期，他初在长沙临时大学任教授、校务委员兼秘书长。临大迁昆明后改名西南联合大学。他在这里提倡新文学的战斗精神，一如既往，他开设中国现代文学附习作课。他还主持全校大一国文课，亲自编选教材，其中二分之一以上是现代文学作品和理论。当时朱自清先生等也同先生一起参加这门课。

他任叙永分校主任期间，又广邀新文学家任教，30 年代初文坛即露头角的散文家、诗人李广田同志就是代表。分校撤销，他带着大批师生回到昆明，除继续开新文学课外，也开过古典文学课，又与李广田同志主编《世界学生》文艺栏，该刊不久改名为《世界文艺季刊》。这个刊物团结了一批老作家如闻一多、朱自清、冯至，也培养了一批新生力量如刘北汜、吕德申、王景生，如今都已是头发斑白的老作家和教授了。新文学是战斗的，他开课不忘创作，受故乡广大人民抗战的可歌可泣的英雄事迹鼓舞，他带头创作抗战文艺，如《荒岛上的故事》就沸腾着他的爱国热血，"我们的同胞四万万！"如闻其声。

这时，他还研究传记文学，1944 年应邀赴美讲学时，这是内容之一。

抗战胜利后，他承担了北京大学北迁的筹备工作。在北大仍孜孜于新文学事业，主编《文艺副刊》。团结青年共同追赶时代的脚步。

他一向厌恶国民党的反动统治，曾在青岛大学拒绝执行"纪念周"，并曾营救和保释青岛大学被捕的革命学生。北平解放前夕，反动派多次要求他去南方，他都坚决拒绝，毅然留下，迎接解放，欢庆新中国的诞生。

解放后，他曾兼任北京文联创作部部长。1945—1953 年，写过一些文学评论和歌颂社会主义、歌颂人民英雄的如《和平鸽旅行团》《华东人民英雄刘奎基》等文章。

1952 年院系调整后，他任长春东北人民大学教授兼中国文学史教研室主任，经常主持学术讲演，还亲自登台讲授专题，《水浒传的艺术性》即其一。这期间被选为吉林省人大代表和长春市政协委员、九三学社长春分社委员。他一生为人正直、廉洁，逝世前唯一的遗嘱是将自己的全部藏书捐给他曾工作过的长春东北人民大学图书馆。

1957 年，人民文学出版社为他出版了题名《玉君》的小说选集。

杨振声在青岛大学[*]

欣逢校庆五十五周年，各地校友云集泉城，和我们一起畅叙友谊，交流学术。此时此刻，不由使我们追想起 30 年代——山东大学历史上的第一个黄金时代，我们怎能忘记改名国立青岛大学后的第一任校长杨振声先生呢？

杨振声（1890—1956）先生是山东蓬莱人。1919 年毕业于北京大学国文系，后官费到美国哥伦比亚大学留学，专攻教育心理。他毕业后从事文学和教育工作，历任中山大学、武汉大学、燕京大学教授，清华大学教授兼教务长和文学院院长，青岛大学校长，西南联合大学教授兼叙永分校主任。1944 年去美国讲学，抗战胜利后至 1952 年任教于北京大学，解放后兼任北京市文联创作部部长，逝世前任东北人民大学教授兼中国文学史教研室主任。

1930 年暑假后，杨振声先生经我国著名教育家蔡元培先生举荐，就任国立青岛大学校长。难怪人们说他是蔡元培先生的得意门生，他首先带到青岛大学来的，就是蔡先生那种著名的"兼收并蓄""民主办学"的作风。他任人唯贤，求贤若渴，不管是属于哪一派的人，只要有真才实学，对教学有利，他都热情欢迎。早在 9 月初正式宣誓就职以前，学校一开学，他就来校办公，开始广泛网罗人才，邀聘国内著名的文学家、教育家、科学家来校任职任教。一时之间，名流学者云集青岛大学，人才济济、灿若

---

* 原载山东省蓬莱市政协文史资料委员会编《蓬莱文史》第 15 辑《杨氏三杰》，1998。署名孙昌熙、张华。

群星，学校面貌焕然一新。其中，有学术界的一时之彦，也有教育界的后起之秀。著名的诗人闻一多博士任文学院院长兼中文系主任，他的《红日》《死水》等作品早在 20 年代就有着很大影响，他在中文系开了名著选读、文学史、唐诗等课，并在外文系教英文诗歌。这位富有诗人气质的学者，两腮瘦削，头发凌乱，戴一副黑边眼镜，讲起课来很有特色，他经常吸引着许多学生登门访问、求教，著名诗人臧克家就是在他的培养、帮助下，逐渐登上文坛，蜚声全国的。梁实秋博士任英文系主任兼图书馆馆长，他是研究莎士比亚的专家，学校中莎士比亚著作的各种版本收藏齐全，在学术界闻名一时。教育家黄敬思博士任教育学院院长兼教育系主任，生物学家曾省之博士任生物系主任，数学家黄际遇①博士任理学院院长兼数学系主任，化学家汤腾汉博士任化学系主任，物理学家王恒守博士任物理系主任，他们都是在国内颇具名望的学者和科学家。戏剧家赵太侔任教务长，他属爱美剧派，兼教戏剧。另外，还有诗人陈梦家、小说家沈从文、楚辞专家游国恩、语言学家闻宥、戏剧家和物理学家丁西林、物理学家任之恭、化学家傅鹰、生物学家沙风护、秦素美等人分别到各系任教。在此之前，青岛大学规模不大，仅有为数不多几个系，学生不过一百多人；青岛也仅仅是以具有优美风景的避暑胜地而闻名全国。杨振声先生来任校长以后，青岛大学师资力量雄厚，规模初具，这样一个驰名海内的高等学府，出现在"蓝天碧海""绿树红瓦"掩映之中，真可谓"相映生辉"，令人向往。于是，每年寒、暑假后，各地的学者、学生纷纷到青岛大学任教和求学。

杨振声先生还经常邀请著名学者来校演讲和讲学，交流学术，促进教学。章太炎、胡适、罗常培、冯友兰、陈寅恪等人都曾到青岛大学来演讲和讲学。1931 年夏，中国科学会议在青岛大学召开，会长为蔡元培，全国各地的学者、科学家参加了会议。

---

① 所选文章原文作"迂"，现校对为"遇"。

在开幕式上，蔡元培在杨振声先生的陪同下走进会场，全场自动起立，向这位教育界的老前辈、学术界的"一时之彦"致敬。蔡元培先生做开幕典礼报告，接着由各位学者、科学家做学术报告。会议期间，杨振声先生恭请蔡元培先生向全校师生做了一次关于美学方面的学术报告，受到了热烈欢迎。从那以后，青岛大学的地位蒸蒸日上，她的光辉更是"与日俱增"。

　　杨振声先生十分热心教育工作。他曾到美国留学，对欧美的教育制度和办学方法比较熟悉，但他并不崇洋媚外，盲目照搬外国的东西，始终坚持结合中国的历史传统和实际情况，引进外国的先进经验，办出中国自己的大学。在青岛大学时，他常在天津《益世报》《大公报》上写一些有关教育方面的文章，如《现代的教育制度》等，对于那种不顾中国的实际情况，今天采取欧洲教育制度，明天改用美国教育制度的方法，不以为然。他用了一个形象的比喻说："掐了人家的鲜花接在自己的枯枝上，那是不会结果的。"他对学校的教育有深刻精辟的见解，在他的小说《玉君》中，我们看到他的看法："教员与学生之间，不惟知识上的关系，又当有做人上的关系；教员为金钱而谋事，学生为文凭而混时间的，算不得教育……"他主张："学校中当提倡各种的运动与社会事业，以期养成大家合作的精神与处世的艺术……学生与学生之间，应当多有讨论与切磋的机会。学校当多制造此种机会，正式的如各种讨论会、辩论会等，非正式的如牛津、剑桥大学之下午茶会等，使学生得到机会与刺激，去讨论学术，批评政治、文艺及各种社会问题。"在青岛大学任校长期间，他正是实践了他的主张。除了经常在学校中组织各种学术报告会以外，他还热情支持在学生中间组织各种学术和社会问题的讨论会、研究会，鼓励学生互相切磋学问，探讨一些人生和社会问题，使同学们的学习生活丰富多彩、生动活泼。当时，学校中文科有《励学季刊》，理科有《理科季刊》等刊物，都是以学术研究为主的，他对这些刊物大力支持，并亲自为它们写文章。对于在学生中间办的一些小刊物，他也热情地帮助、指导，促进了学生们的学术研究和文艺创作活动的开展。他认为，把一个大学办好，既要聘请名家、学者，又要有良好的教学、科研环境和设备，所以，他十分热心于学校的建设。第三校舍和第四校舍之间著名的"石头楼"——科学馆，就是在他的主持下建筑起来的，成为全校教学和科研的中心。这座科学馆，结构宏大，外形美观，在当时全国各大学中，也是不多见的。

他既特别注意加强文科的教师阵容，又十分重视文科的教学工作。除了聘请众多的著名诗人、作家、学者任职任教以外，他还亲自来到中文系开小说作法课。对于一个综合大学的校长来说，平时有大量的行政事务需要处理，还有许多会议需要参加，可以说是学校中的第一个"大忙人"，但他"忙里偷闲"，宁可把一些事情放在休息时间办，孜孜于亲执教鞭，这是十分难能可贵的。他是我国现代文学史上的著名老作家。早在五四前后，他就在《新潮》《大公报·文艺副刊》《新月》《现代评论》等刊物上，陆续发表了一些短篇小说（大部分收入人民文学出版社 1957年出版的《玉君》一书中），这些作品充分体现了五四新文学运动反帝、反封建的战斗传统，表现了反侵略、抒发爱国热情和反封建、反对旧礼教、暴露反动统治的黑暗、反映劳动人民的疾苦、争取妇女解放与婚姻自由的主题，鲁迅先生曾说他是"极要描写民间疾苦的"作家。他的小说，艺术上以情节巧妙生动、描写细腻见长。这些作品，在当时产生了一定的影响。因此，他教的小说作法课，既是他的创作经验谈，又是新文学战斗精神的传播。讲课时，他常常结合自己作品的创作过程，来谈小说的写作，讲得生动具体，幽默风趣，既有渊博高深的知识，又有通俗生动的比喻，毫无一点学究气，使同学们很受启发，又不时地引起他们一阵阵的笑声。他讲的这门课，很受同学们欢迎。

在发现人才、培养人才方面，杨振声先生甘愿当"人梯"，善于当"伯乐"，任人唯贤，从来不徇私情。他识才、爱才，热心帮助年青人，奖掖、提拔后学不遗余力。由于他亲自教课，平时经常与学生们在一起，对他们十分熟悉，他便能够在他们中间发现有培养前途的学生。他不管这些学生年青无名，特别注意培植，大胆使用、提拔，给他们创造锻炼、施展才能的机会。在给学生们批改作文时，一旦发现才华横溢的佳作，他特别珍爱，如获至宝，亲自向一些文学刊物推荐发表，使一些有创作才能的学生，能在文坛上崭露头角。他还经常介绍这些学生与颇有名气的作家认识，使他们转益多师，博采众家，更快地提高文学创作水平。当年，由他推荐留校执教的学生，有的早已成为闻名全国、很有成就的学者、教授。今天，当我们看到山东大学规模盛大，人才如云，并为我校擅长文科，培养出许多著名的学者、诗人、作家而自豪的时候，我们又怎能忘记杨振声先生的精心培养和辛苦操劳呢？

杨振声先生思想开明，政治进步，热爱祖国，同情革命。北京大学是五四运动的发祥地，当时他正在那里读书，受到新思潮的影响，积极参加了反帝、反封建的五四运动。据说，在北大第一个跳到食堂的餐桌上演讲，慷慨陈词，号召同学们反对北洋军阀签订卖国条约的，就是杨振声先生。他因为与许德珩等同学参加了反对卖国贼陆征祥、曹汝霖，火烧赵家楼的活动，被反动的北洋军阀政府逮捕，坐了两星期的牢。1930年，他把五四的革命传统也带到青岛大学来了。那时候，国民党在青岛大学搞名为纪念孙中山、实为控制学校的所谓"纪念周"活动，杨振声先生曾拒绝执行。"九一八"事变以后，全国群情激愤，同仇敌忾。青岛大学的学生也像北京、上海、天津等地的爱国学生一样，卧轨拦车，直下南京，要求国民党政府停止内战，团结抗日。杨振声先生慷慨解囊，亲自捐款数百元，对学生的爱国行动表示支持。当时，青岛大学的学生在全国革命浪潮的推动下，经常进行反对国民党投降卖国政策的活动，有一些学生被逮捕入狱。深受五四革命精神熏陶、富有爱国心和正义感的杨振声先生，岂能安然坐视反动派对革命学生的压制和迫害？但是，身为南京教育部任命的校长，又不便公开支持学生的革命活动。于是他便采取迂回曲折的斗争方式，通过各种渠道，千方百计地设法营救和保释被捕的学生，使他们终于脱险。他的进步的政治立场是一贯的。北平解放前夕，他正在北大任教，国民党多次叫他离开北平去南方，他一再拒绝，毅然决然留在北平，迎接解放，迎接新中国的诞生。

杨振声先生为人正直、廉洁、谦虚、热情，平时或穿西装，或穿着大褂，经常手中拿着一个大烟斗，长方形的脸上，经常挂着蔼然可亲的笑容，潇洒大方而又平易近人，很有一个教育家和学者的风度。当时，经常有学生到他的住处去拜访他，谈创作，求学问。他总是热情接待，不是端出咖啡，就是倒上清茶，亲切交谈，娓娓不倦，使人如坐春风。学校建科学馆时，有一个承建工程的资本家，想偷工减料，敷衍了事，便用五十块大洋向杨振声先生行贿，杨振声先生严词拒绝了他，使科学馆得以完全按照设计规定竣工，保证了这座大楼的质量。还有一件事，也很能看出他的作风。他是国内闻名的书法家，他的书法豪放、苍劲，颇有魏晋风度；对于诗词，他也十分喜爱和擅长。当时，学校中发布的布告，经常是用固定的格式和死板的套语。杨振声先生有一次别出心裁，展纸挥毫，把布告填了一首词发布出来，吸引着许多人围着看，既欣赏了书法，又品味着诗意，使大家觉得十分新颖有趣。

以上所谈的有关杨振声先生的事情，实是一鳞半爪，远不能概括全貌。虽然如此，也是可以从中见出杨振声先生的人品作风和对山东大学的贡献。

忆往昔，抒缅怀，人如在，心如倾。让我们把对杨振声先生的深切怀念，作为献给校庆的一份"礼品"吧！